DARCY RIBEIRO

CONFISSÕES

DARCY RIBEIRO

CONFISSÕES

Ilustrações
Mauricio Negro

São Paulo
2025

global
editora

1ª Edição, Companhia das Letras, 1997
2ª Edição, Global Editora, São Paulo 2025

Jefferson L. Alves – diretor editorial
Gustavo Henrique Tuna – gerente editorial
Flávio Samuel – gerente de produção
Juliana Campoi – coordenadora editorial
Mauricio Negro – capa e ilustrações
Acervo Fundar – foto da contracapa
Equipe Global Editora – produção editorial e gráfica

A Global Editora agradece à Fundação Darcy Ribeiro pela gentil cessão dos direitos de imagem do autor.

Dados Internacionais de Catalogação na Publicação (CIP)
(Câmara Brasileira do Livro, SP, Brasil)

Ribeiro, Darcy, 1922-1997
Confissões / Darcy Ribeiro ; ilustrações Mauricio Negro. – 2. ed. – São Paulo : Global Editora, 2025.

ISBN 978-65-5612-708-8

1. Antropólogos – Brasil – Autobiografia 2. Ribeiro, Darcy, 1922-1997 I. Negro, Mauricio. II. Título.

25-248736 CDD-923

Índices para catálogo sistemático:

1. Antropólogos : Autobiografia 923

Cibele Maria Dias - Bibliotecária - CRB-8/9427

Obra atualizada conforme o
NOVO ACORDO ORTOGRÁFICO DA LÍNGUA PORTUGUESA

Global Editora e Distribuidora Ltda.
Rua Pirapitingui, 111 – Liberdade
CEP 01508-020 – São Paulo – SP
Tel.: (11) 3277-7999
e-mail: global@globaleditora.com.br

grupoeditorialglobal.com.br
blog.grupoeditorialglobal.com.br
/globaleditora
/globaleditora
@globaleditora
/globaleditora
@globaleditora
@globaleditora

Nº de Catálogo: **3767**

Recebe este livro de minhas Confissões que tanto desejaste. Contempla-me nelas, para que não me louves mais do que sou. Julga-me não pelo que os outros dizem de mim, mas pelo que eu digo nelas. Contempla-me nelas e vê o que fui, na realidade, quando estive abandonado a mim mesmo [...].

Santo Agostinho, As *confissões*. Século V.

Tomo uma resolução de que jamais houve exemplo e que não terá imitador. Quero mostrar aos meus semelhantes um homem em toda a verdade de sua natureza, e esse homem serei eu.

Somente eu. Conheço meu coração e conheço os homens. Não sou da mesma massa daqueles com que lidei; ouso crer que não sou feito como os outros. Mesmo que não tenha maior mérito, pelo menos sou diferente.

Se a natureza fez bem ou mal quando quebrou a fôrma em que me moldou, é o que poderão julgar somente depois que me tiverem lido [...].

J. J. Rousseau, As *confissões*. Paris, 1764.

[...] a necessidade de confissão, essa doença moderna que condena à morte, pela palavra e pela sintaxe, todos os sentimentos que nos oprimem, toda manifestação de vida inoportuna correspondente a essa mesma lei de aspiração ao inerte [...].

Sérgio Buarque de Holanda, *Perspectivas*. São Paulo, 1925.

Sumário

Prólogo

Escrevi estas *Confissões* urgido por duas lanças. Meu medo-pânico de morrer antes de dizer a que vim. Meu medo ainda maior de que sobreviessem as dores terminais e as drogas heroicas trazendo com elas as bobeiras do barato. Bobo não sabe de nada. Não se lembra de nada. Tinha que escrever ligeiro, ao correr da pena. Hoje, o medo é menor, e a aflição também. Melhorei. Vou durar mais do que pensava.

Se nada de irremediável suceder, terei tempo para revisões. Não ouso pensar que me reste vida para escrever mais um livro. Nem preciso, já escrevi livros demais. Mas admito que tirar mais suco de mim nesta porta terminal é o que quisera. Impossível?

Este livro meu, ao contrário dos outros todos, cheios de datas e precisões, é um mero reconto espontâneo. Recapitulo aqui, como me vem à cabeça, o que me sucedeu pela vida afora, desde o começo, sob o olhar de Fininha, até agora, sozinho neste mundo.

Muito relato será, talvez, equivocado em alguma coisa. Acho melhor que seja assim, para que meu retrato do que fui e sou me saia tal como me lembro. Neguei-me, por isso, a castigar o texto com revisões críticas e pesquisas. Isso é tarefa de biógrafo. Se eu tiver algum, ele que se vire, sem me querer mal por isso.

Quero muito que estas minhas *Confissões* comovam. Para isso as escrevi, dia a dia, recordando meus dias. Sem nada tirar por vexame ou mesquinhez nem nada acrescentar por tolo orgulho. Meu propósito, nesta recapitulação, era saber e sentir como é que cheguei a ser o que sou.

Quero também que sejam compreendidas. Não por todos, seria demasia; mas por aqueles poucos que viveram vidas paralelas e delas deram ou querem dar notícia. Nos confessamos é uns aos outros, os de nossa iguala, não aos que não tiveram nem terão vidas de viver, nem de confessar. Menos ainda aos pródigos de palavras de fineza, cortesãos.

Quero inclusive o leitor anônimo, que ainda não viveu nem deu fala. Mas tem coração que pulsa, compassado com o meu. Talvez até me ache engraçado, se alegre e ria de mim, se tiver peito. Não me quer julgar, mas entender, conviver.

Não quero mesmo é o leitor adverso, que confunde sua vida com a minha, exigindo de mim recordos amorosos e gentis, apagando os dolorosos, conforme sua pobre noção do bem e da dignidade. O preço da vida se paga é vivendo, impávido, e recordando fiel o que dela foi dor ou foi contentamento.

Termino esta minha vida exausto de viver, mas querendo mais vida, mais amor, mais saber, mais travessuras. A você que fica aí, inútil, vivendo vida insossa, só digo: "Coragem! Mais vale errar, se arrebentando, do que poupar-se para nada. O único clamor da vida é por mais vida bem vivida. Essa é, aqui e agora, a nossa parte. Depois, seremos matéria cósmica, sem memória de virtudes ou de gozos. Apagados, minerais. Para sempre mortos".

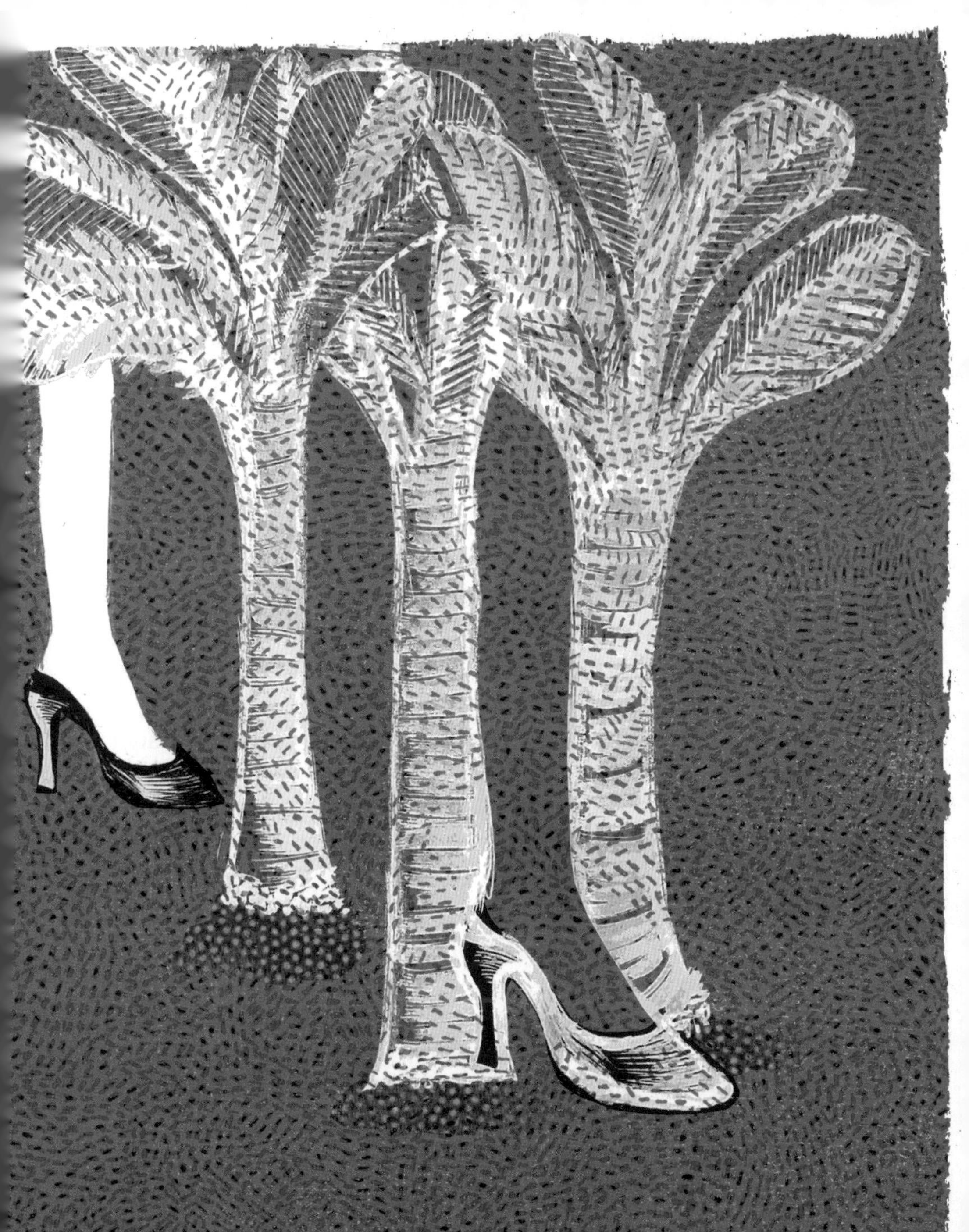

1. MOC

Minha terra

Montes Claros, onde nasci, que nós, os de lá, gostamos de chamar carinhosamente de Moc, fica no norte de Minas. Por muito tempo esteve mais ligada à Bahia, daí que minha gente fale com sotaque baiano, dizendo *dezoitxo*, ou *muitxo*, e exiba uma alegria cantante que não é qualidade mineira.

Moc só se ligou ao Sul pela estrada de ferro que lá chegou em 1924, levada por Francisco Sá, poderoso ministro da Viação de Artur Bernardes. Como ponta de linha, por muitas décadas se tornou um empório de comércio regional, estação de embarque de gado gordo para os matadouros e de mineiros magros para serem baianos em São Paulo. Como eu.

Converteu-se, também, por virtude do comércio concentrador de gentes, no maior puteiro de Minas. Célebre por suas putas lindas e prendadas, como Maria da Chupeta, que todo mundo gabava. E a saborosa Manga Rosa, gordíssima e branquíssima, que por essas qualidades nos encantava.

Montes Claros de eu menino se orgulhava de ter mais de 20 mil habitantes. Cresceu tanto que supera agora os 200 mil. Coitada. Daqueles vinte, um quarto vive no casco da cidade. O restante, nos arredores: Roxo Verde, Cintra e outros. A cidade antiga expandiu-se tanto que esgarçou. Não sobrou nenhum dos prédios mais velhos. Apenas uns sobradões e a catedral velha lembram a antiga grandeza.

Quando vou lá fecho os olhos da cara e abro os da memória para ver minha cidade tal qual era. Montes Claros só existe de fato dentro de mim, como coisa pensada. No meu tempo, era um casario baixo, caiado, sobre ruas empedradas em pé de moleque que só se prestavam bem a pés descalços. Os elegantes, por dever social, andavam calçados, se equilibrando. As mulheres cambaleavam em sapatos altos. Uma acrobacia. Mas era tudo plano, tanto que nós, meninos, gostávamos de correr pelo rego da rua com os olhos no céu para ter a ilusão de que a Lua é que corria. Lindo.

A cidade era uma ilha de verdor pela quantidade enorme de árvores frondosíssimas dos quintais: mangueiras, jaqueiras, pitombeiras, jatobazeiros, cajueiros, birosqueiras e muitas mais. Desapareceram em loteamentos dos terreiros para edificar novas casas e, depois, com a abertura de garagens. Lembro-me de umas quantas árvores, enormíssimas, que conheci pessoalmente, inclusive três palmeiras-imperiais e um solitário eucalipto. Todas se foram.

O que transitava nas ruas eram tropas de burros, às vezes vindas de muito longe com seus "cometas" lusitanos, que traziam mercadorias para o comércio e procuravam noivas ricas em terras e bens. Dois deles se casaram em minha família, entre os Ribeiro, naturalmente.

Rodavam também, nas ruas, rangentes, grandes carros de bois puxados às vezes por três ou quatro juntas. Carregavam lenha para vender nas casas e porcos gordos que vinham das fazendas por encomenda. Dizia-se que o melhor negócio do mundo era safra de milho ensacada em porcos.

Minha família comprava um por mês. Sua chegada era dia de festa. Para sangrar, ouvindo sua berraria, aparando o sangue e depois carneando. Para tirar as tripas, que nós meninos levávamos para o fundo do quintal para esvaziar e lavar. Era um gozo meter a mão naquela merda gorda que jogávamos uns nos outros. A alegria maior era das galinhas, que se assanhavam e vinham enfeixadas como doidas querendo comer aquele pitéu. Para carnear retirando e salgando quase inteiro o toucinho com o couro. Para juntar a banha, escaldá-la, a fim de preservar pedações de carne frita botados dentro. Para passar a tarde enchendo braçadas de linguiça com carne cortada aos pedacinhos e bem temperada com sal, pimenta e muitos cheiros. Uma alegria.

Minha casa, dos Silveira, tinha jardinzinhos laterais de flores e temperos e, passando um portão, uma quantidade de árvores enormes. Boas para subir, pular, brincar de Tarzã e cair. E às vezes machucar. A casa tinha uma parte nobre com assoalho de largas tábuas laváveis, onde ficavam a sala de receber visitas, sempre muito arrumada, o cartório de meu avô, aberto em quatro portas para a rua, e os quartos mais nobres, com um quartão de tomar banho em grandes bacias.

Depois se ia para uma sala íntima, uma sala de almoço e a cozinha. Esta tinha um janelão formidável. As dobradiças eram pregadas pelo lado de baixo, o que permitia abrir-se sobre um toco, na forma de uma grande mesa de cozinha. Dali se ia à cisterna retirar água com balde dependurado numa corda, que se enrolava num eixo de manivela bem lavrado e perigoso quando se largava com a lata d'água cheia. Quase quebrou meu braço. Para além ficava o quarto das criadas. Externamente havia uma outra puxada, que era o quarto dos rapazes da casa, com acesso livre para a rua.

No quintal lateral ficava o quarador de lavar roupas e secá-las em aramados. Um deles, bem pequeno, me fascinava, porque secava toalhinhas minúsculas, fofas e felpudas, que eu era proibido de tocar. Foi naquele canto que meus tios montaram, quando eu tinha já uns sete anos, a maravilha da casa. Um arranjo para suspender uma lata d'água fria ou morna que escorria por um chuveiro. Maravilha.

No fundo do quintal ficava um buraco fundo e fétido que tinha em cima um quadrado de madeira com buraco no meio para a gente se agachar e despejar. O luxo, invejado, era um arame grosso onde ficavam, devidamente recortadas, páginas do *Diário de Minas*, que minha mãe recebia na qualidade de professora pública. Só publicava atos oficiais, mas na segunda página pretendia fazer-se literário, trazendo textos que às vezes se conseguia ler e telegramas de congratulações ao governador. Quem não tinha jornal usava palha de milho e sabugo.

O motor que realmente movia as casas eram as criadas. Meninas trazidas das fazendas que lá cresciam encarregadas de todo o serviço: cozinhar, lavar, passar, varrer. Não tinham salário. Ganhavam restos de roupas e sapatos. O pior é que não tinham nenhum contato externo, o que as impedia de namorar e casar. Envelheciam e morriam no serviço, aparentemente muito queridas como pessoas da família, mas de fato escravas vitalícias. A mais antiga lá de casa, Dóia, morreu de velha. A mais nova, Maria, já nos tempos de mamãe, conseguiu concluir o curso primário. Pediu licença então para ser freira. Lá no convento arrepiou carreira, arranjou marido e casou.

O crescimento espantoso de Montes Claros invadiu sítios dos arredores que, loteados, enriqueceram mais gente que o trabalho nas fazendas e nas lojas. O herói desse negócio é meu primo Roberto, dono de mais de mil lotes, que negocia com argúcia e lucro. Tanto que é o único parente meu que usa um carrão do ano. Seu raciocínio é primoroso: "Esse negócio de lote tem suas manhas. Só vendo um lote quando já tenho um outro em vista para comprar, melhor e mais barato. Senão, não! É preciso manter o estoque e só gastar o rendimento".

Uma das coisas mais preciosas da cidade era a farmácia de Mário Veloso. Sobretudo o salão de dentro, onde faziam aviamento de receitas, misturando essências, tinturas, xaropes e porcarias muito fétidas, mas boas de curar doenças feias. O espetáculo melhor era aos sábados, quando o povo da roça que vinha à feira ia dar lá para pedir remédios para o estupor, entalo, nó nas tripas, espinhela caída, papo simples ou de bolas, engasgo, quebranto, verrugas, erisipela e outras desgraças. Para tudo seu Mário tinha remédio.

As feiras de Moc eram meu encantamento. Sobretudo aos sábados, com a animada feira em que milhares de matutos traziam do mato as frutas silvestres: pequis, bacuparis, panãs, jatobás, araçás, cagaitas, jenipapos, jabuticabas, cajus; os frutos de suas roças: milho comum e de pipoca, feijões-de-corda e outros, mangaritos, que são batatas maravilhosas, batatas mesmo, comuns e doces, mandiocas, abóboras e morangas. Ótimas também eram suas ofertas de queijos, requeijões, fubás e farinhas diversas, palmito doce e amargo, amendoim, doce de buriti, doce de leite em palha de milho, doce de coalhada, rapaduras, santantônios e melados.

A feira se extravasava para a frente e para o fundo do mercado, onde as mercadorias eram mostradas dentro das bruacas, ao lado dos burros que as trouxeram. E durava o dia inteiro. Tinha quarteirões marcados, como o dos violeiros e cantadores, onde sempre havia desafios em versos. O das oleiras, com seus potes, panelas, pratos e esculturas de brincadeira. O dos curandeiros, oferecendo folhas de losna, mastruço, sabugueiro, babosa, manjericão, funcho, jurubeba, coentro, alfazema, alecrim e pimentas verdes, maduras e secas. Lá também vendiam a cebola ciganinha, que é uma delícia, óleo de pequi e outras maravilhas. Ainda hoje não resisto ver uma feira sem atravessá-la de ventas abertas, procurando as velhas ofertas do mercado de Moc.

A vida era pacata, no mundo em que tudo acontecia devagar. Afora as eleições, em que o povo se agitava, e as revoluções, que foram uma só, tudo corria nos eixos. O povo apaixonadamente dividido em partidos, recheados de ódio e ciúme local, mas ambos governistas, tanto que mais tarde se resumiram a dois, o PSD [Partido Social Democrático] autêntico e o PSD ortodoxo.

O que tinha presença para mim na Moc da minha infância era a gente ativa e trabalhadeira como minha mãe e seus irmãos, um casal de homens casados que eram os principais alfaiates da cidade, dois barbeiros, um tocador de bandolim, os donos das lojas. A gente rica mesmo, e mandona, como os meus tios Ribeiro, nem sequer se deixavam ver. O que se encontrava como gente passadeira de pitos era uma resma de velhos carecas que não morriam eu não sabia por quê. Seu Catão, do grupo, seu Polidoro, meu professor de português, João Câmara, fazendeirão magrão de doer, seu Antônio dos Anjos, que sabia latim, e outros. Isso era a natinha, posta em cima do povo do fundo que se via nas feiras e nos quintais das casas.

Com o progresso, as ruas da cidade se modernizaram — francamente iluminadas, com as praças ajardinadas, tudo bonito. Feio, apesar de necessário, foi matar o lindo rio Verde Pequeno, de água salobrosa, mas bom para tomar banho e pegar xistosa. Dois coleguinhas meus morreram disso. Gostava demais daqueles banhos, de ver as piabinhas piabando e as itãs maravilhosas, que não gostavam de se abrir. Eram tantíssimas que um espanhol empreendedor decidiu fazer delas uma fábrica de botões de madrepérola para camisa de homem. Faliu. Um prefeito converteu meu riozinho num rego de portar bosta. Mas aos lados abriu uma avenida colossal que permitiu criar uma terceira cidade. Agora é Montes Claros de cima, Montes Claros de baixo e Montes Claros do lado de lá do rego do Toninho.

Quando voltei a Moc, em 1950, fui contido pelo choro de mamãe para não brigar com o novo bispo da cidade, dom Antônio de não sei o quê. O bandido, doidão e desvairado por dinheiro, pressionou tanto o prefeito e os vereadores que conseguiu autorização dos idiotas para um crime: lotear o cemitério secular da cidade. Nada menos. Cada família que tinha enterrados ali seus avós teve de desenterrar os ossos deles e reenterrá-los no cemitério de dom Antônio, fora da cidade, pagando caro um novo carneiro perpétuo. O amplo cemitério antigo do centro da cidade, ao lado da nova catedral, foi loteado para casas de putas, porque para nenhuma outra coisa servia.

EU MESMO

QUE É UM MENINO QUE ACABA DE NASCER, AFRONTADO, ARROXEADO, chorando aos berros, agarrado pelos pés e suspenso no ar pelo médico? Que médico? No Cedro, onde nasci, não tinha nenhum. Tinha é uma mulata parteira, gorda, madurona, comadre de todo mundo. Dava bênção a cada menino que passava. A mim também.

Lá ia ela suspender ninguém pelos pés, como se tivesse pondo no mundo um acrobata? Qual! Incapaz! Ela deve é ter me lavado com água de cheiro, morna, tratado com carinho meu umbigo intumescido, me enrolado em panos relavados por mamãe e me posto ali. Ali, onde? Quem me terá dado de mamar pela primeira vez? Sei lá!

Dói pensar naquela bolinha de gente, amarfanhada, banguela, careca, que eu era, saindo do ventre de mamãe. Perdi ali, então, o oco quentinho que, em vão, ando procurando pelo mundo. Expulso de lá, caí na vida.

Nascido, só tinha olhos para sofrer as doidas luzes da claridade. Ouvidos, para me espantar com os ruídos cá de fora. Aflito, buscaria, saudoso, o ritmo perdido das badaladas do coração materno. Algum medo teria, de que me ressurgissem os roncos intestinais de mamãe que eu ouvia no oco.

Meu corpo inteiro armado de tato apalparia, em vertigem, o vazio abismal em que caí. E o faro? Creio que meu susto maior ao me ver cá fora terá sido com a fedentina deste mundo. Aromas, ali ao meu redor, não imagino nenhum.

Onde ficou meu cálido nicho? Agitando braços e pernas como um inseto virado de patas pro ar, eu piscava, tossia, chorava. Vivia, afinal, meu destino de ser autônomo, condenado à solidão de uma existência própria, desgarrada.

A paz, meia paz, me veio quando alguém, substituindo mamãe, afundou minha cara no travesseiro de carne, que eram seus peitos. Sobretudo quando minha boca sôfrega achou a fonte prodigiosa da seiva da vida. Ali me fiz a mim mesmo, chupando, mordendo, mamando, engolindo, regurgitando. Faria alguma diferença o fato de que eu não mamava em minha mãe? Qual! Parando, por instantes, de sugar, eu ouviria, ao longe, o tambor do coração daquela mãe postiça, minha mãe de leite, batendo tranquilidade.

A paz inteira veio com o primeiro sono. Mergulhado em mim, me devolvi inteiro, por horas, ao nicho de carnes que nunca me consolei de perder. Até hoje nesse mergulho, sonhando, é que levo minha existência aspirada. Consolando muita dor de viver, revivendo alegrias da vida. Às vezes, também, dela me apavorando, até no sonho.

Ali estava eu me sendo. Era nada ainda, e estava completo, armado de todas as potencialidades para me fazer gente humana, de gênero masculino.

"Oh! Que beleza de menino: um rapagão!", alguém terá dito, me olhando. Mas dito a quem? Minha avó Mariazinha, talvez!

Dotado da liberdade de ser qualquer coisa, de papa a motorneiro, esse foi o capital com que vim ao mundo. Condenado a sê-lo carnalmente da única forma genuína: vivendo, crescendo, mudando. E permanecendo eu mesmo, ao longo de todas as mudanças. Recém-nascido estava eu ali pronto para exercer-me em mil papéis.

Antes daqueles escassos três quilos de matéria organizada, eu menino, saído da minha mãe, fui simples óvulo, minúsculo ovo. Já então eu portava em mim, nas instruções detalhadíssimas que mamãe e papai, insensatos, me impuseram, confluindo alhures, o capital genético de suas gentes tão contrastadas. Nascemos enciclopédias vivas de sabedoria que prescreve e obriga a forma precisa do nariz, a cor dos olhos, a textura do cabelo, a capacidade de ser infeliz, o riso, a distribuição dos pelos pelo corpo, gestos ancestrais reconhecíveis, ojerizas patentes de minha gente paterna, espantos de viver de meu clã materno.

A vida minha que devo — devemos: eu e você — a um ato de amor papai-mamãe — dos meus, dos seus, em separado, é claro —, eu venho, desde então, gastando, desgastando, perdendo. Você também.

Um impulso germinal é o que há de mais prodigioso. É explosivo. Saltamos em nove meses de óvulo a gente num crescimento sem paralelo. Felizmente, com o nascimento desaceleramos. Nos vinte anos seguintes, de criança a moça ou rapaz, acabamos de crescer lentamente, e nos outros tantos vinte anos, de jovem a homem-feito ou mulher errada, completamos nosso fazimento. Começa então a decadência. Primeiro em ritmo lento, depois meio acelerado; ao final, às carreiras.

Assim cheguei a essas mãos enrugadas e encardidas, atravessadas de veias grossas azuis, pulsantes, que vejo escrevendo este romance. Romance da vida, da minha vida, da sua vida, que é tão só o desdobramento de algumas daquelas potencialidades com que nascemos. Simultâneo com o estreitamento e anulação das outras todas.

Chegada a hora, eu viria a ser não o médico que tanto supus e quis, mas o escritor que jamais cogitei. Ainda estou aprendendo a me ser, eu mesmo, comigo: Migo, nas pautas variadas em que estou sempre me sendo e me mudando. Assim será fatalmente, até que não mais seja nem esteja. O certo é que sairei sofrido, com o sentimento fundo de estar deixando o mundo desconsolado para sempre da orfandade de perder-me.

DE SEUS BAGOS VIM

NASCI DE FININHA E DE SEU NALDO. FUI SEU SEGUNDO FILHO. O primeiro, Dirceu, morreu de sarampo aos três anos. O terceiro, Mário, anda por aí. É o melhor irmão do mundo. Encontrei nos guardados de mamãe a primeira carta que ela recebeu de meu pai.

> Montes Claros, 24 de outubro de 1920
>
> Exma. Sra. D. Fininha Silveira
>
> Cumprimento-a respeitosamente.
>
> Permita-me que comece esta pedindo-lhe desculpas pela grande ousadia que tenho neste momento em escrever-lhe, mas é que mesmo indirectamente és a causa principal da dúvida e da incerteza que paira em meu espírito. Embora nunca tenhamos fallado sobre amor, é certo que entre nós, ou pelo menos da minha parte, existe para com a Sra. uma verdadeira sympathia, e como consigo não sei se dar-se-á o mesmo, venho pedir-lhe para que em termos *claros* e *precisos* se deffina a meu respeito. Pensa a Sra. em casar-se comigo?... E se pensa assim, é unicamente amizade e affeição que lhe faz pensar desta maneira?... Perdoe, D. Fininha, que lhe faça estas perguntas, mas é que a incerteza em que tenho vivido até agora não pode continuar, por isto espero e conto certo que me responderás [...].

Como era belo o amor de antigamente. Respeitoso, solene, até tolo. Inocente. Coitado de mim, que nunca alcancei essas grandezas de coração. No meu tempo ele já era uma víscera que se podia cortar, emendar com plástico e até substituir por um coração de porco. O amor de papai era também fulminante. Fui o segundo filho e nasci em outubro de 1922. Em dois anos eles tinham casado e gerado dois filhos.

Vim à luz do dia na Fazenda Fábrica do Cedro, a uma légua de Montes Claros. Fábrica grande, de cem teares, importada da Inglaterra em 1880. Esquisitíssima. A mão de obra era de filhas de famílias de fazendeiros da região que lá viviam três a quatro anos num pensionato trabalhando para ao fim comprar seu enxoval. Pertencia a meu tio rico. Meu pai era o gerente. Dona Maria, avó dele, vivia conosco numa casona de estilo colonial inglês. Tudo isso se acabou.

Fininha é Silveira, trineta de dois irmãos, José e Joaquim, que vieram de Portugal cuidar de uma sesmaria, o Garrote, que ganharam do rei no princípio do século passado. Esses Silveira se multiplicaram tanto que hoje são mais de mil. Talvez cheguem logo, logo a 2 mil. Minha prima Petrina toma conta dessa descendência espalhada por todo o Brasil. Segundo sei, porque vi muitos deles, são gente morena-clara, bonita, às vezes de narizes grossos pela mulataria mineira com que se cruzaram. As mulheres usam nomes bem portugueses. Aurora, Felicidade, Augusta e demasiadas Maria. Todas adjetivadas da Glória, da Penha, das Dores, do Socorro e outras. É toda gente pia que deu muitos padres e muitíssimas freiras. Todas as mulheres são católicas devotas de confissão e comunhão frequente, parecendo virtuosas. Os homens também. Pecam pouco e se arrependem muito de seus pecados, mas são temerosos de Deus e de suas despóticas mulheres.

Não são bons para ganhar dinheiro. Chegam apenas a remediados. Não sei de nenhum Silveira rico. Eu também nunca fui bom de dinheiro. Talvez porque o primeiro que ganhei me custou muito nojo. Minha tia Dádi perdeu o filho e ficou com os dois peitos empedrados de tanto leite. Meu tio Adalberto, marido dela, me pagava por duas mamadas diárias duas moedas de quatrocentos réis. Eu sugava e cuspia o leite da tia Dádi num urinol. Meu irmão Mário mangava de mim, mas eu, por amor àquele dinheiro, mamava e cuspia enojado.

Minha avó Mariazinha Silveira não era de doçuras, mas tinha muitas amigas, era cordial e gostava de ouvir velhas contadeiras de histórias em relatos longuíssimos. Alguns deles rimados e cantarolados. Recordo-me de um longo conto sobre o rei dom Sebastião, morto pelos mouros mas encantado. Mais claramente recordo a longuíssima história dos doze pares de França. A principal dessas contadeiras, sinhá Sara, tinha noite e hora marcadas para atender a sua clientela, recontando a mesma história que às vezes durava muitas sessões consecutivas.

Mas vovó se ocupava mesmo era de trabalhar. Pedalava sem descanso sua máquina de costura, noite e dia. Recebia e fazia visitas principalmente aos domingos. Suas visitas nunca iam à sala de visitas, ficavam rodeando-a ali pela sala onde ela costurava e pela cozinha.

No seu tempo não havia estrangeiros na cidade. Os primeiros foram uns turcos, que devagarinho foram tomando conta do comércio. Lojas de uma porta, duas portas, até quatro portas. Seriam judeus, mas essa palavra em Montes Claros significaria matadores de Cristo, bons para ser apedrejados. Ninguém lá conhecia nenhum, só turcos. Vovó Mariazinha me advertia muito para não brincar com os filhos deles, nem olhar para as moças bonitas que trouxeram, dizendo: "Cuidado! São bois de cu branco".

Dessa minha avó, o que mais recordo é sua gargalhada trinada, clara, alegre.

Gosto de lembrar do meu avô Olegário. Comerciante do mercado e tabelião. Dirigia a construção de um asilo de São Vicente de Paula para os pobres e às vezes saía pedindo esmolas para a sua obra. Eu ia com ele pelo gosto que me dava carregar a sacola de veludo vermelho por fora e verde por dentro, que eu agarrava e apalpava como uma coisa viva. A lembrança melhor que tenho do vovô era ele abrindo um armário muito preto para tirar lá de dentro umas bananas maduras muito amarelas que me dava.

Sempre fui muito agarrado a mamãe. Não tinha nada desses apegos freudianos. Tinha era um zelo e um ciúme ferozes dela. Assaltei o médico que operava suas amígdalas, quando correu sangue, a ponto de a enfermeira ter de separar-me dele, que balançava o bisturi acima de minha cabeça. Em outra ocasião, eu tinha doze anos, quando mamãe voltou para casa com o cabelo cortado à moderna, sem o coque que sempre usava, caí sobre ela com pancadas, tão enraivecido que tive de ser arrancado à força.

Mamãe foi uma brava mulher, com energia e coragem para completar o seu curso normal depois de viúva, enfrentar o trabalho de criar, sem ajuda, seus dois filhos. Acabou por criar também seus irmãos mais novos. Augusto, o mais velho, que herdou o cartório de vovô Olegário, só precisou do apoio dela. Morreu moço de uma septicemia, deixando uma filhinha.

Otávio, que esperava suceder a Augusto no cartório, foi logrado por Cyro dos Anjos, que, poderoso na política, fez nomear seu velho pai, Augusto dos Anjos, para o cargo. Um abuso, pois se tratava de um cartório hereditário, como continuou sendo depois nas mãos do povo de Cyro. Otávio teve que se fazer comerciário e depois comerciante.

Abriu loja em Brasília de Minas, a velha Vila de Contendas, onde eu passava minhas férias de ginásio. Acabou se tornando o esteio de meu irmão Mário. Meu tio Jacinto seguiu o mesmo caminho e abriu comércio em Unaí, já perto de Goiás, onde fui vê-lo uma vez. Lembro-me de que passei por uma fazenda antiga cercada de muros de pedra empilhada. O povo dali tinha um jogo forte que era lutarem os homens dois a dois usando os facões como se fossem espadas. O dono da fazenda levou tamanho lanho na cara que, cicatrizado, lhe deu uma fisionomia feiíssima. Esse meu tio acabou tesoureiro público.

Minhas tias tiveram melhor destino. Tia Nonó, criada por minha bisavó na fazenda do Garrote, que alcançou o mais pleno domínio que já vi da cultura arcaica mineira, das velhas prendas, dos velhos cantares, da arte dos doces e das comidas salgadas, da sabedoria luso-brasileira, dos bordados, das rendas e dos tecidos, não precisou de mamãe. Minhas outras tias tiveram bons destinos. Edith, que era toda doçura, casou-se com um fazendeirão agiota que ela teve que domesticar para bem criar sua bela filha e seus dois filhos, excelentes pessoas. Dádi casou-se com um gerente de agroindústria e teve muitíssimos filhos. Nely teve problemas, era tão sem juízo que foi casada à força para não envergonhar a família. Morreu alfabetizando doidos no manicômio de Barbacena, onde estava internada ela também.

Minha mãe era também Mendes, mas eu não sei nada desses meus avós. Só conheci um primo que comia lá em casa. Feito homem, engenhoso, ele montou o serviço de telefones da cidade. Era uma instalação esplêndida, a coisa mais tecnológica que vi quando menino. A cada momento subia uma pecinha silvando e encostava na outra, eram dois telefones em lugares diferentes da cidade se falando. Hildebrando até sabia quem falava com quem.

A coisa era tão atrativa que um milionário da cidade comprou para ele. Fechava as portas e ficava lá o dia todo ouvindo os telefonemas da cidade. Certo dia surpreendeu uma importante senhora falando de forma suspeita com um bonitão. Não perdeu tempo. Convocou reunião do Rotary, contou a história e consultou se deviam contar o pecado daquela senhora ao marido dela, ausente daquela sessão. Chamaram o pobre e o puseram a par das conversas de sua mulher. O efeito foi terrível. O coitado, não podendo matar o pecador nem castigar a pecadora, fugiu da cidade largando tudo. Felizmente, voltou dois anos depois, retomou sua vida e reconquistou a mulher, com quem passou a viver com mais amor. Montes-clarense é assim, fora da terrinha murcha.

O Mendes mais importante, rico e poderoso era tão nativista que mudou seu nome para Tupinambá. Veio da Bahia no fim do século, à frente de uma caravana imensa de carros de bois e de tropas de mulas, trazendo suas riquezas, que incluíam uma loja muito bem sortida de tudo que se possa vender e comprar. Atrás da caravana vinha sua cavalhada e sua gadaria. Com ele veio meu avô Olegário.

A gente de minha família paterna se imprimiu também poderosamente em mim. Sobretudo suas figuras mais fortes, os poderosos Ribeiro. Nada sei do ramo Sousa, que virá do marido de minha bisavó. Recordo meu avô Simeão, pela barba que ia até os peitos e que ele penteava com dois pentes de marfim, parecidos com o de catar piolhos, mas com os dentes dobrados. Era namorado da minha bisavó que, para retê-lo junto de si, o casou com sua filha, minha avó Deolinda. Vidinha, sua filha, conta que voltando para casa com a mãe dela, vovó Deolinda, viu o pai, seu Simeão, saindo de ceroulas do quarto de sua mãe, minha brava bisavó. Isso sucedeu porque um dos doidos padres de batina branca sapecou ligeiro a missa do galo que, em vez de durar duas horas de rezas e leilões, não durou meia.

Meu avô Simeão era homem sério e severo. Eleito presidente da Câmara, que acumulava o cargo de prefeito, fez obra recordável. Principalmente a construção, em aroeira, adobe e telha, do enorme mercado, orgulho da cidade. É verdade que a torre caiu, mas ele mesmo a reconstruiu, pondo nela um relógio de sino. Esse mercado foi, por décadas, o centro de vida da cidade.

Os Ribeiro, ao contrário dos Silveira, não são gente de igreja, enricam fácil e gostam muito de odiar-se uns aos outros. Têm orgulho de si mesmos como antigos garimpeiros e contrabandistas de diamantes. Não podiam ouvir falar de uma lavra de ouro sem ir lá ver e se apossar dela se pudessem.

Meu pai era o melhorzinho deles. Romântico, gostava de ler e de beber uma pinga. Morreu aos 34 anos quando eu tinha três. Felizmente, porque não fui domesticado por ele. E como não tive filhos, nunca domestiquei ninguém. Dessas carências vem o traço principal do meu caráter, que é a coragem de me ser, gostem ou não gostem.

Teve figuras fortes como minha bisavó, dona Maria. Sei dela que vivia no seu quarto onde só tinha uma arca, uma rede, um catre de couro cru, um oratório e um tripé furado, em cima de um urinol. Gostava era de ficar agachada de cócoras numa quina. Ali nessa pose recebia as visitas da família, que lhe prestava estrita obediência. Era medo. Dona Maria era mulher bela e forte e reinou décadas, todo-poderosa sobre a família e arredores. Tinha fama de boa rogadeira de praga. Certa vez, a menina escrava que servia seu almoço começou a chorar convulsivamente e confessou que tinha envenenado a comida. Ela só disse: "Sua mão há de secar!".

Mandou dar uma surra na pretinha — e não é que a mão dela secou mesmo?

Outra façanha de minha bisavó, já referida, foi casar seu amante, meu avô Simeão, de trinta e tantos anos, com sua filha de doze, minha avó Deolinda, para tê-lo sempre junto de si. Era mulher amorosa, como se vê. Oitenta anos depois, Deolinda não tinha forças para morrer. Tocavam de tarde todos os sinos da cidade para ajudá-la a morrer. O vigário e o bispo lhe deram extrema-unção. Qual nada, Deolinda não morria. Seu primeiro filho, Filó, que parecia mais velho que ela, gritava nos seus ouvidos, perguntando se ela tinha alguma promessa ou desejo a cumprir: "A senhora quer dar uma casinha pra alguém, mãe? Quer dar uma vaquinha para uma das meninas?".

Ela não dizia nada. Aí veio o filho mais novo, médico, falou doce com a mãe e ouviu dela o pedido implorado:

"Não me enterre com o home."

Esse homem era meu avô, com quem ela tinha vivido mais de quarenta anos e de quem teve dez filhos. A família foi obrigada a fazer um carneiro especial para ela, enormíssimo, de granito preto com um Cristo de bronze deitado em cima, maior que o tamanho natural. Não se podem levar flores para Deolinda porque elas murcham *incontinenti*. Quando era para eu morrer do meu primeiro câncer, adverti a meu irmão que ali não me enterrassem, apesar de lá estarem os restinhos de papai e de mamãe. É calor demais. "Só se você puser refrigeração!"

Figura forte mesmo foi meu tio Chico Ribeiro, irmão mais velho de meu pai. Fez fortuna grande. Quando morreu, tinha duas importantes fábricas de tecido, a empresa elétrica que iluminava a cidade, fazendas e muito dinheiro com que ajudou a fundar o Banco do Comércio e

Indústria de Minas Gerais como um dos principais acionistas. Desses dinheiros, na forma de ações, apesar de muito roubado pelos banqueiros, vivi anos. Anualmente dobravam o capital do banco, dando aos acionistas o direito de dobrar as suas ações, comprando-as pela metade do preço. Como eu não tinha dinheiro para tanto, vendia esse direito reduzindo minhas ações à metade. Ainda assim sobrou um pacote que Berta vendeu quando eu estava exilado, para se sustentar no Rio de Janeiro. Os outros muitos bens do tio Chico ficaram metade para a viúva e metade para minha avó Deolinda.

Quase tudo foi tomado por minha tia Vidinha, casada com um português chucro. Tão mal administrado que não deixaram pros filhos nem metade das duas fábricas, empresas de eletricidade e das fazendas de que se apropriaram. Inclusive uma fábrica de tecidos da qual seria uma parcela de meu pai e um edifício com bar-confeitaria, também dele, o *Ponto Chic*.

Vem dessa tia a lembrança mais humilhante e triste lá de casa. O gênio de Minas Gerais, Francisco Campos, conhecido por Chico Ciência, homem de fato inteligente, fez o estatuto da primeira Universidade do Brasil, sapientíssimo, e redigiu a Constituição de 1937, chamada A *Polaca*. Como secretário de Educação de Antônio Carlos, deu dois sábios conselhos ao governador: primeiro, acabar com as escolas normais, que só serviam para produzir normalistas que ele tinha que nomear como professoras. Mandou também fechar as escolas noturnas para adultos. Inclusive a de mamãe, que atendia a mais de 75 pessoas maiores de idade quc, com o seu talento fantástico de alfabetizadora, ela conseguia desasnar. Às vezes eu ajudava os recém-ingressados segurando a mão deles com um lápis para domesticá-la, a fim de que pudessem escrever. Ali então me fiz educador.

Minha mãe, desempregada, se desdobrava fazendo doces e bolos para todo tipo de festas. Então, além de nós dois, sustentava seus irmãos menores, que tinham ficado órfãos. Nesse quadro de crise veio um mês em que não pagou a conta de luz. Pois não é que o empregado de Vidinha, vexadíssimo, cortou o fusível, nos deixando às escuras? Quiseram voltar atrás, mas mamãe não deixou. Encheu a casa de lampião, lamparinas e velas para todo mundo ver o malfeito de Vidinha. Só voltamos a ter luz elétrica quando restabeleceram o emprego de professora de mamãe. Em razão desses dias tristes, meu irmão Mário, com seus pendores pessimistas, acha que a infância dele foi toda de pauperismo e tristeza, e eu, ao contrário, me lembro de que tudo corria bem. O salário de professora pública de mamãe dava para manter a família com independência e nunca passamos necessidade. Exceto ocasionais, como essa.

Meus tios Ribeiro, três homens e quatro mulheres, deixaram pouca descendência, de que o principal sou eu mesmo, o mais velho Ribeiro filho de Ribeiro. Como não me reproduzi, essa tarefa coube a meu irmão, Mário, que fez em casa quatro filhos e quatro filhas e fora de casa mais seis, dizem.

Meu tio e padrinho Filomeno foi o último coronelão de Montes Claros. Enricou gerindo bens da minha avó, mãe dele. Era homem no seu estilo sábio e sagaz. Dirigiu a política por décadas como o coronel mais poderoso da região. Pôs na prefeitura e fez deputado quem bem quis, desprezando até seu irmão Plínio e seu sobrinho Coutinho, muito competente, em favor de amigos queridos. Vivia na fazenda. Na cidade gostava de ficar até tarde da noite jogando pôquer com os amigos. Quando voltou a democracia, em 1945, comentou que para ele era a mesma coisa.

"O encanamento de água", disse, "me custou o diamante mais bonito em que pus a mão, dado ao Benedito. Tive de dar a ele, também, a maior pepita de ouro que consegui. Foi o que me custou a instalação de esgoto. Agora vêm essas eleições. Tenho que pagar a qualificação dos eleitores, dar uma botina aos homens e um corte de chita para as mulheres. Para mim, o custo é o mesmo."

Um dos gozos de tio Filomeno era mandar bilhetes para os jurados pedindo caridade nos julgamentos dos criminosos de nosso lado. Eu levava os bilhetes, alegrinho, alegrinho.

Tio Filomeno cuidava dos bens meus e de Mário, que éramos menores, herdados de vovó Deolinda. Recebia e vendia os direitos às ações do banco, prometendo comprar gado para nós. Nunca comprou.

Podia e até devia ter herdado dele. O diabo é que meu tio foi fulminado por um derrame e ficou meses paralisado antes de morrer. Sua mulher, Laudi, foi quem herdou tudo. Transfigurou-se. Era, antes, uma mulher triste à boca da morte, sofrendo uma enxaqueca incurável que a obrigava viver com a cabeça enrolada em panos com rodelas de limão e não sei o que mais para aliviar a dor. Com a viuvez, floresceu, voltou a tocar violão e até a cantar modinhas do seu tempo. Fruía até a última gota a adulação de suas muitíssimas sobrinhas e sobrinhos. A primeira manga que amadurecia na cidade era dela. A primeira flor, não sei qual, também era. Minha tia, feliz, toda gozosa, vestindo roupas caras, recebendo visitas e assinando cheques, coisa que nunca tinha feito na vida.

Sabia-se que uma fortuna enorme estava num cofre de duas portas de tio Filomeno. Lá eu vi, menino, quilos de pepitas de ouro vindas de seus garimpos e barras de ouro fundido que ele trazia de Morro Velho. Vi também garrafas de boca larga, que mais tarde descobri que eram as reles garrafas de leite de Belô, pelo meio de diamantes brutos. Tinha também as joias da vovó Deolinda, inclusive um falado cordão de ouro com um dedo de grossura e mais de metro de comprimento.

Pois foi ali que Laudi, depois da morte de tio Filó, deu seu recado: uma risada. A sobrinhada toda, inclusive meu irmão Mário, se juntou na sala para ver um técnico belo-horizontino arrombar o cofre. Quando escancarou as portas viram-se sobre a prateleira central cinco bagos de feijão, em igual distância um do outro. Era a gargalhada de Laudi. Deu o que tivesse ali a quem bem quis.

Tio Plínio era o principal intelectual da cidade. Médico inteligente e muito lido. Melhor que ele era sua admirável mulher, tia Neném, de vida aventurosa. Menina ainda, fugiu com um violeiro. Os capangas do pai a recuperaram, enquanto fugia na garupa dele de fazenda em fazenda, pedindo alcova para moça donzela, em busca de padre para casar. O pai dela, homem bravo, enraivecido, mandou Neném estudar num colégio de freiras em Belo Horizonte. Acabou formando-se em farmácia, uma das primeiras mineiras graduadas na universidade. Mulher competente: conquistou e casou-se com Plínio, que era o moço mais requisitado da cidade.

Sempre vi Neném dentro de casa com vestido muito chique, meia de seda e sapato alto. Não dava por menos. Quando, uma vez, pedi a bênção, eu tinha uns seis anos, Neném me disse: “Deixa dessa bestagem de pedir bênção, menino”.

Aquela frase explodiu os meus ouvidos, tão diferente e contrastante era com tudo o que eu ouvia no seio da família Silveira. Neném era politiqueira, brava e temida. Todos a respeitavam demais. Inclusive o marido. Foi na casa dela que vi a primeira instalação sanitária moderna. Aquelas peças de louça enormes, vertendo águas, me encantavam. Tanto que eu não perdia a oportunidade de mijar no bidê, que eu estava certo de que fora feito para isso. O ruim era que ele também mijava em mim.

Menino e rapaz

A PRIMEIRA LEMBRANÇA QUE TENHO DE MIM É A VISÃO DA MORTE DE meu pai. Eu tinha três anos. Uma mulherona branca, altíssima, quase me arrancava o braço, puxando-me para acompanhar seus passos largos. Só tive alívio quando atravessei a cancela da sala de visitas de vovó Deolinda, sempre fechada, naquele dia escancarada e cheia de gente.

Fui levado por mamãe para o meio da sala, onde estava sobre três tamboretes um caixão preto funéreo. Dentro dele, à altura de meus olhos, eu vi a cara de meu pai. Enrolada num lenço roxo para segurar o queixo que deixava ver ao lado fios de barba, mas exibia toda a frente da cara, o topete, os olhos fechados, o nariz fino, o lábio meio leporino e a boca. Era ele mesmo, meu pai, morto, de perfil. Creio que me lembro disso porque foi um acontecimento decisivo. Às vezes temo que não seja lembrança, mas reconstituição imaginada na base de tudo o que me falaram daquele dia.

Minha mãe, aos 23 anos, desvairada, largou sua casa enorme, a melhor talvez de Montes Claros, com o mobiliário todo, até as panelas da cozinha. De tudo se apropriou meu tio Plínio, que chegara médico recém-casado, precisando de casa bem equipada. Para meus tios, tudo pertencia a vovó e, portanto, a eles.

Mamãe se acolheu à casa de seu pai, levando a mim e ao Mário. Lá nos criou, trabalhando sempre. Primeiro, completou seu curso normal, que havia interrompido para casar-se. Depois, nomeada professora, tanto se dedicou que na velhice teve a alegria de ver seu nome posto na grande avenida nova aberta na cidade. Avenida Mestra Fininha, que lá está, larga e quilométrica.

Então um neto perguntou a ela: “Vó, quando é que você morre? Todos os donos de rua já morreram, só falta você”.

Mamãe só morreu muitos anos depois. Eu, naturalmente, fui despedir-me dela. Encontrei-a já exposta em um caixão, miudinha. Beijei sua testa e pedi várias vezes a bênção, esperando que ela dissesse:

"Deus te abençoe, meu filho, e que Nossa Senhora do Perpétuo Socorro te proteja".

Atravessei a noite com as velhas companheiras dela, que rezavam terços incontáveis. De madrugada, me cansei e pedi:

"Não rezem mais, vamos cantar."

Saiu de mim uma cantiga de procissão que eu não me lembraria nunca de que me lembrasse:

No céu, no céu,
Com minha mãe estarei

Com minha mãe estarei,
Na santa glória um dia.
Junto da Virgem Maria
No céu triunfarei

No céu, no céu,
Com minha mãe estarei

Dei muito trabalho a mamãe e levei muita surra. A primeira de que me lembro bem foi por causa do meu amor apaixonado de menino de sete anos por uma garota de minha idade, Juju. A avó dela morreu e fui assistir à missa do trigésimo dia com minha mãe. Quando vi Juju sair toda empinadinha, de roupa nova, caminhar para a mesa de comunhão e lá abrir a boquinha, não tive dúvidas. Fui atrás dela, ajoelhei e comunguei também. Não tinha feito nem a primeira comunhão e levei de mamãe aquela surra.

Sempre vivi enrolado em assuntos de igreja porque o povo Silveira não fazia outra coisa. Os moleques da cidade se dividiam nas mesmas linhas dos partidos políticos e brigavam com igual entusiasmo. Eu liderava o bando do lado de cima. Um domingo, levei todos a uma aula de catecismo da minha tia, que era a irmã Ceci. Lá, ouvi horrorizado que haviam chegado à cidade uns falsos sacerdotes que serviam ao diabo. Eram tão bandidos e filhos daquilo que até falavam mal de Nossa Senhora e do Espírito Santo. Não tive dúvidas. Levei o meu bando para a igreja que estavam construindo na praça, onde montavam o gradeado para o telhado e ali haviam posto um monte de telhas. Quebramos todas.

Além disso arrebentamos uma caixa-d'água, que alguém inventou que era a caixeta do demônio.

Outra recordação que eu tenho da matéria, eu tinha lá uns onze anos, era a minha vocação enorme para coroinha. O sacristão que tomava conta da matriz para o padre belga não queria saber de mim. Mas vendo que eu tinha decorado todo o responsório em latim para cantar direitinho, na hora certa, acabou me dando a batininha. Lá fui eu por muito tempo ajudar à missa com o gozo de tocar as quatro campainhas soldadas na sineta. Isso durou até o dia em que o sacristão me deixou subir à torre para tocar uma badalada só no sinão. Só uma no sinão grosso e uma badaladinha no sino fino. Quando eu pus a mão na corda do sinão, enlouqueci. Badalei tanto aquele sino que assustei a cidade, pensando que era um incêndio. Acabou minha carreira de coroinha.

Encantei-me, então, com a banda da cidade, a furiosa Euterpe Montes-clarense, regida por Erasmo Braga, um homem que tinha a cara três vezes maior que o corpo e era seriíssimo. Tão sério que, sabendo que um fotógrafo tinha tirado um retrato dele sorrindo, saiu atrás para tomar aquela foto terrível em que ficaria rindo até o fim do mundo. Um dia, ganhei coragem e entrei no quintal onde ensaiavam a banda e pedi ao maestro Braga que me aceitasse como aluno. Queria aprender música. Ele perguntou: "Que instrumento você quer tocar?".

"Todos", respondi. Ele me passou um pito e me pôs para fora.

Ia eu de fracasso em fracasso quando resolvi enfrentar os padres. A grande preocupação deles era perguntar aos meninos na confissão semanal se tinham cometido o pecado solitário. Todos tinham. Eles mandavam rezar dez ave-marias e dois padres-nossos, de joelhos. Inventei então organizar um concurso de punheta. Por três dias levei a meninada toda para o exercício pecaminoso na beira do rio. Todos confessaram depois, me acusando, e o bispo chamou minha mãe às falas, ameaçando tirar-lhe a comunhão. Dessa vez não houve surra, mas choradeira sofrida que me comoveu muito, até deixei de tocar punheta. Só anos depois descobri que não se tratava da conquista do ateísmo, que corresponderia para mim a uma atitude de gente inteligente. Bobagem. Queria era aderir à família Ribeiro, indiferente à Igreja. Estava enjoado do bom povo Silveira, pio, tolo e pobre.

Por essa época, ali pelos catorze anos, deu-se a virada, fiquei besta. Dei de ler. Li todos os romances que rodavam pela cidade de mão em mão, inclusive alguns com a assinatura de meu pai. Depois, li quase toda a biblioteca de tio Plínio. Eram centenas de livros, entre eles as obras de Alan Kardec e outros espíritas, que me impressionaram muito. Sobretudo a de um italiano sobre a Sinfonia Sideral, primeira notícia que tive do universo. Larguei a meninada, só queria saber de leitura, falar com adultos, de ver jogar xadrez e de mal jogar. Na época em que a garotada namorava e dançava, caí nesse intelectualismo.

Foi nessa época que tudo mudou. Surgiu uma geração de esportistas, jogadores de vôlei e basquete, que encantavam e excitavam as meninas com seus corpos nus e suados. Eu morria de ciúme deles, porque estava mergulhado no meu grande amor juvenil, Juju, e temia perdê-la. E outra geração, de dançarinos, que só sabia organizar festas dançantes para agarrar as gurias. Eu, besta que era, me afastei disso tudo para ler. Eu me fiz comendo papel.

Amigos de menino, tive demais. De manhã brigávamos aos tapas, à tarde voltávamos a ser amigos para brigar outra vez. Inimigos não prestam para essas brigas. Alguns deles tinham talentos extraordinários. Fábio, filho do dentista, peidava quando queria, peido grosso e peido fino. Lívio, futuro médico, tinha uma cabeleira espessa azulada de tão preta, de que tirava piolhos na hora para dar a quem pedisse. Abraãozinho gostava de dar, mas só no quintal dele e de um a um. Creio que era o seu modo de se enturmar. Maurício era metido a malvado, carregava no bolso um alicate com que ameaçava arrancar a orelha da gente, mas na hora da briga não conseguia tirar. Tomazinho, filho de um vigário, era troncudo e tinha um murro de fazer medo. Felizmente não brigava. Ralf e Consta eram sérios demais, não brigavam nunca. Nem brincar eles sabiam. Ralf caiu de um avião, morreu. Consta casou-se com minha prima e ganhou duas famas, a de melhor cirurgião de papos do mundo — arrancou mais de mil, simples, duplos e triplos — e a de pintor, que uma vez até me pintou, em moço, como homem maduro e como velho querendo morrer. Só não gosto do velho porque estava calçando uns tênis desses modernos, horrorosos. Carlos, meu primo, era o amor das galinhas. Um dia, na sofreguidão, matou uma. Sua façanha maior foi crer que podia, de um galho baixo, pegar um caju que estava num galho alto. Despencou, eu o vi no chão, quieto, e saí gritando: "Morreu o Carlos! Morreu! Morreu!".

Meu tio Augusto, pessimista, veio com toda a família, pegou, apalpou e disse: "Se caiu de cabeça fica lelé".

Carregaram pra dentro, onde o carinho das tias, de Tina e de Dóia o curou. Só pedia que não contassem à mãe, tia Nonó: "Ela me mata de pancada se souber!".

Nessa época, aí por 1937, houve uma seca terrível no Nordeste, que se estendeu até Minas Gerais. Os flagelados desciam para Montes Claros para pegar o trem para São Paulo. Eram famílias inteiras famélicas, esmolando. Lá em casa, como era habitual com os pobres da cidade, costumávamos dar um pires de farinha com um pedacinho de rapadura. Depois, só dávamos água. Por fim, só dávamos uma lata d'água para todos porque a cisterna estava secando.

Muitos flagelados se acamparam na matriz nova que estava em construção. E aquilo era um cenário de Victor Hugo que eu descrevi emocionado em minha primeira obra literária, *O flagelo*.

Minha aventura maior, creio, foi provocada por seu Nelson, farmacêutico de tio Plínio. Eu assistia ao balanço da farmácia, que ele fazia, ditando para alguém os nomes e quantidades dos remédios que estavam em cada prateleira. A certa hora, abriu um armário, contou os pacotes que estavam lá dentro e disse: "Não sei por que o doutor comprou tanto azul de metileno. Isso daria para pintar o oceano Atlântico".

Fiquei incandescido. O oceano, mar, Atlântico. Roubei um pacote e saí com ele procurando meu amigo Zé de Catão, a quem disse: "Olhe, Zé, isto aqui dá para pintar o oceano Atlântico".

Ele contestou: "Aqui não tem nenhum oceano".

Continuei a insistir: "Mas tem a caixa-d'água dos morrinhos".

Fomos para lá. Ficamos boa hora andando na beira do reservatório, e Zé, que no habitual era mais doido que eu, nesse dia, todo ajuizado, ponderava: "Veja lá, Darcy, isso pode ser veneno. Você vai matar sua mãe".

Acabou se entusiasmando e me ajudou a desembrulhar a droga e jogar na água. Ficou toda azul, azulíssima. Assim desceu para as torneiras e eu levei aquela santa surra.

Esse Zé, meu vizinho, era companheiro inseparável. Assim foi a vida inteira. Suas devoções eram eu, JK e Oscar Niemeyer. Quando se viu que Jânio ia ganhar a eleição, me perguntou, discreto, se não era bom acabar com aquele zarolho. Nós nos demos as revelações mais sensacionais da vida. Primeiro eu, quando descobri, vendo Dóia, a velha cozinheira, urinar, que as mulheres têm um escovão entre as pernas. Depois ele, que me procurou aos gritos para me dizer que os homens trepavam as mulheres igualzinho aos bichos. Tinha visto o avô dele fodendo uma faxineira que varria o grupo escolar. Sensacional. Fiquei fissurado em sexo e a reação foi arranjar níqueis para dar à filha da lavadeira lá de casa para que me deixasse ver sua xoxota. Depois, foi uma moça que havia pecado, hospedada lá em casa, que estava fazendo um estágio para ser freira. Para ela, eu roubava doces da mamãe para me deixar vê-la cagar de frente e de costas. Isso me lembra, aliás, história muito mais antiga de uma guria com quem eu brincava de médico, colocando e tirando pedrinhas redondas na bocetinha dela.

Eu me fiz rapaz mesmo foi lendo tudo o que me caía às mãos. Mais importante, talvez, foi minha paixão por Juju, meu grande amor juvenil. Alguma coisa em mim, um intelectualzinho falante, a atraía, que me preferia à moçada atlética. Namoramos mais de um ano, todas as noites, com a conivência de sua mãe, dona Ester. Ficávamos na esquina da casa dela, eu falando, incansável, Juju ouvindo. Só nos agarrávamos no minuto final, quando ela já se ia. Lembro-me bem de Juju afastando-se, de costas, olhos postos nos meus olhos, e de repente correndo para abraçar-me outra vez. Nossa aflição era enorme, porque o desgarramento se dava quando o pai dela tocava a sirene do cinema, avisando as famílias que acabara a sessão. Dona Ester, também aflitíssima, da porta da casa gritava por Juju.

Por mais que escondêssemos, seu Paculdino acabou descobrindo nosso amor. Danou-se. Proibiu que a mulher e as filhas saíssem de casa. Proibiu até que abrissem a janela. Eu caí no desespero do amor apaixonado, mas proibido.

Soube, então, que ele ia mandar Juju estudar no Rio de Janeiro. Descobri até o dia em que iam partir no noturno da Central. Comprei uma passagem e entrei, eu também, no trem. Mas não pude acercar-me do vagão-leito, porque depois de algumas tentativas o guarda, desconfiado, me proibiu de pôr os pés ali. Juju dormia num leito inferior e, no leito do outro lado, dormia o pai. Eu pensei tanto e tão fortemente que ia entrar no vagão, deitar-me no leito superior de Juju, estender minha mão para baixo, coberta pelas cortinas, para que ela a agarrasse, que passei a pensar que ocorrera mesmo.

Em Belo Horizonte, Juju e o pai mudaram de trem para seguir viagem para o Rio. Eu voltei no trem diurno clandestino, porque só tinha passagem de ida, e faminto, porque gastara todos os meus níqueis. Assim viajei por oito horas, sofrido, de volta para casa com Juju no coração, onde ela está até hoje. No meu romance *Lapa grande*, Juju é a personagem central, escrita de mil modos.

A Revolução

Sucedeu lá em casa um acontecimento histórico sensacional. De fato, a 6 de fevereiro, começou lá a Revolução de 1930. Eu nem me dei conta. Só me lembro de muita gente dentro de casa falando alto a noite toda. Sei, por ouvir contar, que Melo Viana, vice-presidente da República, Carvalho de Brito, figurão do estado, e os mais importantes de sua enorme comitiva se acoitaram lá. Feridos, pedindo socorro.

Tudo foi ocasional. Entraram lá em casa porque era a única que estava aberta e iluminada nas redondezas, depois do desastre que havia ocorrido. Lá se acomodaram apavorados até a saída do trem de volta. A maldade que ficou em Moc é que, perguntado se estava ferido, Melo Viana teria respondido: "Se sangue fede, estou".

Essa história se explica porque uma comitiva presidencial de centenas de pessoas viera à cidade fazer a propaganda do candidato Júlio Prestes. Foram recebidos a bala quando passaram defronte da casa de Tiburtina, mulher do manso doutor João Alves, chefe político que apoiava a candidatura de Getúlio Vargas. Mataram sete pessoas, inclusive o secretário de Melo Viana, o principal empresário agroindustrial da região, da família Dollabela. Feriram muitíssimos mais. Esses, aliás, foram os únicos mortos e feridos da Revolução de 1930, que só se desencadeou em outubro e não disparou nenhum tiro.

Nos meses seguintes, o governo central moveu a maior perseguição aos matadores e ao povo montes-clarense, que nada tinha com o fato. Minha família, como todas as outras, caiu no mato, acoitando-se em fazendas de amigos ou acampando na beira do rio. Vivi dias de glória, com a missão de passar entre soldados para dar água e milho às galinhas lá de casa.

Meses depois a coisa virou. Sobrevindo a Revolução de Outubro, Getúlio Vargas assumia a Presidência da República e Tiburtina o comando mais arbitrário da cidade. Seus jagunços assaltavam as casas dos adversários, arrancando-os para levá-los ao cemitério, onde lhes davam surras exemplares e os humilhavam de todas as formas. Velhos senhores, prestigiosos na cidade, foram apanhados lá por suas famílias em redes para socorrê-los, tão quebrados estavam da pancadaria. Uma tarde, Sinhazinha, filha de Tiburtina, desceu do carro à frente da farmácia de tio Plínio, e o chamou para dar um recado da mãe. Pedia que ele influenciasse seu irmão, o coronel Filomeno, que estava protegendo e até acolhendo, em sua casa, os adversários dela.

Plínio contestou: "Está dado o recado, Sinhazinha. Diga à sua mãe que com aquele seu último filho, de quem fiz o parto há poucos meses, também acabaremos se ela tocar em um dedo do meu irmão".

Foi a ruptura da família Ribeiro com a família Alves, aliadas e amigas havia décadas.

Dona Tiburtina foi a glória de Montes Claros e uma das mulheres mais bravas do Brasil. Casada primeiro com um estroina, dele teve um filho, enviuvou e foi morar em Montes Claros. Lá todos os homens se assanharam, querendo seduzir aquela viuvinha linda. Ela é que seduziu o jovem médico, filho de uma das famílias mais poderosas da cidade, o doutor João Alves. A família dele se opôs tenazmente ao casamento. Mandou dar uma surra nela e ameaçou até matá-la. Mais forte era o amor e João se entregou à bela viúva.

Tiburtina ganhou a simpatia da cidade entregando-se com a maior devoção a cuidar dos doentes do marido. Sobretudo na gripe de 1918, em que juntos, a cavalo, visitavam todas as casas consolando os enfermos. Depois, tornou-se a mais querida e a mais odiada em razão dos ódios partidários e dos gostos pessoais. Lembro-me dela pouco antes de morrer. Havia deixado de pintar os cabelos e mostrava uma faixa branca que ia da testa até o meio da cabeça. O resto e o coque eram pretos, retintos. Chamou-me uma vez quando eu passava diante de sua casa e me fez ficar uns minutos diante da janela para olhar minha cara. Então, sem palavra, mandou-me embora.

Tiburtina era amiga de minha avó e estava em nossa casa, em visita, quando lá entrou, espavorida, a mulher do barbeiro mais conhecido e falante da cidade. A pobre ajoelhou-se aos pés de Tiburtina, chamando-a "minha madrinha" e implorando que não matasse o seu marido, que os jagunços haviam tirado de casa naquele momento. Recordo bem as mãos de Tiburtina alçadas acima da cabeça da mulher, sem tocá-la, mandando-a para casa.

Esses Alves de que Tiburtina assumiu o comando é gente velha de Montes Claros. O mais antigo de que tenho notícia era Marciano

Comboeiro. Seu negócio era comprar lotes de escravos na Bahia, implantar-lhes gargalheiras de ferro para acorrentá-los uns aos outros e fazê-los marchar duzentas léguas para vender nos garimpos de ouro e diamantes da minha região. Os que adoeciam eram degolados pelos companheiros e largados no caminho. Um filho dele, fazendeirão portentoso, ficou tão entusiasmado com a noiva de um casamento festivo a que fora assistir que a roubou e levou para a sua fazenda. Anos depois, seu filho, deputado importantíssimo, quis casar com um povo descendente de padre mas muito enjoado lá de Paracatu. A resposta é que fosse primeiro casar seu pai, que ainda estava com a noiva roubada.

Outro Alves foi morto com a mulher e um filho na sua fazenda, com a cabeça arrombada com mãos de pilão, crime só concebível por escravos rebelados. Dizem que ele nunca tinha deixado os escravos saberem da Lei da Abolição. Deu nisso, os negros só deixaram viva uma menininha de nove anos porque era doida. Eu ainda a conheci, porque o fundo do quintal da casa dela dava para o fundo do quintal lá de casa. E vivia cheia de gatos e passarinhos se perseguindo uns aos outros, esperando o cozido que a doida fazia para eles, mexendo numa panela com as próprias mãos, em chagas vivas de tão queimadas.

Desses Alves descendem dois irmãos eletivos que tenho. Mauricinho, médico, que é quem mais sabe coisas do sertão e melhor rege serestas. Marcito, que nasceu vocacionado para presidente da República, passou tamanho pito no Exército que provocou o AI-5. Teve que exilar-se e conviveu comigo gostosamente, como grande amigo, no Chile, em Lisboa e em Paris.

O GRUPO E O GINÁSIO

NÃO SEI COMO APRENDI A LER. UM DIA AMANHECI SABENDO, QUANDO eu mesmo li a revista *Tico-Tico* que uma tia estava lendo para mim. Com tanta professora lá em casa, inclusive minha mãe, alfabetizadora genial, e com a assistência às aulas dela, que era seu modo de me manter sob controle, eu tinha mesmo é que aprender.

Nunca aprendi direito foi escrever à mão, em cursiva. Só escrevia letra de imprensa quando cheguei ao grupo escolar e me obrigaram a escrever direito. Até hoje não sei a ordem das letras no alfabeto, por isso até me dei mal nos testes compostos com ordenação das letras. Outra peculiaridade é que, no meu bestunto, as letras se chamam *mê*, *nê*, *pê*, *quê* etc. Assim as busco no dicionário, tentando lembrar qual vem adiante e qual vem atrás.

Essa coisa de alfabetização tem mistérios. Assim como não sabemos como se pensa, se é possível pensamento sem fala, tampouco sabemos como salta em alguém a faculdade de ler. É certo que uma acumulação de experiências de leitura e escrita geralmente alfabetiza. Além disso, aprendemos como andam por caminhos diferentes os passos iniciais da leitura e da escrita. Sabemos, por igual, que talento de alfabetização varia, quem o tem o desenvolve, quem não tem alfabetiza também, mas a duras penas e com muito sofrimento para os alunos.

Conheço experiências raras nesse campo. A mais espantosa e reveladora delas se deu com os índios Mayoruna do Peru. Eles pegaram duas missionárias do Instituto Linguístico de Verão, fizeram com elas os abusos de esperar e as santas acabaram aprendendo a língua deles. Propuseram então que as soltassem porque voltariam com muitas facas terçadas, machados para eles. Soltaram e as doidas voltaram, com tudo isso e mais lápis, cadernos e cartilhas para alfabetizar a criançada da aldeia.

Os Mayoruna quiseram saber como era isso de alfabetizar e elas demonstraram. Longe uma da outra, escrevendo qualquer palavrão que dissessem, a companheira repetia direitinho. Os índios acharam o brinquedo bom demais para crianças e mulheres. Decidiram aprender eles mesmos.

Três meses depois, todos os Mayoruna adultos estavam alfabetizados. Acabados os cadernos, riscavam em folhas palavras e frases para mandar uns aos outros. Sem nenhum material de leitura, a alfabetização para eles era inútil, mas divertida.

Como explicar isso? Mentira das missionárias, verifiquei que não era. Genialidade dos Mayoruna-bravos pode ter ajudado, mas não explica. Só é certo que alfabetização como brincadeira divertida funciona. Muitíssimo melhor do que se a alfabetização leva a carga paralisante de qualificar ou desqualificar socialmente quem a domina ou não.

Mas eu falava é do meu curso primário. Atravessei bem os quatro anos aprendendo muito, porque as professoras eram ótimas. Sinhá Dias, simpaticíssima, falava tão esquisito que nós pensávamos que fosse sotaque de Belo Horizonte e tinha um irmão que era o maior boêmio da cidade. Laura não sei de quê tinha dois filhos no grupo escolar, que apareciam para ver a mãe dar aulas. Ela batia a porta na cara deles. Sara Jansen, a mulher mais branca do mundo, me coibia visitando mamãe toda tarde, mas nunca me denunciou. De minha prima Rosalva falarei depois.

Dei muito trabalho a todas elas, bem sei, prevalecendo-me da importância que me davam como Ribeiro e sobretudo pelo respeito que as professoras tinham por mamãe. Isso agravou-se na terceira e na quarta séries, principalmente na última, em que a professora era a prima Rosalva, que não aceitou as pressões de mamãe para ter paciência comigo.

A danada, para me controlar, inventou de fazer-me sentar ao lado das meninas. Justamente na carteira de Zulmira, a mais endiabrada delas, que me disciplinava com beliscões nas coxas. Foi terrível, tanto a humilhação de me sentar entre as meninas, o que dava gozação de toda a turma, como os beliscões de Zulmira. O suplício durou até que passei a beliscar as coxas dela. Era aquela gritaria, e Rosalva teve que desistir da maldade.

Não totalmente, porque me fez sentar com um aluno grandalhão e meio besta que, conduzido por olhares da professora, me ameaçava de pescoções lá fora e chegou a dar muitos. Livrei-me com pedradas nas pernas dele, toda manhã. O besta já entrava na praça do grupo escondendo as pernas. Levava pedrada na mão porque eu era muito bom de pontaria. Aí fizemos as pazes e eu comecei a persegui-lo com cotoveladas cada vez que alguém peidava na sala. Ele gritava: "Não fui eu, este não fui eu. Juro!".

Pus nele o apelido de Nheco. Até as meninas diziam, para seu desespero. Salvei-o ensinando o bobão a falar: "Nheco vai te comer, sua filha...!".

Rosalva se danou por perder o aliado e, agora, em lugar de um encapetado, tinha dois.

Meus exames finais, escrito e oral, ficaram falados. Lá estava a inspetora escolar, mamãe e outras mães. Ao fim, Rosalva quis me dar nota oito porque eu fora o pior aluno que ela teve em comportamento. A inspetora se zangou: "Não, senhora! Exame é exame, tem nota própria. O menino merece distinção".

Mamãe sorria.

Nesse ano morreu vovó Mariazinha, de câncer. Lembro-me vagamente do cheiro ruim e dos gemidos de sofrimento dela. Naquele tempo, os médicos, por estupidez, dosavam sovinamente os analgésicos que davam aos doentes. Negar a única alegria de um terminal, que é sua injeção de morfina, é pecado grosso. Vovó tinha a risada mais bela e dobrada que ouvi na vida. Nunca me esquecerei de mamãe e todos os irmãos sentados em cadeiras encostadas na parede, chorando copiosamente. As caras lavadas em lágrimas. Silveira é bom de choro. Eu, nem tanto.

Em 1934, entrei para o Ginásio Diocesano, depois da briga no último dia do grupo escolar. O ginásio para onde fui era uma droga, pior que o grupo escolar. Professores relapsos, incompetentes, faltosos, velhos e feios, que não impunham respeito a ninguém. Um deles, gordíssimo, aliás chefe de polícia, que tinha um troço no nariz que o fazia espirrar estrondosamente, explodiu comigo. Para não me matar, arrebentou com um murro a minha carteira. Eu tinha simulado fotografá-lo espirrando com a máquina caixote de um colega. Sem filme, aliás. A ruindade do meu curso ginasial só serviu para que eu fosse em branco para a universidade, numa inocência espantosa. Tamanha que, quando li a *História da filosofia*, de Will Durant, me dizia: "Porra, esses gregos eram um barato; Montes Claros não tem ninguém como esse Sócrates". Estava maravilhado.

A grande aventura desses anos ginasianos foi minha primeira transa efetiva. Ocorreu em Brasília de Minas, onde eu passava as férias com o tio Otávio. Descobri, não sei como, uma putinha dos caminhoneiros, num rancho à beira da estrada, que dava ou vendia amor. Conversei com ela primeiro, depois voltei com uma moeda de mil-réis. Paguei e me exerci. Saí da cama dela orgulhosíssimo de mim, realizado.

O diabo é que essa primeira foda me custou uma gonorreia, e eu tive que confessar e pedir socorro ao doutor Hermes, que me curou. Grande coisa deste mundo são os antibióticos, que lavaram os homens e mulheres, antigamente tão sujeitos a doenças venéreas. Tendo me iniciado no amor e na gonorreia, que era também um orgulho, afastei-me ainda mais dos guris, que gostavam mesmo era de jogar futebol e fazer ginástica. Alguns eram excelentes na barra fixa, que eu pelejava para usar, mas era incapaz de girar o corpo e arrodeá-la. Assim foi até que o professor Gilson me disse: "Desse jeito não vai. Segure firmemente a barra, fique tranquilo e, ali parado, pense com força, dando em sua imaginação um giro inteiro na barra. Depois gire".

Deu certo!

Garrote

Com onze anos mamãe me levou, numas férias, para conhecer a velha fazenda do Garrote, origem da família Silveira. Viajamos na boleia de um caminhão até Mato Verde, parando na estrada ruim para necessidades e consertos. Numa dessas paradas, um valentão que viajava na carroceria disse que viu uma cobra em uma touceira de mato. Espavoriu nós todos. Tirou o revólver e meteu bala, atirando em círculos, porque não sabia onde estava a cobra. Eu argumentei que assim não matava a bicha e levei um beliscão de mamãe, que, pela injustiça, me faz lembrar do episódio.

No meio da viagem, paramos para comer numa pensão de estrada. A comida já estava pronta e posta na mesa, sobre tábuas limpas. Era boa demais. Comi tanto que mamãe até ralhou comigo: "Pare de comer, menino!".

Fui para o caminhão. Quando começamos a rodar eu vomitei o vômito azedo, fétido, que ficou lá fedendo a meus pés, até que o chofer parou, apanhou um pano sujo e veio limpar. Ainda hoje aquele fedor me incomoda e com ele o beliscão que mamãe me deu.

A viagem de caminhão acabou em Mato Verde, cidadezinha modesta com um mercado sortido de queijos, rapaduras e temperos, onde ainda corriam as patacas de cobre de vinte e quarenta centavos. Lá me encantei de paixão desvairada por Mariá, minha prima bastarda cor de telha, lindíssima. Creio que ela também gostou de mim. Nos olhamos longamente, olho no olho, sem rir. Ainda me lembro da soberana beleza dela.

Mamãe pouco se preocupou porque, no dia seguinte, partimos a cavalo para a fazenda do Garrote — ela montada de lado, num cilhão, andava muito devagar, com medo de cair. Lá vivi o mês mais luminoso de minha infância, no casarão antigo, com telhados desdobrados em fraldas e lados inumeráveis, e tendo uma vasta cozinha onde uma calha de madeira derramava água borbulhante numa gamela. No pomar velho de ao redor, com toda fruta antiga, inclusive uma centena de laranjeiras de laranja-azeda, de que se destilava muita água de flor de laranjeira.

Meu encanto maior mesmo foi com a beleza do tabuleiro, uma espécie de cerrado alto, cheio de frutas e flores, de pássaros e de cobras. Desleixadas cobras, que largavam suas peles pelo chão. Distraídos passarinhos, com ninhos ao alcance da mão. Temerários por esvoaçarem diante de meu primo, que tinha pontaria nunca vista no bodoque. Cortava na primeira pedrada o pescoço de um deles.

Nunca tinha visto e nunca mais vi tanta fartura de araçá, gravatá, cagaita, bacupari, jaracatiá, guabiroba, mangaba, pequi, panã e mil frutas mais. Não apreciei muito as virtudes das bezerras, porcas e ovelhas em que meu primo estava viciado. Mas aprendi dele quantidades de histórias de assombração e juízos verazes sobre as meninas que brincavam no paiol, sujas de tanto pó de palha de milho e de sobras de fubá que caíam do moinho, e que me faziam espirrar. Procurei com ele o freio do monjolo e soube que não havia. Era assim mesmo. Socava dia e noite. Esplêndidos eram a imensa roda-d'água, que girava a roda de pedra no fabrico do fubá, e o engenho de espremer cana.

Minha besteira grossa, ali, foi apanhar uma cobra morta que alguém jogara dentro de um mata-burro e levar, espetada num pau, para mamãe ver a beleza que era. Quem viu foi meu tio Januário. Capenga, nervoso, assustou-se tanto que desmaiou. A perna seca dele vinha da mordida de uma cobra cabeça-de-patrona, igualzinha à que eu levava. Isso ocorrera anos antes, de madrugada, quando ele comandava a colheita do algodoal. Picado, saiu correndo até uma fogueira, onde queimou inteira a batata de sua perna. Assim se salvou.

A glória maior do Garrote, de que me esquecia, foi ver, boquiaberto, a dona, minha tia Deija, gordíssima, sentada numa cadeirona enorme com os dois peitos de fora, dando de mamar ao último filho e ao primeiro neto. Beleza. Essa minha tia, criada ali no Garrote pela avó, era uma das pessoas mais cultas que eu conheci. Melhor ainda que a tia Nonó no domínio das artes arcaicas. Seus bordados de todo tipo encantavam. Eram incomparavelmente mais perfeitos que quaisquer outros. Suas comidas e doces, idem. Também maravilhosos. Tinha um admirável domínio da literatura oral luso-brasileira, que nas noites de luar contava longamente a um grande grupo de gentes da fazenda e vizinhanças, todos familiarizados com os doze pares de França, el-rei dom Sebastião, e muitos personagens mais.

Belas férias aquelas. Não faltaram nem as moças. Eram as mulatas e negrinhas que subiam e desciam a escada íngreme do moinho para atrair a gente a agarramentos. Tudo ficou em bolinas, de que fugiam às gargalhadas. Claro que queriam alguma coisa comigo, tanto me olhavam e chamavam. Mas, além de vê-las, tê-las pedia a ousadia que eu não tinha.

Destino

Sei bem que não nasci em branco. Sei também que não nasci com destino certo, prescrito. Nasci livre. Quero dizer, meio livre, porque trazia geneticamente inscrito todo um capital detalhadíssimo, como a forma de meu nariz, de minha boca, a textura de meu cabelo e gestos ancestrais. Tão bem previsto como é um gato para funcionar como gato. Biologicamente predeterminado. Duas redes de genes, a dos Silveira e a dos Ribeiro, me descreviam em borrões imprecisos, mas reconhecíveis na fisionomia, nos gostos e nos pendores. São predisposições que a gente pode conformar, não para ser propriamente, mas para parecer tal ou qual. Assim compus a máscara que carrego comigo, *persona*, da pessoa que quero ser e que quero que os outros creiam que eu seja.

Muito antes de nascer, demasiadas coisas aconteceram com poder de comando sobre nós. Surgimos dentro de uma civilização, falando certa língua, rezando uma fé herdada, prontos para desempenhar certos papéis, ter certos costumes, pendores e ojerizas. Somos de certa era, contemporâneos de grandes homens, lá de fora ou cá de dentro, que com suas genialidades e besteiras modelam nossas vidas, determinam nossos destinos. Dentro dessas constrições todas, com elas e apesar delas, criamos nosso ser singularíssimo de seres únicos, cada qual fechado em si, estanque, diferente, irrepetível.

Nisso reside a licença que tive de me ser, com identidade própria. Pelo que pude peneirar e alterar do que foi prescrito e pela reação de que fui capaz ante as ondas que lá de fora se lançavam contra mim. Influências culturais comuns, velhos ritos e hábitos, sobretudo empurrões conformadores. Os primeiros me vieram de nascer em Montes Claros e viver minha infância ali, abrindo lá os primeiros espaços para mim neste mundo. Poderia ser muitos outros. Resultei ser eu mesmo, menos por opção que por pendores inelutáveis e por propensões a que obedeci.

Compus assim um fundo de mim, sobre o qual se assenta minha vida, como um ser de minha geração. Algumas janelas prodigiosas se abriram à minha frente, mostrando o mundo. A primeira delas foi a literatura. Li todos os livros que andavam de mão em mão em Montes Claros. Romances de muitos volumes ou de muitíssimas páginas: Alexandre Dumas, Michel Zévaco, Ponson du Terrail, Victor Hugo, Rocambole, tantos outros.

O que eriçou mesmo, me lembro bem, os nervos do meu espírito, inclusive me politizou, foi a leitura de Os *miseráveis*, que reli incansável. Vivi anos encarnado em Gavroche. Antes era D'Artagnan. Muito depois, já em Belô, passei a ser Jean-Christophe.

Ainda em Moc, lá pelos quinze anos, me caiu nas mãos o *Eu*, de Augusto dos Anjos. Foi um susto e um alumbramento. Então poesia podia ser assim, pessoal, sofrida e telúrica? Li os poemas todos e os reli e requeteli, vendo neles, a cada leitura, novas qualidades, significados, alusões.

Também espantoso para mim foi minha primeira leitura em espanhol, *Flor del fango*, de Vargas Vila. Eu adivinhava os sentidos das palavras, espantado daquela coragem de dizer o indizível. Surpreendente demais foi também uma revista argentina, creio que se chamava *Pan*. Ela me dava uma nova visão impensável do mundo lá de fora. Sobretudo o que ocorria na Espanha, onde havia uma guerra de que eu só sabia pelas leituras pias de uns comunistas que estupravam freiras.

Essas não eram leituras do circuito familiar montes-clarense, me foram emprestadas por uns forasteiros hospedados numa pensão, que os tinham como tesouros. Às vezes me emprestavam só por uma noite, às vezes só por um dia. Eram uns malandros, o que queriam era induzir-me a roubar coisas para eles, como revólveres, máquinas fotográficas e outras, das casas dos meus tios ricos.

Outros estranhos eram funcionários fiscais que caíam por lá, sempre dispostos a conversar. Um deles ficou meu amigo depois de matar um homem com seis tiros na barreira fiscal que estava a seu cargo. Todos achavam que era um crime bárbaro. Eu discordei e me pus a conversar com o promotor e com o juiz, demonstrando que muito tiro dá é quem tem medo, o corajoso dá dois ou três funcionais. O certo é que minha tese pegou e Décio não foi nem indiciado. Também fiz amizade com um poeta, tão bom como Cândido Canela, o Catulo nosso lá de Moc. Seu ofício era comprar couro seco, de bois, mas gostava mesmo era de compor poesias sentimentais sobre os rinchados dos carros de bois, a beleza prateada da lua cheia e os amores do sertão.

Outra janela esplendorosa foi o cinema, que me ofertou todos os prodígios que o mundo oferecia. Nele vi com meus olhos como a vida pode variar, as mil formas de ser do amor, da desgraça, do drama, do gozo e da dor. Aquela parede vagabunda com sua tela, arrombada pelas luzes e sombras ordinárias, se transmutava, recuando no tempo e no espaço, para versar e mostrar os temas mais desencontrados e mais encantadores. O rapazinho ingênuo que eu era ali ficava, olhos abertos de pasmo, diante de seres que se tornaram mais importantes para mim que qualquer pessoa vivente de ao redor: Carlitos, o Gordo e o Magro, os heróis de faroeste, a dramática Greta Garbo, a boazuda Mae West, peitudíssima. Como não contá-las entre meus amores mais amados?

Minha máquina de pensar foi montada com esses componentes. A vida mesma que observava ali, ao meu redor, espiando, bisbilhotando, era muito menos expressiva que a literatura me dando, revivida em palavras, destinos muito mais impressionantes. O cinema exibindo beldades, feiuras, sublimidades, horrores, aventuras, amores, enredos mil vezes mais vivos e cativantes que os que aconteciam na minha pobre Moc. Tudo misturado na minha imaginação para ser meu retrato do mundo e do humano.

Sem a livralhada de tio Plínio eu não seria quem sou. Livros são os tijolos de que são feitos os intelectuais. Sem eles, eu teria sido o fazendeirão que Filomeno insinuava. Outro gênero qualquer de gente. Bem diferente do que vim a ser. Um consumidor insaciável de papel impresso, um escrevedor que não resiste nem mesmo ao desejo de converter-se em livro nesta biografia.

Esse meu culto aos livros é velha adoração. Vivi mais horas de minha vida lendo, escrevendo, do que vivendo. Gastei mais com livro do que com qualquer outra coisa. Assim foi que enchi tantas estantes. São litros de meu suor. E aqui não tenho nem metade dos livros que comprei.

Leitura é a carne do meu espírito. De livros principalmente é que sou feito. Desde que comecei a ler, rapazinho, sempre tive dois, três livros novos à mão, que eu ia lendo como leio até hoje, descansando de um na leitura de outro. Passei, nem sei como, de leitor a escritor, tão fácil foi. Sempre escrevi versos, contos, crônicas e, afinal, romances, pondo nesse fazimento a massa maior de meus esforços.

Tamanha devoção às letras significou para mim abrir mão de umas tantas coisas. Não fui o médico que prometi a mamãe nem fui o fazendeirão em que quiseram me transformar. Fui um professor querido, um funcionário devotado, mas só me dediquei mesmo aos ofícios e vícios de leitor e escritor.

Jamais me capacitei de que estava sendo logrado. Vivia uma vida de fazer de conta, enquanto meus companheiros viviam suas vidas verdadeiras, namorando, dançando, cantando, bebendo, jogando, fazendo e acontecendo. Já então, eu estava perdido, essas minhas masturbações viciosas tinham se arraigado tanto que eu só sabia viver nelas, me sendo de mentira, fazendo de conta.

Hoje não vou mais a cinema ou só vou rarissimamente. O cinema é que vem à minha casa através dos novos veículos. Mas o visgo da leitura desdobrou-se em escritura e ainda me retém de bunda pregada na cadeira a maior parte de minhas horas. Passei minha vida toda lendo e escrevendo. Um horror. Nisso gastei minha existência, tirando o corpo a toda ação, para me dar só a elucubrações próprias e alheias, expressas em palavras e imagens.

Essa realidade irreal, reflexa, postiça, artificial, simbólica, conceitual, é minha realidade mais real. Meu mundo é o da escritura, das ideias, da representação. Nisso é que verdadeiramente vivo, apenas saindo em fugas para atender a urgências fisiológicas ou mercar palavras com outras pessoas. Isso mesmo com o sentimento fundo de que estou perdendo tempo, roubando-me de minhas vivências.

Na verdade, as ações concretas a que me dei por anos e anos na convivência com os índios e no ativismo político foram comandos de minhas ideias, imperativos éticos que me impus, convicções a que me dei e a que me dou apaixonado. Tudo isso é verdade, mas não é só isso. Há o amor, que sempre me tirou das ideias e dos ofícios, como minha devoção maior. Não vivi só para o amor, mas o amor encheu minha vida.

Presepe

O orgulho dos Silveira era o presepe do meu avô Olegário. Grande, rico, fantástico, de maravilhosas figurinhas de porcelana. Era montado com panos impregnados de pó de pedra que figuravam uma gruta, ocupando metade da sala. Bem no centro, na frente, sobre a areia branquíssima, ficava a manjedoura com Jesus Menino. Ao redor, Nossa Senhora ajoelhadinha, São José afastado, hirto; e, pelos lados, o que se observava era, segundo os dominicanos, a Companhia de Jesus: um boi, um burro, bodes e cabras. Encimava tudo isso, inscrito em letras de ouro sobre porcelana branquíssima: "Glória a Deus nas alturas e paz na Terra aos homens de boa vontade".

Por todos os lados havia laguinhos de espelho com os respectivos patos e muitas aves mais. O presepe era montado quinze dias antes do Natal e durava quinze dias mais depois, porque toda a gente de Moc queria vê-lo e rezar ajoelhada aos seus pés. Nesse período, os três reis magos iam progredindo a partir de três lados montados em seus cavalos ou camelos no rumo da manjedoura, cada um com sua oferenda: ouro, mirra e incenso.

O melhor para mim e para meu irmão, Mário, era a manhã de Natal, pois íamos buscar embaixo das abas do presepe os presentes que havia para nós. Formidável também era ver de longe o desarme do presepe, a retirada cuidadosíssima de cada uma das muitas figuras de porcelana e sua embalagem bem defendida num caixão que ficaria fechado o ano inteiro esperando pelo Natal. Lembro-me ainda do zelo extremo que se punha em tirar a grande faixa de louça e colocá-la em uma caixa comprida entre papel de seda e algodões. Dividido mais tarde entre os irmãos, aquela maravilha se acabou. Restará em alguma parte algum rei, algum bicho, algum santo?

Esse culto se fixou tanto para mim que nunca deixei de simular um presepe onde quer que estivesse, por minha vida inteira. Mesmo quando era um ateu professo, antes de ser como agora, tão somente à toa, queria imagens para armar meu Natal. Carreguei comigo um Jesus Cristinho nascente, por onde andei neste mundo.

O melhor dos festejos de Natal de Moc eram as pastorinhas. Havia muitos grupos delas que se organizavam nos arredores da cidade e vinham com seus vestidos fantasiosos e fitas coloridas cantar seus próprios cantos à porta das casas da gente remediada ou rica. À minha casa não podiam faltar, pela beleza do presepe que elas admiravam mais que ninguém. Fiapos dos seus cantos ainda se enrodilham na minha memória.

Viemos de longe
Viemos de Belém
Para o Deus Menino adorar
Do varão nasceu a vara
Da vara nasceu a luz
Da luz nasceu Maria
De Maria o Bom Jesus

Levei uma surra de mamãe, tremenda, numa noite em que fiquei até de madrugada acompanhando um grupo de pastoras pelos arredores da cidade. Ela tinha mobilizado meus tios, a polícia e já ia pedir socorro aos Ribeiro quando eu apareci, lampeiro. Era já minha vocação de etnólogo e eu nem sabia.

Essa é a religiosidade festiva que aprendi. A das festas, das folias, dos santos milagreiros. Um para cada especialidade: casar gente, achar chave perdida, curar doentes, qualquer coisa. Sobre todos eles reinava a Rainha do Céu, Nossa Senhora. Mil vezes mais importante que Deus, porque o tivera na barriga. Milagreira como ela só, em suas várias encarnações: da Assunção, que foi inteirinha para o céu, do Perpétuo Socorro, com sua cara eslava, que era protetora de mamãe e muitíssimas mais, enchendo de fé e esperança os corações das mulheres.

Deus mesmo não tinha muita importância. Ou era importante demais para se ocupar dos probleminhas do povo de Montes Claros. Suas encarnações ostentosas me atiçavam a curiosidade. Para mim o melhor era o Deus Menino que renascia todo ano no Natal. Soturno, mas assustador, era o Senhor Morto das procissões de Sexta-Feira Santa, acompanhado por gente encapuzada batendo matracas. Do Deus Pai eu não sabia nada. O divino Espírito Santo não. Este era visível na pomba que se punha em varas, acima de tudo nas procissões e sobretudo nas folias, que era a maior animação da religiosidade antiga.

O movimento da ortodoxia romana comandado pelos padres de batina branca que nem se casavam, falavam mal português e só sabiam perseguir as formas tradicionais de religiosidade popular quase matou o catolicismo em Montes Claros. Nos espaços abertos por eles se multiplicaram o espiritismo, o candomblé e ultimamente o protestantismo, cada vez mais vigorosos.

Imperador do divino

Montes Claros realiza, há séculos, por três dias, no meio do mês de agosto, sua maior festa popular. São as cerimônias de coroação dos imperadores do divino Espírito Santo, encarnados por meninos cujos pais patrocinam a festa. Cada imperador tem seu séquito de príncipes, princesas, pajens etc. Saem da Igreja do Rosário cantando:

Deus te salve cálix bento
Onde Deus fez a morada

No meu tempo, todo mundo participava das festas, pelo menos comiam na casa do imperador do dia. Serviam-se fartamente de comidas de sal e de doces postos em panelões e latas de querosene. Ainda hoje a ideia que tenho de fartura e prodigalidade me vem daquela festa.

Vem daí a história de que o meu desejo era ser imperador do Brasil. Falando daquela festança montes-clarense e de minha frustração infantil de nunca ter sido coroado imperador porque mamãe, professora primária, não podia custear a festa, os ingênuos generalizaram. Deixei correr a fala de que minha vocação era mesmo ser aclamado imperador do Brasil. Prometi a quem quis ouvir que, aclamado Darcy, o Único, resolveria em dez anos os problemas do Brasil.

A festa é estruturada em torno do culto monarquista dos negros, mas se sustenta pela junção de várias outras tradições populares e pela comilança gratuitamente ofertada a todos. No curso da festividade desempenham seu papel vários grupos dançantes, cada qual com seus cantos e músicas, seus instrumentos, suas fantasias e seu coração.

Os catopês são ternos tradicionais, quase vitalícios, de negros luxuriosamente fantasiados com contas, fitas, espelhinhos, aljôfares, panos coloridos e um capacete farfalhante. Dançam e cantam tocando tamborins, pandeiros e caixas para remarcar a presença negra no Brasil.

Lá vem nosso Rei
E mais atrás
vem o filho da Guiné

Essa tradição negra fervorosamente católica e fielmente monarquista expressa, penso eu, o negro forro que aderiu ao sistema. Eram muitos antigamente os que se dedicavam a grupos tradicionalistas, como os catopês, bem como os que festejavam o Treze de Maio e adoravam a princesa Isabel. Muitíssimos integravam irmandades, que levantavam igrejas e sobretudo cemitérios, onde seus membros tinham sepultamentos acompanhados por banda de músicos profissionais, em que todos os acompanhantes exibiam o luxo possível.

Diferente seria a mentalidade do negro quilombola que provavelmente guardava melhor as tradições da religiosidade africana. Estes a meu ver é que se difundiram nos cultos do candomblé e da macumba, engrossados depois por muito negro que se sentiu hostilizado pela nova Igreja Católica Ortodoxa e antitradicionalista. Não sei se é bem assim. Duvido, porque o principal grupo quilombola que estudei, o do rio Gurupi, guardava a mesma memória espúria, católica e monarquista. O certo é que o império escravista ganhou a cabeça dos negros, que só recentemente começaram a elaborar sua própria consciência crítica.

Outro grupo era a marujada de gente mais clara que entrava na festa por um simulacro de barca. Encarnavam os navegantes portugueses numa teatralização da nau *Catarineta*. É curioso ver no meio do cerradão seco de Montes Claros essa marujada de mentira encarnando os papéis de piloto, calafate e do grosso da marujada, todos em trajes próprios, branquíssimos, cantando e dançando:

Vamos ver a barca nova
A que do céu caiu no mar
Zão... Zão... Zão...
Lá no meio do mar

Seguiam-se dezenas de cantos não tão ricos e variados como os dos catopês, porque mais funda é a memória negra que a lusitana. Um terceiro grupo é o dos caboclins, que encarna a indiada portando penas vermelhas, arcos e flechas, além de longos cipós enrolados no peito.

Sou caboclo caboclim
Não brinco com ninguém
Quando pego minha flecha
Flecho muito bem

Seu feito maior é tramar dançando uma teia de cipós bem urdida sobre a qual alguns deles sobem para dançar. Seu canto mais cantado é:

Quem matou papai, vovô
Foi um grande matador
Quem matou mamãe, vovó
Foi um grande matador

Por ele se vê que alguma memória se guarda na consciência popular sobre a matança dos índios caçados como bichos, durante séculos.

A festividade mais rica e que mais encantava a população montes-clarense era a Cavalhada. Dois grupos de cavaleiros montando bons cavalos bem ajaezados se enfrentavam nos papéis respectivos de cristãos e mouros, em guerra sangrenta. Esta se travava a tiros de garrucha dados em bonecos de pau, e em lutas de espadachins se enfrentando sobre os cavalos. O mais bonito era o jogo das argolinhas, que se armava numa trave posta na cabeça da praça que o povo todo arrodeava guardando certa distância. Ali se pendurava um anel pouco mais grosso que os usuais. A façanha consistia em virem os cavaleiros em disparada, com lanças em riste para colher aquela argolinha. Quem conseguia ia ofertá-la a uma bela dama por sua graça e beleza ou a um poderoso que quisesse adular.

Estou cheio de vontade de voltar a Montes Claros para participar de uma Festa de Agosto. Não será como as de antigamente, mas muito belas ainda serão. Até me prometem, para consolar-me de minhas frustrações infantis, coroar-me imperador do divino. Qualquer dia eu vou.

Montes Claros é também cidade seresteira. Toda gente canta modinhas e temos muitos compositores talentosos, além de altos virtuoses do violão, do cavaquinho, do bandolim, da flauta e de outros instrumentos. Nas noites de lua cheia serestas percorrem a cidade, cantando debaixo das janelas das moças bonitas e às vezes subindo os Morrinhos, onde fica a capela e era um lugar belíssimo para ver longe, aos pés, a cidade iluminada. Ainda me ressoam as modinhas ouvidas lá.

Amo-te muito como as flores amam
O frio orvalho que o infinito chora

....

Eu sonho, às vezes, que tive um dia
de teus amores a primazia

O melhor flautista da cidade, seu Camilim, chegou a ser citado na igreja por um dos padres de batina branca, que perseguiam tanto as congadas como as serenatas. Teria dito: "Até homens afazendados, que deviam ser mais sérios, saem pela noite tocando flautinhas para incomodar as famílias".

A vingança do flautista veio através de uns capiaus que ele encontrou no caminho de sua fazenda, levando numa rede metida numa vara um defunto para enterrar ali por perto. Seu Camilim não perdeu tempo, disse que o vigário da cidade fizera uma promessa de sepultar um pobre e que havia tempos não morria pobre nenhum em Montes Claros. Deu 5 mil-réis aos capiaus e mandou levar o defunto para o padre. Os homens foram estrada afora, por duas léguas, bebendo seus 5 mil-réis de cachaça. Chegaram ao entardecer à casa do vigário, forçaram a empregada a deixá-los entrar, dizendo que traziam uma encomenda do padre. Puseram o defunto atravessado entre duas janelas da sala de visitas.

A empregada foi para a igreja atrás do padre, que estava rezando uma novena com muitas velhas, aproximou-se e disse: "Seu defunto chegou, seu padre!".

O padre estrangeirão não entendia nada. Foi se aproximando e ela repetindo a mesma coisa. Afinal, ela acrescentou: "É uma encomenda de seu Camilim".

As rezadeiras perceberam a molecagem, o padre terminou rápido a novena e saiu acompanhado de todas elas.

Em casa deparou com os dois capiaus que exigiam mais 5 mil-réis pelo carreto do defunto encomendado que o padre teve de dar. Muita gente se juntou rapidamente e todos exigiram que o padre pusesse o defunto num caixão decente e lá passaram a noite inteira exigindo café e biscoito, como corresponde a um velório. A cachaça eles mesmos compraram e dividiram. O sepultamento foi dos mais acompanhados da cidade. O padre ia à frente do caixão e atrás, quase toda a população. Ele teve que comprar um carneiro perpétuo e lá sepultar o defunto de seu Camilim.

Almerinda

Só me salvou desse intelectualismo juvenil, dois anos depois, o amor de Almerinda, primeira paixão real que tive. Era uma puta alta, cabelos pretos, bunduda, bonitona, a mais cotada da cidade depois da Manga Rosa, uma falsa loura gordíssima que era o encanto da moçada. Almerinda se embeiçou por mim. Me recebia toda tarde, às três horas, porque seus fregueses só chegavam mais tarde. Era desbocada como ninguém, gritava para quem quisesse ouvir: "Homem nenhum nunca me deu nada. Esse meu dente de ouro aqui da frente me custou muita raspa de boceta. A casinha de mamãe só comprei depois de anos de zona".

Almerinda era tão generosa que, vendo o meu encanto por uma putinha que apareceu por lá, ajeitou uma foda dela para mim. Ah! Que saudades da Almerinda!

Lembro-me bem do nosso primeiro encontro. Ela me vendo andar por ali, pela zona, olhando as putas, um dia me chamou:

"Quem é seu pai, menino?"

"A senhora não conhece."

"Não me trate de senhora, não, seu besta. Quem é seu pai?"

"Morreu."

"De que gente ele era?"

"Os Ribeiro."

"Já sei, esses ricaços. Eles não andam por aqui."

E acrescentou: "Venha amanhã me ver às três horas".

Quase não dormi à noite, na aflição e expectativa daquele encontro. Lá fui. Almerinda me levou pro quarto dela. Sentou-se na camona, cheia de travesseiros, com uma boneca enorme no meio. Me fez sentar ao seu lado, já me bolinando, e perguntou:

"Você já viu mulher nua?"

"Já, sim, senhora."

"Senhora é sua mãe!"

Eu me encolhi e expliquei que minha turma subia numa torre de igreja que havia por ali para ver as putas tomando banho de bacia no quintal da casa delas. Almerinda não gostou da minha referência às putas, mas me mandou tirar a roupa e, afinal, ficou também toda pelada. Encantado, mas espantadíssimo, vi seus peitos, suas coxas, o púbis enormíssimo, de pentelhos pretos que subiam pelas virilhas. Almerinda me abraçou, oferecendo os peitos. "Mama que eu gosto!"

Era demais para mim, que tinha horror de peito de mulher! Começou assim nosso amor, que durou dois anos, até eu ir para Belo Horizonte.

Essa relação esdrúxula de menino e mulher teve um efeito enorme sobre mim. Fez-me sentir homem-feito, maduro, com desprezo da moçada que nunca tinha nem fodido. Aprofundou também minha autonomia frente à Igreja. Importantíssima, porque a intelectualidade católica, que tinha à frente figuras brilhantíssimas, quase todas envolvidas no movimento integralista, exibia uma atração quase irresistível para meninos pios.

2. BELÔ

A CAPITAL

SAÍ FEITO, INTEIRO DE MOC, PARA ESTUDAR EM BELO HORIZONTE, Belô, em 1939. Ia incompleto e muito mal-acabado, sobretudo ingênuo, sem ter a menor noção disso. Era realmente um moção tolo de dezessete anos.

Cheguei a Belô recheado de propaganda do DIP [Departamento de Imprensa e Propaganda] enaltecedor de Getúlio. Horrorizado com os comunistas que tinham o mau gosto de estuprar freiras, segundo a revista pia que mamãe assinava, *Ave Maria*. Gostava demais dos sonetos de Bilac, detestava a pedrada de Carlos Drummond, ria de Portinari. Vale dizer: era um meninão boboca de pequena cidade do interior, precisando ser desfeito para ser refeito.

Belô, a capital, era a meus olhos enormíssima e belíssima. Toda asfaltada, aberta em avenidas e ruas de larguras imensas. Iluminadíssimas. Depois vi que o arruamento feito a teodolito, todo retilíneo, sem nenhum respeito pela morraria, era desastroso. Aquela retícula espichada sobre a montanha obrigava em cada quarteirão a galgar penosamente ou a descer perigosamente, mas isso só descobri muitos anos depois.

Belô foi meu amor à primeira vista. Eu ficava olhando aquela quantidade imensa de bondes elétricos rodando sobre trilhos em pares para lá e para cá. Gostava demais de ver e ouvir a campainha dos relógios de contar dinheiro, *plim, plim, plim, plim* para cada passageiro. Seus bancos duros cheios de gente bem-vestida, todos de sapatos, falantes. O motorneiro lá na frente dirigindo competentemente o elétrico, o cobrador saltando pelos estribos banco a banco para cobrar, sempre alegrim.

Coisa bonita era a avenida principal, com seus túneis verdes de imensos fícus que algum prefeito idiota mandou cortar. Outra beleza eram as ruas arborizadas com magnólias cheirosas, coisa que eu nunca vira. Havia, é certo, uma catinga no ar que me excitava as narinas. Custei a descobrir que eram os demasiados fogões queimando lenha ruim.

Conheci então o primeiro gay e ele me assustou muito. Ainda mais pela reação que provocou. Não sabendo do que se tratava, aceitei a conversa dele, tentando entender. Isso, ali na estação de bonde à meia--noite no meio de muita gente. Antes que eu percebesse as intenções dele, uns valentões caíram nele de pancadas, jogando o moço de cara nos trilhos. Era assim que Belo Horizonte reagia à homossexualidade assumida e militante — no tapa.

Bonita a valer era a praça da Liberdade, pelo nome, pelo ajardinamento e, sobretudo, pelas pencas de moças em flor, lindíssimas, flertando com a gente. Até mandei fazer um terno novo para não parecer tão caipira. O diabo é que eram todas arredias. Só a antiga namorada de Hélio dava, diziam.

Acresce que todas aquelas moças tinham donos. Helena, filha do governador, era de Fernando, atleta, nadador e escritor que exibia cartas de Mário de Andrade. Maria Urbana, filha do Israel, era do Otto, filho risonho do homem mais carrancudo que vi. Hélio acabou se encantando por Maria, do Bancomer. Até para mim escalaram uma filha do Gianotti, o rei do alumínio, que me rejeitou. Havia também a irmã do Morse, mocetona linda, longa e bronzeada, que me olhava lânguida, mas outro se adiantou.

Namoro meu naqueles primeiros tempos foi só Maria Lúcia Godói. Linda e grande cantora, por isso mesmo disputadíssima. Minha primeira paixão veio depois, foi Marilu, uma gentinha pequenininha, vivíssima e bonitíssima. Querendo agradar a ela, dei um livro, nada menos que o *Candide*, de Voltaire. A mãe de Marilu, vendo a impropriedade, riu descaradamente de mim. Ela era noiva de um cara que morava comigo na mesma pensão. Quando recebeu a carta de Marilu rompendo o noivado, caiu em xingamentos, me culpando de ter azedado seu noivado. Só então me animei a namorá-la, mas já estava indo de volta para Moc e depois para São Paulo. Perdi Marilu, mas nunca me esqueci de um agarramento que tivemos na beira da praça Raul Soares. Nem, muitos anos depois, nosso encantamento, que surgiu justamente quando fui invadido por Cláudia.

Mas estou ainda em Belo Horizonte. Minha primeira visita foi à viúva de meu tio Chico Ribeiro, herdeira de metade de sua fortuna. Vivia num casarão de esquina, elegantíssimo, a que se tinha acesso por um amplo jardim lateral. Meu tio o comprara de um ricaço que ia de mudança para o Rio. Comprou de porteira fechada, quer dizer, a casa com o mobiliário, as louças, as panelas, os talheres, os penicos e as cortinas. Estas eram francesas e a antiga dona voltou para negociá-las. Tio Chico as deu a ela.

Aquela era a casona em que meu tio pensava viver sua nova vida de banqueiro na glória. Coitado, morreu antes, de um ataque cardíaco como meu pai. Creio que também provocado pela doença de Chagas. Na casa vivia, quando eu fui lá, minha tia Luizinha, com sua irmã feiíssima. Lembro-me dela limpando suas mãos sempre úmidas na saia de veludo cotelê. Não foi muito cordial comigo, que se diga. Creio que seu medo era que eu quisesse me hospedar com ela. Doida, eu acabava de conquistar a liberdade da vida de pensão, que não trocaria por nada deste mundo. Nunca voltei.

Outra família belo-horizontina que frequentei foi a da Didi, menina-moça que conheci numas férias em Brasília de Minas, a velha Vila de Contendas. Moça linda, alegrinha, falante, mas fechadíssima. Nem beijos dava. Em Belo Horizonte me habituei a comer os ajantarados de domingo da família dela. Ali também Didi me dava pouca bola, mas aceitava meu namoro discreto, longínquo e disfarçado. Tinha também paciência de ouvir meus planos miraculosos de futuro médico, dono da melhor clínica cirúrgica do Brasil.

Fiquei amigo da família inteira, exceto do irmão mais velho, rapagão forte, desportista, que pegou de me detestar. Um dia se propôs ensinar-me a lutar boxe. Besta, fui na conversa dele, que pôs em mim as duas luvas e entrou a bater-me com a maior ferocidade. Sobrevivi porque nos apartaram. Fui para a pensão sentindo o peito arrebentado pelos murros do desgraçado. O namoro minguou.

A UNIVERSIDADE

EU SÓ QUERIA SER MÉDICO. DESEJO MEU E DE MAMÃE. PARA MIM, SER médico era vestir meu tio, o doutor Plínio: rico, prestigioso, refinado, lido, informado. O homem mais culto da cidade.

Comecei gostando muito do curso pré-médico, sobretudo de um gordo professor de psicologia que nos levava ao hospício para ver doidos, fazia e mostrava experiências de laboratório e falava de metodologia científica. Disse um dia, na aula, a coisa mais espantosa que eu tinha ouvido. Contou que, pondo uma gota de hormônio de galinha na crista de um galo, ele tomava os pintos para criar, maternalíssimo. Então, o amor materno era um hormônio? Gostei também de um jovem professor de biologia, com nome de sandália. Detestei o de matemática, seco e ríspido, que me dava aulas particulares e caras em sua casa e me reprovava nos exames. Creio que por escrúpulos, pelo suborno.

Desde então cismei com a ditadura da matemática sobre toda a educação. Ela é, de fato, um pendor que alguns têm e muitos não têm, não sendo ninguém melhor ou pior por isso. É uma disciplina tão vocacional como a embocadura para flautas. Colocada na posição de porteira de acesso ao Ensino Médio e Superior, tem feito um dano enorme, jogando fora gente boa como eu, por pura burrice.

A faculdade de medicina era um edifício imponente, implantado nos fundos do parque de Belô, ocupando vários prédios. O principal, das aulas, tinha um vasto subsolo com anfiteatros onde ouvíamos aula. Ao lado havia um sub-hospital da Santa Casa, que tinha também no subsolo os depósitos de formol e, sobre numerosas mesas, quantidade de cadáveres formolizados, todos masculinos. Esperavam os meninos da anatomia que viriam destrinchá-los.

Importante para mim era o vendedor de laranjas, que tinha uma máquina de descascá-las e de quem fiquei amigo. Como meus escrúpulos me obrigavam ir à faculdade, eu assinava o ponto ali com ele, chupando uma laranja. Lá, marcava meus encontros com os colegas para conversar. Eu, dispondo de todo o meu tempo, eles aflitíssimos para não perder nenhum pedacinho de aula.

Inventei então a universidade de meus sonhos, que busquei implantar mundo afora. Descobri, encantado, que podia frequentar os cursos de outras faculdades. A Faculdade de Filosofia me deixou maravilhado, com suas aulas abertas para quem quisesse assistir, eloquentíssimas. Gostei demais do professor de literatura, Guilhermino César. Lembro-me bem dele dizendo que na Idade Média todos ficavam em casa o inverno inteiro tremendo de frio. Homens e mulheres teciam e bordavam lã, conversando baixinho. "Suas roupas nasciam da carne de suas mãos, como as flores brotam das roseiras."

Melhor ainda era Artur Versiani Veloso, professor de filosofia, o único mineiro com coragem de si mesmo que eu conheci. Discursava eruditíssimo, inteligente e bem-humorado, sobre Kant ou Schopenhauer ou Freud ou quem lhe desse na veneta. Tinha fama de fauno do Colégio Santa Maria, onde estudavam, internas, as meninas mais bonitas de Minas. Abgar, recém-vindo da Inglaterra, dava aulas de poesia falando choroso dos jovens poetas ingleses que estavam morrendo nas trincheiras. Guardo ainda o verso de um deles: "*I had this night a rendez-vous with death*".

Bom professor também era Ayres da Mata Machado, quase cego, o mais feio da família mais feia de Minas. Ficava encantador, sorrindo doce, ao contar episódios bizarros e da história de Minas. Gostava também de falar do folclore cheio de nostalgia dos pretos.

Ali se davam aulas de tudo. Todas nesse diapasão declamatório. Uma maravilha, de que eu fruía contentíssimo, livre da matemática e dos cadáveres.

Melhor, ainda que mais contida, era a Faculdade de Direito. Lá dei com Orlando de Carvalho dando um curso sobre o governo inglês. Aprendi demais sobre parlamento, partidos, reinados, liberdade e liberalismo. O que mais me impressionou, porém, foi o curso de Filosofia do Direito que ouvi de Carlos de Campos. Ele foi a primeira admiração extasiada que eu tive na vida: sábio, caladão, soturno, mas eloquente e preciso como ninguém nas aulas. O admirável é que ele me viu. Até me levou à sua casa algumas vezes, onde sentava comigo na biblioteca e falava longamente com sabedoria incomparável. Inclusive me deu um exemplar de sua tese de cátedra. Também me deu a réplica que escrevera em latim contra seu opositor, provando que a tese dele era um plágio. O homem, velho professor da casa, suicidou-se, deixando um lanho fundo na personalidade de Carlos de Campos e envenenando suas relações com a maioria dos professores.

Amigos de então fiz muitos, que me ensinaram um novo estilo de viver. Um deles, todo tolhido, tinha uma vitrola e discos de música clássica. Ouvi ali pela primeira vez uma sinfonia de Beethoven, que eu me esforçava para gostar tanto como ele gostava. Hélio Pellegrino foi também meu amigo de então e de toda a vida. Outro amigo de então foi Raul de Sá Barbosa, católico contrito que queria me converter. Foi o jovem com quem mais convivi em Belo Horizonte, nos meus vinte anos.

Associei-me fraternalmente com a família Brant. Elza, que viera de São Paulo e tinha um largo chapéu de palha, me encantava e não me dava bola. Veruska, com seu uniforme de colégio, era uma gracinha, eu a namoro desde então. Celso era o mais inteligente, tanto que me induziu a alugar uma sala e mobiliá-la para fundarmos um movimento que não conseguíamos definir, mas chegou a imprimir um cartaz com um texto ditado por ele: "A união faz a força, mas é preciso que uma força faça, antes, a união".

Minha aventura principal com o Celso se deu nos porões da pensão da Dona Marucas, para onde ele levou um revólver e me propôs fazermos a roleta-russa. Celso rodou o tambor com uma bala só, pôs o cano no ouvido e puxou o gatilho. Nada. Aí me deu, eu fiz a mesma gesticulação heroica, mas na hora de apertar o gatilho apertei contra a parede. Foi aquele estouro. Muito meu amigo também foi Hélio Brant, que passava à máquina em papel linho os textos que eu produzia. Inclusive meu romance.

Na FAFI [Faculdade de Filosofia] fiz a maioria de meus amigos. Entre eles Morse Belém Teixeira, um dos melhores intelectuais de Minas, sociólogo competentíssimo, preparado como ninguém para escrever um ensaio sobre a mineiridade. Infecundo como uma pedra, nunca escreveu nada. Nosso prazer maior era subir, nas noites de luar, a avenida Afonso Pena até o alto do Cruzeiro, ouvindo Morse assoviar Debussy. A pessoa mais linda desse grupo era Maria da Abadia, paixão de nós todos. Mas ela só gostava do Morse, que se casou com Mariinha, sua prima, que o havia salvado da tuberculose. Encontrei Maria, depois, no Rio e em Paris. Sempre triste. Lá se suicidou.

Também amigo meu foi Iglésias, bom sujeito, quase invisível de tão magro, discreto e calado. Só os olhos brilhavam, como olho de sapo. Outro amigo era Amaro Xisto, que já nasceu sério e sorumbático. Cuidava sem parar do seu bigodão espesso e não largava a gravatinha enjoada espremida num colarinho brilhante, com que ele até dormia, penso eu. Competente e estudioso, não exibia sapiência nem sorria.

Rio

Ali por 1940 tive uma conversa séria com meu amigo Hélio Pellegrino. Primeiro fazendo *footing* na praça da Liberdade, depois subindo pelo arco do viaduto da Floresta, que era o desafio da moçada. Hélio era católico de confissão e comunhão, eu contestatário. Disse a ele que religião é mesmo indispensável. Mas não essas que estão aí, precisávamos inventar para o povo uma religião racional e motivadora. Hélio argumentou: "Mas isso já existe, Darcy, é o positivismo. Teve muita influência, tem até uma igreja no Rio de Janeiro".

Não resisti à tentação. Comprei passagem no noturno e me mandei para o Rio. Passei a noite no carro-restaurante bebendo cerveja e sonhando com o que iria ver: o mar, a civilização, os cariocas.

Desembarquei e entrei valente num táxi que mandei para o Hotel Suíço. Logo adiante me assustei, ao perceber que aquele agual manso que eu vinha olhando não era nenhuma lagoa. Era o mar. Fiquei besta com a mansidão dele.

Só no dia seguinte pude ver o mar, indo de bonde para a praia de Copacabana. Ali, não cansei de assustar-me com o bramar raivoso do oceano agitado em ondas, espumando. Entrei afoito com roupa e tudo e quase fui afogado por uma onda que me derrubou. Bebi muita água e vi que não era apenas salgada. Tinha gosto de sal de Glauber.

Voltei molhado para o hotel. Lá passei a ser o único ouvinte de uma guria precoce de bunda seca que tocava seu piano por horas. Quis elogiar, mas ela me disse, com desprezo, que eram meros exercícios. No dia seguinte visitei o templo positivista, que ficava ali perto. Lá, olhei longamente Clotilde de Vaux, pintada no fundo como a figuração de Nossa Senhora. Depois vi detidamente, dos lados, muitíssimas estátuas de sábios que patrocinavam os meses: Aristóteles, Platão, Newton, Descartes e outros.

Ali estava boquiaberto com aquela religião da sabedoria humana, em que os meses e até as semanas eram dedicados a grandes pensadores, quando me surgiu na frente o velhinho Benoit que me tomou por acólito conversível. Passei a tarde e os dias seguintes falando com ele. Ouvimos juntos uma conferência no templo sobre o santo da semana. Lemos depois, sentados num banco perto da janela, o catecismo positivista. Benoit discorria sobre a Lei dos Três Estados quando me pegou pelo braço e me levou para fora para mostrar a igrejinha da Glória. Embaixo, disse ele, nas velas da macumba, estava o fetichismo. No meio, a igreja mesma era o culto monoteísta dos católicos. Por cima de tudo o galo e o para-raios, que anunciavam a ordem positivista.

A verdade é que aquilo me impressionou fundamente. Melhor que o catolicismo era; sem dúvida, mais racional e sábio. Entretanto, não era difundível para o povo, e aquela Clotilde, que fora o grande amor de Comte, colocada no lugar de Nossa Senhora, me horrorizou. Ficou-me dessa época a amizade pelos Horta Barbosa, que conheci no templo, e a admiração por Rondon, positivista convicto que largou a cátedra de astronomia na Escola Militar para praticar o positivismo nas selvas, entre os índios, e que teria, depois, grande influência na minha vida.

Ganhei no Rio alguns amigos novos de minha geração. Maurício Vinhas, bonitão, inteligente e sedutor, carioca como ninguém. Costa Pinto, a mais funda vocação de sociólogo que conheci. Merecia ter feito obra muito melhor. Maria Yedda, minha colega, já dando aulas de história, sábia, falava do mundo inteiro como se fosse sua casa.

Visitando a FNFi [Faculdade Nacional de Filosofia] do Rio conheci Lísia, linda e inteligente, alta demais para mim, mas irresistível. Por ela me apaixonei e por amor dela voltei muitas vezes ao Rio nos trens noturnos da Central. Ida e volta com o pensamento em Lísia, na paixão mais devotada.

Assustei-me, entretanto, quando me apresentou à família. Vi que o seu plano era casar comigo. Casar? Contra mim? Como, com que roupa? Passei a imaginar planos de romper com meu amor. Mas Lísia era perfeita, ia à floresta da Tijuca comigo, me deixava ver suas coxas, me apresentava parentes inteligentes, reacionaríssimos, me ensinava Geografia. Um dia encontrei uma vaza para vencê-la. Foi quando me levou para ver um terreno alto, lindo, nas Laranjeiras, onde edificaríamos nossa casa. Lá havia uma árvore frondosa e Lísia me disse: "É minha árvore, Darcy! Nossa árvore".

Agarrei a deixa, gritei que ela era uma capitalista incurável, nada mais ridículo que supor que fosse dona de uma árvore milenar.

Comunismo

Dei de ler então literatura e poesia moderna. Um dia me encontrei gostando muito de Carlos Drummond, até da pedrada, creio que nasci naquele dia, como intelectual. Vivia vida folgada, mas não alegre, pelas frustrações que me assaltavam. De dia, escutava não as aulas de medicina, que eram minha obrigação, mas as de minha devoção. De noite ia pros bares discutir com os colegas que me mostravam Getúlio como um ditador cruel, a luta das democracias contra o Eixo, o reacionarismo do Estado Novo, a demagogia dos corais de Villa-Lobos, a grandeza de Romain Rolland e a beleza dos romances de Thomas Mann, Faulkner, Pirandello, que nos desprovincializavam. A nova literatura nacional de Jorge Amado, José Lins e Graciliano Ramos me encantou. Passei meses com eles nos cacauais da Bahia, nos engenhos decadentes e no Nordeste seco.

Nesses anos, JK, prefeito de Belo Horizonte, estava edificando o conjunto urbano da Pampulha, a cargo de Oscar Niemeyer. O que ele fazia era tão novo, diferente e espantoso que assustava os mineiros e por isso mesmo me entusiasmava. No dia em que Benedito Valadares foi lançar a pedra fundamental no *campus* da Universidade de Minas Gerais eu fui lá com o meu grupo para apedrejar, mas fiquei horas andando pela Pampulha, para lavar os olhos com as obras nascentes de Oscar.

Passei a ser disputado pelos integralistas e pelos comunistas. Corri grande risco de cair nas mãos de Plínio, porque o seu povo andava com as mãos cheias de livros novedosos. Histórias contando escandalosamente o que fora a República brasileira. Denúncias veementes sobre os sofrimentos atrozes que os banqueiros judeus infligiam ao mundo. O despotismo do império inglês, que se apossara de metade da humanidade só para explorá-la. Muita coisa mais, altamente informativa, sobre os minérios do Brasil, o petróleo e outras desgraças.

A queda de Paris virou minha cabeça, me encheu de ódio antialemão. Os comunistas não tinham nenhuma literatura nacionalista nem anti-imperialista. Falavam de tudo em tese, secamente. Por fortuna, havia o livro de Jorge Amado sobre Prestes, *O cavaleiro da esperança*. Preso havia dez anos numa cela triangular, sem falar com ninguém, contando todos os dias os tijolos do chão e fazendo contas de cabeça com eles para não ficar louco. Além desse veio romântico, caiu nas minhas mãos toda uma bibliografia nova para mim, questionadora. Eram leituras de simples divulgação, como da história da filosofia, que alargavam o meu mundo e refaziam minhas ideias. Textos sobre Heckel, Spencer, Marx, Freud, Nietzsche, Schopenhauer me empolgaram e me deram um novo discurso. Sempre de segunda mão e em espanhol, que aprendi lendo-os.

Ainda tenho um volumezinho histórico para mim, *A origem da família, da propriedade privada e do Estado*, de Friedrich Engels, que eu tentei reescrever quarenta anos depois com o meu *O processo civilizatório*. Consegui o volume em 1942, do livreiro Paulo Tedelman. Ele importava livros da Argentina para Chico Campos, que estava estudando marxismo em espanhol. Junto com os volumes do poderoso senhor, Paulo importava um para mim.

Aqueles eram anos da guerra mundial que se espraiava da Europa para as Américas e para o Japão e, afinal, para o Brasil. Fui tomando consciência de seus contornos ideológicos, que a princípio mal captava. A precária democracia, por um lado, com os franceses, ingleses e norte-americanos perdendo a guerra até a queda de Paris, que eu cheguei a chorar como derrota minha pessoal. Do lado oposto, as ditaduras neofascistas da Alemanha e da Itália, às quais se aliou depois o Japão, ganhavam batalhas e ameaçavam criar uma anticivilização teuto-nipônica milenar. Contra elas, o comunismo da Rússia, que quase estourou nosso coração com seus milhões de mortos pela máquina de guerra alemã, até a vitória na Batalha de Stalingrado. Não só os poetas maiores, nós todos nos lavamos em glória com aquele feito que reverteu a guerra. Muitíssimos viraram comunistas.

Eu pertencia então a uma célula comunista dirigida por Archimedes, preso na Penitenciária das Neves, mas que saía consentido para nos politizar. Grande feito de Archimedes, encarregado de disciplinar os nazistas presos, era obrigá-los a abrir enormes buracos, depois tapá-los cuidadosamente, socando a terra, para ficar como era e começar então a abrir outro buraco. Não era nenhuma tortura no estilo de Filinto Müller nem o horror dos campos de concentração nazistas, mas gostávamos de saber que aqueles bandidos sofriam nas mãos de Archimedes.

Registrou-se nessa época um concurso de oratória na Faculdade de Direito sobre Deus, pátria e família. Assisti e gostei demais da oração vaiadíssima de Marco Antônio, que era contra Deus, contra a pátria e contra a família. Recrutei-o imediatamente para o Partido Comunista.

Lembrando-me disso, me dói pensar na dureza do destino de meus companheiros comunistas jovens, principalmente Marcos e Mário Alves. O primeiro psicologicamente arrasado pela tortura, o segundo empalado, quero dizer, morto com um pau enfiado nos intestinos. Eles eram muito melhores que eu, ao menos capazes de se manter fiéis a uma ideologia debaixo das condições mais hediondas.

Meus caminhos foram outros, afortunadamente, mas ainda me lavo naquelas águas. Não sou comunista, nem marxista sou, mas sou discípulo, herdeiro de Marx, que vejo espantado como denominador comum de todas as ciências do homem, que é o que explica a atualidade de Marx. Sobre ele, contra ele, se escreveram montanhas de livros, todos esquecidos. Marx, desde um século e meio atrás, ainda nos fala de coisas que nem viu mas previu e, de alguma forma, explica.

Suicídio

Três anos de Belo Horizonte me haviam transfigurado. Vivia no planeta Terra sabendo detalhadamente o que acontecia mundo afora. Não só sabendo, mas tomando partido. Isso aprendi com os comunistas, a ser responsável pelo destino humano. Tudo que ocorra a um povo de qualquer parte me interessa supremamente, obriga-me a apoiar ou opor-me, impávido. Essa postura ética que presidiu toda a minha vida, conduzindo-me na ação política, em todas as instâncias dela, é um de meus bens mais preciosos. Dói-me hoje ver que a juventude de agora não tem nada assim para fazer suas cabeças e ganhá-los para si mesmos e para seu país.

Dei então de fazer literatura. Vale dizer, rabiscar uns contos e tentar poesias. Mais do que escrever propriamente, eu participava dos bandos de escritores em flor que sobravam por ali. Tomávamos pinga em xícaras de café nos bares, para disfarçar, e discutíamos literatura. Um tema desses grupos era o suicídio como ato supremo de vontade de um homem bravo. Tenho ainda o exemplar de um diário que escrevi então em que leio, agora, os pensamentos que me dominavam. O principal deles que lá repito várias vezes se expressa assim: "Não decidi se queria nascer. Hoje decido se quero viver".

É um perigo ter vinte anos impregnado de literatice. Tanto pior no meu caso, porque não me conformava com a vergonha de tomar bomba todo ano no curso médico. Horrorizado comigo, com minha humilhação e o sofrimento de mamãe, vendo os colegas mais imbecis passarem de ano, só eu não. A ideia de suicídio me rodava na cabeça como a única resposta forte para aquela tensão que eu não suportava. Nenhum aluno frequentava outras faculdades, fazia boemia literária e começava a escrever romances como eu, o mais natural é que fosse reprovado. Isso penso agora, me repensando. Então, era um desespero.

Vivi nessa disposição de matar-me, discutindo suicídio num bar, até que um poetinha medíocre, que usava longas costeletas, ameaçou matar-se. Eu disse que ele não tinha grandeza para tanto. Suicídio é pra gente de talento. O idiota suicidou-se naquela noite, tomando arsênico. Registrei o fato em meu diário, concluindo friamente que o poetinha suicidou-se para mim, livrou-me do imperativo de matar--me. Vinte anos é mesmo um perigo, tanto para a gente quanto para os amigos.

Diário de Belo Horizonte

Guardei milagrosamente esse diário meu, escrito em Belo Horizonte em 1943. É um cadernão de capa dura e duzentas páginas e começa em 15 de março de 1943. Daí em diante registro quase só o dia do mês e o dia da semana, sem dizer de que mês se trata. Foi escrito às vésperas da minha mudança para São Paulo.

Folheando, vejo nele muita coisa esquecida. Por exemplo, uma viagem ao Rio em que levei cartas de apresentação de Guilhermino César para Abgar Renault, de Ayres da Matta Machado para Carlos Drummond, além de um bilhete do Vinicius para o secretário de Drummond. O que me impressionou mesmo e vou transcrever, em parte, é uma série de apreciações sobre os poetas com que convivia. O Batolota, de quem não me lembro mais, o velho Matta Machado, o Nilo, bom poeta então e por longos anos mais, o Oswaldo, que sumiu no mundo, o Fernando Victor, também desaparecido, o Vinicius, o Barcelar, o Jesus Miranda, o Edson e, sobretudo, o Waldir, que me comoveu mais por quem era e pelo que fez.

> 19 de março, sexta-feira.
>
> Didi
>
> Estive ontem com Didi, ela está noiva do Luiz. Didi lembrou-me de Contendas, de nossos passeios, falou de tudo com uma linguagem morna, diferente da que eu usaria para recordar. Maria estava conosco. Ficou calada, como é próprio dela, ouvindo calmamente o que nós dizíamos. Pensando, talvez, no que tivesse sido para mim aquela Didi de dezesseis anos que passeava conosco em Contendas.
>
> Nos lembramos emocionados da sepultura do cigano. Lá no morro, perto da igrejinha, estava ela, de pedra, com inscrições em língua que não pudemos compreender. Inventamos que, enterrado ali, estava um homem que não conhecíamos, de quem nada sabíamos: um cigano. Inventamos também toda uma vida para ele.

Começamos, então, a falar de nós mesmos. Didi se exaltou um pouco, falando, ciumenta, de Cristina, de quem eu até tinha esquecido. Lembrou-se de sua boca vermelha pintada de batom, e eu fiquei pensando no corpo quentinho de Cristina. Já então eu decidira que Didi era melhor que ela. Eu e ela, sentados juntinhos no passeio alto da casa de meu tio, as perninhas balançando e marcando o ritmo com os calcanhares. Quanto mais apressados batíamos, mais apertávamos nossas mãos, que se beijavam.

Amanhã Didi será casada e já não poderemos sonhar com viagens ao Bósforo. Mas, se der jeito, falaremos sempre daquelas férias e de nossos passeios de criança, lembrando a pedra do cemitério, de nossos gostos desencontrados. Eu gostava do muro negro do cemitério. Ela, de uma igrejinha caiada, branquíssima. Olhávamos todo dia pelas frestas da porta, querendo adivinhar o que tinha lá dentro. Só teias de aranha, disse ela, e velhas imagens. Voltamos dizendo que as teias eram grinaldas e Didi ajeitava na cabeça um véu bordado, finíssimo, que nunca existiu. Didi voltou a falar de nós, de que éramos uma só pessoa. Quase contei que ela fora minha amada, que só ela poderia me salvar do despenhadeiro que eu via à minha frente.

Sim, Didi, casarás em breve. Tinha que ser assim. Nosso mundo era a infância e se foi com ela. Perdemos toda a possibilidade de sermos o que esperávamos.

Somos tochas vivas, chamas em movimento eterno, chamas de uma mesma tocha, mas chamas sempre acesas, gastando--se numa mesma noite.

22, quinta.

Waldir

Waldir é o tipo mais ridículo, gozadíssimo, chamamo-lo (*sic*) "o poeta de costeletas", em homenagem à costeleta negra que ele derrama da orelha até o queixo. Usa uma gravata jogada por sobre os ombros, displicentemente. O faz com a cara fechada de gênio demoníaco quando nota que alguém o está observando. Com o lápis na boca, faz gestos falando sozinho na mesa do café. Depois para por alguns momentos, fixando os olhos em alguma coisa. Daí toma o lápis e escreve num caderninho que carrega sempre para depois passar a letra horrível, com a ponta dos dedos batendo na mesa com tanta força que as xícaras tremem, contando as sílabas.

É um menino de dezessete anos, estuda num ginásio ou coisa parecida e diz ter estado no Caraça. Mostra-nos um soneto dedicado a um garoto, seu primeiro amor. Disse-lhe que não devia escrever nos bares coisas de amor para excitá--lo e ouvi-lo dizer que o homossexual era o mais precioso e o mais sublime dos amores. Justamente por ser antinatural por excelência, o chamou de amor natural, de infame etc.

Em seu inédito *Gotas d'água*, dedicado à irmã de Íris — Cidinha —, uma garota de catorze anos, fez versos do coração, da carne e do cérebro. Nos últimos inclui um que chama "Crânio", que consiste em comparar seu crânio com uma caldeira de um trilhão de cavalos, cujo encanamento aguenta pressões superiores a essas.

O mocinho é de uma inocência que faz pena. Prometeu ao poeta "banguelo" cortar a costeleta se ele fizesse publicar um de seus sonetos. Disse-me que o Edson não pôde fazer nada por ele e mandei-o passar para a vala comum, para os jornais do interior, para os quais os poetas da capital são sempre notoriedade que estão prontos a expelir.

Não é direito que deixe de falar da impressão horrível que me causou reconhecer no poeta de costeletas dezenas de atitudes minhas. Isso me abateu imensamente. Foi preciso que eu me visse naquele espelho horrível para reconhecer o ridículo das minhas atitudes. Minha mania de fechar a cara algumas vezes ao jogar a gravata negligentemente, como se o vento o tivesse feito. Ele sou eu caricaturado, eu mesmo mais determinado em minhas taras, na mania de impressionar a quem, como Nazário, falou Geraldo: "Eu também fui assim. Também fazia tudo para impressionar os outros".

Impressionou-me sobremaneira o momento em que disse: "Faz isso pelo orgulho de se pertencer a uma grande raça. Eu também o fiz. Perdoe-me, mundo".

"Ó homens, perdoem-me vocês, riam-se de mim como eu me rio dele. Mas eu poderia ter feito mais ainda, eu fui horrivelmente ridículo."

Eu afirmo ainda hoje que mudo de opiniões com o mudar das horas e justifico dizendo que devemos acordar cada manhã um novo homem, para um novo dia.

"Waldir, você é a minha caricatura. O mesmo de ridículo que encontro em você encontro em mim."

"Waldir, que a vida lhe mostre um outro Darcy. Um Darcy mais ridículo ainda e que lhe possa fazer ver o terrível papel que representamos entre os homens."

A minha mania de contar a quem quisesse ouvir a minha paixão pela Juju, aquele brinquedo de criança de que minha imaginação mórbida como a sua fez um romance, minha mania de fazer-me sofredor. Minhas mentiras. Tudo está em você? Algumas coisas menos. Outras mais determinadas.

De nada me valerá dizer que fui isso, somente serviria para fazê-lo odiar-me como eu odiei a tantos.

E continuo por aí em diante vendo em Waldir minha caricatura, querendo não mais ser eu.

22, sábado.

A morte

"O poeta de costeletas", Waldir, suicidou-se ontem. Espantou-me enormemente a notícia. Quinta-feira estava na Casa de Minas conosco. Disse que ia se suicidar, repetiu, aliás, pois vivia falando disso. Estava com uma lata de formicida e Fernando Victor aconselhou-lhe comprar trigo mocho mais próprio para ratos... tampouco tomamos em consideração seu aparente lero-lero. O poeta "banguelo" tomou dele a lata de veneno, mas Fábio fez com que lhe devolvesse. O rapaz é mesmo minha caricatura. Uma nossa caricatura. É como nós mesmos, nós que vivemos falando em suicídio, vomitando palavras sem sentido, somente para impressionar os que nos rodeiam, o velho caso da necessidade de consolo. Todos nós precisamos de carinho, uns mais, outros menos, mas nenhum pode passar sem ele.

Waldir foi nossa caricatura porque tinha determinadas tendências que em nós apenas se esboçam. Foi mais desprezado, viveu só e humilhado. Só com o seu complexo de complexos, o que já é alguma companhia.

Ontem, afinal, fez o que ele dizia.

Já não mais veremos no bar um recém-morto. Morreu com dezessete anos, com sua enorme costeleta trombeteando sua presença entre os homens. A gravata jogada para trás sobre os ombros como a querer advertir-nos de que dentro dele havia um homem despreocupado com nossos pequeninos requintes (eu, o homem dos requintes). Disse-me no parque que se vestia assim justamente para não se confundir com o vulgo.

É impossível revelar em duas páginas a personalidade complexíssima do "poeta de costeletas". Uma nossa caricatura perfeita, um rapazote enfeitado enfrentando seus mil complexos e mil taras, que nós apenas notamos para esquecer depois. Um homem que não encontrou lugar entre os outros, que não pôde conquistar o mundo e não podia compreender o mundo senão em função dele.

Se qualquer de nós lhe dedicássemos algumas horas de nosso dia, inúteis, isso não teria acontecido. Com facilidade o demoveríamos dessa ideia. É um maria vai com as outras, segundo disse Vinicius.

Falo sempre do suicídio no sentido de uma atitude que se toma diante dos homens e de Deus. Uma atitude de afirmação própria, atitude do homem que, não podendo conformar-se com a ordem do mundo, encara o mundo e a Deus e grita-lhes com sua morte; uma negação de seus valores, seu desprezo, as porqueirinhas pelas quais eles conseguem viver. Mas isso fez Waldir. Matou-se como um ato romântico para chamar a atenção dos outros.

É inútil projetar sobre nós as tragédias dos outros. Mas não resisto à tentação de fazê-lo. Desde o primeiro momento em que soube de sua morte, não paro de brigar comigo. Me ponho em seu lugar. Comigo aconteceria também o mesmo.

E sigo eu por aí lamentando em páginas mais a morte de Waldir e assumindo que ele morreu para mim. Que não preciso mais pensar em suicídio e concluo: "Matem-se quantos queiram fazê-lo, como uma negação dos ideais de seus contemporâneos, mas nenhum apenas por um sonho mórbido".

Amor

Na verdade, verifiquei depois, meu pendor ao suicídio não era tão grande assim. Maior, muito maior, era meu amor à vida e meu temor da morte. Isso foi o que provei a mim mesmo ainda naqueles dias. Eu vivia na pensão de dona Francisquinha, na rua da Bahia, em frente à igreja de Lourdes, quando lá chegou uma mulherona de estampa. Ely, gaúcha, loura, bela, com duas tranças douradas postas em rodilha por cima das orelhas. Eu me encantei instantaneamente e passei a dar a Ely todos os salamaleques e atenções de que fui capaz.

Uma noite, voltando para casa, encontrei-a na varanda me esperando. Conversamos, nos abraçamos e estalou aquele beijo. Os dias seguintes foram de bolinação feroz; eu, encantado de ter em meus braços aquela lourona fantástica, que me beijava com sua boca frouxa e molhada. Até então, a única mulher que conhecera mesmo fora Almerinda. Agora, Deus me mandava todo aquele mulherão.

Assim que o movimento da pensão se acalmava, Ely me levava para seu quarto e me comia. Eu a tinha pelada sob os lençóis, com as tranças desfeitas, só vestida na cabeleira longa. Aquela oferenda miraculosa era o mais forte amor carnal, mas era também o outro amor, de falas longas balbuciadas e tolas, de meiguices infantis e até de cócegas, que eram a especialidade dela e meu desespero. Ely e eu, apegados de não nos desgarrarmos nunca, viramos o escândalo da pensão. Comíamos o almoço e o jantar de olhos pregados um no outro, na expectativa da noite de amor rasgado.

Um dia dona Francisquinha me procurou e me chamou à fala. Disse que mamãe me havia entregado a ela e era sua obrigação advertir-me. Não aceitava tuberculosos em sua pensão, mas Belo Horizonte, como cidade climática, atraía muitas pessoas apenas propensas que lá iam viver temporadas para fugir do perigo. Tinha os atestados médicos de Ely como não contaminante, mas eu precisava saber disso.

Morri de medo. Tuberculose então era doença que matava de maneira fulminante. Fui ao médico, fiz e repeti exames de escarro, radiografias do pulmão e fugi para Moc, com medo dos atrativos de Ely, a minha amada. Aprendi assim como é escassa a potência do meu amor, mesmo quando apaixonado. Vi claramente que meu medo de morrer é coisa real, fortíssima, diante do qual até Ely empalidecia. Tanto amor, tanto carinho, tanto apego apagados instantaneamente pela suspeita infundida em mim pela dona da pensão. Não disse palavra a Ely. Fugi.

A GUERRA

De volta a Belô, mudei-me para a pensão de dona Marucas e sua irmã, Mariquinhas, ambas sessentonas. Com elas se deu também o que se dá comigo ao longo da vida. O talento de infundir sentimento de carinho e vontade de proteção sobre o ser desvalido que sou. Décadas depois, as duas ainda se ocupavam de mim. O mesmo ocorreu com quantidades de mulheres que me tomaram como seu objeto de afeto. Nunca tive esse poderio autárquico dos machões empedernidos, sempre vivi carente de amor e carinho. Felizmente, tive minha dose de ternura, não tanto quanto mereceria, mas alguma.

Na nova pensão vivi envolvido num outro grupo de amigos, poucos da medicina, os mais eram estudantes de direito e filosofia. Passava minhas tardes olhando para a rua e o colégio Arnaldo, que ficava na frente. Mais horas passava no quintal, vendo correr um riachinho que milagrosamente aflorava ali, no meio de um bananal. Eu meditava triste sobre o meu destino, sabendo já que não seria médico, mas procurando um novo caminho.

Estava muito enfronhado, então, no movimento estudantil do diretório central de Minas e na criação da UNE [União Nacional dos Estudantes] no Rio. Disso me ocupava ágil e falante. Essa conjuntura me deu a possibilidade de convidar várias personalidades para dar conferências aos universitários de Belô. Entre eles, Jean Désy, embaixador do Canadá, e Donald Pierson, eminente sociólogo norte-americano.

O canadense me ofereceu uma bolsa de estudos em Ottawa. Alcançável se eu tivesse coragem de embarcar num comboio, naqueles tempos de guerra em que todo dia afundavam navios. Pierson passou vários dias comigo, visitando as velhas cidades mineiras: Ouro Preto, Mariana, Congonhas, Sabará. Espantado de ver a beleza e a riqueza prodigiosa daquelas igrejas, toda uma cultura barroca que floresceu no período colonial. No seu país nunca houve coisa assim. Acabou me oferecendo uma bolsa de estudos para a Escola de Sociologia e Política de São Paulo.

Voltei para Moc com esses desencantos e essas ofertas na cabeça. Lá fui surpreendido pelo chamado do Exército, que estava treinando rapidamente bancários e universitários para a FEB [Força Expedicionária Brasileira]. Minha sensação foi de perplexidade. Queria gostar de ir para a guerra, brigar de arma na mão, fazer façanhas matando alemães. Mas me comovia também a tristeza que caiu nas famílias dos convocados, sobretudo na minha. Todas entregues a choros deslavados, com medo de perder seus rapazinhos. A guerra para mim era questão ideológica. Sendo comunista militante, eu tinha que enfrentá-la como um dever até honroso. Para a gente mineira, era coisa de Getúlio que, depois de brincar de pró-germânico, caiu nos braços de Roosevelt.

Um dia chegou a Montes Claros a composição ferroviária que ia levar todos os convocados da região para São João Del Rey. Nela entramos nós, querendo parecer alegres, valorosos. Só de Montes Claros havia mais de vinte. A choradeira das mães, namoradas e parentas daria para lavar a praça da estação.

Em cada cidade que passávamos o trem parava para receber mais algum convocado, e se repetia o lamento. Onde eu tinha antigas namoradas, como em Bocaiuva e Curvelo, ganhei os abraços mais apertados que elas me deram, até beijos de boca lhes roubei. Desembarcamos, afinal, no grande quartel do Exército em São João Del Rey. Lá comemos o rancho, que para nossa fome pareceu até muito boa comida, e dormimos sobre nossas trouxas num barracão.

O dia seguinte foi de exame médico. Nunca vi coisa mais deprimente. Milhares de jovens mineiros nus em fila, com seus corpos malformados, tortos, feiíssimos. Um e outro, aqui e ali, exibia alguma robustez e esbelteza. Não eu, que era um magricelo raquítico. Que bom andarmos vestidos, assim nos livramos e a todos do espetáculo de ver tanta feiura.

A fila andava lenta na direção dos médicos, que olhavam cada jovem, examinavam sua ficha, pesavam, faziam duas perguntas, agarravam o pau e espremiam. Lá fui eu, naquele trote lento. Chegada a minha vez, o médico, espremendo meu pau, arrancou uma gota amarela. Só disse: “Gonorreia. Vá pro lado de lá”.

Assim me salvei da guerra, de ser um herói e quem sabe até de chegar a general.

Lapa grande

Voltei a Montes Claros com um sentimento de rejeição, pela medicina e pela guerra. Lá fiquei tão à toa que decidi escrever um grande romance. Escrevi. Cada semana mandava resmas de papel almaço para Hélio Brant, e as recebia lindamente datilografadas. Ainda tenho esse romance. Felizmente inédito, e aqui proíbo terminantemente a qualquer aventureiro publicá-lo, em qualquer tempo. Naquela época eu o achava tão bom que o mandei ao concurso de romances da Editora José Olympio. Rejeitaram a mim, e também a Guimarães Rosa, para premiar Antônio Olinto.

O tema do meu romance é a história de um jovem de seus vinte anos apaixonado por sua prima Júlia, nome da namoradinha mais querida que tive em Montes Claros. O diabo é que ele era cego e viveu nas centenas de páginas a dor de sua cegueira doída, não se explicava por quê. Ser cego já é ruim, ser cego doendo é pior ainda. Ele só tinha paz quando saía de casa e entrava na Lapa grande, uma gruta quilométrica que fica numa antiga fazenda do meu tio Filomeno. Belíssima para quem tem coragem de entrar fundo e acender luzes nos seus imensos salões, cruzados de estalactites e estalagmites pingando água calcária e formando assim enormes cones inclinados e cristalinos, de beleza ímpar.

Mas meu cego, sendo cego, não ia lá para ver nada disso. Ia para ficar de olhos abertos, por seu amor à escuridão que a cegueira só não lhe dava o suficiente. Qualquer luminosidade que incidisse sobre seus olhos provocava dor intensa. Depois de dezenas de episódios de que não me lembro, o livro conclui com meu cego no seu quarto, imerso na penumbra das janelas fechadas, onde só entrava a luz vermelha do sol filtrada pelas telhas. Estando ali, ele sente a mãe se aproximar e acercar-se. Levanta-se, põe-se face a face com ela e crê ver um vulto. Levanta as mãos e passa as papilas dos dedos no rosto da mãe, que era sua maneira cega de ver. Percebe então, perplexo, que estava vendo. Acha a mãe horrível. A humanidade é muito feia.

Terminado o romance, eu não tinha mais o que fazer. Decidi então aceitar o convite do professor Pierson e mandar-me para São Paulo. Fui procurar meu tio e tutor, o coronel Filomeno, para comunicar minha decisão e pedir seu apoio. Lembro-me bem de nosso encontro. Meu tio lá estava, na fazenda dele, sentado numa cadeira preguiçosa que mantinha parada, vestido num terno de brim cáqui, fumando um cigarro de palha que ele mesmo fazia. Era o homem mais rico e poderoso da região. Enriquecera gerindo os bens de minha avó, que em parte seriam meus e de meu irmão, além do que nos coube por herança, isso porque Filomeno consentira nas espoliações que nos fizeram, depois da morte de meu pai. Eu seria, supostamente, herdeiro dele, assunto que ganhava atualidade, uma vez que eu fizera 21 anos e entrara na gestão dos bens que herdara de minha avó Deolinda.

Meu padrinho Filó ouviu calado meu longo discurso apaixonado. Se sou falante e eloquente hoje, imagine o que era aos vinte anos. Discorri longamente sobre a porcaria que era a medicina, que não era a ciência da saúde e da vida, mas da morte e da prática de tratar com doentes que são feios e fedem. Disse a ele, peremptório, que ciências boas eram a sociologia e a antropologia, que tratam de gente viva, atuante, por isso é que serviam para mim. Meu tio me ouviu sem piar. Quando parei a discurseira, ele tirou o pito da boca, me olhou e só disse: "Se eu pegasse sua idade, ia é tocar o Santo André".

Com essa fala, ele me herdava e deserdava, o que minha mãe logo percebeu, muito zangada. Punha nas minhas mãos uma das maiores fazendas de Minas, que fora a sesmaria da família Sá, Santo André do Brejo das Almas, com sua sede majestosa, suas senzalas, os pastos aramados, as morrarias cobertas de mata. Num canto dela está hoje a cidade de Francisco Sá. Evidentemente a oferta era atrativa, ser dono do Santo André daria alto prestígio a qualquer um, seria boa base até para o sucessor de Benedito no governo de Minas.

Para mim a decisão era terrível, me cabia optar entre pôr um chapéu de couro e tocar a gadaria do Santo André ou insistir contra meu padrinho, de ir estudar ciências sociais em São Paulo. Aquele intelectualzinho atônito tremeu nas bases e optou. Foi ser cientista em São Paulo.

SAUDADE*

Saudade de mim. Saudade de meus idos, dos sidos e dos que deviam ter sido. Compor memórias é tocar ao vivo meus nervos e seus nervos vivos, redivivo, rememorando para pôr aqui, devolvidos, prazeres e dores. Penas e glórias que dormiam abafadas, esquecidas de mim, me voltam, reviscejam. Curto saudade. Saudade de quem?

Serpentinas que desenrolei sobre Bia naquele Carnaval longínquo.

Três tiros que dei, nenhum mortal, menino e rapaz.

Um beijo ou dois, roubados de minha prima.

Outros furtos, perpetrados e descobertos, ou até hoje secretos.

O suicídio daquele poeta louco que se suicidou por mim.

Meu primeiro verão carioca, radioso, eu tão mineiro e tolo.

A vitória apenas entrevista: Alas!

A neve suja que derreteu na minha mão: brancura impura.

A moça que me piscou e fugiu da janela.

A sonhada senhora de *peignoir* florido que nunca mais milagrou.

A clara dona, que veio depois de anos de espera, veio e ficou.

Gentes gentílicas que vi, amei, tão completas.

Obras que edifiquei e aí ficarão, testemunhando.

Música, enchendo espaços latifundiários de mim.

Aulas que dei, tantíssimas, esquecidas.

Aquela golfada de sangue no hotel.

A mordida de tubarão que tirou a metade melhor de mim.

Meu medo-pânico de me saber vulnerável, mortal.

A eleição perdida e a glória entrevista.

Esta escritura contraditória.

---

* *Migo*, pp. 42-3.

O que me veio, se foi, só me deixou vazios. Quem veio a mim chegou, partiu. Quem me virá na próxima hora? A hora próxima, haverá?

A VOZ*

Vamos, voz, chegou sua vez, nos diga aí, agora, quem é você? Qual é a sua?

Eu? Eu mesma não sou. Expresso apenas nossa carnalidade imaculada: a vossa, de vós que viveis, e a geral: a das carnes e a das flores. Todos vós, bichos e plantas, isso sois: máquinas eróticas viventes. Espantosa sexualidade de todo ser vivo, feito, refeito, desfeito, na torrente de coitos, ciúmes, incestos, orgias, taras, mênstruos, abortos, partos. Foi Deus mesmo quem disse ou fez dizer: "*Inter faeces et urinam nascimur*".

Confesso que me encanta, tanto como me horroriza, esse caudal vibrante. A vida vivendo sua dimensão planetária de violência desenfreada, feita de amor e morte. Meu tema e problema sois vós, bichos e plantas. Ativados pelas tesões frementes que vos imantam. Embrutecidos pela agressividade inata do vosso pendor assassino. Mas abençoados pela vontade de beleza e de ternura — ó mistério — a que às vezes sucumbis.

A vida é enfermidades da matéria, amor e pestilência. Vossa fonte vital é a caldeira intestinal turbilhonante que carregais, movida a miasmas de fervilhante coalhada podre. É o rio rubro de sangue vivo, enxameado de glóbulos e amebas que vos percorrem em guerra sangrenta, nutrindo nervos e carnes, saneando, excretando. Tudo isso astuciosamente centrado ao redor de vossas gônadas; aureolado pela energia espiritual da tesão; freado, sofreado, pelas rédeas do orgasmo e do cansaço.

Amar é o preço de viver. Sexos e flores, erotizando e florescendo, multiplicam a vida. Assim vos faz a natureza, perdulária, jorrando vida prodigiosamente para da morte nutrir mais vida. Tamanhamente que cobriu já o planeta inteiro com esse mofo vital que vive e morre enquanto alenta, ama, dói, goza e pensa.

---

* *Migo*, pp. 354-5.

Atolados na vida, amais engolfados uns nos outros, machos e fêmeas, afogados em rios de esperma. Nascidos, saem da matéria cósmica corrompida pela vida, como gota emprestada de matéria vivente, acesa de fome insaciável para comer e expandir-se e de erotismo para transar e reproduzir. Viveis absorvendo e desgastando imensidades de matéria putrível para prosseguir na fermentação fabulosa que é a vida, num derrame prodigioso de energia, concatenado pelo amor para a morte.

Mortos, morreis vivendo uma exaltação final de purulência furiosa, que vos lava das carnes para nos devolver ao universo como átomos tão limpos de vós, que não levam marca nenhuma, nem sequer a mais remota memória de que um dia esplenderam e federam como matéria vivente.

Esse é o diapasão em que me ponho e me penso. Horrorizado desse Gê e de sua eloquência porca. Exausto de sua busca de dimensões outras de brancura. Quais? Como negar que sois, e só sois, massa borbulhante, bolhas que espoucam breves e se acabam? E por que não havíeis de ser assim?

Que é para vós mortais o puro e o impuro? Que é pureza? Que é pecado? A vida é morte, é carne fervilhante. O amor é vida esfumaçando em vãs espiritualidades, arroubos místicos. Ou se queimando em heroicidades, martiriológios, santidades. Essa é vossa humana dimensão: amor e furor; gozo e dor; tesão e pudor; ser e saber. A minha? Ó, nem sou.

"Rasgo dos mundos o velório espesso."

Raul

O MELHOR RETRATO QUE TENHO DE MIM, QUANDO JOVEM, DEVO A Raul, que o compôs com base nos seus diários daqueles anos. Não é um texto autobiográfico meu. Seria no máximo biográfico. Mas eu estou tão inteiro ali, no que fui e de que me esqueci, que o reproduzo a seguir.*

A portrait of the artist as a young man

Mineiros, os dois, eu de Caxambu, quase São Paulo, ele de Montes Claros [muito mais Bahia do que Minas, dotada de um sertão são-franciscano, uma zona de cerrado que vai até Goiás], nascidos, ambos, em 1922, eu em setembro, ele em outubro, fomos estudar em Belo Horizonte no mesmo ano: 1939. Ele, medicina; e eu, direito.

Morei, primeiro, na rua Baturité, 37, Floresta, em casa de meu primo Evaristo. "Fica até desasnar", tinham dito os parentes. Mudei-me, depois, para as Pensões Reunidas, na rua Bernardo Guimarães, 1592, mas escoltado por dois conterrâneos, antigos colegas de ginásio, que gozavam da confiança da família. Em começo de 1940 fui, sozinho, para a casa de tio Raul, na rua Curitiba, 1832. Uma bela mansão, com jardins e piscina de todo tamanho (em que, prontamente, afoguei).

Tio Raul Sá, formado em direito, fizera carreira à sombra de Venceslau Brás, de quem fora oficial de gabinete na Presidência da República. Foi também promotor de Justiça, tabelião no

---

* O texto foi preparado como apresentação a uma seleta (não publicada) de entrevistas. O autor dizia: "Darcy Ribeiro não precisa de apresentação. O imenso talento, a bravura cívica, a aventurosa carreira política, a obra de antropólogo e a de romancista [...]. Quem precisa de apresentação sou eu, diplomata *défroqué* e tradutor bissexto [...]". Explicava por que o professor lhe atribuíra a tarefa ("por antiguidade, não por merecimento" — eram amigos há mais de cinquenta anos): "Darcy me pediu que falasse também um pouco de mim, que lhe fornecesse achegas sobre o período em que convivemos na mocidade e sobre a Belo Horizonte daquele tempo, com vistas a um eventual livro de memórias". (N. E., 1ª edição.)

Rio de Janeiro, prefeito em Minas de Cambuquira e Lambari cumulativamente, deputado federal em várias legislaturas (pelo PRM e pelo PP), e primeiro-secretário da Câmara. Constituinte de 1933, teve seu nome incluído na famosa lista de candidatos à sucessão de Olegário Maciel, pedida por Getúlio Vargas aos principais caciques das Alterosas: Bernardes, Venceslau, Antônio Carlos... Para espanto de todos eles, Getúlio nomeou interventor o deputado Benedito Valadares Ribeiro, de Pará de Minas, cujo nome, ainda obscuro, o presidente acrescentara, de próprio punho, à malfadada relação.

Quando fui morar com meu tio, que me arranjara um emprego com Ovídio de Abreu na Secretaria das Finanças (hoje Fazenda), ele já amargava um apagado lugar no Departamento Administrativo do Estado, depois de haver ocupado a Secretaria de Viação e Obras Públicas. Prêmios de consolação. Horrorizada com a pasmaceira de Belo Horizonte, tia Alexina promovia festas de caridade e espetáculos de teatro amador. Logo me vi incorporado a essas atividades. Tive, até, de cantar opereta no Cine Teatro Brasil. Fico verde hoje quando penso nisso. Também fui *duque do Rio Seco* num sarau do II Reinado. Todo mundo sabe que não houve duques no Império, afora Caxias e os príncipes, naturalmente, mas minha tia não sabia disso, nem eu, nem Djalma Andrade, autor do libreto. Ou teria sido licença poética?

Belo Horizonte, inaugurada em 1897, tinha, àquela altura, 45 anos e pouco mais de 200 mil almas. Era cidade das mais chatas, meio acanhado, onde erudição era confundida com cultura. Não havia o que fazer, donde os esforços de minha tia. Em compensação, o clima era tão bom que os tuberculosos acorriam em massa para lá ["tísicos boiam que nem defuntos na solidão/ dos Guaicurus", diria Dantas Motas]. A serra do Curral ainda não fora mutilada pela mineração selvagem. E o ribeirão Arrudas, cuja contenção é obra do governador Hélio Garcia, corria ainda desembestado no seu leito natural, através da zona boêmia, "tranquilo, grosso e pesado", como o viu o mesmo poeta, "carregando cervejas, fetos guardados, rótulos de farmácia, águas tristes refletindo estrelas...".

Quanto a Hélio Garcia, filho do Júlio e da Carmelita, e sobrinho, por parte de mãe, do meu querido amigo Geraldo Carvalho, era, em 1942, um meninão de calças curtas, de onze para doze anos, aluno, se não me engano, do Colégio Santo Agostinho (ou estava ainda no Gammon?). O avô, Antônio Carlos de Carvalho, esplêndido varão de Minas, coronel à moda antiga, presidia, entre guarda-louças, à comprida mesa patriarcal da sua casa da rua Guajajaras, 598 (telefone 27475). Lembro a sua figura senhoril, a voz surpreendente encorpada, o sorriso demorado e luminoso. Lembro também uma sobremesa sensacional da família, infalível em dias de festa, verdadeira *pièce montée*, digna de Carème, em que havia de tudo, até cerejas (fruta que não dá, que eu saiba, em Santo Antônio do Amparo). Jamais comi doce igual nem antes nem depois, mundo em fora.

A *princesa das Czardas*, de Kálmán, levada à cena na segunda-feira 3 de junho de 1940, com orquestra de 26 professores, sob a regência do maestro Hostílio Soares, custou bom dinheiro a minha tia mas teve grande êxito. Abrilhantou a estreia o major Ernesto Dorneles, homenageado especial. Era o secretário do Interior. O prefeito, com quem eu teria, mais tarde, o privilégio de servir na Presidência, era outro major (da Força Pública), major-médico. Nomeado naquele mesmo ano, soubera do fato pelos jornais: o interventor lavrara o ato à revelia. Juscelino tinha 37 anos de idade. Pois logo botaria as manguinhas de fora. Começou por abrir, ao longo da avenida Afonso Pena, onde havia, à noite, animado *footing* (as moças de família desfilando pelo meio da calçada, e os rapazes, como postes, imóveis no meio-fio), uma vala interminável, para revisão dos esgotos e da canalização de água, força e luz. A avenida tinha ainda todos os seus fícus e passarinhos, e aquilo foi considerado uma barbaridade. Falava-se muito em Linha Maginot naquela época. A vala passou a ser chamada Linha Kubitschek, o que valeu ao jovem administrador imediata popularidade. Pouco depois ele dava início ao conjunto revolucionário da Pampulha (represa, cassino, casa de baile, igreja), ajudado por Oscar Niemeyer, então com 33 anos — idade de Pedro Álvares quando descobriu o Brasil. Os primorosos relevos do batistério da Igreja de São Francisco de Assis da Pampulha foram feitos por um escultor local, Alfredo Ceschiatti, nascido em 1918. O irmão dele, João, era da trupe de tia Alexina. Fez o Boni na *Princesa dos Czardas*. Eu fiz o pai do mocinho, o velho príncipe de Lipport. Os cenários eram de Frederico Bracher Jr., jovem pintor. O corpo de bailado húngaro era constituído por cinco beldades em flor: Rúbia, filha de João Brás, e neta de Venceslau; Heloisa, hoje Lustosa, filha de Pedro Aleixo; Mary Correia; Alice Grandette; e Maria Inez, filha do meu querido professor de latim, Arduíno Bolivar.

Todas as filhas de Arduíno eram lindas de morrer. Moravam, primeiro, numa mansão da rua Paraíba; depois, na avenida Augusto de Lima, 523, telefone 24031. Ao lado da casa de João Brás e dona Sílvia. Eu ia lá assiduamente para conversar com as meninas, mas o velho me trancava com ele na biblioteca e me fazia ler Dante, Maquiavel, ou as poesias de Lourenço de Médici. Ele mesmo era poeta. Fizera um soneto para minha mãe na mocidade, com rimas raras em acha, echa, icha, ocha e ucha. O apelido de minha mãe — *née* Alda de Noronha Sá — era Corrucha (pecorrucha). Dona Alda tinha um álbum famoso, em que até Bilac escreveu ("Em certo ponto da terra, que é o mais próximo do céu,/ sob o misterioso véu das alvas névoas da serra/ mora uma fada formosa..."). Arduíno recebia Carlos Bernanos, Emílio Moura (amigo de meu tio Raul); recebia Gabriela Mistral, artistas plásticos, pianistas italianos de passagem — que acabavam de avental na cozinha, fazendo macarronadas para a gente. Aquela casa era uma festa. De manhã, o professor acordava as filhas transnoitadas, tocando trombone e elas lhe lançavam sapatos em represália. Levava pessoas para almoçar quando a comida já havia acabado. Conta-se que, nesses casos, riscava com a faca o prato que dona Angelina guardava para ele no forno e dizia para a visita, quase sempre um aluno esfomeado: "Você come dessa banda, que eu como desta aqui".

Não sei por onde Darcy andava àquela época. Sei apenas que cursava, sem maior entusiasmo, a faculdade de medicina, onde logo entrou em rota de colisão com o professor Baeta Viana. Foi reprovado três anos seguidos ("era reprovado todo ano, e quis matar-me ...", conta em *Migo*).

Nascera em Montes Claros da Formiga, cidade que, como ele mesmo disse numa entrevista famosa a Clarice Lispector, só existe hoje no seu peito. Ou, como me disse a mim, em carta: "É uma fotografia na parede. Mas não dói".

Erigida sobre as três fazendas do bandeirante Matias Cardoso — Montes Claros, Jaíba e Olhos d'Água — e circundada de morros calcários e calvos (donde o "claros"), é terra de gente decidida, como dona Tiburtina, que teria dissolvido a bala um comício da situação em 1930 e pisado no pescoço do vice-presidente da República, como anunciara que faria. Pelo menos, é o que contam. Não posso garantir a veracidade do episódio.

Darcy descende de fazendeiros da pesada e costuma dizer que seu belo romance O *mulo* é o romance da brutalidade da sua gente, do seu pai, dos seus tios, do seu avô. A classe dominante brasileira é intrinsecamente bruta. O livro seria um mergulho nessa brutalidade, na mineiridade, na goianidade, do Brasil rural, duro, rústico e, ao mesmo tempo, sensível. O sertão em que Montes Claros se enquadra é o mesmo sertão de Guimarães Rosa, de Zé Bebelo, de Joca Ramiro. Cordisburgo, onde o embaixador nasceu, não fica longe. Darcy diz que Rosa inventou muito mas que encontra, na linguagem do *Grande sertão*, inúmeras expressões de sua avó.

O pai, Reginaldo Ribeiro, era um pequeno industrial. A mãe, uma educadora famosa, dona Fininha (Josefina Maria da Silveira Ribeiro). A principal avenida de Montes Claros tem seu nome: Mestra Fininha.

Em começo de 1941, tive sarampo, o que me fez perder o vestibular — e o ano. Vestibular não tinha segunda chamada — uma absurdeza. Fui para Caxambu, e só voltei em janeiro de 1942. Ficara sem minha turma na escola (José Sette Câmara Filho, Otto Lara Resende, Marco Aurélio Moura Matos, Crispim, Jacques Bias Fortes) e me atrelei a outra, nova (Raul Machado Horta, Fernando Sabino, Hélio Doyle, Jacques do Prado Brandão, Maria Isar Tamm Bias Fortes, José Bento Teixeira de Sales, João de Deus Fonseca, Zilah Corrêa de Araújo, Ravísio Faleiros, Paulo Magalhães Teixeira). Tomei, de chegada, um quarto no Hotel Caetano, na rua Tupinambás, mas logo, 2 de fevereiro, me mudei para o parque Municipal. Só o presidente Olegário tinha morado lá! O administrador (Henrique) era casado com uma moça da minha terra (Maria Lício) e me sublocava um quarto imenso a preço simbólico. Só que de manhã eu era acordado por uns mutuns madrugadores, que pulavam no peitoril da janela, se viam refletidos na vidraça e mandavam bicadas. Sabino namorava Helena, filha do governador, nos meus extensos domínios. E Darcy, depois que ficamos amigos, gostava de dar desabaladas carreiras por aqueles gramados sem fim.

Conheci-o por essa época. No dia 18 de fevereiro de 1942, para ser exato. Tenho uma espécie de diário daquele ano, e lá encontrei o registro. Darcy morava atrás do Colégio Arnaldo, na pensão de uma viúva, dona Marucas, na rua Ceará, 893, Serra, telefone 20633. Levado pelo citado Paulo, meu colega, com quem estudava, dito Feioso para distingui-lo de dois ou três homônimos na classe, passei a tomar as refeições lá, preço: 110 mil-réis. Paulo viria a morrer na véspera da comemoração dos nossos quarenta anos de formatura, em 1986. Era juiz no interior do estado.

Já não me lembro se os dois Brant, Hélio, meu antigo companheiro na Secretaria das Finanças, e seu irmão Celso eram internos ou semi-internos como eu. Sei que havia outros pensionistas, e havia aquele incrível rapaz do norte de Minas, que logo me impressionou pela inteligência fulgurante. Passei a estudar só até as dez da noite para poder conversar com ele até o sol raiar.

A sala de jantar, atravancada de móveis, tinha uma mesa central, em que cabíamos todos, em que todos nos abancávamos, fraternalmente, a um tempo só. A cozinha era responsabilidade de dona Mariquinhas, irmã solteirona da dona da casa, mas diferente dela como a água do vinho. O que tinha dona Marucas de placidez e mansuetude tinha a outra de espevitamento. Adorava Darcy, mas brigava muito com ele. Também, não era para menos. Chamado para comer, fazia-se de rogado. E quando vinha, era para olhar com desdém o prato de frios ("maionese", como se diz em Minas), extrair dele uma azeitona preta e voltar para os seus livros.

Era magro, transparente, diáfano àquele tempo. No rosto pálido, os olhos escuros avultavam por trás das lentes (o professor já usava óculos). Eu andava escrevendo um romance sobre um grupo do *maquis* na França ocupada, e o herói do livro era justamente um intelectual descarnado a que eu pusera o nome improvável de Léon. Tomado de entusiasmo, escrevi no diário: "Fui apresentado hoje a Léon Chamilly".

Conversávamos muito. Quer dizer, ele falava e eu ouvia. Às vezes, de madrugada, varávamos Belo Horizonte de bonde, sem rumo. Ou ficávamos a discutir, dentro do parque, logo depois da entrada, junto a um busto de Anita Garibaldi, que ainda lá está. Em 1941, eu me convertera de maneira fulminante ao catolicismo. Vivia falando em Léon Bloy, em Maritain, em Péguy, e pensava fundar, com o padre Orlando Vilela, guru do nosso grupo, uma república monástica no século, república de estudantes, é claro. Chegamos a ver uma casa para alugar, escolhemos os primeiros "noviços" (Cesário e Noguchi), mas o projeto gorou no ovo por falta de fiador.

Darcy já era homem de esquerda, mas não tão rábido como gostaria de parecer ("jovenzinho intelectual, comunista, esquerdista, feroz..."). Zombava das minhas ideias afetuosamente. Tinha mais era pena de mim. Achava que me estavam fazendo a cabeça e que eu era um bom candidato a rato de sacristia.

Prova disso, o registro, do mesmo ano, de uma despedida um tanto patética. Passava da meia-noite, e Darcy ia embora.

Raul, até amanhã. Você é inteligente. E um homem tem o direito de exigir de outro homem que ele busque a verdade. Pense. Honestamente. Faça como eu, procure a sua verdade. Não se agarre a essa verdade feita que lhe deram. Não preconceba. Busque a outra. A sua. PENSE!

Outro dia, depois de uma conversa sobre Santo Agostinho, anoto: "Ele já não deixa que a gente *fale*: está sempre expondo. O papel do amigo é ouvir. Mas também mal deixa que a gente *pense*. Porque, se não invade o nosso pensamento, ofusca-o com a luminosidade do seu. E a gente abdica".

O meu caderno está cheio de histórias que ele contava, com e sem propósito, como sonhos de que se lembrasse de inopino. Exemplo:

Dia 19, onze da noite. Deus tinha no céu um grande estoque de almas. Almas que ele encarnava e que se obstinavam em desencarnar. Deus lhes dava corpo, e elas se suicidavam, sem que tivessem cumprido seu tempo na terra. Uma teimosia desesperadora.

Naquele dia, Deus estava cansado delas e teve uma ideia. Apanhou a esmo uma boa dúzia de almas. A de um poeta, a de um filósofo, a de um imbecil, a de uma criança, a de um rebelde, e a alma de um octogenário, por fim. Pegou a alma de um místico, a de um bandido, a de um racionalista, a de um sábio, a de um cético. E ensacou-as, todas juntas, num corpo só. A luta de umas com as outras impede a desintegração. E cada vez que uma prevalece sobre as demais, espia para fora pela janela dos olhos. Ora é o poeta que emerge, ora o idiota. E assim, sucessivamente, assomam àquelas seteiras o filósofo, o místico, o racionalista. E o corpo em que elas moram e batalham nessa experiência curiosa de Deus é o meu.

Outra:

Era uma galera pintada de branco, de mastros muito altos e direitos, cordas brancas, velas brancas. E proa dourada. Era a galera elegância. Muito mais elegância que força. A marujada, moça e entusiasta, de vestes coloridas, suntuosas, tinha grande fé no olhar. E o capitão era jovem e belo.

A esplêndida galera se fez ao mar. Mar azul, mar imenso. Calma, garbosa, ela singrou as águas, tocada pelo vento, e sem temê-lo. Porque era nova e rija, e suas velas enfunavam bem.

Até que um dia os marujos se reuniram e se puseram a olhar o céu. Céu azul, céu imenso. E, descuidosa, a tripulação postou-se toda no tombadilho olhando o céu. Que era lindo. Que era enorme. E que era azul. Foi quando vieram, de repente, vagalhão e tempestade.

Alguns marujos conservam um espírito jovem na sua velha e encarquilhada casca material. Quase todos, porém, estão cansados e decrépitos, como se já tivessem cem anos e um tédio enorme de viver. Alguns ficaram para sempre idiotizados com a borrasca e contemplam, imóveis, o que foi um dia uma bela galera branca. Muitos morreram. E, dos que restaram, nenhum tem fé no olhar.

Porque a galera, que era mais elegância que força, acabou. Pelas velas rasgadas e sujas, o vento assobia. A cordoalha cedeu, a quilha foi fendida, e o casco rebentou.

Essa galera sou eu.

A lenda do rubi:

Para que surja um rubi é preciso uma conjunção de quatro coisas: que uma mulher seja beijada pela primeira vez, que um herói derrame sangue pela pátria, que uma amada morra e que seu noivo seja disso informado. Quando tudo acontece ao mesmo tempo, aparece na terra um rubi — que é lágrima de sangue.

O mais impressionante e consistente desses enredos era o da Lapa Grande, que ele pretendia usar para um romance. Saiu? Não saiu? Estará engavetado?

Na história, um cego recupera a visão e, tomado de horror pela figura da mãe velha, que ele sempre idealizara, foge para o fundo de uma mina abandonada que existe no fundo da fazenda — para ficar cego outra vez!

Vieram as férias em Caxambu, uma namorada nova (o amor me fez pôr a santidade em banho-maria e ler furiosamente sobre música — ela era pianista, tinha alunos, dava concertos), uma fase de escultura (queria fazer uma cabeça de Beethoven para ela — fiz), economias frenéticas para uma viagem ao Rio, desastrosa de todos os pontos de vista. Enfim. Perdi meu amigo Darcy de vista por alguns meses. Voltei a encontrá-lo por acaso na véspera do Natal em Belo Horizonte. Dei com ele na Livraria Rex. Levou-me a um escritório que alugara no centro da cidade (na rua São Paulo, se não me falha a memória). Continuava na pensão de dona Marucas, mas alugara aquela sala “para ler em paz”. Conversamos até seis e meia. Eu lhe dera, a pedido, uma lista dos livros “que gostaria de comprar se tivesse dinheiro”. Muitos estavam lá. Ele comprara os que pôde encontrar e outros inumeráveis, muito mais respeitáveis que os meus. Enchiam uma grande estante, nova em folha, faziam pilhas no chão. “Esse Darcy é maluco”, escrevi no meu caderno.

E no mesmo caderno, sobre um personagem de Somerset Maugham, anotei: “Parece comigo, com o Darcy, com o Paulo (outro, que não há só uma Maria no mundo). É francamente, honestamente, cínico”.

E não éramos cínicos! Nem Darcy, nem eu, nem o tal Paulo, cuja identidade hoje me escapa.

Não sei se Darcy se transferiu para São Paulo ainda em 1942. Segundo o CPCDOC [Centro de Pesquisa e Documentação de História Contemporânea], ele se mudou para Belo Horizonte em 1939 e, "três anos mais tarde", abandonou o curso de medicina e se mandou para a USP [Universidade de São Paulo]. Em 1946 graduou-se pela Escola de Sociologia e Política. E eu me formei em Direito. Morava então, pela segunda vez, no bairro da Floresta. É uma sina inescapável. Donde o dito corrente na cidade: "A vida é esta, subir Bahia e descer Floresta".

Passei as férias de 1946/47 em casa. Caxambu estava em plena estação. Ficaria lá pelo resto da vida. Mas uma prima do Rio, Fernandina, irmã de Flávio Cavalcanti, me mandou os papéis para inscrição no vestibular do Instituto Rio Branco. Sabia do meu interesse. Houve um conselho de família. Eu não queria viajar, mas acabei embarcando de volta para Belo Horizonte, onde apenas pernoitei. Apanhados os indispensáveis papéis na escola, vim de noturno lendo Augusto Frederico Schmidt. *Estrela solitária*. Minha edição incluía o Ciclo de Josefina, que me empolgou, mas também me tirou o sono. Até hoje tira.

Eu vi o lírio debruçado sobre a escura terra,
Eu vi o lírio manchado e murcho.
Eu vi o lírio perdido para mim e perdido para os tempos.

Passei no exame com o que sabia. Tirei o terceiro lugar. E tive de ficar no Rio.

1950

Feito o Curso de Preparação à Carreira de Diplomata, nomeado cônsul de terceira classe em fevereiro de 1949, removido para Ottawa em novembro de 1950, descubro num jornal que Darcy entrara para o Serviço de Proteção aos Índios e publicara seu primeiro livro: *Religião e mitologia kadiwéu*. Escrevi logo e fui embora para o Canadá. Lá recebi o livro e uma carta. Da minha não guardei cópia. Mas a dele eu tenho. Tenho também cartões de Natal (com indiozinhos) e uma bonequinha carajá (está aqui no escritório me olhando). Eram duas. Dei a outra para o museu de Pequim — onde deve fazer boa figura. Não tínhamos relações diplomáticas na época, mas o cônsul--geral da China comunista era meu amigo pessoal em Calcutá.

Ainda os Diários:

5 de fevereiro de 1942

Morreu a mãe de José Carlos Lessa. Passo o dia com ele e com Hélio, que eu não via fazia dois anos. Reatamos a velha camaradagem. Vi Mary também, da janela. Linda como naquele tempo. Custei a reconhecê-la. Ela também me encarou bastante antes de sorrir o seu "Como vai, Raul José?". E passou. Terá passado de vez? Agora, volto da casa dos Arduíno. Sorvete e sanduíches na Boschi. Prosa fiada. Todos muito queridos. "On black bare trees a stale cream moon/ Hangs dead and sours the unborn buds." F. S. Flint?

[1996: vou verificar na *Britannica*. Sim: Frank Stewart Flint (1885-1960), poeta e tradutor inglês, com influência de Keats, Shelley. Amigo do inglês T. E. Hulme e do americano Ezra Pound. Parou de escrever de repente. Deu tudo por dito e feito, como Rimbaud. Não me lembrava mais dele.]

30 de março

Retalhos desta manhã. Sol. Céu lavado. Esperando o almoço na varanda (alpendre?) da casa do Paulo. Dois meninos sujos mexendo numa lata de lixo. Um grã-fino de terno tropical brilhante azul-furioso e óculos sem aro. Pardais no beiral do vizinho. Andorinhas. Voos a esmo. Cai um jasmim.
(copio isso porque não me lembrava que houvesse jasmineiro na entrada da casa de dona Marucas) (Havia?)

15 de abril

Ficou pronta, em argila, a minha cabeça de Beethoven para Glória. Vou moldá-la em gesso amanhã. Darcy, com seu exagero habitual, disse que está "imenso, enorme, espantoso!".

8 de maio

Estudei o dia todo com Paulo na pensão de dona Marucas. O ajantarado esteve ótimo, a ninhada de hereges comportou-se, e aprendi tudo sobre Bergson.

12 de maio

Goiabada e literatura francesa. Estudamos, aqui no Parque, todo o *grand siècle*. Corneille, Racine, Molière, Boileau, La Fontaine...

Paulo acaba de sair. É uma estranha figura, que parece talhada a canivete numa rija madeira do sertão. Maxilares enormes, mãos graúdas, nariz recurvo, dentes saltados, braços tão compridos quanto os de dom Manuel, o Venturoso. E seco, e vesgo, e tosco. Lembra o Lincoln dos primeiros tempos, dos tempos em que era lenhador. Mas é boa pessoa, ótimo companheiro, estudante esforçado. Meticuloso demais, devotado demais, irritante até.

3 de junho

Ao jantar — dona Mariquinhas preside, com a forquilha dos braços esgalhada numa súplica insistente. Um moço, de cara arredondada e inexpressiva, a escalpelar tudo o que se diz. Celso Brant, como um arcanjo de vidro. Paulo, semitucano, semijaburu; Hélio, sombrio, silencioso, fumando, fumando. Temos tido várias discussões acaloradíssimas. Em cima do piano, o rádio, que toca a *ouverture* de *Guilherme Tell* em ritmo de fox americano. Envolvidos na música, nós comemos. E o minuto se grava nos seus sessenta segundos de sugestão.

Rio de Janeiro, 21 de abril de 1952

Meu caro Raul,

Afinal encontro você. Antes o tinha visto num corredor do Itamaraty, gritei seu nome, dei três passos mas recuei, tive medo d'ocê não ser mais você. Ó velho Raul, é bom a gente encontrar a si mesmo.

Eu não li diário depois de ler e reler sua carta, não tenho, coitado de mim. Uns cadernos que escrevi são minha vergonha. Também eu era pavoroso, ainda sou um pouco, felizmente.

Pois é, etnoleiro, casado, vivendo meses no meio de bugres. Quem diria? Você se lembra? Eu queria ser médico, depois sociólogo, sempre literato. Aquela agitação. E você tão diferente e tão parecido. Diga, Raul, você ainda é assim? Ainda é, não sei como, vago, lúcido? Sei ao menos que ainda crê em suas mãos, lembra-se? Você as espalmava, enormes, num gesto de desprezo por todo pensamento, eram só elas.

Meu trabalho é desses em que se investe mais suor que meditação, pouco suor. Queria ser sociólogo, ainda quero, creio. Mas lá por São Paulo desiludi-me dos sociólogos americanos depois de breve período de namoro escandaloso; descobri antropoleiros e, depois, a conspiração dos acasos que me foram carregando até o SPI [Serviço de Proteção aos Índios]. Hoje, sou chefe da Seção de Estudos, escrevo troços que só eu leio e Montes Claros é uma fotografia na parede. Mas não dói.

Estou feliz, por mais que isso lhe possa espantar. Gosto de meu trabalho e creio nele.

Como explicar o que faço? Fico horrorizado de pensar nas ideias que você talvez faça. Não é injustiça, é amargor de experiência. Primeiro lhe digo que os índios são gente que nem nós; segundo, que me ensinam mais sobre nós próprios que sobre si mesmos. Terceiro, o quê? Bem, as experiências humanas que vivo: imagine, um peixe fora d'água, seu espanto ao descobrir que há atmosfera. Esse o meu caso, depois de meses entre índios, como quando começava a encontrar, a sentir a força espantosa disso que chamam cultura. Considere os gestos, por exemplo, esses mais espontâneos, que parecem emanar do mais fundo e autêntico de nós mesmos: agora se ponha na aldeia a falar com os índios. Eles olharão suas mãos, interessadíssimos, completamente esquecidos de suas palavras, procurando o recôndito sentido dos arabescos que elas desenham no ar. Assim a gente vai despindo-se de tudo que julga ser a própria essência e, ao fim, de certo modo, se encontra a si próprio e a eles. Compreende? Não! Mas creia, depois de viver isso, ninguém pode permanecer tal qual.

Mas vamos em ordem, fiquemos nas coisas que sou capaz de explicar, as outras virão com o tempo. Saí da escola direto para o SPI, em 1947. Desde então tenho vivido metade do ano no mato. Primeiro estive no sul de Mato Grosso, à margem do Paraguai, estudando os Kadiwéu. Vivi doze meses por lá, foi o batismo. Dessa pesquisa resultou o livro de que você ouviu falar e que lhe mando pelo correio e um outro saído agora e, principalmente, um terceiro que prometo firmemente a minha mulher que escreverei. Depois quis tentar coisa mais grave e iniciei o estudo dos Urubus. O nome é horrível, mas eles não têm culpa, coitados, são as más línguas. Estive seis meses com eles entre 1949-50 e mais seis no ano passado. Foram experiências inolvidáveis; trata-se de um grupo que entrou em relações conosco há apenas vinte anos e, embora rudemente marcado por esse convívio, ainda conserva grande parte de seu patrimônio original. Um dia, você lerá essa viagem num livro que sonho escrever, já tem até nome, o infeliz: O pobre vale do Ouro. *Aí contarei as duas viagens. Na última andei quinhentos quilômetros a pé pela mata na orla mais oriental (expressão elegante, não acha?) da floresta amazônica e visitei vinte aldeias.*

Agora vou ficar um ano inteiro no Rio para escrever um troço para a Unesco sobre a política indigenista no Brasil. Trabalho que nem burro, não porque faça muita coisa, mas porque aquela velha preguiça não me larga. Se sai alguma coisa é porque Berta não me dá folga.

Mas, Raul, é impossível dizer tudo numa carta só. Escreva-me de você em miúdos. O que faz esse terceiro-secretário, quanto e como mudou, o que se salvou do incêndio?

De mim salvou-se muito pouco daquela estranha pureza, quase nada da poesia, só ficou mesmo aquela fé nos homens e aquela sofreguidão de compreendê-los.

Em São Paulo, estudante, achei minha mulher. Não falo mais, porque ela critica as cartas quando datilografa.

Olhe, não gosto de caçar, detesto expedições aventurosas na selva, nunca vi cobra, nem nunca fui comido de onça.

Escreva pra gente,

Darcy

3. SAMPA

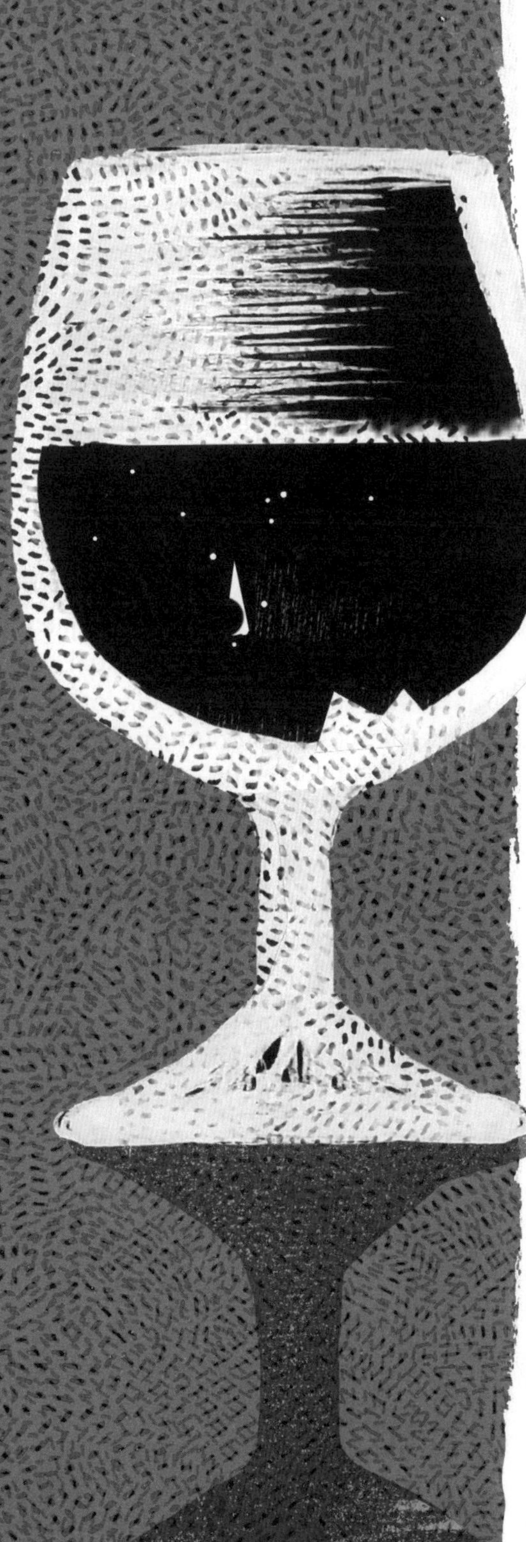

Estação do Norte

Fui afinal para Sampa, de trem. Na enormíssima Estação do Norte esperei horas por Oracy Nogueira, um colega mais adiantado, que prometeu por carta ir me esperar. Houve confusão de datas e ele só me procurou entre os passageiros do dia seguinte. Fui ter num hotel das vizinhanças carregando minhas duas malas. Era perto demais para que um táxi quisesse me levar. Lá Oracy me encontrou e me levou para a pensão que tinha me arranjado. Eu ia olhando pasmo a cidade enorme que se desdobrava em avenidas e ruas sem conta.

Na pensão demos a primeira de mil prosas. Oracy me falou da cidade, da Escola, de tudo o que eu quis saber. Até das putas, assunto que ele apenas pisou, vexado. Era homem sério, alto, magro, com jeitão de caipira de Cunha, a cidade mais arcaica de Sampa. Jeito que ele nunca perdeu. Mesmo doutor pela Columbia e professor emérito, continuou mantendo atrelada na cara aquela máscara cunhense.

Oracy fez obra notável. Seu primeiro livro relata suas experiências de tuberculoso em São José dos Campos. É literatura e é sociologia. Depois escreveu muito, mas seu feito maior foi produzir a conceituação melhor de que dispomos sobre as relações de negros e brancos no Brasil. Foi ele quem diferenciou o preconceito norte-americano do nosso. O deles, diz Oracy, é de origem, incide sobre quem é descendente de negros, ainda que seja branco. Seu pendor é o *apartheid*, que pode até ter tolerância para com os que são diferentes, mas os quer longe, à distância. Seu temor é a mestiçagem, vista como pecado e tratada como crime.

Nosso preconceito, também feroz, é de marca, na linguagem de Oracy. Quando um negro fica claro ou fica rico, passa a ser branco. Aqui a mestiçagem sempre foi vista com alegria. Só queremos negros como gente incompleta que qualquer dia esbranquiçará. Nossa ilusão maior é a branquitude, ignorantes de que, quando um negro clareia seus filhos pelo cruzamento com uma branca, eles também pretejam, resultando tudo na mesma.

Minha primeira visita foi à casa do professor Donald Pierson, num dos Jardins. Lá fomos acolhidos, eu e Oracy, por dona Helen, que nos serviu chá. Pierson falou muito sobre seus planos de fundar uma nova sociologia no Brasil. Na saída, deu a cada um de nós uma maçã. Achei besta, comunista toma cachaça, não come fruta. Mas como Oracy saiu mordendo a dele, eu também mordi a minha e cuspi as cascas mastigadas. Aprendi depois que era mania do casal, ao fim de cada visita, dar a tal maçã para a gente sair cuspindo por ali.

A segunda visita que fiz foi para um ajantarado paulista de macarronada passada pelo forno, na casa dos pais de Oracy. Conheci sua gente, que falava com perfeição o dialeto de Cunha. Sua irmã, minha colega na Escola, balançava com graça a bundinha e se abria em sorrisos sedutores. Oracy e sua gente foram, em todos os meus anos paulistas, amigos seguros e carinhosos. Até da família da mulher dele, com quem se casou depois, eu vim a gostar. Era boa gente.

Oracy não prestava mesmo é para ficar comigo à noite nos bares, bebendo vinho. No segundo copo começava a vomitar. Um vexame. Também não era dado a sacanagens, gostava demais é de falar seriíssimo, complicando os assuntos. Mais tarde o levei para o Rio, como professor de um curso de pós-graduação que criei lá. Vivia dividido entre seu gozo de estar no Rio cariocando e a saudade de sua cidade de Sampa.

O terceiro encontro paulista foi com Moshe, o dirigente comunista designado para pastorear a mim e ao Jétero, estudante de engenharia, únicos do Partidão. Trabalhou bem. Conduzidos por ele, nos metemos nos diretórios da faculdade de direito, da de medicina e da de engenharia e, com um ano de ação, pusemos para fora os diretórios trotskistas. Acabei indo representar Sampa no congresso da UNE, no Rio.

Sobreveio então a legalização do Partido Comunista e eu virei um militante quase de tempo integral. Minha melhor tarefa partidária, empolgante mesmo, foi orientar a célula operária dos motorneiros de bonde. Ainda me vejo, menino, dirigindo reuniões de operários sérios e sisudos, falando do Brasil e da revolução. Logo depois fui apanhado numa manifestação estudantil, preso e interrogado no DOPS [Departamento de Ordem Política e Social]. Só queriam que depusesse contra Jorge Amado, descrevendo-o como chefe da revolução em Sampa. Apenas sabia dele que namorava Zélia, uma livreira da avenida São João de longos braços lindos, que exibia nus.

Mais tarde conheci muita gente boa do PCB, como Caio Prado, o grande historiador. O romancista Oswald de Andrade, Monteiro Lobato, Artur Neves e muitos outros. Através deles conheci outros intelectuais paulistas de esquerda. Também conheci muitos outros intelectuais, como o desembargador Carlos Sá, comunista ativo, descendente dos velhos Sá do Brejo das Almas, que se tornaria meu melhor amigo paulista. Frequentei a casa dele e de Guará, sua mulher, todos aqueles anos. Depois nos encontramos nos tempos do exílio, já com sua nova mulher, Ditinha.

Mestres brasileiros

Pertenço à primeira geração de cientistas sociais brasileiros profissionalizados e com formação universitária específica. Meus mestres foram alguns dos pais fundadores das ciências sociais modernas no Brasil.

No caso da antropologia, essa fundação se dá principalmente em São Paulo, que é onde a moderna antropologia brasileira nasce de muitas mudas. Anteriormente, um centro vivo de ensino e pesquisa floresceu no Rio e alguns transplantes aqui e ali, mas não frutificaram. Foram contemporâneos meus os mais brilhantes antropólogos brasileiros do passado, mas só me influenciaram pela leitura de suas obras.

O mais completo antropólogo brasileiro do passado foi Roquette-Pinto. Seus interesses ecumênicos abrangiam antropologia física e os debates sobre raças e mestiçagens, em que ele representou um importante papel. Interessou-se também vivamente pela etnologia de campo. Devemos a ele a melhor das monografias etnográficas brasileiras: *Rondônia*. É o relato de sua viagem e de suas observações sobre os índios Nambikwara, do norte do Mato Grosso. Ele foi um dos muitos cientistas brasileiros levados por Rondon a estudar a Amazônia e é dele a obra mais bela resultante desses esforços. Roquette-Pinto foi também diretor do Museu Nacional por muitos anos, o que lhe poderia ter dado oportunidade de formar discípulos nas várias antropologias que cultivou. Não formou nenhum.

Esse é também o caso de Curt Nimuendajú, autodidata, nascido na Alemanha. Veio muito jovem para o Brasil e aqui viveu longa vida de etnólogo. Alcançou a maior intimidade com os índios e realizou a obra etnológica mais fecunda que temos. Ou teríamos, porque, até hoje, permanece inédita no Brasil. Lamentavelmente não deixou discípulos.

O mesmo ocorre com Artur Ramos, grande estudioso dos negros brasileiros, da nossa herança africana e da indígena. Autor do painel mais amplo e compreensivo do processo de formação do povo brasileiro. Apesar de professor universitário, não formou discípulos que prosseguissem sua obra.

O quarto é Gilberto Freyre, que teve formação acadêmica do melhor padrão nos Estados Unidos e na Europa, escreveu a obra mais importante da antropologia brasileira, que é *Casa-grande & senzala*, mas não preparou ninguém que tenha realizado obra relevante e frutífera dentro dos campos que cultivou.

Outros eminentes pensadores brasileiros que foram antropólogos sem saber por igual não se multiplicaram. Penso em Manuel Bomfim, o intérprete mais lúcido que tivemos, no Brasil e em toda a América Latina, da natureza do racismo. E também em Capistrano de Abreu, que, pensando que fazia História, por vezes fez antropologia da melhor sobre o processo de edificação do povo brasileiro. Nesse grupo está também, por direito próprio de sua fecundidade antropológica e infecundidade pedagógica, o preclaro Josué de Castro, que teve olhos para ver nossa fome crônica como um problema social.

A maioria dos cientistas sociais brasileiros, desgraçadamente, só produziu uma bibliografia infecunda. Inútil porque, na verdade, suas contribuições são palpites dados a discursos alheios, compostos no estrangeiro para lá serem lidos e admirados. Por isso mesmo, para nós também, quase sempre as suas obras são inúteis ou fúteis, no máximo irrelevantes.

Gilberto não só se manteve independente, sem se fazer seguidor de nenhum mestre estrangeiro, mas se fez herdeiro de todos os brasileiros que se esforçaram por nos compreender. Ao contrário do que ocorreu com as ciências sociais *escolásticas* introduzidas no Brasil por franceses e norte-americanos — que floresceram como transplantes, ignorando solenemente, como um matinho à toa, tudo quanto floresceu antes delas —, Gilberto Freyre é herdeiro e conhecedor profundo de Joaquim Nabuco, de Sílvio Romero, de Euclides da Cunha, de Nina Rodrigues, cujas obras leu todas, apreciou o que nelas permanece válido, utilizou amplissimamente e levou adiante.

Será por essa independência intelectual e por essa criatividade admirável que Gilberto e Josué de Castro são detestados pela mediocridade? Servil e infecunda, ela não perdoa o saber, o brilho e o êxito. Observe-se que não falo aqui de afinidades e consonâncias com teses enunciadas antes. Falo de algo mais relevante, que é o prosseguimento do esforço coletivo de ir construindo, geração após geração, cada qual como pode, o edifício do autoconhecimento nacional. Ninguém pode contribuir para ele, é óbvio, se não conhece a bibliografia antecedente. E isso é o que ocorre com a generalidade

É realmente admirável que Gilberto, tão anglófilo e tão achegado aos norte-americanos, não se tenha colonizado culturalmente. O risco foi enorme. Na verdade, dele não escapou quase ninguém dos muitos milhares de brasileiros talentosos, submetidos à lavagem de cérebro nas universidades norte-americanas no curso do século XX.

Josué também não se mimetizou nem se multiplicou. Ao contrário, se fez modelo a copiar, ou pelo menos a reconhecer, mas apenas para ser livre. Compôs sua própria província científica, que ensinou o mundo a cultivar: o estudo socioecológico dos condicionantes sociais e culturais da nutrição e da desnutrição humana. Aprofundou-se, como ninguém, na denúncia da ordem social fundada no latifúndio, que esfomeia o Brasil. Josué foi o intelectual mais brilhante que conheci e foi talvez, nos seus últimos anos de vida, o brasileiro mais admirado lá fora, em qualquer tempo. Tinha ditos fantásticos, como o de afirmar que no Brasil todos morrem de fome. Uns de fome mesmo. Outros de medo dos que têm fome.

Mesmo os mestres estrangeiros da implantação paulista das ciências sociais aqui não se reproduziram. Lévi-Strauss, que fez etnologia de campo entre índios do Brasil e escreveu copiosamente sobre eles, não formou etnólogos. Sua principal influência foi posterior e se exerceu como mestre teórico parisino, enquanto o estruturalismo esteve em moda. Roger Bastide, cuja obra é também essencialmente antropológica, viu, provavelmente com tristeza, quase todos os seus discípulos se bandearem para a sociologia.

Suspeito, e não estou brincando, que Lévi-Strauss veio aprender antropologia no Brasil com os nossos índios e os livros da Escola de Sociologia e Política, que tinha então uma biblioteca admirável, doada pela Fundação Rockefeller. Lá eu vi as fichas de revistas consultadas pelos professores estrangeiros. As obras que eu compulsava tinham fichas daqueles nomes ilustres. O jovem sábio Lévi-Strauss era mais filósofo do que antropólogo. Saía de sua vertente cultural franco-alemã para passar, naqueles anos, à vertente norte-americana. Essa mistura feita em São Paulo é que, depois, entroncada com a linguística, deu no estruturalismo.

A Escola de Sociologia

A Escola de Sociologia e Política me contentou. Tinha professores excelentes, em tudo diferentes, até opostos, aos de Minas. Enquanto lá a tendência era para a erudição vadia, enfermidade principal da inteligência mineira, que tudo quer ler, de tudo quer saber, por pura fruição, em Sampa a coisa era séria. Ninguém buscava erudição. Lia-se o que fosse preciso, funcionalmente, como sustento do tema que se procurava dominar. A ciência não era um discurso fútil, especulativo, imaginoso, mas um exercício sério da inteligência verrumando a superfície do real. Os professores, quase todos, e eram dezenas, me ganharam e me empolgaram.

O meu querido zarolho, Almeida Júnior, sensível, sábio, inteligente, ensinava direito do trabalho, mas falava de tudo. Numa prova irritou a todos os meus colegas, escolhendo como tema: "Que acha você do meu curso?".

Eu me esbaldei, falando bem e mal do curso e gostando demais daquela oportunidade de criticar um sábio. Os outros detestaram. Era também meu professor de organização do trabalho o velho Mange, organizador do Senai [Serviço Nacional de Aprendizagem Industrial], que sabia ergologia do trabalho como ninguém. Notável também era uma professora negra, bela, que dava aulas de psicanálise fumando numa piteira de meio metro. Quando perguntei a ela por que, me disse que era para que concentrássemos a atenção na piteira e não nela.

Mais tarde nos surgiu Mário Wagner Vieira da Cunha, que chegava dos Estados Unidos casado com uma judia risonha e inteligentíssima. Nos ensinava sociologia da administração. Associou-se ao professor Pierson para elaborar uma bibliografia crítica da literatura e da ensaística brasileira de interesse sociológico. Como eu tinha uma bolsa de estudos que obrigava ao trabalho, fui chamado a colaborar com eles, fazendo fichas sobre dezenas de livros. Foi então que li a sério os romances e os estudos brasileiros que possivelmente me fizeram mais bem que todo o curso. Enquanto as aulas de ciências sociais me arrastavam para fora em esplêndidas construções teóricas, aquela bibliografia me puxava para dentro do Brasil e das brasilidades, me dando matéria concreta para nos pensar, como povo e como História.

Pierson era um excelente professor de sociologia, sistemático, dedicado, convicto de que cultivava uma ciência séria. Tinha escrito um bom livro sobre os negros da Bahia e, durante meus anos de Escola, não parou de fazer pesquisas de campo e de patrocinar pesquisas alheias. Seus encantamentos eram os estudos urbanos da escola sociológica de Chicago e os estudos de comunidade. Sua paixão secreta, creio eu, era a ecologia, tanto que publicou três grossos volumes de ensaios sobre o tema. Lembro-me ainda da definição de Heckel, criador da ciência, ouvida nos cursos de Pierson. Ecologia é o estudo de como os seres vivos, pela coexistência de uns com os outros, se conformam e se transformam. Será isso? Pierson só tinha uma tristeza na vida. Seus melhores alunos, Oracy, Florestan e eu, tinham, para seu paladar, um detestável sabor comunista.

Da sociologia de Pierson, aprendi o discurso acadêmico norte-americano e algumas técnicas operativas da pesquisa de campo. Aprendi muito mais com seu profissionalismo e seriedade, a fé com que pesquisava, confiante nos inquéritos que fazia e cheio de medo de interpretações teóricas abrangentes. Grandes virtudes de Pierson eram nos dar horas e dias de seu tempo e seu interesse precoce pela ecologia humana.

Excelentes também eram os professores alemães, todos antinazistas, o que era coisa raríssima. Entre eles Emílio Willems, que dava aulas elegantíssimas de antropologia. Era namorado de uma aluna da filosofia, bela e muito inteligente. Acredito que fugindo desse amor é que foi dar nos Estados Unidos. Escreveu muita coisa, inclusive dicionários, estudo de assimilação dos alemães e uma monografia sobre a cidade de Cunha.

O melhor professor que tive foi Herbert Baldus, poeta prussiano e etnólogo apaixonado de nossos índios. Frequentei por três anos seu seminário pós-graduado de etnologia brasileira. Tanto falavam ele como os mestrandos que estavam escrevendo dissertações. Ouvi ali e discuti toda a excelente monografia de Egon Schaden sobre a mitologia heroica dos Guarani e o ensaio fantástico de Florestan Fernandes sobre a organização social tupinambá. Aprendi muito com Baldus. Aprendi sobretudo a fazer meu seu ideal científico de estudar a natureza humana pela observação dos modos de ser, de viver e de pensar dos índios do Brasil. É nada menos que admirável a transfiguração do menino destinado a boiadeiro de Moc abraçar um ideal científico desse porte.

Um dia nos apareceu o professor Sérgio Buarque de Holanda, vindo da Alemanha para dar aulas de história do Brasil. Uma beleza. Ele tinha lido tudo que havia sobre o Brasil. Já no primeiro encontro, falando dos índios Mbayá-Guaikuru, que eu pretendia estudar, ele citou cinco obras fundamentais de que eu nunca ouvira falar sobre os índios chaquenhos. Saiu comigo e me levou ao clubinho dos arquitetos, onde me pagou o primeiro uísque que tomei. Visitei algumas vezes a casa dele, onde me encantei com sua mulher, Memélia, e vi a liberdade admirável com que rodavam por ali seus numerosos filhos, entre eles Chico.

Naqueles anos, Sampa era provavelmente uma das melhores cidades do mundo para se estudar ciências sociais. Lá estavam ou tinham estado, fugindo da guerra, gente boa como Lévi-Strauss, desencantado dos paulistas, só interessado nos índios. Roger Bastide, sábio francês, que foi por anos o encanto de nós todos. Também vivia em Sampa o mais eminente antropólogo inglês, Radcliffe-Brown, que teve pouca influência, mas marcou presença. Tantos sábios norte-americanos, alemães, franceses, ingleses, italianos criaram um ambiente muito especial na cidade e na universidade. Foi isso que me catapultou para a mata virgem.

A Escola de Sociologia e Política de São Paulo era, durante a guerra, um dos melhores centros de estudo de ciências sociais que se podia encontrar fora dos Estados Unidos. Obviamente, tudo era muito mais avançado do que o ambiente tacanho de Minas, de onde viera. Eu, pobre estudante mineiro, querendo ser aplicado, mergulhei naquilo que, para mim, era a própria sabedoria. Na verdade, mais tarde percebi, tratava-se de uma técnica moderna com respeito à erudição arcaica de que eu saía, mas igualmente alienadora.

Nessa época, o risco que corri foi o de ficar tão embasbacado pela doutrina nova, em moda, que não pudesse nunca mais me libertar dela. Livrei-me graças ao Partidão. Militante que era, me entreguei a um marxismo larvar, mas na realidade o importante é que eu militava como ativista. Apesar de todo o dogmatismo stalinista que imperava então, os comunistas atiçaram meu fervor utópico, fazendo ver a realidade brasileira como a base de um projeto de criação de uma sociedade solidária.

A Escola Livre de Sociologia e Política e a Faculdade de Filosofia, Ciências e Letras se enfrentavam como exércitos em batalha. Ambas foram criadas depois da Revolução de 1932 para dar luzes aos paulistas sobre sua derrota e sobre seu futuro. A Escola, criada por empresários liderados por Roberto Simonsen, foi entregue a professores norte-americanos, principalmente Donald Pierson, que davam o tom da casa. Mas procurava atrair a cooperação de outros sábios que caíssem em Sampa. A Faculdade, criada sob o olhar zeloso dos Mesquita, do *Estadão*, foi entregue aos franceses, principalmente a Bastide e Lévi-Strauss. Tanto a Escola quanto a Faculdade guardavam com orgulho sua identidade norte-americana ou francesa.

Minha dedicação à Escola não foi total nem podia ser. Eu vivia dividido entre o estudante atento e o ativista tarefeiro. Me dando às minhas duas almas sem limitações. Projetando o meu futuro, me via em certas horas como revolucionário profissional que seria presença dominante na revolução brasileira, uma espécie de Robespierre, por seu brilhantismo intelectual, por sua energia combativa e por seu destino de mártir guilhotinado. Eu queria isso tudo, até a guilhotina. Também me via com igual desenvoltura como cientista que faria a antropologia dos brasileiros. Enfrentava por isso, com igual destemor, a cronologia de oito anos de estudos que inscrevi no diário paulistano. Por ela faria o bacharelado até 1945, depois faria o mestrado de 1946 a 1947, tudo na Escola de Sociologia. Queria seguir para a Universidade de Chicago, onde, de 1948 a 1949, completaria o meu doutorado.

A outra perspectiva era abraçar totalmente a militância, deixando isso de sociologia para trás, a fim de realmente militar pela revolução. Via, é claro, a incompatibilidade dessas duas carreiras, mas não avaliava nenhuma posição antagônica. Acreditava realmente que tinha oferecidos a mim, igualmente, os dois caminhos.

Percebia, é certo, a animosidade que crescia na Escola contra mim por minha militância política ostensiva, a começar por Pierson, que passou a ter medo de mim. De fato, só o professor Baldus continuou confiante em minha sina até o término dos estudos, mas, então, eu já via claramente que prosseguir dentro da Escola para fazer mestrado já não me seria tão fácil e não me era tão atrativo. No partido ocorria coisa semelhante. Os comunistas, práticos como sempre, viam com suspeita os intelectuais como eu. Na minha ingênua visão, entretanto, os dois caminhos estavam abertos e ambos eram fascinantes.

MEU DIÁRIO PAULISTANO

DEPAREI HÁ DIAS COM UM DIÁRIO MEU ESCRITO DE 1941 A 1942 EM Sampa. Emociona-me demais ler, agora, esse diário de meio século atrás. Esteve perdido por décadas. Encontrei-o por acaso quando procurava outra coisa. Não imaginava nem que existisse.

Nele eu me encontro comigo, com alguns dos eus que fui. Meu eu juvenil de rapaz, começando a ser homem, a ser gente. Às vezes beiro o ridículo, pelas calorosas profissões de fé nos homens que expresso. Por exemplo, a passagem em que ataco a religiosidade mórbida, dizendo que seus pregadores falam de

> ... um mundo de beleza plena, mas advertem que a escada para ele é a dor, a maceração, a morte. Ele não pode colocar no mundo um melhor mundo. Na vida, uma vida mais ampla. Jamais compreenderá que, se a vida tem um fim, esse é mais vida.

Ou na passagem em que falo grandiloquente ao Homem.

> Ó tu, homem desconhecido de todas as terras, não importa como te chames, nem que lendas tenhas ouvido na tua infância remota e que canções te embalaram um dia. Todas as vozes são vozes de homens e todos os homens somos irmãos. O meu é também o teu problema. Amanhã a minha é também a tua dor. Marchamos o mesmo caminho e o revoar de nossos milhões de passos soturnos soa como um só passo. Somos um só ser que marcha. Nesse ser está nosso fim. Ele é todos os homens do passado, do presente e do futuro. Tu não significas nada, senão como uma parcela dele. O tempo, o espaço existem para ti somente. A dor que te horroriza é o que comungas, compartilhas dele. Tuas alegrias mesquinhas são fugas dele e por isso fugas de ti mesmo, fugas de tua realidade mais profunda.

Uma das coisas que me espantam naquela quadra paulistana retratada no diário é meu fundo interesse por poetas que eu quase esqueci.

Omar Kayan, Tagore e até Confúcio, em textos castelhanos que me caíam às mãos. Adorava também o Neruda da carta à mãe de Prestes, a *Dura elegia*, que copiei inteira. A Manuel Bandeira mais do que a Drummond. A Amir Haddad, que me dizia mais do que Mário de Andrade.

Temo muito que eles continuem sendo a preferência poética da juventude. Isso porque, vejam bem, eu pensava e sentia no diapasão deles. Li esses poetas consolando-me de minhas frustrações, aplacando o sentimento doído de solidão, abandonando a fruição doentia de um tédio inventado.

Minha dimensão espiritual, então, era a tristeza, a melancolia. O sentimento em que vivia meus vinte anos vazios, meus anos tristes. Digo no diário que meu mal era sociológico, capitulável como "desejo de contentamento". Se isso significa fome de carinho, carência afetiva, sofro ainda desse mal. O bom que se vê no diário é que não se cultuava em São Paulo, felizmente, ao menos naquele ambiente em que eu vivia, nenhum pendor ao suicídio. O que prevalecia ali era um sentimento de desafio, que fazia encarar a vida como um repto. Os poetas do destino e do azar me envolviam em suas fumaças embriagadoras, mas não me falavam da morte. O pensamento que dominava lá está assim expresso: "O inevitável é sempre bom".

Agora digo que é o melhor. Encontro no diário vários pensamentos alheios que me tocavam e eu copiava: "Sê sincero como as coisas".

Minha admiração maior continuava sendo Romain Rolland e seu *alter ego* Jean-Christophe.

As revelações desencontradas do diário me fazem pensar na infidelidade da memória. Num caso é o esquecimento de um amor que renasceu e floresceu como o maior, talvez, daqueles anos. No outro é ter borrado da memória um outro amor, que satisfez por longo tempo, na solidão em que vivia, minha fome de carinho.

Nele encontro também registros e frases persistentes. Por exemplo, a observação de que se difundia em São Paulo a minha reputação de fodedor perigoso para as moças. Elas eram muito mais sabidas e tesudas do que eu, isso era uma calúnia. A minha cara ou o meu jeito levam as pessoas a imaginar essas bobagens sobre mim. Sempre fui um tímido, só que ninguém percebe isso.

O diário dá até notícias. Veja esta:

> Recebi ontem meus livros, foi um encontro alegre. Imagino que eu tenha alguma coisa semelhante a bibliotecomania, tal foi a minha alegria ao vê-los. Retirei-os todos das malas, espalhei pela cama em grupos e deixei-me ficar uma boa hora entre eles, cheirando-os, manuseando-os, lendo aqui e ali uma ou outra frase.

Na era do diário fui financiado pela Escola, graças a um arranjo do professor Pierson, para voltar a Moc. Fui fazer uma pesquisa aplicando um inquérito casa por casa, em todas as casas da rua em que eu tinha vivido toda a infância e a juventude.

O trecho em que eu vivi, no meu tempo, se chamava rua Bocaiuva. Havia o trecho mais abaixo, depois do mercado, com outro nome, que era a zona das putas, e um trecho morro acima, o Morrinhos, com um terceiro nome. Apliquei criteriosamente o tal questionário, criteriosamente composto, para saber não sei o quê. De volta, apurei o questionário com a ajuda da Cecília, secretária do Pierson, e escrevi o relatório que, antes de ler, ele prometeu publicar na revista *Sociologia*. Nunca mais falou no assunto. Eu entendi. A coisa não prestava mesmo nada, jogou fora.

O resultado real, muito concreto para mim, foi passar uma semana com a minha gente, me exibindo, com importância e impostura de um sociólogo em pesquisa. Via ali como mamãe sofria mais que eu meu fracasso no meu primeiro projeto, que era formar-me em medicina. Às pessoas que perguntavam a ela, talvez por maldade, pelos meus progressos nos estudos, mamãe dizia: "Se estivesse ainda na faculdade de medicina, estaria já na terceira série".

Ela não poderia explicar nada, pois eu mesmo não podia me explicar. Os caminhos que tomava eram tão novos, tão nebulosos, tão absurdos, aparentemente, que o melhor era não falar deles. Mamãe encontrou a solução perfeita. Se eu tivesse ficado... O fato é que lá não fiquei, fui enfrentar a vida. Impávido.

Naquela época eu já escrevera meu romance *Lapa grande*. Horrível. Creio, porém, que tinha esperanças enormes de que ele ganhasse o prêmio José Olympio. A decepção de ter perdido me esfriou os ânimos literários. Ao longo do diário inteiro não vejo intenções literárias, senão registros como esse: "Ser poeta ou romancista demanda uma profunda simpatia humana, capacidade de penetrar as almas dos homens e sentir a vida como eles a sentem e sobretudo de olhar a si mesmos com os olhos dos outros".

A maior surpresa do diário foi ver comprovada a persistência do meu amor por Lísia, depois da ruptura. Lá estão muitos esboços de cartas e sobretudo dezenas de páginas de meditação sobre os temas mais variados que eu discutiria com ela. A começar pela minha perspectiva de oito anos de estudos ou o desejo de uma vida militante, que não se compaginavam com os ideais de vida dela, baseados no casamento.

O certo, na verdade do diário, é que, naqueles dois primeiros anos paulistas em que eu procurava me assentar e me habituar lá, Lísia foi quem manteve abastecido meu desejo de ternura. Um amor interrompido se recompôs em cartas e floresceu melhor do que fora presencialmente. Em certa passagem, ela até anuncia que iria a Sampa ver-me. Sonhei grandezas para esse encontro, nós dois a sós na cidadona imensa. Ela não foi. Isso me deixou muito triste. Registrei lá: "tudo o que poderia ter sido e que não foi".

Eu é que fui vê-la no Rio, primeiro com a desculpa e a passagem para participar do congresso anual da UNE. Depois para vê-la descaradamente. Abraçados, nos beijando abrasados, falávamos longamente das incompatibilidades que nos separavam, a militância que Lísia estava certa de que eu superaria. O doutorado que deu a ela, geógrafa em flor, a ideia de ir fazer também em Chicago seu doutoramento. Termino uma das cartas dizendo: "Perdoe-me, Cará, eu te amo muito".

Seguramente, esses descompassos no amor, esses obstáculos a nos separar, constituíram um estímulo para que persistisse e se aprofundasse como ocorreu, até que um dia passou, eu não lembro como.

Só me lembro, com muita vergonha, que, quarenta anos depois, nomeei para uma fundação que coordenava as pesquisas no Rio de Janeiro um idiota que, com ordem de despedir todos os funcionários fantasmas, demitiu também Lísia, que não era fantasma coisa nenhuma. Soube muito tempo depois que ela tinha um contrato para fazer mapas do Rio de Janeiro. Fez os mais belos e melhores mapas que o Rio tem.

Outra lembrança inexplicavelmente afogada no meu peito é a de um namorico de bolinas que tive por meses com uma mocinha, Dirce, que, sorridente, me amava cheia de medos. Era empregada de balcão de uma loja que ficava defronte da Livraria Brasiliense. Eu me vejo agora saindo da livraria em que conversava com Caio Prado, Monteiro Lobato, Artur Neves, para encontrá-la; disfarçando, para não me verem com a namoradinha comerciária. Falo dela no diário com muita maldade e com o mais vil preconceito classista: "Para que tanta beleza em teu corpo, caixeirinha mal paga... Teus seios duros, apontando, furando o ar da gente, ondulando desvairada".

Lembro-me, vagamente, de sairmos para atracações em outros bairros distantes daquele em que ela morava. Ambos nos vexávamos de sermos vistos juntos. Ela me via como um estudante, de boca cheia de poesias, que eu queria derramar nela. Mas sobretudo como o moço rico que queria enganá-la, comê-la e abandoná-la.

Minha visão era a mesma, era isso mesmo que eu queria. O que queria daquela moça linda, risonha, mais atrativa do que ninguém que eu conhecesse. Minha namoradinha esquecida de São Paulo. Foi ela quem me deu por meses de carinhos quentes o amor que Lísia longínqua não me dava. A ternura que eu tive naquele tempo veio toda da bela Dirce. Era ela com seu candor que me dava o amor quente que eu pedia. Como saía todos os dias à mesma hora, lá estava sempre oferecida para uma escapada comigo. Não queria cinema, porque uma vez fomos e ela não gostou da minha agressividade na escuridão. Queria a bolina de ruas mal iluminadas, de onde pudesse sair correndo com seu cabacinho intacto.

Nessa época passei a viver na pensão de uma italiana, na rua Caio Prado, entre a rua Consolação e a Augusta. Deu-se então, ali, um episódio inconfessável. Enamorei-me de uma italianinha risonha. E passamos a transar, frenéticos. Creio, na verdade, que nos intercontaminávamos, porque eu peguei uma gonorreia de gotas gordas, que me fazia o mijo sair como se fosse ferro escaldante. Não adiantava tratar, porque voltava outra vez. Acabou eclodindo numa orquite dupla, que encheu meus escrotos como se fossem bolas de bilhar. Doíam para valer.

Fui socorrido pelo doutor Schoer, que depois de me examinar foi ao consultório procurar o instrumento de minha salvação. Voltou armado com uma seringa veterinária e meteu duas vezes a agulhona para injetar novocaína, uma em cada bago. Eu berrava como boi capado. De fato, naquela hora, eu fui capado. Não servia mais para fazer filhos.

Que decorreu disso? Filhos não me fazem falta. Para mim é melhor mesmo não tê-los. Sua ausência me abriu a segunda liberdade de que eu desfruto no mundo. A primeira foi ter perdido meu pai, ou ganhado minha orfandade, que me livrou de ter um pai para me domesticar. A segunda foi a operação do doutor Schoer, que, me liberando de ter filhos, me abriu o segundo espaço de liberdade: o de não ter que domesticar ninguém. Sou por isso um homem solto na vida para me exercer, pessoal e individualmente, com impávida coragem de mim mesmo.

Não me dei mal.

O Partidão

Meu grande interesse quando me acomodei em Sampa foi conhecer Mário de Andrade. Ele era o único intelectual brasileiro com fervores etnológicos. Havia feito estudos de observação direta em Minas, no Nordeste e na Amazônia. Como eu me encaminhava para uma carreira de etnólogo de campo, sabia que interessaria a ele falar comigo.

Combinamos um encontro na Livraria Jaraguá, da rua Marconi, que era também uma casa de chá. Quando cheguei, Mário já estava lá, mas eu me disfarcei conversando com Iglésias, meu velho colega mineiro. Não quis falar com Mário porque ele estava sentado com dois adversários ferozes meus, Paulo Emílio Salles Gomes e Germinal Feijó, ambos trotskos. O artigo 13 do Estatuto do Partido Comunista proibia qualquer convivência com os trotskos. Ambos seriam, depois, meus amigos, principalmente Paulo Emílio, que me ajudou a planejar a Escola de Cinema da Universidade de Brasília. Mas naquela hora eu era puro sectarismo, os odiava e, por extensão, ao Mário. Foi uma pena. Pouco depois Mário morria.

Vivi aqueles anos paulistas sob grandes tensões. Por um lado o peso e a atração do Partido Comunista e da minha célula de motorneiros. Por outro lado, a Escola de Sociologia, forçando minha despolitização para fazer de mim um cientista objetivo. Ela também me encantava.

As atividades maiores que tínhamos no partido, além da política estudantil que acabamos dominando e a assistência à minha célula da Light, formam duas campanhas memoráveis. Primeiro, montar o próprio partido na legalidade, afinal conquistada. Eram pouquíssimos os que tinham qualquer ideia do que fosse uma célula, sua composição, forma de ação externa e interna no controle do militante. Menos ainda da ideologia comunista, o que aliás não importava nada, porque todo candidato ao partido era tão só um prestista. Luís Carlos Prestes saíra da cadeia depois de dez anos com uma aura de herói, tanto maior porque sobre ele se projetava a vitória da URSS na guerra, que salvara o mundo do milênio hitlerista.

Foi frenética a nossa atividade na garagem alugada para a primeira sede do partido, e depois nas outras sedes. Recebíamos diariamente dezenas de operários, a quem só pedíamos que voltassem à sua fábrica e viessem depois com mais cinco ou dez companheiros para organizarmos sua célula. O próprio diretório municipal e o estadual foram preenchidos com operários mais ingênuos que sábios. Lembro-me de Mário Scott, posto no lugar de líder do proletariado paulista. Acabou se suicidando de desespero. Atrás dele eram Moshe, Jétero, eu e poucos mais, que tomávamos as decisões corriqueiras. O mais era ditado pelo Comitê Central.

Outra experiência recordável foi a campanha eleitoral que fiz junto com Caio Prado para elegê-lo deputado. Numa cidade, apedrejado na praça onde armamos um palanque, Caio quis cair fora porque não suportava mais a hostilidade dos eleitores. Eu não deixei. Tínhamos pagado duas horas da rádio local — com o dinheiro do Caio — e eu queria aproveitá-las.

A militância comunista envolvia toda a minha vida. Perseguido pela polícia, vivia abrigado na casa de judeus liberais que me davam de tudo. Saltava de uma a outra, encantado com a beleza que eram os judeus de então, liberais e revolucionários, realistas e idealistas. Meu convívio com a gente da Escola ficou cada vez mais escasso. Sobretudo depois que fui orador da minha turma contra a direção. Eles exigiram que eu lesse o meu discurso para Cyro Berlinck, o empresário-diretor, tão errado que queria despedir os professores que tivessem dez anos de casa, esquecido de que a Escola havia investido fortunas neles para fazerem suas pós-graduações nos Estados Unidos. Para surpresa geral, aceitei ler o discurso para o doutor Cyro. Li-o inteiro, acompanhando a leitura com o dedo para que ele verificasse que era leitura verdadeira, mas li sem respeitar pontos nem vírgulas, o que eu transformava num bestialógico. A leitura verdadeira foi feita com as pausas devidas quando desci da tribuna. O tal diretor ficou certo de que fora traído, de que o que ouviu era outro.

Alguns de meus colegas de Escola estavam em busca de noivas ricas, o que me irritava muito. Idiotice minha, era um excelente entendimento. Rapazes brilhantes é que serviam para casar com moças ricas, capazes de guiá-las na vida e de cuidar de seus bens. Recusei a mineira rica que me receitaram e em São Paulo voltei a recusar a bela paulista que foi me ver numa festa e achou que servia.

Berta Gleizer

Na verdade das coisas, eu me apaixonara por uma menina comunista que tinha uma história heroica. Conheci Berta num comício, quando pedi um cigarro a um companheiro que sustentava a outra vara da faixa que abríamos. Ela veio trazer. Nunca mais me deixou. Soube depois o segredo dos mistérios dela, complicadíssima para namorar. Ela era a irmã menor que ficara escondida no Brasil quando Jenny, a mais velha, jovem ativista, foi banida junto com Olga Benário, a mulher de Prestes, para ser mandada para um campo de concentração na Alemanha. Olga cumpriu seu destino e foi morta lá. Jenny escapou porque portuários franceses, advertidos de sua presença no navio, a tiraram de lá.

Berta, sendo bela e doce, e tendo essa história, me apaixonou. Danado que sou, quis mantê-la com outras duas namoradinhas que tinha, uma baiana belíssima, Vilvanita, e uma paulista judia, Rosa. Berta um dia juntou nós quatro numa festinha e me disse, escandindo as palavras: "Escolha quem você quer. A mim não vai me enganar".

Escolhi e começou o meu primeiro namoro sério, com muita interferência, porque o Partidão zelava por ela e não confiava em mim. Acabou levando-a para o Rio. Foi trabalhar na comissão de quadros do Comitê Central, que classificava os comunistas, os militantes, fiscalizava contra infiltrações policiais e trotskistas. Eu tive que, outra vez, andar de trem para namorar.

Ela começou sua carreira de etnóloga de campo acompanhando-me por seis meses na pesquisa que realizei junto aos índios Kadiwéu do Pantanal mato-grossense. Lembro-me bem de Berta menina, chegando dos Estados Unidos, onde vivera uma temporada, para casar-se comigo. Dias depois de deixar Nova York, montou pela primeira vez num cavalo para andar dez léguas. No meio da viagem, tive que arranjar uma carroça para levá-la. Eu já tinha estado uma temporada com aqueles índios, que se surpreenderam demais de me ver voltar casado, principalmente as índias, que tinham esperanças de reter-me lá.

Ali ela deu dois passos remarcáveis. Colaborou de forma assinalável comigo como auxiliar de pesquisa e teve sua primeira formação como etnóloga capacitada para observação direta. Nos anos seguintes, Berta aprofundou seus estudos me ajudando a elaborar os materiais colhidos na redação de meus livros sobre a arte, a religião e a mitologia dos Kadiwéu. Nesses mesmos anos, concluiu seus estudos acadêmicos, graduando-se em história na faculdade de filosofia, que posteriormente se integrou à UERJ [Universidade do Estado do Rio de Janeiro].

Em 1953, começou a trabalhar no Museu Nacional, na qualidade de estagiária. Fixou-se, então, no estudo da cultura material dos povos indígenas do Brasil e no tratamento e na conservação das coleções museográficas dos mesmos. Ela é o único caso de antropólogo de sua geração com um interesse vívido pela cultura material e pelas formas de adaptação ecológica dos povos indígenas. Publicou vários trabalhos nesse campo, a começar por um estudo da arte plumária em colaboração comigo — *Arte plumária dos índios Kaapor*, premiado, aliás, pela Academia Brasileira de Letras.

Estendeu esses estudos, posteriormente, à classificação de todos os adornos plumários do Brasil. A partir de 1958, mudou-se para Brasília, onde colaborou comigo e com Eduardo Galvão no planejamento e na implantação do departamento de antropologia da Universidade de Brasília. Mais tarde, foi comigo para o exílio no Uruguai, onde se dedicou à elaboração do conceito de transfiguração étnica que apresento no meu livro Os *índios e a civilização*.

De volta ao Brasil, em 1968, Berta retornou ao Museu Nacional, primeiro como pesquisadora independente, depois como naturalista contratada. Ali, mais uma vez, ela se destacou entre os antropólogos da casa por seu renovado interesse pela cultura material do ponto de vista tecnológico, ergológico, funcional e artístico. Passa a ver e a permitir que todos vejamos como, nas coisas que fazem, os índios se expressam, seja individualmente, imprimindo sua caligrafia pessoal em cada artefato, seja grupalmente, dando a toda sua artesania uma identidade étnica inconfundível.

Berta alcançou o clímax de sua carreira, nesse sentido, ao fazer a sua tese de doutorado sobre os trançados, tema extraordinariamente complexo, que ela denomina A *civilização da palha*. Graças a seu estudo, temos hoje uma tipologia e uma taxionomia desses artefatos, diferenciados em estilos culturais e modos de adaptação ecológica, bem como valorizados por sua significação simbólica e iconográfica.

Berta coroou esses estudos taxionômicos com uma obra fundamental da antropologia brasileira, que é seu *Dicionário do artesanato indígena*. Ele constitui hoje o principal instrumento de trabalho dos antropólogos e museólogos que lidam com as culturas indígenas. Essa obra representa, como classificação no campo da etnografia da cultura material indígena, o que a obra biobibliográfica de Baldus representa para a etnologia brasileira. Já então, Berta alcançara renome internacional como etnóloga de museus, como pesquisadora de campo e como elaboradora teórica dos estudos mais avançados com que contamos no campo da ergologia.

A contribuição de Berta foi também fundamental na edição brasileira do *Handbook of South American Indians*, em 1987, de que publicamos, nós dois, três alentados volumes, sob a designação de *Suma etnológica brasileira*, com a colaboração de uma dezena de antropólogos. Realizou pesquisas de campo próprias entre os índios Yawalapiti e Kayabi, do Parque Indígena do Xingu, e junto aos índios Desana e Baniwa do alto rio Negro, sobre os quais escreveu monografias valiosas. A principal delas, *Os índios das águas pretas*, publicada pela Companhia das Letras, é um modelo de estudo antropológico profundo e compreensivo.

É de ressaltar aqui algumas qualidades específicas de Berta. Primeiro, seu simultâneo interesse pelas culturas indígenas e pelo destino dos índios. Segundo, seu respeito por seus informantes indígenas, que chega ao ponto de publicar um livro de mitologia em nome deles e lhes transferir os direitos autorais. Terceiro, sua ampla visão, que incorpora tudo que conhecemos sobre a sabedoria dos povos da floresta dentro do quadro da sociedade e da cultura brasileira, tema sobre o qual publicou vários livros. Inclusive seu texto "O índio na cultura brasileira", que é o melhor com que contamos para uma visão panorâmica da contribuição indígena à nossa cultura.

Outra obra de Berta muito divulgada é seu catálogo para a grande exposição que realizou sobre a floresta amazônica e os riscos que pesam sobre ela e sobre seus povos. Essa exposição foi montada em muitas cidades brasileiras e estrangeiras com o nome de *Amazônia urgente* e constitui o maior esforço que se fez para visualizar a história e o drama da floresta e dos índios da Amazônia.

Sua última obra, *Índios do Brasil: 500 anos de resistência*, que ela vem elaborando há dez anos, será publicada proximamente pela Universidade de Brasília. É uma proposição de enorme amplitude, mas detalhadíssima, de como deve ser o Memorial dos Povos Indígenas de Brasília como repositório de suas criações e como expressão da vontade de perfeição e de beleza que os inspira.

Temo que seja obra póstuma. O diabo do câncer atingiu a ela e a mim. A Berta na cabeça, na área da fala e da memória, que é inoperável, porque haveria o risco de convertê-la num vegetal. Nosso fundo entendimento de coração se deu, uma vez mais, quando percebi que Berta tinha horror de ser enterrada no cemitério judeu do Rio de Janeiro. Nunca tendo sido judia ativa, porque era essencialmente uma brasileira comunista, viver no outro mundo junto de estranhos a horrorizava. Conversando, ela encantou-se com a ideia de ser cremada. Eu organizei tudo e ela ainda assinou os papéis competentes.

Então, eu dizia a ela nas minhas visitas, que tratasse de morrer logo, para poder ser bem cremada. Resistindo ao câncer como resistia, podia morrer depois de mim, o que seria uma lástima, porque ninguém a cremaria direito. O certo, porém, é que desde há muitos anos convivemos com muito amor. Depois de 25 anos de casamento, e mais 25 de separação, confluímos numa convivência pacata e amorosa. Gosto de dizer que a estou namorando e dou beijos na boca. Também a peço em casamento. Ela aquiesce, mas, quando ainda falava, dizia a suas amigas: "Para casamento, Darcy não é confiável".

Carreira

Ainda estudante em Sampa, na condição de bolsista, com obrigações de trabalho, tive de ler um número enorme de obras de interesse social. Li não apenas o ciclo de romances regionalistas e coisas do gênero, como também Sílvio Romero, Capistrano, Oliveira Vianna e outros. Isso foi importante, pois tomei contato com o pensamento brasileiro que no meu curso jamais seria objeto de interesse. Senão, talvez, como exemplos desprezíveis de filosofia social. Obrigado pela bolsa, tive que me familiarizar com os estudos brasilianos. Não somente no campo da ficção, mas também na ensaística, inteirando-me assim de algum modo — ainda que precariamente — dos esforços dos brasileiros para compreenderem a si mesmos.

Reitero aqui que teve grande importância para mim o fato de ter estudado como militante comunista naqueles anos de guerra. Eles é que fizeram que me sentisse responsável pelo destino humano, com a tarefa de combater o nazismo lá fora e a reação aqui dentro.

O que eu não percebi então é que ao me fazer cientista em Sampa eu estava sendo, de fato, contrapolitizado. A temática dos meus estudos sobre arte plumária, o desenho kadiwéu, seu parentesco, sua religião e mitologia, bem como a dos copiosos estudos eruditos de Florestan Fernandes sobre a organização social e sobre a guerra na sociedade tupinambá, eram mais do que legítimos, mas deixavam o Brasil à distância.

Alguém disse então que éramos como tratores de esteira usados para colher alfaces. De fato, pareciam absurdos tantos anos meus de pesquisa de campo e tanto esforço de pesquisa bibliográfica de Florestan Fernandes, bem como suas construções metodológicas, de andaimes maiores que a própria obra. Tudo isso para versar temas que não tinham a menor relevância social e se situavam a uma imensa distância de nossa problemática.

O interesse original do Florestan, trotskista, e meu interesse de estudante comunista eram a sociedade nacional e a revolução. Mas que lugar havia para nos ocuparmos delas naquela máquina de domesticação acadêmica? A Escola de Sociologia e a faculdade de filosofia nos tiravam da revolução e nos metiam a estudar arte plumária kaapor ou a reconstituir as guerras tupinambá de antes de 1500. Dopados, doutrinados sem o saber, estávamos empolgadíssimos com as tarefas que nos levariam a um cientificismo que se esgotava como uma finalidade em si, desligado de qualquer problemática social e nacional.

Acho muito legítimo estudar qualquer tema só movido pelo desejo de saber. Afinal, nosso ofício de cientistas tem por fim ampliar e melhorar o discurso humano sobre a natureza das coisas, inclusive de si próprios. O que desejo assinalar aqui é o caráter alienador de uma escolástica científica que fechava nossos olhos para o contexto circundante, nos desatrelava do ativismo político para fazer de nós futuras eminências intelectuais e acadêmicas. Em nome da neutralidade científica, estávamos sendo doutrinados para aceitar como despolitização nossa contrapolitização com sinal invertido. E gostávamos.

A soma de ativismo político com a herança brasilianista e o interesse pela literatura impediram que eu me convertesse num acadêmico completo, perfeitamente idiota. Desses que só servem para pôr ponto e vírgula nos textos de seus mestres estrangeiros.

Recordo aqui que meu mestre maior foi Herbert Baldus, alemão antinazista que viveu no Brasil toda sua vida como exilado político. Era um intelectual europeu, de velho estilo, poeta e liberal, o que fazia dele um alemão e um cientista atípico. Discípulo de Thurnwald, se preocupava tanto com a teoria e a história como com a pesquisa de campo. Baldus realizou, além de uma obra etnológica própria, obra erudita de extraordinário valor na ordenação e peneiramento da bibliografia referente aos índios do Brasil. Desse modo, tornou disponível a todos os estudiosos a massa enorme dos milhares de estudos de interesse etnográfico que se acumularam em revistas raras e em livros esgotados.

Formado, eu tinha que tomar destino. Vivia então da bolsa de estudos que ia se esgotar, das rendas minguantes das ações do Banco do Comércio de Minas e principalmente da venda dos direitos de comprar novas ações. Mas minha renda principal já era a de consultor da Justiça do Trabalho para perícias técnicas sobre questões complicadas. Por exemplo, Matarazzo queria fechar uma velha fábrica de velas, despedindo dezenas de velhos operários italianos, alegando que dava prejuízo. Examinando a contabilidade e estudando o processo industrial, provei que não dava prejuízo nenhum. Dava lucros, poucos, muito menos do que renderia uma fábrica nova.

Minhas chances de trabalho era ir secretariar Roberto Simonsen, que acabara de criar o Senai, onde me ofereceram um belo salário. Outra era ir trabalhar no Rio com Rodrigo Mário Franco no Patrimônio Histórico, onde estava a melhor gente do Brasil — Lúcio Costa, Oscar Niemeyer, Dona Heloísa, Carlos Drummond, Gastão Cruls. O projeto lá era estudar, através de pesquisa de campo, a tecnologia rústica que os portugueses trouxeram para o Brasil. Afonso Arinos já focalizara o tema pela análise do texto seiscentista. Agora cabia procurar as rodas-d'água, os monjolos, os moinhos de fubá, curtumes, alambiques, os arranjos de fabricar telhas, tijolos, chapéus, sabão, cachaça etc. para documentá-los.

O que eu queria mesmo era substituir Câmara Ferreira na direção do diário *Hoje*, porque ele ia passar um ano na Rússia. Assim eu me converteria num revolucionário profissional com participação no comando do partido, para fazer a revolução brasileira. Felizmente, o Partidão tinha mais juízo que eu. Arruda Câmara veio falar-me e me dispensou da militância em nome do Comitê Central. Alegaram que tinham agora muitos intelectuais e artistas no partido, porque eles puderam formar-se. Para terem quadros como Portinari, Niemeyer, Jorge Amado e Caio Prado no futuro, deviam liberar agora jovens militantes para o estudo e a pesquisa. Na verdade, vi logo que tinham é receio de minha agitação. Temiam não poder disciplinar-me como um quadro tarefeiro. Podiam até supor que, como intelectual, eu acabaria desenvolvendo algum pendor trotskista.

O que me restava, como forma de fazer pesquisas de observação direta, era a carta do professor Baldus ao marechal Rondon, recomendando-me para o cargo de etnólogo do Conselho Nacional de Proteção aos Índios. O SPI já contava com uma sessão de estudos que vinha realizando importante documentação fotográfica e cinematográfica da vida indígena. Não tinham porém um etnólogo. Fui o primeiro.

Essa foi minha opção. Todos estranharam demais. Minha mãe sofreu anos, calada, o que supunha ser o fracasso profissional do filho num obscuro emprego que ela achava ser de amansador de índios bravos. Os amigos todos rechaçavam, às vezes indignados. Ninguém se solidarizou com minha opção. Uns, dizendo que eu era uma espécie de "*bright young man*", capaz de vencer em qualquer campo, perguntavam por que eu fazia o que lhes parecia um suicídio, metendo-me na selva, com os índios. Não suspeitavam sequer os inocentes que arriscada e insossa era a vida citadina que eles levavam.

Minha família, com mamãe à frente, só percebeu que eu não tinha fracassado quando, em 1950, ganhei o prêmio Fábio Prado de ensaios pelo livro *Religião e mitologia kadiwéu*, que alcançou certa repercussão na imprensa. Foram os jornais, chegando a Montes Claros com meu retrato, que convenceram minha gente de que eu não era um caso totalmente perdido.

Mas eu me pergunto agora, tal como eles se perguntavam então: por que me meti no mato, com os índios? Por que lá permaneci, atrelado à natureza e a eles, por tanto tempo? Sei lá... Curiosidade intelectual, me incentivando uma carreira de pesquisador profissional? Essa bem podia ser minha motivação principal. Insatisfação com a vida que se oferecia a mim, em São Paulo, ganhando dinheiro, ou na boa vida do Rio? Também podia ser. Creio que todas essas coisas funcionaram, mas o que me reteve lá, anos e anos, foi, acho agora, o encantamento pelo Pantanal e depois pela Amazônia, um deslumbramento com a humanidade índia, tão ínvia e tão essencial.

Só décadas depois, escrevendo *Maíra* e *Utopia selvagem*, consegui expressar de alguma maneira o sentimento do mundo que hauri naqueles anos. Na verdade, aquela opção improvável a mim e aos mais parece, agora, natural e até necessária. Mas não foi assim naqueles anos. Ninguém de minha geração, de minha classe, do meu tipo de formação fazia nada parecido. Não havia nem mesmo nome para designar minha função. O mais próximo seria "naturalista", aplicado a botânicos, zoólogos, geólogos que se metiam mato adentro à frente de expedições científicas.

O certo é que, uma vez formado, exerci com dedicação, por quase dez anos, o ofício de etnólogo de campo, planejando e realizando pesquisas próprias e alheias. Sempre com algum senso de objetividade e atento à temática da antropologia que se fazia mundo afora. Mas, principalmente, com a imaginação despegada na busca das formas mais astutas de ler, na realidade da vida indígena diretamente observável, o sentido oculto das suas crenças e instituições.

Nunca fui um exemplificador servil, com material local, de teses de mestre algum. Assinalo isso porque constitui justamente o oposto da postura corrente. A maioria dos nossos pesquisadores assume uma atitude seguidista que faz de suas pesquisas meras operações de comprovação das teses em moda na antropologia metropolitana, só visando redigir seu discurso doutoral, sem nenhum compromisso etnográfico nem indigenista. O resultado é a reiteração do já sabido e o desperdício de preciosas oportunidades de ampliar o conhecimento da etnografia brasileira, enquanto isso é praticável, e de exercer o ofício de antropólogo com fidelidade aos povos que estuda.

4. ÍNDIOS

Rondon

O coronel Amílcar era a sombra de Rondon. Acompanhou-o por toda parte a vida inteira, no sertão, na mata, no Rio, onde estivesse. Foi seu biógrafo informado e veraz em vários livros. Eu os tinha lido todos quando fui vê-lo.

Amílcar, depois de ler a carta de Baldus, falou longamente comigo e também fez uma série de perguntas. Afinal me levou para a sala ao lado, onde estava Rondon. Eu o vi lá, aprumado. Sentado era tão rígido e formal como se estivesse de pé. Rondon ouviu calado a leitura da carta e depois as perguntas de Amílcar, repetidas. Fui também repetindo as respostas.

Rondon fez cara de que gostou. Comentou só que os antropólogos pareciam interessados nos índios como carcaças para analisar e escrever suas teses. Fiz minha profissão de fé baldusiana da antropologia interessada nos índios como pessoas, solidária. Saí contratado. Rondon iria solicitar ao ministro da Agricultura que me admitisse como naturalista. Não havia outra categoria no serviço público para quem fosse estudar índios no mato. Só havia aquele nome, dado habitualmente a catadores de orquídeas e borboletas.

Fiquei galvanizado instantaneamente pela bela figura índia de Rondon, pela dignidade de sua fisionomia, pela energia de seu olhar, pela naturalidade de seu mando. Ali estava o bravo homem que trocara a cátedra de professor de astronomia da Escola Militar pela missão de realizar os ideais de Augusto Comte na selva brasileira. Tendo se convertido ao positivismo como religião, a seu juízo não podia exercer a cátedra, porque passara a ser um sectário. Essa opção filosófica é que regeu todo o final de sua carreira, que o levava desde os inícios como soldado raso recrutado da região bororo de Mato Grosso até o posto de marechal, que lhe foi concedido pelo Congresso Nacional.

Fiquei atado a Rondon pela vida inteira. Ao fim de cada expedição ia vê-lo para contar como estavam vivendo e morrendo os índios que visitara. Algumas dessas expedições foram feitas por mandados dele, principalmente a que fiz a Mato Grosso para participar das cerimônias de sepultamento de Cadete, último grande chefe bororo. Levei comigo um aparelho de gravação com uma fita ditada por Rondon, em que dizia, em língua bororo, aos Bororo:

> Olhem este homem. É o Darcy. Ele está aí no meu lugar. Estou velho, não aguento mais uma viagem longa do Rio até aí. Olhem bem para ele. Seus olhos são meus olhos, olhando tudo para vir me contar. Seus ouvidos são meus ouvidos. Eles ouvem tudo o que vocês disserem para repetir aqui para mim. Prestem atenção na sua boca. Tudo que ele falar, sou eu, Rondon, quem está falando aos Bororo.

Passei essa gravação muitas vezes e ela deu a mim e ao Foerthmann, o cinematografista, abertura total para participar e documentar o cerimonial fúnebre mais elaborado que existe. Para tudo perguntar como se eu fosse um Bororo de volta à aldeia. Para participar de todo ritual como uma eminência equiparável a Rondon.

No curso desse cerimonial, o corpo de Cadete primeiro foi enterrado em cova rasa, no meio do pátio de danças, e regado diariamente com potes d'água trazidos pelas mulheres desde o rio. Assim apodrecia rapidamente. De fato, as carnes se dissolviam sobre os ossos. O cheiro ainda hoje me cheira nas ventas. Tremendo. Não era catinga de bicho ou gente morta. Era um poderoso cheiro, fino como um assobio, que cheirava dia e noite. Chegada a hora, os ossos de Cadete foram retirados, lavados cuidadosamente e levados em folhas para a casa dos homens, o baíto.

Lá estavam todos os Bororo vivos e mortos, homens e mulheres, crianças e velhos. Eram regidos pelo Aróe-toeráre, intermediário entre o mundo dos vivos e o mundo dos mortos. Ele regia a cerimônia tirando sons suaves de um grande maracá e soprando uma pequena flauta. A seu comando as mulheres todas arrancaram todos os cabelos. A seguir, homens e mulheres sangraram-se abundantemente, escarificando-se com dentes de peixe encastoados numa peça feita de cabaça. Foi terrível de ver.

A provação maior para mim foi beber dois litros de uma cerveja fermentada com seiva de certa palmeira, que Aróe-toeráre bebia em minha frente sem tirar a cabaça da boca. Durante esses rituais, tomaram todos os ossos de Cadete, grandes e pequenos, e recamaram cada um deles com plumas coloridas de diferentes pássaros. Assim, foram postos num cesto novo e levados para a lagoa dos mortos, onde o suspenderam no alto de uma longa vara de ponta enterrada no fundo.

Regressando, tudo relatei a Rondon, que me contou então que um dia, na sua última visita, Cadete lhe dissera: "Você está velho, Rondon. Venha morrer aqui. Só nosso povo bororo saberemos sepultá-lo".

Apresentei o filme *Funeral bororo*, meu e de Foerthmann, no Congresso de Americanistas, em 1954, em São Paulo. Foi um espanto para toda gente pela complexidade e dureza daquele ritual fúnebre. Continuei vendo as várias cópias dele no Museu do Índio até 1964, quando saí para o exílio. Ao voltar, não havia nenhuma cópia mais desse filme nas suas versões originais em 35 milímetros.

Visitei Rondon para prestar contas quando saí do Serviço de Proteção aos Índios. Eduardo Galvão saiu comigo, também enojado com o que se implantava ali. Cheguei a trocar tapas com um canalha que fora nomeado inspetor dos postos indígenas do Sul e que assinava os contratos mais lesivos de exploração de madeira e plantações de trigo. Outras visitas a Rondon eu fiz já na casa dele. Quando se deu sua morte, fui chamado pela filha, dona Maria, para estar presente no passamento.

Rondon morreu com as mãos nas minhas mãos, dizendo, trêmulo, frases do catecismo positivista: "Os vivos são conduzidos pelos mortos;/ O amor por princípio, a ordem por base, o progresso por fim".

Um neto de Rondon, sacerdote, quis levar seu corpo para uma recomendação na igreja católica. Não consenti. Ele foi velado no templo positivista. De lá foi para o cemitério São João Batista, onde eu disse a oração fúnebre.

Anos depois, Rondon se fez presente para mim quando estava preso num quartel da Marinha. Isso ocorreu quando os oficiais souberam que eu fora discípulo, amigo-discípulo, de Rondon. Para eles era impensável que um agente comunista, que era a imagem que eles tinham de mim, tivesse vivido com os índios e, sobretudo, que tivesse intimidade com o único herói das Forças Armadas, herói inconteste de todas elas. Tive que mandar buscar a oração fúnebre, publicada no *Correio da Manhã*, para mostrar que era eu o maior amigo de Rondon.

Em 1910, Rondon criou o Serviço de Proteção aos Índios e Localização de Trabalhadores Nacionais nas fronteiras da civilização. Esse acontecimento representa para os índios o que representou a Abolição para os escravos. Rondon não só afirmava o direito de os índios serem e continuarem sendo índios, mas criava todo um serviço, integrado por jovens oficiais, dedicado à localização e pacificação das tribos arredias e à proteção dos antigos grupos indígenas dispersos por todo o país.

Esses povos indígenas haviam enfrentado quatro séculos de opressão, ao longo dos quais sofreram chacinas, tiveram suas mulheres violentadas, seus filhos roubados, e ninguém levantava uma mão contra essa violência, porque eles eram vistos como selvagens que não mereciam outro destino.

A única proteção que conheciam era a das missões religiosas, cujo programa concreto consistia em prosseguir no processo de cristianização e europeização, sem nenhum respeito pelas culturas indígenas, desmoralizando suas crenças e cultos, inviabilizando seus costumes, tudo para convertê-los ao cristianismo. Não converteram tribo alguma. Nem mesmo aquelas que assistiram e evangelizaram por mais de um século, como os Bororo. Esse fracasso, reconhecido já por Nóbrega nos primeiros anos da ação missionária, não impedia que continuassem na sua tarefa furiosa de desindianizar os índios. Não o faziam em benefício dos índios, mas de si próprios, com vista à santificação.

Foi nessa arena ideológica que entrei. Eu, que só estava armado para ver os índios como objeto de estudos antropológicos, cuja mitologia, religião e arte tentaria compreender e reconstituir criteriosamente, no mesmo esforço observava e registrava etnograficamente seus costumes, seus artesanatos, todo seu modo de ser, de encarar o mundo e de viver. Como ao contato com a civilização suas culturas se deterioram inapelavelmente, se impunham duas tarefas. Documentar suas culturas originais antes que desaparecessem e entender o processo de aculturação a que eles eram submetidos. Um dos objetivos da minha vida foi entender e integrar essa última temática e a sensibilidade social correspondente no campo de interesses teóricos da antropologia. Ela era e ainda é objeto tão legítimo de estudos como a religião, a mitologia ou qualquer outro.

Eu reclamava que a antropologia brasileira deixasse de ser uma primatologia ou uma barbarologia, que só olha os índios como fósseis vivos do gênero humano, que só importam como objeto de estudos. Sempre gostei, por isso, da tirada de Noel Nutels, que chamava os antropólogos de "gigolôs dos índios". De fato, ele, que procurava assisti-los, conheceu inúmeros desses estudiosos, que lá estavam sem levantar uma palha a favor dos índios, apenas de olhos abertos, de ouvidos acesos, ouvindo, olhando, aprendendo: gigolando.

Só percebi anos depois a enorme importância da ideologia de Rondon, inspirada no positivismo, de defesa de uma política indigenista leiga. Isso se deu em Genebra, na Organização Internacional do Trabalho, onde passei dois meses discutindo com os sábios que insistiam na tolice liberal de que não se podia negar aos índios nenhuma liberdade, nem a de vender suas terras nem a de se escravizarem a si mesmos. Demonstrei que essa é uma atitude objetivamente espoliativa, porque havia permitido tomar de inumeráveis povos índios as poucas propriedades territoriais que uma vez lhes haviam sido reconhecidas. Importava em abandoná-los à própria sorte sem ver a avalanche civilizatória que avança sobre eles, com terrível furor genocida e etnocida.

Uma lembrança que guardo daqueles meses em que vivi em Genebra, estudando com toda uma ampla equipe mundial os problemas dos povos indígenas da Terra, foi de um encontro que dois indianos marcaram comigo, juntamente com um intérprete. Eu os via sempre naquelas vestes típicas e, como estavam num quarto ao lado do meu do hotel, eu ouvia os "trec-trec-trec" dos seus teares fiando algodão a manhã inteira. No encontro, logo se esclareceu qual era o objetivo deles. Queriam mais informações sobre o discípulo brasileiro de Gandhi, de que eu falara tanto. Referiam-se às ideias de Rondon: "Morrer se preciso for, matar nunca".

Ideias que fundamentaram a criação do Serviço de Proteção aos Índios. Eu lhes disse que não havia nenhum discípulo de Gandhi no Brasil. Esclareci, então, que o indigenismo brasileiro é, antes, uma herança do positivismo de Augusto Comte. Essa fora a inspiração ideológica de Rondon, que levara um grupo de oficiais das Forças Armadas a se dedicar à proteção aos índios e à localização e assentamento de trabalhadores nacionais.

Os povos índios

Nos meus tantos e tão gratos anos de trabalho como etnólogo, fui mudando de atitude com respeito aos índios. Originalmente, por força da visão acadêmica em que tinha sido formado, me servi deles para estudar a natureza humana enquanto exemplo típico de forma primitiva de organização social ou como amostra de concepções arcaicas das artes e da cultura. Serviam também, é certo, para estudar uma das matrizes formadoras da sociedade brasileira, mas eram sempre o objeto externo que se olhava de fora, como uma coisa.

Aos poucos, com a acumulação das experiências e vivências, os índios me foram desasnando, fazendo-me ver que eles eram gente. Gente capaz de dor, de tristeza, de amor, de gozo, de desengano, de vergonha. Gente que sofria a dor suprema de ser índio num mundo hostil, mas ainda assim guardava no peito um louco orgulho de si mesmos como índios. Gente muito mais capaz que nós de compor existências livres e solidárias.

Acabei percebendo a futilidade da temática clássica dos estudos etnológicos e sua infecundidade científica. Capacitei-me do alto valor explicativo que podem ter os estudos que focalizam os índios, não como amostras de uma humanidade prístina, mas como gente humana, adaptando-se penosamente aos novos tempos para sobreviver tal qual é ou era.

Assim foi que aprendi a olhar os índios com os olhos deles mesmos. A partir de então, caí num questionamento de mim mesmo como antropólogo. Primeiro, pela crítica da etnologia aparentemente científica e inocente que cultivara até então, estudando parentescos ou mitologias ou colecionando artefatos, num total descaso pelo trágico destino dos índios que contavam os contos ou faziam os artefatos.

Disso resultava uma etnologia acadêmica, incapaz de compreender com profundidade os povos que estudava. E, o que é pior, a tendência em que caíram muitos antropólogos de se converterem, como ocorre com tantos sociólogos, no que passei a chamar "cavalos de santo". Ou seja, pessoas por cuja boca falam sumidades metropolitanas que os deixam boquiabertos de admiração, tal como Exu e outras potestades dos cultos afro-brasileiros falam pela boca de seus "cavalos" quando esses entram em possessão.

Exemplifiquei certa vez — para desgosto de colegas meus, enfermos de consciência culposa — que estudar etnografias indígenas indiferente às condições de existência dos índios que se observam seria a mesma coisa que estudar a estrutura da família alemã debaixo dos bombardeios de Berlim durante a guerra.

Estabeleci assim um divisor de águas entre os que entendem que é possível e legítima uma posição neutra, indiferente, diante do drama indígena — o que me parece abominável, como seria a de um médico que não se interessasse pelos doentes, mas pela doença — e nós, que assumimos uma atitude de fidelidade aos povos que estudamos, incorporando o problema indígena na temática de nossas pesquisas como uma das questões cientificamente mais relevantes e humanisticamente mais frutíferas.

Fascinação

Durante meus dez anos de etnólogo, convivi com diversos grupos indígenas. Exercia então, simplesmente, meu ofício de etnólogo de campo. Só que, ao contrário dos meus colegas que passam alguns meses, um ano no máximo, com sua tribo, eu alonguei, por todo aquele tempo, minha estada com eles.

Por quê?

Primeiro, porque não realizava uma pesquisa acadêmica, como é corrente. Trabalhando no órgão de estudos de um serviço governamental de proteção aos índios, eu podia estudar quantos grupos quisesse, por quanto tempo desejasse. Foram, porém, outras as razões maiores de meus longos, belos anos de vida de índio, dormindo em redes e esteiras, comendo o que eles comem, eu só, em suas aldeias, contente de mim e deles.

Entre essas razões, sobressai o encantamento em que caí diante dos meus índios e a curiosidade inesgotável que eles despertaram em mim. Desde então, até hoje, me pergunto o como e o porquê dos seus modos tão extraordinários de serem tal qual são. Repensando agora, tantos anos depois, aquelas vivências minhas, ressaltam certas características distintivas dos índios, visíveis ao primeiro contato, que desencadearam aquele meu encantamento e essa longa arguição.

A fascinação que aqui confesso não é, aliás, nenhuma novidade. Já os primeiros europeus que depararam com nossos índios nas praias de 1500 se encantaram com a peregrina beleza de seus corpos e a gentileza de seus modos. Qualquer civilizado que conviveu com uma tribo isolada carrega, pela vida afora, a lembrança gratíssima do sentimento de espanto e simpatia que eles suscitam.

Meditando, agora, sobre esse meu sentimento de fascinação, tantos anos depois, descubro que me encantava nos índios, primacialmente, sua dignidade, inalcançável para nós, de gente que não passou pela mó da estratificação social. Não tendo sido nem sabido, jamais, de senhores e escravos, nem de patrões e empregados, ou de elites e massas, cada índio desabrocha como um ser humano em toda sua inteireza e individualidade. Pode, assim, olhar o outro e ser visto por todos como um ser único e irrepetível. Um ser humano respeitável em si, tão só por ser gente de seu povo. Creio mesmo que lutamos pelo socialismo por nostalgia daquele paraíso perdido de homens vivendo uma vida igualitária, sem nenhuma necessidade ou possibilidade de explorar ou de ser explorados, de alienar-se e de ser alienados.

Isso me lembra um episódio de que jamais esquecerei. Os índios Xavante, que ocupavam um território imenso do rio das Mortes até o Xingu, tinham sido recentemente pacificados. No entendimento xavante, eles é que tinham estabelecido relações pacíficas com o homem branco. O que mais queriam então era ver, tocar, num desses pássaros de asas rígidas, intocáveis, que cruzavam seus ares. Sabendo disso, o brigadeiro Aboim decidiu pousar três aviões numa clareira que os Xavante tinham aberto no cerrado.

Lá foi. Ao descer do avião, viu que devia dirigir-se a um índio velho, todo encarquilhado, que parecia esperar por ele. Era Apoena, o mais velho dos Xavante e o mais respeitado. Aboim enfrentou Apoena todo vestido numa farda branca, cheia de tiras de ouro. Quem os visse perceberia logo que a dignidade naquele enfrentamento estava com o velho nu, com Apoena. Aboim parecia fantasiado.

Ocorre que Apoena trazia a tiracolo um cesto trançado de palmas verdes, carregado de gafanhotos tostados que ele comia tranquilo. Aboim escandalizou-se e mandou trazer uma lata de biscoitos *cream cracker*. Abriu ele mesmo e entregou a Apoena, que recusava, não sabendo o que era. Aboim retirou um biscoito e o mastigou devagar, com boca de quem gosta. Apoena o imitou, tirou um biscoito e pôs na boca, mas se horrorizou. A seu paladar aquilo era horrível, porque ele nunca havia comido nada tão salgado. Em seguida, limpou a lata dos biscoitos que tinha e passou para ela seus gafanhotos, que continuou comendo.

Como não recordar, também, a generosidade de meus amigos índios, sempre mais predispostos a dar que a guardar? Ou a ausência de qualquer mandonismo? Lá, ninguém manda jamais em ninguém. No máximo, um cabeça de família, exercendo discreta liderança, sugere que talvez seja bom fazer, agora, tal ou qual coisa. Alguém pode até querer mandar, mas nunca será obedecido. Rirão dele.

Quando pedi ajuda, uma vez, a quem eu tratava como chefe índio, para levar a carga de minha expedição a outra aldeia, o que ele fez foi toda uma lição. Simplesmente disse, de tarde, ao grupo de índios sentados a seu redor, que no dia seguinte viajaria comigo, para me ajudar. Imediatamente, alguns outros homens se ofereceram para ir também conosco. Descobri, naquele dia, que o que eu chamava "capitão", supondo que fosse um chefe, eles entendiam como *akang-pitang*, ou seja, "cabeça vermelha". Compreendi ali por que os homens me pediam, tantas vezes, que eu lhes desse bonés de pano vermelho. Queriam, eles também, receber o tratamento que eu dava àqueles que designava e distinguia como "capitães".

Entre as lembranças que me afloram, pensando naqueles longos anos de convívio com os índios, ressalta a espontânea e tranquila alegria com que nos tratávamos. E também a limpeza dos índios e o seu gosto de se embelezar. Uma vez, pelo menos, às vezes duas ou três por dia, saíamos em grupo para tomar banho, espadanando água. Sempre havia por perto algum homem ou mulher sendo pintado, seja com a tinta rubra do urucum, seja com a negro-esverdeada do jenipapo, em pinturas de corpo inteiro, ou traçando linhas e voltas nas retículas mais inventivas e delicadas.

Os jovens, homens e mulheres, andam quase sempre enxadrezados dessas pinturas. Nos dias festivos, quando se reúne gente de muitas aldeias, ou até de tribos diferentes, o luxo é muito maior. Então, sobre a nudez de seus belos corpos recobertos de pinturas, sobressai a glória dos adornos de plumas, dos colares de miçangas e madrepérola, realçados pelos cintos de fibras e de palha.

Outra vertente do meu encantamento pelos índios vinha de meu assombro diante do exercício da vontade de beleza que eu via expressar-se infinitas vezes, de mil modos e formas. Aos poucos fui percebendo que as sociedades singelas guardam, entre outras características que perdemos, a de não ter despersonalizado nem mercantilizado sua produção, o que lhes permite exercer a criatividade como um ato natural da vida diária. Cada índio é um fazedor que encontra enorme prazer em fazer bem tudo o que faz. É também um usador, com plena consciência das qualidades singulares dos objetos que usa.

Quero dizer com isso, tão somente, que a índia que trança um reles cesto de carregar mandioca coloca no seu fazimento dez vezes mais zelo e trabalho do que seria necessário para o cumprimento de sua função de utilidade. Esse trabalho a mais e esse zelo prodigioso só se explicam como o atendimento a uma necessidade imperativa, pelo cumprimento de uma determinação tão assentada na vida indígena que é inimaginável que alguém descuide dela. Aquela cesteira, que põe tanto empenho no fazimento do seu cesto, sabe que ela própria se retrata inteiramente nele. Uma vez feito, ele é seu retrato reconhecível por qualquer outra mulher da aldeia que, olhando, lerá nele, imediatamente, pela caligrafia cestária que exibe, a autoria de quem o fez.

Não havendo para os índios fronteiras entre uma categoria de coisas tidas como artísticas e outras, vistas como vulgares, eles ficam livres para criar o belo. Lá uma pessoa, ao pintar seu corpo, ao modelar um vaso, ou ao trançar um cesto, põe no seu trabalho o máximo de vontade de perfeição e um sentido desejo de beleza só comparável com o de nossos artistas quando criam. Um índio que ganha de outro um utensílio ou adorno ganha, com ele, a expressão do ser de quem o fez. O presente estará ali, recordando sempre que aquele bom amigo existe e é capaz de fazer coisas tão lindas.

Essa compreensão importa na conclusão de que a verdadeira função que os índios esperam de tudo o que fazem é a beleza. Incidentalmente, suas belas flechas, sua preciosa cerâmica têm um valor de utilidade. Mas sua função real, vale dizer, sua forma de contribuir para a harmonia da vida coletiva e para a expressão de sua cultura, é criar beleza.

DIVERSIDADE

VOLTANDO ÀQUELAS CARACTERÍSTICAS DISTINTIVAS DOS MEUS ÍNDIOS, preciso deixar claro que não existe um índio genérico, cuja língua, usos e costumes sejam comuns e coparticipados. Há índios e índios, mais diferentes que semelhantes uns dos outros.

Para avaliar a amplitude dessas variações, basta considerar que ainda hoje eles falam mais de duas centenas de línguas, classificáveis em cerca de duas dezenas de troncos linguísticos, totalmente diferentes uns dos outros. O nosso indo-europeu, de que se esgalham, como línguas, do russo ao inglês e ao português, é um mero tronco, equivalente a um daqueles vinte e tantos que já se registraram entre os índios.

Seus mitos, seus costumes, suas técnicas variam muito menos; mesmo porque passam facilmente, de um povo a outro, tanto a técnica de fazer cerâmica como o mito sobre a origem das cores, por exemplo, que se incorporam à nova cultura, sem que ela perca nada de sua singularidade e genuinidade.

O certo, porém, é que cada um das dezenas de grupos indígenas que conheci — meia dúzia deles profundamente — é totalmente diferente de todos os outros. Cada qual tem alguma coisa de muito singular a ensinar, tanto sobre ele mesmo, para entendê-lo, como sobre a natureza humana, para nos entendermos.

É de assinalar, entretanto, que muito mais do que por suas singularidades linguísticas e culturais, os índios se diferenciam, hoje, principalmente por seus graus de integração à sociedade nacional. Os mais integrados, que se veem envolvidos pela população brasileira, tendo que conviver intensamente com ela, vivem a pobre existência dos camponeses mais pobres, vestindo seus molambos, falando o dialeto regional, rezando aos mesmos santos. São índios, porém, tal como os ciganos são ciganos e os judeus, judeus. O são, apesar de tão aculturados, porque se veem e se definem como índios e porque assim são vistos pela gente com quem convivem.

Os mais isolados que sobrevivem para além das fronteiras da civilização, vestidos de sua nudez emplumada e revestidos de todas as características interiores e exteriores de sua indianidade, veem o brasileiro, que chega ali com quinhentos anos de atraso, como os primeiros índios viram chegar as naus quinhentistas.

Entre uns e outros há toda uma escala de indianidade. Em qualquer delas, porém, estamos diante de índios, como descendentes da gente que estava aqui antes de Colombo e de Cabral. Gente que, milagrosamente, permanece ela mesma, menos pelo seu modo de ser e de viver, que se alterou enormemente ao longo dos séculos, do que por um sentimento íntimo e indelével de sua própria identidade. Posso falar com saber de experiência própria e vivida de muitas dessas indianidades prístinas ou corrompidas.

A primeira tribo com que trabalhei longamente foi a dos Kadiwéu, remanescentes dos antigos Guaikuru, únicos índios do Brasil que dominaram o cavalo e com ele impuseram sua suserania sobre muitas tribos de uma área extensíssima, que ia desde o Pantanal até todo o sul de Mato Grosso e levava seus ataques ao Rio Grande, à fronteira de São Paulo, a Boa Vista, ao alto rio Paraguai e às imediações de Assunção.

Com os Kadiwéu foi que, de fato, aprendi a ser etnólogo, porque tanto eu os estudava a eles, como eles estudavam a mim e, por meu intermédio, à minha gente. Essa interação fecunda — a mais rica que tive — se viabilizou devido a um episódio eventual. Logo depois de chegar a suas aldeias, os índios, vendo-me com um livro de Guido Boggiani nas mãos, se interessaram, vivissimamente, por suas próprias pinturas e desenhos ali reproduzidos. Como para eles não cabia a informação de que era apenas um livro, comprável numa livraria, eu passei a ser o senhor daqueles vetustos papéis. Acresce que, nas nossas conversas, eles acabaram por recordar-se de Boggiani como um homem que tinha vivido muito tempo entre eles. Tinha até se casado com um homem Kadiwéu e era recordado com alegria.

Pude verificar isso muito bem quando vi a reação emocionadíssima deles à notícia de que, ao sair de suas aldeias, ele havia sido assassinado pelos índios Xamakoko. Desde então, eu não era só o senhor daqueles papéis, com seus desenhos arcaicos: era o novo Bet'rra que voltava a eles. Vale dizer, era quase um membro da tribo, ignorante de tudo, mas com plenos direitos de se assenhorear do seu saber, perguntando sobre o que eu bem quisesse.

Minha etnologia dos Kadiwéu, muito boa, só não foi melhor porque eu era um etnólogo bisonho. De fato, nunca um povo se abriu tanto a mim como eles se abriram. Ainda assim, minha monografia sobre a religião, a mitologia e a arte dos índios Kadiwéu, iluminada por quinhentos desenhos deles, é, a meu juízo, uma das melhores coisas da etnologia brasileira. Dos Kadiwéu guardo como impressão maior a primeira percepção que tive da intensidade de uma identificação étnica tribal. Neles eu vi um povo em si, orgulhoso de ser ele mesmo. Apesar de muito aculturados pelo convívio com a gente brasileira que circunda suas aldeias, e até muito mestiçados com negros e com brancos, permaneciam sempre eles próprios, com uma genuinidade feroz.

Sua mitologia conta que, tendo sido feitos por último, quando o Criador não tinha com que aquinhoá-los, lhes deu, em compensação, sua propensão guerreira para conquistar na guerra contra outros povos tudo o que quisessem ter. É a típica genealogia de um povo guerreiro, saqueador. Um *herenvolk*, que levou tão a fundo seu papel e sua aristocracia que as suas mulheres deixaram quase totalmente de parir para substituir os filhos próprios por crianças tomadas de outras tribos que eles dominavam.

Outro povo indígena com que convivi foram os Guarani da mesma região, que contrastam de modo flagrante com os Kadiwéu. Em lugar do orgulho tribal, exibiam uma humildade impressionante. Viviam tão maltrapilhos e submissos que levei tempos para começar a ver, debaixo daquela pobreza exibida, a intensa vida espiritual que eles cultivavam. Tendo convertido os mitos da criação em mitos de anunciação do fim do mundo, eles pedem continuamente ao Grande Tigre Azul de Deus-Pai, que voa sobre os céus, que baixe, para acabar com a vida: "Estamos exaustos", dizem. "A Terra está cansada de comer cadáveres. Ponha um fim."

Os Guarani são a consciência viva da desgraça que a civilização desencadeou sobre os índios. Liderados por seus pajés, eles estão migrando há mais de um século rumo ao mar, à procura da "Terra Sem Males". Migram andando de dia e dançando e cantando à noite, na esperança de que seus corpos se tornem tão leves que eles levitem, para entrarem vivos na morada de Deus-Pai.

Com os Bororo, um povo solar, aprendi a ver outra forma de espiritualidade, completamente diferente da dos Guarani. No seu caso, trata-se da religiosidade intensíssima de uma comunidade liderada por sacerdotes, a cujos olhos os vivos e os mortos estão todos presentes. Os mortos formando uma espiral, que da casa central da aldeia se abre pelo céu acima, com a multidão de todos os Bororo que viveram, indo e vindo, para dar e pedir notícias.

Para eles, o que os vivos veem como caça ou pesca é aquilo que, para os mortos, é planta ou matéria inerte. A morte não tem, nessas circunstâncias, nenhuma importância. Quando uma pessoa sofre, sobretudo se é um homem ou mulher madura, eles simplesmente a ajudam a morrer, dizendo: "Você já dançou muitas vezes. Você já cantou muito. Vá agora, vá. Passe para o outro lado".

Com os índios da nascente do rio Xingu, no centro do Brasil, eu aprendi demais. Primeiro que tudo, ver aquelas tribos todas, falando línguas diferentes, mas com suas culturas uniformizadas — a mesma forma das casas, os mesmos arranjos de decoro, as mesmas comidas, as mesmas cerimônias, as mesmas danças — performadas por gente que, entretanto, guarda a sua identidade própria, orgulhosa dela.

Esses xinguanos estabeleceram uma sorte de Liga das Nações, substituindo a guerra por prélios esportivos. Periodicamente, se juntam os índios das várias tribos na mesma aldeia para realizar grandes cerimoniais, no curso dos quais armam-se competições esportivas de lançamento de dardos ou lanças ou de lutas corpo a corpo, em que põem toda a alma, numa torcida fervorosa. Um dia, ali, quando um jovem de uma tribo pequena e débil — os Iwalapiti — conseguiu vencer o campeão do grupo mais poderoso — os Waurá —, sua mãe correu sobre ele, o fez deitar-se outra vez na terra para colocar seu pé nas costas do rapaz, abrir-se e se exibir a todos, gritando: "Sou a mãe dele! Ele saiu de mim. Eu o pari!".

Entretanto, o que mais se marcou em mim, do convívio com os xinguanos, foi sua pungente vontade de beleza. Eu a encontrei em todos os grupos indígenas com que convivi. Ali, porém, ela é muito mais veemente. Uma mulher que tece uma rede põe nela muito mais vontade de perfeição, muito mais primor do que seria necessário para que cumpra sua função prática. Cada obra — um cesto, uma flecha ou uma panela de cerâmica — é o retrato vivo de quem a fez, reconhecível por todos. Vi um índio tomar um maço de flechas que eu tinha nas mãos, colhidas de várias aldeias, e dizer-me, uma a uma, de quem era. Vale dizer, quem a fez, reconhecendo tão claramente o estilo do fazedor como nós reconhecemos a caligrafia de uma carta.

Passou-se muito tempo, desde aqueles meus verdes anos de convívio com meus índios. Periodicamente me chegam notícias deles, o que me dá a grata certeza de que eles também se lembram de mim. É, por exemplo, o caso de uma fita magnética gravada pelos Kadiwéu, metade em português, para que eu entendesse, a outra metade na sua língua, de que eu já não entendo mais nada. É também o caso de uma gravação em vídeo dos Kaapor, falada na língua deles, de que também não entendo mais nada.

Outro caso foi o recado urgente que me veio dos índios Guarani, comunicando a morte, por assassinato, do seu líder maior: Marçal, o índio mais eloquente que conheci. Esperavam de mim que eu clamasse por justiça contra a barbaridade de seu assassinato por fazendeiros vizinhos. Clamei, reclamei quanto pude diante do governador de Mato Grosso e de outras autoridades maiores. Mas como acontece desde sempre neste meu triste e perverso país, também dessa vez nenhum assassino foi incriminado e punido pela morte do meu querido amigo. Marçal era um líder índio muito conhecido e respeitado. Foi ele quem saudou o papa em Manaus, pedindo julgamento e justiça para os duzentos e tantos assassinatos de líderes indígenas nos dez anos anteriores, que permaneciam impunes.

A mais comovente dessas mensagens para mim foi a foto que me chegou às mãos, mostrando a beleza de um cerimonial Kuarup, armado pelos índios xinguanos, numa aldeia Kamayurá, para representarem com troncos de árvores o ato divino da criação dos primeiros homens. É fácil imaginar a emoção em que caí quando vi que aquele Kuarup se realizava para mim, para ajudar-me a sair vivo da operação de câncer a que eu me submetia naqueles dias. Isso se via pela inscrição do meu nome num dos troncos da cerimônia.

Com os Xokleng do Sul do Brasil, conheci um povo que percorreu em cinquenta anos todo o caminho de "silvícolas bravios em guerra contra todos" ao de "pobres índios integrados na civilização, como assalariados". A civilização, no caso deles, é uma área agrícola próspera de colonos alemães, aos quais foram dadas as suas matas.

Ali eu vi, comovido, o esforço ingente que eles faziam para ser reconhecidos como gente pelos seus vizinhos teutos. O melhor que lhes aconteceu nesse seu caminho foi o encontro com um pastor protestante que, de Bíblia na mão, lhes mostrou que eles também são filhos de Adão e Eva, culpados pelo pecado original. Nos cultos a que se entregavam, eu vi multidões deles dançando, frenéticos, braços alçados, clamando: "Deus, me leve! Deus, me salve!".

Uns anos atrás, estando eu carpindo meu longo exílio, encontrei como modo de fugir por algumas horas, diariamente, daquele desterro, escrever meu romance *Maíra*, sobre minhas vivências nas aldeias indígenas. Nunca escrevi nada com tão grande emoção, mesmo porque meu tema ali era dar expressão ao que aprendi, no longo convívio com os índios, sobre a dor de ser índio, mas também sobre a glória e o gozo de ser índio. Enquanto o escrevi, eu estava lá na aldeia com eles. Era, outra vez, um jovem etnólogo, aprendendo a ver seu povo e a ver o meu mundo com os olhos deles.

Kadiwéu – Kaiowá – Terena – Ofaié

A INSTÂNCIA MAIS TENSA DA VIDA DE UM ETNÓLOGO É A ESCOLHA DOS índios que vai estudar. Tensíssima, porque ele dedicará um longo tempo preparando-se para ir a seu encontro. Depois, um tempo crucial de convívio com eles por meses. Por fim, muitos anos, talvez a vida inteira, elaborando como saber antropológico o que aprendeu deles.

Assim foi comigo. Tinha centenas de povos indígenas postos à minha escolha. Elegi os Kadiwéu. Já na Escola de Sociologia imaginava a possibilidade de dedicar-me ao estudo desses remanescentes dos "índios cavaleiros". Tanto Baldus como Sérgio Buarque de Holanda me animavam nessa escolha.

Quando fui contratado como etnólogo da Seção de Estudos do Serviço de Proteção aos Índios, mergulhei nesse tema. Preparei-me por meses, cuidadosamente, para estudar tudo o que se sabia de meu povo. Eram registros que vinham desde o século XVI, exceto o livro de Dobrizhoffer, porque esse só existe em latim e alemão.

Os Kadiwéu são os remanescentes no Brasil dos índios de língua Guaikuru. Pertencem a uma divisão chamada Mbayá, que se deslocou do Paraguai para o Brasil quando da expulsão dos jesuítas que lhes davam pouso ali. Vieram com seus imensos rebanhos de gado e de cavalos, que os fizeram ser designados como cavaleiros. Eles foram os únicos índios da América do Sul que adotaram o cavalo e o gado, que se multiplicavam no Chaco, em vez de vê-los como simples caça.

Encontraram seu modo próprio de domesticá-los e de adestrá-los, para fazer dos cavalos uma arma de guerra com que imporiam sua soberania sobre todos os povos agrícolas de que se aproximavam. Tornaram-se ainda mais perigosos quando se aliaram aos Payaguá, um grupo Guaikuru que se adaptara à canoa. Transformando os remos em perigosas lanças, alcançaram um domínio impossível de enfrentar sobre as águas. Juntando canoeiros e cavaleiros, levaram muita morte às monções paulistas que exploravam ouro no Paraguai e em Cuiabá, provocando a perda de grandes cargas de ouro. Foi duro também o castigo que deram aos espanhóis que estavam se convertendo em paraguaios.

Seu estudo é do maior interesse, tanto antropológico quanto histórico. Antropológico porque se trata de um povo de cultura própria muito contrastante com a dos outros índios do território brasileiro, e também singular por seu caráter de povo em transição evolutiva de sociedade tribal para o de chefaturas nômades, os *herenvolk*, que tiveram tanta presença na História mundial. Histórico porque seu ingresso tardio na colônia portuguesa foi saudado já então como um acontecimento relevantíssimo, porque se livravam de sua hostilidade e a jogavam contra os hispânicos. A eles se deve a incorporação do sul do Mato Grosso ao Brasil, onde começou a Guerra do Paraguai, porque López queria retomá-la como área de velha colonização dos jesuítas espanhóis.

Uma das melhores coisas que fiz na vida foi decidir não enfrentar o meu povo, os Kadiwéu, cara a cara, sem ter visto antes outros índios. Sem uma base de comparação não se podem ver direito as gentes e as coisas. Decidi-me, então, antes de chegar a seus aldeamentos, visitar, para observação mais do que pesquisa, os outros índios do sul de Mato Grosso. Assim é que vi as três tribos principais — os Kaiowá, os Terena e os Ofaié. Não fui ver o quarto grupo, os Guató, porque, como um povo de canoeiros, eram difíceis de encontrar. Estavam sempre navegando de uma ilha a outra no alto Paraguai.

Os Kaiowá eram meus velhos conhecidos pela bibliografia. São os mesmos Apapocuva Guarani que Curt Nimuendajú estudou e que lhe deram esse belo nome. Muito melhor que o seu nome antigo, Curt Unkel. Seu livro sobre a religião Apapocuva é o mais sábio e mais belo que se escreveu aqui e lá fora sobre o tema. Graças a Curt, e também a Egon Schaden, que estudou a mitologia guarani, eu pude vê-los, aos meus Kaiowá, com a objetividade que não teria se não os tivesse lido. O aspecto daqueles índios me teria horrorizado, maltrapilhos de molambos sujos, cheirando fortemente a fumaça, porque se afundam em suas choças sempre cheias de fumaça. Mas enquadrados em sua destinação mítica para uma espiritualidade que nenhum outro povo do mundo tem.

Os Kaiowá são gente que vive em contato direto e permanente com a própria divindade. A ordem terrena lhes importa apenas para reproduzir seus corpos. Eles vivem sempre num espaço mítico. Periodicamente, há mais de um século, os Kaiowá saem, em grupos liderados por seus pajés, na busca da "Terra Sem Males", o Ivy-Marãen, morada de Maíra, seu Senhor Deus Criador.

Lá se vão cinquenta anos desde que os vi. Já então era evidente o desespero dos Kaiowá diante do mundo dos brancos que, em número cada vez maior, arrodeavam suas aldeias, tomando suas terras de caça, seus rios de pesca e lhes impondo uma presença sempre hostil. Essas condições só se agravaram nas últimas décadas. Elas é que explicam essa coisa terrível que é o suicídio de jovens Kaiowá às dezenas, porque a vida não vale a pena — a vida que lhes impusemos, a vida do contato direto com o homem branco. Nem tão branco assim, mas portando a velha odiosidade europeia ante todos os povos estranhos.

Não escrevi nenhum ensaio etnológico sobre os Kaiowá, mas eles tiveram profunda influência sobre mim. Foram eles que me tornaram capaz de entender o drama de Uirá, o índio Kaapor do Maranhão que saiu um dia à procura de Deus e se viu envolto até a morte no mundo dos Karaíwa.

Os Terena são os índios mais numerosos da região. Somarão hoje mais de 30 mil. Vivem em dezenas de aldeias ao longo da estrada de ferro Noroeste do Brasil, regidas por agentes da Funai [Fundação Nacional dos Povos Indígenas]. Tive enorme tentação de estudá-los, porque eles oferecem toda uma escala gradual dos passos do que se chamava aculturação e que agora eu chamo de transfiguração étnica.

São lavradores dedicados. Por essa qualidade os Kadiwéu os forçaram a vir com eles do Chaco para o Pantanal mato-grossense. Sua função era prover os amos Kadiwéu de produtos das suas roças e deixar que lhes roubassem crianças de dois anos para ser criadas como cativos. Os Terena têm, por isso, um ar tristonho e uma predisposição a servir que facilitou muito seu novo papel de principal fonte de mão de obra para abrir as fazendas do sul do Mato Grosso, plantar suas pastagens e estender seus aramados.

Os Terena iam então desde grupos relativamente isolados, conservando melhor seu ser original, até índios urbanizados, vivendo de bicos em Campo Grande. Estavam tão divididos já em evangélicos e católicos que essas identificações eram quase tão importantes quanto a tribal. Havia entre eles alguns capitalistas, donos de centenas de bois, que só incomodavam porque comiam as pastagens comuns.

Passei quatro semanas então com o que restava dos índios Ofaié. Era um grupo mínimo, representado por duas famílias de dois irmãos. O mais velho, Otávio, tinha pouco mais de cinquenta anos, vivia com a mulher, o filho e uma filha casada com um jovem Kaiowá, com quem tinha um menino. O mais novo, José, também casado, tinha duas filhas e um filho.

Viviam em dois ranchos pegados um no outro à margem esquerda do ribeirão Samambaia, pouco antes de sua desembocadura no Ivinhema. Vestiam-se, cultivavam a terra, criavam porcos, galinhas e patos do mesmo modo que os vizinhos neobrasileiros mais pobres. Saíam às vezes para trabalhar como peões, lenhadores e lavradores nas fazendas vizinhas. Assim, conseguiam algum dinheiro para comprar panos, remédios, sal, fósforos e poucos artigos mais.

Dos antigos costumes, apenas se podiam notar os lábios e as orelhas furadas dos dois irmãos, o gosto de dormir no chão em covas cobertas de capim e o uso ocasional de arcos e flechas de primorosa execução, que constituem seu orgulho e sua riqueza. Todos falavam a língua ofaié e se identificavam como tais perante os brasileiros, paraguaios e os Kaiowá.

Só os dois irmãos tinham vivido ainda crianças nas antigas aldeias. Sua dizimação foi tão tremenda que, de cerca de 2 mil na entrada do século, se reduziam àqueles que vi. Foram vitimados tanto pelas pestes dos brancos como por chacinas, de que eles se lembram muito bem e que os fazendeiros vizinhos relatam como revides a índios que pensavam que o seu gado era caça para matar e comer.

Publiquei um texto etnográfico sobre os Ofaié. Seu principal valor está no corpo de doze mitos originais que colhi deles. Serviço maior meu foi mandar uma linguista do Instituto Linguístico de Verão, com doutorado, conviver com eles e dedicar-se por quase um ano ao estudo do idioma ofaié. Assim, ao menos sua língua se salvou pelo registro escrito e sonoro para futuros estudiosos das falas humanas.

Essas breves visitas aos grupos indígenas da região me permitiram compor um pano de fundo para ver os Kadiwéu com olhos capazes de comparar, e assim vê-los objetivamente. Foi uma sábia providência. Sem ela me teria sido impossível entender o povo que eu tinha à minha frente. Por exemplo, o enorme orgulho kadiwéu de cavaleiros sem cavalos; de gente muitas vezes faminta, de jovens parecendo preguiçosos, porque estavam como que esperando uma guerra em que poderiam morrer; de moças que tentavam me namorar. Coisas inimagináveis nos outros grupos indígenas, oprimidos pela dominação civilizada.

Cheguei, afinal, ao posto indígena que assiste os Kadiwéu, junto ao qual ficam muitas de suas aldeias. Ali estabeleci meus primeiros contatos, tomando copiosamente chimarrão com eles. Os homens falavam com certa dificuldade de se expressar, mas podiam responder a qualquer pergunta simples. Eu é que não sabia por onde começar, o que perguntar. Prossegui por uns dias percorrendo a aldeia, tomando mais chimarrão no posto, o que escandalizava os índios, porque nunca nenhum funcionário dali admitia nem mesmo que eles entrassem na casa.

Nesses encontros conhecia e começava a me entender com moças e velhas, homens jovens e velhos, todos com a cara marcada pelos desenhos de corpo típicos e belos dos Kadiwéu. Sobreveio, então, o episódio de que resultaria o nome tribal que os Kadiwéu me deram e a fixação de sua atitude básica para comigo e de minha própria postura diante deles. Tudo sucedeu rapidamente e se resolveu num instante, diante das respostas irresponsáveis, mas fecundas, que dei a um jorro de indagações.

Reconstituamos a cena. Eu estava recostado numa rede rodeado, como sempre, por eles, folheando o livro clássico, maravilhosamente ilustrado, de Guido Boggiani, sobre os Kadiwéu, escrito na última década do século passado. Já havia percebido a perturbação provocada nos índios pelo livro. Um dia, umas velhas, vendo o livro, afastaram as crianças e os jovens para se acercar mais e olhar de perto, comentando animadamente, em sua própria língua, cada figura. Seu interesse especial se explica porque, entre os Kadiwéu, o desenho é uma arte feminina. Passei, então, a folhear o livro mais espaçadamente, deixando-as ver cada uma das ilustrações que reproduziam seus antigos desenhos, até que chegamos a um retrato.

Imediatamente uma das velhas gritou: "É Ligui".

Tomou-me o livro, sentou-se no chão rodeada pelas outras, falando e gesticulando com emoção crescente. Então um homem aproximou-se para perguntar quem me dera aqueles papéis com tantas coisas deles e com o retrato do venerável Ligui. Tentei explicar que era um livro. Depois falei do autor: um etnólogo italiano que meio século antes vivera algum tempo entre os Kadiwéu. O homem traduzia minhas palavras e conversava com as velhas até que uma delas, Anoã, exclamou: "Mas é Bet'rra".

Daí em diante, num diálogo confuso em português e guaikuru, a situação foi se esclarecendo e confundindo. O resultado final no entendimento deles é que eu era uma espécie de sobrinho-neto de Boggiani que assim voltava, décadas depois, a visitar os Kadiwéu.

Nessa altura, eu lhes contei que Boggiani fora morto pelos índios Xamacoco logo depois de deixar as aldeias Kadiwéu. Aqui também, sem intenção alguma, provoquei a maior exaltação. Anoã se levantou, colocou-se na postura hierática para a dança cerimonial (os braços colados ao corpo, e antebraço e as mãos livres) e começou a cantar rodeada por um círculo respeitoso. O livro estava longe, levado pelos índios à aldeia. Eu, abandonado na rede, olhava ainda, perplexo.

Só muito tempo depois compreendi o que sucedera. Morrer nas mãos dos Xamacoco, inimigos tradicionais dos Kadiwéu e sua principal fonte de escravos, era, de certo modo, a consagração de um guerreiro. E eles ignoravam, até então, que Bet'rra — tido por eles como um Kadiwéu porque incorporado à sua tradição como um dos brancos que vivera em suas aldeias e ali se casara — tivera aquela sorte de morte heroica. Daí o canto solene, sempre composto de improviso por uma mulher, como um poema cantado, no momento em que experimenta fortes emoções. Alguns desses cantos se fixam e em qualquer ocasião alguém pode pedir a uma velha que repita o canto que compôs em certa eventualidade, como quando sua neta entrou em menarca, ou quando chegou tal expedição, depois de uma caçada trágica. O canto de Boggiani seria repetido muitas vezes, sempre que Anoã e eu estávamos presentes e que levava o livro, tornado um salvo-conduto. Passei a ser chamado Bet'rra-yegi.

Jamais me esforcei para esclarecer esse assunto com os meus amigos Kadiwéu. Era cômodo o papel e o nome de cria do Bet'rra que me fazia ser recebido festivamente em cada aldeia; que permitia romper o formalismo das relações entre índios e funcionários ou doutores, substituindo-o por um convívio humano e cordial, ainda que, por vezes, exageradamente pessoal e protetor. Para os Kadiwéu, era como se eu fosse um Kadiwéu bem-sucedido no mundo dos brancos, mas completamente ignorante das coisas do seu povo, embora, felizmente, curioso de tudo que dizia respeito às suas tradições. Era também um

Kadiwéu inepto para as façanhas das caçadas e pescarias organizadas como prélios desportivos. E, lamentavelmente, um Kadiwéu mais esquivo que meu tio-avô, porque não me decidia a casar com uma das jovens da tribo.

Recordados, tantos anos depois, esses episódios me parecem mais relevantes que a maioria dos dados inseridos nesses estudos, tanto para compreender os Kadiwéu como para ilustrar como trabalham os antropólogos e por que, em certas circunstâncias, eles chegam a identificar-se tão profundamente com os povos que estudam. Mais que um objeto de observação e estudo, os Kadiwéu foram meus professores de metodologia etnológica. Com eles aprendi que só uma identificação emocional profunda pode romper as barreiras à comunicação, permitindo a um estranho penetrar a intimidade que atingia praticamente o máximo a que pode aspirar um antropólogo no seu esforço por ver o mundo com os olhos do povo que estuda.

CONVIVENDO

NA PRIMEIRA VIAGEM FIQUEI UNS SEIS MESES COM OS KADIWÉU. Conheci todas as aldeias, falei com quase todos os homens e mulheres. No ano seguinte voltei por uma temporada igual. Agora casado e levando minha mulher, Berta, o que não agradou nada às moças índias, que tinham esperança de casar comigo e me fixar no melhor lugar do mundo para se viver, que são suas aldeias.

Completei, assim, a pesquisa, sempre com a familiaridade de um quase Kadiwéu que volta para casa. Às vezes, eles se impacientavam comigo, como ocorreu com um índio que me mostrava a mais importante de suas constelações. Espantado com a minha incapacidade de ver o que para ele era uma nítida cabeça de ema com os seus dois olhos — e para mim era um pedaço da Via Láctea e, provavelmente, o Cruzeiro do Sul. Minha ignorância espantava meu informante, que acabou me dizendo: "Você é cego, doutor. Então não vê a ema celeste?".

Em outra ocasião, eu estava na aldeia só com as mulheres, porque os homens haviam saído para caçar e pescar. Saí com minha espingarda e, num rio perto, dei com um jacaré. Atirei nele e acreditei que tinha morrido. Peguei o bicho pelo rabo e vim puxando para a aldeia. Ele abria e fechava a boca. Quando chegamos, as mulheres se apavoraram de ver aquele jacaré, que não era enorme, mas era mais ou menos grande, levado assim, a ponto de virar e morder minha perna. Fizeram o maior escândalo e, depois, homens e mulheres contavam o caso entre eles e riam desbragadamente da minha façanha infantil.

O melhor dessa segunda temporada foi a grande caçada que fiz com um grupo de uns vinte índios, por um mês inteiro, vendo o estilo de caçada dos Kadiwéu. Todos iam armados com seus velhos fuzis, cuja carga refazem continuamente, tratando com todo o cuidado as cápsulas para preservá-las e recarregá-las com pólvora que compram e com o chumbo que derretem em forma de balas. Essas caçadas seguem o fluxo do rio Paraguai, que no Pantanal enche tanto que transborda, inundando áreas inteiras tão amplas que aquela região chegou a ser chamada "mar de Xarai". Depois baixa, recobrando as águas, mas deixando baías, que são enormes lagoas, cheias de peixe. As caças, como os índios, afastam--se quando a água cresce e avançam quando elas baixam. Onças e índios, lado a lado, acompanhando os bandos de cervos, que são enormes veados, cuja pele constitui sua principal mercadoria.

Durante toda essa caçada fui acompanhado por uma mulher índia, que deixou seu marido para atender-me, Yuiyuikui. Nunca me esquecerei dela, sempre me seguindo, uns três ou quatro passos atrás, armando minha barraca de couros crus, os menos fedorentos, e a minha cama de panos e arreios debaixo dela. Estava sempre disponível ali, para ser encontrada. Sempre me olhando e me tratando com o maior carinho. Yuiyuikui foi o meu amor índio. Arredio, quase sempre. Às vezes nem tanto.

Duas coisas me impressionaram muito nessa expedição de caça. Um rodeio que os índios decidiram fazer com os jacarés de uma baía, que foi a coisa mais espantosa que vi. Entraram quase todos eles por um lado da lagoa, armados de seus facões e foram gritando e espadanando a água para espantar os jacarés. Os que tentavam voltar eram cortados por eles. Assim foram até o fim da baía, expulsando dezenas de jacarés que lá estavam e que saíram andando. Em outro lugar me mostraram dezenas de caveiras de jacarés que nunca voltam para a lagoa de onde foram expulsos. Andam o quanto suportam e morrem no meio do areal.

Outro episódio inesquecível foi ver uma lagoa coberta de pássaros: tuiuiús, flamingos, garças, outros e outros que, ouvindo um barulho proposital que fez um índio ao meu lado, começaram a voar ali junto. O seu bater de asas matracado despertou outras aves, que voaram também. Afinal, parecia que toda a lagoa saía voando pelo céu. Vi, também, espantadíssimo, uma lagoa brilhando de madrugada, quando o sol a alcançou, como uma barra de ouro. Eram piranhas mortas aos milhões. Depois de comer todos os peixes e de esgotar todo o oxigênio da água, cada vez mais escasso, morriam, e o fedor era tremendo. O mais bonito da caçada foi deparar com um bando de emas enormes. Elas fugiam de nós, correndo com suas altas pernas balançando suas plumas. Os índios cavalgavam junto e as matavam, quebrando as pernas com pauladas. Queriam as penas, boa mercadoria. Eu fiquei olhando um ninho cheio de enormes ovos de ema. Triste.

O resultado principal da caçada foram as penas daquelas emas, uma centena que, junto com os muitos couros de cervos e de vários outros bichos, fizeram com que os índios achassem que a expedição valera a pena. Só era expedição de fato para mim, que fiz uma caçada com eles, os acompanhei, com o objetivo de estudá-los. Para mim, também, foi extraordinariamente reveladora dos seus modos, do seu convívio diário de homens numa caçada, das minhas relações sutis com Yuiyuikui e das belezas das coisas que eu vi no Pantanal.

Durante a caçada me pregaram uma peça. Me levaram por um caminho, como se procurassem alguma caça e num certo momento pararam, me mostrando um veado que estava ali escondido. Eu meti bala. No quarto tiro, com a gargalhada deles, percebi o que estavam fazendo. Era uma gozação comigo: o veado estava morto.

Na volta da caçada, os índios de outra aldeia, que nos acompanhavam, fizeram uma coisa recordável, ainda que eu não a tenha visto. Ao chegar em casa, as mulheres se queixaram de que uma onça estava desrespeitando a aldeia, estava urrando ali perto e já havia comido galinhas e outros xerimbabos delas. Os índios se danaram com aquilo. Decidiram se vingar da onça. Nem apearam lá. Armados como estavam, foram atrás da bicha e a encontraram numa gruta da serrania próxima da aldeia. Lá, a puseram para fora, gritando, urrando. A onça saiu. Quando ela atacava um deles, o outro puxava o rabo dela. Quando ela se virava, o outro jogava uma coisa nela. Trataram a onça desse modo até cansá-la e então fizeram o que tinham pretendido: puseram na boca da onça uma vara, amarraram bem para ela não poder morder, amarraram e atravessaram suas patas com outra vara enorme e a levaram assim para a aldeia. Lá, as mulheres já tinham feito um buraco enorme e eles jogaram a onça viva lá dentro, só para as mulheres brincarem com a onça, se vingarem dela, cuspindo, gritando e falando com raiva para ela. É a vingança kadiwéu.

Aqui é o lugar de contar, creio eu, outro episódio inesquecível. Os índios me falaram dele várias vezes e eu achava quase impossível que fizessem aquilo. Afinal, consenti em comprar um touro para ver a tourada kadiwéu. Tendo vivido muitos anos junto a paraguaios e espanhóis, eles se afeiçoaram às touradas, mas inventaram seu próprio estilo de tourear. O tal touro comprado por mim foi solto no meio de homens e mulheres, que formavam um grande círculo no pátio da aldeia. Quando o touro investia para um lado, eles puxavam o rabo para o outro lado, como fizeram com a onça. O touro ia ficando cada vez mais desesperado, saltando de um lado para outro do círculo de pessoas que o hostilizavam. Isso foi feito durante mais de uma hora, talvez duas.

O touro cada vez mais cansado e eles o excitando de todos os modos, jogando coisas nele e obrigando-o a permanecer raivoso, não permitindo que ele parasse, sentasse ou desistisse da brincadeira. A certa altura, com o touro muito quente e brigão, alguém cortou o tendão da perna dele. Aquela perna estendeu-se imediatamente e ele passou a andar com três pernas, com muita dificuldade. Então, um grupo de homens saltou sobre o touro e assim, em instantes, carnearam o touro vivo, tirando lanhos enormes de carne, do traseiro, da frente, das pernas, de todo lugar, arrancando a carne viva, que jogavam para as mulheres e crianças, que corriam imediatamente para assar em fogos que haviam feito em torno. O espetáculo coroou-se com homens, mulheres e crianças assanhando em cima do touro, tirando suas vísceras e se sujando uns aos outros com a bosta e o sangue do touro. Foi uma tourada fantástica, muito melhor do que as que eu vi na Espanha, mas terrível de ver. Medonha mesmo.

Meu propósito com os Kadiwéu era publicar uma monografia bem cuidada, que reconstituísse a história deles e que expusesse também sua etnografia, juntamente com o estudo de sua forma de viver hoje em dia, no sul do Mato Grosso, cercados de grandes fazendas de gado. O material mais rico que colhi, porém, foi sua mitologia, sua arte e sua religião, que me permitiram interpretações novas.

Em lugar de tratar os mitos como documentos do passado, como reminiscências de outras eras e da mentalidade primitiva, no meu estudo tratei os mitos como documentos vivos, mostrando que o mito necessariamente muda. Ele só pode permanecer vivo quando muda para ter a capacidade de explicar as novas experiências do grupo. Se a experiência é totalmente diferente, o mito tem que se alterar para continuar significativo. Por exemplo, como não falar do mundo dos brancos? Como não falar que os brancos têm instrumentos de ferro e têm espingardas? Por que a divindade tratou tão mal o seu povo preferido? Tudo isso tem que se refletir na mitologia.

Na religião sobressaiu do meu material a situação dramática dos Nidjendji, ou curandeiros, que todos os índios esperam que cresçam em sua capacidade e em seu poder de cura até se converterem em Atikonrigi. E o próprio Nidjendji, do fundo do peito, deseja alcançar o respeito de um Atikonrigi. Em consequência, todos os Nidjendji, quando alcançam o completo domínio sobre seu povo, podem pedir o que quiserem pela curas — cavalos, casas, e as recebem imediatamente. A eles são atribuídas todas as curas que ele alcança, mas também todas as mortes das pessoas que não conseguem curar. Os Kadiwéu, quando são tomados de pavor total contra os Atikonrigi, os matam, rasgando seus corpos com as mãos.

Essas duas ordens de observações inspiraram o meu ensaio *Religião e mitologia kadiwéu*. Antes, eu já tinha escrito um ensaio sobre a arte dos índios Kadiwéu, sobretudo os desenhos de corpo e a cerâmica. Não fiz nenhuma revelação sobre a criatividade artística daqueles meus índios, mas fiz coisa melhor. Mostrei mais claramente que Lévi-Strauss a sua prodigiosa capacidade de criar desenhos não figurativos, mas altamente formalizados. Publiquei várias centenas deles na monografia em que encaixei meus estudos sobre religião, mitologia e artes. Tenho ainda alguns milhares de desenhos que outros poderão estudar melhor que eu.

O estudo de *Religião e mitologia* foi publicado em livro em 1950 e ganhou o prêmio Fábio Prado de Ensaios, que era então o mais importante do Brasil. O efeito foi enorme e inesperado. Deu lugar a entrevistas e reportagens, principalmente entrevistas, uma delas no *Estado de Minas*, que era o jornal mais prestigioso, e é ainda, em Minas Gerais, que todo mundo em Montes Claros viu. Desde então, deixei de figurar como um boêmio, um filósofo, um poeta, que é como eles me viam, no melhor dos casos, para ser tido como um cientista respeitado, premiado, laureado. Isso foi muito bom, sobretudo para minha mãe, que até bem pouco tempo antes imaginava que eu tinha um emprego terrível, o de "amansador de índios", que era como ela compreendia as minhas andanças, por meses e meses, com índios, ao largo de todo o Brasil.

Falando de minhas glórias etnográficas, tiradas dos Kadiwéu, é bom lembrar aqui, numa frase pelo menos, o papel que teve para mim o índio Laureano, homem muito calado. Desde os primeiros dias que eu cheguei ele se tornou a minha sombra. Andava sempre ao meu lado e eu fui notando aquela presença. Quando eu saía de viagem para outras aldeias, quem arreava primeiro seu cavalo e vinha arrear o meu era Laureano. Ele me acompanhou nas duas visitas longas que eu fiz num estudo dos Kadiwéu. Viajava comigo dia por dia, deixando de cuidar da mulher dele, da netinha, que era sua paixão, para cuidar de mim. Laureano tinha uma qualidade formidável, que era a de criar um ambiente seguro para mim, em qualquer lugar a que eu chegasse, como um Kadiwéu respeitável que era. Mas, sobretudo, era uma fonte de segurança com que eu conferia todos os dados. Tudo o que eu aprendia dos índios eu ia conferir com Laureano e ele confirmava ou não, dava detalhes.

Era uma espécie de etnógrafo auxiliar, que me ajudou muito na interpretação de seu povo. Inclusive um aspecto que eu deixei fora dos meus escritos, muito importante, e que Laureano sempre confirmou. Falo do velho costume fundado na concepção kadiwéu de educação. Uma criança ao nascer pode ser devotada pelos pais a diferentes destinos, e isso é definido, em grande parte, pela forma de cortar o cabelo assim que ela nasce. Pode-se cortar o cabelo de uma forma tal que todo mundo saiba, vendo o menino, que ele vai ser uma pessoa doce, cordial, que fará roças e chegará até ao exagero de cultivar em lugar de tomar os produtos de roças alheias. Cuidará muito da família, será uma boa pessoa na aldeia, muito confiável.

Dentro dessa linha, ele poderá até chegar a ser um "cudina". Ou seja, se declarar mulher. Nesse caso, vestirá uma saia, como as mulheres, e se comportará como um homossexual. Entre os Kadiwéu isso é uma coisa séria. O homossexual se casa para ter marido, devota-se à arte da pintura de corpo com grande virtuosidade e até simula menstruar-se. Como as mulheres menstruadas, não sendo fodíveis, ficam num cantinho da aldeia; quando se juntam muitas o "cudina" vai lá também para participar do mexerico. Como se vê, um tipo de cabeleira pode dar num bom sujeito, trabalhador. Mas também no seu oposto, que é uma pessoa intratável, violenta, preparada para a guerra. Qualquer pessoa, vendo a forma da cabeleira de um menino saberá imediatamente se ele vai ser violento, um guerreiro, que tomará coisas dos outros, uma pessoa incontrolável, que só se devotará à guerra. Enquanto isso, exerce sua violência sobre quem puder exercer. Esses dois perfis diferem claramente, e Laureano me dizia que continuam cortando o cabelo de uma forma ou outra para definir o tipo de personalidade que querem que eles tenham. Se eles serão como ele próprio, Laureano, pessoas tranquilas, trabalhadoras, devotadas, ou se, ao contrário, como quantidade de outros índios Kadiwéu, que só prestam para a guerra e a violência.

Eu quis muito confirmar essas informações e aprofundá-las. Mas de qualquer modo, mesmo dessa forma grosseira que eu as registrei de um informante confiável, elas são muito significativas. De fato, mostram que o consenso de um grupo humano sobre um membro da comunidade é alguma coisa terrível e é inelutável para ele. Se todos pensam que aquele menino é violento e impossível e vai dar um criminoso, o estão empurrando para que seja um criminoso. Se todos pensam, ao contrário, que ele é doce, talvez dê um Nidjendji e em qualquer caso uma boa pessoa, ele é induzido também a se comportar conforme as expectativas do grupo. Por isso mesmo, os educadores devem estar muito atentos para a formação desses consensos dentro dos grupos, para que o consenso não condene uma criança a tomar um caminho ou outro, acreditando que é seu próprio pendor, quando na realidade ele está sendo empurrado pela força da visão que os outros têm dele.

Kaapor

Meu segundo e principal objeto de pesquisa antropológica foi o povo Urubu-Kaapor, da fronteira maranhense da Amazônia. Eu os escolhi por me parecerem — o que se confirmou — a gente que melhor encarna, em nossos dias, os Tupinambá da costa atlântica quinhentista. É claro que, com quinhentos anos vividos e sofridos, eles, como nós, mudaram muito, mas guardam algo do seu ser original. Realizei meus estudos à luz do processo de transfiguração étnica, que estuda a forma pela qual os povos se formam e se transformam, porque é transfigurando-se que eles mantêm sua identidade, por torná-la viável aos novos tempos e às novas condições que enfrentam. Assim sucedeu com os meus Kaapor.

Encontrei-os em suas aldeias, vinte anos depois da pacificação, em que viveram tempos terríveis de transformações e de epidemias que dizimaram sua população. Então, só falavam sua língua original e conservavam seus costumes tradicionais. Viam a civilização com horror e com encantamento. Horror pelas doenças com que os contaminava. Talvez até propositadamente, pensavam. Encantados por tudo que temos de bugigangas para ofertar. Desde as ferramentas úteis até espelhinhos, miçangas, panos e mil coisas mais. Eles, que foram persuadidos a aceitar a paz e o convívio com a civilização através de anos de contínuo suborno com tudo que se tinha a oferecer-lhes, agora, pacificados, têm que andar a pé mais de mil quilômetros para conseguir uma calça, uma faca ou um colar.

Fui vê-los com as mãos cheias desses bens, encarnando a figura ridícula do filho de papai-raíra, que ia conhecê-los, anotar seus nomes e parentescos, para saber como bem tratá-los. Estive com eles seis meses, em 1949, e outros seis em 1950. Na primeira viagem, fui a seu encontro subindo o rio Gurupi. Sofri encontrá-los atacados de sarampo, escondidos na mata para fugir da epidemia, que julgavam ter atacado a aldeia. Mas morrendo de febre, de fome e de sede. Afinal, encontrei algumas aldeias não contaminadas, onde os conheci melhor, e até filmei com o

Foerthmann um bom documentário sobre a vida diária das tribos Tupi na floresta tropical.

Na segunda viagem, muito mais trabalhosa, entrei pelo rio Pindaré, no meio do Maranhão. Andei mais de mil quilômetros para alcançar e percorrer as aldeias que não conhecia, até chegar outra vez ao Gurupi.

Nas duas viagens identifiquei informantes extraordinários, como Anakanpukú, que me ditou sua genealogia, que cobre dez gerações e vem, portanto, de 1800. Engloba uma parentela de mais de 1.100 nomes. Outro informante foi o jovem sábio Tanurú, que me ditou dezenas de mitos. Assisti ao principal cerimonial deles, o de nominação dos filhos. Estudei sua belíssima arte plumária, sobre a qual escrevi um livro em colaboração com Berta Ribeiro.

Em essência, porém, passei aqueles anos, meses, dias e horas procurando, até achar vestígios de que eles são mesmo descendentes dos Tupinambá. Não se trata de uma questão acadêmica, mas de um problema crucial de saber, com precisão, de que povos descendemos e que sabedoria da floresta e sobrevivência nos trópicos deles aprendemos.

Assim que terminei a pesquisa de campo junto aos Kadiwéu, passei a ocupar-me dos projetos de estudo dos Urubus-Kaapor. Li as informações disponíveis sobre todos os povos indígenas do tronco Tupi que viviam ainda isolados, conservando algo de sua cultura original. O que procurava, de fato, eram descendentes dos velhos Tupinambá, que somavam mais de 2 milhões e ocupavam quase toda a costa brasileira quinhentos anos atrás.

Meu objetivo era estudar aqueles povos pela observação direta dos seus descendentes vivos. Os Urubus saltaram logo como a melhor oferta. Tinham apenas vinte anos de convívio com a civilização e ainda eram numerosos. Não sei a razão do nome sinistro que lhes dão. Não é, naturalmente, a autodenominação deles, que se desconhecia e eu descobri no curso da pesquisa de campo: Kaapor. Urubu é um nome depreciativo, dado por gente que os odiava e temia, vendo-os como gente desumana e detestável. Pelo pouco que sabia deles e do dialeto tupi que falam, bem podiam ser remanescentes daqueles Tupinambá que, depois das primeiras décadas de contato mortífero com a civilização, tinham se afundado mata adentro para sobreviver.

Os Tupinambá foram magistralmente documentados pelos cronistas do primeiro século. Depois, foram também esplendidamente reestudados pelos antropólogos, principalmente por Alfred Métraux e Florestan Fernandes. Métraux, com base nos cronistas, nos deu estudos, hoje clássicos, tanto do que ele chamava civilização material como da religião e da mitologia dos Tupinambá. Florestan, seguindo a mesma rota, elaborou obras extraordinárias sobre a organização social tupinambá e sobre o grande complexo cultural deles: a guerra. Ela constituía sua principal atividade, depois da produção do sustento e da reprodução das aldeias e dos bens materiais.

A guerra era a preocupação principal dos homens. Curiosamente, não tinha por objeto a conquista de territórios ou a dominação de outros povos. Seu propósito era a captura de prisioneiros que, levados aos cerimoniais de antropofagia ritual, ensejavam as principais ocasiões de convivência das aldeias de cada região. Juntavam-se às centenas para comer, em comunhão, o cativo como um herói, cuja valentia queriam incorporar a si mesmos. Era, também, para cada guerreiro, a oportunidade de ganhar um novo nome e de inscrever no corpo outro signo de suas façanhas.

No último dia da pesquisa, depois de dois anos de trabalho, tive a revelação completa da identidade essencial dos Kaapor com os Tupinambá. O tema saltou à noite em casa de Anakanpukú. Depois de aplacar o mau humor com que nos recebeu, com promessas de miçangas e de uma faca mais, com a ajuda de João Carvalho, meu intérprete, encaminhei o assunto para a antropofagia ritual. Queria ver se conseguia confirmar com ele a descrição que o velho Auaxímã havia dado dos antigos ritos antropofágicos. Não fiz pergunta alguma. Simplesmente tomei uma corda, disse que era o tupãrãmã e contei que, havia muitos anos, os Tupinambá da costa costumavam matar gente de outras tribos para aprisionar e comer. Ele ouviu a história com uma atenção que aumentava a cada novo detalhe que eu acrescentava à descrição. Enorme era a emoção com que me ouvia e, por fim, não suportou e disse ao João: "Ele é meu irmão. O avô dele é meu avô".

Não podendo sequer suspeitar que eu soubesse, por leitura, de tudo o que dizia, chegou à única explicação possível. Somos netos dos mesmos avós, guardando na memória o mesmo saber.

Esses meus Kaapor são é Tupinambá tardios, Tupinambá de quinhentos anos depois, mudados radicalmente no tempo, como nós mesmos mudamos. Até mais, na sua resistência e luta para sobreviver debaixo da dominação branca e de sua perseguição implacável Brasil adentro. Guardam no peito, porém, o que não podem nem querem esquecer, sobretudo o ritual mais prodigioso. Aquele que qualificava os homens, lhes dava novos nomes heroicos e que permitia a todo um povo viver a glória de ter grandes guerreiros, matadores de seus inimigos.

Começou, então, a contar que seus antepassados também caçavam gente de outras tribos para comer. Principalmente os Maku ou Boca Preta, porque pintavam a boca com jenipapo. Confirmou satisfatoriamente a descrição de Auaxímã, acrescentando um pormenor: o prisioneiro era amarrado com a corda e levado a um poste, no qual amarravam uma extremidade dela. Davam a ele, então, muito cauim. Cantavam por muito tempo de mãos dadas com ele e, a certo momento, chegava o matador com um tamarã e o abatia com um só golpe na cabeça. O cadáver ficava a cargo do tuxaua.

Outro assunto capital daquela conversa com Anakanpukú foi a religiosidade Kaapor, a questão da pajelança. Por alguma razão indecifrável para mim, os Kaapor perderam esse traço cultural básico dos Tupinambá e de todos os povos Tupi. Mas só o perderam como prática, como técnica operativa, não como saber, como crença, como temor que se expressa de mil modos na conduta ansiosa com que buscam pajés Tembé, querendo eles também se fazer pajés. Sobrevive principalmente na mitologia que reitera, copiosa, a cultura da pajelança, revalidando-a exaustivamente pela ação dos heróis xamãs.

Vivendo anos com os índios, deles aprendi muitas coisas das quais já falei, mas aprendi sobretudo com os Kaapor. Primeiro a admirar seu talento para o convívio solidário. Nunca vi um índio brigar com outro em tanto tempo que passei lá vivendo em tantas aldeias. Também me assombrou sua vontade de beleza e perfeição, que os faz pôr muito mais esforço no que fazem, seja o que for, na cerâmica ou num arco trançado, do que seria necessário para que eles funcionem. De fato, cada objeto chega a ser caligraficamente conhecido por qualquer outro índio. A verdadeira função de seus fazimentos é criar beleza, de que se orgulham muito.

Aprendi também a respeitar seu conhecimento detalhado de toda a floresta em que vivem. Têm nomes para cada rio ou igarapé, para cada árvore, para cada arbusto, para cada animal, seja um inseto, seja uma variedade de anta. Comparados conosco, eles são gente que aqui vivem há milênios. Nós somos recém-chegados, ignorantes, só capazes de destruir. Eles sabem viver na mata, deixando-a viver por milênios. Sua adaptação ecológica é um extraordinário exemplo de sabedoria dos povos da floresta.

O aprendizado diário do modo de ser e de viver dos Kaapor era o meu sonho de reconstituir, com o que via, a cultura dos velhos Tupinambá. Esse estudo é de importância essencial para nós, brasileiros, por duas razões capitais. Primeiro porque somos, de certa forma, os sucessores deles no plano biológico, já que a maioria dos brasileiros descende daqueles mamelucos gerados em ventres de mulheres Tupinambá e Guarani doadas aos europeus recém-chegados e, depois, escravizadas aos milhares. Guardamos, portanto, nos nossos genes, uma herança biológica que, por mais da metade, vem desses povos que nos dão a fisionomia do brasileiro comum, inconfundível com o português, com o negro, com o índio ou com qualquer outro povo.

Em segundo lugar, porque foram os Tupinambá que deram à nossa civilização a fórmula de sobrevivência nos trópicos. Nos transmitiram os inventos adaptativos que desenvolveram em milhares de anos e que se cristalizaram nas formas de caça, de pesca e, sobretudo, de lavoura. Eles cultivavam, habitualmente, em suas roças, umas quarenta plantas que são até hoje o sustento básico de nosso povo, como é o caso da mandioca, do milho, do amendoim, dos feijões e de muitas outras plantas. Domesticaram, também, dezenas de plantas úteis, de onde tiravam o caju, o abacaxi, o pequi, o urucum etc.

Nesses dois planos, como se vê, somos herdeiros e descendentes dos Tupinambá que matamos para existir, num processo feroz de sucessão ecológica. Estudá-los, portanto, é decisivamente importante. Ainda que o façamos sobre remanescentes longínquos deles. Tão longínquos e diferenciados quanto nós o somos dos primeiros europeus que chegaram aqui.

Essa era a grande ambição da pesquisa etnológica que empreendi, talvez a mais ampla jamais realizada entre nós. Isso porque queria fazê-la no plano etnográfico, de que me incumbi e para a qual me preparei, aprendendo a ser antropólogo com os índios que estudei antes, principalmente os Kadiwéu. Pretendia, também, realizar obra relevante no plano linguístico, que era o encargo de um homem competente na matéria, Max Boudin. E, inclusive, o registro fonográfico e cinematográfico, que nas mãos de Foerthmann nos deu um filme excelente. Não é pouco, como se vê, o que não me incomoda, porque nunca fui dado a modéstias.

Tanurú

TRANSCREVO ADIANTE UMA PASSAGEM DOS MEUS *DIÁRIOS ÍNDIOS*, em que falo de um dos mais extraordinários intelectuais indígenas que conheci.*

> Pequenininho, feio, tem uma mente luminosa. Domina, como ninguém, o patrimônio mítico de seu povo e é capaz de dizê-lo da forma mais clara e sensível. Aprendi com ele, com Anakanpukú e outros índios com quem trabalhei a apreciar e admirar esses intelectuais iletrados. Eu os conheci, também, entre lavradores e pioneiros pobres, ainda que menos vivazes, porque estão dominados pela ideia de que os saberes pertencem aos doutores.
>
> Intelectual, para mim, é, pois, aquele que melhor domina e expressa o saber de seu grupo. Saberes copiosíssimos, como o dos índios sobre a natureza e sobre o humano, ativados por uma curiosidade acesa de gente que se acha capaz de compreender e explicar tudo. São saberes mais modestos, frutos de uma lusitana tradição oral, vetusta, ou de heranças culturais de outras matrizes, como a de nossos sertanejos.
>
> Uma das coisas que mais me encantam nos meus Kaapor é sua vivacidade sempre acesa e sua curiosidade voraz. Ela só se compara às outras altas qualidades deles, que são um talento enorme para a convivência solidária e a veemente vontade de beleza que põem em tudo que fazem. Dói ver como tudo isso se perdeu para nós. O monopólio do saber escolástico, exercendo-se como uma massa opressiva, mantém o povo não só ignorante mas conformado com sua ignorância. Eles sabem que não sabem, assim como sabem que são pobres e nada podem fazer contra uma carência ou outra.

---

* *Diários índios: os Urubus-Kaapor*. São Paulo: Global Editora, 2020. pp. 541-542. (N. E.)

Andando com dezenas de caboclos nas tantas expedições que fiz, sempre os vi afastando-se quando eu atendia às perguntas dos índios sobre a origem ou a natureza das coisas. Nem queriam saber, achavam talvez que eu estivesse enganando os índios. Estes me perguntavam, por exemplo, quem criou ou é o Dono (Iár), dos fósforos ou das tesouras. Eu tentava explicar tão objetivamente quanto possível. Mas o que eles queriam era ouvir uma explanação explicativa na sua linguagem, que é a das lendas.

Foi no meu primeiro encontro com Tanurú, ainda na viagem pela mata, que fiz aquela suprema bobagem de dizer que eu mudava de pele como Maíra e que conhecera bem a Uruãtã. Continuo pagando o preço dessa loucura, porque os índios passaram a ver-me como uma espécie de divindade inexplicável e caprichosa, que eles devem atender sem reclamar e ouvir, achando que tudo que digo é verdade. Ser Deus dá trabalho.

Aquele primeiro encontro foi memorável. Ele vinha de longe e me procurava havia tempos, com a ideia de que eu era um sábio antiquíssimo. Vinha com um velho, a quem quis dar maior atenção, mas logo percebi que o importante era ele, porque começou a falar comigo em língua han-tam, que se fala entre chefes. Mandei o João atendê-lo, me fazendo de importante. Na verdade porque não era capaz de manter uma conversa direta daquele tipo. Ele me perguntou muitas coisas de sua própria cultura, que eu respondi apelando para a mitologia de outros povos Tupi. Só ao fim quis saber se eu conhecia Uruãtã e se estivera com ele, dando lugar a minha resposta desvairada, com as consequências que já comentei. Ele continuou conosco, desdobrando-se no relato dos mitos kaapor.

Com o conhecimento que tenho hoje da mitologia dos povos tupis, vastíssima, muito variada mas, na essência, consistente, me vem a tentação de dar uma de Homero. Unificá-la toda num só corpo mítico coerente, o qual, tenho certeza, seria verossímil para qualquer índio. Mesmo porque eles não têm nenhum fanatismo de exatidão verbal. Aceitam facilmente versões muito desencontradas do mesmo mito.

Transfiguração étnica

Em 1952, a Unesco, recém-nascida, se tomou de entusiasmo por duas lições que o Brasil podia dar ao mundo. Nossa democracia racial, fundada na livre mestiçagem de índios, negros e brancos. E a não menos assinalável assimilação dos povos indígenas que, depois dos primeiros contatos com as fronteiras da civilização, nela se fundiram, indiferenciáveis.

Mas a Unesco não ficou na proclamação desses avanços brasileiros. Montou uma vasta pesquisa de campo para verificar factualmente uma e outra. Organizou para isso várias pesquisas de observação direta. Uma delas, a cargo de Charles Wagley e Thales de Azevedo e suas equipes, dedicou-se ao estudo das relações inter-raciais na Bahia. Outra foi montada em São Paulo a cargo de Roger Bastide e de Florestan Fernandes, para observar ali as relações de brancos e negros. Uma terceira, a cargo de Luiz de Aguiar Costa Pinto, focalizou as relações raciais no Rio de Janeiro. Mais uma em Pernambuco, sob a coordenação de René Ribeiro. Nos quatro casos as conclusões científicas foram unânimes. Não havia nenhuma democracia racial nas respectivas áreas. Os negros e mulatos eram e são objeto de dominação, discriminação e vítimas de preconceitos cruéis.

Nesse quadro, coube a mim o estudo da assimilação dos índios na sociedade brasileira, que, pelo simples convívio, se transformariam em brasileiros autênticos, esquecendo suas origens. Também aqui o resultado foi decepcionante. Em todos os casos que pude observar, nenhum grupo indígena se converteu numa vila brasileira. É certo que, como os historiadores indicam, diversos locais de antiga ocupação indígena deram lugar a comunidades neobrasileiras. Não houve porém nenhuma assimilação que transformasse índios em brasileiros. Os índios foram simplesmente exterminados através de várias formas de coação biótica, ecológica, econômica e cultural. Seu antigo *habitat* foi ocupado por outra gente, com a qual eles nunca se identificaram e que cresceu com base em outras formas de adaptação ecológica, tornando-se rapidamente independente de qualquer contribuição da comunidade indígena.

Só se contava até então com a abordagem da aculturação, visivelmente incapaz de explicar o que acontecia com as culturas postas em confronto, particularmente com as culturas de nível tribal, alcançadas pelas fronteiras da civilização. Impotente também para explorar aquele contexto importantíssimo de relações humanas, para explicar como as etnias e as nações nascem e se transformam. Isso é o que proponho fazer na minha teoria da transfiguração étnica.

Terminada a pesquisa de campo e o estudo dos arquivos do Serviço de Proteção aos Índios, remeti meu relatório à Unesco, que foi muito bem recebido. Tanto que Alfred Métraux, que decidiu traduzi-lo ele mesmo, contratou sua edição pela Editora Plom, de Paris. Tive que proibi-lo energicamente, porque achava que poderia melhorar esses estudos. O mesmo aconteceu com Charles Wagley e Marvin Harris, que, com base no relatório à Unesco, publicaram uma vasta síntese desses estudos nos Estados Unidos. Eu me guardei. Publiquei apenas artigos escassos. Me guardei, sabendo que precisava de mais tempo para gerar uma teoria explicativa, substitutiva do que era disponível então, que eram os estudos de aculturação. Só anos depois, nos vazios de tempo do meu exílio no Uruguai, retomei meus estudos e elaborei meu livro *Os índios e a civilização*.

Nele demonstro que a integração dos índios às frentes econômicas que avançam sobre eles constitui uma integração inevitável, no sentido de forçá-los a produzir mercadorias ou a se vender como força de trabalho para obter bens que se tornam indispensáveis, como as ferramentas, os remédios e alguns outros. Mas essa integração não significa assimilação. Mesmo quando perdem a língua e ainda quando se completa o que se poderia chamar de aculturação, ou seja, mesmo quando eles se tornam quase indistinguíveis do seu contexto civilizado, ainda assim mantêm sua autoidentificação como indígenas de um grupo específico, que é seu povo.

Demonstrei, então, que havia certa tendência para que alguns grupos indígenas sobrevivessem às várias pressões exercidas sobre eles. Hoje, trinta anos depois, posso afirmar que os índios estão até aumentando de número, porque saltaram de menos de 100 mil para mais de 300 mil. Isso significa que no futuro vai haver mais índios do que hoje. São remanescentes desse processo secular e terrível de expansão da civilização europeia lançando-se através da violência e ardis sobre os povos indígenas que encontrou por todo o mundo, provocando sobre eles um genocídio e um etnocídio de proporções imensas, os mais vastos da história humana.

A pesquisa da Unesco sobre a assimilação dos índios do Brasil me levou a revisitar ou visitar, pela primeira vez, vários grupos indígenas, nos quais esperava surpreender outras faces da transfiguração étnica. Voltei a conviver, por exemplo, com os Bororo, que depois de um século de catequese feroz mantêm seus cultos e ritos. Voltei, também, às nascentes do Xingu, aquela babel de povos falando línguas diferentes, mas fundidos numa só cultura-base que define seus modos de prover a subsistência, de conviver, de pensar e de fazer. Fui ver também os Xokleng do sul do Brasil, um povo que percorreu todo o caminho da aculturação, mas permaneceu ele mesmo, mantendo intocada sua identificação étnica, expressando-a tal como é possível numa área de colonização teuto-brasileira.

Essas novas observações diretas, somadas ao conhecimento íntimo que eu tinha de vários povos indígenas que estudei detidamente, como os Kadiwéu do Pantanal e os Kaapor da Amazônia, formaram um painel representativo do espaço e das formas da transfiguração étnica. Foi nessa base de observações diretas e em toda a bibliografia pertinente, bem como na vasta documentação que me foi acessível, que propus o conceito de transfiguração étnica, ou seja, a compreensão de que as culturas são imperativamente transformadas no confronto de umas com as outras. Especificamente no caso dos povos indígenas com a civilização. Mas suas identificações étnicas originais persistem, resistindo a toda sorte de violência. Onde os pais podem criar os filhos dentro de sua tradição, a comunidade indígena sobrevive. Isso ocorre mesmo nas condições mais extremas de compressão, como sucedeu a alguns grupos indígenas do vale do São Francisco. Ali, eles foram desalojados de suas terras e obrigados a perambular por décadas como mendigos maltrapilhos, mas, ainda assim, continuaram sendo índios por sua autoidentificação com uma comunidade que vem de tempos imemoriais e os reconhece como seus membros. A transfiguração étnica consiste precisamente nos modos de transformação de toda a vida e cultura de um grupo para tornar viável sua existência no contexto hostil, mantendo sua identificação.

FEITOS MEUS

FEITO MEU DE QUE ME ORGULHO MUITO FOI COLABORAR NA CRIAÇÃO do Parque Indígena do Xingu, em colaboração com os irmãos Orlando e Cláudio Villas-Bôas, com o doutor Noel Nutels e com Eduardo Galvão. Os Villas-Bôas dedicaram toda sua vida a conduzir os índios xinguanos do isolamento original em que os encontraram até o choque com as fronteiras da civilização. Aprenderam a respeitá-los e perceberam a necessidade imperiosa de lhes assegurar algum isolamento para que sobrevivessem. Tinham uma consciência aguda de que, se os fazendeiros penetrassem naquele imenso território, isolando os grupos indígenas uns dos outros, acabariam com eles em pouco tempo. Não só os matando, mas liquidando as suas condições ecológicas de sobrevivência.

Noel fez de sua vida de médico um esforço continuado para salvar os índios. Chegou a ser diretor do Serviço de Proteção aos Índios, quando eu tinha influência no governo.

Galvão foi o melhor dos etnólogos brasileiros. Estudou índios por toda parte e escreveu excelentes monografias. Mas sua obra melhor, a meu juízo, é sobre a área cultural do Ururi.

Assim ele denominou a região das nascentes do rio Xingu, onde tribos de línguas totalmente diferentes, através de um longo convívio, provavelmente milenar, acabaram por fundir em grande parte suas diferentes culturas, criando um substrato comum. Nele se destaca a forma das aldeias e das casas, magníficas ambas. Seus arcos e lanças, também primorosos, sua cerâmica, muito bonita, e muita coisa mais. Inclusive o Ururi, que é o menor biquíni do mundo. É um triângulo com menos de três centímetros de lado, sustentado por um fio que arrodeia a cintura e vai até o púbis, para ser colocado no local devido. Tem ainda um rabicho fino, sustentado pelos músculos da bunda. Trata-se de uma vestimenta, porque uma índia xinguana, sem ele, está nua, e porque nenhum homem pode jamais tocá-lo sem que sua mão se torne imprestável para atirar flechas ou lanças.

Realizam coletivamente grandes cerimoniais para que o mundo continue bom de se viver. Durante esses cerimoniais, montam um verdadeiro mercado de troca dos bens em que cada tribo se especializou. As cerâmicas Waurá e os arcos Kamayurá, por exemplo. Também trocam ou dão alimentos a um grupo que por algum acaso, como um incêndio, tenha perdido suas roças e esteja passando necessidade.

A única solução possível para sua preservação era criar um extenso parque de proteção da natureza, que englobasse todas as suas aldeias, permitindo que elas mantivessem sua convivência, mas isolando-as da frente civilizatória que avançava sobre aquela área, imensa força desagregadora. Assim surgiu o projeto do Parque Indígena do Xingu, o primeiro desse gênero, que permitiu criar outros depois.

Na conversa com Getúlio Vargas não falei de direitos dos índios àquelas terras. Argumentei que no Brasil Central os fazendeiros derrubam a mata e põem fogo para plantar capim. Cada ano voltam a pôr fogo para livrá-los de pragas e de cobras. Em consequência, a terra vai sendo queimada e convertida num deserto. A única forma de preservar aquela província, que é um bom pedaço do Brasil original, para que os netos dos nossos netos pudessem vê-lo daqui a milênios, era criar o parque, entregando aos índios sua preservação. Tendo sido capaz de conviver com a mata desde sempre, tirando dela seu sustento, mas mantendo-a viva e exuberante, só eles seriam capazes de preservar uma amostra viva da natureza original do Brasil, que vem sendo destruída por toda parte. Nosso povo não é capaz de nenhum convívio com a natureza que não seja mortal para ela. Getúlio se convenceu. Não por amor aos índios, que não o comoviam. Mas por zelo à natureza brasileira e por temor de que se cumprisse meu vaticínio de ver toda a mataria da Amazônia convertida em pastagens, expondo as terras à erosão.

Outro feito meu muito bonito foi a criação, no Rio de Janeiro, do Museu do Índio, saudado internacionalmente como o primeiro museu voltado, especificamente, contra o preconceito. Montado para desmoralizar e erradicar a ideia de que os índios são violentos e sanguinários, selvagens e brutais, malvados e astuciosos, que são alguns dos estereótipos que a população brasileira comum guarda com respeito a eles. Ao entrar no Museu do Índio, o visitante sobe uma escadaria longa, olhando, obrigatoriamente, algumas dezenas de grandes retratos de índios e índias, adultos e crianças, todos sorridentes, belíssimos, o que já os predispõe a concebê-los como boa gente.

Na primeira sala deparam com uma grande vitrine de arte plumária, que assombra por sua beleza extraordinária. Depois, percorrem um longo e largo corredor em que estendemos uma tela, montando nela fotos e objetos. Assim, demonstramos como eram toscos os machados de pedra com que os índios faziam os seus roçados na floresta. Fazemos ver que, apesar disso, eles domesticaram mais de quarenta plantas selvagens para cultivar suas roças. Plantas como a mandioca, o milho, o amendoim, o abacaxi, as batatas, os feijões e muitas outras.

Mostramos também que fora das roças, nas capoeiras, plantam, também, diversas árvores e arbustos, como o caju, o pequi, o urucum, as canas para flechas, o cacau e outros.

Assim se demonstra a extraordinária herança que recebemos dos índios, que foi sua experiência de viver na floresta, cultivando as plantas que vinham dela. Mostramos ali e em vários outros estandes a extraordinária vontade de beleza e de perfeição que os índios põem em todos os seus artefatos. Ao fim, o visitante é chamado a assistir a um filme de meia hora, feito por Foerthmann e por mim na primeira expedição aos Kaapor.

O filme mostra como vive uma família índia dentro da floresta, focalizando sua rotina comum e não seus dias e modos festivos. O efeito demonstrativo e antipreconceituoso do museu era medido através de composições que as crianças escreviam antes e depois de visitá-lo. Nada menos que espantoso.

O Museu do Índio foi que acolheu o primeiro curso pós-graduado de formação de antropólogos que se realizou no Brasil, concretizado com a ajuda da Capes [Coordenação de Aperfeiçoamento de Pessoal de Nível Superior]. Ali formamos turmas de melhores antropólogos de campo que, além de preparados teoricamente pelos cursos, obtinham recursos para realizar um ano de pesquisa de observação direta. Esse curso foi transferido depois para o Instituto Nacional de Estudos Pedagógicos, quando eu passei para a área da educação. Mais tarde, foi acolhido pelo Museu Nacional, onde ainda funciona. Assim é que sou pai e avô de quantidade de antropólogos e sociólogos que fizeram seus estudos e suas primeiras pesquisas debaixo dos meus olhos ou dos olhos de meus sucessores. Esforcei-me muito para que fossem melhores do que eu. Consegui?

Depois de dez anos de trabalho, metade dos quais vividos nas aldeias indígenas, algum nervo ético se rompeu em mim. Não podia suportar mais lá ficar, testemunhando calado a espoliação dos índios por uma nova geração de funcionários que só queriam ir aos postos indígenas com o fim de ganhar dinheiro. O paternalismo dos velhos burocratas do SPI, se fazendo tratar de papais pelos índios, deu lugar a gente muito pior, porque além de ignorantes eram corruptos. A origem dessa transformação desafortunada foi a entrega, pelo governo de JK, do controle do Ministério da Agricultura, e por extensão do Serviço de Proteção aos Índios, ao PTB [Partido Trabalhista Brasileiro] gaúcho, que fez uma administração desastrosa.

Rio

Naqueles meus anos índios eu vivia no Rio quando não estava nas aldeias. Casara-me com Berta, que não queria casar porque não ligava para papelórios e até os temia. Foi inevitável. Mamãe, depois de vê-la, jovem, bela e doce, desfazendo a imagem de bailarina russa — boato que correra em Montes Claros —, me obrigou a casar. Mário, meu irmão, que é homem fiel aos valores da família, também insistiu demais até me casar no civil e no religioso. Tudo isso feito discretissimamente.

Berta, que deixara a Seção de Quadros do PC, vivia meio clandestina. Achava tudo aquilo uma bobagem e uma temeridade. Imaginava que a qualquer hora descobririam que era a irmã viva e escondida da célebre Jenny Gleizer. Moramos, primeiro, numa travessa da avenida Vinte e Oito de Setembro, em Vila Isabel. Depois, fomos para a rua Barão de Santo Ângelo, na Boca do Mato. Nossa casa servia, às vezes, de aparelho, onde se escondiam comunistas perseguidos.

Lembro-me de alguns deles, boa gente. Um grandalhão muito calado, que estava perseguido em São Paulo. Seu trabalho era andar clandestinamente de fazenda em fazenda para falar com os camponeses. Tinha fama de meio santo e meio feiticeiro. Temidíssimo pelos guardas da fazenda e pela polícia de São Paulo. Aprendi muito com ele sobre os boias-frias dos canaviais e sobre a gente expulsa das fazendas, acampada em vilarejos miseráveis de velhos e crianças. Os homens estavam no trabalho das roças e as mulheres empregadas como domésticas.

Também se hospedou lá em casa — falo dos que vi, uns poucos, porque quando estava no Rio o aparelho não funcionava — um operário muito inteligente. Homem cheio de convicções e de combatividade, certo de que a revolução viria amanhã. Falava longamente com eles, agora com o interesse antropológico de mergulhar em suas vidas para ver o mundo com seus olhos. Vícios do ofício.

Também hospedamos gente ruim, desagradável, sobretudo uma velha cismática, caladona e resmungante. Tratava Berta com tal superioridade, dando ordens de forma tão grosseira, que a chamei à fala, dizendo que aquela casa era de Berta, que estava fazendo um ato de solidariedade, a quem ela tinha de respeitar. A dona rugiu de raiva. Disse que se aquilo era favor ela não aceitava, que queria ficar era num aparelho do partido. Ficou.

Lembro-me dela lendo incansavelmente volumes das obras de Stalin, que a editora do partido estava publicando. Não devia entender nada, mesmo porque sua obra, sendo em grande parte incidental, exige um grande conhecimento da Rússia e das circunstâncias em que foi escrita para ser entendida. Acresce que a tradução fora feita a partir do espanhol. Resulta daí que a tal dona um dia se humilhou para me fazer uma pergunta sobre suas leituras: "Quem é esse senhor Todavia?".

Minha rotina era de casa para o Museu do Índio, que estava sendo organizado. De lá para ver o velho Rondon e para visitar meus editores. Principalmente Simeão Leal, diretor do Departamento de Cultura do Ministério da Educação, em torno de quem revoavam vários intelectuais. Sua preocupação principal era publicar a revista *Cultura*, muito boa, aliás.

Algumas vezes Simeão me levou ao Vilarinho, onde os intelectuais wiskeiros passavam horas contando casos. Lá conheci muita gente, inclusive Santa Rosa, grande pintor e cenarista. Conheci depois Lucinha. Lindíssima. Ela gostava de contar que seu primeiro amor carnal foi Santa Rosa. Detalhava que tudo aconteceu no amplo corredor subterrâneo que faz a aeração do Teatro Municipal. Imaginei Santa Rosa lá, baixinho, corpulento, sempre rigorosíssimo no vestir. Decerto tirava a sua roupa, amontoava cuidadosamente ali ao lado. Tirava depois o vestido de Lucinha e arrumava com o mesmo zelo, também ali no chão. Então os dois se engolfavam. Como? No chão não seria. Encostados nas paredes úmidas também não. Devia ser uma acrobacia, aquela mulher esguia, bela, com aquele mulato gordo, dono da simpatia deste mundo. Santa Rosa era um grande sedutor. Enquanto Simeão e eu namorávamos as moças, ele as comia.

Dávamos em casa, na Boca do Mato, um almoço todo domingo para amigos imiscíveis uns com os outros. Frequentador constante era meu compadre Guerreiro Ramos, que conferia comigo, como sociólogo de formação acadêmica, as teorias que estava engendrando de uma sociologia autárquica. Brigamos quando ele quis aprovar no Congresso Latino-Americano de Sociologia algumas teses esdrúxulas e eu não deixei. Nas teses ele declarava enfaticamente que os cientistas de países subdesenvolvidos podem fazer ciência subdesenvolvida. Quer dizer, sem os rigores metodológicos que se exigem no Primeiro Mundo. Reconheci, anos depois, que ele tinha suas razões, mas continuamos brigados. Guerreiro publicou contra mim, mas sem citar-me, vários artigos de jornal que acabou juntando num livreto, sua *Cartilha de aprendiz de sociólogo*. É das melhores coisas de nossa sociologia.

Os outros habituais de domingo às vezes vinham juntos. Eram amigos. Victor Nunes Leal, que estava completando a revisão de seu estudo *Coronelismo, enxada e voto*, o melhor que a ciência política deu no Brasil. E Luiz de Aguiar Costa Pinto, que passava aqueles anos como a promessa maior da sociologia marxista brasileira.

Fiz então um bom negócio, o único que fiz. Custeei, com parte da herança de minha avó Deolinda, para meu amigo Hélio Bucker, a legalização de umas terras em Dourados, registradas nos tempos do território de Ponta Porã. Ganhei, assim, um lote de mil hectares de mata virgem. Vendido depois a meu amigo Ugo Mascarenhas, me permitiu dar entrada para comprar, a prestação, o apartamento de Copacabana onde Berta ainda vive.

Conheci Ugo quando escrevemos um plano de colonização da Amazônia. Ficamos amigos. Ugo tinha uma descoberta científica de que se orgulhava muito. Montou um tubo eletrônico que, metido no cu de um touro, o fazia ejacular. Recuperou assim velhos touros brochas, mas de alta qualidade genética. Ugo, cientista sério, estava preocupado era em medir, com placas elétricas colocadas na bunda do touro, os seus tremores, para ver se gozava. Eu dizia a ele que, se a invenção pegasse, qualquer dia íamos ter saudade da tomada do quarto 816 do Hotel Tal.

No Rio, minha rotina mudou completamente. Agora, depois do expediente no Museu do Índio, que ia para além do meio-dia, tinha de dar minhas aulas na faculdade de filosofia. Havia sido contratado para dar um curso de etnografia brasileira de língua tupi. Língua tupi nunca ensinei. Sou ruim para línguas, ainda que muito bom em português. Minha etnografia era, de fato, uma introdução à antropologia teórica, que eu recheava com exemplificações tiradas da etnologia indígena. Exemplificava, por exemplo, o sistema adaptativo com meus estudos sobre os índios Kaapor. O sistema associativo, com os estudos clássicos de Nimuendajú sobre os índios Gê. O sistema ideológico era exemplificado com a religião e mitologia dos Kadiwéu.

Minha vida de professor na FNFi foi gratificante. Conheci lá grandes professores, que se tornaram amigos meus. Nosso convívio na faculdade era escasso, mas nos frequentávamos em casa. Entre eles, recordo com gosto Josué de Castro, Anísio Teixeira, Artur Ramos, Álvaro Vieira Pinto, Maria Yedda Linhares e outros. Por si sós eles fariam uma boa escola, melhor que as atuais. Gostava muito também do convívio com a moçada que enchia os corredores e as salas. Minhas aulas eram boas, porque além dos alunos regularmente matriculados tinha ouvintes habituais.

Era professor severo, talvez demais. Dei bomba por quatro anos sucessivos a um jovem idiota que todos os professores aprovavam porque era coitado demais. Alunos bons, falantes, questionantes, eram Luciano Martins e Maurício Vinhas. A banda melhor era das moças. Belas e também estudiosas e dedicadas. Lá estavam Rosa Maria, que se tornou minha assessora e me acompanhou por anos. Maria Estela, que é minha amiga desde então, queridíssima. Adélia de Oliveira, que eu nunca ajudei muito porque, a meu juízo, era bonita demais para dedicar-se à etnologia indígena. Crasso erro meu. Adélia tornou-se uma das melhores antropólogas deste país e é, ao lado de Berta, quem fez mais pesquisas de campo. Hoje, no Museu Goeldi, sucede a Eduardo Galvão. Não posso me esquecer de Alzira, vivíssima, que, depois da faculdade, fez outros cursos meus e acabou doutorando-se em Paris. Sempre sob meu olhar longínquo, mas carinhoso.

Estava, então, dedicadíssimo ao ensino, tanto que organizei, primeiro no Museu do Índio, depois no Instituto Nacional de Estudos Pedagógicos, um curso de pós-graduação para formar pesquisadores em antropologia e sociologia. Era um curso de um ano de estudos e um ano de pesquisas de campo. Formaram-se ali muitos cientistas sociais que tomaram rumos diversos. Entre eles Carlos Moreira, que passou a ser meu principal assistente e assessor; Roberto Las Casas, que fez boa carreira no Brasil e no estrangeiro; Klaas Woortmann, que hoje é sociólogo visível. Formei também algumas mulheres notáveis, como Maria Davi de Oliveira, que é professora na Bahia, e Laís Mouzinho e Vilma Bier, que me traíram. Fizeram juntas uma pesquisa de ano inteiro de observações diretas da mulher caipira e nunca publicaram nada. Também me traiu Úrsula Albertheim, que fez para mim uma monografia excelente sobre uma cidade de Santa Catarina. A melhor das catorze que eu dirigi sobre o que eu chamava "cidades-laboratório". O diabo é que encontrou por lá um senhor, casou-se e foi ter filhos. Um desperdício.

Tendo trabalho duplicado, eu já não contava com os vagares da Boca do Mato para estudar. Habituei-me, assim, a chegar em casa às sete horas, dormir até as nove, jantar e ler até a uma. Intelectual se faz é com leitura. Os tijolos do espírito são os livros. Com o sistema que adotei, não levando para a leitura o cansaço do dia, pude ler muitas dezenas de milhares de horas. Li romances e poesias, que formam o fundo do meu espírito de literato. Li ensaios brasileiros, que me fazem intelectual de minha pátria. Li também teorias antropológicas, para meus gastos de etnólogo e de professor.

Por essa época, Berta completa seu curso de história na faculdade de filosofia. Somando esse saber escasso ao saber denso da convivência comigo, como minha assessora principal, ela era já uma etnóloga em flor. Passou a trabalhar no Museu Nacional e a realizar suas próprias e extensas pesquisas de campo junto a diversos grupos indígenas.

No Museu, Berta sofreu por anos uma animosidade surda dos aprendizes de antropólogo e de seus mestres. Por que uma mulher inteligente, dedicadíssima ao trabalho, os irritava tanto? Creio que não aceitavam nela ser minha mulher e minha discípula. Mas a rejeitavam, principalmente, por sua postura de etnógrafa que queria fazer pesquisa de campo, não uma para tese, mas quantas pudesse pelo gosto que lhe dava o estudo direto dos povos indígenas. Mais do que isso, aquele grupo se danava com o gosto extraordinário de Berta pela conservação das coleções etnográficas do Museu Nacional.

Vivendo de costas para o Museu, ainda que instalados lá dentro, cheios de falsos orgulhos, nunca tomaram conhecimento de que a exposição permanente sobre os índios, organizada décadas antes por Eduardo Galvão, continuava igual, clamando por uma reestruturação. Não ligavam também para as admiráveis coleções etnográficas do Museu, cuja conservação e estudo eram o gosto maior de Berta.

O certo, porém, é que ela produziu uma obra etnológica mais copiosa e melhor que a de qualquer deles.

VIAGENS

MINHAS PRIMEIRAS VIAGENS PARA FORA DO BRASIL ESTÃO TÃO LIGADAS às atividades de etnólogo e de indigenista que aqui é o lugar de tratar delas. A primeira dessas viagens se deu em 1951 ao altiplano andino. Fui de avião para Lima e lá passei dois dias olhando a beleza das casas antigas e a feiura das novas que estavam sendo construídas.

Dali fui com o terninho que eu usava no Rio de Janeiro para o frio de 4 mil metros de altura de La Paz. Eu o senti primeiro como uma agressão, ainda dentro do avião, de que custei a sair. Saí correndo para o aeroporto e fiquei encolhido como um pinto molhado diante de uma enorme lareira, esperando que me procurassem. Como ninguém me procurou, tomei um táxi e pedi para ir para o melhor hotel. Lá perguntei se havia aposento reservado para o delegado do Brasil. Havia, mas ele não tinha chegado, me informaram. "Chegou sim, sou eu."

O homem da portaria, não vendo naquela coisinha o delegado de um importante país, se assustou e chamou uma comissão vestida de fraque, calça de casar, camisa engomada de colarinho dobrado e solene casaca preta. Tinham ido para o aeroporto me esperar e voltaram dizendo que eu não tinha desembarcado. Nos entendemos ou nos desentendemos ali mesmo. Subi rápido para o quarto, esperando encontrar lá algum calor, mas estava tudo desesperadoramente frio. Saí novamente, e como era impossível fazer um terno nos dias que ia passar lá, e não havia nenhum terno feito que fosse decente, comprei quantidades de blusas de boa lã e ceroulas também de lã, que vesti debaixo do meu terninho.

Lembro-me bem de um jantar elegantíssimo que tivemos no Ministério das Relações Exteriores, em que eu estive sentado todo o tempo ao lado de um tal Arse, creio que ministro do Trabalho. Ele passou todo o tempo me dizendo que só acreditava na solução brasileira. "A solução brasileira é o que a Bolívia tem que adotar urgentemente para que se constitua num país moderno."

Eu, afinal, quis saber em detalhes o que era a solução brasileira. Era tão só importar reprodutores europeus para prenhar aquelas índias e mestiças todas, produzindo uma nova raça progressista.

Seu pensamento era igualzinho ao de Sarmiento, o líder argentino que tinha o maior desprezo pelo povo original que havia feito o desbravamento da Argentina e que havia levado seu país à independência. O que ele queria era tão só importar brancos para ocupar aquela imensidão de terras. Tinha preferência especial por brancos norte-americanos, que, talvez, se adaptassem bem aos pampas para fazer o progresso da região. Um século depois o mesmo pensamento, o mesmo projeto de substituir seu povo por um povo melhor, é o que aquecia o coração do ministro boliviano.

Saí com o tal ministro ao fim do jantar e o vi aproximar-se de uma recepção que lá havia e estender a mão para receber o cachecol branco. Estender novamente a mão para receber o seu sobretudo pesado que alguém ajudou a vestir. Estender a mão para receber as luvas. Estender a mão, mais uma vez, para receber seu chapéu. Aí ele fez um gesto como quem diz, agora você. Eu disse: "Não, eu não tenho nada aí".

Não tinha nada mesmo. Voltei num carro importante, do ministro das Relações Exteriores, para o hotel.

Passei os dias seguintes debatendo na conferência indigenista estruturada pela Organização Internacional do Trabalho. Participei também, gostosamente, das visitas que eles organizaram. Uma delas ao lago Titicaca, em que vimos tantos índios puros que vivem nesse lago. Vimos também outros índios, os Aimara, que se acercaram de nós. Afastei-me da comitiva oficial para ouvi-los. Eles me assombraram. Como índios podiam ser assim tão belamente vestidos e tão conscientes de si mesmos e de seus direitos? Aqueles Aimara tinham bem presente que em algum tempo, séculos atrás, seus avós foram assaltados e espoliados pelos brancos, que lhes tomaram todas as terras. Eles queriam reconquistá-las agora. A consciência não era só dos bens de que foram espoliados, mas era também um fundo orgulho da sua grandeza perdida de alta civilização. Nunca vira tamanha lucidez num grupo indígena quanto à sua história e quanto ao seu presente. Eram índios diferentes, carregando os mesmos cinco séculos de opressão, mas muito conscientes deles e do que representavam para eles próprios.

Terminada a conferência, fiquei uns dias mais na Bolívia para fazer observações por conta própria. Aceitei um convite de um dono das minas de estanho e fui a Ururo num carro Rolls-Royce, colocado sobre trilhos, em companhia de um assessor de relações públicas norte-americano. Fiquei hospedado com ele e, em sua companhia, vi com horror a saída de milhares de mineiros do fundo da mina, que é como se saíssem do fundo da terra. Cobertos de poeira, magros, esquálidos. Pareciam mais bichos da terra que gente mesmo.

Na casa bem montada do tal assessor fui bem atendido por suas duas criadas índias troncudas, cujos serviços pessoais ele me ofertou. Aceitei. Debaixo de tantas roupas que usavam eram limpinhas. O que me impressionou também foi o armazém que provia os engenheiros e o pessoal bem pago das minas. Nunca tinha visto tanta fartura de tanta coisa boa e cara. Eram conservas, queijos, bebidas, perfumes, tudo que se imaginasse a bom preço, para quem ganhasse bom salário.

Na ida para Ururo paramos no meio do caminho, a meu pedido, para ver o que havia ali. Era uma ruína de alguma construção colonial, onde se abrigava contra o vento feroz uma família índia. Ali, no meio daquele deserto, aquela gente fugindo da ventania gelada me deu o retrato da dureza que é a vida dos índios do altiplano.

Anos depois, fiz minha segunda viagem ao estrangeiro. Dessa vez à Centro-América. Fui à Guatemala e ao México. Também para participar, no primeiro país, de um congresso indigenista. Meu conhecimento prévio dos povos indígenas da Bolívia abriu meus olhos para começar a compreender a realidade indígena da Guatemala. Já germinava em mim, ainda indefinido, o conceito que desenvolveria, depois, de povos-testemunho, que não constituem povos em trânsito para europeização e para civilização, mas gente que resiste em sua identidade étnica própria, gente que sabe de sua ancestralidade de alta civilização maia. Gente que vê com horror os mestiços urbanos da Guatemala, que os oprime hoje mais do que Madri os oprimia antes como metrópole colonial. Ali, por isso mesmo, trava-se a única guerra étnica das Américas. Provavelmente a primeira, porque outras hão de explodir. É inevitável que isso ocorra, por exemplo, no altiplano andino.

Anos mais tarde, conversei com um dos líderes da guerrilha guatemalteca. Pude ver a profundidade da sua luta, que é para permitir aos povos oriundos da civilização maia voltarem a mostrar sua cara como uma das poucas caras originais das Américas. Sua guerrilha nada tem que ver com as cubanas. É muito mais profunda. É, como disse acima, uma guerra interétnica. Eu começava a ver então o que mais tarde vim a elaborar, na conceituação da transfiguração étnica e na percepção da resistência extraordinária que têm as etnias, que mesmo debaixo das condições mais adversas, transformando-se estrategicamente, conseguem persistir, sobreviver. Também ali começou apenas a aflorar na minha mente a noção de que as guerras étnicas ou interétnicas são muito anteriores e muito mais profundas do que as tensões classistas.

Marx queria, e os marxistas repetem como papagaios, que a luta de classes fosse o motor da História. É verdade. É o motor tremendamente importante na sociedade já estratificada em classes, coisa de 4 mil anos atrás pra cá. Mas, mesmo em nossos tempos, jamais os operários se unificaram enquanto operários. Unificaram-se foi como alemães ou como franceses para fazer a guerra. Todos eles aderiram à sua identificação étnica para sair matando os proletários do outro lado da fronteira. Na Guatemala, conheci um bom antropólogo que eu nunca mais vi, Novaes. Com ele escrevi um artigo em que começo a elaborar o conceito de integração étnica. Uma integração sem assimilação, cumprida ou por cumprir.

Meu encontro melhor, porém, na Guatemala, foi com Maria Pia. Uma linda espanhola que vinha ao congresso trazida por seu noivo, um linguista de mau hálito e de mau humor. Primeiro, na Cidade da Guatemala, onde saía com ela de táxi e íamos a um bosque sombrio. Eu mandava o táxi afastar-se e ficava meia hora com ela, com o relógio do táxi rodando e nós dois nos acariciando. Uma beleza. Nos habituamos a fazer isso, até nos viciamos. Na visita que fizemos às pirâmides, por exemplo, corríamos à frente para ganhar um quilômetro de dianteira dos outros e do noivo, que era meio tardo. Subíamos as pirâmides para nos adular lá em cima. Vi com Maria Pia as belezas da Guatemala, sobretudo a maravilha que são as aldeias, postas na boca do que foram os imensos vulcões convertidos em lagos tranquilos. Dali fui pro México, certo de que Maria Pia conseguiria que o noivo a levasse também. Não levou.

O México deslumbrou-me como deslumbra a todos. A praça do Zócalo, com a igrejona larga como um sapo, em cima de um velho templo, é espantosa. O palácio presidencial, com seus enormes painéis de Rivera, me impressionou muito. Num deles está escrito: "Pobre México, tan lejos de Dios, tan cerca de América".

Visitei Tenochtitlán, uma Brasília arcaica, de avenidas e pirâmides colossais. Nada há de mais belo. Visitei também, detidamente, a Unam [Universidade Nacional Autônoma do México], o mais belo *campus* universitário que conheci, de excelente arquitetura e de fidelidade figadal à mexicanidade.

No México fiz muitos amigos. Entre eles, meu colega Guillermo Bonfil, que passou a ser meu irmão. Era um antropólogo mulato, o que é muito raro no México. Encantado pelo Brasil e pelo nosso povo, tanto quanto eu vivo encantado pelas belas caras mexicanas. Tamanhamente que uma vez dei uma entrevista na televisão, passando um pito porque vendem até sabão de lavar roupa mostrando caras de lourinhas norte-americanas. É uma coisa de filhos da puta. Tendo um povo daquele, com aqueles carões astecas, belíssimos, não valorizar isso na televisão e só mostrar carinhas gringas é coisa que me revolta e acabei passando um pito na televisão, dentro dela própria. O que me deu a repercussão que eu queria.

Bonfil foi um antropólogo extraordinariamente arguto e competente. Queria fazer a antropologia que eu me esforço por fazer, oposta à besteirada gringa, propositadamente burra, porque se proíbe de teorizar.

Fui, depois, muitas vezes ao México, que é para mim uma segunda pátria. Lá me sinto em casa e gosto muito de seu povo índio, de sua civilização em três dimensões: a asteca das pirâmides, a colonial das igrejas e a moderna da Unam. Amo mais ainda porque há livros meus mais editados e reeditados no México do que no Brasil. Mas amo, principalmente, é pela amizade que os mexicanos sempre dedicaram a mim. A mim e aos exilados todos que lá caíram. Esse é um belo pendor mexicano, que vem dos tempos em que acolheram milhares de intelectuais espanhóis, que lá deram uma contribuição fundamental para a cultura mexicana, atitude que estenderam depois a todos nós, latino-americanos perseguidos.

Vejam o seguinte fato, realmente extraordinário. O presidente Echeverría, meu amigo, a quem ajudei a projetar uma universidade do Terceiro Mundo, que acabou sendo o centro de estudos que ele preside, me deu uma amostra inesquecível de amizade. Sabendo do golpe do

Chile e supondo que eu lá estivesse assessorando Salvador Allende, Echeverría mandou nada menos que o maior escritor mexicano, Juan Rulfo, para Santiago, com o objetivo de instalar-se na embaixada e me buscar para tomar-me das mãos dos milicos chilenos e levar-me sob sua proteção para o México. Não é uma beleza? Que presidente de que país tomaria uma iniciativa dessas com respeito a algum intelectual? Nem imagino que isso possa ocorrer.

O pobre do Rulfo ficou um mês em Santiago me procurando, insistindo com o pessoal da embaixada que eu estaria lá, em alguma prisão. Fez com que eles conseguissem até andar pelo estádio convertido em prisão, para ver se lá encontravam a mim ou notícias de mim com os que estavam encarcerados. Eu estava no Peru, para onde tinham me trasladado três meses antes. Senão, sendo como sou e gostando como gostava do presidente Allende, certamente teria morrido com ele no palácio.

Sofri na minha primeira viagem ao México meu primeiro terremoto. Nem sofri, tão ignorante eu era. Cheguei ao hotel depois de um pileque de tequila e fui dormir. Acordei à noite, achando que a tequila era uma bebida terrível, porque eu via o quarto todo se mover, tão bêbado estava. De manhã verifiquei que a cama estava do outro lado do quarto. Tinha havido um terremoto que até derrubou uma torre com um anjo em cima, um dos símbolos da Cidade do México.

Sofri tudo sem saber de nada, porque gente de Montes Claros não tem notícia do que é terremoto. Lá, um tremorzinho, muito antes de eu nascer, fez um negociante enrolar todas as suas garrafas com um fio de arame, que lá ficaram. Todo mundo ia ver o que aquele homem besta tinha feito, enrolar suas garrafas com medo de a terra tremer.

Mais tarde, fiquei doutor em terremotos e nos terrores que eles provocam. Nos meus anos de exílio andino, vivi terremotos no Chile e no Peru. Além dos meus, vi resultados terríveis de outros terremotos. Por exemplo, um lugar em que os Andes se derramaram na rodovia, levando um grande rebanho de ovelhas e lhamas com seus pastores montanha abaixo, transpor a estrada e jogá-los no mar, debaixo de um monte imenso de pedras. Em outro lugar, vi uma cidade que desaparecera debaixo da avalanche, só deixando visíveis a torre da igreja e duas palmeiras solitárias. Eu olhava para elas cheio de pena, tão cercadas de pedras e de gelo, como se fossem primas minhas ali esmagadas.

Vi o mundo ruir, porém, foi em Lima. Lá estava eu, às nove horas da manhã, acordando na minha cama sobre rodas e percebendo que alguma coisa estava errada. Eu olhava como se fosse estranho o quarto em que eu morava havia meses. Um quarto com seis metros de comprimento, seis de largura e três de altura. Comecei a perceber que meu quarto era metade de um cubo. Quando acabei de fazer essa descoberta, a janela toda de vidro encolheu como se fosse plástico e estalou toda com um estouro enorme.

Mal eu acabava de me assustar, minha cama rodou sobre suas rodas pro meio do quarto e um tiro de canhão derrubou a parede lateral de tijolos. Isso no sexto andar. Saí me equilibrando para a sala. Lá defrontei com um aparelho de gravação de que eu tinha muito orgulho. Avancei sobre ele, peguei a peça mais importante e agarrei-a, querendo salvá-la. Aí percebi que o importante era salvar a mim, e não àquela merda de aparelho, e o joguei no chão. Quebrei o animal.

Corri, então, para a passagem do elevador. Lá encontrei um senhor, meu vizinho, no seu pijama, com duas filhas nos braços, procurando um terceiro braço para amparar a terceira filha, agarrada nos seus joelhos pedindo socorro. A mulher, meio desnuda, nem percebia que estava *nuela*. Chorava e se encolhia num canto, encostada na parede. Logo se desencostava e procurava amparo no marido. Foi uma cena dura de ver, terrível! Eu quis amparar a criança, mas ela não aceitou, só queria o pai. Aprendi naquele terremoto uma coisa. É que a terra, ao *crucir*, como dizem os espanhóis, comprimida pelo terremoto, faz um barulho cem vezes maior e mais assombroso do que das trovoadas de tempestade. É a Terra mesma revolvendo-se.

Fui não sei quantas vezes à Europa, muitas. A primeira vez, em 1954, à Suíça, a convite da Organização Internacional do Trabalho, que convocou especialistas de toda parte para compor um livro sobre as populações aborígines do mundo. Lá estavam europeus, africanos, indianos, outros orientais, latino-americanos e eu, especialista nos índios do Brasil.

Minha presença, de que resultaram dois ensaios longos, publicados na revista da OIT, foi útil na elaboração do tal livro. Levei a Genebra o ideário de Rondon, inclusive sua diretriz, "morrer se preciso for, matar nunca", ou seja, jamais revidar ataques de índios hostis, porque nós somos os invasores de suas terras.

Relatei a experiência brasileira de criar um órgão estatal leigo, de proteção das populações indígenas. Discuti lá, sobretudo, as noções que tinha dos males do falso liberalismo, que só tem dado como resultado a expropriação das terras indígenas, que lhes dá plena liberdade para fazer o que queiram ou o que os induzam a fazer.

No Brasil, a legislação atribui aos índios uma responsabilidade relativa e declara que suas terras são inalienáveis, não tendo valor nenhum ato deles próprios abrindo mão delas. Só esse princípio permitiu salvar muitos grupos indígenas, que sem ele teriam sido expropriados com apoio da Justiça e exterminados.

Passei, então, dois meses na Europa, sobretudo em Genebra. No fim de um mês, não aguentando a abstinência, fui à *gare* de Genebra, onde me disseram que podia encontrar bonitas prostitutas. Agarrei-me numa. Ela me levou numa escada estranha, de madeira, que terminava num quartinho minúsculo com uma cama. Lá, não quis tirar a roupa. Eu tinha tirado a minha, estava nu, mas a mulher queria que eu andasse depressa. Mal me deixou tocar nos seios, enrolados no sutiã. Ficou sentada ao meu lado. De repente, aconteceu o inimaginável. Ela saltou com a boca no meu pau e deu uma dentada. Eu achei que ia comê-lo e lhe dei um safanão. Não era isso, ela estava lambendo o pau para colocar uma camisa de vênus. Foi a primeira experiência em que eu tive de usar esses elásticos de pica, terrivelmente estranguladores.

No mês seguinte, achei uma namorada brasileira que vivia em Genebra e nos esbaldamos. Tanto e tão sofregamente que ela foi depois ao meu encontro em Paris para continuar o agarramento, quando já não era tão oportuno.

Uma boa experiência naquela viagem foi encontrar em Berna um garçom cearense que lá estava havia mais de vinte anos. Saiu comigo na hora de folga para mostrar a cidade. Era já bernanês, ou lá que nome tenha. Viajei dali para Frankfurt, na Alemanha, de onde devia tomar um trem para Paris. O que eu queria era estender mais a minha viagem de trem para mais ver a Europa.

Em Freiburg passei um dia e uma noite. Primeiro andei por uma praça cheia de vitrines, que eu vi depois que só tinha as vitrines mesmo, porque era uma área que havia sido destruída e eles estavam reconstruindo ainda a praça central. A universidade funcionava bem e lá ocorreu um episódio recordável. Uma moça aproximou-se de mim andando na rua que ia no rumo da universidade. Andou ao meu lado, me falando em alemão por um quarteirão inteiro. Então parou, como quem diz, por que você não fala? Por que é que está calado? Então eu disse a ela: "Não estou entendendo nada, eu só falo português". E ela fez uma cara ruim e me largou ali. Aquela quase namorada é mais recordada por mim do que muita namorada que tive depois. O coração humano é estranho.

O melhor de Freiburg foi um jantar num restaurante que me recomendaram no hotel como o melhor da cidade, que ficava relativamente perto. O *maître* chegou, me apresentou o cardápio, eu olhei sem entender nada e pedi o prato mais caro. Ele comentou alguma coisa em alemão, eu disse, "ai, ai", e ele saiu. De vez em quando olhava para mim. O cozinheiro, com seu chapelão, também saiu para me olhar, mas eu estava lá, firme, esperando o prato para saber o que tinha pedido. A certa altura, me trouxeram uma oficina mecânica, ou seja, uma tábua cheia de pinças, alicates, serra, o diabo mais. Ferramental que eu não imaginava para que servisse. Deixou lá na mesa.

Mais tarde trouxe três cachepôs, ou seja, três pratos enrolados em papel crepom, e eu fui ver o que era, arrisquei o olho. Eram saladas de chucrute de beterraba e de batata. Fiquei esperando, não podia ser isso por aquele preço exorbitante. Afinal, o *maître* falou comigo, não entendeu nada, nem eu. E foi lá falar com o cozinheiro. Veio então me trazendo o que eu tinha pedido. Era uma enorme de uma lagosta apenas cozida. Olhei espantado para aquele bicho inteiro com cheiro de mar, e o homem, vendo a minha estranheza, usou aquele ferramental para desvestir a lagosta, tirar pedaços e pôr no meu prato junto com as diversas saladas.

Eu, então, pedi um vinho. Escolhi um que ele me recomendou, vendo por sua cara que era muito bom. Tomei aquele vinho, que aliás era tinto. Eu esperava um branco. Paguei a conta e saí. O *maître* deve ter comentado com seus amigos: "Esteve aqui um selvagem".

O jantar custou caro, mas dinheiro não era problema. Eu tinha saído muito bem pago de Genebra e podia gastar generosamente.

Dali fui para Paris, mas errei o caminho, porque numa certa altura tinha que saltar do trem para tomar um outro. Eu não saltei e fui parar não sei onde. Tive que voltar, foi uma confusão grande, porque a passagem já não valia e me entender com os alemães era uma coisa séria, difícil. Fui ter afinal a Paris. Fiquei num hotel que Métraux me recomendou. Hotel para europeus, não tinha banho no quarto, apenas uma pia e um bidê. Sem-vergonhice francesa. A privada ficava no meio do corredor, em cima de uma escadaria, e a gente tinha que esperar outros hóspedes saírem para se despojar lá. Não gostei nada.

No dia seguinte fui à Unesco e lá vi o trote das funcionárias que entravam batendo os saltos de seus sapatos como se fossem soldados. Fiquei sempre com aquela impressão na cabeça. Fui depois ao Museu do Homem, que me horrorizou. Logo de entrada tinha três hotentotes mumificadas que, já horríveis por si mesmas, tiveram as bundas refeitas pelos taxidermistas. Pareciam chifres, nos quais seria impossível sentar-se. Ora, tenho um certo apreço pelas bundas, sobretudo pela palavra, isso porque só existe no português do Brasil e é muito boa. O que os portugueses chamam de trastes, cu, traseiro, cadeiras, nós chamamos de bunda, bundinha. Isso porque a gente mais bunduda do mundo são esses hotentotes, e eles falam a língua bunda. Daí a confusão: aquela mulher é bunda, e a bunda enorme dela acaba por fazer todo brasileiro chamar o traseiro de bunda e bundinha, o que é uma grande conquista.

Mas no museu, além de haver aquela bunda mal reconstituída, tinha uma coisa horrível. É que da bocetinha das hotentotes saía uma coisa como se fosse camisa de vênus sobrando, e a instrução dizia que elas tinham mesmo os pequenos lábios projetados pra fora. Eu não imagino que tivesse sido assim, o taxidermista nunca deve ter visto uma negra e exagerou nas coisas.

O museu todo me deu a impressão de que foi feito pela rainha Vitória para mostrar a grandeza do mundo dela. Exagerava a valer, exibindo tudo que mostrasse os extraeuropeus como selvagens. Por exemplo, os Maori, gente tão bonita e que tem tatuagens tão lindas, eram apresentados como amostra de selvageria. Fui de selvagem em selvagem, muito danado com aquela forma de montar um museu. Tive também uma briga desagradável. É que tinha levado umas duzentas fotografias dos nossos arquivos para eles. Entreguei as fotografias e pedi o que havia encomendado a eles — reproduções de fotos que eles tinham dos mantos Tupinambá de 1500. O rapaz me entregou as fotografias com a conta para eu pagar. Fiquei danado. Se eu tinha que pagar aquela conta de três fotografias, como é que ia dar as minhas? Então eu as peguei, retirei as que eu tinha levado e fui pagar a conta. O homem ficou espantado, me olhando e falando comigo. Eu não dei bola, trouxe de volta para o Rio as fotografias.

Nessa viagem, passei pela primeira vez defronte do Louvre. Olhei longamente a estátua Vitória de Samotrácia que fica na entrada. Mas não entrei. Decidi naquela hora não entrar, naquele dia nem nunca mais. Me disse: "O pessoal vem aqui para ficar boquiaberto. Se eu entrar, posso sair boquiaberto também".

Isso para muita gente é pura besteira. Em compensação, eu digo a essas pessoas que fui muitas vezes ao Museu do Homem e dediquei também muito tempo para ver o Museu de Artes e Tradições Populares. Vi até outros museus, mas o Louvre não. Aquilo é para embasbacar os bestas.

Ocorre então um caso recordável, ao menos muito lembrado por mim. Conheci uma menina paulista de uns vinte anos que ganhara uma bolsa da Aliança Francesa. Lá estava ela fazendo de conta que estudava, isolada do mundo francês, vivendo na *rive gauche*, com um feio complexo de ser a única virgem da redondeza. Quis aliviá-la e saí mais de uma vez com ela, mas a danada não me dava. Ia até o seu quarto, bolinava, mas a certa altura ela me punha para fora. Vi ali, pela primeira vez, como se deve usar um bidê, porque ela tinha aprendido e, em vez de usá-lo de costas, como faz a brasileira, ela montava a cavalo nele de frente para as torneirinhas. Achei bonito, ensinei a muitas amigas brasileiras o bom uso dessa peça indispensável à civilizada.

O caso que eu ia contar é que a paulistinha, já no meu último dia, prometeu que ia me dar e que até queria. "Melhor que seja com você", me disse ela.

Mas ficou remoendo, não querendo tomar o metrô que ia para a casa dela. Afinal, tomamos o último metrô. Antes de tomá-lo, porém, a imbecil me empurrou para cima dos trilhos e eu me vi morto. Gritava e tentava subir, mas ela me pisava nas mãos. Subi afinal e lhe dei uma surra. Chegou então o metrô e fomos para a casa dela. Tudo aconteceu carinhosamente, como é devido.

Comi um almoço excelente com Paulo Carneiro no meio do Bois de Boulogne. Ele era e permaneceria por dezoito anos como embaixador do Brasil na Unesco. Só foi substituído pela ditadura, pelo chato do Carlinhos Chagas. Ao fim do almoço, Paulo me levou a uma confeitaria, para que eu provasse uns chocolates especialíssimos. Na verdade, ia encontrar uma moça bonita que lá o esperava. Lá se foi ele com ela em suas mãos enormes.

Encontrei o Paulo muitas vezes em Paris e também no Rio. Na última delas ele vinha para morrer de câncer. Antes de fazer a operação que eu fizera, a família me pediu que fosse consolá-lo. Chegando, encontrei Paulo abatidíssimo, com a certeza de que ia morrer. Eu me senti desafiado a fazer Paulo ter coragem de enfrentar a operação. Disse a ele: "Não se preocupe demais, Paulo, já passei por isso. A operação tira o pulmão podre e joga fora. Quinze dias depois você vai ver que está livre. Isso sucedeu comigo, vai suceder com você. De manhã, quando a enfermeira for te dar aquele banho de esponja, você vai sentir que o seu pau está duro. Terá então a certeza: vou viver".

Do fundo de sua tristeza mortal, Paulo sorriu.

Deixe-me falar mais do Paulo. Ele fora escolhido e educado pela Igreja Positivista para suceder a Teixeira de Freitas e outros papas do positivismo. Não tinha envergadura para tanto. Acabou na carreira diplomática. Paulo, ao menos, foi suficientemente fiel para criar um Museu Augusto Comte em Paris. O diabo é que, ao que parece, escolheu a casa errada, ao lado daquela em que o sábio tinha vivido. Não faz mal, é sempre o Museu Comte.

Quisera falar das tantíssimas viagens que fiz à Europa. Algumas lindas, como aquela em que fui receber o título de doutor *honoris causa* na Sorbonne, na sala das grandes escadarias, numa cerimônia solenníssima. Lá estavam amigos meus, como Brizola e Fernando Henrique, Cláudia, minha mulher então, e sua mãe, Tereza. Saímos para um pileque monumental, num jantar também formidável, no restaurante muito frequentado pelos professores que fica ali pertinho da Sorbonne. Outra viagem linda foi a Copenhagen, onde comemorei com uma dinamarquesa abrasileirada e recebi o mesmo título doutoral. Recebi-o cercado por quatrocentos doutores num Salão de Atos enormíssimo.

O que mais me emocionou foi ouvir as trombetas tocarem uma fuga de Bach com toda a estridência, para saudar a entrada da rainha e do reitor. Bonito. Recordarei para sempre esse dia — quanto tempo mais durará esse meu para sempre?

Minha participação no congresso de americanistas perseguidos, realizado em Paris, foi também um instante de glória. Na faculdade de direito, onde se realizou, estavam se atropelando pelos corredores uns 5 mil antropólogos, historiadores, geógrafos e toda gente especializada no estudo das Américas, que me olhavam com admiração. Eu achava que tanta admiração era pelos meus êxitos como antropólogo. Qual o quê! Para eles eu era um fenômeno raríssimo. Era o único caso de um cientista social que fora ministro de Estado e sobretudo porque era também um caso único de homem que sobreviveu a um câncer mortal.

Eu presidia uma das sessões do Congresso, em que ficava muito tempo lá, em cima da mesa, olhando aquela multidão e ouvindo a exposição das teses. Em certo momento, descobri uma mulher bonita, teuto-catarinense, sentada ao lado do marido, um *tri-doctor* em antropologia, teologia e filosofia. A certa hora fiz um sinal para ela, para que saísse comigo. Ela topou, para minha surpresa, e veio andando na minha direção. Desci da mesa e saí com ela ao lado. Levei-a para o motel da rua de Cujas, ali pertinho. Eu havia escolhido aquele quarto por puro sentimentalismo. Nele havia passado uma temporada anos antes. Estava um horror. A nova direção do hotel o convertera num dormitório para cinco pessoas, atulhadíssimo. Lá fui, com minha linda mulher, e ela se revelou uma surpresa no nosso amor, que se repetiu nos dias seguintes. De fato, a coitada, apesar de ter dois filhos, nunca havia transado. Nunca tinha se exercido realmente como mulher. Foi difícil. Era uma dona de dois metros de altura, com umas pernas enormes. O mais difícil foi encontrar modos de demonstrar a ela que devia ficar em cima de mim, com aquelas pernas de aranha, colocando a peça no lugar para me comer. Foi uma dificuldade. Outras coisas foram ainda mais tenebrosas para ela. Mas, ao fim, ela estava escoladíssima.

Também muito boa foi uma viagem que fiz recentemente à Europa, a convite dos suíços, para comemorar os setecentos anos da Confederação Helvética. Eles convidaram dez intelectuais de diferentes continentes para percorrer a Suíça e escrever textos que dessem aos suíços a ideia de como eles são vistos pelos estranhos. Escrevi um bom texto, que publicaram com destaque e teve repercussão. Percorri todo o país falando com quem pedi, e mais, com pessoas que eles me recomendaram, como o presidente maior e mais poderoso dos banqueiros, com o chefe principal dos sindicatos e muita gente mais.

Impressionou-me vivamente uma praça cheia de drogados, nas últimas. Achei feio demais deixar largada naquela praça aquela gente se acabando. Aí um suíço me disse: "O que você quer? Quer que os obriguemos a ser socorridos? Na hora em que levantarem um braço pedindo, nós temos hospitais para atendê-los. Mas não queremos obrigá-los a isso".

São uns sábios, aqueles caras. Revi então um velho amor que amara por anos a fio. Ela vindo a meu encontro na América Latina e eu indo vê-la na Suíça. Um dia estávamos fumando haxixe e comendo chocolates quando o marido dela telefonou. Ela falou bastante com ele e passou o telefone para mim. Eu me assustei demais, mas conversei bem com o cara, que falava um espanholzinho razoável. Na última vez não houve nada. Ela me ofereceu um jantar excelente em que comemos a especialidade da casa, que era fígado de vitela com um vinho extraordinário. Na manhã seguinte, foi ao hotel para explicar-me por que se comportava assim. Havia tido, dois anos antes, um filho com um homem que escolhera para ser o pai dele. Mas, para sua surpresa, o homem se afeiçoou à criança e também a ela. Só fazia um pedido, que não transasse comigo. Bandido!

Ainda na Suíça, me lembro que um dia foi a meu encontro, em Genebra, uma moça já então com trinta anos e dois filhos, que me escrevera várias cartas no meu aniversário e eu também no dela. Queria muito me conhecer e eu nunca tinha facilitado isso, porque não tinha razão para procurá-la. Mas estando em Genebra e ela vivendo em Lausanne, advertida pela mãe sobre a minha presença, foi fácil que ela viesse comer comigo no Café de Paris, que fica ao lado da estação. Comemos e bebemos bom vinho e fomos para o hotel. Na cama, descobri surpreso que ela tinha certeza de que eu era seu pai. A mãe tinha passado uma temporada no Brasil antes do nascimento dela, já separada do primeiro marido. O segundo marido deixou claro para minha filha que ele não era pai dela. A mãe deixou subentendido que o pai poderia ter sido eu. Não era.

Vive em Paris uma das mulheres que mais amei. Ela nasceu de uma família francesa na Argélia e nós nos encontramos muitas vezes no México, em outros países e também em Paris. Devo a ela um amor elaboradíssimo, de tradição árabe, de que eu não fazia ideia. Primeiro, a sabedoria com que passávamos de sala a sala de seu apartamento. Cada uma delas com incensos de odores diferentes, maravilhosos. Comendo doces ou tomando licores para nos esquentar. Depois a cama, em que ela era uma das mais prodigiosas mulheres que conheci. O melhor mesmo é que, quando acabávamos de amar, ela saía e voltava logo depois com a toalha embebida em vapor, que punha em cima das minhas partes. Aquilo me descansava e me realentava para novos volteios. Nunca vi coisa tão formidável. Aconselho minhas amigas todas a tentar com seus amores esse exercício, que realmente é uma lindeza.

Fui umas quantas vezes a Roma. Só para ver. Queria ir outras tantas. Na primeira visita, Roma me espantou e me deserdou. Vi lá, na igreja dos jesuítas e muitas mais, os protótipos de catedrais brasileiras que eu considerava originalmente nossas. Eram cópias. Depois Roma me domesticou. Aprendi a andar pelas ruas, comer em pequenos restaurantes bebendo vinho novo e comendo essas esplêndidas massas que é o feito único dos italianos. Descendentes dos bárbaros, eles não têm nada a ver com os romanos antigos, nem lembranças.

Levei uma namorada italiana para ver o colosso que é o panteão de Agripa, de que ela nunca tinha ouvido falar. Obriguei-a a ficar sentada comigo horas, vendo o facho de luz do Sol passear pelas paredes e pelo chão imensíssimo. Eu olhava extasiado, procurando restos dos tempos pagãos que os romanos reproduziam ali, incorporando aos seus deuses, tantos, todos os deuses de todos os povos conquistados.

Vi também, vezes demais, o Vaticano. Por fora e por dentro. Por fora, olhando a criação fantástica dos arquitetos que fizeram aquela praça prodigiosa, andando passo a passo no seu chão antigo. Por dentro, me cansando de sentar na basílica de São Pedro até dormir, acordado uma vez pelo canto gregoriano que exaltava a missa. Vi lá, certo dia, uma freira vestida com o manto dos franciscanos, ajoelhada diante de mim, rezando sem parar. Gostei demais de ver os pés dela, enormes. Vi o polegar, era tão grande como meu pé. Exagero, é claro. Mas grande ele era. E excitante também.

A capela Sistina foi também meu encantamento. Aquele Deus de Michelangelo, dando a mão para um homem, glorioso como nunca houve outro igual, me deixava estarrecido. Na ida para a Sistina, gostava de ver a coleção de antigos mármores romanos e gregos. Sobretudo dos efebos, bonitíssimos. Os peitinhos de bico estufado como se fossem de virgens e as bundinhas alçadas.

Berlim também foi minha. Tanto em viagens para os festivais Horizonte como para o lançamento de livros meus, que me levaram também a Frankfurt. Visitei Berlim ainda dividida pelo Muro. Andando pelo lado de cá, que parecia uma Chicago de segunda, e pelo lado de lá, com as avenidas esplêndidas, os palácios fantásticos, que os russos tomaram para si. Aquilo sim é que era capital dos teutos. Ruim foi ver com Berta, andando lentamente num táxi, uma avenida residencial. Os edifícios eram todos iguaizinhos e, olhando os apartamentos pela janela, eu via que até os lustres das salas eram idênticos.

Gosto muito de ir à Espanha. Não tanto de Madri, onde só é bom ver a praça de Armas, com sua escultura esplêndida e os palácios sombrios do poder hispânico. O melhor é uma viela que sai dali, descendo, cheia de restaurantes, onde se come o melhor leitão assado que provei e a grande comida espanhola, que são as *anguillas*: enguias recém-nascidas que eles passam em bom azeite e alho. Gosto mesmo é de Barcelona, principalmente de seu mercado da Rambla, o melhor que vi na vida, pelos peixes frescos e coloridos frutos do mar, pelas verduras e frutas, entre elas um melão que cheira a um quarteirão de distância e ainda me cheira nas ventas. Mais ainda gostei de Granada, com sua presença árabe tão veemente. Mostra da grandeza e fineza do poderio sarraceno.

5. EDUCAÇÃO

Anísio

Anísio Spínola Teixeira representou para mim o que fora Rondon em outro tempo e dimensão. Baixinho, irrequieto, falador, mais cheio de dúvidas que de certezas, de perguntas que de respostas. Anísio me ensinou a duvidar e a pensar. Ele dizia de si mesmo que não tinha compromisso com suas ideias, o que me escandalizava, tão cheio eu estava de certezas. Custei a compreender que a lealdade que devemos é à busca da verdade, sem nos apegarmos a nenhuma delas. De mim dizia que eu tinha a coragem dos inscientes, referindo-se à minha ignorância e à ousadia de investir sobre os problemas educacionais, optando rapidamente entre alternativas.

Anísio exerceu uma influência muito grande sobre mim. Tanto que costumo dizer que tenho dois *alter egos*. Um, meu santo-herói, Rondon, com quem convivi e trabalhei por tanto tempo, aprendendo a ser gente. Outro, meu santo-sábio, Anísio. Por que santos os dois? Sei lá... Missionários, cruzados, sim, sei que eram. Cada qual de sua causa, que foram ambas causas minhas. Foram e são: a proteção aos índios e a educação do povo.

Fui para a educação pelas mãos de Anísio, de quem passei a ser, nos anos seguintes, discípulo e colaborador. O curioso da história de nossas relações de amizade e de respeito recíprocos é que, de início, Anísio e eu éramos francamente hostis um ao outro.

Para Anísio, eu, como intelectual, era um ente desprezível. Um homem metido com índios, enrolado com gentes bizarras, lá do mato. Ele não tinha simpatia nenhuma pelos índios; não sabia nada deles, nem queria saber. Para Anísio, Rondon era uma espécie de militar meio louco, um sacerdote de reiuna pregando para os índios; uma espécie de Anchieta de farda. Eu, para ele, era ajudante daquele Anchieta positivista. Um cientista preparado que se gastava à toa com os índios, aprendendo coisas que não tinham interesse nem relevância.

Para mim, Anísio era o oposto, um homem urbano, letrado, alienado. Eu o via como aquele intelectual magrinho, pequenininho, feinho, indignadozinho, que falava furioso de educação popular, que defendia a escola pública e gratuita com um ardor comovente. Mas eu não estava nessa. Gostava era do mato, estava era com meus índios, era com os camponeses, com o povão. Estava pensando era na revolução socialista. Anísio até me parecia udenista. Eu o achava meio udenoide por sua amizade com o Mangabeirão e por suas posições americanistas. Seu jeito não me agradava, ainda que reconhecesse nele, mesmo à distância, uma qualidade de veemência, uma quantidade de paixão que não encontrava em ninguém mais.

Através de Charles Wagley, que sempre nos quis aproximar — e que me levou a vê-lo umas duas vezes —, acabei conhecendo pessoalmente o Anísio. Isso quando ele criava, dentro do Instituto Nacional de Estudos Pedagógicos (Inep), o Centro Brasileiro de Pesquisas Educacionais, funcionando, nessa época, ainda na rua México. Wagley, que lá estava ajudando a fazer o primeiro plano de pesquisas do CBPE, convenceu Anísio de que devia ouvir uma conferência minha sobre índios.

Era uma conferência igual a muitas que eu fazia, naquela época, sobre os povos indígenas brasileiros e aspectos culturais da vida indígena, comparando e contrastando suas diversas fisionomias culturais. O certo é que comecei a conferência e, depois de falar uns dez minutos, vi que Anísio estava aceso, os olhinhos bem apertados, atento, comendo palavra por palavra do que eu dizia. Continuei a conferência, olhando para ele de vez em quando, de certa forma falando para ele. Em dado momento, Anísio começou a murmurar e eu custei a entender o que ele dizia. Vociferava: "São uns gregos! Uns gregos!".

Eu mais falava sobre os índios — estava analisando a vida social dos Ramkokamekra, os chamados Canelas do Maranhão, que têm uma organização social muito complexa — e mais Anísio resmungava: "São uns gregos! Gregos!".

Com essas interjeições, ele abriu uma espécie de diálogo louco comigo. Eu dizia coisas e coisas, e ele opunha interjeições: "São gregos! Gregos!". Eu, inquieto, sem entender o que ele queria dizer com aquilo. Anísio aceso. Custei a compreender que, fechado em sua formação clássica, Anísio só foi capaz de ver e entender os índios enquanto configurações culturais, e meu interesse neles, por via de sua comparação com a mentalidade ateniense e a espartana.

Até então, Anísio, que não gostava dos índios, dizia que eu só podia ser um idiota porque, sendo inteligente como diziam, me dedicava a

0,02% da população brasileira, a indiada. O certo é que desde aquele primeiro encontro intelectual nos apaixonamos um pelo outro.

Fui trabalhar com Anísio. Ajudei a compor, a partir de uma central no Rio, que era o Centro Brasileiro de Pesquisas Educacionais, uma rede deles junto a universidades e grupos intelectuais em São Paulo, Belo Horizonte, Salvador, Recife, Curitiba e Porto Alegre. Nessa empreitada estavam Thales de Azevedo, Gilberto Freyre, Abgar Renault, Fernando Azevedo, muita gente mais de prestígio intelectual e de vago interesse pela educação. Exceto Fernando, que desde a década de 1920 era um combatente da educação pública. A ideia básica de Anísio era interessar a universidade brasileira e a intelectualidade em integrar a educação no seu campo de estudos, como fazia com a medicina e a engenharia.

Não nos largamos mais. Nos vendo diariamente, discutindo, trabalhando durante anos e anos. Sempre discordando, é certo, porque ambos somos espíritos polêmicos, mas sempre confluindo. Juntos enfrentamos a luta em defesa da escola pública, no curso dos debates no Congresso Nacional sobre a Lei de Diretrizes e Bases da educação nacional.

Foi na campanha por uma lei democrática para a educação e na luta para criar a Universidade de Brasília que comecei a me tornar visível no Brasil como educador. Aquela foi uma luta memorável, em que o melhor da intelectualidade lúcida e progressista se opunha à reação, comprometida com o privatismo, que condena o povo à ignorância. Nos dois campos os líderes mais atuantes eram o Anísio e seus colaboradores, eu inclusive, de um lado, e Carlos Lacerda e dom Hélder Câmara, no campo oposto.

O movimento alargou-se, porém, a todo o país, despertando para a ação política um grande número de intelectuais universitários, que, não encontrando uma via de acesso à militância, se estiolavam numa vida acadêmica esterilizante. Esse é o caso de Florestan Fernandes, admirável sociólogo, que só na luta pela escola pública e gratuita encontrou caminho para voltar ao combate político.

O que se debatia, em essência, era, por um lado, o caráter da educação popular que se devia dar e, por outro lado, como destinar ao ensino popular os escassos recursos públicos disponíveis para a educação. Não nos opusemos jamais à liberdade de ensino no sentido do direito, de quem quer que seja, a criar qualquer tipo de escola a suas expensas, para dar educação do colorido ideológico que deseja. Nos opúnhamos, isso sim, em nome dessa liberdade, a que o privatismo se apropriasse, como se apropriou, dos recursos públicos para subsidiar escolas confessionais ou meramente lucrativas.

Além dessa participação ativa na campanha em defesa da escola pública, cooperei com Anísio, também, no campo de minha especialidade. Principalmente na organização e direção, para o Ministério da Educação, do mais amplo programa de pesquisas sociológicas e antropológicas realizado no Brasil. Seu propósito era proporcionar aos condutores da política educacional brasileira toda a base informativa indispensável sobre a sociedade e a cultura brasileira, bem como sobre o processo de urbanização caótico e de industrialização intensiva a que ela vinha sendo submetida.

Para isso, assumi a direção científica do Centro Brasileiro de Pesquisas Educacionais. Transferi para lá o programa pós-graduado de formação de pesquisadores que mantinha no Museu do Índio e organizei a equipe interna de pesquisadores e um corpo externo de colaboradores, do qual participaram alguns dos principais cientistas sociais brasileiros. Sobre essas bases, levei a cabo um triplo programa de pesquisas que tinha o Brasil como objeto de estudo.

O primeiro desses programas consistiu num conjunto de pesquisas de campo focalizando cidades em seu contexto urbano e rural de doze zonas brasileiras representativas das principais áreas culturais do país. Preparei nos cursos que dava no CBPE e fiz residir, em cada uma daquelas cidades, um cientista social durante um ano. Cada um deles operando como observador participante, à base de um programa comum de pesquisa, que tornaria comparáveis os seus estudos.

O segundo programa, esse de base bibliográfica, consistiu numa série de estudos de síntese sobre temas básicos para a compreensão do Brasil moderno.

O terceiro programa abrangeu diversas pesquisas sociológicas, indispensáveis para o planejamento educacional, focalizando aspectos cruciais dos processos de urbanização e de industrialização.

Planejei e conduzi esses estudos tendo sempre a ideia de redigir um livro de síntese sobre o Brasil com base no material dele resultante.

Entretanto, as tarefas a que fui chamado, depois, à frente da Universidade de Brasília, do Ministério da Educação e, mais tarde, como chefe da Casa Civil da Presidência da República não permitiram que eu fizesse minha parte. Só no exílio retomei essa temática, já com outra visão da ciência antropológica e da realidade brasileira. Não poderia ser a síntese daqueles estudos, mesmo porque, dos 32 programados, apenas catorze foram publicados, e também porque eu queria, então, coisa diferente — entender por que o Brasil teimava em não dar certo.

O convívio diário com Anísio e o fato circunstancial de que tinha me comprometido com Cyro dos Anjos a redigir o capítulo da educação das mensagens presidenciais de JK me deram oportunidade de me inteirar, ano após ano, das questões educacionais e, principalmente, do atraso vergonhoso em que andavam e da necessidade de uma virada séria. Na ocasião, se discutia no Congresso a primeira Lei de Diretrizes e Bases da educação, que me obrigou a me aprofundar nas implicações filosóficas e ideológicas do processo educacional.

Uma das discussões mais vivas, que nos contrapunha à direita, dizia respeito à formação do magistério primário. Eles queriam, em nome da liberdade de ensino, transferir o concurso de ingresso no curso normal do princípio dele para o fim. O que pretendiam com isso era deixar livre quem quisesse criar escolas normais. Aprovada a lei, isso se converteu num negócio que multiplicou geometricamente os cursos normais e, na mesma medida, degradou irreparavelmente a formação do professorado. Nós lutávamos para preservar e melhorar os institutos de educação que existiam em todos os estados e realizavam uma tarefa altamente meritória de formação de professores competentes. Eles queriam fazer das escolas normais, como fizeram, um negócio lucrativo. A Igreja foi nessa conversa, acreditando que assim se livrava de influência comunista sobre o alunado dos institutos de educação.

Carta a Hermes

Volto de sua casa aquecido pelos vinhos da Nenê, só arrefecido por sua frase final: estou a terminar a biografia de Anísio. E eu, que nunca escrevi a página, a simples página, que você pediu? Não sei se pelos vinhos, não sei se pelas lembranças, o certo é que me sinto culpado. Culpado diante de você, culpado diante de Anísio, que são as gentes a que mais quero bem.

Que dizer de mestre Anísio?

Nem mesmo sei se o que mais sei dele são fantasias ou fatos. Por exemplo: aquelas histórias de Roma e de Lourdes. Serão verdadeiras? Segundo a minha versão, Anísio, chegando a Roma pela primeira vez, foi com o papa negro dos jesuítas — ele seria, então, a grande vocação sacerdotal que se oferecia à Companhia — visitar o papa. Anísio o teria encontrado no castelo de Sant'Ângelo vestindo uma sotaina de verão, diante de uma grande janela. Aproxima-se, ajoelha, olha e para. O papa benze sua cabeça e espera. Talvez Anísio reze. Cansado de esperar, o papa pede que ele se levante para falar. Anísio, perplexo, não se move. Está paralisado porque quando levanta os olhos só vê a ceroula do papa, através da sotaina, à luz do janelão. Pregado nos joelhos, Anísio pensa agoniado: ai, meu Deus! É uma tentação demoníaca. O papa, pensando que Anísio está paralisado de unção. Anísio, contrito, sofre a visão chocante. Demoníaca.

Essa história tem antecedentes. Antes de chegar ao papa, Anísio teria ido a Lourdes, em peregrinação. Lá viu as multidões dos estropiados, dos aleijados esperando uma graça da Senhora. Quando chega diante da pia de água benta que toda aquela multidão miserável beijava, lambia, suplicando o milagre, Anísio se convulsiona num sufoco de nojo. Horrorizado com sua própria impiedade, para se martirizar, aperta a boca exatamente onde milhares de bocas porcas se lambuzavam. Teria esfregado a boca ali um tempo enorme, para se macerar, para se obrigar a aceitar a fé como ela é expressa pela gente simples.

Essa história também, talvez, não seja inteiramente verdadeira. Mas é de histórias assim a minha imagem de Anísio.

Esse meu Anísio mitificado como a figura mística do ex-futuro jesuíta que, obedecendo à proibição paterna de ingressar na Companhia, a desobedece fazendo, em segredo, sua preparação sacerdotal, sob assistência pessoal do padre Cabral, enquanto cursava direito. Tudo isso nos anos em que vivia no Rio, como um santo — entre boêmios como você —, numa pensão do Catete. O mesmo Anísio mítico, mas já não místico, que deixa Roma e o catolicismo para ir se encantar com Dewey na Universidade de Columbia, em Nova York, e se fazer a voz brasileira dos ideais de educação para a liberdade. Lavado já de qualquer ranço do reacionarismo católico que impregnara seu espírito.

É extremamente curioso que isso ocorresse justamente naqueles anos 1920, em que surge no Brasil o primeiro grupo de intelectuais que se desgarram do anticlericalismo positivista ou liberal para se fazer católicos militantes. Quando Jackson, Alceu e outros marchavam para a Ação Católica, nosso Anísio — como você — vinha de volta. Quando a inteligência brasileira se descaminha para a direita que a levaria ao integralismo, Anísio, aferrado à democracia norte-americana, caminha para a esquerda. Você também.

Mas quem sabe dessas transas de sua geração é você. Meu papel é reconstituir a figura do Anísio de depois, através de episódios reais diretamente observados por mim. É rememorar o meu amigo Anísio, de uma vivência de anos. O nosso Anísio que você há de reencarnar ou pelo menos encadernar na biografia. Esse sertanejo agreste da nossa Chapada Diamantina; baiano da Bahia do bode, tão posto às fofuras dos baianos do Recôncavo.

Confrontos

Quando saí do SPI para trabalhar com Anísio no Instituto Nacional de Estudos Pedagógicos, imaginava estar deixando um ambiente de tensão insuportável para um posto tranquilo de antropólogo, estudioso da sociedade e da cultura brasileira. Pouco depois percebi meu engano. Tinha entrado no meio da tempestade, na voragem da maior guerra ideológica que o Brasil viveu. Era o enfrentamento da elite intelectual católica contra um homenzinho só, que metia medo neles. Medo tanto mais apavorado porque viam sua luta pela escola pública e gratuita como a comunização das crianças brasileiras. A Igreja, dona delas, que as vinha conformando ao longo dos séculos, sentia-se ameaçada de perdê-las para esse homem que vinha com um projeto totalmente diferente. Dizia ele que o projeto era norte-americano, mas a Igreja desconfiava que fosse russo.

Anísio trazia o ideal de uma escola pública democrática e, como a pensada por Dewey, destinada a abrir uma porta para que o povo brasileiro ingressasse na civilização moderna, fundada numa cultura letrada. Essa escola interromperia o processo de multiplicação que renovava, desde sempre, a população brasileira, mantendo-a igual a si mesma: ignorante e faminta. Mas devotada ao trabalho servil ou livre, sempre temente a Deus, conformada com seu triste destino terrenal. Sabia que a verdadeira vida começa é depois da morte, cantando incansavelmente a glória de Deus. Tinham outras razões contra Anísio. Outro doido saíra de seus quadros, séculos antes, dizendo que a melhor forma de rezar era ler a Bíblia, traduzida por ele para o dialeto alemão que falava. Desde então avança em ondas sobre o mundo, com igrejas convertidas em escolas.

Os seus pastores são gente ingênua que só têm a Bíblia na cabeça. Casados e falando o linguajar do povo, eles contrastam cruamente com os celibatários sacerdotes católicos, bem formados nos seminários. Estes comportam-se como funcionários de Deus, burocratas que não admitem milagre. Os pastores, ao contrário, operam dentro do espírito pentecostal, dizendo que Deus está vivo e acessível e que o Espírito

Santo está solto, milagrando mundo afora. A Igreja não combate os pentecostais como combate os cultos afro-brasileiros e como persegue Anísio. Saído de seus quadros, formado em colégio jesuítico, levado a Roma para a bênção papal, cuidado por longos anos como sua grande promessa depois de Vieira. Inexplicavelmente, Anísio, depois da visita a Roma em que recebe a bênção papal, vai estudar educação nos Estados Unidos. Lá se converte à educação democrática, convencido de que a escola pública é a maior invenção do mundo e a única capaz de integrar o Brasil na civilização vigente.

Dois textos breves de Anísio, *Educação progressiva* e *Educação não é privilégio*, provocaram toneladas de livros e de artigos de contestação em revistas e editoras católicas. Reclamavam em defesa da escola tradicional, que sabidamente não educa ninguém, cheios de temor da escola nova que Anísio liderava à frente de dezenas de educadores de todo o país. Pode parecer absurdo e até inacreditável que a Igreja, tida como a mãe da educação brasileira desde os primeiros dias da implantação dos portugueses em nossas praias, se lançasse tão frenética contra a única alternativa concreta apresentada ao sistema educacional precariíssimo que se tinha e se tem no Brasil.

Essa intencionalidade era a racionalidade católica, que correspondia ao risco de perda pela Igreja do poder do Estado na educação. Durante todo o Estado Novo, a educação esteve a cargo, primeiro, de Chico Campos, flor da intelectualidade mais caturra de Minas Gerais, e, depois, de outro mineiro, Gustavo Capanema, luminoso como ministro da Cultura, mas terrivelmente atrasado e reacionário como ministro da Educação.

Anísio era baiano da Bahia do Bode, do sertão seco. Baixinho, seco de carnes, atento, olhos acesos, vivíssimos, mas alegre e sorridente. Não tinha nada da tristeza que tantos intelectuais atam na cara assim que começam a manifestar-se. Nasceu de gente antiga, dona de latifúndios imensos nas terras pobres e secas, em que só se podia criar uma gadaria chifruda e mofina. Foi educado pelos jesuítas, que logo se encantaram com sua inteligência clara, aguda. Faziam tudo que podiam para retê-lo na Companhia. Até um padre sábio foi destacado para acompanhá-lo enquanto estudava direito, com o objetivo de orientá-lo.

Tais eram sua contrição e espiritualidade que espantavam seus colegas, entre eles Hermes Lima, outro baiano do sertão. Dizia-se até que Anísio se flagelava por amor a Deus no quarto da pensão. O certo é que até ali Anísio se destacava de todos como uma máquina de pensar. Recém-formado, quis ser jesuíta. Só não o foi porque os pais pediram que, em vez disso, assumisse a Secretaria de Instrução Pública da Bahia, que era o melhor para ele. Perder essa flor preciosa de seu jardim doeu muito aos inacianos. Mais ainda doeu ver aquela inteligência superior apaixonar-se pela educação do povo, aderir ao democratismo educacional norte-americano, que para eles era indistinguível do comunismo.

A guerra contra Anísio foi comandada por Alceu Amoroso Lima e San Tiago Dantas, os de então. Um e outro parafascistas que mantiveram, por décadas, entre outras mentiras, a do ensino de latim no ginásio e os professores que não sabiam latim. Isso só acabou quando eu, como ministro da Educação, declarei o latim disciplina optativa. Eles liquidaram com a única universidade autêntica que o Brasil teve, a Universidade do Distrito Federal, substituída por San Tiago Dantas pela faculdade de filosofia, de orientação fascista.

A primeira guerra contra Anísio foi ganha como rebarba da onda reacionária que se seguiu à Intentona Comunista de 1935, ao golpe de 1937 e à consolidação do Estado Novo. Mas com a volta da democracia, em 1945, volta Anísio, como diretor do Inep, órgão de pensamento e de pesquisa do Ministério da Educação.

Em 1957, a onda reacionária levanta-se outra vez, liderada por um conjunto de bispos que exige de JK a cabeça de Anísio. Começaram vencendo. O ministro da Educação, Clóvis Salgado, chamou Anísio e pediu o cargo. Ele aceitou imediatamente e foi para a Capes. Eu, ao saber do incidente, fui procurá-lo no ministério. Lá encontrei o vice-diretor do Inep sentado na cadeira de Anísio. Ele se recusou a levantar-se dizendo que o ministro o tinha chamado e convidado para o cargo e ele havia aceitado. Fui encontrar com Anísio, que tinha a mesma ideia. "É um cargo de confiança. O ministro dá. O ministro tira. Já saí."

Eu insisti que não podia pedir demissão, tinha que ser demitido, porque o cargo era um posto-chave para a intelectualidade brasileira, que não podia curvar-se diante de exigências de bispos católicos. Anísio foi para casa, eu fiquei com Fernando Tude de Sousa, diretor da Rádio MEC, amigo antigo de Anísio. Ditei a ele um artigo, único que alguém fez para Anísio — que publicamos no dia seguinte, no *Correio da Manhã* —, expondo brevemente o conflito que se abrira e desdobrando-se numa exposição daquilo que Anísio apoiava e daquilo que ele combatia.

> Sou contra:
> a educação elitista e antipopular;
> o analfabetismo da maioria dos brasileiros;
> a evasão e a repetência na escola;
> a falta de consciência dessa calamidade;
> o caráter enciclopédico e ostentatório do nosso ensino;
> o funil que só deixa cinco por mil dos alunos chegarem à universidade;
> o esvaziamento do ensino superior;
> a multiplicação das escolas privadas e ruins.
>
> Sou a favor:
> de uma escola primária popular e séria;
> da educação média formadora do povo brasileiro;
> do uso dos recursos públicos nas escolas públicas;
> da educação para o desenvolvimento econômico e social;
> da educação fundada na consciência lúcida.

O artigo foi republicado no dia seguinte por numerosos jornais de todo o país. Saíram em seguida dezenas de editoriais apoiando Anísio, atacando a intolerância de JK e sua subserviência aos bispos. Era um movimento nacional de repulsa à intolerância e de defesa da escola pública. Deu certo. JK chamou Anísio e pediu que voltasse ao Inep. Vencemos!

Ao fim da crise, fui feito vice-diretor do Inep, me transformei em educador. Carlos Lacerda rubricou na *Tribuna da Imprensa* vários artigos contra mim, dizendo que eu era um mero doutor de índios, que não entendia nada de educação. Nessa época ele recuperou o acesso à televisão que lhe fora proibido e publicou vários editoriais me desafiando a um debate com ele. Demorei a contestar. Ele insistia mais no desafio. Afinal, quando aceitei e pedi que Lacerda marcasse televisão e hora, ele fugiu da raia, mandando que eu debatesse com Sandra Cavalcanti. Não aceitei. Fui à televisão e deblaterei uma hora contra Lacerda, representado numa cadeira vazia que puseram ali para dramatizar sua ausência. Continuei dirigindo o Departamento de Pesquisas do CBPE, onde tinha em execução os mais modernos e ambiciosos programas de pesquisas socioculturais realizados no Brasil.

Tudo marchou bem e com o maior entusiasmo. Foi um tempo quente de reuniões de intelectuais e cientistas no CBPE para discutir não só a LDB, mas a Universidade de Brasília. Fazia tudo isso dizendo que não gostava, para reclamar saudades da paz das aldeias indígenas. Era mentira.

Esses fatos ocorriam quando meu amigo Hermes Lima foi feito primeiro-ministro. Um de seus primeiros atos foi convidar-me para o cargo de ministro da Educação. Disse a Hermes que a posição cabia era a Anísio, velho amigo dele também. Claro que ele quisera dar o posto a Anísio, mas a animosidade contra o mestre era ainda tão pesada que nem no governo progressista de Jango se admitia fazê-lo ministro. Assim é que fui ministro no lugar de Anísio, carregando para o ministério suas ideias.

A execução da Lei de Diretrizes e Bases se deu quando eu era ministro da Educação. Melhorei um pouco a lei através de vetos, mas no fundamental continuou conservadora e ruim. Pudemos, entretanto, dar passos à frente, criando o Conselho Nacional de Educação, instituindo os fundos de investimento — um para o ensino primário, outro para o médio e o terceiro para o superior — e aprovando o primeiro Programa Nacional de Educação.

Criação da Universidade de Brasília

Importantíssima para mim foi a eleição de JK para a Presidência e seu projeto de edificar a nova capital, Brasília. Inicialmente fiquei contra, porque, conhecendo bem a região, me irritava que falassem em toda a imprensa e em toda parte que ela ia ser construída na selva, em terras de selvagens. Acabei dando uma entrevista à TV Tupi, que foi repetida, tal seu êxito, dizendo que não era selva nenhuma, que aquilo era o cerrado, a caatinga goiana, que a cidade seria construída na macega. Lembrei de um projeto muito melhor do que construir a nova capital. Seria retomar os planos de um século atrás de Couto de Magalhães, que queria fazer um canal ligando o sistema Tocantins-Araguaia ao sistema Rio Grande-Paraná.

Com trezentos quilômetros de canal se poderia criar uma nova costa brasileira. Uma linha navegável que iria de Belém do Pará até Buenos Aires. Ali se poderia instalar um novo sistema de propriedade, com no máximo cem hectares, que permitiria localizar as populações expulsas pelo latifúndio e renovar toda a agricultura brasileira, assegurando a fartura alimentar à cidade. O projeto teve repercussão, tanta que Juscelino mandou chamar-me. Eu tinha já contatos com ele através da política de Minas e da minha família. Mas o fato de mostrar que eu tinha dentes me valorizou aos olhos de JK. O certo é que aderi logo a seu governo. Sobretudo quando foi feito o concurso e se divulgou o plano de Lúcio Costa, que, comprando o papel por 14 mil-réis, nele desenhou a cidade que ele tinha na cabeça, a cidade inventada, a cidade mais prodigiosa do mundo, e fez dela um memorial descritivo que é um dos textos mais importantes do Brasil. Tão importante como a carta de Pero Vaz de Caminha, como a *Carta-testamento* de Getúlio Vargas. Mais ainda aumentou meu ânimo quando se viu que Oscar Niemeyer é que seria o arquiteto-chefe e que se mudaria para Brasília para, sobre o terreno, projetar os palácios, os apartamentos, as casas, toda uma cidade. Confesso que tenho certo tropismo pelo poder, que, além do Lúcio e do Oscar, me empurrou para a adesão.

Pouco tempo depois, eu estava viajando num avião de JK para conhecer Brasília, que era então — isso foi em 1956 — um conjunto de máquinas arando o cerrado e levantando colunas imensas de poeira. Era enorme a quantidade de engenheiros com os chapeuzinhos de coco deles, dirigindo candangos vindos de todo o Brasil para plantar no chão a cidade inventada por Lúcio. Por essa rota transversa abri a picada que depois, convertida em caminho, possibilitaria a criação da Universidade de Brasília.

Foi também no CBPE que armei todo o processo de planejamento e criação da Universidade de Brasília. Lá realizei várias reuniões com a cúpula da Sociedade Brasileira para o Progresso da Ciência (SBPC) e com os principais intelectuais brasileiros, para examinarmos as linhas que se abriam para a criação de uma universidade que não repetisse o modelo existente, mas que inovasse o ensino superior brasileiro. Eu dizia que até então só se tinham feito universidades-fruto, inspiradas nos velhos modelos. Cumpri, dali em diante, uma universidade-semente.

Daquelas reuniões e daqueles debates foi emergindo um projeto novo que eu compendiei e divulguei. Primeiro, na forma da crítica mais severa que se fez no Brasil das universidades existentes, o que provocou reuniões dos reitores das universidades de todo o Brasil para discutir as suas deficiências. Compus, depois, a proposição de uma universidade de tipo novo, articulada de forma diferente, como deveria ser a universidade da capital da República.

Nessa época, eu andava muito próximo da Casa Civil, da Presidência, do Catete, porque o chefe da Casa Civil era Victor Nunes Leal, meu colega da faculdade, e um dos principais subchefes era Cyro dos Anjos, meu conterrâneo e amigo. Ambos deram apoio explícito ao projeto de criação de uma universidade em Brasília. Havia também uma oposição cerrada, principalmente de Israel Pinheiro, que queria livrar a nova capital do flagelo que representariam fábricas com operários fazendo greves e universidades com estudantes fazendo baderna. Essa oposição chegou ao ponto de Israel nos conceder para o *campus* da universidade um terreno de 5 mil hectares a sessenta quilômetros de distância. Quer dizer, bem longe da cidade. Eu o aceitei para servir de base ao nosso futuro centro de estudos de tecnologia do cerrado, mas continuei lutando para conquistar toda a faixa abaixo da Asa Norte, entre a parte urbana e o lago, para a universidade.

Nesse tempo de pensar e criar a Universidade de Brasília, tive um dos encontros mais belos de minha vida. Cecília Meireles, a poetisa, me convidou para ir a sua casa. Fui. Ela me recebeu vestida num sári indiano de um azul muito azul, debruado de ouro. Falou-me longamente de sua viagem à Índia e de suas conversações com Tagore. Lá ficamos horas. Eu, olhando seus imensos olhos claros, pousados sobre suas românticas olheiras. Mais ainda, ouvindo sua voz espessa.

Entramos afinal no assunto, que era a Universidade de Brasília. Contei a ela todas as lutas que vinha travando e descrevi minha universidade de utopia. A certa altura, Cecília tomou a palavra e passou a falar, emocionada, de suas experiências em 1935, ao ajudar Anísio a criar a Universidade do Distrito Federal. Ouvi ali detalhes daquelas lutas e daquelas esperanças, tão semelhantes às que eu estava travando então. Cecília encheu meu peito de ânimo. Inclusive um ânimo novo, de compreender sua visão laicista como a ideologia da escola pública, quebrada pela Igreja reacionária de então. Percebi o impacto doloroso que representou para todo o grupo de pioneiros da educação o decreto que instituía o ensino religioso nas escolas.

Minha postura nessa matéria era totalmente diferente. Correspondia a tempos novos, em que o laicismo já não era a doutrina fundamental, nem a Igreja tão cavernária como fora. Entretanto, essas posições ainda faziam saltar faíscas. Foi o que ocorreu quando obtive o apoio de João XXIII para a Universidade de Brasília, ao preço de criar um Instituto de Teologia Católica, entregue aos dominicanos. Leite Lopes, grande físico e querido amigo, saiu de pedras na mão contra mim, em artigos de jornal, dizendo que eu não tinha o direito de negociar com o papa em nome da comunidade acadêmica brasileira, que estava "saudando com chapéu alheio". Ele achava horrível criar o tal instituto. Tanto quanto a ditadura militar, que até tocou fogo no prédio que se estava edificando.

Quando a ditadura militar se lançou com toda a fúria contra a universidade, tentando de todos os modos destruí-la, a primeira coisa que atacaram foi o Instituto de Teologia Católica, que viam como a união dos católicos com os comunistas. Frei Mateus tinha conseguido dinheiro dos alemães para construir os prédios projetados por Oscar Niemeyer para o instituto. Tocaram fogo na obra de uma igreja prodigiosa que Oscar tinha desenhado, em que havia a possibilidade de uma cocelebração da missa por sessenta padres, o que seria um espetáculo lindíssimo. Mas lá ficou o outro edifício do instituto, com sessenta cubículos para os sacerdotes que estivessem fazendo o doutorado em teologia. Embaixo ficariam a biblioteca, as salas de aula, a sala de debates. Esse conjunto foi transferido pela universidade à prefeitura para colocar lá um suposto instituto de artes ou uma outra bobagem qualquer.

Afora esse desentendimento, o projeto da UnB empolgou a intelectualidade brasileira, a comunidade científica principalmente. Os principais cientistas aceitaram postos de coordenadores dos departamentos básicos da universidade. Eu argumentava sem descanso que Brasília, para funcionar bem como capital do país, necessitava ter uma assessoria autônoma, independente, cobrindo todos os campos do saber, que só uma universidade pública poderia dar. Essa universidade deveria, simultaneamente, dar ao Brasil o domínio, em nível doutoral, de todas as ciências e das principais tecnologias. Esses eram os propósitos fundamentais da UnB, cuja tarefa seria diagnosticar criteriosamente os problemas brasileiros e procurar soluções concretas para eles.

O projeto marchava bem e eu trabalhava autorizado por um decreto presidencial quando ocorreu um acidente grave. JK foi procurado por dom Hélder, que comunicou a ele o desejo da Companhia de Jesus de criar uma universidade católica em Brasília, dizendo que a principal universidade de Washington era católica. Juscelino me chamou, contou o caso e comentou que entre os dois projetos lavava as mãos. Conhecendo como conhecia meu conterrâneo, eu sabia que ele não lavava coisa nenhuma. Já tinha é passado para o lado de lá. Vivi uma semana de desespero, até que tive, como ocorre às vezes, o tal estalo dos desenganados. Lembrei-me dos "cães de Deus", os dominicanos, tradicionais opositores dos jesuítas. Fui procurá-los.

Visitei a sede da ordem em São Paulo e conversei longamente com o geral, frei Mateus Rocha. Propus a ele uma concordata que seria a primeira de uma universidade pública, depois da Revolução Francesa, para admitir em seu seio um instituto de teologia católica. Assim fazia porque teologia é por natureza tão sectária que se torna impossível fazer uma teologia geral. Já de partida, eu propunha um instituto de teologia católica. Argumentava que o Brasil tinha oito universidades católicas, quatro delas pontifícias, que só formavam farmacêuticos, dentistas, advogados e outros. Nenhuma dava doutorado em teologia, o que eu propunha ministrar. O frei, encantado com a ideia, pediu uns dias para pensar.

Depois disse que concordava e que achava a ideia boa. Nosso acordo foi que a ordem dominicana criaria o Instituto de Teologia Católica. Partiu para Roma, para conversar com o geral da ordem e, talvez, com a sua santidade o papa João XXIII. Um mês mais tarde, tive notícia de que tudo ia bem, mas o frei continuava na Europa e só depois de mais de um mês voltou ao Brasil. Foi procurar-me em minha casa no Rio e disse que estava tudo bem, que não haveria universidade católica em Brasília, que o terreno estava livre para nós. Eu perguntei: "Cadê o documento papal? O senhor tem uma carta dele?".

Frei Mateus me disse: "Sua santidade não escreve carta para ninguém. Neste momento, toda a Igreja sabe que não haverá universidade católica em Brasília. Sabe também que haverá um Instituto de Teologia Católica, a cargo da ordem dominicana".

Ganhamos assim a batalha.

JK ficou pasmo quando lhe dei a notícia da decisão do papa. Quis duvidar, mas não havia como. Voltou a aprovar meu projeto, mas tomou seus cuidados. Criou uma comissão presidida pelo ministro da Educação, integrada por Pedro Calmon, reitor havia dezoito anos da Universidade do Brasil, e por outros figurões. Naturalmente, eu estava na comissão e pude impedir que tocassem no projeto. Tal como estava, foi mandado para o Congresso com uma mensagem presidencial, no dia da inauguração de Brasília.

Eu fiz desde então dezenas de viagens à nova capital, com passagens dadas pelo CBPE e hospedando-me na casa de Cyro e Lenita. Assim foi até a eleição do Jânio, seu breve governo e depois dele. Tive com Jânio alguns encontros memoráveis. O primeiro graças a Anísio, a quem Jânio havia incumbido de fazer um programa educacional para o Brasil, que passaria a ser sua meta fundamental a partir do ano seguinte. Jânio gostou tanto do plano e ouviu Anísio falar tanto de mim que no dia seguinte me marcou uma entrevista. Lá fui para a sala de espera que conhecia bem, olhando para uma porta em que vira JK entrar e sair várias vezes. Inovada, porque em cima dela Jânio fez colocar duas lâmpadas: uma verde e uma vermelha, com sentidos óbvios de que se podia entrar ou a entrada estava proibida. A certo momento, o funcionário da porta me fez entrar. Já dali vi Jânio à distância, na sua mesa, e ouvi que ele se levantava e dizia: "D a r c y R i b e i r o! Meu amigo!".

Em seguida, à medida que eu andava, ele disse outra vez, mais alto, a mesma frase. Depois, já perto dele, voltou a repetir a mesma exclamação e me deu um grande abraço. Fiquei sem saber o que fazer. Conhecia aquela sala, já havia tratado ali com outro presidente. Achava um exagero proceder assim. Mas assim foi. Perto da mesa estava um retrato de Thomas Jefferson e outro que eu penso que seja do Hiroíto, mas não sei, é inverossímil demais. Conversamos longamente sobre o programa de educação, e Jânio voltou a reiterar que seria a partir de 1965 seu programa básico. Mas que devíamos manter isso em reserva. Foi um bom encontro.

O segundo encontro com Jânio foi mais espetacular. Eu havia sido procurado no Rio de Janeiro por Cameron Townsend, um norte-americano que eu conhecia bem, porque tratara muitas vezes comigo. Ele foi o criador do Instituto Linguístico de Verão, que formou alguns milhares de linguistas missionários que se espalham pelo mundo inteiro, inclusive na Sibéria soviética. No Brasil, graças a meu apoio, tem mais de cem.

A ideia básica de tio Cam é que Deus, meio sem juízo, da primeira vez pôs seu ovo num povinho de merda, que eram os judeus, quando podia tê-lo colocado entre os romanos, como imperador. O próximo Cristo, onde é que ele vai pôr? Não é impossível que seja entre os Xavante ou os Kayapó. Vai ser o diabo para que aquele novo Cristo retome a herança do anterior a fim de cumprir sua missão. Daí que a tarefa do Instituto Linguístico de Verão seja traduzir a santa Bíblia em todas as línguas do mundo, para que, onde quer que caia o Messias, ele possa se informar de todas as coisas sagradas. É uma ideia vendável, porque não há milionário religioso que resista à cantada de financiar a tradução da Bíblia, ainda que parcial, em uma nova língua. Assim é que o instituto vive com certa folga e realiza seu trabalho com um número de linguistas como nunca houve no mundo.

Eu me interessei pelo instituto porque, tendo convivido muito com os índios, sofria vendo que muitos povos estão ameaçados de desaparecimento e quase nenhum tem sido bem estudado linguisticamente ou tem sua língua bem escrita. Facilitei o ingresso do instituto no Brasil, a fim de que realizassem seu trabalho. A primeira linguista que veio, eu a mandei para salvar a língua dos Ofaié, um grupo de dez índios que iria desaparecer em breve. Ela conseguiu um dicionário de 5 mil palavras e algumas horas de texto. A língua Ofaié está salva. Depois, pedi ao instituto que fosse aos Guató, e assim fui determinando os povos que eles deviam estudar. Em cada caso, um missionário com mulher e filhos ia viver de três a cinco anos com os índios, para aprender sua língua e registrá-la. Seu objetivo era tornar factível a tradução da Bíblia. Meu objetivo era salvar para os linguistas do futuro, que provavelmente saberão estudá-las, as línguas como cristalizações do espírito humano, para aprendermos mais sobre os homens.

As esquerdas, em sua estupidez habitual, acham que os missionários são agentes da CIA. Bobagem. Se um espião tivesse que viver na selva com sua família por anos, junto a grupos indígenas, a CIA não recrutaria ninguém. Outros dizem que é para aprender dos índios onde há poços de petróleo e minérios. Também bobagem. Eles lá estão para preparar a chegada do novo Cristo. Essa é a verdade, meio inverossímil, mas verdadeiríssima. E, do meu ponto de vista, lá estão para descrever línguas que de outro modo desapareceriam sem deixar nenhum registro. Nós ainda não sabemos nem como se fala nem como se aprende a falar.

Mal sabemos estudar as línguas. No futuro, a ciência aprenderá a estudá-las, e nós temos muitíssimas. Só no Brasil, somam mais de mil as línguas indígenas ininteligíveis umas das outras, divididas em centenas de famílias linguísticas diferentes, em cerca de 25 troncos. Um tronco equivale ao indo-europeu, que inclui o português, o alemão e o russo. Evidentemente, ter 25 troncos e mais umas vinte línguas alógenas, que não se pode classificar, é uma coisa formidável como patrimônio cultural.

O que tio Cam queria de mim é que o levasse a ver Jânio. Estava encantado com as notícias que tinha dele e achava que ele podia ser um grande aliado. Queria convidar Jânio para ir a Los Angeles batizar um aviãozinho que ele havia conseguido para seus linguistas. Disse a ele que era bobagem, que o presidente do Brasil não iria inaugurar um aviãozinho, que Jânio era meio inesperado e que eu desaconselhava. Mas ele insistiu. Disse que tivera umas inspirações, sei lá se divinas, que o obrigavam a fazer isso.

Fui conversar com José Aparecido e ditei uma carta para Jânio, explicando o que era. Disse quem era o tio Cam. Contei que era muito amigo de Cárdenas, o célebre presidente do México. Quando os mexicanos desapropriaram os poços de petróleo, ele escreveu artigos explicando aos norte-americanos que os mexicanos tinham suas razões. A mesma coisa ocorreu quando Kennedy se preparava para invadir Cuba. Ele mandou um telegrama para o *New York Times*, dirigido a Kennedy, a quem tratava com aquele tom bíblico, dizendo: "[...] se tua consciência manda que invadas Cuba, a minha manda que te diga que, antes, declares sem valor as ações de empresas norte-americanas. Senão, todos os latino-americanos vão pensar que essa é uma nova operação pirata de espoliação".

Aconteceu o imprevisto. Jânio concordou em recebê-lo no dia seguinte e lá fui eu para a sala de espera. Vi tio Cam entrar e fiquei esperando. Passaram-se cinco minutos, depois dez, quinze, 45 minutos. Ele lá conversando com Jânio. Afinal saiu com os braços abertos, alegre, rindo para mim e gritando já da porta: "Ele vai, ele vai!".

"Esse doido presidente vai inaugurar uma avioneta?", eu me perguntei. Tentei saber através do Cam, puxando conversa para saber o que havia ocorrido. Cameron Townsend me disse que Jânio não havia aceitado o convite para a visita oficial aos Estados Unidos, mas aceitara o convite dele. Iria aos Estados Unidos para o programa proposto por tio Cam para batizar a avioneta. Só tinha um pedido a fazer, que Cameron podia atender. Jânio queria um programa de televisão em que pudesse falar à América do Norte como é difícil ser presidente na América Latina, em função da atitude do governo norte-americano para conosco. Quer dizer, Jânio queria fazer essa coisa genial que era passar um pito nos norte-americanos lá na casa deles, com toda a sua eloquência, tropeçando no seu inglês. Teria dado um recado muito bom, penso eu. Mas me pergunto: que outro homem faria isso? Quem seria tão histriônico que aceitasse convite de um grupo religioso para falar das dificuldades de convívio das colônias com a metrópole?

Perdi muito com a renúncia do Jânio. Sobretudo a possibilidade de um programa prioritário de educação, que gostaria muito de ter feito. Perdi também o espetáculo de ver Jânio falar aos norte-americanos, o que é também muito admirável. Mas ganhei muito mais. Estava em Brasília, no palácio, falando com o José Aparecido, quando senti o ambiente ruim que se formava ali. Eu não entendia por quê. Afinal, José Aparecido, sem me contar o que sucedia, disse: "Vá para o Congresso. A coisa está acontecendo é lá! Lá é que você pode entender alguma coisa".

Fui para o Congresso. Lá me inteirei da carta de renúncia que Jânio tinha mandado e da reação do Congresso, que considerara aquilo um ato unilateral que não tinha que ser julgado, mas que se deveria tomar conhecimento e declarar a Presidência vacante para mandar o Mazzilli tomar posse, até que se decidisse a sucessão. Sabendo disso, subi e fui até atrás da mesa diretora da Câmara dos Deputados. Lá estava, na função de presidente, Sérgio Magalhães. Eu me acerquei dele e disse: "É hora de colocar em votação o projeto da Universidade de Brasília, que é o número 18 da ordem do dia".

Ele respondeu: "Você está louco, Darcy? E lá é hora de tratar disso?".

"Só eu tenho juízo aqui! É nossa hora", respondi.

Sérgio percebeu imediatamente a profundidade da jogada e me disse: "Vá lá embaixo, fale com algum líder. Lá está Josué de Castro. Faça ele pedir urgência".

Desci e ainda estava falando com Josué, que custou a entender o que eu acertara com a presidência, quando Sérgio Magalhães disse lá de cima da mesa: "Coloco em votação o requerimento de urgência do líder Josué de Castro. Aprovado. Coloco em discussão o projeto de criação da Universidade de Brasília. Leia o projeto", disse ao secretário.

Os deputados ficaram boquiabertos por um minuto, que foi o tempo que levaram — porque político é muito sabido — para entender que o propósito era mostrar que o Congresso estava funcionando, que o Congresso existia. Sem o perigo de sair de lá sem saber se voltariam, porque não havia nenhuma segurança de como os militares iriam se comportar.

Seguiu-se a discussão e o projeto foi aprovado por grande maioria. Só os udenistas votaram contra. Só falou contra um velho gaúcho, Raul Pilla, reclamando contra a pressa com que se queria criar essa universidade: "Se nossos pais mandavam os seus filhos para estudar em Coimbra, por que não podemos continuar mandando nossos filhos estudar nas velhas capitais, nas universidades que lá já existem? Por que criar essa universidade de afogadilho?".

O pai de ninguém tinha mandado ninguém estudar em Coimbra. A coisa não foi levada a sério. O projeto foi aprovado.

Quando voltei ao Rio, alegre de não me conter, e contei aos meus amigos a minha façanha, eles ficaram irritadíssimos comigo. Para eles era hora de ficar em posição de sentido, como patriota, para apoiar Leonel Brizola, que estava forçando os militares a aceitar Jango como presidente da República. Eu tentava me explicar, mas eles mais se irritavam. Falaram da operação mosquito, a aeronave que queria derrubar o avião do presidente. Eu fui me interessando por aquilo também, como patriota que sou, mas minha alegria era incontida.

Outro episódio relativo à criação da Universidade de Brasília se deu no Senado. Eu encontrava enorme dificuldade de falar com os senadores e de convencê-los a aprovar o projeto da Câmara. Todos desconversavam. Um dia procurei Hermes Lima e falei a ele de minha dificuldade: "Eu tenho a solução, Darcy. Mas com certeza você não vai aceitá-la".

"Ora, Hermes, por que não vou aceitá-la? Faço qualquer coisa. Quero é criar a Universidade de Brasília."

"Quem pode criá-la é Filinto Müller. Você topa ir lá falar com ele?"

"Que é isso, Hermes? Falar com Filinto Müller? Somos de dois extremos, como é que vou falar com ele?"

"Eu disse que você não aceitaria."

Pensei bem e me decidi. Fui procurar Filinto Müller e pedi o apoio dele. Filinto me recebeu muito cordialmente. Era um homem gentil e me convidou para tomar um chá na casa dele no dia seguinte, dizendo que os bolos que a mulher fazia eram muito estupendos. Lá fui eu. Continuei falando da Universidade de Brasília, Filinto ouvindo e a mulher dele servindo os bolos. Elogiei o bolo, tudo foi bem. Ao fim, Filinto me disse: "Professor, o problema já não é seu. É meu. Aquiete-se no Rio, eu o comunicarei quando for da votação".

Mas ainda assim voltei umas vezes para falar com ele, que me repetia: "Eu saberei o momento oportuno e avisarei o senhor".

Efetivamente avisou. Nesse dia eu estava lá numa cadeirinha, em um lado do plenário do Senado. O projeto foi posto em discussão, alguns senadores falaram, mas sobretudo um senador gaúcho, Mem de Sá, que fez um discurso sacana dizendo aos senadores:

> Todos sabemos que o Darcy Ribeiro é um homem muito inteligente, muito competente. Todos sabemos também que o professor Darcy Ribeiro é um homem coerente com suas ideias. Não as desmentiria. Todos sabemos, por igual, que o professor Darcy Ribeiro é comunista professo. Devemos concluir, portanto, que não há como entregar a ele a tarefa de organizar uma universidade na capital da República porque ele, por inteligência e por coerência, fará uma universidade comunista. Assim, o Senado deve votar contra esse projeto.

Olhei para Filinto, que nem me olhou, não deu bola. Foram à votação e ganhamos por imensa maioria. Estava criada a universidade na lei. Tratava-se, agora, de conseguir de Jango, já então presidente, que pusesse a lei em execução. Eu tinha então um outro problema, que era conversar no Rio com Anísio. Outra vez se apresentava a situação em que eu tomava a frente de Anísio, o que me constrangia. Eu o chamei à minha casa e disse a ele francamente: "Anísio, o cargo de reitor é seu, mas você tem que ir para Brasília. Essa universidade não pode ser criada por interposta pessoa. Em Brasília todos são ressentidos porque estão lá. Não vão atender ninguém que não esteja lá também. Então, é evidente que cabe a você ir para Brasília. Eu, que sou vice-presidente do Inep, ficarei cuidando dele, e darei todo o apoio a você como vice-reitor. Mas não é possível eu ser o vice-reitor lá, fazendo a universidade, e você criar a universidade daqui. Isso não vai pegar".

Experimentei outra vez a grandeza de Anísio. Ele me disse que eu estava trocando as bolas. Ele seria o vice-reitor e eu seria o reitor da Universidade de Brasília. Tratei com Hermes Lima e com Jango e fui feito reitor da UnB, função que passou a ocupar todos os meus dias e meses seguintes. Interrompeu-se brevemente, e eu passei o cargo a Anísio, quando fui feito ministro da Educação. Voltei depois à universidade, mas lá fiquei pouco tempo, porque fui chamado para o cargo de chefe da Casa Civil do governo João Goulart.

Anísio foi nomeado reitor, e ficou como vice-reitor frei Mateus Rocha, o que causava um certo espanto nos professores, até que conhecessem aquela figura inteligente, competente e encantadora que ele era.

A UnB foi entregue primeiro a Zeferino Vaz, que havia criado uma importante escola de medicina em São Paulo. Ele horrorizou-se tanto com a odiosidade da ditadura que abandonou o cargo. Foi para São Paulo, onde conseguiu, de Adhemar de Barros, recursos para criar uma UnB paulista: a Unicamp [Universidade Estadual de Campinas].

Depois de outras escolhas, a UnB foi entregue ao aio da família Mesquita. Ou seja, àquele que dirigia os estudos dos meninos: Laerte Ramos de Carvalho. A partir de tal poder, ele passou a ser um mandachuva da Universidade de São Paulo e afinal foi reitorar a Universidade de Brasília. Prestou-se ao feio papel de atender ao SNI [Serviço Nacional de Informações], processando dezessete professores e instrutores como comunistas e determinando sua expulsão da universidade. Dos 280 professores que eu havia levado para Brasília, 240 revoltaram-se e saíram. Foi a diáspora mais feia que o Brasil viu. Foi o ato mais terrível contra a universidade. Antes, a polícia já havia prendido dezenas de professores numa delegacia e os colocado nus, a noite inteira, num pátio, o que é uma coisa ruim demais de lembrar. Aqueles professores, ao irem para Brasília, receberam de mim apartamentos mobiliados e ajuda de custo. Voltavam agora com uma mão na frente e outra atrás, sem nada, para procurar um emprego em qualquer lugar, porque o que não podiam era, com dignidade, compactuar com uma universidade violentada como era aquela.

A UNIVERSIDADE BRASILEIRA

NOS FINS DOS ANOS 1950, O PROJETO DA UNIVERSIDADE DE BRASÍLIA empolgou toda a intelectualidade brasileira. Desencadeou-se no Brasil inteiro uma verdadeira campanha pela reforma universitária, no curso da qual todos foram se dando conta dos graves problemas que atravessava a universidade brasileira, incapaz de superá-los se continuasse nos mesmos trilhos.

Esse foi o alcance maior do projeto da UnB. Antes de começar a viver sua breve vida, e mesmo depois de ter sido estrangulada pela ditadura, ela ativou e ainda ativa, atuou e ainda atua como uma enorme força inovadora da universidade brasileira. Isso porque proporcionou a nossos universitários dois elementos fundamentais. Primeiro, a mais severa crítica da precariedade das nossas instituições de ensino superior. Segundo, uma proposição utópica de universidade que passou a ser a tábua de contraste com que se media a mediocridade da universidade existente.

Toda a história da educação superior no Brasil, aliás, se caracteriza pela tacanhez. Começa com os portugueses, que nunca permitiram que se abrissem cursos superiores na sua colônia, ao contrário dos espanhóis, que criaram dezenas de universidades na América a partir de 1535.

O Brasil veio a conhecer seu primeiro curso de nível superior depois da transferência forçada da corte para a colônia americana. Tais cursos, porém, não tinham caráter propriamente acadêmico, uma vez que correspondiam, antes, a preocupações de ordem militar. Um deles se destinava a formar oficiais da Marinha; outro, oficiais do Exército. Os dois encarregados da preparação de engenheiros e de cirurgiões militares. Só depois de formalizada a Independência foram dados passos para a criação de dois cursos de direito, um em São Paulo, outro em Olinda.

Quando se proclamou a República, contávamos apenas com as escolas de medicina do Rio de Janeiro (1808) e da Bahia (1808); as escolas de direito de São Paulo e do Recife (1854); a Politécnica do Rio de Janeiro (1871) e a de Minas, de Ouro Preto (1875). Em todas elas, apenas 2.290

jovens estudavam advocacia, medicina e engenharia, que eram as únicas carreiras oferecidas.

Durante todo o século XIX, as autoridades brasileiras se recusaram a aglutinar as escolas superiores do país em universidades. Agora, por uma razão acadêmica, que era o acatamento à orientação francesista, que desde Napoleão se opunha à criação de universidades, negando a conveniência de submeter as grandes escolas profissionais a uma cúpula autônoma de coordenação. Aqui também pesava a influência positivista, que se opôs sempre, tenazmente, à criação de uma universidade. Na França, porém, se contava com a École Normale Supérieure e outras instituições dedicadas ao cultivo e ao ensino dos ramos não profissionais do saber, enquanto aqui não tínhamos nenhuma.

Naquele mesmo diagnóstico crítico da universidade brasileira tradicional, assinalo como características distintivas:

- seu caráter de federação de escolas profissionais autárquicas e estanques, desprovidas de qualquer órgão integrativo que lhes permitisse comunicar-se, interagir e cooperar;
- sua estrutura profissionalista e unitarista, que, fazendo corresponder a cada carreira uma escola, restringia ao mínimo as modalidades de formação oferecidas; submetia o saber fundamental ao saber aplicado, infecundando a ambos; duplicava e disfarçava seu atraso pela imposição de currículos repletos de matérias dispensáveis e de planos de estudo de caráter ridiculamente enciclopédico;
- sua ambiguidade essencial de uma universidade colonizada e alienada, que, sendo por um lado dependente de matrizes estrangeiras e propensa ao mimetismo cultural, era por outro lado inautêntica por sua infidelidade aos padrões internacionais de cultivo e difusão do saber, além de irresponsável na concessão de títulos e graus acadêmicos;
- sua incapacidade de dominar os saberes científico e humanístico modernos, de cultivá-los através de pesquisas e estudos, de difundi-los através de um ensino de padrão razoável e de aplicá-los na busca de soluções para os problemas nacionais;

- seu elitismo, expresso tanto na política de estreitamento progressivo das ofertas de matrícula nas escolas públicas gratuitas e de qualidade razoável como na expansão desbragada de escolas privadas de nível precariíssimo, que funcionavam como empresas lucrativas;
- sua sujeição à hegemonia catedrática, que entregava o controle de cada área do saber a um professor vitalício todo-poderoso, propenso a agir paternalisticamente, predisposto a escolher seu sucessor e a dificultar a formação de pessoal mais qualificado;
- sua carência de programas de pós-graduação para formar o magistério universitário, expandir as atividades de pesquisa e aprofundar o conhecimento da realidade brasileira;
- seu apego aos concursos retóricos como sistema formal de seleção do professorado, mas utilizado, de fato, para disfarçar a prática corrente de efetivação burocrática de todos os admitidos na docência;
- seu temor à prática de cogoverno, que, comprometendo os estudantes com a condução da vida acadêmica, os interessasse nos problemas de organização interna da universidade e estimulasse sua participação responsável nos esforços para enfrentar as tarefas de aprimorar e democratizar a universidade, e fazê-la servir devotadamente aos interesses nacionais e populares;
- seu pendor ao esbanjamento de recursos públicos escassos, tanto negativamente, pela subutilização das disponibilidades materiais e humanas, como positivamente, pelo faraonismo das edificações e pela mania subdesenvolvida de comprar equipamentos vistosos mas dispensáveis;
- seu enclausuramento, que não ensejava nenhuma comunicação extracurricular livre e vivaz dentro da própria comunidade universitária — entre os estudantes, entre os professores e entre estudantes e professores — nem da universidade com a cidade e o país, através de programas efetivos de difusão cultural e de extensão universitária;
- seu burocratismo, que reduzia os atos acadêmicos a rotinas cartoriais; convertia os professores em funcionários nomeados por

decreto; transformava os cursos em ditados enfadonhos e fazia do estudo a decoração de apostilas para provas;

- seu verbalismo, que florescia na expansão desproporcionada dos cursos jurídicos, de estudos sociais e de letras, em prejuízo das carreiras que requeriam formação científica e treinamento prático.

Esse diagnóstico cru e essa crítica veraz — os primeiros que se formularam no Brasil com vigor e autenticidade — tiveram uma enorme repercussão. Provocaram, dentro das universidades, um movimento de amplitude sem precedentes para o debate do que se começou a chamar "crise universitária". Também fora da universidade, professores e estudantes realizaram encontros e conferências em todo o país para debater a crise e programar a luta pela reforma universitária.

Nesses debates, ficou também evidenciada a causa principal da precariedade de nossas universidades, que é o absurdo de contratar professores por disciplina. Essa prática nefasta faz com que qualquer universidade federal brasileira tenha mais docentes de qualquer matéria que as maiores universidades do mundo.

UnB – ESTRUTURA E FUNÇÕES

O PROJETO DE ESTRUTURAÇÃO DA UNIVERSIDADE DE BRASÍLIA É TODA uma inovação. Contrasta não só com a forma de organização de nossas universidades tradicionais como também com qualquer outro modelo de universidade existente.

Para alcançar os propósitos que lhe foram designados, a UnB foi estruturada de modo tal que permitisse:

- estabelecer uma nítida distinção entre os órgãos dedicados a atividades de preparação científica ou humanística básica e os de treinamento profissional, liberando esses últimos da tarefa de formar pesquisadores, a fim de permitir que cuidassem melhor do seu campo específico;
- evitar a multiplicação desnecessária e onerosa de instalações, de equipamentos e de pessoal docente, para que, concentrados numa só unidade para cada campo do saber, permitissem um exercício eficaz do ensino e da pesquisa;
- proporcionar modalidades novas de preparação científica e de especialização profissional, mediante a combinação de determinado tipo de formação básica com linhas especiais de treinamento profissional;
- organizar programas regulares de pós-graduação, a fim de outorgar graus de mestre e doutor de validade internacional, para formar seus próprios quadros docentes e elevar a qualificação do magistério superior do país;
- selecionar os futuros quadros científicos e culturais dentre todos os estudantes que frequentassem os cursos introdutórios da universidade, e ali revelassem especial aptidão para a pesquisa fundamental, em lugar de fazê-lo entre os que, concluindo

o curso secundário, optam *vocacionalmente* por uma formação científica;

- dar ao estudante a oportunidade de optar por uma orientação profissional sobre os diferentes campos a que se poderia devotar e sobre suas próprias aptidões;
- ensejar uma integração mais completa da universidade com o país, pela atenção aos problemas nacionais como temas de estudo, de assessoramento público e de ensino;
- constituir um verdadeiro *campus* universitário, onde alunos e professores convivessem numa comunidade efetivamente comunicada, tanto pelo cogoverno de si mesma como pela integração dos estudos curriculares com amplos programas de atividades sociais, políticas e culturais, com o propósito de criar um ambiente propício à transmissão do saber, à criatividade e à formação de mentalidades mais abertas, mais generosas, mais lúcidas e mais solidárias;
- oferecer a todos os estudantes, durante os seus dois primeiros anos de curso, tanto programas científicos como humanísticos, a fim de proporcionar ao futuro cientista ou profissional oportunidade de fazer-se também herdeiro do patrimônio cultural e artístico da humanidade e, ao futuro graduado de carreiras humanísticas, uma informação científica básica.

A simples enunciação dessas proposições gerais indicava claramente a necessidade de estruturar uma universidade de novo tipo, modelada com o propósito expresso de alcançá-las. Esse requisito de renovação estrutural se acentuava ainda mais em face da necessidade específica de proporcionar à nova capital os seguintes serviços:

- abrir à juventude de Brasília as amplas oportunidades de educação superior que ela reclamaria, estendendo-se, na medida do possível, a jovens selecionados por sua capacidade de aprender, procedentes de todo o país, e a uma parcela da juventude latino-americana;
- contribuir para que Brasília exercesse, tão rapidamente quanto possível, as funções integradoras que teria de cumprir como

núcleo cultural autônomo, fecundo, renovador e capacitado a interagir com os principais centros metropolitanos do país;

- proporcionar aos poderes públicos o assessoramento livre e competente de que careceriam em todos os ramos do saber e que, numa cidade nova e artificial, somente uma universidade madura e autônoma poderia proporcionar;
- abrir à população de Brasília amplas perspectivas culturais que a livrassem do grave risco de fazer-se medíocre e provinciana no cenário urbanístico e arquitetônico mais moderno do mundo;
- assegurar aos profissionais de nível superior, residentes na nova capital, oportunidades de reciclagem e especialização, através do programa de educação continuada.

Nenhuma daquelas funções gerais, tampouco esses serviços específicos, poderiam ser providos adequadamente por uma universidade do tipo então existente no país. Se elas não conseguiam funcionar satisfatoriamente nem mesmo nos antigos centros urbanos, nas condições de Brasília sua réplica estaria condenada a uma mediocridade ainda maior.

Respondendo a esses requisitos é que surgiu a UnB, como um novo padrão de organização universitária. Sua característica distintiva se acentuava na macroestrutura tripartida de institutos gerais de ciências, letras e artes, dedicados ao cultivo e ao ensino do saber fundamental; de faculdades profissionais, devotadas à pesquisa e ao ensino nas áreas das ciências aplicadas e das técnicas; e dos órgãos complementares, que prestariam serviço à comunidade universitária e à cidade.

Graças a essa macroestrutura tríplice, as ciências básicas poderiam ser cultivadas nos institutos centrais por sua importância intrínseca, e não em razão de suas aplicações eventuais. Por outro lado, as faculdades profissionais, liberadas dos cursos introdutórios e do cultivo das ciências, poderiam se dedicar melhor à pesquisa aplicada de caráter tecnológico e ao ensino prático dos repertórios dos seus respectivos tirocínios profissionais.

Os órgãos complementares, por sua vez, converteriam as atividades de extensão universitária, que se exercem habitualmente como uma demagogia cultural, em programas concretos voltados para a elevação do nível cultural de toda a população da nova capital. Para isso, contariam com os necessários instrumentos de comunicação de massa, tal como o rádio e a televisão, sem os quais toda difusão educativa é vã, porque não pode competir com os meios modernos de comunicação de massas.

Essa forma de estruturação da UnB, baseada no novo modo de participação e na complementaridade dos seus componentes fundamentais, contrasta fortemente tanto com a organização básica da nossa universidade tradicional quanto com a estrutura de integração que se quis adotar originalmente na Universidade do Distrito Federal e na Universidade de São Paulo. Esta última, mais avançada estruturalmente, pensava utilizar como órgão integrador uma faculdade de filosofia, composta de forma mais abrangente e ambiciosa. Não o conseguiu, porém, pela rejeição das faculdades profissionais a reconhecer cursos básicos feitos na nova faculdade.

A estrutura da UnB contrasta também, fortemente, com o sistema norte-americano dos *colleges* de estudos gerais, encarregados dos *undergraduate courses*, que se tentou copiar sem êxito na América Central e em Concepción, no Chile. Ao contrário dos *colleges*, os nossos institutos centrais seriam os únicos órgãos de ensino e pesquisa nas suas áreas de especialidade, e por isso mesmo operariam em três níveis: os cursos básicos ou introdutórios, proporcionados a todos os estudantes; os formativos, destinados aos estudantes agregados ao instituto central, depois de dois anos de estudos básicos, para se fazerem especialistas em certas disciplinas; e os pós-graduados, dos programas de mestrado e doutoramento.

Dentro de cada instituto central e de cada faculdade profissional, operaria uma microestrutura, o departamento, que substituiria as antigas cátedras por núcleos colegiados, que teriam a seu cargo as práticas científicas e as atividades educativas da universidade. Com esse propósito, toda a universidade ficaria departamentalizada, quer dizer, organizada em equipes de professores conjuntamente responsáveis pelo ensino e pela pesquisa no seu campo de saber.

Cada departamento, quando maduro, operaria no nível de graduação e de pós-graduação, dedicando-se especialmente a um tema preferencial que constituiria o seu projeto próprio. Nesse campo, ele buscaria alcançar um nível de excelência nacional num prazo de três anos e de reconhecimento internacional num prazo de cinco anos. Como esses temas seriam escolhidos por sua importância para a autonomia cultural do país, o cultivo dos mesmos dentro dos núcleos operativos dos programas de pós-graduação da UnB representaria uma contribuição importante para o desenvolvimento nacional.

Confesso agora, relendo esses textos, trinta anos depois, que meu entusiasmo em dois casos foi excessivo. Primeiro, minha ojeriza aos concursos retóricos desativou uma das poucas práticas acadêmicas de alta qualidade nas nossas universidades. Efetivamente, havia mais concursos sérios e bem montados do que falsos. O pior é que sua substituição por programas de pós-graduação se fez com alguma perda da postura profissional do especialista devotado ao magistério. Valorizou-se demasiadamente um título de pós-graduação por sua qualidade intrínseca, desprezando-se o valor e a importância decisiva do talento para o magistério.

Segundo, meu democratismo pró-departamental, que teve o efeito de afetar gravemente a hierarquia universitária. A universidade é e tem que ser uma estrutura hierárquica e hierarquizadora. Só nela se mantém a antiga relação mestre-aprendiz, em que um pesquisador altamente qualificado forma, no exercício prático, novos pesquisadores.

A UnB, minha filha

Essa é uma notícia sumária da estrutura que foi pensada, sonhada, diria eu, para a Universidade de Brasília. Descrevendo-a, hoje, me dá vontade de pensar naqueles dias longínquos de finais da década de 1950. Tempos otimistas de JK, em que só tínhamos a utopia da UnB na cabeça.

Tudo começou muito simplesmente, porque eu redigia o capítulo de educação da mensagem presidencial de JK. Ali, depois de escrever sobre o ensino primário e médio, dando um balanço do que se sucedia e ideias do que se pretendia fazer, sempre se acrescentavam algumas notícias sobre a universidade brasileira. Um dia, me deu a inspiração de colocar ali umas páginas sobre a necessidade de criar uma nova universidade em Brasília.

Conversei com Anísio, que era quem orientava meu trabalho, e vi que ele também se empolgava com a ideia. Passamos a discutir, desde então, essa universidade possível como um dos temas principais de nossa conversa naqueles anos de 1956-57.

Anísio se apegou ao projeto de criar em Brasília uma universidade dedicada só à pós-graduação, que ele concebia como a maior necessidade brasileira. O era de fato! O quarto nível, ou a capacidade de formar seu próprio professorado, era o grande desafio do nosso ensino superior. Mas eu argumentava que era impossível convencer as famílias que iriam se instalar em Brasília de que lá não poderiam matricular seus filhos numa universidade. Fomos assim progredindo e a ideia acabou por nos empolgar inteiramente, primeiro a nós e depois a mais e mais gentes. Já víamos a UnB nascendo com cursos de graduação e de pós-graduação, misturando minhas concepções com as de Anísio.

Duas adesões foram estratégicas. A de Victor Nunes Leal, meu colega de faculdade, que era o chefe da Casa Civil de JK, e a de Cyro dos Anjos, meu conterrâneo, que era subchefe. Os dois começaram a trabalhar JK para a ideia, encontrando resistências. Ressonâncias, creio eu, das implicâncias de Israel Pinheiro, edificador de Brasília, com a obsessão de criar Brasília sem universidades e sem fábricas, para evitar agitações e greves junto à cúpula do poder.

Acabei entrando eu mesmo no assunto com JK, diretamente. Foi um desastre. Meu entusiasmo era tão grande e falei de forma tão atabalhoada que o assustei. Fui mais feliz quando voltei ao assunto de forma tranquila, depois da volta de JK da viagem aos Estados Unidos, onde Victor mostrou a ele que os pais-fundadores daquela nação tiveram como preocupação fundamental ali implantar universidades. Foi também decisivo o apoio de Oscar Niemeyer e de Lúcio Costa, que logo depois se encarregaram do planejamento urbanístico e arquitetônico do *campus*. Igualmente importante foi a minha aliança com os dominicanos, através do frei Mateus Rocha, que conseguiu do papa João XXIII afastar a ameaça de se criar em Brasília uma universidade jesuítica em lugar da nossa.

O resultado foi o decreto de Juscelino em que ele me encarregava de planejar a Universidade de Brasília juntamente com Cyro dos Anjos e Oscar Niemeyer. Armado desse instrumento de autoridade, pus fogo no meu entusiasmo e passei a empolgar toda gente. Principalmente a comunidade científica centralizada no Centro Brasileiro de Pesquisas Educacionais, que passei a presidir, e a Sociedade Brasileira para o Progresso da Ciência.

Entraram na liça inicialmente Maurício Rocha e Silva, Leite Lopes, Jayme Tiomno, Jacques Dannon, Lauro Nepomuceno, Haiti Moussatché, Crodowaldo Pavan, Herman Lent, Paulo Sawaya, F. Briguier, Newton Freire Maia, Antônio Cordeiro, Frota Pessoa, Arthur Moses, Paulo de Góes, Ricardo Ferreira, Júlio Pudles, Pereira Gomes, Walter Mors e muitas gentes mais. Especialistas de outros campos do saber também entraram na empreitada, como Carlos Scliar, Alcides da Rocha Miranda, Afrânio Coutinho, Euryalo Canabrava, Maria Yedda Linhares, Francisco Iglésias, Mário Pedrosa, Wladimir Murtinho, Orlando Valverde, Pinchas Geiger e Fábio Guimarães, entre muitos outros. Inclusive Roberto Salmeron, que desde Genebra aderiu entusiasticamente à ideia e se comprometeu a vir para o Brasil ajudar.

Participaram também desses debates Gleb Wataghin, Mário Schenberg, Oscar Sala, José Goldemberg, Richard Wallauschek e Guido Beck. Até mesmo Oppenheimer entrou no debate, dando orientações sobre como implantar em nossa latitude uma universidade capaz de apossar-se do saber humano e de cultivá-lo criativamente. Foi relevante, nessa discussão inicial, a contribuição de Florestan Fernandes e sua equipe e de meu velho mestre, o humanista Almeida Júnior.

Nas reuniões seguintes da SBPC, esse passou a ser um dos assuntos fundamentais. Organizei também várias reuniões no Rio de Janeiro e em São Paulo. Especialmente para discutir a Universidade de Brasília e obter pareceres sobre o modo conveniente de estruturação de cada um de seus setores. Já nessas discussões, duas diretrizes básicas da UnB ficaram definidas.

Primeiro, a definição de sua fidelidade fundamental, que seria devotar-se aos padrões internacionais do saber, que nela devia ser cultivado como um valor em si e não em função de sua aplicabilidade aos cursos profissionais, como se fazia habitualmente.

Segundo, a definição de liberdade docente e tolerância acadêmica como o compromisso de que na Universidade de Brasília ninguém jamais poderia ser premiado nem perseguido em razão de sua ideologia.

Exatamente nessa veia é que nossa querida UnB foi sangrada. Não por culpa dela, mas da ditadura militar que se implantou sobre o Brasil, estancando toda a vida cultural, perseguindo, torturando, exilando, matando. Toda a vida inteligente do Brasil se empobreceu drasticamente com essa sangria. O efeito mais desastroso, porém, no plano acadêmico, foi impedir que os professores proscritos exercessem no Brasil sua função de multiplicadores culturais, através da condução de programas de preparação de novos corpos de cientistas. Perdemos, assim, além deles próprios, centenas de outros especialistas de igual capacidade, cuja formação eles teriam orientado e que nos eram indispensáveis. Tanto para que o Brasil participe da empresa mundial de elevar o nível do saber e das artes como, e principalmente, para aprofundar o conhecimento de nossa própria realidade; e, ainda, para sustentar a expansão do ensino superior, elevando simultaneamente o seu nível.

A essa multidão de sábios expurgados e evadidos se somaram pesquisadores, ideólogos, artistas que, embora presentes no Brasil, aqui foram impedidos de ensinar ou, mesmo ensinando nas universidades, se viram tão perseguidos e espionados que se tornaram incapazes de dar as contribuições que em outras condições estariam dando. Todo esse corpo de intelectuais, sábios e artistas proscritos e silenciados, direta ou indiretamente, se viu calado pela opressão possessa da ditadura em prejuízo de um florescimento científico e cultural que o Brasil começava a experimentar nos anos 1960 e que se viu drasticamente crestado.

Não há dúvida de que esse fato será tido, no futuro, como um dos episódios mais trágicos da história cultural do Brasil. Sofremos, efetivamente, uma sangria científica e cultural equivalente à que ocorreu na Espanha de Franco, e que quebrou por décadas a criatividade do espírito espanhol. Uma diáspora que é muito mais grave em suas consequências do que o propalado êxodo de talentos, referente a especialistas atraídos espontaneamente para centros culturais estrangeiros. Com efeito, lá fora, hoje, há muito mais brasileiros expulsos daqui ou voluntariamente afastados pelas condições iníquas em que se tinha que trabalhar no Brasil, debaixo do medo e da opressão, do que talentos atraídos por altos salários e melhores condições de trabalho no estrangeiro.

Quando a UnB foi avassalada, estando a meio caminho na marcha de sua autoedificação, tendo mais da metade dos seus órgãos por implantar — e mesmo os já criados operando em nível experimental —, o que se construiu sobre os escombros foi um espantalho. Alguma coisa ficou, é certo, tanto nos estudantes, que sempre procuraram dar prosseguimento às ambições originais da UnB, como em certa continuidade institucional e vocacional, que ainda vincula a Universidade de Brasília de hoje à nossa universidade de utopia. Durante meus anos de exílio, olhava de longe, aflito, minha filha ser degradada. Mas pensava, já então, que a UnB era ainda uma forma degradada de utopia.

Como tal, teria linhas mais puras e ambições mais generosas que as demais, o que a tornaria mais propensa à autossuperação. Seria assim? Perguntava se a UnB seria mais capaz que as outras universidades de recuperar-se nas condições brasileiras. Não sabia. Apenas confiava e desejava que viesse a ser, amanhã, o que teria sido ontem, não fossem tantas e tão duras as vicissitudes por que passou. Assim foi, graças. A UnB refloresce.

Fechando este texto, quero recordar uma observação minha provocativa e polêmica que, sendo muito comentada, merece um reparo. Eu disse, efetivamente, numa assembleia em São Paulo, quando me pediram que fizesse a crítica da UnB, que, "quando se tem uma filha e ela cai na vida, não se fala dela". A frase é pretensiosa e paternalista. Talvez até seja algo machista, reconheço. Será tudo isso e o mais que se queira, mas concordem comigo que é, por igual, uma expressão do carinho que devoto à UnB e que motiva este longo depoimento nostálgico, com que aqui me desdigo.

Esse sentimento de carinho, aliás, não é somente meu. Todos nós, brasilianos, que por dias, meses, ou por anos tivemos ocasião de participar da aventura de projetar e dar vida à UnB, consideramos que aquela foi a fase mais bela, generosa e criativa de nossas vidas acadêmicas. Tenho encontrado esses irmãos brasilianos pelo mundo inteiro, todos eles tão apaixonados como eu. Todos voltados para aqueles dias de esperança, com desejo de que retornem, não para qualquer revanche, mas tão somente para que nós, ou as gentes das novas gerações, revivamos o espírito de ousadia e ambição generosa que nos animou naqueles dias de experiência gratificante e fecunda.

Alguns dos companheiros de então, lamentavelmente, já não estão entre nós. Conto entre eles, sentidamente, Anísio Teixeira, pai-fundador das duas experiências universitárias mais altas que tivemos no Brasil. Heron de Alencar, das pessoas que mais contribuíram para dar forma à estrutura universitária. Eduardo Galvão, que ousou, em Brasília, repensar criticamente a antropologia e esforçou-se para colocá-la a serviço das populações que estuda. Artur Neves, que projetou a biblioteca básica brasileira e editou admiravelmente seus dez primeiros volumes. Machado Neto, que deu o melhor de sua inteligência à reforma do ensino jurídico entre nós. Paulo Emílio Salles Gomes, que, em Brasília, integrou o cinema à vida universitária, como uma atividade crítica e criativa. O senador Pompeu de Souza, que introduziu no Brasil o ensino de *mass communication* para substituir os cursos de jornalismo e prosseguiu, nos anos da ditadura, a reclamar pelos dois princípios básicos da universidade: a fidelidade aos padrões internacionais do saber e a tolerância, assim expressa: "Nesta universidade ninguém jamais será punido ou premiado em razão de sua ideologia".

Aconteceu justamente o contrário. A ditadura militar que degradou toda a cultura brasileira implantou na UnB a prática de gratificar com bolsas, ajudas e casas os professores que considerava bonzinhos e perseguir os nossos. Foi também em suas mãos que a universidade mais aplicou o decreto que permitia expulsar, em razão de suas ideias, os seus próprios estudantes e proibi-los de estudar em qualquer outra universidade.

Mas quem mais me ajudou a criar a UnB foi Rosa Maria Monteiro, que aí está para testemunhar. Ela ajudou muito no Rio, em todos os atos preparatórios, acompanhando todas as lutas, tantas, que travei para tornar a universidade viável. Ajudou mais ainda em Brasília, onde, de nossas mãos, nasceu a universidade de nossos sonhos. Esplêndida. Foi Rosa Maria, creio eu, quem mais sofreu a queda da universidade, que ela viu ocorrer à sua frente, como a uma filha abatida pela mão possessa da ditadura.

Afortunadamente, tombada a ditadura, com a anistia e a volta à democracia, a Universidade de Brasília também se recuperou. Hoje ela floresce esplendidamente. Recentemente lá estive, para receber o título de doutor *honoris causa* e uma beleza de homenagem em que foi batizado o assento territorial da universidade como Campus Darcy Ribeiro.

Títulos semelhantes me foram dados por grandes universidades, mas nada me comoveu tanto quanto o da minha UnB, valorizado ainda pelo batismo do *campus*. Minha filha, mulher e mãe é, hoje, meu orgulho. Valeu a pena sofrer e lutar pelas alegrias de criá-la. Mais ainda vale a alegria de vê-la restaurada em sua dignidade e armada de suas ambições. O título maior que levarei da vida é o de fundador e primeiro reitor da Universidade de Brasília.

Quem se danou foi o feitor que regeu a UnB por mais de dez anos como pau-mandado da ditadura. Desesperado, entrou a me xingar, negando, primeiro, que eu tivesse tido qualquer papel na criação e na implantação da Universidade de Brasília. Depois, já ensandecido, o capitão escreveu artigos de jornal, apoiados pelo coronel Passarinho, negando até que eu tivesse qualquer diploma superior. Respondi denunciando o feio papel que ambos tinham feito à Universidade de Brasília e a todas as outras.

O episódio raivoso e bizarro só foi útil porque incentivou o meu querido Betinho a me escrever esta beleza de carta:

Rio, 27 de agosto de 1996

Darcy, aquele abraço

Você é de Montes Claros, eu sou de Bocaiuva. Sou mais importante que você por razão de nascimento, mas você não tem culpa. Você tem câncer e eu, além de ser hemofílico, tenho Aids. Ganhei mais uma vez. Você não pode comigo. Mas isso é entre nós.

Vivemos mais ou menos a mesma época, você tem alguns anos mais que eu, você viveu mais perto do poder e eu mais perto da planície, da sociedade. Não é virtude, é destino.

Você conheceu a morte mais tarde, eu já nasci com ela. Vantagem minha? Não sei. Você foi mais livre que eu, ousou mais em muitos campos. Em outros você foi poder, com Jango e tantos outros. Não importa. Somos grandes amigos e irmãos, apesar de não nos vermos como se deveria. E vivemos no mesmo Rio.

Quando cheguei ao Chile escapando da ditadura no Brasil você foi logo me dizendo que eu deveria assessorar Allende. Porque você iria para o Peru assessorar o Alvarado. Essa mania que nós, brasileiros, temos: pensar que somos deuses. E no entanto tudo isso se deu. Fui trabalhar com Joan Garcés, assessor pessoal de Allende. Você foi embora para descobrir lá longe o próprio câncer e montado nele voltar para o Brasil. Da morte para vida.

Enfim, nossa história é uma permanente disputa pelo absurdo, até que eu te venci: criei a Grande Bocaiuva e incluí nela Montes Claros, Belo Horizonte, Rio e uma parte de Paris, sem falar em Nova York.

Mas agora estou triste com esse debate pelos jornais que você faz com gente do tempo da ditadura. Esse debate não merece ser feito por você. Que importa o diploma? Os títulos, os currículos? Essa gente tem o passado da ditadura, você tem a luta pela democracia! Eles são doutores da ditadura, você é um eterno aluno da democracia, às vezes perigosamente perto do poder. Mas não há nenhuma dúvida sobre o seu lado: o do oprimido, do segregado, do danado, o da maioria. E isso é que é o saber.

Pelo amor de Deus, não perca seu tempo com esse tipo de debate! Com esse tipo de gente! A vida é mais importante.

Discutir títulos é discutir "bestage", como se diz em Minas. Discutir diplomas é discutir a ordem. Pare com isso. Continue a discutir a vida, a democracia, a rebeldia, a liberdade. Ou não serás digno da Grande Bocaiuva, da qual Montes Claros é apenas uma parte.

Do seu irmão, doa a quem doer.

Betinho.

Ministro da Educação

Quando Hermes Lima foi feito primeiro-ministro, me chamou para ministro da Educação, conforme já contei.

Fiz como ministro da Educação a campanha do plebiscito pelo presidencialismo, que ganhamos por 9 milhões a 1 milhão de votos. Vi, então, diretamente, como a classe política e a elite que ela representa podem estar distantes do povo. Os poderosos estavam certos de que ganhariam o plebiscito. O mesmo ocorreu mais recentemente, quando de novo o parlamentarismo foi posto em plebiscito e se instalou a mesma certeza nos poderosos e a derrota foi igualmente aplastante. Eles imaginavam que podiam tirar do povo o direito de eleger o presidente da República e de concentrar todo o poder nas mãos dos deputados e dos senadores, figuras em que o povo não confia absolutamente.

Participei das eleições para governador, principalmente a eleição de Arraes, em Pernambuco. Observei ali o efeito fantástico da intervenção de San Tiago Dantas nas negociações do açúcar, obrigando os usineiros a pagar o salário-mínimo para os trabalhadores da usina e da cana, o que representou uma revolução em seus hábitos de consumo.

Dei também forte apoio a Djalma Maranhão, prefeito de Natal, na sua campanha "De pé no chão também se aprende a ler". Fui inclusive lá ver aquela experiência e registrá-la num filme. Djalma havia armado, ao longo das praias de Natal, compridos barracões que eram salas sucessivas, uma depois da outra, onde se davam as aulas. Delas a criançada saía para brincar na areia, tomar banho de mar e comer a comida farta que lhes davam num outro barracão. Beleza pura!

Apesar de exercitar-me por poucos meses como ministro da Educação, pude fazer, nessa área, muitas coisas de que me orgulho. Isso foi possível porque, como funcionário da casa, podia facilmente captar recursos orçamentários para aplicá-los em melhores fins. Acresce que mantive, enquanto chefe da Casa Civil, o cargo de ministro preenchido provisoriamente, porque pensava e desejava voltar para lá. Pude assim continuar influindo na política educacional brasileira.

Alta satisfação me deu publicar nove volumes de uma pequena enciclopédia da professora primária, remetida a 300 mil delas. O fiz pensando em mamãe, professora a vida inteira, que nunca recebeu dos poderes nenhum sinal de aprovação e nenhuma ajuda. Minha enciclopédia compreendia uma gramática, um atlas e vários manuais para ensinar *Como alfabetizar*, *Como ensinar a ler, a escrever e a contar*, *Como ensinar aritmética*, *Como ensinar ciências naturais*, *Como ensinar história*, *Como organizar a recreação e os desportos na escola* e um volume mais cujo nome já não me lembro.

Recordável também foi o lançamento da BBB — Biblioteca Básica Brasileira —, em dez volumes, com 15 mil exemplares de tiragem, para mandar às escolas secundárias e superiores. O projeto era publicar dez volumes a cada ano até alcançar cem, para cobrir o que é indispensável conhecer sobre o Brasil, sua literatura, sua história, sua língua etc. Desgraçadamente, a BBB ficou naqueles dez volumes, porque jamais se publicou outra série. Isto é, aliás, o que estou tentando fazer agora, por um convênio do Senado da República com o Ministério da Educação. Pretendendo desta vez lançar vinte volumes em tiragem de 30 mil exemplares, para que alcance todas as escolas médias e superiores do Brasil, tornando nossa cultura acessível a toda a juventude.

Como ministro, tive o encargo de pôr em execução a antiga Lei de Diretrizes e Bases da educação nacional, melhorando-a tanto quanto possível. Obtive ainda o apoio do gabinete ministerial para o Plano Trienal de Educação. Uma vitória minha igualmente recordável é a de ter feito gastar, durante o governo João Goulart, 12,4% do Orçamento federal em educação. Implantada a ditadura, esse percentual caiu 4% a 5%, tornando impossível fazer qualquer coisa séria.

A participação no gabinete do primeiro-ministro Hermes Lima sempre foi muito gratificante para mim. O próprio Hermes era um velho amigo que me visitava todos os domingos pela manhã no Rio, para passarmos o mundo a limpo, sobretudo o Brasil. O convívio com ele era sempre a relação com um homem muito sábio e muito cordial. Ninguém que se aproximou de Hermes deixou de ser amigo dele, a menos que Hermes não permitisse. Cavalheiro para ele era quem jamais ofende alguém sem intenção de fazê-lo.

No gabinete convivi e debati com alguns dos melhores homens do meu tempo. Foi um privilégio ouvir a primeira exposição do Plano

Trienal feita por Celso Furtado e acompanhar a discussão que se seguiu sobre sua viabilidade e sobre o impacto que teria. Também extraordinário foi participar das discussões com Carvalho Pinto sobre o estado da economia do país. Particularmente sua proposição de lançar as Letras do Tesouro como uma nova arma de combate à inflação. Eliezer Batista nos expôs longamente seu ambicioso plano de fazer o Brasil, em dez anos, converter-se de exportador de minério em grande exportador de aço. Para isso reclamava, e obteve autorização, que todos os recursos oriundos da exportação de minério de ferro se destinassem, obrigatoriamente, à construção de usinas siderúrgicas na rota que ia de Vitória a Belo Horizonte. Os recursos para esse projeto viriam do sistema que ele estava implantando de automatização do porto de Tubarão, no Espírito Santo, que funcionaria associado ao porto de Rijeka, na Iugoslávia, para operarem como uma via de transporte levando minério a toda a Europa e trazendo carvão ao Brasil.

Eu próprio apresentei ali e debati o meu plano de emergência para adequar a educação brasileira à Lei de Diretrizes e Bases da educação que acabava de ser promulgada. Posteriormente alcancei a aprovação para o Programa Nacional de Educação, elaborado no Conselho Nacional de Educação, principalmente por Anísio Teixeira e dom Hélder Câmara.

Enquanto ministro da Educação, vivi algumas situações bizarras. Tal se deu, por exemplo, em São Paulo, onde fui homenageado pelos estudantes da faculdade de filosofia que me fizeram paraninfo, onde fiz um belo discurso sobre as reformas. Nessa ocasião, atendi a dois convites que vinha postergando.

Fui ver Adhemar de Barros, a quem anunciei minha visita a São Paulo, e que negociou com o hotel a minha mudança do apartamento que tinha reservado para uma suíte presidencial, muito enfeitada, com moças bonitas, tudo à minha disposição. Eu comentava com o meu secretário se aceitava ou não aquela dádiva. Acabei aceitando.

Depois fui à casa da amante de Adhemar, chamada doutor Rui, ali pertinho da praça da República. Fomos recebidos, eu e o funcionário do MEC que me acompanhava, muito cordialmente, pela referida senhora, que levava um traje longo e tinha todas as joias postas em cima. Nos fez sentar e esperamos alguns minutos. Aí surgiu, para meu espanto, Adhemar de Barros completamente nu, com seu corpo peludo como um macaco. Veio me abraçar, sentou-se ao meu lado, dizendo: “Isso é pra quebrar o gelo, Darcy”.

Por inverossímil que pareça, ele queria, assim, ganhar o meu apoio para a sua candidatura à Presidência da República.

Depois fui à Casa Amarela visitar Assis Chateaubriand. Eu o conhecia de longa data, sobretudo da área do Xingu, que ele costumava frequentar. Numa ocasião, anunciou aos irmãos Villas-Bôas que iria lá e levaria com ele o governador Jânio Quadros. Não havia nada de Jânio Quadros. Ele levava era os principais fabricantes de equipamento de televisão e o embaixador da Holanda para conseguir com eles, através de um empréstimo, o equipamento para a rede de televisões que estava montando. Com eles estava o general Mourão, que desencadeou a luta armada em março de 1964. Foi tão malsucedido, e posto pra trás pelos seus companheiros, que passou a chamar a si mesmo de "vaca fardada". E o era, pois Costa e Silva, jogador de pôquer, lhe aplicou um blefe assumindo o Ministério da Guerra. Só disse a Mourão que ele seria um herói revolucionário, que sua patente era mais alta.

Lá estavam os índios, que Chateaubriand mostrou aos visitantes, embaixadores e empresários, chamando a atenção para um índio Kamayurá, belo em sua nudez, de corpo pintado e adornado de plumas, dizendo: "Aqui, este homem é que está vestido. Nós é que estamos nus, vamos entrar na moda da terra".

Começou a tirar a roupa e ficou totalmente nu. O embaixador da Holanda e alguns outros empresários tiraram também toda a roupa. Só ficou vestido o Mourão. Assis Chateaubriand o pressionava para despir-se e ele dizia: "Não faça isso comigo, não, doutor Assis. Se o Lott sabe disso, vai me arrasar a carreira".

Só que acabou tirando a roupa e foram todos pelados tomar banho num rio próximo. Mourão sempre reclamando porque via fotógrafos flagrando-os. Aliás, uma dessas fotografias foi publicada em O *Cruzeiro*, em que se vê, de longe, o grupo todo nuelo.

Mas eu lembrava é que fui ver Chateaubriand na Casa Amarela. Ao chegar, assisti ao espetáculo espantoso de o colocarem, através de uma espécie de guindaste manual, dentro de uma piscina, onde ele batia um pouco as mãos e as pernas como um batráquio. Quando podia afogar-se o levantavam de novo e assim ficavam manipulando o pobre Chateaubriand por uma meia hora.

Depois subi, porque a entrevista era em lugar marcado. Ele sentou-se à minha frente com as mãos sobre as minhas mãos e a cabeça em cima, babando. Atrás estava uma enfermeira. Ele tentava dizer alguma coisa, que eu não entendia, e a moça reproduzia para mim. Sua preocupação era comigo. Eu era um índio bom, que ele conhecia e estava metido com esse governo de comunistas, era alguma coisa assim. Chateaubriand, a seu modo, tinha algum apreço por mim. Tanto que, numa ocasião em que brigou com o filho, quis fazer de mim tutor dele, impondo que toda a mesada que ele dava só seria entregue por meu intermédio e quando eu afirmasse que a conduta dele era boa. Eu disse logo: "Olhe, doutor Assis, eu não tenho vocação de aio. Não vou tomar conta de ninguém, não".

Ele não se convenceu. Seu secretário, muito simpático, me telefonava todos os dias, insistindo no pedido do doutor Assis.

Visita registrável que fiz, como chefe da Casa Civil, foi a Minas Gerais, onde ia ser paraninfo dos estudantes de economia. Ao chegar, me espantei com o aparato de segurança que a polícia do Rio havia montado para mim. Alugaram todo um andar de um hotel, que encheram de policiais, e eu mesmo tinha dificuldade de passar pelas várias barreiras que fizeram para chegar até meu quarto. Assim, fiquei isolado de todos os meus velhos amigos mineiros. Afinal, fui à cerimônia, entrei pelo fundo, mas saí carregado pelos estudantes pela porta da frente. Quisessem ou não os policiais.

O curioso dessa visita é que, por ato do Aparecido, eu creio, o Magalhães Pinto foi me esperar no aeroporto com a polícia mineira formada para eu fazer o ritual de apresentação de armas. A conversa no palácio com o Magalhães foi risonha, porque é do feitio dele, mas eu via cristais partindo em sua boca. Tentou entrar em política comigo, e eu lhe disse: "Todo assunto político é tratado, exclusivamente, pelo presidente, senhor governador. Eu sou tão só o administrador do governo".

Mudando de assunto, deixe-me dizer aqui que me considero um educador bem-sucedido. Não só por méritos meus. Mas porque soube encontrar poderosos com a grandeza de adotar minhas ideias. O primeiro foi Jânio Quadros, convencido por Anísio e por mim a fazer da educação a meta fundamental de seu governo. Chegamos a detalhar um belo programa para ele, que não se cumpriu todos sabem por quê.

Mais êxito tive com Leonel Brizola, que comprou a mais velha ideia e sonho dos educadores brasileiros, que é criar aqui a escola primária que todo o mundo tem, a de tempo integral, sem recair nessa perversão que é a escola de turnos. Junto com Brizola, fiz quinhentos CIEPs [Centros Integrados de Ensino Público], em que poderão ser educadas 500 mil crianças, que representam mais de uma terça parte do alunado do estado do Rio, porque se situam nas favelas e periferias mais pobres, onde se concentra uma enorme criançada, que só pode ser salva e ingressar na civilização letrada por uma escola de tempo integral. O aluno de classe média tem outra escola em sua casa, onde conta com material didático e com algum parente que já fez o curso primário para ajudá-lo. O aluno oriundo de famílias pobres, não tendo nada disso, só pode progredir num CIEP.

Mais tarde, junto com Brizola, convenci Collor de que sua grande obra seria fazer 10 mil CIEPs. "Isso é o que faria se tivesse sido eleito", disse Brizola.

Collor me pediu que planejasse os Caics [Centros de Atenção Integral à Criança e ao Adolescente] dele, o que fiz. Consegui do Lelé [João Filgueiras de Lima] um projeto arquitetônico excelente e coordenei um programa de formação e aperfeiçoamento do magistério por treinamento em serviço. Mas Collor se foi e ficou o grande plano reduzido a cerca de quatrocentos Caics, que são elefantes brancos que nem sabem para que existem.

Acabo de entregar a Fernando Henrique Cardoso um plano correspondente. Quando este livro for publicado, e você chegar à leitura desta página, já saberá se Fernando Henrique funcionou ou não. Propus a ele que criasse 5 mil escolas essenciais e escolas-parque nas áreas metropolitanas, para atender à criançada, que sem isso estará condenada a ser educada na disputa do lixo, na delinquência e na violência dos traficantes de drogas. Lugar de menino e menina é na escola de tempo integral, onde possam comer, crescer, acompanhar suas aulas e contar com professoras que os atendam por uma hora nas salas de estudo dirigido. Só isso salvará essa imensa infância, atolada no crime e na prostituição, para si mesma e para o Brasil.

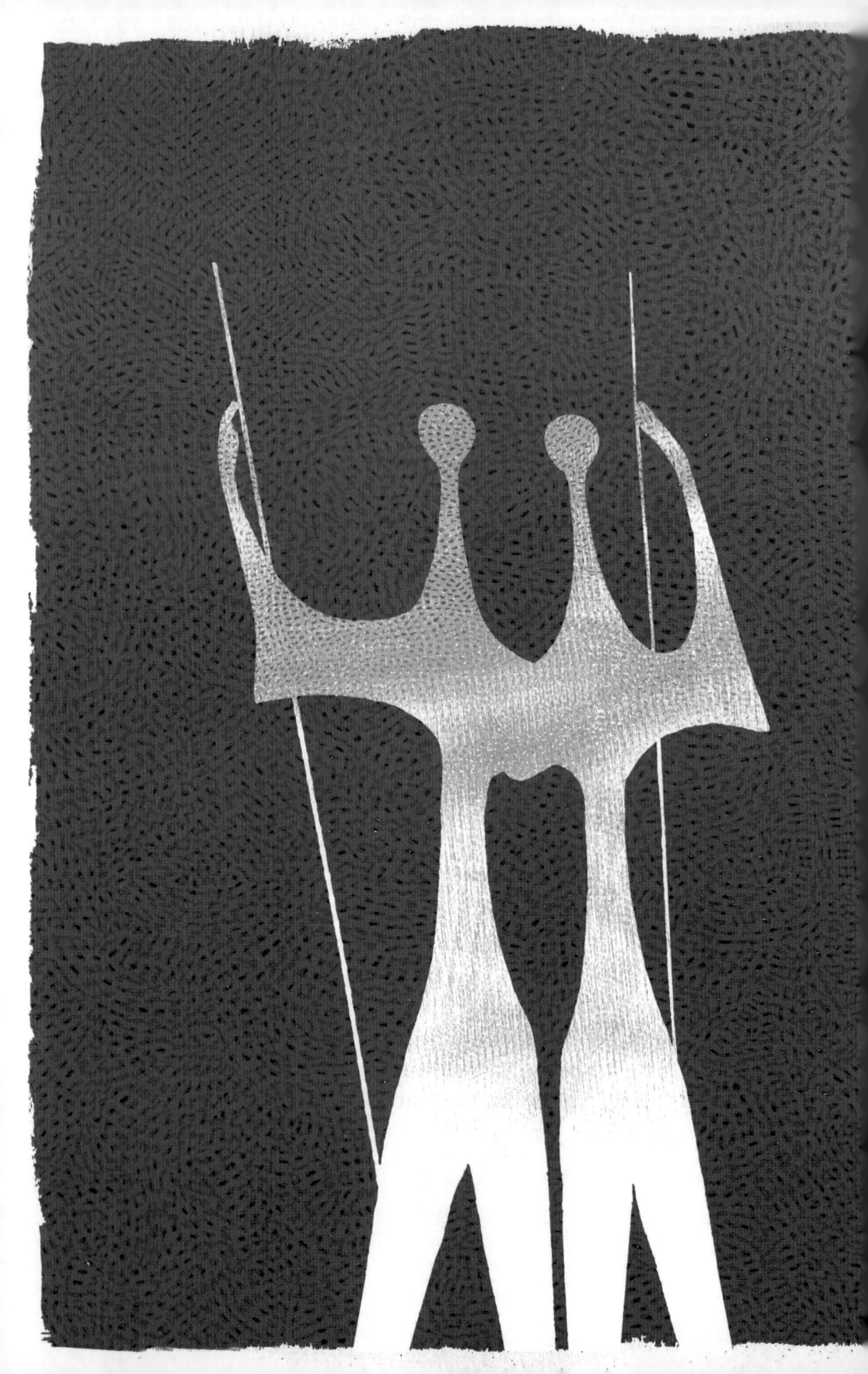

6. GOVERNO

Getúlio Vargas

Ocorreram por volta de 1954 alguns fatos plenos de consequências. O principal deles foi o suicídio de Getúlio Vargas, que me apanhou no meio de um Congresso Internacional de Americanistas, realizado como parte das comemorações dos quatrocentos anos de São Paulo. Eu estava lá apresentando dois filmes meus e de Foerthmann: *O funeral bororo* e *Um dia de vida índia na floresta tropical*. Trabalhava também ajudando Jayme Cortesão a montar sua grande Exposição de História Luso-Brasileira. Isso significa que estava mergulhado de corpo inteiro na vida acadêmica.

Com o suicídio, tudo transvirou. Getúlio morto fez a cabeça de muitos intelectuais anteriormente opostos a ele, mas de pendor socialista. Creio que isso foi o que ocorreu a Hermes Lima e a San Tiago Dantas, despertados pelo suicídio e pela *Carta-testamento*. Terá sido essa também a reação de João Mangabeira, de Gabriel Passos e de outros brasileiros que se reuniam na esquerda democrática e depois no Partido Socialista Brasileiro.

A notícia do suicídio caiu em mim como uma bomba. Sobretudo a *Carta-testamento*, o mais alto documento jamais produzido no Brasil. O mais comovedor, o mais significativo. Desde que eu o li, ele é para mim a carta política pela qual me guio. É isso para os brasileiros mais lúcidos. Só não o é para a minoria que infelicita este país desde sempre, governando de forma corrupta, opressiva e mesquinha. Percebi instantaneamente, como de resto perceberam todos os brasileiros, que a campanha do "mar de lama" era uma armação da imprensa, subsidiada pelas grandes empresas estrangeiras, a fim de derrubar o presidente que estava criando a Petrobras e que anunciava a criação da Eletrobras, opondo-se a grupos estrangeiros poderosíssimos, o do petróleo e o da eletricidade.

O suicídio foi o último gesto político que restou a Getúlio para enfrentar a oposição civil e militar e vencê-las. As outras alternativas seriam desencadear a luta armada, a guerra civil, a partir das tropas do Sul do Brasil, que comunicaram a ele, através de Leonel Brizola, que estavam ao seu lado para o que desse e viesse. Optando pelo suicídio, depois de uma trágica reunião ministerial em que todos, exceto Tancredo Neves, optavam por sua renúncia, Getúlio reverteu inesperadamente o quadro político. A oposição udenista, apavorada, fugiu por toda parte com medo da fúria popular que rugia em todo o país. A consequência foi que, em vez de Lacerda se fazer presidente, o presidente foi Juscelino Kubitschek e Jango ascendeu à Vice-presidência.

O efeito sobre mim foi a compreensão da besteira que fazia com minha postura de comunista utópico, à base de um falso marxismo. Não tinha havia muitos anos nenhuma militância, mesmo porque vivia no meio dos índios, enquanto o Brasil estalava em problemas. Seguiu-se para mim uma mudança ideológica radical. Em lugar de alimentar-me de diretivas partidárias parcas, abri os olhos para a realidade. Compreendi que me cabia tentar fazer o máximo possível, aqui e agora, para enfrentar os problemas do povo e do país. Aqui e agora. Isso é o que estava fazendo Getúlio e não o Partido Comunista. Desde então afastei-me dos comunistas e acerquei-me dos trabalhistas. Primeiro, querendo compreender essa corrente histórica contínua, que desde 1930 vitalizava a arena política brasileira, dando voz aos trabalhadores. Depois, predispondo-me a colaborar.

Só os comunistas não registraram o impacto do suicídio de Getúlio. Continuavam tão ressentidos com a cassação de seus direitos políticos, feita por Dutra, que se opunham, histéricos, a qualquer governo. Mesmo depois do suicídio, eles continuaram virados de costas para a população, revoltada contra os reacionários que a haviam provocado. Agarrados a sua linha política, pregando sua revolução cerebrina. Não era dela, porém, que sobreviviam, mas de sua participação ativa em movimentos de massa, como a campanha "O petróleo é nosso", e de sua ação nos sindicatos, à sombra dos trabalhistas, na condução de movimentos grevistas.

Dois fatos posteriores vieram aprofundar minha visão crítica sobre os comunistas. O célebre relatório Kruschev de 1956 no 20º Congresso do Partido Comunista Soviético sobre os crimes de Stalin. Ele estarreceu a intelectualidade esquerdista do mundo inteiro. A mim, sobretudo pelo tom aparentemente ingênuo e até antimarxista. Atribuía todas as culpas de milhões de mortes e de sofrimentos inenarráveis a um homem só: Stalin. Por mais poderoso que fosse o ditador soviético, não era verossímil a acusação. Ela só procurava acobertar o verdadeiro criminoso, que era a ditadura partidária, exercida em nome do proletariado, mas comandada de fato por uma elite comunista muito bem adestrada para o arbítrio e a violência.

Outro fato espantoso foi a ruptura de relações entre a URSS e a China. Só a mais clamorosa incompetência diplomática poderia conduzir a essa cisão, que enfraquecia insanavelmente o mundo comunista ante o mundo capitalista. Tamanha incompetência só é comparável à de Gorbachev, que desagregou a URSS e todo o império soviético.

Para minha cabeça lavada e lixiviada por esses eventos terríveis, que punham por terra a prodigiosa vitória dos soviéticos, que liquidaram a ameaça alemã de um milênio hitlerista para o mundo, ressaltou a importância extraordinária da Revolução de 1930 como a revolução social brasileira. Efetivamente, foi Getúlio Vargas quem, a partir de 1930, proscreveu o domínio hegemônico da velha classe dirigente brasileira, abrindo uma era de transformações estruturais que permitiram ao Brasil entrar no mundo moderno. Eram os cartolas do "pacto café com leite", quase todos formados e bitolados pela Faculdade de Direito de São Paulo. Tanto é assim que dez dos doze presidentes da Primeira República formaram-se nela.

Getúlio institucionalizou e profissionalizou o Exército, afastando-o das rebeliões e encerrando-o nos quartéis. No plano social, legalizou a luta de classes, vista até então como caso de polícia. Organizou os trabalhadores urbanos em sindicatos estáveis, pró-governamentais, mas antipatronais. No plano cultural, renovou a educação e dinamizou a cultura brasileira. No plano econômico, enfrentou os poderosos testas de ferro das empresas estrangeiras e o empresariado comercial, que vivia do que lucrava importando e exportando.

Empossado na Presidência, Getúlio convocou para o governo os líderes militares e civis politicamente mais avançados. Deu participação no seu governo a Juarez Távora, Estilac Leal, Juracy Magalhães, João Alberto e outros. Chamou também a seu ministério Oswaldo Aranha, que primeiro saneou as finanças e depois reorganizou o Ministério das Relações Exteriores.

Outro gaúcho convocado foi Lindolfo Collor, que estruturou o Ministério do Trabalho. Familiarizado com os sistemas sindicais do

Uruguai e da Argentina – de inspiração positivista, e não fascista, como se pretende –, estabeleceu as bases do trabalhismo brasileiro, que se consolidariam na CLT, até hoje vigente. Vem daí o direito assegurado aos trabalhadores de se sindicalizar e fazer greves. Vem também a maior invenção social brasileira, que é o imposto sindical, que permitiu criar uma vasta rede de sindicatos que cobre todo o país. Assegurou ainda a unidade sindical e a estabilidade no emprego após dez anos, revogada pela ditadura militar por pressão das empresas multinacionais. Vêm ainda do Trabalhismo de Getúlio as férias pagas, o salário-mínimo, o sábado livre, a jornada de oito horas, a igualdade de salários para homens e mulheres, ainda descumprida.

Essa política operária trabalhista provocou reações frenéticas, e ainda provoca, em três grupos sociopolíticos. A velha oligarquia do café com leite, cuja hegemonia incontestada na Primeira República foi abolida por Getúlio. O empresariado urbano, sangrando pelo prejuízo que representava para ele a nova política salarial. As expressões políticas desses grupos, encarnadas por seus sucessores – a velha UDN [União Democrática Nacional], doentiamente reacionária, e seus herdeiros petistas, mais modernos e melhores, mas servilmente atrelados a um passado mirífico que não é o trabalhismo e o sindicalismo brasileiro, mas o *tradeunionismo* norte-americano.

Com o mineiro Francisco Campos, Getúlio organizou a primeira universidade no Brasil e criou o Ministério da Educação e Cultura. Foi sucedido por Gustavo Capanema, excelente ministro da Cultura, mas péssimo ministro da Educação. Pedro Ernesto recebeu o encargo de prefeito do Rio de Janeiro, então Distrito Federal. Ele teve a feliz inspiração de pôr nas mãos de Anísio Teixeira a pasta da Educação. Disso resultou o primeiro conjunto de escolas públicas de alta qualidade, o primeiro bom programa de formação do magistério e a primeira universidade digna desse nome. Tudo derrubado quando Pedro Ernesto e Anísio Teixeira foram expulsos do governo na onda fascista de 1935.

Getúlio exerceu o poder de 1930 a 1945, vencendo todas as forças que se alçaram contra ele: a Revolução Constitucionalista de São Paulo, em 1932, o Levante Comunista de 1935, a Intentona Integralista de 1938 e as agitações udenistas, nominalmente democráticas, de 1941. Antes de ser deposto, em 1945, seu poderio era tão grande que organizou como quis os principais partidos políticos brasileiros. Uma história bizarra, mas verídica, ilustra bem esse poderio.

Refiro-me à ação de Getúlio criando, em 1945, seus dois partidos, o PSD e o PTB. Eram exigidas, então, 50 mil assinaturas de eleitores para fundar um partido político. O PSD, criado por Getúlio com sua mão direita, como o partido dos governadores de estado e dos dirigentes de órgãos públicos, não teve dificuldades, entregou logo suas listas. O PTB, criado por Getúlio com sua mão esquerda, não conseguia alcançar o número exigido. Chegou no máximo a 10 mil assinaturas semanas antes do prazo final de registro. Getúlio se inquietava procurando saber o que sucedia. Barreto Pinto, encarregado de compor as listas, que sempre vinha desconversando, um dia chegou eufórico, dizendo que alcançara, afinal, as 50 mil assinaturas. Getúlio se preocupou, quis saber como aquele número impossível fora alcançado. Temia alguma falsificação. Barreto Pinto o tranquilizou: "Nada disso, senhor presidente, as resmas de assinaturas do PSD superam os cem mil. Tirei as que precisávamos".

Nos meios de esquerda, geralmente se ignoram esses fatos capitais da história brasileira, correndo o risco de se atrelarem a outros contextos históricos. Desde 1954 eu me alinhei com os que retomam essa tradição para levá-la adiante, lutando a partir de duas posturas. O trabalhismo sectariamente pró-assalariado, tanto quanto as correntes opostas são sectariamente pró-patronais. E o nacionalismo, que é o compromisso de lutar por um Brasil autônomo e próspero, reordenado para que sirva, prioritariamente, a seu próprio povo.

Quem melhor encarnou a tradição de Getúlio Vargas foi João Goulart, atacado pelos políticos profissionais como o maior perigo que eles enfrentavam. Reconhecido pelos trabalhadores e pelo eleitorado como quem melhor os representava e defendia. Mas discriminado pelos intelectuais, que o viam como um inocente, despreparado para o exercício do poder. Qualquer intelectual que leu meia dúzia de livros se acha competentíssimo e não tem apreço nenhum por um político de direita ou de esquerda, vendo-os todos como ignorantes. Na verdade, políticos como Jango e Brizola têm um conhecimento muito mais copioso do que qualquer intelectual sobre os temas realmente relevantes para o país, como o sistema de governo, a estrutura institucional, os conflitos dos grandes grupos de interesse e os caminhos pelos quais possam realizar mudanças concretas.

Conheci Jango no apartamento em que ele estava hospedado em Copacabana, logo depois de seu casamento. Conversamos longamente, e eu me surpreendi com seu profundo conhecimento da máquina do governo, das estruturas partidárias, dos setores econômicos. Mais ainda me impressionou nele sua identificação profunda com os trabalhadores e seu nacionalismo, que não era apenas uma postura de homem de fronteira, mas uma visão da contraposição antagônica entre os interesses nacionais e os estrangeiros.

Jango

João Belchior Marques Goulart nasceu a 1º de março de 1918, num casarão da cidade de São Borja, no Rio Grande do Sul, filho de um rico estancieiro. Ele e Getúlio Vargas, também nascido ali, traziam marcas indeléveis de sua comunidade nativa. O espírito de fronteiriço que lhes emprestava nativismo caloroso se converteu em nacionalismo político ativo. E o talento para a convivência íntima mas desigual com as classes subalternas. Ambos tinham uma evidente capacidade de conviver, de liderar e de se fazer respeitar por trabalhadores ou líderes trabalhistas que com eles tivesse contato. É inimaginável um mineiro deixando-se pentear, como Gregório fazia com Getúlio. É também inimaginável a convivência amiga da roda do chimarrão, todos chupando da mesma guampa e conversando por horas sem que isso tolde sequer o respeito pelo patrão.

Esse talento é, provavelmente, característica distintiva dos povos pastoris, que geram facilmente grupos de cavaleiros rebeldes, armados e agressivos, mas vinculados por uma camaradagem hierárquica. No Rio Grande, composto de senhores de terras e gados e de gaúchos pobres, dá-se o mesmo. No Nordeste, os cavaleiros combativos são jagunços, recrutados todos entre sertanejos pobres, e não há nenhuma convivência simétrica entre eles.

As próprias lides pastoris ensejam um convívio social mais igualitário, impossível nas zonas propriamente rurais, em que se enfrentam os fazendeirões e os enxadeiros a eles subordinados e servis. Lidar com cavalos exige perícia e brio que no mais das vezes estão mais nos muitos gaúchos peões do que nos poucos gaúchos patrões, perfeitamente capazes de compreender, estimar e aproveitar os talentos de seus homens.

Lembro-me do sepultamento de Jango, que veio morto da Argentina. Ali estava todo o povo de São Borja e numerosos políticos. Não me deixaram falar, temendo meus rompantes. Tancredo falou. Fiquei recordando a tristeza de Jango, já não pela derrubada do governo, mas pela dureza da ditadura, que o impedia de voltar ao Brasil. Nisso estão todos mancomunados. "Voltarei morto, com essa gente segurando a alça do meu caixão."

Afastado da multidão que cercava a sepultura, e cansado, me sentei num túmulo singelo de mármore que estava ali perto. Só depois reparei que era o túmulo de Getúlio. Os dois plantados ali, um ao lado do outro.

Jango encontra Getúlio em condições singulares. Desapeado do poder em 1945 por um golpe militar, Getúlio estava na sua fazenda de Itu, isolado e triste. Lá ia vê-lo um jovem estancieiro, já muito rico, para tomar chimarrão e conversar. Getúlio fez a cabeça de Jango e, quando saiu para retomar a Presidência pelo voto, Jango foi o chefe de sua campanha eleitoral.

Jango era, já então, um rico invernista. Engordava, para vender aos frigoríficos, mais de 20 mil bois a cada ano. Controlava um rebanho de 30 mil cabeças em pastos arrendados de particulares e até do Exército. Não tinha, porém, a empáfia que geralmente corresponde à condição de invernista rico. Ao contrário, era homem simples, cordial e afável, mais disposto a explicar o que queria do que a ordenar.

Eleito presidente, Getúlio fez de Jango seu ministro do Trabalho, porque já reconhecia nele a sensibilidade que ele próprio tinha, raríssima nas classes dominantes brasileiras, para as modestas aspirações dos trabalhadores, bem como a coragem de encabeçar a luta por elas fazendo-se um líder trabalhista. O fato de que foi imediatamente reconhecido e ferozmente combatido como tal destacou Jango entre os políticos brasileiros como o mais identificado com as causas populares. O prestígio alcançado pelo exercício cada vez mais temerário desse papel não só o credenciou para chefiar o PTB, mas fez dele o melhor candidato à vice-presidência que um presidente poderia ter, porque arrastava consigo um amplo eleitorado próprio. Na verdade, Jango, cuja candidatura a vice foi muito combatida pela direita, teve 500 mil votos mais que Juscelino Kubitschek. Como ministro do Trabalho, Jango combinou com Getúlio dobrar o salário-mínimo, que ficara congelado durante todo o mandato de Dutra.

Assim que o decreto foi divulgado, levantou-se contra o presidente a maior oposição, sobretudo por parte dos militares, liderados por Golbery e Mamede, coronéis que lançaram um manifesto apoiado por manifestações de tropa contra o aumento salarial que não os afetava, mas os ofendia. Nascem assim, nesse quadro, duas personalidades da história recente do Brasil. De um lado Jango, encarnando a política trabalhista e nacionalista de Getúlio, e do outro Golbery, o reacionarismo mais tacanho, com fumaças geopolíticas que pressionam seus companheiros de tropa. Getúlio teve que voltar atrás com o decreto, exonerar Jango e organizar, primeiro, um dispositivo militar que lhe permitisse retomar a questão. Isso foi feito e, a seu tempo, o salário-mínimo foi dobrado e Jango voltou ao Ministério do Trabalho.

Amadurecem assim duas figuras opostas. Jango cresce como líder trabalhista e nacionalista que sucederia a Vargas na orientação do trabalhismo. Golbery vira *profiteur* da UDN, que articula a operação udenista que levaria Getúlio ao suicídio. Engole, depois, obrigado, a eleição de JK. Mais tarde, se faz militante do golpe militar que derrubou Jango e se investe no uniforme de eminência parda dos militares postos na Presidência.

O João Goulart que assume a Presidência em 1961 era um político experimentado na arena política. Teria uma carreira brilhante e tranquila se se comportasse como os políticos de sua classe. Ele era diferente, porém, por sua adesão, herdada de Getúlio, mas muito mais profunda, à classe trabalhadora, cujos interesses defendia com a mesma gana com que o PSD e a UDN defendiam as classes empresariais.

Jango era, também, ao contrário do que se diz, um homem preparado para o exercício do poder, que não tinha para ele os encantos da pompa, mas o desafio de reformar a institucionalidade para transformar a realidade social a favor dos mais pobres. Ao longo de sua vida de líder trabalhista, Jango foi formulando um ideal próprio que respondia às reivindicações fundamentais dos trabalhadores. Assim é que ele chega à Presidência, já com duas ideias oriundas da *Carta-testamento*: colocar sob controle o capital estrangeiro e criar a Eletrobras como a grande organização que, já sob seu governo, empreenderia a multiplicação do potencial energético do Brasil. Para além da *Carta*, Jango queria garantir e regular o direito de greve e empreender a sindicalização dos trabalhadores rurais. Pretendia também promover uma reforma agrária que desse um quinhão de terra a milhões de famílias desalojadas do campo pelos latifundiários. Esperava ainda reformar o sistema fiscal, para não pesar tanto sobre os assalariados, e redistribuir as rendas públicas em favor dos estados. Queria ainda congelar os aluguéis, reformar a educação, o sistema bancário, a administração pública, a previdência social e o sistema partidário.

Sabendo que essa era sua índole, as classes dominantes levantaram contra ele a maior oposição que eram capazes de mover. Já no começo de sua carreira, quando Jango, como ministro do Trabalho, quis dobrar o salário-mínimo, levantou-se a maior grita. Depois quiseram obstar a candidatura de Jango a vice-presidente de JK. Não conseguiram, porque ele já era, visivelmente, o grande eleitor do Brasil, sem cujo apoio o PSD não alcançaria a Presidência. Por fim vetaram, após a renúncia de Jânio, que Jango assumisse a Presidência. Só consentiram ao ver que teriam que enfrentar uma guerra cruenta comandada por Brizola. Preferiram a manobra parlamentar de cortar-lhe os poderes, implantando o parlamentarismo.

Todo o ódio que as classes dominantes sempre tiveram a Getúlio Vargas por sua política trabalhista se derramou contra João Goulart como seu sucessor. Só Brizola foi mais atacado do que Jango por toda a mídia e através dos procedimentos mais sujos. Lacerda chegou a falsificar uma carta que um suposto deputado argentino teria escrito a Jango, cujo desmentido, alcançado na Justiça, custou enorme esforço. Seu objetivo era incompatibilizar Jango com a oficialidade, como um perigoso conspirador da fronteira sobre a qual eles estavam sempre atentos, que era a Argentina. Esses ataques subiram em escalada, chegando afinal até o planejamento de seu assassinato. Com efeito, o Exército, numa vistoria das imediações da casa de Jango, em Jacarepaguá, encontrou enorme armamento ofensivo que, obviamente, se destinava a um atentado contra ele e sua família.

Essa tendência perigosa criava problemas para os oficiais que davam segurança a Jango e para a própria Casa Civil. Mais de uma vez falei com ele sobre a necessidade de proteger-se. Mas era impossível dissuadi-lo, por exemplo, das escapadas que fazia para descansar do ambiente de tensão que havia nos palácios. O que mais gostava era de ir com o avião presidencial até uma fazenda que ele estava abrindo em Goiás, lá obrigar os oficiais a regressar, inclusive o encarregado da caixa-preta, que era um sistema de comunicação que devia estar sempre perto dele. Queria é, acompanhado só de um roceiro de lá, vistoriar os trabalhos, andando a pé, e pescar por horas num rio em cuja margem às vezes dormia. Gostava também, muito, de sair, no Rio e em Brasília, só, em seu carro, para longos passeios ou para visitar de surpresa os velhos amigos com quem mais gostava de conversar.

A direita tinha razão de temer Jango. Sob sua direção, o PTB cresceu de 22 deputados em 1946 para 66 em 1958 e para 116 em 1962. Na verdade, tinha 136, porque Jango guardava na gaveta cartas de vinte parlamentares pedindo ingresso no PTB. Já era, pois, o maior partido do Congresso e o mais capaz de crescer. Um concorrente perigosíssimo para as eleições presidenciais de 1965.

Cibilis Viana era um dos principais amigos e colaboradores de Jango. Comentando sobre o encontro de Jango e Glauber Rocha que eu intentei em Montevidéu, escreveu estas palavras:

> Jango causou-lhe profunda impressão devido ao seu acendrado sentimento humanista, ao grande amor por seu povo e ao seu País. Jango não fazia distinção entre as pessoas — homem ou mulher, branco ou negro, operário ou patrão, pobre ou rico. Aceitava-as com grande dose de tolerância. Sua aspiração maior era a de que todos os brasileiros desfrutassem de uma vida de paz e trabalho, vivessem em harmonia, sem ressentimentos, sem preconceitos e sem ódios. Todos, entre si, tolerantes e solidários. Assim compreendia a vida porque amava seu povo e tinha apego ao seu país.
>
> Jango expressou esses sentimentos menos pelas palavras do que pela expressão facial, pelo olhar, pela forma sincera com que expressava seu pensamento, enfim, pela força interior que emanava de todo o seu ser. Como presidente, chegou à conclusão de que o país precisava de reformas. Foi sua insistência em promover a reforma agrária pelo consenso que motivou o golpe de 1964, depondo-o e obrigando-o a asilar-se no Uruguai. Lá Jango permaneceu doze anos. Nunca se conformou por ser obrigado a viver longe de seu país, afastado do convívio do seu povo.

Posse e poder

Jango estava em Cingapura, no curso de uma visita oficial à China, quando Jânio renunciou. Tranquilo, ele regressou devagar, deixando a crise amadurecer. Soube que Ranieri Mazzilli, empurrado por Auro de Moura Andrade, assumira a Presidência interinamente. Soube, depois, que o mesmo Mazzilli comunicou em ofício a Auro, presidente do Congresso, que os três ministros militares, responsáveis pela ordem interna, manifestaram a ele a absoluta inconveniência, por motivo de segurança nacional, do retorno do vice-presidente. Soube, ainda, do golpe parlamentar que o Congresso aprovara, arrombando a Constituição para derrogar o presidencialismo, instituindo um parlamentarismo casuísta, destinado a tranquilizar os militares e as elites brasileiras.

Soube, finalmente, da operação mosquito, armada na Aeronáutica para bombardear, no ar, o avião que o levasse do Rio Grande do Sul a Brasília. Esse seria o primeiro ato terrorista dos militares contra o governo de Jango. Muitos outros foram armados depois, alguns com êxito, alguns frustrados.

É nesse quadro conflitivo que Jango se esforça para assumir o governo. A crise é seriíssima. De um lado, os ministros militares vetam cruamente seus direitos constitucionais. Por outro lado, Brizola levanta primeiro o Rio Grande; depois grande parte do país, para um enfrentamento armado no estilo de 1930. O que tornava, então, a luta armada um projeto pensável para assegurar a Jango a assunção à Presidência na plenitude dos poderes era o forte apoio que o governador Leonel Brizola conseguira. Ele somava as forças da poderosa brigada gaúcha à força do Terceiro Exército, que era o mais forte do país, e um crescente voluntariado popular.

Jango, porém, obedecendo à sua inclinação, oposta à de Brizola, procurava seu caminho, preferencialmente pacífico. Retornara vagarosamente, fazendo contatos com numerosos políticos, e já estivera com Tancredo Neves em Montevidéu, no dia 3 de setembro, antes de chegar a Porto Alegre, examinando as potencialidades parlamentaristas. Não pôde conhecer, porém, a posição das esquerdas, sintetizada por Almino Affonso nestas palavras:

> O parlamentarismo, agora, é golpe branco das forças reacionárias. É o mesmo golpe, em termos civis, que os militares tentaram dar. É eminentemente de sentido reacionário. Não significa apenas um veto ao seu nome. É o veto a todos que se propõem defender as teses que correspondem hoje aos interesses do povo.

Aceita, afinal, a saída parlamentarista e faz de Tancredo Neves seu primeiro-ministro, que exerceria o cargo com sua extraordinária habilidade política. O próprio Tancredo percebia bem a inviabilidade de um parlamentarismo de afogadilho, inventado pelo Congresso, para pôr fim à agitação militar.

Tancredo afastou-se do cargo um ano depois para disputar eleição para deputado em Minas Gerais. Jango tenta, a seguir, fazer de San Tiago Dantas seu primeiro-ministro. O Congresso não apoia. Aprova e impõe é o nome de Auro de Moura Andrade, reacionaríssimo, que não consegue compor um ministério que Jango aceitasse. Vê publicada a carta prévia de renúncia que entregara ao presidente. A sua saída é forçada também por uma greve geral, a primeira do Brasil, de apoio ao presidente João Goulart.

Jango volta a propor um homem seu, Brochado da Rocha, um gaúcho muito respeitado e competente que assume o cargo de primeiro-ministro. Mas dura pouco pelas exigências que fazia ao Congresso de conferir-lhe delegações legislativas para decretar reformas sociais. Sentindo-se desatendido e desrespeitado, sai do governo.

Jango consegue, então, com extraordinária habilidade, manipulando uma dissensão militar — de que falarei depois —, impor ao Congresso o nome de Hermes Lima para primeiro-ministro, com a liberdade de compor seu próprio gabinete sem consulta ao Congresso. Nessa onda é que eu fui feito ministro da Educação.

Jango era um pacifista, um conciliador. Queria alcançar suas reformas de base pela persuasão. Elas eram, porém, fortes demais para ser pacificamente admitidas pela velha classe dominante brasileira. Algozes de nosso povo, sem resquício algum de consciência social ou de brio nacional, ela não quer mudar nada. São pouco mais de 20 mil grandes proprietários de terras e de empresas que condenam dezenas de milhões de brasileiros ao desemprego, à fome e à criminalidade, porque a velha classe não abre mão de seus privilégios.

O que Jango propunha era tão somente um capitalismo progressista como o norte-americano. Reformas equivalentes às leis que eles fizeram um século antes para impedir o monopólio das terras. Leis nacionalistas como as que eles promulgaram após a Independência para estancar a sangria de divisas que os levaria à falência. Mas nossas elites não são equiparáveis às norte-americanas. Os ancestrais das nossas eram senhores de escravos, viciados em gastar gente aos milhões como carvão humano de seus engenhos e minas.

O pior, na visão conservadora da elite brasileira, é que viam Jango como um trânsfuga, traidor de sua classe. Sendo muito mais rico que eles, dono de grandes fazendas, empresário milionário, tinha olhos abertos para a miséria do povo brasileiro. Sentia-se responsável por ela e para liquidá-la só pedia que a institucionalidade se abrisse para abrigar, sob o amparo da lei, milhões de brasileiros.

O exercício do poder era um fardo pesado para Jango, que não sabia tirar dele os gozos que tanto gratificavam a JK, por exemplo. Para ele, o poder era um fardo, uma destinação. Queria cumprir o que lhe parecia fundamental para o Brasil e estava expresso na *Carta-testamento* de Getúlio. Primeirissimamente, pôr sob controle as transnacionais. Queria sobretudo — ele que era grande proprietário rural — quebrar o monopólio da terra, desnecessário, de caráter especulativo, que condenava o povo à fome.

As velhas elites viam Jango como o político que surgira dobrando o salário-mínimo, que crescera como o sucessor de Getúlio Vargas e que estava à frente do Partido Trabalhista Brasileiro, que crescia cada vez mais, desbancando o velho PSD e a UDN, que murchavam. Sabia-se que, nas eleições de 1965, o PTB poderia ter maioria no Congresso e eleger o presidente da República.

Jango articula, em meio a todas essas dificuldades, alguns avanços políticos importantes. Consegue que o plebiscito popular, para julgar se o país seria presidencialista ou parlamentarista, em lugar de ser realizado em 1966, fosse antecipado para 6 de janeiro de 1963. Outra vitória foi a autorização para compor um gabinete provisório, independentemente de aprovação do Congresso, cujo primeiro-ministro, Hermes Lima, foi escolhido por Jango com o compromisso de fazer do Poder Executivo um instrumento para ganharmos o plebiscito. Um terceiro avanço foi a municipalização do sistema de saúde, velho projeto de Mário Magalhães concretizado por Wilson Fadul e que tem hoje grande atualidade, porque foi retomado pelo ministro Jatene.

O convívio com o presidente João Goulart era afável. Jango era um homem bom, sensível, até escrevia bem e era muito inteligente. Nenhum medíocre chega a ser duas vezes vice-presidente e a assumir e exercer a Presidência tendo como ministros algumas das figuras mais prestigiosas do Brasil. Por exemplo, Celso Furtado, San Tiago Dantas, Hermes Lima, Gabriel Passos, João Mangabeira, Eliezer Batista, Wilson Fadul, Almino Affonso, Evandro Lins e Silva; políticos da altitude de Tancredo Neves, Franco Montoro, Ulysses Guimarães, Hélio de Almeida e Carvalho Pinto; empresários como José Ermírio de Moraes e outros.

Seu feitio, porém, era para tempos mais tranquilos, em que pudesse, como Getúlio, reger o governo para servir aos trabalhadores e à nação, defendendo os interesses brasileiros. Jango queria mais. Sua ambição maior era fazer a reforma agrária e pôr sob controle do Estado a exploração do capital estrangeiro, denunciada várias vezes por Getúlio, reconhecida como o mais grave problema do Brasil.

Jango era, como disse, um rico estancieiro quando assumiu a Presidência. Tinha, porém, uma invulgar sensibilidade social, qualidade que Getúlio reconheceu já no seu retiro numa fazenda de Itu, vizinha à de Jango, que o visitava frequentemente para o chimarrão e a conversa.

Ideologias

Jango cuidou durante anos de preparar os trabalhistas para o coexercício do poder, convertendo dirigentes sindicais e quadros da esquerda em próceres do quadro político nacional. O que tinha em mente era criar um partido político no estilo do Partido Trabalhista britânico, com seu poderio assentado nos sindicatos, dando voz aos assalariados nas decisões políticas nacionais.

Era isso precisamente o que a direita temia ao denunciar os riscos fatais de uma república sindical. Nada havia de mais natural para eles do que o exercício do poder pelo patronato fazendeiro atrasadíssimo, ou pelo patronato urbano, cheio de ódio classista. Admitiam até mesmo a transferência do poder efetivo para o corpo gerencial das empresas estrangeiras e, sempre que estavam em perigo, passavam o governo a militares confiáveis. O inadmissível era que o povo trabalhador tivesse também qualquer grau de influência. O Brasil tem uma institucionalidade tão arcaica em relação ao mundo civilizado que só a arbitrariedade classista mais crua consegue mantê-la, contra a vontade do povo e os interesses da nação.

Essa polarização foi muito bem compreendida por alguns dos líderes mais lúcidos do Brasil. Assim foi com San Tiago Dantas, que, podendo ingressar em qualquer partido, escolheu incorporar-se ao PTB, que via como um futuro partido socialista moderno que lavaria seu passado integralista. Era também aquele que melhor se oferecia para que viesse a candidatar-se à Presidência da República. O mesmo se deu com Hermes Lima, Wilson Fadul, João Mangabeira, Gabriel Passos e Domingos Velasco, que transcenderam do seu socialismo utópico para o trabalhismo dinâmico sob a liderança de Jango.

Foi também nessa corrente que eu me integrei, confiante em que era a única capaz de realizar as potencialidades brasileiras, promovendo as profundas reformas estruturais indispensáveis e inadiáveis para que o Brasil desse certo. O Partido Comunista, único que operava competitivamente nas áreas populares, depois de um momento de glória ensejado pelo prestismo do pós-guerra, fora jogado na clandestinidade.

Caíra, ele próprio, numa decadência que só lhe permitia uma existência conspirativa que se efetivava clandestinamente através dos sindicatos janguistas e do PTB.

Nesse espaço é que cresceram, por sua ação política paralela à de Jango, Temístocles Batista, ferroviário; Osvaldo Pacheco, portuário; e Roberto Morena, que se apresentava como marceneiro. Na verdade, era tão marceneiro quanto fora criança. Criou-se e cresceu foi no movimento comunista mundial, principalmente na Guerra da Espanha e no sindicalismo brasileiro. Foi a presença dessas grandes lideranças comunistas que possibilitou a ascensão de uma esquerda trabalhista, operária, cuja principal figura foi Clodesmidt Riani, que derrubou a figura simbólica do pelego Deocleciano de Holanda Cavalcante — que só andava de Cadillac com chofer —, tomando dele a direção da Confederação dos Trabalhadores da Indústria.

Essa aliança fecunda com os trabalhistas não permitiu nunca que os comunistas identificassem no trabalhismo de Jango a via pacífica que eles pregavam. Consideravam-na um mero desvio histórico, porque a tal via só se efetivaria sob a sonhada hegemonia operária. Isso significa que trabalhavam juntos, cooperavam conosco, mas sempre com a reserva de que sua revolução era outra. Tinham razão. De fato era.

Nesse quadro, passei a ver o socialismo como a progressão do trabalhismo através da incorporação do campesinato ao sistema econômico e político brasileiro pela reforma agrária e através do controle das multinacionais. Esse é o caminho brasileiro da revolução social. Não uma revolução cerebrinamente socialista, mas concretamente socialista, porque pós-capitalista, pela impotência do capitalismo para promover uma prosperidade generalizável.

Tratava-se de levar à frente a Revolução de 1930, criando um governo nacionalista, capaz de enfrentar o estrangulamento imperialista. Um governo vinculado aos sindicatos, capaz de mobilizá-los para grandes atos de massa. Um governo socialmente responsável ante as populações pobres da cidade e do campo. Um governo orientado para o capitalismo de Estado, capaz de fortalecer as grandes empresas públicas como a Petrobras, a Vale, a CSN, o Banco do Brasil, e de criar novas empresas públicas, como a Eletrobras e a Embratel. Um governo predisposto a realizar a reforma urbana, que garantisse aos trabalhadores pobres a propriedade de sua moradia, chamando ao poder público as relações com os proprietários da terra que ocupavam.

Essas eram as questões substantivas. As adjetivas, também importantes, eram inumeráveis, como a reforma fiscal, a reforma administrativa, a reforma eleitoral, a reforma universitária, além de uma nova prática política que contivesse a inflação e controlasse os movimentos grevistas. Esse complexo de diretrizes de governo apontava para um socialismo evolutivo, oposto ao revolucionário, que eu formularia depois, já no exílio.

Essa era também a visão de Jango, expressa quando ele se permitia falar de socialismo e revolução e proposta objetivamente em sua última mensagem presidencial como o "caminho brasileiro" para a revolução social. Foi com essa visão do mundo e do Brasil que eu assumi a chefia da Casa Civil para administrar o governo e coordenar a campanha pelas reformas de base. Conseguimos desencadear o mais amplo e profundo movimento reformista da história brasileira, atraindo para ele quase todas as esquerdas não radicais e toda a intelectualidade brasileira. Sem um golpe militar articulado em Washington, realizado pelos militares mais reacionários e pelos três governadores hostis, teríamos alcançado as reformas que viabilizariam o Brasil. Elas aí estão como a tarefa do futuro.

Nesse movimento pelas reformas, o Partido Trabalhista Brasileiro viveu seu amadurecimento interno em interação constante com Jango, promovido por lideranças políticas vigorosas, como a do "grupo compacto", liderado por Almino Affonso, Sérgio Magalhães, Temperani Pereira, Bocaiuva Cunha, Rubens Paiva, Doutel de Andrade, Benedito Cerqueira, José Gomes Talarico e muitos outros políticos de esquerda. E, por outro lado, pela liderança combativa de Brizola e seus aliados, que empurravam o partido para os enfrentamentos que se ofereciam, seguros de que só na marra se venceria a direita, o que não correspondia aos pendores de Jango.

Na Presidência, Jango sempre se viu colocado entre essas correntes opostas, que o puxavam para a esquerda, e a realidade de seu apoio sindical e popular, que não admitia esquerdismos nem aventureirismos. Seu projeto era impor aos antigos donos da máquina política brasileira, extremamente reacionária, um partido de esquerda e de massas que, pelo seu poderio eleitoral, pudesse liderar e impor as reformas de base dentro da democracia, para assegurar uma vida melhor ao povo brasileiro. Era impor à direita a democracia, a representação eleitoral, o voto popular maciço para transfigurar o Brasil.

Graças a sua extraordinária habilidade política, Jango fez crescer o trabalhismo, atrelando a ele quem pudesse atrair de todos os estados, inclusive reacionários. Mas manteve firmemente a condução do trabalhismo, ciumentíssimo de quem ousasse desafiá-lo nesse campo com pretensões de comando. Sob sua liderança, o trabalhismo alcançou conquistas sociais só comparáveis às que se deve a Getúlio Vargas. Repeliu, porém, qualquer aventureirismo ou golpismo, mesmo porque seu orgulho maior era impor as reformas sociais indispensáveis ao Brasil, conquistando-as pela ação política e pela persuasão.

Essa postura democrática, louvável em tempos comuns, ficava insuficiente quando se pretendia implantar transformações sociais claramente opostas aos interesses internos do latifúndio e aos externos das multinacionais. Havia, a certa altura de nossa atuação no governo, dois desafios, que se agudizavam cada vez mais, exigindo ação política e também alguma estruturação para enfrentamentos maiores. O desafio de ganhar as esquerdas para as reformas de base como o projeto próprio da revolução brasileira, apoiado pela população, inclusive pela classe média, mas negaceado pelos comunistas e combatido pelas esquerdas radicais, que queriam mais.

Uma das dores que mais me doeram naqueles tempos era a de ver a intelectualidade cheia de dúvidas quanto ao programa de reformas que a direita execrava como a revolução sindical comunista, absolutamente inadmissível. Todos tinham a cabeça feita pela ideologia comunista, que só admitia como revolução social a de forma soviética ou cubana. Queríamos levar adiante a Revolução de 1930, reabrindo seu poder transformador, o que a intelectualidade udenoide desmerecia como inconsequente, porque não constituía o que eles chamavam de revolução.

O outro desafio crucial era alcançar apoio das Forças Armadas, ou de parte significativa delas, para as reformas de base e para o governo que as pusesse em ação e que, presumivelmente, enfrentaria a mais dura hostilidade de toda a direita. Essa conquista enfrentava, entretanto, dois impedimentos fundamentais. A impotência política do dispositivo militar, que Jango teimava em manter porque um dos seus temores era um forte comando, de direita ou de esquerda. Exemplifica essa situação o afastamento de Kruel do Ministério da Guerra e também de Osvino, ou seja, de fortes militares, da esquerda ou da direita, ambos capazes de manter a disciplina do apoio técnico das Forças Armadas, mas cuja nomeação seria temerária.

O segundo impedimento a um apoio militar fiel ao governo vinha das provocações irresponsáveis da esquerda, agitando politicamente a suboficialidade de sargentos e cabos, ameaçando quebrar a hierarquia, que viabiliza o comando das Forças Armadas. Seu efeito foi lançar quase toda a oficialidade na conspiração direitista. Dissuadi-me logo da ilusão de que poderia comprometer o Exército no desarmamento dos latifundiários, que Adhemar de Barros vinha provendo de metralhadoras trazidas de Kombi desde o Paraguai.

Nessas circunstâncias, diante de esquerdas ambíguas e militares renitentes, a implantação de um governo de reformas passa a constituir uma via arriscada, não só pelas ações subversivas da direita golpista, mas também pelo receio de que, no curso de uma ação revolucionária, o poder escapasse das mãos do presidente para cair nas de Brizola ou de uma conjunção das esquerdas. Nunca houve risco concreto de que sobreviria essa situação dramática, mas isso estava na linha das possibilidades.

Eu atuava debaixo do conceito de que o feito, mais que o perfeito, é que fica na História. Mas as esquerdas não abriam mão do perfeito, e o feito alcançável era o pavor das direitas. Jango, por formação, não sairia jamais da legalidade e da luta política persuasória, o que foi se tornando insuficiente para temporizar a reação e demasiado para ser suportado pelas esquerdas insurgentes.

Quando se viu desafiado a escolher, em 1961, entre o caminho que Brizola lhe abria e a humilhação do golpe parlamentarista, optou por este último, reafirmando seu caráter conciliador. A alternativa de Brizola, contando com o apoio da Brigada Gaúcha e do Terceiro Exército, além de um grande voluntariado gaúcho, pretendia nada menos que assaltar e tomar o poder, dissolver o Congresso pelo crime de haver imposto ilegalmente o parlamentarismo e convocar uma Assembleia Nacional Constituinte. Perspectiva brilhante para outro homem, não para Jango. Ele preferiu atuar dissuasoriamente para, por meios pacíficos, ao longo de um ano de esforços, obrigar o Congresso a devolver-lhe os poderes presidenciais.

O importante a assinalar é que Jango o conseguiu, antecipando para 1963 o plebiscito programado para 1966. Enfrentou o poderio das classes dominantes, concretizando grandes conquistas para o povo brasileiro, apesar da oposição descarada do governo norte-americano, do patronato brasileiro e de sua casta política tradicional, de pendor udenista.

Os inocentes costumam caracterizar Getúlio e Jango como populistas, conceito correspondente aos que fazem carreiras demagógicas, tudo prometendo ao povo para, montados no poder, servir às classes dominantes. É o caso, no Brasil, de Adhemar de Barros e Jânio Quadros. Jamais o de Getúlio e Jango, ambos desapeados do poder pelos setores mais reacionários, precisamente porque não eram populistas, mas temidos pela reação por sua postura oposta. Tinham pavor do pendor reformista de ambos, que ameaçava comprometer a velha estrutura oligárquica de poder, assentada no latifúndio e na submissão a interesses estrangeiros.

Outra conceituação do trabalhismo reformista de Getúlio e de Jango como populista vem dos comunistas. Estes, não reconhecendo como via revolucionária senão a soviética, da propriedade estatal e da ditadura partidária, negam qualquer virtude ao reformismo, que procura fazer o que é praticável aqui e agora para os assalariados. Especialmente o reformismo getulista e janguista, que ganha imenso apoio de massas na mesma medida em que estas repelem a tutela política comunista. É de assinalar que os comunistas, inviabilizados pela legislação, que lhes cortou a legalidade, mas principalmente pela sua linha política, viviam e atuavam debaixo da sombra do trabalhismo. Mas sempre o rejeitando como um populismo inconsequente.

As pequenas esquerdas radicais, trotskistas, católicas e outras, inspiradas na revolução cubana, não toleravam o governo de João Goulart. Lutavam pelo socialismo por via direta, sem as etapas supostas pelos comunistas. Não apoiavam nem sequer a reforma agrária e as ações parlamentares nacionalistas. Tudo para eles só fortalecia a ordem vigente, atrasando a revolução. Seu propósito era derrubar o governo. Buscavam espaço próprio de pregação e ação, principalmente junto aos estudantes.

Seu radicalismo era tal que a Ação Popular (AP) chegou a pressionar Paulo de Tarso, ministro da Educação, para que ele se demitisse, porque o governo Jango não era suficientemente esquerdista para eles.

Isso sucedeu em 1963, quando nosso governo estava sendo derrubado pela direita, porque seu esquerdismo era inaceitável.

Um dos principais grupos radicais era a Polop [Organização Revolucionária Marxista Política Operária], que atuava principalmente em Brasília, na UnB e no ginásio experimental. Chegaram a envolver-se no Levante dos Sargentos, mas se assustaram quando o Exército abriu fogo contra os insurgentes. Sua ação principal era a agitação dos secundaristas, que faziam grandes badernas nas suas escolas e em toda parte. Não podiam ser presos, porque na cadeia abriam gritaria infernal e centenas de outros meninotes e moçoilas gritavam do lado de fora, pedindo para ser presos. Sua loucura maior se deu na tarde em que decidiram atacar o governo. Milhares de jovens, rapazes e moças, invadiram os ministérios, atemorizando os funcionários e rasgando papéis. A certa hora, decidiram invadir o Congresso Nacional. Pusemos então um cerco de soldados lado a lado, com ordem de não ferir nenhum estudante, apenas contê-los. Percebendo isso, os rapazes e as moças entraram de caneladas e de cusparadas nos soldados. Ordenei uma coça neles, que acabou em minutos com a anarquia.

A dificuldade que as esquerdas têm hoje de definir um projeto próprio que a população brasileira aceite como seu caminho decorre, em grande parte, de sua animosidade explícita ou recôndita contra o nacionalismo oposto às globalizações, e contra o trabalhismo reformista oposto à irresponsabilidade social do liberalismo. Sua tarefa histórica é recuperar o que os trabalhadores perderam com a ditadura militar, como as indenizações por demissão imotivada e a estabilidade de tipo japonês no emprego. Há, obviamente, muita coisa mais a formular no novo Projeto Brasil. Mas temos que partir dessas reivindicações e da defesa do que nos resta: o imposto sindical, que sustenta nosso amplíssimo sistema sindical, e a unidade sindical, que se opõe tanto aos sindicatos de empresas norte-americanas quanto ao socialismo de sacristia dos italianos, que fraciona os sindicatos — católicos, socialistas, democratas-cristãos —, inviabilizando a unidade do movimento operário.

A oposição ao imposto e à unidade sindical tem componentes espúrios, que são os subsídios de organizações estrangeiras, que se opõem ferozmente a eles, negando-se a dar qualquer ajuda a quem queira manter essas conquistas operárias, sejam partidos políticos, sejam confederações sindicais. Esse é um dos caminhos pelos quais a revolução brasileira se enreda, numa teia constritora.

Não pense o leitor, pelo que digo aqui, que eu não goste das esquerdas. Muito ao contrário. Sou de esquerda e acho que ela é a salvação do mundo. Fora da esquerda só há a indiferença, que é imbecil demais, ou a direita, que é sagaz demais. Eu as critico criticando a nós, sangrando em minha carne, porque isso é indispensável para que a esquerda cumpra sua missão, extraordinariamente difícil. Tão difícil que, ao longo da História, só temos conhecido derrotas. Estamos desafiados a um esforço de autossuperação para, afinal, vencer a reação. Existe uma intelectualidade vadia pregando que a direita é burra. Não é, não. Inclusive porque a maioria dos intelectuais com boa formação acadêmica está a serviço dela e é para isso subsidiada, quando não é direitista vocacional ou herdeira.

Tudo isso é tanto mais grave porque a direita tem em suas mãos e controla estreitamente toda a mídia. Através dela, faz a cabeça de quase toda a classe média influente, convencida, pelo bombardeio diário dos jornais, das rádios e das televisões, de que o mundo inteiro se está globalizando alegremente, e em benefício dos pobres. De que, se os ricos enriquecerem muito mais, distribuirão suas riquezas com os pobres. De que a privatização é o caminho do progresso, mesmo quando se faz pela doação de bens públicos. De que os estrangeiros, ou os brasileiros com eles irmanados, são sempre melhores que os nativos. A pregação uníssona desse discurso torna-o cada vez mais verossímil, levando muita gente a embarcar nas canoas do neoliberalismo, da globalização e da privatização.

Os comunistas têm um talento invejável: o de se assenhorear de diretrizes políticas singelas ou de inventar outras, que eletrizam multidões. Justamente eles, que são tão ideológicos, tão principistas, só usam esses saberes teóricos para formar seus quadros. Ao povo o que dão são diretivas simples, como a do "O petróleo é nosso", que criou a Petrobras, ou "Getúlio, pai dos pobres", em que se assentava o velho PTB. Outras diretrizes agrediam a oposição, com um nome virtuosíssimo. É o caso de "Brigadeiro, bonitão e solteiro". Outra invenção no mesmo rumo, eficientíssima, foi "Nós somo é marmiteiro". No momento, estão querendo plantar uma nova diretriz fantástica: "A terra também é nossa". Essa técnica de ação política num povo em que analfabeto também vota e o eleitorado é muito ignorante constitui um achado da maior eficácia.

A Casa Civil

O EXERCÍCIO DO CARGO DE MINISTRO DA EDUCAÇÃO DO GABINETE Hermes Lima me deu oportunidade de um convívio mais próximo com Jango. Quando veio a vitória do plebiscito, ele decidiu mudar todo o ministério. Tive, então, uma conversa memorável com o presidente, junto com Waldir Pires. Andando no terraço dos fundos do Palácio da Alvorada, insistimos com ele que o plebiscito fora ganho em nome de uma política de reformas de base, mas ele contestava, irredutível: "Essa coroa não ponho na minha cabeça".

Provavelmente atendia a compromissos eleitorais do plebiscito. Talvez quisesse apenas um pouco de paz, depois de um ano de tensões. Efetivamente dividiu o poder com o PSD, convocando para o governo um grupo de ministros reacionários. Três meses depois teve que renovar o ministério, porque toda a sua base eleitoral de apoio reclamava pelas reformas de base.

Fui então chamado pelo presidente à sua residência particular, na Granja do Torto, para uma conversa. Lá encontrei Paulo de Tarso, que me confidenciou que fora convidado para o "meu" ministério, da Educação. Jango e San Tiago Dantas tinham em mente fazer de mim o chefe da Casa Civil. Tentei recusar, mostrando minha inabilidade para jogadas políticas ou para o simples convívio no mundo político, e dava a entender que melhor para mim seria ficar como reitor da Universidade de Brasília do que participar do governo numa tarefa para a qual eu não me encontrava habilitado. Cheguei a propor e a insistir no nome de Waldir Pires para o cargo. Jango não concordou porque ele era do PSD e, ao final, me disse: "Não me negue isso, Darcy. Preciso de uma pessoa em que possa confiar inteiramente. Preciso de um chefe da Casa Civil que tenha competência e lealdade ao presidente".

Assim posto, tive que aceitar o cargo, que se tornara irrecusável. Era um cargo equivalente, no presidencialismo, ao que representava o primeiro-ministro para o parlamentarismo no plano político-administrativo. O chefe da Casa Civil é, de fato, o administrador do governo, que deixa livre o presidente para a atuação política, tendo sua retaguarda guarnecida.

Lá fui eu tentar levantar o governo com a campanha das reformas de base. A virada foi eficaz. Toda gente que fizera campanha pela volta ao presidencialismo se reuniu outra vez, agora para apoiar as reformas estruturais. Os meses seguintes foram de grande vitalidade política. O ministério integrava alguns dos homens mais competentes do Brasil, como San Tiago Dantas, Celso Furtado, Carvalho Pinto, José Ermírio, Oliveira Brito, Wilson Fadul, Almino Affonso. Criou-se um ambiente de otimismo. Expandiu-se a ideia de que tudo se podia mudar e que ia mudar rapidamente para melhor, fazendo a reforma agrária e pondo sob controle as empresas estrangeiras.

Eu conhecia bem o funcionamento da Casa Civil, dos tempos de JK no Catete, com Victor Nunes Leal como chefe. Em Brasília era basicamente a mesma coisa. O mecanismo fundamental de poder da Casa Civil é que ela controla o *Diário Oficial*. Nenhum ato do governo é válido se não é publicado previamente no *Diário Oficial*. E neste não manda o presidente, manda o chefe da Casa Civil. Muita gente ia ao *Diário Oficial* levando assinaturas de Jango em documentos de nomeação ou qualquer autorização e davam com a cara. Lá perguntavam: "Onde está o visto do chefe da Casa Civil?".

Só com ele as coisas andavam. Ministros mais sábios, como Carvalho Pinto, conversavam comigo antes de apresentar suas propostas. Só depois iam falar com Jango para receber da mão dele aquilo que eu dissera que era razoável, ou seja, compatível com o tipo de governo que se estava fazendo e que tinha certo sentido social.

A Casa Civil tinha algumas peças fundamentais. De um lado, uma porta que dava acesso a governadores, senadores e deputados que tinham marcado audiência ou haviam chegado para a sala de espera, pedindo audiência. Todos eram atendidos, o que dava um trabalho infernal. Isso porque alguns deles se demoravam demasiadamente. Aprendi com o tempo a emprestar a cara, ouvindo-os como se estivesse muito atento, mas pensando nos assuntos que me preocupavam. Depois, de repente, abria a cara e dizia: "Como é mesmo, senador? Como é mesmo, deputado?".

Ouvia então um pedido deles e os punha para fora, bem atendidos.

Do outro lado ficava a peça fundamental, que é a Secretaria da Casa Civil. Lá estava, no meu tempo, Iracema Kempell, uma mulher de capacidade formidável de trabalho e de imensa vigilância e atenta consciência social. Nenhum processo chegava a mim sem ter passado previamente por ela, quase sempre entregue em mãos por ela mesma. Comentava rapidamente a matéria e despachávamos. Iracema podia examinar todos os assuntos porque, articulados com ela, estavam os subchefes da Casa Civil, que também falavam comigo quando necessário. Era um para cada ministério ou área de governo. Tudo que fosse concernente àquele ministério ou área passava pela atenção deles e já vinha a mim com o seu parecer.

Desse modo, o chefe da Casa Civil não precisa ser um sabe-tudo, porque o sabe-tudo dele era a rede de subchefes especializados. De vez em quando erravam. Um deles, por exemplo, me preparou um decreto com base num processo longo sobre um nióbio de Minas Gerais. No dia seguinte, Jango me perguntou: "Darcy, está chegando uma pressão enorme aqui. Que negócio é esse de nióbio que você publicou?".

Ou seja, o próprio presidente nem pensou que ele também tinha assinado, que o decreto tinha saído de sua mão. Para ele, com toda a razão, a culpa era minha. Eu disse: "Vou ver, presidente".

No dia seguinte, mostrei o novo decreto que ia publicar anulando o primeiro. Fora um erro que contrariava toda a política nacionalista do governo e particularmente a de Minas Gerais. Como ocorrem esses casos, é preciso manter uma redobrada atenção.

Um outro departamento da Casa Civil, criado em função das invenções de Jânio Quadros, era o de controle de uma enorme conta de depósitos no Banco do Brasil, feitos pelas companhias de petróleo. Jânio tinha determinado que toda diferença entre o preço de entrada do petróleo no Brasil pago por eles como importação e o preço de venda, em razão da correção monetária, fosse depositado na conta do presidente da República. Como ele tinha autoridade inquestionável, as companhias obedeceram, ainda que sem base legal para isso. Não havia legalidade também para a inflação crescente que os enriquecia. Esses enormes depósitos eram uma conta livre do presidente, movimentada pelo chefe da Casa Civil. Com ela é que pude dar, por exemplo, um motor elétrico que iluminasse a todos os municípios do Brasil e também aos distritos que o pediam. Dava também dinheiro para ações sociais e culturais com certa liberalidade.

Eu dava dinheiro, principalmente, para criar escolas. Um caso curioso é de um ginásio que mandei fazer para os filhos dos oficiais de polícia de Montes Claros. Tratava-se de adaptar um velho prédio de prisão e fórum para funcionar como ginásio. O que acontece é que o homem que pedira isso, cujo ideal era criar o tal ginásio, veio a ser o comandante das tropas da polícia mineira que foram a Brasília para me prender. Mais tarde, me encontrei com ele e ouvi esse comentário inesquecível:

> Professor, eu o procurei dia e noite em Brasília por vários dias, em todo lugar que o senhor pudesse estar. Mas eu procurava pedindo a Deus para não encontrá-lo, professor. Não queria encontrar, não. Se eu tivesse que prender o senhor, seria uma tristeza para o meu coração.

Aquele depósito do Banco do Brasil gerou um escândalo absurdo. Quando o governo caiu, disseram que eu tinha saído do Brasil levando mais de 10 milhões de dólares. Meus amigos se puseram em minha defesa, dizendo que eu viajara em uma avioneta, sendo impossível levar tanto dinheiro, que em cruzeiros carregaria um caminhão. Todo dinheiro à disposição da Presidência ficara no Banco do Brasil, em Brasília, a cargo de um funcionário, doutor Assul Guimarães, mas poucos jornais publicaram o desmentido. Escrevi uma carta enérgica ao novo chefe da Casa Civil, Luís Vianna, exigindo que desmentisse os boatos, dizendo que todo o dinheiro estava lá e ele já o estava gastando.

Lembro-me de que atrás da minha mesa havia uma outra mais baixa com uns vinte telefones. Eu não sabia para onde iam aquelas linhas diretas. De vez em quando levantava uma e falava alguma coisa para ver se identificava do outro lado. Ocorreu aí um episódio muito curioso. Certo dia, eu precisava falar com Roberto Campos, nosso embaixador em Washington, e ele não atendia em nenhum dos telefones que eu tinha. Devia procurá-lo em outros telefones para o qual eu não conseguia ligação. Telefonei, então, para o embaixador norte-americano, pedindo que ele usasse a linha direta dele para procurar o Roberto ou a secretária dele e mandar que me telefonasse. O embaixador, então, comentou: "Mas, professor, aí atrás do senhor há um telefone vermelho direto com Washington, igual ao meu".

Eu não sabia!

Outra coisa que não sabia ou de que não avaliava a importância é que o misturador telefônico que eu tinha, um para mim, outro para Jango, com que falávamos reservadamente, fora dado pela embaixada. Quer dizer, pelo adversário, e é claro que gravavam todas as nossas conversas. Tanto é assim que uma delas foi publicada no *Estado de S. Paulo*.

Também ocorriam ali, às vezes, episódios bizarros. Assim é que certo dia vinha um de meus secretários trazendo um cartão e dizendo: "Está aí um moço elegante. Disse que é conhecido seu. Está esperando desde cedo".

Mandei entrar. Reconheci imediatamente, vendo na cara de homem maduro a sua cara que conheci jovem. Era um amigo do deputado Cid Carvalho, frequentador da casa de Augusto Frederico Schmidt. Recordamos um pouco o passado. Afinal, ele entrou no assunto: "Sou um homem de negócios e vamos falar do que me trouxe aqui".

Arranjou modos de rapidamente me dizer que as refinarias particulares de petróleo tinham uns bons milhões de dólares para me dar. Apenas pediam que eu ajudasse para que o governo não interviesse nelas. Tentei brigar com ele, indignado pela tentativa de suborno cara a cara. Depois vi que seria ridículo. O usaram como velho amigo da mocidade, numa tentativa extrema de conseguir um *tête-à-tête* comigo. Ri dele e disse: "Vá embora, seu malandro. Eu não sou homem de negociatas".

E o pus pra fora.

Se o político fosse outro, outro qualquer, é provável que tivesse aceitado, com boas razões para fazê-lo. Naquele momento, estava à venda o *Diário de Notícias*, do Rio, que se compraria por pouco mais de 1 milhão de dólares. Estava também à venda a *Folha de S.Paulo*. O governo necessitava mais do que tudo de algum apoio de imprensa, porque só contava com o *Última Hora*. Um homem com a formação dos politicões profissionais brasileiros teria achado muito honesto gastar 3 milhões de dólares nisso e embolsar uns 2 milhões. Eu nunca me arrependi da recusa. Ninguém pode entrar em negociatas e depois voltar atrás. Quem é subornado o é de uma vez por todas, para a vida inteira. Afinal, eu queria defender o governo, queria muito fazer com que Jango realizasse uma Presidência da República fiel ao povo, fiel à nação e muito eficaz. Mas suborno, comigo, nunca.

Outro episódio do gênero se deu quando fui procurado por gente do Instituto de Resseguros para ser informado de que havia uma verba de 20 mil dólares mensais para gastos políticos, que ainda estava controlada pelo Tancredo. Contei a Jango, e ele me disse: "Você quer? Pegue".

"Não quero, não, presidente."

"Então deixe com o Tancredo, mas diga que fui eu que mandei."

Samuel Wainer confessa nas suas memórias que era o apanhador de dinheiro, muitos milhões, das empreiteiras para o presidente. Nunca soube disso. Tenho o maior escrúpulo em assuntos de dinheiro. Sei de políticos que até enriquecem assim. Mas nunca me envolvi nessas transações. O único dinheiro que vi chegar à Presidência foram os sacos de cédulas que José Luiz de Magalhães Lins mandou entregar ao Caillard, secretário particular do presidente. Eram sobras da campanha do plebiscito.

O pobre do Caillard não se deu bem. Quando veio o golpe, ele foi esconder-se na embaixada do México. Lá, chamou um cunhado em mãos ou em conta de quem ele deixara todo o dinheiro de suborno tomado para si mesmo. O cunhado negou fogo, dizendo que não sabia de nada disso. Caillard suicidou-se.

No curso de 1963, a vida política se acelerou. A luta pelas reformas de base empolgou o sindicato dos bancários, dos petroleiros e dos metalúrgicos, cuja ação se politizou vivamente. As organizações oriundas da Igreja deixaram também de lado a religiosidade para se dedicarem à luta política. O mesmo ocorria com a UNE, mas nesse caso correspondia à sua própria natureza. Essas grandes organizações eram objeto de disputas ideológicas contínuas, em que comunistas, católicos e entidades patronais se dilaceravam. Sobretudo pelas grandes organizações de feição cívica — IPE e Ibad — subsidiadas por entidades estrangeiras, que lutavam para dominar todos os grupos de opinião.

Essa radicalização alastrou-se também nas Forças Armadas. A oficialidade era convocada para uma contrarrevolução preventiva contra o golpe da república sindicalista. Os sargentos foram aliciados para a reforma das instituições e inclusive para o atendimento de suas próprias reivindicações, muito vivazes entre os marinheiros.

Nessa conjuntura, o quadro sucessório foi posto, uma vez que as eleições se dariam no ano seguinte. O candidato principal, e seguramente o mais forte, e certo de que seria eleito, era JK. Um dia me chamou, por intermédio do Victor Nunes Leal, quando eu estava no Ministério da Educação para uma conversa. Ele colocou logo a questão da eleição e do governo que faria. Não me comprometi com a eleição, mas me dispus a fazer durante a campanha eleitoral todos os pronunciamentos dele sobre educação e colocar-me à disposição de seu governo, inteiramente, como educador. Aí, para minha surpresa, JK disse: "Não o quero nisso não, Darcy. Eu o quero para ministro da Agricultura. Vamos fazer a reforma agrária".

Isso, na boca de Juscelino, dito hoje, parece inverossímil. Mas naquele mundo dos três Joões que procuravam reformar-se a si mesmos e ao mundo, ganhando novos espaços para o progresso, tornou-se factível e foi o que Juscelino me disse. Efetivamente, vivia-se um tempo de exceção, cujas figuras simbólicas eram os três Joões: João XXIII, de Roma, conduzia a Igreja a uma política lúcida, rompendo a aliança milenar com os ricos. João Kennedy, nos Estados Unidos, pelo menos aparentemente, comprometia-se com a democracia e com um novo trato para com a América Latina, que permitisse um desenvolvimento socialmente responsável. E o próprio Jango, que também era João. A Guerra Fria matou meus três Joões e seus ideais de liberdade e de solidariedade.

Estava posta, porém, inevitavelmente, a eleição presidencial, que se realizaria em 1965. Os candidatos da esquerda eram: Brizola, ostensivamente, com a campanha de que "cunhado não é parente", porque a Constituição vetava a candidatura de parentes colaterais para a sucessão. Ele era muito poderoso, já não apenas no Rio Grande do Sul, onde ganhara grande prestígio em razão dos bons governos que fizera, mas em todo o Brasil, graças à campanha de 1961 e a todos os seus pronunciamentos radicais pelo rádio, bem como à criação dos "grupos dos onze", que juntaram militantes brizolistas em todas as cidades brasileiras. Seu nome crescera em força política e em energia combativa. Contava também com uma assessoria militar e outra intelectual de boa qualificação, ambas muito ativas. Outro candidato da esquerda era Miguel Arraes, que poderia contar eventualmente com o apoio do Partido Comunista. Mas esta era uma candidatura discreta, que só se deixava ver em ocasiões especiais. Havia muitos candidatos mais de direita. Iam de Adhemar a Magalhães Pinto, mas de muito menor expressão.

O janismo desaparecera completamente sem deixar vestígios em militâncias políticas ativas e válidas. Lacerda, governador da Guanabara, fazia tudo para viabilizar-se. Se houvesse a polarização Brizola-Lacerda ou esquerda-direita, ambos teriam chance. Mas não era por aí que a história correria.

Muitos diziam e dizem que Jango queria dar o golpe do continuísmo para permanecer na Presidência. Outros diziam e dizem que ele era candidatíssimo à reeleição. Meu testemunho é que nunca percebi nenhum desses pendores nele. Senti, muitas vezes, foi seu enfado com o exercício do poder. Seu dispositivo militar, tratado aliás muito displicentemente, não prestava para um golpe. Os militares que poderiam conduzir a isso, como Kruel, eram vistos com suspeita por Jango. O que ele tinha como paixão política era criar um PTB invencível, capaz de impor, pela democracia e pelo voto, as grandes reformas que o Brasil exige.

Mas ninguém lê coração de ninguém. E quem não gostaria de ser presidente eleito do Brasil, se pudesse? Só sei ou acho que dificilmente ele apoiaria a candidatura de JK, que era o mais presidenciável. Isso seria recurvar-se outra vez diante do PSD, que ele vinha vencendo como partido, o que constituía seu maior orgulho. Também não creio que Jango apoiasse Brizola, de índole política oposta à sua. Jango era o articulador. Brizola, o guerreiro. Acresce que sua candidatura já nasceria tisnada de inconstitucionalidades. Não era a vez de Brizola. O candidato mais provável de Jango, nessa matéria de adivinhações, seria San Tiago Dantas, enfileirado no PTB, capaz de grandes alianças externas e cuja vitória seria só de Jango.

Era especialidade de Jango pôr mosca azul na orelha de políticos, insinuando possibilidade de chegarem à Presidência. Evandro Lins e Silva e Hermes Lima, ambos tentados por Jango, chegaram a me advertir seriamente de que não fosse nessas cantadas do presidente.

Não fui. Poderia ter ido. Tinha 42 anos. Era o segundo homem do governo. Fora ministro da Educação, reitor da UnB. Bem podia estar em meu destino, como no destino de muitíssimos brasileiros mais, alcançar a Presidência nos vinte anos seguintes que a ditadura militar nos roubou. É terrível pensar que nossa geração de homens públicos, íntegros, voltados para o bem comum, fosse alijada do poder pelo exílio externo e pelo exílio interno. Substituída por reiunas boçais e tolos e por políticos consentidos que nada tinham a dar ao povo brasileiro.

Muito ao contrário, sua inclinação era entregar o poder vigente à fazendeirada grosseira e tacanha e aos gerentes das multinacionais, que passaram a constituir o setor predominante da classe predominante brasileira. Aquele que tem voz, a própria e a da mídia. Esse estamento gerencial é feito de empregados, e não de patrões. Não tem vontade própria. São meros paus-mandados de patrões estrangeiros, que os julgam pela capacidade de roubar tudo que podem do Brasil para enriquecer suas matrizes.

Mais grave talvez foi o que sucedeu aos nossos sucessores geracionais. Eles tinham por volta de vinte anos quando o golpe os castrou, retirando-os do quadro político porque tinham ideologia. Expulsos da carreira política democrática, os melhores deles foram para a guerrilha e suas organizações de apoio, mas muitos se perderam, ganhos pela ideologia do lucro.

Assim é que se criou a casta política vigente no Brasil, em que se distinguem uns raros homens bons, que sobreviveram a vinte anos de exílio e de exclusão, e muitos políticos novos, decentes, patriotas, que surgiram. Mas em que predomina uma categoria nova de parlamentares e administradores filhos da ditadura, para os quais é legítimo lucrar na condução de órgãos públicos. E até no Parlamento. Antigamente, políticos inatacáveis, ainda que reacionários, porque eram homens honrados, eram ajudados em suas campanhas eleitorais por empresários que confiavam neles. Hoje, os empresários se elegem a si mesmos, nem precisam de um *lobby*, porque eles são seu próprio *lobby* de representação, de defesa do latifúndio e dos mais variados grupos de interesse corporativo.

Quando Jango assumiu era o tempo dos três Joões, mas essa conjuntura se estilhaça: João XXIII morre e João Kennedy é assassinado. Suas substituições tinham uma orientação oposta à dos antecessores. O próprio Jango, conversando com Kennedy em Roma por ocasião do sepultamento do papa, ao reclamar contra a conduta da embaixada norte-americana, hostil a seu governo, percebeu que ele abandonara a Aliança para o Progresso ouvindo de Kennedy esta frase: "Não conte comigo. Não poderei ajudá-lo".

Recordando agora, depois de trinta anos, aqueles dias, me vem à memória a ação de Mazzilli substituindo o presidente. Logo no primeiro dia chamou-me e disse: "Professor, só quero uma coisa nesta substituição do presidente. Quero devolver a meu amigo Roberto Marinho o canal de televisão que ele tinha e lhe foi tirado".

"Nada mais fácil, presidente. O senhor edita um decreto anulando a concessão e outro restabelecendo-a, para dar o canal a seu amigo."

"Pois bem, professor, faça isso, por favor."

Na manhã seguinte, levei a Mazzilli dois decretos, que ele assinou, pressuroso. Mandei publicar no *Diário Oficial* o da anulação e guardei o outro. Mazzilli entrou em desespero. Eu lhe disse: "Procure aí, presidente, pode estar em seus papéis. Vou procurar nos meus". Guardei o decreto da concessão para perguntar ao presidente se era isso que ele queria. Não era.

Reimplantado o presidencialismo, voltei à reitoria da UnB. Meses depois, fui chamado para a chefia da Casa Civil, como relatei. Trabalhava em duas esferas de ação: a ideológica, programando as reformas de base, e a burocrática, administrando o governo. Os debates sobre planos de governo se faziam num âmbito mais estreito que no gabinete parlamentarista. Davam-se entre o ministro da pasta, o presidente e, às vezes, o chefe da Casa Civil. Assim é que acompanhei com todo o interesse os esforços de Wilson Fadul, ministro da Saúde, para impedir a roubalheira das indústrias farmacêuticas estrangeiras que majoravam em até 2.000% os insumos que importavam.

Tema muito trabalhado pelo governo foi o de derrogar a instrução 113 — Sumoc [Superintendência da Moeda e do Crédito] — emitida por Café Filho e que coatava o desenvolvimento das indústrias nacionais em favor das estrangeiras. Kubitschek a manteve porque era conveniente para seu Programa de Substituição de Importações pela implantação de indústrias modernas, que, só com vantagens especiais, ingressariam no Brasil. Essas condições se haviam superado. Tratava-se agora de marchar para a produção de bens de capital e para isso foi emitida a instrução 242.

Também relevante foi o planejamento da criação da Eletrobras e a instauração do Fundo de Eletrificação, que lhe permitiria contar com recursos para aumentar substancialmente a produção de energia elétrica. Inclusive o Plano de Construção do Complexo de Sete Quedas, no rio Paraná, para ativar a maior usina hidrelétrica de então, com capacidade instalada de 10 milhões de quilowatts, mais do que dobrando o potencial brasileiro. O relevante é que, pelos planos de Otávio Marcondes Ferraz, a usina seria toda implantada em território brasileiro, sem nenhuma associação com o Paraguai, que só pleiteava poder consumir 10% da energia produzida. Para isso nos dava autorização de dinamitar as pedras no curso dos rios Paraguai e Paraná, abrindo caminho para os grandes geradores que viriam da URSS.

Começaram muito cedo as intrigas de jornal sobre comunistas que cercavam o presidente da República. Os principais seriam Raul Ryff, secretário de Imprensa, e o chefe da Casa Civil, eu. Engrossaram tanto as notas plantadas sobre a iminência de minha demissão que tive que tomar conhecimento delas.

Pus fim às especulações escrevendo uma carta ao presidente da República, agradecendo as oportunidades que ele me dera de participar de seu governo de reformas. Adiantando que chegara a hora de me afastar, mesmo porque o governo marchava bem e eu desejava muito voltar à reitoria da Universidade de Brasília. Estava à disposição dele para ajudá-lo a escolher um chefe da Casa Civil que pudesse realizar seu trabalho melhor do que eu estava fazendo.

Cuidei bem de que a imprensa soubesse da carta e, portanto, que o presidente estava à vontade para me afastar quando bem quisesse. Essa providência teve um efeito excelente, calaram-se instantaneamente as vozes da intriga. Só raramente eu sabia que, nos quartéis ou nos grupos de empresários, a conspiração norte-americana contra o governo continuava manejando esse instrumento.

Participei do governo mais como administrador da coisa pública do que como político profissional. Sempre atento aos interesses contrapostos dos donos da vida e dos excluídos. Esforçando-me quanto pude para alargar as bases da sociedade brasileira para que mais gente coma, more e se eduque. Tive, e tenho, obviamente, ambições políticas, vontade de mando, jamais voltada para manter o mundo tal qual é ou para atender a grupos minoritários, mas para mobilizar uma vontade coletiva capaz de exigir que a institucionalidade brasileira seja passada a limpo.

No curso de minha carreira política assim orientada, tive as pernas quebradas pela reação, que queria e quer justamente o contrário. Meditando agora sobre esse desastre, me culpo por ele. Perder o poder depois de ter a mão posta nele é o maior dos pecados, mas gosto muito mais de ter sido derrotado pelos que me derrotaram do que de ter vencido com eles para manter o Brasil tal qual é.

Meu defeito maior será, talvez, o desgosto do intelectual de esquerda que tem escrúpulos de jogar as cartas que se jogam na luta pelo poder — a mentira, a corrupção e o roubo. Minha qualidade maior é ter sempre resistido a isso, pagando o preço correspondente, que é ser derrubado do poder. Não por defeitos do governo que exercia, mas, ao contrário, em razão das qualidades dele. Isso se aplica verdadeiramente é ao Jango, mas eu estava ao lado dele.

A Casa Militar

O chefe da Casa Militar, general Assis Brasil, tinha bom passado das lutas de 1961 pela posse de Jango. Era, entretanto, um bonachão, muito vermelho, frequentemente alto de uísque. Ingênuo e tolo. Repetia a cada momento, para mim e para o presidente e para quem quisesse ouvir, que tinha um dispositivo militar perfeito. Inexpugnável. Os comandantes dos quatro Exércitos seriam todos generais da confiança pessoal dele, com os quais mantinha um contato permanente. Debaixo desses comandantes havia uma oficialidade também fiel ao governo. Imbatível.

É provável que o dispositivo fosse até bom para tempos pacíficos. É provável até que pudesse funcionar se o presidente, uma vez atacado, desse ordem de fogo, mostrando que havia perigo em se opor ao seu governo. Não se dando essas duas condições, estava paralisado. Existia, virtualmente, um forte apoio militar a Jango. O diabo é que nunca foi organizado nem mobilizado pela inépcia da Casa Militar e do Ministério da Guerra. Isso se demonstra pelo fato de que a ditadura teve que expulsar das Forças Armadas 1.500 oficiais e metade dos sargentos e cabos.

Em consequência da cegueira e impotência de Assis Brasil, o governo era militarmente fraquíssimo. Quem devia fazer a estratégia do dispositivo militar, o chefe da Casa Militar, era um bobo. Feito na fronteira sul, podia até servir para atuar lá. Jamais para fazer a política militar de um governo.

Isso foi ficando evidente para mim quando vi que ele perdera a confiança de seus melhores oficiais: o bravo capitão Chuai, o lúcido coronel Pinto Guedes, o competentíssimo coronel Vilela, o combativo brigadeiro Teixeira e o atento e capaz Corseuil, capitão de mar e guerra. Todos eles, nos últimos meses, tratavam dos problemas administrativos da própria Casa Militar mais comigo que com seu chefe. Todos eles revelavam profunda preocupação com a segurança militar do governo. Para Assis Brasil, tudo era céu azul. Seu dispositivo esmagaria qualquer aventureirismo de direita ou de esquerda.

Não era melhor o comandante do Primeiro Exército, general Jair Ribeiro Dantas, homem fraco e ambíguo. Sem capacidade de pôr em prática nem mesmo suas próprias decisões. O Segundo Exército estava com o general Kruel, amigo recente de Jango, que gostava muitíssimo de conversar com ele sobre criação de gado, assunto em que Jango era doutor e ele era novato. Kruel fora o primeiro signatário do Manifesto dos Coronéis, que derrubou Jango do Ministério do Trabalho. O Quarto Exército tinha no comando o general Justino Alves Bastos, adamado e adulador, que tanto cortejava o governador Arraes quanto conspirava contra ele. O Terceiro Exército, lá do Sul, único militarmente eficaz, só foi entregue ao general Ladário Telles, único comandante capaz, nos três últimos meses de governo.

Os subcomandantes dos núcleos mais operativos e perigosos dos quatro Exércitos também não foram escolhidos por lealdade ao governo. Ao contrário do que o marechal Lott fizera como ministro da Guerra de JK, que montou um dispositivo militar acionável a qualquer momento na defesa do governo, nem Assis Brasil nem Jair Dantas se preocuparam com isso. Não por traição, creio eu, mas por inépcia e incompetência como militares em comando.

A política de promoções do presidente não podia ser mais desastrosa. Orientado por Kruel e Assis Brasil, ele só promovia e dava o generalato a inimigos como Castelo Branco e Ernesto Geisel. Inclusive o general Mourão e o general Cunha Garcia, nossos inimigos declarados. Cada uma dessas nomeações decepcionava nossos aliados e demonstrava a inépcia de um governo que obedecia à oficialidade de direita, desprezando seus aliados.

Passei a preocupar-me vitalmente com isso quando perdi a confiança em Assis Brasil e verifiquei que o presidente continuava confiando nele. Comparecendo aos churrascos oferecidos por Assis Brasil, onde conversava longamente com inúmeros oficiais entusiastas de seu governo, Jango fiava do seu chefe da Casa Militar. Acresce que, para o presidente, o perigo real seria o chefe da Casa Militar infiel a ele, disposto a conspirar contra o governo. Nisso Assis Brasil era confiável, achava eu, até que estourou o Levante dos Sargentos de Brasília, inteiramente inesperado, e se detectou a influência de políticos da esquerda, que San Tiago chamava "negativa", no episódio.

Um governo empenhado em profundas reformas institucionais, rodeado de inimigos poderosos, não podia ser tão mal guarnecido militarmente sem ficar sujeito a um golpe. O cerco golpista juntava não só conspiradores militares, mas gente de todas as áreas, a começar pelos governadores dos quatro estados mais poderosos da federação, eleitos todos eles nas águas da votação avassaladora de Jânio Quadros. A seu pesar, a esquerda também contribuiu para enfraquecer o governo, seja através de reivindicações abusivas, seja através do clima de dissensão, que dispunha suas lideranças umas contra as outras. O Partidão de Prestes, o brizolismo articulado nos grupos dos onze, parecendo aflitos para assumir o poder, os arraesistas, querendo passar Brizola para trás. Todos eles lutando mais entre si do que contra os adversários.

Depois do levante de Brasília, que me assustou muito, tratei de montar para mim um dispositivo de controle. Foi bom porque verifiquei que havia grupos de sargentos em todas as sedes dos grandes Exércitos, e também na Marinha, conspirando ou sendo aliciados para a conspiração. Sabendo previamente do curso de eclosões que se armavam e de movimentos insurgentes, pudemos abortá-los. Verifiquei também que estava montada a sabotagem dentro do Primeiro Exército para impedi-lo de operar na defesa do governo. Canhões sem peças fundamentais, carros de guerra estragados propositadamente, depósitos de armas tornadas imprestáveis. Falei disso várias vezes a Assis Brasil, que teimava em desmentir, procurando tranquilizar-me.

Nessa ocasião, o comandante Corseuil informou a Assis Brasil que havia marinheiros prontos a lançar-se contra o governo, liderados pelo cabo Anselmo, que seria gente do Lacerda. Era já a anunciação de que o golpismo baixara dos generais para os sargentos. De que sua condução passara do Brasil para o estrangeiro. O cabo Anselmo não era gente do Lacerda, era gente da CIA, que assumia a frente do palco, transformada em arena. Era a intervenção estrangeira, representada pelo adido militar da embaixada norte-americana, que estava no Brasil com o encargo de articular as Forças Armadas para desencadear o golpe. A conjuntura mundial mudara radicalmente.

Minha preocupação com a insegurança do governo aumentava. Eram cada vez mais copiosas as notícias de sublevações planejadas no próprio Exército contra o governo. Exausto dos esforços de convencer Assis Brasil e o presidente sobre a marcha da insurreição, tomei uma medida drástica.

Certa noite, levei à casa de Assis Brasil, onde se realizava uma festinha de generais, dois homens meus, o comandante Mello Bastos e o líder portuário Osvaldo Pacheco, para ter uma fala esclarecedora com Assis Brasil. Ele se incomodou muito, principalmente porque eu estragava sua festa, mas também porque os generais, do outro lado da porta, podiam ouvir o que dizíamos. É quase inverossímil, mas a verdade é que ele continuou infundindo confiança no presidente sobre a operatividade e a fidelidade do Primeiro Exército.

Meu dispositivo continuou funcionando até o fim do governo, dando notícia do que acontecia na área militar e nos sindicatos. Por último funcionava na casa de minha amiga professora Maria Yedda Linhares, com quem eu me comunicava, diariamente, por um telefone de fora do palácio, e que tinha modos de se comunicar comigo. Maria Yedda, por si mesma, era uma boa fonte de informação. Seu marido tinha relações com oficiais do Exército e ela era uma intelectual importante. Ouvia, pelo menos, a inquietação crescente dos professores, escritores e jornalistas do Rio com os rumos do governo.

Acumulando os cargos da Casa Civil com encargos da Casa Militar, eu me esforçava ao máximo para nadar entre essas águas revoltas, aquietando-as. Tarefa difícil ou impossível. Sobretudo depois que San Tiago criou uma polêmica ao classificar as esquerdas de "negativas" e "positivas". Brizola contestava dizendo que a divisão real era entre "fisiológicas" e "idealistas", o que aumentou a confusão.

Ao contrário do que se supõe, a área militar não se ocupa só de ordem unida. Ocupa-se principalmente de conspirar dia e noite para ver quem consegue pôr tropas na rua. Geralmente, trata-se de um diz que diz inofensivo entre oficiais, mas às vezes se cristaliza numa proposta de ação concreta contra o presidente para, através dele, dominar e anular o Congresso. Esse bate-boca obedece a certas regras internas de hierarquia que, além de conformar os militares como gerontocracias, isola a oficialidade dos sargentos, cabos e soldados. Vi oficiais descabelados diante de levantes ou meras ameaças de levantes de sargentos, considerando-as impensáveis. Tão impensáveis como o céu cair. Caiu.

No caso de Jango, a subversão persistiu durante todo o governo. Começou pelo veto que o generalato das três armas opôs à sua posse como o vice-presidente constitucional e prosseguiu até o fim. Já o primeiro chefe da Casa Militar, o general Kruel, queria dar o golpe fechando o Congresso para devolver ao presidente os seus poderes. A Jango e a ele. Pareceria absurdo que o presidente recém-empossado através de um arranjo constitucional discutível que implantara o parlamentarismo quisesse destruir sua própria legalidade com um golpe de mão. Mas era isso que Kruel pedia e não foi fácil dissuadi-lo.

Pouco depois, em setembro de 1962, explodiu uma nova conspiração militar. Agora eram os comandantes dos três Exércitos que dirigiam o Memorial ao Presidente, declarando que não tinham condições de manter a ordem constitucional e exigindo o fechamento do Congresso. À cabeça do levante estava o general Jair Dantas, do Primeiro Exército, que se opunha cara a cara ao ministro da Guerra, general Nelson de Melo, disposto a destituí-lo. A saída para a crise militar foi afastar o primeiro-ministro, Brochado da Rocha, que, saindo do governo, derrubava todo o seu ministério, abrindo espaço para se nomear outro ministro da Guerra. Tudo se fez assim, com a tropa tranquila e sem exigências absurdas dos altos comandos.

O lucro do episódio foi obter do Congresso a antecipação do plebiscito sobre o sistema de governo. Isso foi alcançado por um acordo com a oposição, em conversação do deputado federal Wilson Fadul com o habilíssimo e treiteríssimo líder da UDN, Pedro Aleixo. Há nisso tudo, inegavelmente, a esperteza de Jango, armando ou estimulando ações para alcançar seus fins, que era o plebiscito. Hermes Lima foi feito primeiro-ministro, com o encargo de conduzir a campanha pela volta ao presidencialismo. Fui feito ministro da Educação.

Realizou-se o plebiscito, que tinha o apoio de grandes parcelas das classes dominantes e das principais correntes políticas. Ganhamos por 9 milhões de votos contra 1 milhão. Havia, então, um ambiente propício à continuação dos esforços para alcançar a neutralização de Adhemar de Barros e de Magalhães Pinto. Ambos eram homens de negócios, afeitos a transações concretas. Eles eram ganháveis, supúnhamos.

Dos outros governadores da oposição, Meneghetti, do Rio Grande do Sul, não tinha nenhuma importância. Lacerda era inabordável, mas estava desmoralizadíssimo. Espoucara em todo o país o escândalo da matança de mendigos, organizada por Sandra Cavalcanti, sua secretária de estado. Ela dera ordem à polícia para caçar na rua lotes de mendigos e sumir com eles. Os policiais os levaram à ponte do rio da Guarda e os lançaram na correnteza. Um deles escapou milagrosamente e contou sua história ao *Última Hora*, que pôs a boca no mundo.

Desafios cruciais

Duas questões fundamentais foram colocadas pela História diante do Brasil naquela conjuntura. Impor disciplina ao capital estrangeiro para que cruzeiros não produzissem dólares, o que nos estava levando à falência. A questão agrária, que, não resolvida, pressionava um imenso êxodo rural que só se explicava pelo monopólio da terra.

A primeira questão foi proposta ao Congresso na forma da Lei de Remessa de Lucros que, uma vez em vigor, impediria que o capital estrangeiro hostilizasse o capital nacional, tornando os nossos empresários cativos das empresas transnacionais. Essa lei aprovada na Câmara dos Deputados, e posteriormente no Senado, foi regulamentada por um decreto presidencial, cuja primeira versão foi redigida pelo ministro paulista Carvalho Pinto. Essa legislação revolucionária distinguia, no chamado capital estrangeiro, dois componentes diversos. O "capital estrangeiro propriamente dito", que entrara no país em qualquer tempo e de que qualquer forma — divisas, máquinas, processos produtivos, o que fosse —, ao qual se reconhecia o direito de retornar, se quisesse sair do país e de remeter lucros até 10% ao ano, uma taxa generosa no mercado internacional. O outro componente era o "capital nacional pertencente a estrangeiros", que crescera aqui com o apelo aos nossos bancos e pela exploração do mercado interno. Este, sendo nacional, tinha que correr o destino de todo capital nacional, não tendo direito de remeter lucros para o exterior nem de retornar. Desse modo, os lucros das empresas, em vez de criar novas empresas nos países de origem, se aplicariam aqui, podendo remeter divisas para pagar *royalties* ou o que fosse. Nas mesmas condições, porém, impostas aos empresários nacionais.

Quanto à reforma agrária, o raciocínio básico de Jango era de que a terra estava demasiadamente concentrada em muito poucas mãos, inclusive as suas. Ele dizia:

> Com uma parcela do que detemos, será possível assentar 10 milhões de famílias como pequenos proprietários. Com mais

proprietários, a propriedade estará mais difundida e defendida. Inclusive o capitalismo se viabilizará.

Foi impossível, entretanto, que esse raciocínio claro e convincente se difundisse. O que toda a mídia martelava, por todas as suas bocas, é que a tendência irresistível de Jango para o sindicalismo o faria entregar as terras aos comunistas. A reforma mais importante na arcaica estrutura social brasileira, esperada havia mais de um século, era vista com horror pelos latifundiários e todos que a eles se associavam.

Armamos nossa reforma agrária em todos os seus detalhes e a propusemos na mensagem presidencial de 15 de março de 1964. Consistia essencialmente em incluir na Constituição o princípio novo de que a ninguém é lícito deixar a terra improdutiva "por força do direito de propriedade". Criávamos, assim, a noção de "uso lícito", que seria de quatro vezes a área efetivamente utilizada, voltando todo o restante ao domínio público como áreas de colonização disponíveis para novos assentamentos. Dessa forma se poderiam dar ao trabalhador rural novas e amplíssimas áreas de assentamento nas regiões em que trabalhava ou em que desejasse trabalhar, sem que o governo tivesse que pagá-la, previamente, ao preço da especulação. Imaginamos que com alguma pressão o Congresso aprovasse essa reforma, antes de maio ou até maio de 1964. O golpe foi dado um mês antes, frustrando os nossos planos.

Foram esses dois programas — um já estatuído em lei, pronto a ser aplicado, e outro requisitado ao Congresso, com boas possibilidades de ser consagrado — que desenharam o perfil do governo João Goulart. Um e outro provocaram o acirramento das relações golpistas contra o presidente. A reação dos latifundiários locais, que não oferecia maiores riscos, ainda que muito poderosa no Congresso, onde era encarnada por um dos maiores latifundiários do país, Auro de Moura Andrade, podia ser derrubada.

A Lei de Remessa de Lucros, porém, contava com a oposição frontal do governo dos Estados Unidos da América. Este, poderosíssimo e muito mais disposto à intervenção do que pensava gente ingênua como eu, supondo que se estava tratando de interesse interno do nosso país. O governo de Lyndon Johnson pôs no Brasil, como adido militar, um coronel treinado na CIA, cuja função era articular o golpe militar. Seu trabalho foi coordenar o apoio da parte mais conspirativa das Forças

Armadas com os governos estaduais mais opostos ao governo federal, que eram os de Lacerda, Adhemar e Magalhães Pinto. Simultaneamente, subvencionava com milhões de dólares toda a mídia e comprometia-se a dar apoio norte-americano a quem quer que se opusesse ao governo constitucional.

A importância extraordinária dessa lei foi bem compreendida pelos Estados Unidos, que se expuseram a toda uma guerra como a que tiveram na Coreia e no Vietnã, para derrogá-la. Foi compreendida também por dois homens muito competentes, Salvador Allende e Caio Prado Júnior. Eles disseram que sua aplicação representaria uma revolução na América Latina. Seria nossa liberação do domínio imperialista.

Caio o disse num ensaio de grande repercussão, advertindo as esquerdas para não continuarem com pequenas reivindicações, porque o fundamental estava feito para o sucesso da revolução brasileira. O senador Allende, visitando Jango logo depois do exílio, conversou muito conosco. Disse essencialmente que ele próprio não avaliava a enorme importância do governo de Jango e de sua política para a liberação da América Latina: "Sentimos sua queda como uma montanha que se afunda".

Extremamente aguda foi a percepção dos norte-americanos sobre a importância de derrogar, a qualquer custo, a Lei de Remessa de Lucros. O embaixador norte-americano, Lincoln Gordon, chegou a propor a mim, na presença de Waldir Pires, numa entrevista que ele solicitara, que examinássemos a hipótese de até reduzir de 10% para 4% as remessas de lucro, o que eles aceitariam, desde que se deixasse de distinguir o "capital estrangeiro" do "capital nacional pertencente a estrangeiros".

"Nada disso, senhor embaixador. Trata-se de uma lei do Congresso Nacional, promulgada e regulamentada pelo governo", respondi.

Uma crítica que fazem a Jango, e especificamente a mim, é que estávamos cutucando a onça com vara curta. Pretende-se também que devíamos ter separado as duas lutas, fazendo primeiro uma delas e, já fortalecidos, enfrentar a outra. Efetivamente, enfrentávamos toda a direita brasileira, unida e desesperada contra a reforma agrária, e também o governo norte-americano, cujos agentes coordenavam a subversão. Naquela conjuntura, era impossível separar as duas constrições que estrangulavam o Brasil. Elas tinham que ser enfrentadas simultaneamente. Isso tinha que ser feito um dia. Nós tentamos. Amanhã, outro governo patriótico tentará. Até que se alcancem os requisitos mínimos de existência digna e próspera dos brasileiros — a reforma agrária e o controle do capital estrangeiro. Não é impossível que isso só ocorra depois da guerra prevista há trezentos anos por Hegel entre a América Saxônica e a América Ibérica, guerra que, segundo o filósofo, venceremos.

Os Estados Unidos da América se especializaram na exploração e na sugilação da América Latina. Operações em que alcançam alto êxito, graças às bombas de sucção que são suas empresas e seus sistemas de dominação, através do suborno e da subversão golpista. O chamado golpismo latino-americano, tido como um pendor caudilhesco nosso, se houve, acabou. O golpismo é, já há muito tempo, a principal forma de ação dos norte-americanos quando se preocupam com qualquer altivez e autonomia latino-americana.

Com efeito, a embaixada norte-americana, comandada pela CIA, montou uma agência de suborno, o IBAD — Instituto Brasileiro de Ação Democrática —, que com gastos da ordem de 20 milhões de dólares comprou, mediante o financiamento de suas campanhas eleitorais, quase seiscentos deputados estaduais e duzentos parlamentares federais.

Por sua vez, o patronato brasileiro, acionado e encorajado pela CIA, bem como o estamento gerencial das empresas estrangeiras — que é de fato a classe dominante do Brasil —, criou sua própria agência, o IPE — Instituto de Pesquisas e Estudos —, que, atrás desse nome paracientífico, apanhava dinheiro para subornar qualquer autoridade corruptível e, sobretudo, a imprensa.

O suborno biliardário e sua origem estrangeira foi provado pela Comissão Parlamentar de Inquérito criada por José Aparecido de Oliveira, deputado da UDN — a quem a direita jamais perdoou. Seus principais companheiros nessa batalha admirável, que chegou a levantar a lista nominal dos deputados estaduais e federais, bem como de senadores e governadores subornados, foram Rubens Paiva, Elói Dutra e Benedito Cerqueira.

Esses dois órgãos de subversão criados pela CIA, que contribuiu para seu financiamento com suas próprias verbas de milhões, operaram também para lubrificar o bolso de militares e civis na preparação da quartelada. Sua ação mais danosa, entretanto, foi a meramente conspirativa, fazendo ponte entre os três governadores golpistas, Lacerda, Magalhães e Adhemar, e os comandos das Forças Armadas, dispostos a ouvir seus agentes boca a ouvido ou por interposta pessoa. O encarregado dessas diligências foi o coronel Vernon Walters, do quadro dirigente da CIA, destacado para o Brasil com esse objetivo. Como atuara na Itália durante a guerra, onde tivera contatos com oficiais brasileiros e se fizera amigo deles, inclusive de Castelo Branco, foi fácil chamá-los à subversão.

O êxito da operação no Brasil animou a CIA a realizar outras façanhas cabíveis no curso da Guerra Fria. Implantou ditaduras militares no Uruguai, na Argentina e no Chile, matando a democracia em nome da liberdade. Lá também, acusando os governantes democráticos de ser propensos ao comunismo, alçavam militares em levantes em defesa da Constituição e os instalavam em governos de caráter cruamente despótico e retrógrado, que, em consequência, tornaram-se cada vez mais repressivos. Nisso também foram assessorados pela CIA, que selecionava os oficiais nativos com mais talento para torturar e assassinar e os treinava meticulosamente.

Dentro do Congresso se enfrentavam duas organizações políticas poderosas. A nossa "Frente Parlamentar Nacionalista", que levava a melhor, graças à combatividade de Neiva Moreira, Doutel de Andrade, e também de José Sarney, Petrônio Portela e muitos outros nacionalistas. Tivemos assim várias vitórias no Congresso, entre elas a aprovação da Lei de Remessa de Lucros. A outra organização era a "Frente Democrática Parlamentar", arregimentada através do medo de muitos parlamentares, apavorados com a ameaça de reforma agrária e da servidão do empresariado brasileiro diante das multinacionais. A esses interesses é que a FDP servia, fartissimamente, subornando.

Tive um encontrão com eles quando montaram um imenso serviço de divulgação de falsas notícias sobre a comunização do governo Jango. Seu principal noticiário, divulgado por centenas de jornais e milhares de rádios, era irradiado de dentro do Congresso, no corredor que liga a Câmara ao Senado. Dali difundiam diariamente várias falas de deputados e senadores para injuriar o Executivo, denunciando sua marcha para o comunismo. Depois de reclamar inutilmente, várias vezes, com

José Bonifácio, secretário da Câmara, contra essa ousadia, mandei um grupo de homens arrebentar a aparelhagem que haviam montado. Tiveram que fazer outra, mas fora do Congresso.

Um outro desafio grave na área diplomática e militar foi a chamada "guerra da lagosta". Motivo de gozação de toda a imprensa mundial, que o Itamaraty tentava resolver, pondo nisso seu maior esforço. Em vão. Um dia Jango me chamou a Petrópolis, onde passava o verão, para o despacho habitual. Tinha, porém, uma novidade que me passou com os olhos brilhantes: "Que tal restabelecermos as relações com a França?".

Conversamos longamente. Ele queria que eu escrevesse uma carta ao general Charles de Gaulle propondo um fim à guerra da lagosta. Nada mais fácil do que escrever uma carta digna, propondo algo tão honroso como reabrir as relações diplomáticas com a França. Mas qual era a base que o presidente tinha para aquela providência esdrúxula? Por que realizada fora do Itamaraty?

Aí ele me contou que Jorge Serpa — esse mesmo Serpa que anda ativo e misterioso até hoje, como conselheiro de Roberto Marinho e de dom Eugênio — conseguira um contato com o Serviço Secreto Francês e fora seguramente informado de que De Gaulle receberia bem uma carta de Jango propondo paz. A condição era que não pusesse os diplomatas no assunto, nem os franceses nem os brasileiros.

O Itamaraty tentava de todos os modos restabelecer as relações rompidas em razão de um incidente de nossa Marinha com barcos lagosteiros franceses. Eles haviam invadido a faixa de duzentas milhas de costa, que nós queríamos impor, e seus barcos foram apreendidos. Isso em dezembro de 1962. A França era contra a nova faixa de fronteira, e tinha inesgotável apetite pelas lagostas nordestinas. A América do Norte, o Japão e outras nações apoiavam De Gaulle. Ele não aceitara, como embaixador nosso em Paris, Vasco Leitão da Cunha, que se dizia velho amigo dos tempos da França Extraterritorial Combatente, e informara que não ia aceitar nenhum outro.

O assunto caiu no gosto da imprensa mundial e caricaturistas de toda parte faziam charges de De Gaulle abraçando lagostas. A crise diplomática se implantou sem solução visível, pois De Gaulle estava cada vez mais irritado. Nos vinha, afinal, uma solução. Insólita, é verdade, mas podia ser eficaz. Serpa já tinha um homem para mandar a Paris entregar a carta de Jango pedindo paz, e apanhar a de De Gaulle, aquiescendo. Era um tal José, que foi depois presidente do Banco da Habitação, já como homem do Andreazza.

O relato de José, no retorno, foi impressionante. O receberam no Aeroporto de Orly e o levaram diretamente para um castelo fora de Paris. Lá pegaram a carta de Jango e examinaram minuciosamente o nosso 007 para ver se não levava explosivos. Ficou na espera até que, sem aviso algum, abriu-se uma porta oposta àquela em que ele entrara. O vazio de pedra do umbral de repente se encheu com um homem gigantesco. Seria o próprio general Charles de Gaulle. Disse que lera a carta de Jango e que sua resposta devia ser levada a ele imediatamente. O nosso herói foi reconduzido ao aeroporto e mandado de volta.

As instruções que recebeu eram para, sem dar conhecimento ao Itamaraty, noticiar o restabelecimento das relações França-Brasil, lendo as duas cartas às três horas da tarde de certo dia. Jango chamou Araújo Castro, nosso ministro das Relações Exteriores, a Petrópolis, pedindo que eu não adiantasse nada a ele. Recebi o chanceler e só disse que havia notícia grossa concernente à França. Ao ouvir a história, sucintamente relatada por Jango, e receber a carta do general De Gaulle, Araújo Castro se destemperou: "É falsa, presidente! Esta carta é falsa!".

Continuou dizendo até o fim que a divulgação dessa carta falsa seria a desmoralização do Itamaraty e do presidente. Saiu descabelando a careca. Eu cumpri o combinado. No dia e hora certos, a Rádio Nacional deu a notícia e leu as duas cartas. A rádio oficial francesa fez o mesmo. As relações foram restabelecidas pelas vias próprias, porque o caminho estava aberto.

Eu trabalhava furiosamente, atendendo à rotina da Casa Civil e da Casa Militar. Não descansava e quase não dormia. Às vezes ia para a Granja do Torto almoçar para dormir no automóvel na ida e na volta. À noite, já tarde, quando voltava, suspeitando que lá estivessem, até a madrugada, amigos íntimos a esperar-me — principalmente os professores da Universidade de Brasília, que eram habituais —, fazia o carro parar perto de um bosque vizinho, entrava nele até um córrego, que eu atravessava. Ficava olhando a água no escuro e as estrelas cintilantes.

A partir da primeira semana de março, pus de lado a burocracia para me dedicar à política, porque vi que o Brasil estalava, prestes a romper-se. Passei a dar maior atenção a meus homens que vigiavam as Forças Armadas e os sindicatos e a relatar ao presidente, quisesse ele ou não, o que me diziam. Ocupei-me também, desde então, a mobilizar eu próprio as forças que podia em aliados nos estados, na CGT, na UNE e nos grandes sindicatos, para as ações de massa previstas para 1º de maio.

Jango queria arregimentar todas as forças progressistas do país para forçar o Congresso a aprovar nosso projeto da reforma agrária. Podíamos até, se houvesse força para tanto, exigir uma delegação legislativa a Jango, para que ele promovesse as reformas a ser referendadas depois em plebiscito.

A polarização das forças políticas do país e as provocações explícitas da direita, cada vez mais assanhada, e a própria crise econômica, gravíssima, que desencadeava greves nas indústrias e, agora, também nos canaviais, tornavam viável esse projeto. Ninguém provocara a crise com esse objetivo. Jango, ao contrário, tudo fizera para debelá-la. Mas esse era o terreno sobre o qual combateríamos. Acresce que só uma greve geral, acompanhada de grandes manifestações de massa, teria força para romper a barreira secular que consagrava o latifúndio. Tínhamos que romper o supremo abuso da lei brasileira, escrito no artigo 141 da Constituição, que garantia aos açambarcadores de terras o direito de não usá-las e não deixar ninguém usar. Não plantar e não deixar plantar, ainda que o povo morra de fome.

Êxitos de Jango

O governo de Jango, em seus 31 meses, apesar de toda a oposição, fez muitas coisas de importância decisiva para o Brasil. Criou a Eletrobras, que Getúlio não pôde instituir, porque fora obstaculizado até o desespero. Eram as Lights que financiavam a campanha de imprensa que o levou ao suicídio. Mais tarde, foi desapropriada numa negociata escandalosa. Agora, uns vende-pátrias a privatizaram porque, sendo imensamente lucrativa, não deveria permanecer como patrimônio público. Foi doada aos banqueirões. Jango fez aprovar a Lei de Comunicações sob o desespero da UDN, que se opôs a ela através de seus deputados no Congresso e de campanhas de difamação fora dele.

Promulgou a Lei de Diretrizes e Bases da educação nacional e pôs em execução o primeiro Programa Nacional de Educação.

Criou o Ministério do Planejamento, entregue a Celso Furtado, que propôs o Plano Trienal, destinado a coordenar o desenvolvimento autônomo e socialmente responsável do Brasil.

Municipalizou o sistema de saúde do Brasil.

Pôs sob controle as importações de insumos farmacêuticos, em que se registravam superpreços de até vinte vezes o custo internacional das mercadorias, com apoio escandaloso da embaixada norte-americana. Instituiu, para desgosto do patronato, o 13º salário.

Promulgou o Código Nacional de Telecomunicações.

Reconheceu a CGT como central única dos trabalhadores. Pôs em execução o sindicalismo rural, através do Estatuto do Trabalhador Rural.

Reconheceu a URSS, com quem restabeleceu as relações. E estava fazendo o mesmo com a China continental. Solidarizou-se sempre com Cuba, em face da agressividade norte-americana. Tudo isso e muita coisa mais, de que não me lembro agora.

Entre as batalhas vitais que teve que enfrentar, conta-se a anulação do saqueio das jazidas minerais, no valor de bilhões de dólares, que a Hanna Corporation vinha realizando em Minas Gerais, com todo o apoio da embaixada norte-americana e de seus serviços de conspiração e suborno. Batalha não menor foi enfrentar os interesses econômicos norte-americanos, alçados contra a desapropriação de bens da ITT [International Telephone & Telegraph], que Brizola havia promovido no Rio Grande do Sul; bem como a encampação, que ele também promovera, de uma empresa elétrica da Bond & Share. O Departamento de Estado norte-americano fez todas as chantagens possíveis e impossíveis, jogando com a dívida externa do Brasil e buscando desmoralizar o governo, na tentativa de nos levar à bancarrota. Chegou mesmo a promulgar a emenda Hickenlooper, ameaçando os países que incomodassem os trustes norte-americanos de sofrer represálias avassaladoras. Usou descaradamente recursos da prometida Aliança para o Progresso para subsidiar governos estaduais contra o governo central. Chegou ao absurdo de desviar as verbas do convênio do trigo, depositadas em bancos brasileiros e movimentadas pela embaixada norte-americana, para indispor governos estaduais contra o presidente da República, o que obrigou Jango a uma postulação formal contra tais atos atentatórios à unidade federativa do Brasil e contra o imperativo constitucional de que só o governo central faz política exterior.

Façanha mais ousada de Jango foi dar apoio ao movimento camponês que se expandia em todo o Brasil, à sombra de seu governo, integrando os trabalhadores rurais ao trabalhismo.

O Brasil sempre negou aos lavradores o direito de se organizar em sindicatos para reivindicar e, muito mais, a liberdade de se organizar politicamente. Essa opressão de cerca de 20 mil latifundiários sobre dezenas de milhões de trabalhadores da terra constitui a característica principal e mais retrógrada da estrutura social brasileira. A massa de lavradores, expulsos das fazendas, encurralados em vilas detritárias para trabalhar eventualmente como boias-frias, ou empurrados para a vida famélica das favelas urbanas, é mantida na mudez política, que não lhes permite ter nenhum papel e voz na vida política nacional. Os senhores da terra sabem perfeitamente que a presença dos lavradores, com poder, na arena política, conduziria fatalmente à extirpação do latifúndio improdutivo.

Só as eleições lhes ensejam, com o direito de voto, uma oportunidade mínima de negociar sua adesão a esse ou àquele candidato. É uma situação só comparável à dos camponeses ingleses de trezentos anos atrás e à dos franceses de duzentos anos atrás, que provocaram as explosões revolucionárias que lá se deram e colocaram o povo como um componente do poder.

Apesar da ignorância e da pobreza em que são mantidos, esses milhões de cidadãos brasileiros têm uma consciência larvar de seus direitos. Sempre que se enseja uma oportunidade, eles se alçam. O fazem quase sempre de forma arcaica, apelando ideologicamente para figuras messiânicas ou para rezadores, mas muito concretamente se apossando da terra para si mesmos. Os poderosos veem claramente suas intenções e sabem da necessidade de mobilizar o Exército para esmagá-los. Assim foi em Canudos e no Contestado.

A Revolução de 1930 não viu os trabalhadores da terra. Fez toda uma revolução consagradora dos direitos dos trabalhadores urbanos, retirando de sua liderança os anarquistas e os comunistas e colocando o próprio Estado como mediador das lutas de classe e como promotor do sindicalismo. Com o advento da democracia, os lavradores afiliaram-se ao queremismo de apoio popular a Getúlio Vargas e, depois, ao janguismo, sem ter maiores motivos de gratidão a Getúlio, que sempre os desconheceu. Mas com crescente identificação com Jango e com o trabalhismo, que começou a vê-los.

Alçamentos rurais ocorreram desde sempre, movidos pela fome durante as secas do Nordeste, o que dava lugar a saqueios eventuais. O primeiro movimento popular relevante de base rural foram as ligas camponesas, de Francisco Julião. Criadas em 1955, elas se multiplicaram extraordinariamente. Inicialmente, não eram mais que associações de assalariados rurais e parceiros, apoiadas por advogados, que ousavam chamar os donos da terra às cortes de Justiça para se defender de acusações de abusos contra seus trabalhadores. Informalmente, elas reivindicavam a propriedade da terra. Mais tarde, surgiram os movimentos de sindicalização rural, em que católicos e comunistas se juntavam para organizar sindicatos de lavradores. Legalizados por Jango, esses sindicatos se multiplicaram, passando a constituir uma ameaça crescente ao monopólio da terra. Um congresso camponês realizado em Belo Horizonte, em 1961, reuniu 1.600 delegados de todo o Brasil, exigindo "reforma agrária na lei ou na marra".

Outro feito de Jango foi a integração do trabalhismo numa postura socialista democrática, que foi doutrinariamente definida por ele, Hermes Lima e San Tiago Dantas no seguinte documento:

> O Partido Trabalhista Brasileiro é um instrumento de reforma, de mudança, de superação da estrutura social brasileira. Não quer o PTB corrigir apenas a estrutura social existente. Quer mudá-la para coisa melhor, favorável à incorporação do povo brasileiro a níveis de educação, produtividade e consumo tão superiores que são, por isso mesmo, diferentes em qualidade e finalidade dos atuais. Por isso, o PTB deve afirmar-se como um partido de esquerda, um partido de massa, como um partido que se dispõe a liderar a transformação da estrutura social brasileira por métodos democráticos, até onde for indispensável ao bem-estar do povo.

Jango não venceu todas essas batalhas, mas as enfrentou com altivez, não se entregando submisso ao poderio norte-americano, como é habitual. Sublinhou, em cada caso, o que correspondia aos interesses brasileiros. Constituiu, até sua queda, o problema mais grave que a América do Norte enfrentou na América do Sul.

Devemos também ao presidente João Goulart ter criado, apesar de toda a oposição feroz que enfrentou, um ambiente de liberdades públicas e de criatividade cultural que o Brasil nunca vivera antes. Nunca foi tão grande também a participação popular na vida política e cultural. Ninguém foi preso por motivação política e todo apoio possível foi dado às organizações que se mobilizavam pela liberdade e pelas reformas. Assim é que surgem e crescem os centros populares de cultura da União Nacional dos Estudantes, através dos quais a juventude universitária se solidarizava com seus companheiros de geração das camadas mais pobres e levava a todo o Brasil o pensamento mais progressista, a música, o teatro e o cinema nascentes.

A campanha de alfabetização de Paulo Freire, que de fato era de conscientização política dos analfabetos, expandiu-se nacionalmente. Mais tarde, a ditadura montou um simulacro dela, o Mobral [Movimento Brasileiro de Alfabetização], politicamente asséptico e direitista, que gastou rios de dinheiro e nunca alfabetizou ninguém. É gozado recordar que por anos esse Mobral foi o órgão público da ditadura que mais gastou na publicação de livros.

Tive todo o apoio de Jango para criar a Universidade de Brasília, solicitada ao Congresso por Juscelino Kubitschek, mas efetivamente concretizada por Jango. Com ela, se desencadeia a reforma universitária brasileira, lamentavelmente jugulada pela ditadura militar, que, na sua boçalidade, esmagou tudo que representava criatividade cultural.

Daquelas boas sementes bem enraizadas nasceram as árvores do cinema novo, com Nelson Pereira dos Santos — *Rio 40 graus*; Glauber Rocha — *Deus e o Diabo na Terra do Sol*; o nosso teatro social participativo de Dias Gomes — *O pagador de promessas* — e de Guarnieri — *Eles não usam black-tie*. Bem como a bossa nova de João Gilberto e Tom Jobim.

Já no exílio, vi florescer a árvore fantástica, com revelações como o clarim de Maria Bethânia cantando *Carcará*. A ternura brasileira de Chico Buarque. O profundo sentido de nação de Vandré, de "esperar não é saber". Toda a beleza do tropicalismo de Caetano, Gil e Gal. O Teatro de Opinião e o bravo *Pasquim*. A voz telúrica de Clementina de Jesus.

Voltando ao Brasil, como secretário de Cultura do Rio de Janeiro, tive o imenso prazer de montar uma grande homenagem a Clementina no Teatro Municipal. Ela cantou para um público enorme e para as galerias lotadas de baianas vestidas a caráter. Ela, do palco, vestida como uma rainha, beliscava seus braços e me gritava: "É verdade, professor! Não estou sonhando!".

Frequentadores habituais do teatro se danaram, apoiados pela imprensa, contra a ousadia de levar uma cantora negra, pobre e favelada para cantar no seu reduto elitista. Esses idiotas se esbaldavam quando o teatro se abria para qualquer cantorzinho francês. Alienados.

Guerra suja

Nos anos do governo Jango travava-se no mundo a Guerra Fria, mais quente e mortal que qualquer outra. Nela se engalfinhavam, no plano nuclear, os Estados Unidos e a União Soviética, ameaçando desencadear a guerra-do-fim-do-mundo. Num plano complementar, os norte-americanos faziam uma limpeza de sua área de influência, cujos objetivos eram liquidar Cuba socialista, impedir que sua experiência se reproduzisse, ou que alcançassem o poder governos não totalmente servis a seu mando.

Nesse enquadramento é que se dá a guerra suja contra o Brasil, em que os Estados Unidos intervieram na vida interna do Brasil, desrespeitando nossa autonomia. Para isso investiram fortunas imensas, mobilizaram tropas e promoveram o mais escandaloso suborno de governos estaduais, de parlamentares e de militares.

Batalha essencial foi o enfrentamento de Jango com o presidente Kennedy, que fez tudo para forçar o Brasil a aliar-se com os Estados Unidos no bloqueio e no assalto a Cuba. A correspondência entre os dois presidentes sobre essa matéria é antológica, como forma de pressão, por um lado, e resistência e altivez, do outro. Kennedy escreve em linguagem grandiloquente, dizendo que se tratava de salvar a humanidade da hecatombe nuclear e de defender as Américas para os americanos, não admitindo que potências externas aqui se intrometessem. Vejamos o texto de Kennedy:

> [...] Encaramos a necessidade e a oportunidade, neste hemisfério, de determinar, pela nossa ação conjunta nos próximos dias, o que pode ser todo o futuro da humanidade sobre esta Terra. [...] Senão a União Soviética encaminhar-se-á a violações sempre mais flagrantes das exigências da paz internacional e da liberdade, até chegarmos ao momento em que não teremos outra escolha do que a rendição completa ou o desencadear de um holocausto nuclear [...].

Tudo isso para contar com o apoio do Brasil no desarmamento nuclear de Cuba — com o que Jango estava de acordo — e na desastrosa invasão da ilha que se seguiu, a que o presidente João Goulart se opôs tenazmente em todas as esferas em que o tema foi proposto. Acreditava que, ajudado por Hermes Lima e seus diplomatas, resolveria o problema que só vinha se agravando com a política agressiva e guerreira de Kennedy.

A posição norte-americana era irredutível. Seu plano, que executou, era impor a Cuba um cerco econômico através do bloqueio naval que já dura mais de trinta anos e está se agravando agora, com novas sanções legais contra as quais todo o mundo se rebela. O segundo propósito foi invadir Cuba, o que também fizeram e foi o maior fiasco.

Kennedy reclamava com toda a eloquência o apoio do Brasil para essa política. O fez inclusive numa longuíssima carta em que pedia a adesão em tom imperial.

> [...] Devemos tomar posição hoje. O mundo inteiro nos está olhando. Assuntos sobre os quais nós no hemisfério possamos ter desacertos marginais, como também divergências políticas entre os nossos povos, tornam-se insignificantes diante dessa ameaça à paz. Espero que nessas circunstâncias v.exa. sentirá que o seu país deseja unir-se ao nosso, expressando os seus sentimentos ultrajados frente a esse comportamento cubano e soviético, e que v.exa. achará por bem expressar publicamente os sentimentos do seu povo [...]

O componente internacional que podia levar a uma guerra nuclear foi resolvido por Kruschev, que retirou suas bombas mediante o compromisso norte-americano de não intervir em Cuba. Nem exigiu que os States retirassem seus foguetes da Turquia. Fidel Castro espumava de ódio: "Se era para tirar, que não tivessem posto".

Seguiram-se a esses episódios uma guerra sem quartel, em que os norte-americanos procuraram levar o Brasil à bancarrota, para subjugá-lo pelo poderio econômico. Mas, sobretudo, ações conspirativas de ferocidade sem paralelo. Em seu comando puseram o coronel Vernon Walters, dirigente da CIA, que atuava aqui tendo como subordinados principais os seis ministros de Jânio Quadros, frustrados porque não conseguiram impedir a posse de Jango. Eles eram os intermediários entre a CIA, que fornecia orientação e verbas, e os governadores de Minas, de São Paulo e da Guanabara, eleitos na torrente eleitoral desencadeada pela candidatura de Jânio Quadros.

Não se tratava apenas de conspiração verbal, mas da organização de núcleos de resistência armada e de bandos de voluntários, de marginais e até de corpos de *mariners*, cuidadosamente adestrados e armados para atos de terrorismo e para comandar a resistência, caso se desencadeasse a guerra civil. Esta era tida como certa, porque eles estavam determinados a dar o golpe e contavam como fatal a resistência de Jango, que dispunha de poderosas bases de apoio.

Conforme estatísticas levantadas pelo Itamaraty, 4.968 agentes norte-americanos entraram no Brasil disfarçados de sacerdotes, comerciantes e turistas entre 1962 e 1964. A eles se juntaram cerca de 3 mil que já aqui estavam, para formar um corpo de "boinas verdes", concentrado principalmente no Nordeste. Sua presença era tão escandalosa que Francisco Julião disse que o Nordeste estava sendo infestado por uma praga maldita: "Pois não estão aqui como amigos, mas como inimigos".

Prevendo um levante no Nordeste, em razão da tenebrosa condição de vida imposta a seu povo, tinham pronta e armada uma contrarrevolução preventiva.

Além desse exército secreto, organizaram e treinaram dezenas de grupos de guerrilha urbana e rural, providos com as armas mais modernas, contrabandeadas do Paraguai por Adhemar de Barros, introduzidas por aviões civis e militares norte-americanos, com a desculpa de que armavam as polícias estaduais. A maior dessas cargas foi desembarcada por um submarino na costa nordestina e tinha desde bazucas até metralhadoras de guerra, além de todo tipo de bombas.

Enquanto a imprensa denunciava falsos preparativos de guerra do governo Jango para fechar o Congresso e impor uma ditadura pró-comunista, quem efetivamente se armava era a direita. Cada latifundiário brasileiro e cada grande empresário norte-americano foram pressionados para organizar seus próprios corpos de combatentes, eficientemente armados pelos agentes da CIA. Eles cresceram sobretudo em Alagoas, estado da riqueza mais próspera e da pobreza mais pobre.

A estratégia golpista de que tínhamos notícia era desencadear a sublevação da Guanabara, de São Paulo e de Minas contra o governo central, criando um estado de guerra debaixo da garantia obtida por Afonso Arinos — nomeado chanceler de Minas — de que os Estados Unidos reconheceriam como nação qualquer estado sublevado, em 24 horas. O levante do general Mourão foi uma "fagulha saltada" de Magalhães Pinto na tentativa de abocanhar a Presidência antes que Lacerda o fizesse. Até repreendida pelo próprio Castelo Branco, que a considerou uma temeridade, porque toda a preparação estava sendo feita para maio. O coordenador dessa sublevação, o coronel Walters, assessorado por Golbery, Hugo Bethelen, Juracy Magalhães, Nelson de Melo e Cordeiro de Farias, fazia contatos em todo o país, advertindo os governos estaduais e as grandes empresas sobre o perigo comunista e urdindo a contrarrevolução preventiva.

Jango teve contatos pessoais com Kennedy. O primeiro em Washington, assessorado por San Tiago Dantas e por Roberto Campos, em que foi fortemente pressionado para desfazer as encampações promovidas por Brizola como governador do Rio Grande do Sul e em que foram feitas promessas de cooperação do governo norte-americano jamais cumpridas. Essa negociação foi especialmente difícil porque o embaixador brasileiro, Roberto Campos, jogava tão escandalosamente a favor dos norte-americanos que o próprio Kennedy assinalou que ele mais parecia embaixador do seu país.

O segundo em Roma, quando da morte de João XXIII, em que Jango percebeu que Kennedy também estava enredado pela reação norte-americana. Já não tinha forças para levar adiante os seus planos de promoção do desenvolvimento porque, em lugar de buscar novos aliados progressistas e reformistas, o governo norte-americano voltara a confiar somente nas velhas classes latino-americanas e nos seus corpos militares.

Um terceiro encontro se deu com o irmão de Kennedy, Robert, ministro da Justiça, que veio ao Brasil expressamente para fazer pressão. Falaram três horas e os principais temas foram as desapropriações das empresas norte-americanas de Porto Alegre, a defesa dos interesses econômicos da Hanna, o perigo da penetração comunista em seu governo e, até, a tentativa de interromper as relações econômicas do Brasil com o bloco socialista. Jango rechaçou todas as impertinências e, quanto à última, disse que daria preferência às empresas norte-americanas se elas oferecessem condições tão vantajosas quanto as que tinha dos países socialistas. Vieram ao Brasil, depois, importantes líderes militares norte-americanos, em seus aviões de guerra, que falavam com os governadores subversivos, com generais, como Castelo Branco, e até com o ministro da Guerra, mas não com o presidente.

A imprensa norte-americana apresentava o Brasil como uma economia em liquidação, que custava imensas fortunas aos contribuintes norte-americanos e que ameaçava dar desfalques ainda maiores. Jango teve que contestar, através do Itamaraty, que os desembolsos líquidos feitos pelo Brasil na forma de juros e remessas de lucros, de 1955 a 1961, somavam o dobro do que recebera dos norte-americanos. Acresce que maior ainda era o prejuízo brasileiro devido aos superfaturamentos e subfaturamentos das empresas norte-americanas aqui instaladas. Ainda mais gritante era o prejuízo nacional decorrente da deterioração dos preços do que exportávamos e a elevação do que importávamos.

Até um senador norte-americano, Frank Church, que fez um exame criterioso do intercâmbio comercial do Brasil com os Estados Unidos, chegou à conclusão de que os espoliados éramos nós. Éramos acossados pelos funcionários do FMI [Fundo Monetário Internacional] e do Banco Mundial, que cobravam nossas dívidas, engrossadas por juros escorchantes, e não nos davam oportunidade de renegociá-las.

Observe-se que essa dívida era de 3,8 bilhões de dólares, perfeitamente escalonável se o propósito norte-americano não fosse usá-la para nos chantagear. Por exemplo, faziam-nos pagar dez vezes mais do que o valor apurado contabilmente sobre as empresas compradas ou encampadas, o que constituiu, durante todo o governo, o nó da discórdia.

A conjuntura complicou-se e se agravou na forma de ataques a San Tiago Dantas, pelas negociações que iniciou em Washington, e ao Plano Trienal de Celso Furtado, que, para a contenção da espiral inflacionária, pedia o controle dos aumentos salariais. Jango dizia: "Apoio tudo o que propõem. Mas, se os preços subirem, aumento o salário".

Seu juízo sobre o planejamento econômico, expresso anos antes, era de que nunca leva em conta o sacrifício do povo, sobre cujas costas sempre recai o peso maior dos programas econométricos.

> O povo está financiando, com o seu sacrifício, o desenvolvimento econômico. Esse povo pode e sabe suportar privações para que o país se mantenha independente e se desenvolva,

> mas é necessário que esse sacrifício não recaia apenas sobre os menos afortunados, mas sobre todas as classes, proporcionalmente, e que ao mesmo tempo se adotem medidas de reforma social tendentes a impedir que uma pequena minoria, nadando em luxo e na ostentação, continue afrontando as privações e a miséria de milhares e milhares de brasileiros.

Essa controvérsia interna ameaçava minar as próprias bases políticas de sustentação do governo. A Confederação Nacional dos Trabalhadores, a União Nacional dos Estudantes, a Frente Parlamentar Nacionalista, o Partido Comunista e especialmente os brizolistas atacavam frontalmente a política econômica do governo. O próprio PTB, através do grupo compacto liderado por Almino Affonso, ministro do Trabalho, articulado com as centrais sindicais, entrou em discordância insolúvel. Todos eles liderados por Brizola, que argumentava assim:

> O que se pretende é entregar a uma corporação estrangeira centenas de milhões de dólares levando-se em conta o valor alegado pela corporação, quando o mais provável é até que não se tenha de pagar mais coisa alguma, pois em geral tais empresas já são devedoras do Estado.

Ele se referia à concordância da Comissão Interministerial, criada por Jango, em pagar a indenização da Amforp pelo preço que ela exigia. Já San Tiago Dantas e Roberto Campos haviam firmado um memorando em Washington concordando com esse pagamento e fixando data para efetuá-lo. A coisa cheirava tão mal que o próprio Lacerda posou de nacionalista, declarando que se tratava de um esbulho.

O que os nacionalistas exigiam era o levantamento físico-contábil da empresa, aí incluídos seus investimentos originários, coisa a que se opunham os Estados Unidos. A discussão incluía a compra da telefônica pertencente à Light, na forma de outra negociata.

Todos os nacionalistas se opunham a essas negociações. As próprias bases militares de apoio também se puseram a fazer manifestações. Assim é que o general Bevilacqua opôs restrições ao governo. Até o general Jair Dantas se permitiu também fazer declarações restritivas. Era evidente, por igual, a posição de reserva do general Kruel, ministro da Guerra, à política reformista, bem como as ameaças veladas de que seu afastamento provocaria reações militares. Nessa conjuntura, tornara-se impossível manter San Tiago no Ministério da Fazenda e desaconselhável deixar Kruel no Ministério da Guerra. A solução adotada por Jango foi substituir todo o ministério.

San Tiago foi substituído por Carvalho Pinto, um paulista tranquilo, capaz de diálogo com a direita e com a esquerda, que fez excelente administração das finanças brasileiras, apesar da crise. Era um nacionalista, convencido da importância de fortalecer o empresariado brasileiro. Substituiu Kruel o general Jair Ribeiro Dantas, tão ruim quanto possível. A Casa Civil, reimplantada, foi entregue à competência de Evandro Lins e Silva.

Nessa conjuntura desfavorável, o presidente permitiu o afastamento do general Osvino Ferreira Alves pela Lei da Compulsória por idade. Os militares que apoiavam o governo queriam mantê-lo na tropa por uma medida extraordinária do presidente ou fazê-lo ministro da Guerra. Mas o governo o perdeu, fortalecendo o general Jair Ribeiro Dantas, cujo apoio era vacilante e ambíguo. Jair e Assis Brasil se mancomunaram para impedir a manutenção de Osvino na tropa e, sobretudo, a entrega a ele do Ministério da Guerra. Talvez, também, Jango não quisesse alguém tão forte, que poderia ambicionar o poder.

A saída foi a mudança do ministério. Assumi, então, em junho de 1963, a chefia da Casa Civil, tal como foi relatado.

A MENSAGEM DAS REFORMAS

EPISÓDIO MARCANTE DE MINHA PARTICIPAÇÃO NO GOVERNO FOI A elaboração da mensagem presidencial de 1964. Eu a escrevi cuidadosamente, sabendo que seria a grande carta político-ideológica do presidente João Goulart. Como ela era esperada com a maior reserva pela reação, chamei para ajudar-me Abgar Renault, um dos melhores estilos da língua. Era um *gentleman*, incapaz de ofender alguém sem intenção. Mas, sobretudo, capaz de dizer gentilissimamente tudo o que o presidente quisesse.

Alegre, vi que ele transfigurara nossa mensagem, não deixando nela nada que parecesse ofensivo ao Poder Legislativo, colocando numerosas frases de pura cortesia. Quando eu a apresentei ao Congresso Nacional, os deputados e senadores da oposição, que a viam pela primeira vez, estabeleceram uma estratégia para combatê-la. Adauto Lúcio Cardoso, líder da UDN, chamou e instruiu seus deputados, que saíram para ler, simultaneamente, as páginas que ele havia marcado da introdução, a fim de buscar qualquer coisa contra a qual pudessem contestar. Eu ouvi a leitura da mensagem pelo secretário da Câmara, rindo de ver os vários leitores de Adauto chegarem, um a um, para dizer, desolados, que nada descobriram de ofensivo ao Parlamento. Tiveram que engolir a mensagem toda, embora ela tivesse as propostas mais radicais jamais submetidas ao Congresso.

Referindo-se à sua própria mensagem presidencial no Comício das Reformas, em 13 de março, Jango disse:

> Dentro de 48 horas vou entregar à consideração do Congresso Nacional a mensagem presidencial deste ano. Nela, estão claramente expressas as intenções e os objetivos deste governo. Espero que os senhores congressistas, em seu patriotismo, compreendam o sentido social da ação governamental, que tem por finalidade acelerar o progresso deste país e assegurar aos brasileiros melhores condições de vida e de trabalho, pelo caminho da paz e do entendimento, isto é, pelo caminho reformista, pacífico e democrático.

> Mas estaria faltando ao meu dever se não transmitisse, também, em nome do povo brasileiro, em nome destas 150 ou 200 mil pessoas que aqui estão, caloroso apelo ao Congresso Nacional para que venha ao encontro das reivindicações populares; para que, em seu patriotismo, sinta os anseios da nação, que quer abrir caminho, pacífica e democraticamente, para melhores dias [...].
>
> Na mensagem que enviei à consideração do Congresso Nacional, estão igualmente consignadas duas outras reformas que o povo brasileiro reclama, porque é exigência do nosso desenvolvimento e da nossa democracia. Refiro-me à reforma eleitoral, uma reforma ampla que permita a todos os brasileiros maiores de dezoito anos ajudar a decidir dos seus destinos; que permita a todos os brasileiros que lutam pelo engrandecimento do país influir nos destinos gloriosos do Brasil. Nessa reforma, pugnamos pelo princípio democrático, princípio democrático fundamental, de que todo alistável deve ser também elegível.
>
> Também está consignada na mensagem ao Congresso a reforma universitária, reclamada pelos estudantes brasileiros, pelos universitários, classe que sempre tem estado corajosamente na vanguarda de todos os movimentos populares e nacionalistas.

Efetivamente, a mensagem presidencial, entregue por mim ao Congresso Nacional em 15 de março de 1964, depois de dar contas da obra administrativa que vinha revisando e dos empreendimentos econômicos que o presidente promovera, abre um capítulo sobre a deliberação de progredir e conclui com o que chamou as "tarefas do futuro" e aí assinala o aproveitamento da hidrelétrica de Sete Quedas como uma tarefa magna: "[...] O aproveitamento do potencial energético do salto de Sete Quedas, no rio Paraná, é obra que, por seu vulto e suas repercussões, justifica todos os trabalhos e sacrifícios que teremos de empreender para levá-la a cabo".

Prevista para alcançar uma potência total de 10 milhões de quilowatts — a maior central hidrelétrica do mundo —, essa obra representaria um acréscimo no potencial elétrico do país superior ao total que existiria até fins de 1965. Os trabalhos preliminares, inclusive a construção de uma usina-piloto, implicaram um investimento, em moeda estrangeira, de cerca de 162 milhões de dólares, e o seu custo ascenderia a 1 bilhão. Construindo Sete Quedas, estaríamos assegurando, mediante a ligação com outros sistemas, a expansão econômica de todo o Centro-Sul, caracterizado pelo seu rápido incremento industrial e, portanto, por crescente necessidade de energia.

Assinalo aqui que a ditadura não seguiu por esse caminho. Abandonou o projeto criteriosamente elaborado para fazer sua hidrelétrica um pouco abaixo, matando a cachoeira de Sete Quedas e, o que é terrível, doando a metade do empreendimento financiado por empréstimos brasileiros ao Paraguai, a fim de alcançar os objetivos dos geopolíticos idiotas. Queriam associar-se ao Paraguai, e o que criaram foi uma frente de atritos intermináveis, que tem representado um imenso prejuízo para o Brasil. Tudo isso era absolutamente desnecessário, porque Jango havia se encontrado com o ditador paraguaio numa fazenda de Mato Grosso e combinado com ele que o Brasil asseguraria a seu país 10% da energia a ser produzida — 1 milhão de quilowatts —, dez vezes mais do que eles produziam. Só precisávamos de sua autorização para dinamitar umas pedras do rio Paraná, que impediam a subida das turbinas que estavam se importando da União Soviética.

Examinemos agora, diretamente, a mensagem presidencial de 1964, para sentir a eloquência desse extraordinário documento, que propunha uma completa renovação institucional no Brasil, com uma coragem e uma lucidez admiráveis. Posso dizê-lo expressamente porque ela não é um texto do chefe da Casa Civil, é um texto do presidente da República, que reflete suas ideias fundamentais. Mas leiamos a mensagem:

> [...] Outra magna tarefa a que se devota o governo é a implantação, em Brasília, de uma universidade moderna capaz de, além de cumprir as tarefas correntes de ensino e pesquisa, completar a cidade-capital com o núcleo científico e cultural que não lhe pode faltar e, ainda, proporcionar aos poderes públicos a indispensável assessoria no campo do planejamento e da assistência técnica e científica. A Universidade de Brasília concentra seus esforços na edificação, equipamento e operação de um conjunto de institutos de ciências fundamentais, montados especialmente para ministrar cursos de nível pós-graduado; de um sistema de escolas de engenharia devotado à formação

> das novas modalidades de tecnologistas altamente qualificados, necessários ao comando do desenvolvimento econômico do país; e de diversos centros de pesquisa e experimentação que cubram as áreas do planejamento geral e educacional, da tecnologia do cerrado, de edificação e de outros campos [...].

As últimas páginas da introdução da mensagem de João Goulart se dedicam ao que ele chamou de "caminho brasileiro", em que ressalta a sua proposta de reforma agrária como tarefa própria e exclusiva do Parlamento e absolutamente indispensável para que o Brasil progredisse.

> [...] Assim é que submeto à apreciação de vossas excelências, a quem cabe privativamente a reformulação da Constituição da República, a sugestão dos seguintes princípios básicos para a consecução da reforma agrária:
>
> - A ninguém é lícito manter a terra improdutiva por força do direito de propriedade;
> - Poderão ser desapropriadas, mediante pagamento em títulos públicos de valor reajustável, na forma que a lei determinar:
>   a) todas as propriedades não exploradas;
>   b) as parcelas não exploradas de propriedade parcialmente aproveitadas, quando excederem a metade da área total;
> - A produção de gêneros alimentícios para o mercado interno tem prioridade sobre qualquer outro emprego da terra e é obrigatória em todas as propriedades agrícolas ou pastoris, diretamente pelo proprietário ou mediante arrendamento [...].

A mensagem conclui propondo as reformas constitucionais indispensáveis para que todo o programa generoso pudesse ser efetivado, e para alcançar esses altos objetivos recomenda incorporar-se à nossa Carta Magna os seguintes preceitos:

> - Ficam supressas, no texto do parágrafo 16 do art. 141, a palavra "prévia" e a expressão "em dinheiro";

> – O art. 147 da Constituição Federal passa a ter a seguinte redação:
>
> o uso da propriedade é condicionado ao bem-estar social;
>
> – A União promoverá a justa distribuição da propriedade e o seu melhor aproveitamento, mediante desapropriação por interesse social, segundo os critérios que a lei estabelecer.
>
> Estou certo de que os nobres parlamentares do Brasil deste ano de 1964 guardam fidelidades às honrosas tradições dos nossos antepassados que, em conjunturas semelhantes da vida nacional, como a Independência, a Abolição da Escravatura, a Proclamação da República e a Promulgação da Legislação Trabalhista, tiveram a sabedoria e a grandeza de renovar instituições básicas da nação, que se haviam tornado obsoletas, assim salvaguardando o desenvolvimento pacífico do povo brasileiro.

O presidente, no Rio de Janeiro, caminhava pela pista que ele próprio queria abrir para si. No comício do dia 13, em que falaram ele, Brizola, Arraes e muitas outras lideranças de esquerda, se desenhava um quadro provocativo, que vinha principalmente da natureza de um comício frente à multidão, mas também de avanços que o presidente quis anunciar. Ele decretava que, através da Supra [Superintendência de Política Agrária], se fizessem imensas desapropriações ao longo das estradas, que não se compaginavam com o texto constitucional. Antecipava-se, assim, a reforma proposta ao Congresso.

No seu discurso, Jango anunciava também uma reforma urbana, bem como a desapropriação das refinarias privadas, medidas que seriam recomendáveis, mas que não podiam ser alcançadas apenas por um ato de vontade. Outros pensamentos desejosos foram ali anunciados e firmados diante do público pelo presidente da República.

Mas não era isso só que ocupava o presidente. Ele queria ali expor claramente seus planos de reforma estrutural para renovação do Brasil. Expunha ao povo o que exigia do Congresso, em bons termos, no estilo de Abgar. Assim, discreto, começava a chamar o povo para os atos de massa que programava para o Dia do Trabalho.

Nessa ocasião, tive um encontro solicitado por mim com o senador Prestes. Realizou-se na casa de Sinval Palmeira, um apartamento enorme na avenida Atlântica. Conversei longamente com o senador. Queria preveni-lo de que nós marchávamos para um movimento que devia se realizar a partir de 1º de maio, de pressão pela reforma agrária. Esse movimento devia ter manifestações camponesas, manifestações operárias e podia terminar numa greve tão ampla quanto possível. Argumentava eu sobre a preparação necessária para isso e o apoio indispensável do Partido Comunista.

Creio que o senador mal me ouvia. Ele só queria me comunicar e comunicou, reiteradamente, que o presidente podia ficar tranquilo quanto aos comunistas. "Nós não faltaremos a ele, professor. Só exigimos que dê uma formalização legal ao que venha a fazer."

Quer dizer, ele me dizia que estava totalmente de acordo com um golpe se Jango o desse. Eu tentava dizer que o golpe que se armava era contra nós, para nos derrubar, mas essa informação não passava. Prestes achava que tudo era cor-de-rosa.

Aliás, essa era a posição de grande parte dos líderes das esquerdas, cegas para a realidade, certas de que a direita tinha razão ao denunciar uma conspiração sindicalista de Jango. Falei com vários deles, tentando mostrar que o que estava em marcha era um golpe da direita contra nós. Essa informação não passava. É muito difícil que as pessoas se convençam de alguma coisa, ainda que medianamente clara, quando toda a imprensa, unanimemente, não fala dela ou diz o contrário. O poder de convencimento de uma imprensa unânime, porque é unanimemente subornada, é realmente terrível. Sobretudo para as classes médias e a intelectualidade, que têm a cabeça feita pelos jornais e pela televisão. Não para o povo. Este guarda intocada sua própria consciência, feita através da História e de sua vida de penúria. Só por isso podemos ganhar eleições.

A CRISE. O GOLPE. A QUEDA

A CONJUNTURA GOLPISTA SÓ SE AGRAVOU COM AS PROVOCAÇÕES DE Lacerda contra o presidente e contra o Exército. O golpismo, de nosso lado, foi encarnado pelo general Kruel, ministro da Guerra, que quis montar, em abril de 1963, uma operação de massas de que resultaria o assalto ao Palácio das Laranjeiras, onde estava o governador Lacerda. Seu projeto real era tumultuar o quadro político para saltar, ele próprio, ao poder. Foi impedido pela reação enérgica do comandante do Primeiro Exército, que se opôs à aventura.

Nova conspiração militar, gravíssima, espocou ainda em setembro. Dessa vez, o que estava em causa era o brio do Exército, ofendido numa entrevista que o governador Carlos Lacerda deu nos Estados Unidos, caluniando o presidente da República e seus generais. A coisa engrossou até que eles exigiram do presidente a decretação do estado de sítio para que pudessem intervir no estado da Guanabara e prender Lacerda.

Jango concedeu não a decretação, tomada ilegalmente, que os generais pediam, mas a solicitação ao Congresso de que este impusesse o estado de sítio. Fui instruído pelo presidente para redigir a mensagem solicitando a medida, o que fiz em 4 de outubro de 1963. Alegando, embora, que estado de sítio não se pede. Se toma.

Para viabilizar a medida, o presidente pediu e obteve o apoio inicial de Brizola e das esquerdas, mas enfrentou-se com a resistência de alguns comunistas, especialmente de Osvaldo Pacheco e da gente de Arraes. Os dois vieram ao Rio conversar com as esquerdas e as convenceram de que, depois da prisão de Lacerda, Arraes é que seria preso, porque o plano de Jango seria bater na direita e na esquerda. Brizola concorda e o governo perde o apoio com que contava.

Ocorre aí um episódio insólito, quase incrível. O leviano general-faz-tudo foi chamado ao quartel do Primeiro Exército para receber ordens diretas do general Jair para prender o governador da Guanabara, Carlos Lacerda. O dito general passou o abacaxi ao coronel Costa Cavalcante, favorável a Lacerda, que exigiu ordem escrita. Tudo se embananou e o presidente, já abandonado pelas esquerdas, me ordenou que pedisse ao Congresso a desistência do pedido de sítio, que eu próprio havia requerido três dias antes.

Na viagem de volta do Rio para Brasília eu, que não gosto de conversar em voo, me pus diante de Jango argumentando ter chegado sua oportunidade de livrar-se do Comando Militar, que visivelmente não funcionava. Propunha que me deixasse articular uma demissão coletiva de todo o ministério, para obrigar os ministros militares a também deixar os cargos. "Que é isso, Darcy? Tu queres me deixar sozinho justamente no meio desta crise?", retrucou ele.

Nessa altura, San Tiago Dantas iniciou uma articulação essencial. Era a criação de uma frente ampla de apoio político não ao presidente João Goulart, mas ao regime. Isso devia interessar muitíssimo a JK, a Adhemar e a Magalhães Pinto. Todos eles candidatíssimos, sabendo que só com a preservação da legalidade poderiam eleger-se. A manobra malogrou-se pela declaração de Brizola de que jamais se aliaria a gente como Amaral Peixoto. Vale dizer, a esquerda recusou-se a integrar a frente, frustrando-a. Era talvez tarde demais, porque a conjura golpista andara mais rápido que nós, comprometendo todos os conservadores e reacionários na intentona. Perdeu-se a chance, e a história continuou rolando.

A crise estalou estrepitosamente com o levante dos quinhentos sargentos da Marinha e da Aeronáutica de Brasília, a 2 de setembro de 1963. Sublevaram-se protestando contra um ato do Poder Judiciário, que vetou a diplomação dos sargentos eleitos em 1962, por ser inconstitucional. Os sargentos ocuparam os ministérios da Aeronáutica e da Marinha, o aeroporto, a base aérea e os correios, que constituíam, obviamente, alguns dos alvos mais importantes guardados pelas Forças Armadas. Eu soube da sublevação na Granja do Ipê, onde vivia. Compreendi então a importância dos serviços especiais de telefonia e das palavras em código que os órgãos de segurança usavam e que antes me pareciam ridículos. O Exército reprimiu a sublevação à custa de duas mortes e dezenas de feridos. Mas um lanho profundo ficou sangrando na oficialidade das Forças Armadas: a nunca vista nem pensada insurgência da suboficialidade contra seus comandantes.

Também gravíssimas como passo para o golpe foram as greves de 200 mil cortadores de cana de Pernambuco e da Paraíba, em novembro de 1963, que assustaram demais os usineiros. Era o campo se alçando com métodos operários de luta. Somam-se a tudo isso as greves nas indústrias de São Paulo e do Rio e nas empresas estatais. Nestas, um louco até pedia para equiparar o salário dos ferroviários ao dos trabalhadores da Petrobras. Cria-se assim um ambiente de agitação verbal das esquerdas sindicais, que pressionavam o governo, já terrivelmente encurralado pela direita.

Outro fato capital foi a renúncia de Carvalho Pinto ao Ministério da Fazenda, em janeiro de 1964, que comuniquei a Jango. Ela assinalou o despenhadeiro da crise em que caíamos. Carvalho Pinto era a última base de confiança que o patronato podia ter no governo. O rural, exasperado com a reforma agrária, estava todo do outro lado, odiando Jango como um traidor da classe. Defendia hipocritamente a intocabilidade da Constituição, sobretudo do artigo 141, que só admitia a desapropriação de terras com o pagamento prévio do preço justo em dinheiro. O comercial, habitualmente governista, mas conservador, saltava aflito sobre a chapa de zinco quente que era a inflação. O industrial, que sempre fora entreguista, não entendia que o paulista Carvalho Pinto apoiasse o controle do capital estrangeiro. Só estava conosco o corpo de empreiteiros, totalmente dependente do governo. Praticamente subornado.

Carvalho Pinto me comunicou a demissão, que eu informei a Jango. Ele nomeou imediatamente um banqueiro gaúcho só conhecido no Sul, Nei Galvão, e colocou ao lado dele seu advogado principal, Waldir Borges. Evitou assim que a candidatura de Brizola se aprofundasse. Nessa ocasião, mesmo com o ministro nomeado, Brizola e Arraes andaram agitando meu nome para ministro da Fazenda. Loucuras.

A crise econômica, seriíssima por si só, daria para derrubar um governo. Inflação de 84% ao ano. Greves espocando em toda parte, incontroláveis. Alçamentos camponeses estourando, motivados pela fome ou inspirados pelo Movimento das Ligas Camponesas. O Plano Trienal de Celso Furtado, que um ano antes parecia viável, tornara-se impraticável. O presidente negava-se a conter os aumentos salariais, não só por sua ideologia trabalhista, mas porque os trabalhadores eram sua única base de apoio político. De fato, ele continuou popular até o fim do governo, saudado amistosamente onde deparasse com trabalhadores.

Os golpistas se assanham, promovendo ações de massa, já em fevereiro. A primeira delas foi importar um santão norte-americano, padre Payton, que veio ao Brasil para conclamar todos os católicos à oração, debaixo da legenda de que "a família que reza unida continua unida". Vendo o perigo daquela promoção, que seria aberta pelo mais reacionário líder católico, rezando ao lado do padre, eu o chamei a Brasília. Tivemos uma conversa desencontrada, porque ele foi trazido por um agente da CIA, que eu tive que colocar para fora da sala. Disse ao padre que o presidente ficara muito contente com sua iniciativa e também queria rezar o terço com toda sua família.

O padre Payton encantou-se. Tanto mais porque eu prometi que tentaria fazer com que o terço fosse rezado simultaneamente em todas as capitais brasileiras. Era verdade, ainda que muito difícil naquele tempo. Para isso importei, através da Varig, muito material de gravação para a televisão e armei um esquema para gravar a missa e a reza do padre. Foi nessa altura que pus para fora o tal agente, que dizia que a façanha era impossível. Ganhamos a parada. O terço foi um sucesso. Principalmente porque começava mostrando Jango ao lado da belíssima Maria Tereza e de seus lindos filhos, brincalhões e risonhos, que adoraram a representação.

A 13 de março tivemos o grande Comício das Reformas, na praça principal do Rio, defronte da estação rodoviária e do Ministério da Guerra. O povo, mobilizado através de tudo que um governo pode jogar numa promoção, superava os 300 mil. Alegre e embandeirado, ouviu os grandes líderes populares — Jango, Brizola, o deputado mais votado do Rio de Janeiro, Arraes, governador de Pernambuco, Seixas Dória, governador de Sergipe, o presidente da UNE — além de muitos outros. Todos, afinal, unidos na Frente Única Popular de apoio às reformas exigidas por Jango. O presidente armou o comício como queria. Não fui consultado, mas meramente informado dos atos que assinaria ali e que eu desaconselhava, dizendo: "Decreto não anula a Constituição".

Referia-me aos atos de encampação das refinarias e de execução de uma reforma urbana e, sobretudo, ao decreto da Supra que autorizava a desapropriação de áreas ao longo das ferrovias, das rodovias, das zonas de irrigação e dos açudes. Tudo muito desejável, mas inviável por esse caminho. Não era a reforma agrária que dois dias depois proporíamos ao Congresso através da mensagem presidencial. Era apenas o gesto eloquente de que necessitávamos para pôr em marcha o motor das reformas estruturais.

É compreensível também que o presidente necessitasse de um ato assim de consagração popular frente à avalanche de ataques que sofria. Ele mostraria ali seu prestígio popular e a popularidade das reformas que promovia. E difundiria seu pensamento de que a mídia subornada não dava notícia ou deturpava.

Seguiu-se, no dia 15, a entrega da mensagem presidencial ao Congresso, que já relatei. E logo depois, dia 19, a Marcha da Família com Deus pela Liberdade, em São Paulo. Enorme. Nossos próceres, ou pelegos, de São Paulo, disseram que fora muito fácil para Adhemar de Barros montar a marcha, porque retirara os ônibus e deixara o povo encurralado. Mandei que fizessem o mesmo, numa contramarcha pelas reformas. Não fizeram nada. Foi a reação que reproduziu no Rio de Janeiro uma marcha semelhante, igualmente massiva.

A História nos afunilava. Traições se registravam nos próprios quadros do governo. Por exemplo, Araújo Castro, ministro das Relações Exteriores, comandado por Castelo Branco, chefe do Estado-Maior das Forças Armadas, e pelo coronel Walters, alteraram substancialmente o acordo militar Brasil-Estados Unidos, sem consultar o presidente. Diariamente ocorriam provocações e os ânimos se acirravam. O povo e as esquerdas, confiantes no proclamado poderio do governo, estavam anestesiados.

A conspiração envolveu logo os comandos militares. Castelo Branco lança manifesto, conclamando a oficialidade à indisciplina dentro da doutrina da Guerra Fria, segundo a qual o inimigo principal era interno, o comunismo, que tem que ser erradicado a qualquer custo.

O ministro da Guerra, Jair Dantas, tirou o corpo, internando-se no hospital para operar sua próstata, deixando tudo em mãos de um inválido, o general Âncora.

Paralelamente a esse desmonte do dispositivo militar do governo, os líderes da direita, liderados por Bilac Pinto, presidente da UDN, denunciavam, através da imprensa, a iminência de um golpe militar de Jango, destinado a implantar uma república sindicalista. A denúncia mentirosa, veiculada por uma imprensa unânime como verdade, acabou funcionando como se fosse verdadeira. Ocorre então, a 27 de março, a provocação maior. Estando o presidente no Rio Grande do Sul junto com o chefe da Casa Militar, Assis Brasil, aconteceu a assembleia dos marinheiros. Era perfeitamente previsível, porque se realizara no ano anterior. E eu pedira então, como pedia agora ao ministro da Justiça, Abelardo Jurema, que estivesse presente para presidir e controlar o movimento. Ele, entretanto, decidiu consultar o almirantado e foi dissuadido. A corda estava solta.

O ministro da Marinha mandou uma tropa de fuzileiros dissolver a assembleia, mas ela aderiu ao levante. A agitação era cada vez maior no sindicato dos metalúrgicos. Eu tudo acompanhava, apreensivo, do Palácio das Laranjeiras, através de homens meus, postos na assembleia. Decidi ir então ao Ministério da Guerra falar com o general Âncora.

Esse Âncora era um general magro, asmático, que tossia sem parar. Levava a tiracolo não uma arma, mas uma espécie de bombinha de *flit* com que, de vez em quando, espargia algum remédio na garganta. Dizia com toda a ênfase que iria mandar suas tropas cercar o sindicato dos metalúrgicos e prender os marinheiros e os fuzileiros sublevados, para acabar com a baderna. Não fez nada, porque não podia mesmo fazer nada e porque eu dei ordem peremptória de que nada fizesse. Só lhe cabia esperar o presidente.

Chega afinal o presidente da República, acompanhado do chefe da Casa Militar. Chegou só à tarde, quando eu já havia, inclusive, aceitado a demissão do ministro da Marinha, que se apresentara nas Laranjeiras no seu uniforme de gala para pedir exoneração do ministério. Disse a Jango que era preciso tirar o Âncora e tentar ver se o marechal Lott podia salvar o governo. Eu o estivera sondando. Mas Jango me respondeu: "Como é que eu vou demitir o ministro Jair Dantas, que está de barriga aberta numa sala de operações?".

Continuou Âncora comandando as Forças Armadas e guarnecendo o governo com sua monumental incapacidade.

A rebelião dos marinheiros, em 24 de março, foi vitoriosa porque Jango nomeou para ministro da Marinha o almirante Mário da Cunha Rodrigues, que, tomando posse, pediu e alcançou anistia para os insurgentes. Mil marinheiros saíram do sindicato dos metalúrgicos, em festa, pela avenida Presidente Vargas, levando em seus braços o almirante Aragão, gritando que era seu ministro.

Hoje sabemos que o levante dos marinheiros foi comandado por cabo Anselmo, agente da CIA. Homem habilidoso, que continuou tendo o apoio e a confiança das esquerdas, o que permitiu que ele fizesse matar dezenas de líderes guerrilheiros que vinham dos ciclos de treinamento em Cuba. Nunca foi encontrado, porque mudou de cara e de nome. Servirá hoje à CIA em outro posto.

Voltei para Brasília. Lá, sabendo que o presidente compareceria à homenagem que os sargentos das Forças Armadas iriam prestar-lhe no Automóvel Clube, mandei para ele, num avião especial, uma sugestão de discurso. Nele, o presidente chamaria a atenção dos suboficiais para a necessidade de se fazerem defensores da hierarquia, porque ela era o alicerce sobre o qual se operavam as Forças Armadas. Caindo na indisciplina, se dissolveriam inevitavelmente.

Jango não levou em conta minha sugestão. Fez seu discurso num tom mais inflamado. Um observador externo podia até imaginar que ele estivesse provocando a própria queda. Não seria inverossímil, porque alguns de seus conselheiros no Rio, como San Tiago Dantas, Samuel Wainer e Jorge Serpa, aconselhavam isso mesmo. Achavam que a queda, para Jango, seria o novo Itu, de que voltaria vitorioso, como Getúlio. Minha convicção, porém, é de que não se tratava disso. Jango era muito orgulhoso de sua carreira política e não a estragaria com uma deserção. Sabia bem que estava condenado a fazer frente às forças da reação, dispostas a sublevar-se. Mas confiava em que, coordenando seu dispositivo militar, poderia dissuadi-las de dar o golpe.

Segue-se, no dia 31 de março, o levante do general Mourão, o "vaca fardada", mandante das tropas de Juiz de Fora, que obedecia às instruções de Magalhães Pinto. Este lançara no dia anterior um manifesto à nação, conclamando-a para a revolução preventiva, que evitaria um suposto golpe comunista de Jango.

Magalhães Pinto tinha transformado seu secretariado em ministério, no qual as relações exteriores couberam a Afonso Arinos, que coordenou o apoio norte-americano ao golpe. Lyndon Johnson atende ao pedido dos mineiros. Manda toda uma frota poderosa de navios de guerra porta-aviões e petroleiros ao porto de Vitória. Mandava também uma tropa com ordens de marchar para Belo Horizonte, levando munições, gasolina e rancho. A luta estava, pois, internacionalizada. A direita, com a ousadia de sempre, optara pela luta armada, desse no que desse, para defender os seus interesses, que englobavam também os interesses dos norte-americanos, a quem transferia o encargo de defendê-la.

No meio da crise, Jango recebeu um telefonema do general Kruel, impondo condições para que continuasse no poder, com o apoio do empresariado paulista. Queriam o afastamento imediato de Ryff, secretário de Imprensa, e do comunista Darcy Ribeiro. Exigiam uma série de medidas difíceis de ser implantadas. Tais eram: voltar atrás na Lei de Remessa de Lucros; revogar o decreto de reforma agrária, da Supra, e propor ao Congresso uma nova lei de greve que as tornasse impraticáveis. Não foi a única mão estendida a Jango. Mãos que ele não podia apertar, porque acabaria caindo em condições ainda piores e desmoralizado. Juscelino Kubitschek o procurou nas Laranjeiras, exigindo que mudasse o ministério e fizesse uma declaração de repúdio ao comunismo. Insistiu muito. Não o fazia por Jango, mas por si mesmo, porque precisava da legalidade para eleger-se presidente.

O general Peri Bevilacqua, chefe do Estado-Maior das Forças Armadas, também tentou salvar Jango, desde que fechasse a CGT e acabasse com a greve geral que se estava montando frouxamente no Rio. San Tiago, por sua vez, ponderava que o que se anunciava era uma luta de proporções colossais.

Jango reagiu inclinando-se sobre o telefone por 24 horas a solicitar fidelidade dos comandantes dos quatro Exércitos. Todos conversavam, tergiversavam e tiravam o corpo, deixando o governo cair.

Eu vi todo o golpe armar-se ao lado de Jango, supondo que podíamos enfrentá-lo. Quando se desencadeou, por parte de um general irresponsável, que contra os desígnios do seu chefe, Castelo Branco, pôs a tropa em campo, a partir de Juiz de Fora, para assaltar o Rio, chegou a nossa hora final de agir. A tropa que saíra do quartel de Juiz de Fora era formada por recrutas com menos de três meses de caserna. Voltaria correndo para casa se fosse lambida por algumas metralhadoras da aviação fiel ao governo.

Eu me articulara com o brigadeiro Teixeira, que tinha prontos vários aviões no Rio de Janeiro, preparados para voar e lamber a tropa de Mourão, assim que a ordem fosse dada pelo presidente. Articulara-me também com o almirante Aragão, para que saísse com sua tropa de fuzileiros navais, a fim de acabar com a agitação, atacando Lacerda em seu palácio e prendendo Castelo Branco, que estava reunido com um grupo de oficiais antigovernistas numa escola militar da praia Vermelha. O almirante também dependia de ordem direta de Jango.

Eu, lá de Brasília, insistia com o presidente que ele desse essas ordens, parando de enfrentar os golpistas apenas com telefonemas aos comandantes das regiões militares. A coisa andara muito demais para que fosse possível enfrentar o golpe apenas com palavras. Eu já havia demonstrado ao presidente que as tropas do Primeiro Exército, do Rio, ao contrário do que dizia o chefe da Casa Militar, estavam dominadas por oficiais antigovernistas que sabotavam os carros de guerra e as armas.

San Tiago Dantas havia informado o presidente da existência de uma armada norte-americana, pronta para desembarcar na Guanabara se Lacerda fosse atacado. A informação era imprecisa. Havia, efetivamente, uma força naval com ordem de invadir o país, mas ela se articulava não com Lacerda, e sim com Magalhães Pinto. A presença de forças estrangeiras dispostas a invadir o país indicava que a direita brasileira perdera todo o brio, entregando-se ao domínio estrangeiro e desencadeando uma luta de proporções continentais.

Jango não se dispunha a contribuir para que se desencadeasse uma guerra civil, de que podia resultar 1 milhão de mortes, me disse depois. O governo, tendo embora um dispositivo militar que, acionado para a luta, poderia funcionar e contando com massas populares de apoio, não quis se defender. Acabou tendo de deixar o Rio, onde o presidente não contava nem com segurança pessoal.

Voltou a Brasília num avião fretado da Varig. Eu o acompanhei ao Palácio do Planalto, onde se enfrentou com os oficiais fiéis da Casa Militar, que choravam emocionados. A seguir, foi para sua residência na Granja do Torto, onde o general Fico comprometeu-se com ele, em minha presença, a manter por 48 horas a praça de Brasília. Jango foi acompanhado por Tancredo Neves e Almino Affonso, que escreveram com ele um *Memorial à nação*. Era o que restava fazer ali. Já não conseguimos divulgá-lo, senão nas rádios de Brasília, que eu havia ocupado.

Afinal, o levamos ao *Coronado* da Varig, em que partiria para Porto Alegre, já disposto a exilar-se no Uruguai. Sentado, esperou horas que o avião decolasse, ouvindo desculpas. Só então viram que era verdadeira a informação de que estavam sendo sabotados. Afortunadamente, Fadul, que também era oficial da Aeronáutica, providenciara um DC-3 da Aeronáutica bem abastecido, em que partiram para Porto Alegre.

Fiquei em Brasília para manter o governo, esperando uma ação militar do Terceiro Exército. Lá em Porto Alegre, segundo soube, Jango reuniu-se com os generais Ladário e Assis Brasil, com Brizola, Fadul, Amauri Silva e Osvaldo Lima Filho para decidir o que fazer. O general Ladário estava disposto a lutar na defesa da legalidade e do presidente. Mas advertiu que não tinha completo controle sobre o Terceiro Exército, cujo comando assumira recentemente. Brizola rebela-se então, conclamando todos para a guerra radical. Ladário contestou que não sabia o que era isso. Só sabia comandar a guerra militar, para que fora treinado. Jango decidiu: "Não vou resistir. Não há condições!".

A reunião se desfez. Era o fim. Fora impossível armar uma resistência militar ao golpe. Qualquer resistência converteria Porto Alegre num reduto definível como comunista, contra o qual derramariam todas as forças até esmagar. Brizola fez o que podia para forçar Jango à luta armada com o auxílio das tropas sediadas no Rio Grande do Sul e do povo gaúcho. Ele não quis. Exilou-se. No dia 4 de abril, internou-se no Uruguai.

Fiquei no meu posto de chefe da Casa Civil, passando pitos e dando ordens incumpríveis. Tinha posto, com a ajuda do prefeito, uns mil candangos sentados, esperando, na plateia do Teatro Nacional. Quisera ocupar com eles, se fosse o caso, a Câmara e o Senado na manhã seguinte, pacificamente.

Não deu. Auro de Moura Andrade, presidente do Congresso, antecipou o golpe, reunindo os deputados e senadores às onze horas da noite. Fracassou o general Fico no que havia prometido ao presidente. Interceptei um telegrama dele a Costa e Silva, tratando-o de "meu chefe". Indignei-me com ele, gritando: "Ele não é seu chefe. É um macaco. Você não merece vestir a saia da Iracema.".

Fracassou também o governador de Goiás, Mauro Borges, que, em lugar de me dar apoio como prometera, mandou uma dúzia de jagunços armados com metralhadoras dar segurança a Auro, postados nas lajes do edifício do Congresso Nacional.

Tancredo é que, mais uma vez, demonstrou sua coragem e lealdade, lendo a carta que enviei ao Congresso, informando que o presidente da República e seu ministério estavam em território nacional, na cidade de Porto Alegre. Auro não fez caso da informação e bradou: "Declaro vaga a Presidência da República. Convoco o presidente da Câmara dos Deputados, Ranieri Mazzilli, para assumir a Presidência".

Os oficiais da Casa Militar transitavam nervosos e incansáveis da porta do palácio à minha sala, querendo que eu saísse e trazendo informações. A certa altura, anunciaram: "Mazzilli está subindo com um grupo de deputados e com dois generais". "Tomaram o elevador." "Estão entrando no gabinete presidencial."

Era um andar acima do meu. Lá fiquei de teimoso. Sucediam coisas engraçadas, como a surpresa do senador Mem de Sá, ao sair do elevador e dar de cara comigo. Gelou o riso que trazia para Mazzilli e recebeu o meu de gozação. Voltou de costas para o elevador.

Eu estava siderado. Tinha os pés e as mãos atados, a boca tapada. Justo naquela hora em que minha disposição era enfrentar canhões com minhas carnes. Era atirar, arrasar. Uma imagem que não me saía da cabeça era a figura danada de Auro, que eu queria esmagar. O pai dele fora o maior grileiro de terras do Brasil, apossou-se de centenas de quilômetros de terras em São Paulo. O filho prosseguiu comendo terras, já em Mato Grosso. Terras que retinha como suas, como as carnes de seu corpo. Tirar o naco delas seria como arrancar-lhe a mão.

Os oficiais me olhavam assombrados, sem coragem de insistir que eu saísse. As pessoas que eu chamara, Zé de Catão, meu amigo de infância, e frei Mateus, vice-reitor da UnB, me olhavam com espanto. Iracema sorria, tentando me alegrar. Aquela era minha hora de chumbo. Hora que eu preferia estar morto a sofrê-la: a hora do derrotado. Não disse palavra. Lá fiquei mudo, me roendo. Nem pensar ordenadamente pensava. Só sentia uma dor surda que retesava meus músculos, estirava meus nervos e me deixava pronto para disparar. Para onde? Para nada!

Lá pela uma hora da manhã aquiesci e saí. Já não havia o que fazer ali também. Fui ao Ipê conversar com minha mulher, Berta, e com minha sobrinha Cleonice, que lá estavam, perplexas, me esperando. Mandei Berta para a casa de Hermes Lima. Uma temeridade, porque punha em risco seu cargo de ministro do Supremo Tribunal Federal. Mas Hermes e Nenê a acolheram por uns dias. Zé de Catão, meu amigo fiel, é quem foi buscá-la para levar de carro a Belo Horizonte, dali para o Rio e semanas depois para o Uruguai.

Eu fui para o aeroporto, certo de que ainda tinha o *Caravele* da Casa Civil. Dei ordens de preparar o voo e esperei, vendo a atitude deferente, mas inativa, dos oficiais que lá estavam. Afinal, veio um deles e me disse cordialmente que não havia mais avião da Presidência nem da Casa Civil. Esclareceu, a meu pedido, que já estavam operando sob ordens de Costa e Silva. Quis danar-me, mas aceitei o conselho de sair, porque a ordem que eles tinham era de prender-me.

Fui para meu velho apartamento de reitor da UnB, desocupado havia tempos e empoeiradíssimo. Vinha de um cansaço de 72 horas, dormi dez horas seguidas, até ser acordado por Zé de Catão e frei Mateus. Pediam que eu saísse, porque a tropa mineira já estava me procurando nas imediações.

Desci do apartamento com meus amigos e entramos no carro de Selma, uma bela mulher, grande amiga. Sentei-me a seu lado e dei a ela um revólver calibre 38 que me sobrava. Selma, gostando do brinquedo, passou para debaixo do vestido. Quando sentiu o aço frio que tocou suas partes, gritou: "Ai que frio!".

Fiquei dois dias em casa de minha amiga, sempre tenso, ouvindo os seus saltos na piscina e olhando, bestificado, sua imensa beleza. Um dia comentei que a calcinha dela não me parecia tão bonita. Selma se danou. Abriu gavetas e jogou mais de cem calças de sua coleção em cima de mim, para que eu deixasse de ser besta.

No dia 4 de abril chegou lá meu queridíssimo amigo Rubens Paiva, para tirar-me do Brasil. Esse era o bravo Rubens, trucidado pela ditadura, especificamente pelo serviço de repressão da ditadura, creio que do Exército. Rubens era um homem muito forte, devem ter usado de violência extrema para quebrar suas forças e matá-lo. Apanharam-no quando vinha do Chile, de uma visita que fez a Fernando Henrique, a mim e a outros amigos exilados lá. Saíra de minha casa para pegar o avião. Levava uma carta que lhe entregaram e é possível que o tenham torturado até a morte para saber detalhes da organização a que era dirigida a carta. Ele não sabia.

Rubens Paiva havia conseguido que uma avioneta Cessna, de propriedade de Jango, pousasse no aeroporto de Brasília para apanhar a mim e a Waldir Pires. Combinaram com a torre nos deixar passar. Efetivamente, nos deram luz verde, mas nosso piloto queria autorização verbal, que não podiam dar sem se comprometer demais. Afinal, o forcei a decolar.

Fomos ter a uma fazenda de Jango em Mato Grosso, perto da Bolívia. Lá dormimos uma noite, olhando as coisas e conversando com os peões e carregando a avioneta com gasolina de caminhão e enchendo latas que levamos conosco. Na manhã seguinte, um voo longuíssimo nos levou às florestas do lado paraguaio do rio Paraná, a um campo de pouso usado por contrabandistas. Lá, trasladamos a gasolina das latas para o avião e retomamos o voo. Várias horas mais voamos até alcançar Tauperi, já dentro do território uruguaio. Havia uma forte tempestade elétrica que não permitia ir adiante. O piloto forçou um pouso entre ovelhas.

Por acaso, desembarcamos junto a um hotel de turismo, que tinha uma bela piscina de água quente. Eu e Waldir caímos na água, era um descanso de reis. Mas aí nos chamaram. Um sargento uruguaio chegara para nos prender. Ao saber por Waldir que não éramos contrabandistas, que éramos perseguidos pedindo asilo político, sua atitude transmudou. Encheu-se do orgulho dos uruguaios como protetores de todos os perseguidos da América. No dia seguinte conseguiu um carro que nos levou para Montevidéu.

Lá, bem instalado num hotel, fui procurado dois dias depois por Cassinone, reitor da Universidade da República, única do Uruguai, orgulhosa de seus 150 anos. O reitor me passou um pito por não ter me apresentado logo à universidade e combinou uma entrevista em seu gabinete para contratar-me como professor de antropologia, em regime de dedicação exclusiva. Era o exílio, a nova vida que se abria à minha frente.

7. PRIMEIRO EXÍLIO

URUGUAI

O EXÍLIO É UMA EXPERIÊNCIA TERRÍVEL, SOBRETUDO PARA BRASILEIROS. Temos um país tão grande e variado, tão cheio de sumos, seivas e cores que ser tirado daqui é um desterro. Para todos os exilados, exílio é sofrimento.

Mais talvez para Jango, desmontado da Presidência, posto a abrir uma fazenda nova em Taquarembó, a duzentos quilômetros da sua, do outro lado da fronteira, que ele não podia visitar. Acordava às quatro da madrugada para o trabalho mais duro, que é esticar aramados novos, só com seus peões. Nos fins de semana, gostava de ir, às vezes, ao cassino, jogar um pouco. Um infeliz se danou, dizendo que era um abuso. Eu contestei: "O dinheiro é dele. Não é abuso nem é doença. É solução".

Muita foi a dor de Djalma Maranhão, ex-prefeito de Natal, que queria ouvir sua cidade em um radiozinho de pilha e morreu de tristeza. Alguns companheiros e companheiras suicidaram-se por não suportar o exílio no meio de gente estranha, cordial, mas fria. Eram desterrados. Expatriados.

Para mim o exílio foi ruim, mas suportável. Na primeira semana, fui visitado pelo reitor Mario Cassinone no hotel. Ele reclamou que eu não me apresentasse logo. Afinal, eu era gente da Universidad de la República. Nomeou-me imediatamente professor de antropologia, depois encarregou-me de presidir o seminário de reformas da universidade.

O seminário foi a tarefa mais gratificante que tive. Já funcionou sob a regência do reitor Maggeolo, porque Cassinone tinha morrido. Eu o organizei com base na estrutura da Universidade de Brasília, dividindo os 45 professores e estudantes avançados que dele participaram em três grupos: ciências básicas e humanidades, faculdade de tecnologia aplicada, órgãos complementares.

Abri o seminário com umas cinco conferências sobre as estruturas das universidades, comparando-as e as opondo ao projeto da UnB. Seguiram-se análises, feitas por professores, sobre cada uma das carreiras, o que obrigou cada um e todos a participar da análise e da discussão de cada componente da universidade. Minhas conferências introdutórias foram publicadas num texto resumido, muitas vezes editado em vários países da América Latina. Acabaram sendo publicados na íntegra no meu livro *La universidad latinoamericana*, editado na Venezuela, no Chile e no México, cujas edições brasileiras têm o título *A universidade necessária*. Nele estão as minhas ideias, geradas na invenção de Brasília, aprofundadas pelas meditações do exílio e pela experiência de reforma das universidades do Uruguai, da Venezuela e do Peru.

Dei aulas, por anos, na faculdade de humanidades. No primeiro ano, me comoveu muito o incômodo de ver o velho professor Petit Muñoz, diretor da faculdade, assistir a todas as minhas aulas. Mas ele lá ficou, fiel, dizendo que gostava. Deviam ser boas aulas, porque aumentava sempre o número de alunos, sobretudo de alunas, belas.

Dava minhas aulas no maior silêncio que tive na vida. Sabia-se que, perdendo uma palavra que fosse do meu portunhol, a frase desabaria. Nunca tive alunos tão atentos. Eu também prestava atenção neles, sobretudo nelas. Dali saíram meus amores uruguaios. Emília me civilizou. Me ensinou a ser decente quando, depois de nossa primeira transa, procurou o marido, disse tudo a ele, esperando que eu fizesse o mesmo. É a dignidade uruguaia. A decência de um amor está em que ele é encarado como o início de uma relação que pode dar no casamento. Conduta de um país que tem um século de divórcio. O contrário da brasileira, que nos obriga a amores clandestinos, que ninguém quer ver devassados, sobretudo as mulheres. Principalmente para seus maridos. Amei Emília largada do marido por anos e tive dela banhos de ternura pura e impura, que me dão muita saudade.

Tive outros amores. Uma aluna, bonita como uma flor, tinha os lábios com um debrum externo que os ressaltava. E com aquela boca toda ria e beijava como ninguém. Dava aulas numa creche e um domingo fizemos tanto barulho entre as mesinhas e banquinhos das crianças que os vizinhos chamaram a polícia. Pensavam que era ladrão. Mais amores tive, "*gracias a la vida/ que me ha dado tanto...*".

Também tive muitos alunos bons. Inclusive Renzo Pi Hugarte, que se fez antropólogo profissional, traduziu livros meus e foi meu assistente no Peru.

Como se vê, meu longo exílio uruguaio, se não foi de flores, também não foi de espinhos. Nunca vivi um período tão fecundo na minha vida. Entrei logo em convivência com intelectuais uruguaios, sobretudo o grupo da revista *Marcha* e os amigos de Ángel Rama e de Eduardo Galeano, um meninão já jornalista profissional. Junto com eles planejei e produzimos uma bela e lúcida *Enciclopédia da cultura uruguaia*, que me permitiu tomar o pulso da intelectualidade do país.

A enciclopédia foi produzida semana após semana e vendida nas bancas. Lá estava para os leitores um volume do tamanho de uma revista comum sobre uma época da História ou sobre um tema uruguaio e outro volume com textos da época, um livrinho. Produzir tudo isso em frequência acelerada durante um ano inteiro, com colaboradores que entregavam previamente a sua parte, e equipe gráfica que ilustrava cada unidade da melhor maneira possível, foi façanha nunca vista por mim. Muito difícil de repetir-se em qualquer parte.

Meus amigos mais chegados de então eram Domingo Carlevaro, meu querido Mingo, que eu chamava Mongui, secretário da universidade, e toda a família Manuel Sadosky. Sua admirável mulher, Cora, a argentina mais inteligente e lúcida que conheci. Sua filha Corita, bela, transida de lucidez, que eu admirei e amei apaixonadamente. Corita é matemática do mais alto talento, alcançou façanhas como a de publicar artigos na revista *Summa* e até na *Summa Summa*, que é o mais alto que há na matemática mundial. Como queria ficar no Uruguai, inclusive para namorar comigo, fez com que um dos maiores matemáticos da América Latina saísse de sua universidade americana para passar três meses com ela, a fim de ajudá-la a escrever um artigo sobre algum tema matemático que eu nunca consegui saber o que era. O espantoso para mim é que o tal artigo foi publicado com o nome de Corita seguido do de seu mestre. São coisas da matemática, impossíveis nas humanidades.

Nas primeiras semanas do meu exílio uruguaio, recebi um gesto inesperado de solidariedade dos meus colegas norte-americanos. Foram me visitar Clifford Evans e Betty Meggers. Eles haviam conseguido para mim uma bolsa da Smithsonian de 2.500 dólares mensais, com direito a uma secretária de meio dia e trânsito livre na Biblioteca do Congresso, para ali acabar a redação de minha obra etnográfica. Agradeci comovido, mas disse a eles que ninguém compreenderia que eu, segundo homem do governo derrubado, recebesse um prêmio desses. Pensariam que durante a minha ação política estivera com os norte-americanos me custeando.

Melhor surpresa ainda foi a chegada de Fernanda, uma bela paulista, muito rica, apaixonada por mim. Fernanda começou a gostar de mim desabridamente me vendo na televisão brigando contra Carlos Lacerda. Brigas feias. Lacerda chegou a me processar na Justiça porque o chamara de trêfego governador, além de outros adjetivos espinhosos. Fernanda, vendo aquele jovem político brigão aparecer com frequência na sua televisão, encantou-se. Fez um empresário amigo dela articular um jantar no Rio comigo. Saímos juntos do jantar para meu apartamento. Lá vi uma cena típica de Fernanda. Ela fez cair seu vestido negro, belíssimo, única peça que tinha no corpo. Como eu não dei bola, voltou ao chão e pegou o vestido para me mostrar a etiqueta de uma *griffe* famosa.

Chegou inesperadamente ao principal hotel de Montevidéu, alugou uma suíte e mandou Fá, sua dama de companhia, me procurar e me chamar. Voltava cada mês por uma semana ou menos. Gostava de mim, mas gostava também do cassino do hotel, onde jogava depois da meia-noite, quando eu saía. Nos amamos furiosamente. Fernanda tinha e tem particularidades que eu não conto, não. Encantadoras.

Ninguém sabia de mim quando ela estava. Eu sumia à tarde e voltava depois que todos os exilados tinham ido dormir. Foi bom demais. Acabou quando houve um boato de que Jango conspirava com Adhemar de Barros um golpe contra Castelo Branco. No retorno ao aeroporto de São Paulo, duas policiais desnudaram a Fernanda e a Fá, procurando bilhetes em todos os seus orifícios. Minha amada nunca mais voltou.

Fernanda entrou na minha vida quando saía meu grande amor, Maria. Nós nos amamos apaixonados por uns cinco anos. Um amor grande, belo, no Rio e em Brasília. Mas eu ofendi Maria profundamente, porque nunca quis casar. Casaria com ela com muito gosto, o diabo é que um político não deve divorciar-se se quer ter futuro. Esse motivo menor, perverso, é que me separou de Maria. O último episódio se deu quando jogávamos cartas com dois amigos e eu a surpreendi dando a mão a meu amigo por debaixo da mesa. Levei-a para o quarto e quebrei sua cara, furioso. Depois a amei, mais furioso ainda. Maria não esboçou um gesto de defesa ou de recusa. No dia seguinte, chegava à universidade com a boca quebrada, o nariz inchado e dois hematomas nos olhos, orgulhosa. Nessa época, picotei muitos amores, principalmente duas mineiras de minha idade, belíssimas e digníssimas. Namorávamos e amávamos como se fôssemos noivos mineiros. Qualquer delas também poderia ter-me casado. Eram largadas de seus homens, vivendo em Brasília como muita gente competentíssima que foi viver lá, fugindo de seus amores.

Mas amava mesmo era minha querida Ira, que nunca me deu senão sorrisos e abracinhos. Queria casar comigo, a danada. Nunca tive mulher tão competente e tão altiva. Na Casa Civil ela trabalhou até mais que eu. Valia por quatro generais e era aquele esplendor de beleza que eu descobri na faculdade de filosofia do Rio. Persistentemente, por anos e anos, cortejei Ira, que me via e me recusava. Só servia para marido.

Atravessei bem os quatro anos de exílio e confinamento. Ao chegar, me deixaram ir duas vezes à Europa com passaporte uruguaio. Na primeira vez, fui conversar com JK junto com San Tiago Dantas, que fora do Rio a Paris ao nosso encontro. Queríamos convencer Juscelino a renunciar também à sua candidatura, como Jânio e Jango faziam, apesar de seus direitos constitucionais. O propósito era forçar a ditadura militar a convocar eleições diretas para evitar a eleição de Lacerda.

Para JK a coisa era impensável. Ele achava que chegara a sua vez. A ditadura, como se sabe, em lugar de eleger Lacerda, consagrou o próprio Castelo Branco como presidente militar.

A conversa foi ruim. A certa altura JK me perguntou a idade de Jango, só para dizer que dentro de dez anos ele ainda seria mais jovem do que Juscelino era então. Isso representava sua negação a qualquer trato. O tolo não sabia nem imaginava que logo depois seria cassado, ele também.

A principal conversa com ele foi no restaurante do Hotel Henri IV. Ali o vi, ao chegar, ser saudado pelos presentes, que levantavam a bundinha e diziam discretamente: "*Monsieur le président*".

Eu senti naquela hora o efeito de Brasília. Sua construção rapidíssima e sua altíssima qualidade urbanística, sobretudo arquitetônica, espantaram o mundo. Tornara o Brasil presente, como uma coisa nova, viva aos olhos da burguesia europeia.

Dessa viagem só é mesmo recordável um grande almoço que San Tiago comeu comigo no Grand Vefour, o melhor restaurante de Paris. Começou dizendo que eu sabia que ele tinha razões para despedir-se, queria por isso voltar àquele restaurante, que era o melhor e tinha nos vidros pinturas que recordavam Ouro Preto. Marcou para três dias depois o nosso almoço, porque precisava se preparar para ele, tomando cortisona.

Lá fomos afinal. O *maître* veio atender San Tiago e se surpreendeu quando ele pediu que nos servisse os quatro grandes pratos do dia, sucessivamente, para duas pessoas, pondo e repondo a mesa de cada vez. A seguir, veio o *sommelier*, que combinou com San Tiago que vinhos servir, um para cada prato, e alterou a ordem dos pratos para que pudéssemos apreciá-los bem.

Começa então o gozo e o doce suplício de ouvir o tilintar dos cristais e louças pondo e repondo a mesa. Ver o garçom chegar com uma terrina, abrir debaixo do nariz de San Tiago para ele sentir o odor, levar para outra mesa, servir um pouco no meu prato e no prato dele. O vinho vinha trazido por outro garçom num berço, envolto num guardanapo, que entreabria para que San Tiago visse a velha etiqueta. Servia cuidadosamente, nós provávamos e começávamos a comer e a beber. Antes de acabar o prato, San Tiago decidia parar, me dizendo: "Não mais. Temos que guardar o apetite!".

Fazia sinal para que tirassem o prato e o vinho que eu via, sofrido, saírem para longe de mim, mal tocados, para esperar que tudo se repetisse uma vez mais. Ao fim, estávamos só nós dois, porque toda a gente que queria almoçar ali já tinha saído. Os garçons formavam uma meia-lua à nossa volta, olhando aqueles selvagens, pensando provavelmente que seríamos árabes, porque só eles andam tão cheios de dinheiro fazendo extravagâncias desse tipo.

Lembrei a San Tiago, ao fim, que deviam ser fantásticos os queijos. Ele se excitou e me disse: "Você não faz ideia, Darcy. É a coleção melhor do mundo. Vamos pedir!".

E pediu o *fromages assortis*. Veio de novo o *sommelier* para combinar um outro vinho. San Tiago tinha me dito que o vinho seria tal, assim assim, porque era o principal dos grandes vinhos e era a melhor safra dele. O *sommelier* deu a volta sobre si mesmo como o planeta Terra, numa rotação completa, e, afinal, disse que o vinho era tal e tal. É pena que eu não me lembre dos nomes. San Tiago fez um muxoxo e permitiu-se discordar do *sommelier*, dizendo: "Nós não tomamos tal e tal e tal vinho! Agora, qual é o vinho mais capaz de reacender nossa boca? Não será o vinho tal, da safra tal?".

O homem, ofendido, disse: "*Commandez-vous, Monsieur*".

Ele não daria a ordem, mas San Tiago podia dar, pedindo aquele vinho que queria. San Tiago caiu em si, pedindo as razões do *sommelier*. Ele disse que estava preocupado porque, sendo nós brasileiros, como estaria nossa boca depois, para o café? Ou seja, San Tiago pensava no antes e o *sommelier* pensava no depois. Aí concordaram, mas, para San Tiago deixar de ser besta, o restaurante mandou um *boy*, que encontramos na porta do hotel, com a garrafa do grande vinho, oferecida a San Tiago.

Ainda nessa quadra de homem livre, armado de passaporte uruguaio, fiz outra viagem. Fui a Cuba convidado por Raulito, que havia sido embaixador no Brasil e voltara a seu país. Saímos de Paris para Praga e de lá para Murmansk, onde nos esperava um imenso avião militar, trêmulo como se tivesse maleita, no campo de aviação, a quarenta graus negativos. Pensei que ia morrer ao passar do aeroporto para o avião. Entramos. Era como uma sala de visitas, com poltronas isoladas, afastadas umas das outras, móveis, para que se pudesse conversar em diferentes grupos. Éramos alguns oficiais e poucos civis soviéticos, Raulito, eu, Pinheiro e uma outra pessoa que não identifico. Sobrevoamos o polo num voo direto Murmansk-Havana. Eu achava que saía de um liquidificador, que havia estourado todas as minhas vísceras, tal era o tremor do avião.

Fiquei hospedado numa casa destinada a hóspedes especiais. Ali tinha um cozinheiro excelente. Comia-se muito bem e havia uma coleção de vinhos na adega que era realmente extraordinária. Eu é que não tinha boca nem talento para tais vinhos. Importantes foram duas conversas que tive, uma de atravessar a noite, com El Che, outra com Fidel, numa manhã de domingo.

A conversa com Che, cordialíssima, na cobertura do edifício onde ficava seu ministério, cheia de livros e de objetos pessoais dele, foi também duríssima. Ele não se arredava da ideia de que só a guerrilha levaria à revolução. Tratava-se de ter peito para as primeiras semanas. Depois a coisa fluiria, como se fosse um canal, da serra ao poder. Eu insistia na ideia contrária, de que havia, ao menos para países como o

Brasil, outros caminhos, mais eficazes. Che me ouvia em silêncio, rindo maldoso seu belo riso, e voltava à teoria de um núcleo de fixação, de uma provocação irresistível, que obrigasse as Forças Armadas a enfrentar guerrilheiros dissimulados, fazendo-as perder pequenas batalhas, e que tornasse viável a marcha ao poder. Sempre me lembrarei dessa conversa com Che Guevara. Ele suave e duro como ninguém. Eu me desmanchando, palavroso, em argumentações.

A segunda conversação importante que tive foi com Fidel, numa praia próxima a Havana, aonde cheguei cedo e esperei várias horas por ele. Afinal chegou, vestido num pijama de lã com tornozeleiras, chuteiras, luvas, o diabo — o instrumental do futebol norte-americano. Suava como o demônio e também fedia. Pensei cá pra mim: "Deve ser por isso que o chamam de El Caballo".

E ali mesmo sentou-se e começamos a conversar. Repetiu-se o mesmo diálogo que tive com Guevara. Cordial e mais firme ainda. Fidel expondo suas convicções e eu ponderando que um certo componente político era indispensável, mesmo para viabilizar a guerrilha. A certa altura Fidel se exasperou. Foi quando eu falei de Moncada como passo prévio, indispensável para que se chegasse à guerrilha vitoriosa. Fidel gritou, se bem me lembro: "*Yo fui un asesino, un asesino, maté ochenta compañeros. Los llevé a la muerte. Los asesiné. Si los hubiese llevado a la Sierra habríamos tomado el poder!*".

Vi então que não podia convencê-lo nem ele convencer-me. Também não estava muito certo de que tivesse razão. Assim é que, quando El Che foi para o Peru criar seu ponto de provocação para fazer funcionar a mecânica da guerrilha, eu o apoiei inteiramente. E lhe dei toda a solidariedade quando morreu. Minha sensação foi de uma perda terrível. Apenas ganhávamos sua imagem de santo. Em lugar de um herói novo vitorioso, de que precisávamos tanto, tínhamos um mártir, um novo Cristo, com aquela bela cara sofrida que ganhou grandes massas da juventude para uma atitude revolucionária.

Só andei em Cuba discretamente. Mesmo porque andava num Cadillac enorme que chamava muita atenção. Comi num restaurante que servia um feijão muito bom com carnes, tudo muito à brasileira. Lambi dois sorvetes num outro lugar célebre. Minha outra saída foi para comer fora uma lagosta de onze minutos, que foi a melhor que comi na vida.

Voltando de Cuba, passei uns dias em Moscou. Como não vim ao mundo só para divertir-me, além de algumas conversas sérias andei pela cidade prodigiosa, que eu não conhecia, vendo detidamente o belo rio, com seus pescadores na margem ajardinada e com seus remadores na correnteza. Vi o celebrado metrô, que, aliás, é feiíssimo. Moscou me espantou principalmente pelo que espanta a todos: o Kremlin. Foi impossível não ver os milhares de quilômetros de prédios e apartamentos feitos pela mesma mão, feiíssimos. O Kremlin, ao contrário, é obra única no universo. Indescritível. Até o Teatro Bolshoi, moderno e belo, foi posto numa quina, tão escondido que não afeta a visão da cidade milenar. Vi o balé. Gostei, sem capacidade de apreciar a maravilha que será para olhos mais adestrados.

Gostei também de reunir-me com a *nomenclatura* no andar de cima, onde se toma champanhe e se come caviar. Gastei um dia visitando a universidade. Feia como um bolo de noiva, detalhadíssima, mas dentro tem amplos corredores e laboratórios fantásticos. Foi lá que Stalin realizou seu grande feito: subornar os cientistas para que lhe dessem a bomba atômica, o que conseguiu em três anos e, com um ano mais, a bomba de hidrogênio. Assim a Rússia, encurralada pelas bombas que Truman explodiu no Japão para assustá-la, voltando a ter capacidade de represália, voltou a ter voz.

Contei a meu acompanhante uma anedota que correu no Ocidente sobre o referido suborno. Era tanto dinheiro de seus salários que os cientistas, além de comprar carros e *dashas*, faziam puras besteiras como a de Zakharov, que, sem pensar nas consequências, comprou, para sua namorada, uma calcinha francesa de seda com uma rosinha bordada ao lado. A inveja das outras meninas foi tamanha que houve quem pagasse 5 mil dólares por outra calcinha.

As conversas políticas foram com quadros russos especializados em América Latina. Sabiam tudo de nós. De mim só queriam saber como conseguimos perder o poder, assunto que me vexa muito demais. Adiantaram que estariam atentos, vendo levantar-se a reação contra a ditadura e a retomada do poder. Quando tivéssemos êxito, eles não seriam os últimos a reconhecer nosso governo. Melhor foram as conversas com gente da Academia de Ciências. Tinham lido livros meus e me sondaram para ver se me interessava um contrato de um ano em Moscou.

Voltando a Montevidéu, vi que todo o ambiente transmutara-se. O governo uruguaio, pressionado pela ditadura brasileira, decidiu internar a mim e ao Brizola. A ele fizeram viver num apartamento de uma praia frigidíssima no inverno, até que comprou um campo com uma casa modestíssima, onde foi viver com a Neusa. Eu, sendo professor da universidade, fiquei confinado em Montevidéu, com um carimbo posto no passaporte dizendo que o portador, saindo do país, não poderia retornar. Eu me tornara um apátrida, essa condição aterrorizadora para as empresas de navegação e aviação, que, o aceitando, correm o risco de passar anos com o passageiro a bordo, sem que ele possa desembarcar em porto algum.

Naqueles anos, eu não pude ir nem mesmo a Buenos Aires, a vinte minutos de distância. Nem aos outros centros urbanos argentinos, como Córdoba. Ali grupos de intelectuais com que eu me afinava muito faziam uma revisão do marxismo de Engels à luz dos textos recém-publicados do *Grundrisse*, do próprio Marx. Desses papéis surgiu um marxismo oposto, muito mais explicativo da evolução histórica.

Meus primeiros meses de exílio foram desesperantes, tanto que eu ocupava quase todo o meu tempo lendo livros de ficção científica para alimentar a fera de minhas frustrações. Li centenas deles. Também ia à casa de Brizola participar do circuito paranoico do exílio. Uns dez homens coexistiam ali, tensos, falando de um contragolpe que se tornava cada vez mais inverossímil. A notícia de uma placa que caíra de uma loja em Porto Alegre logo de manhã, ao fim da tarde se tornava uma placa de Brasília que caíra na cabeça de um coronel.

Brizola me disse uma vez e repetiu várias vezes: "Veja, Darcy. Nós estamos com um canhão apontado aqui, esperando o barco passar para derrubá-lo. Mas o barco já está chegando na área de tiro e vai passar e nós não temos o canhão pronto".

Assim, de uma forma gráfica, como costuma fazer, ele expressava a frustração de todos nós.

Ocorriam ali coisas bizarras. Por exemplo, um dos companheiros chegava toda tarde, dizendo que tinha certeza de que uma pessoa o seguia. Era polícia uruguaia ou brasileira, o cara tinha jeito de uruguaio, mas o seguia até perto da porta da casa do Brizola. Disse que a nós todos deviam estar seguindo também, mas nós não prestávamos atenção, não víamos. Um dia chegou sem falar do tal policial. Perguntamos e ele revelou: "Que nada, era uma bicha uruguaia!".

Outro companheiro, um intelectual competente, foi visto na principal avenida de Montevidéu fazendo gestos rápidos e largos como se agarrasse alguma coisa com a mão direita, depois com a mão esquerda. Quando alguém se acercou e perguntou o que é que ele estava caçando, disse: "É um gurupá".

O cara perguntou: "O que é isso?".

Ele respondeu: "Não sei. Ainda não peguei nenhum!".

Essas eram as histórias que corriam, atribuídas a uma pessoa ou a outra. Um dia fui procurado em minha casa por um sargento seguido de um companheiro dele, de cara fechada e um olhar de ódio incontido para mim. Mandei sentar e perguntei o que era. O sargento logo se queixou: "Esses imbecis querem que eu fale com o senhor. O senhor não entende nada de armas. Uma bobagem. Mas, como a regra é essa, estou aqui para falar".

Mandei que ele falasse. Ele perguntou: "O nosso problema é ou não pôr a mão nas armas?".

Eu disse: "É, de fato precisamos de armas".

"Pois é. Pois é coisa nenhuma, eu sei como conseguir as armas, eu posso conseguir cinco metralhadoras muito boas, mas querem que eu fale com o senhor!", respondeu ele.

Ele explicou que o plano era, junto com os companheiros, assaltar a guarda do presidente da República, que andava molemente com a metralheta debaixo do braço, em cima do braço, muito desleixados. Passei o pito mais severo que podia, mostrando a loucura que seria atacar a guarda presidencial do país que nos abrigava como exilados. Saíram bufando, raivosos.

Outra besteira desses sargentos e cabos foi invadir a embaixada da Iugoslávia exigindo asilo, porque queriam ir para a Europa. Tive que ir lá a pedido do Ministério das Relações Exteriores. Disse a eles que só não estavam presos porque eu interferi, pedindo que os deixassem sair. "Isso é besteira. A Iugoslávia não tem asilo. Asilo é uma instituição latino-americana."

O Uruguai foi para mim um exílio fecundo. Lá, nas longas horas que o exílio nos dava, estudei e escrevi muito. De fato, não tendo família que cuidar, nem velhos amigos que receber e visitar, nem obrigações sociais, tipo batizado ou casamento, nem mesmo ativismo político, a sobra de tempo era imensa, para espreguiçar ou para trabalhar. O ambiente intelectual do Uruguai e da universidade era muito estimulante. E eu tinha gente como Sadosky e Cora, que ouviam pacientemente a leitura de meus textos. Foi também muito útil a biblioteca pública, onde encontrei toda a bibliografia que podia desejar sobre a América Latina.

Lá escrevi a primeira versão de *O povo brasileiro*, que abandonei para escrever uma teoria explicativa do Brasil, indispensável para que nossa história fosse compreensível e explicada. Resultou nos seis volumes de meus estudos de antropologia da civilização, todos escritos ou esboçados lá. Completei no Uruguai *O processo civilizatório* e *Os índios e a civilização*, livro que eu me devia fazia muitos anos. Lá também, para descansar do duro trabalho de elaboração desses livros teóricos, escrevi a primeira versão de *Maíra*. Qualquer hora conto como foi.

Ao fim de quatro anos de confinamento em Montevidéu, eu não aguentava mais. Queria fugir de qualquer jeito. Cheguei até a negociar minha ida por dois anos para a China, a fim de escrever um livro sobre a Revolução Chinesa, que eu via e vejo como a mais importante da História humana. Meu plano tresloucado era ler uma dezena de sábios chineses através de intérpretes: arqueólogos, historiadores, geógrafos, cientistas sociais de todos os naipes. Com o saber chupado deles, de sua visão do que foi e é a China, inventaria a China do presente e do futuro. O plano chegou a ser aprovado pelos chineses, através de um contato brasileiro, o comunista Amaurílio Vasconcelos. Ia receber um *laissez-passer* e voar quando mudei de ideia.

Lendo as notícias dos jornais brasileiros sobre a Marcha dos Cem Mil, no Rio de Janeiro, eu me perguntava o que é que eu estava fazendo no Uruguai, se os meninos estavam oferecendo os corações às balas. Contra a opinião de todos, especialmente de Jango e Brizola, que achavam aquilo uma temeridade, voltei. Chamei meu advogado, Wilson Mirza, e só pedi que avisasse a ditadura que eu iria desembarcar no avião tal, à hora tal, no aeroporto do Galeão. Não queria ser preso pelo oficial de dia, e sim pela ditadura, se essa fosse sua resolução. Mirza também desaconselhava, mas homem bravo que é sentou-se a meu lado e voamos juntos.

No Rio, passei pelo aeroporto só com a advertência de que deveria procurar, no dia seguinte, a Ordem Política e Social. Fomos lá e eu respondi a um questionário tolo, com sins e nãos. Instalei-me com Berta num apartamento emprestado, porque o nosso estava alugado, e vivi quase três meses feliz. O episódio melhor foi, talvez, a recepção que me deram Darwin e Guguta. Sentei-me ao lado de todos, um por um, bebendo uísque, numa alegria incontida, inclusive ao lado de Maria Bethânia, que afastou sua namorada de mim. Eu não sabia a razão daquela alegria toda em que eu espumava como se fosse champanhe. Vi depois que ela vinha do burburinho de tanta gente falando e rindo em português. Era encantador para meus ouvidos de exilado.

Prisão

Aceso das alegrias da volta e constituindo novidade, porque era o primeiro cassado e exilado de certa eminência que voltava, eu me esbaldei na imprensa. Dei longas entrevistas a jornais e revistas falando bem do governo deposto e falando mal da ditadura. Meus amigos advertiam: "Isso não se faz na ditadura, Darcy. Ninguém fez isso aqui".

A reação militar, que fora tranquila a meu retorno, foi áspera contra minhas falas. Certa manhã, o general comandante do Primeiro Exército mandou um oficial com tropa armada me prender no apartamento em que eu me instalei, na rua Toneleiros. Consegui convencer o oficial de que não valia a pena prender-me, porque era ilegal e porque eu resistiria fazendo escândalo. Sugeri que ele próprio confirmasse a ordem com o general, porque milico não pode prender civil só porque quer.

Falei em seguida com o meu advogado, Wilson Mirza, e combinei irmos juntos me apresentar ao Superior Tribunal Militar. Quem o dirigia era o célebre general "vaca fardada". Era Mourão que, tendo desencadeado o golpe de 1964, foi varrido por seus colegas com um golpe de patente. Costa e Silva tomou o Ministério da Guerra na marra, só porque era mais antigo.

Eu conhecia Mourão havia tempos. O vi até pelado e apavorado no Xingu, por ordem de Assis Chateaubriand, que fizera todo o grupo de visitantes que levara para conhecer os índios — embaixadores, diretores de multinacionais — se desnudar. Chatô dizia: "Nessa terra nós é que estamos nus. O decente aqui é andar pelado como esse pai da pátria", e mostrava o índio com quem estava abraçado. Mourão não queria tirar a roupa, dizendo que Lott não admitiria um general pelado.

Entramos na sua sala de presidente do STM e Mirza argumentou sobre a legalidade duvidosa de minha prisão. Mourão se assustou muito. Nos fez sair pela porta dos fundos e convocou, no dia seguinte, todos os juízes militares para resolver a questão. Decidiram que general comandante podia, na sua região militar, prender qualquer civil, mesmo porque se vivia um tempo revolucionário.

Não foi assim. Mirza apelou para o Supremo Tribunal Federal, que discutiu a questão. Ouviram um general mandado lá para dizer que eu era homem da maior periculosidade, que não podia transitar conspirando, e que isso era uma ofensa à revolução. O STF decidiu que milico não pode mesmo prender civil só porque quer. A situação ficou feia.

Continuei livre, mas seguido e vigiado, o que não me incomodava demais. Assim visitava os amigos, percorria as livrarias, conversava com editores e até recebia homenagens. A melhor delas, como lembrei, foi na casa de Darwin Brandão e Guguta, onde reaprendi a viver cercado da alegria borbulhante dos brasileiros.

Sobreveio então o AI-5. Mirza e outros amigos se assanharam, me aconselhando, peremptórios, a sair do país urgentemente. Eu não admitia voltar com minhas pernas para o exílio. Fui preso no dia seguinte à edição do ato, que tinha um artigo redigido especialmente para mim, autorizando general a prender civil. Preso, fui mandado primeiro para o batalhão blindado do Rio. Lá, um comandante integralista me pôs numa prisão de soldados, fétida de dar medo, que logo se encheu de subversivos. O cagador era exposto — consistia em dois ressaltos de cerâmica para pôr os pés e um buraco estrategicamente situado, além de uma torneira na parede que gostava de negar água.

Fiquei ali três dias até ser mandado para o clube dos cabos, que era uma sala de meia parede com duas mesas de pingue-pongue e uma cama de campanha para mim. Tinha acesso a um banheiro aceitável. Ali passei o Natal alegre dos cabos com suas famílias, apavorado com as garrafas de Coca-Cola que eles jogavam por cima da parede, junto com pedaços de bolo. Eram quilos de solidariedade que me agradavam, mas perigosos demais. Podiam me quebrar a cabeça.

O bom foi me darem um bloco grosso e uma esferográfica, com que me diverti muito. Escrevi ali a segunda versão de *Maíra*. Sem as antigas anotações, tive que reinventá-lo.

A situação foi ficando ruim. Eu preso, Berta sem poder trabalhar. As reservas esgotadas. Vendemos dois terrenos em Brasília. Raspamos o fundo do tacho das ações de banco que me restavam. O pior foi saber, depois, que Berta vendera sua máquina de escrever. Transcrevo adiante as cartas que ela escreveu para a máquina, prometendo recuperá-la quando eu, livre, arranjasse emprego:

Despeço-me hoje de minha máquina. Trabalhei com você dez anos — 1947-57. Conheces toda a obra do Darcy, todo o conteúdo de minhas cartas. Gostaria de não me separar nunca de você. Adeus, maquininha querida. Rio, 14 de novembro de 1957.

Despeço-me hoje de minha máquina. Viajamos juntas, ainda vejo na capa os rombos causados pelos galhos na viagem aos Ofaié. Fiz-te trabalhar noite e dia. Talvez descanses mais agora, mas ninguém gostará de você mais do que eu. Conheço todas as tuas manias. Mesmo assim, às vezes não te entendo. És Remington Rand, semiportátil, modelo 5.

Que o seu novo dono a trate bem. Precisas de azeite e uma limpeza geral. Quem sabe, se o Darcy voltar ao serviço, eu a recupere. Adeus. Gosto muito do seu tipo de teclado e de sua música.

PRISÃO DE SOLDADO

É sabido que tenho mania de registrar eventos. Escrevi diários, dos quais já reproduzi páginas nestas *Confissões*. Escrevi também relatos. Inclusive um em que descrevo o dia a dia rotineiro e de interrogatórios da minha prisão, num batalhão do Exército. Transcrevo, a seguir, algumas páginas.

Afinal, conseguiram prender-me. São 5h30 da tarde. A cela é grande, fria e fedida. Uma porta de ferro. Duas janelas engradadas, de vidros opacos nos cantos correspondentes à esquina do quartel. Um buraco na parede de onde, suponho, sairá água se se abrir a torneira. A privada nem tem vaso. Tem um ressalto para pôr os pés, agachar-se e obrar sobre um rego de água com creolina. Há também um balde de água num canto — nem sei para quê. Provavelmente, a descarga não funciona. Não há pia. A cama é de ferro, com um colchão de capim. Destacam-se, porém, a mesinha de fórmica em que escrevo agora e a cadeira desengonçada em que estou sentado.

Lá fora, no quartel, gente fala alto, com alarido. Há também o ruído de carros freando, de buzinas e de uma sirene sonora, provavelmente dos trens que passam perto. Longe, vejo o prédio do Museu do Índio, que fundei há tanto tempo e dirigi por tantos anos.

A conversa com o tenente e os milicos que me trouxeram foi cordial. Eles estavam surpresos, aparentemente porque despreparados para me ver acompanhá-los no próprio carro do Exército em que vieram. Acabo de falar, pela primeira vez, de dentro das grades, com gente que está lá fora — quer dizer, livre. Eram um militar da unidade e seu capitão. O rapaz, que é um nisei, contou que hoje seria o orador de sua turma no curso de pós-graduação da PUC. O outro é, suponho, ex-militar, foi sargento. Aprendi que cabo e sargento têm marcas nos braços: duas listras para cabo, três para sargento. Oficiais têm estrelas nas ombreiras: uma para primeiro-tenente, duas para segundo, três para capitão e de major para cima há estrelas especiais, que ainda não sei como são. Aprenderei.

O tenente e o capitão foram cordiais, tal como o militar com que falava antes. Lá de cima o oficial (seria o tal coronel?), a quem eu deveria ser apresentado, me olhava com um olhar malvado. Era o que eu havia visto mordendo as unhas na sala, ao entrar. Voltou-se para mim, dizendo por gestos que devíamos sair. Na sala dele, sentei-me numa cadeira, com um sargento ao lado e diversos soldados ao redor. O sargento que me prendeu transferia-me, com duras palavras, a um outro tenente, que desceu comigo até aqui.

No trajeto houve um *quid pro quo*. Eu fiquei aguardando, provavelmente para decidirem a cela onde agora estou. Não houve demora. Tudo foi rápido. Não tanto, porque um sargento, plantado ali ao lado, recolhia uma caixa de selos. A uma ordem sua, um soldado levou a metralhadora e as balas para outro lugar enquanto eu, sentado, observava.

Não me sinto bem nem mal. Estou tranquilo. Não podem me fazer mal maior que manter-me aqui, segundo creio. E acho que será suportável. Quando aqui cheguei, sabia que uma das possibilidades era a prisão. Mas estava convencido de que estando aqui na cadeia ajudo mais do que no exílio. Esta é também, agora, a minha convicção, apesar de todos os meus amigos, ou quase todos, pensarem o contrário. Acham que eu estou desgastando minha postura. Estão perplexos com a ideia de que, tendo possibilidade de ir para a França, prefira estar aqui nestas condições.

De qualquer modo, estou enfrentando uma experiência nova, que enriquecerá minha visão do mundo. Vamos ver no que dá isto. É muito cedo para julgar. Afinal, só tenho trinta minutos de cela.

Meu compromisso hoje seria comparecer à formatura dos economistas da Universidade Federal do Rio de Janeiro, de que sou patrono. Na próxima semana, eu seria patrono de direito na Universidade de Brasília e paraninfo de todas as turmas. Todo ato é adiável. O mais improvável era estar aqui.

Olhei melhor a cela. É uma cadeia para soldados relapsos. Alguns deixam inscritos seus nomes nas paredes. Outros escrevem os nomes de suas namoradas: Tânia, Eliane, Rosa. Um me assustou com uma advertência: "estou detido há onze dias neste cubículo. Não gostei devido aos percevejos, ratos e baratas".

Outros lamentam-se do Exército. Veja só este: "Do Exército só levarei saudade dos amigos. O resto vá à puta que o pariu".

Esse outro companheiro, que hoje estará longe, lamenta: "Sou mais infeliz de minha vida".

Dentro de um rabisco, um preso escreveu: "Elina — Paulo". O mesmo amoroso escreveu noutro lugar: "Elina, meu amor, estou aqui preso. Não posso ir passear com você, mas um dia sairei daqui (207 R) e então poderemos amar à vontade, despreocupados. Amor, espere-me no Rio. 31/10/68".

Um outro companheiro escreveu coisa ininteligível e datou: "saída: 7/11/68". Há outros registros, uns dizendo coisas, outros registrando só dia de entrada e de saída. Alguns nomes são bizarros: Tião Budega, Sérgio Maluco, Soriano. Há também os pornográficos habituais, exibindo-se em desenhos de risco infantil. Todos escrevem em letra de fôrma. Além das inscrições, as paredes estão manchadas de percevejos esmagados. Vale dizer, riscos marrons-vermelhos na cal branca do que foram percevejos sugadores devidamente executados.

Escureceu. Vou ver se posso acender a lâmpada que pende do teto. Suponho que só poderá estar acesa até certa hora.

Depois será a hora dos bichos e bichinhos. A luz acendeu bem, ótimo! Trouxe livros e muito papel para rabiscar. Assim, com luz, o tempo será aproveitável.

Minha prisão ameaçada há muito tempo se cumpriu hoje. Esperei-a há muito tempo, ordenada por alguma autoridade capaz de enfrentar o Supremo ou pela auditoria militar. Saiu agora, por quê? Suponho que o discurso de Marcito tenha exasperado demais os militares. Temia que o governo tomasse alguma providência. Que tenho com isso? É provável que eles tenham um esquema mais amplo de repressão.

Hipóteses múltiplas me ocorrem, mas nenhuma convincente. Não tenho informações suficientes para saber o que está ocorrendo e prever o que virá a ocorrer. Só vejo a perda de energia desses milicos, que com menos violência podiam fazer todas as coisas que o Brasil espera há séculos. Mas não serão suas consciências espúrias e sua alienação que salvarão o Brasil.

Jantar: suportável nas circunstâncias. Mas não me deram garfo. Será esse o tratamento para qualquer preso nesta cela? Provavelmente. Tem uma faca e um copo de metal amassado, e com isso me viro.

Dia 14, soldado

Ontem à noite trouxeram outro preso, estudante de pedagogia. Hoje de amanhã, um terceiro.

A dormida foi agradável. Não me preocupei com nada, nem podia, tal era meu cansaço. Acordei algumas vezes à noite, mas o cansaço me fazia dormir. Nos intervalos, passava o tempo olhando o cabo que me olhava para mostrar serviço. A cela fedia demais. Por que a catinga fede mais à noite?

Hoje pela manhã um sargento informou que podíamos usar os sanitários que estão lá fora. Verifiquei que a privada tem cano e ralo. Esperamos até seis horas, quando o quartel acorda, e depois até as nove horas para tomar o café com leite.

Lá pelas onze horas me chamaram para depor. Um sujeito, sentado diante de uma máquina de escrever, conversava comigo enquanto eu examinava a biblioteca anticomunista. Contrastavam os livros da biblioteca do Exército e os do INL [Instituto Nacional do Livro]. Juntos olhamos a livralhada. Há alguns de Marx e, para minha surpresa, um de Paulo Duarte.

Para me ouvir veio o coronel Humberto Moura Cortez, mas neguei-me a depor. Redargui que não aceitaria ordem nesse sentido, porque era ilegal. Mas disse que estava sempre à disposição para conversar. A essa altura ele me deu para ler o AI-5. Esperou, indagando com um olhar arguitivo. Não há dúvida de que os militares estão armados de novos poderes de ação arbitrária. Só comentei que, com um poder desses, eles podiam atender aos reclamos do povo brasileiro, mas duvidava que o fizessem. O coronel interrompeu para dizer que o Brasil não podia continuar naquela anarquia. Eu respondi: "Duvido que, também desta vez, venham a fazer alguma coisa de positivo. O que lhes falta é demonstrar autonomia. Têm o poder mas não sabem o que fazer com ele".

A cara do coronel foi se fechando. O interrogatório prosseguiu com muitas interrupções, em que eu conversava com o sargento escrivão. O certo é que, na hora do meu interrogatório, apenas definiu o inquérito: "Atividades do réu e de exilados, daqui e de Montevidéu, na área do Primeiro Exército".

Em seguida, me fez diversas perguntas:

"Por que foi para Montevidéu?"

"Juntar-me ao presidente Goulart, de quem era chefe da Casa Civil. Sabendo que se implantava aqui um novo governo, pedi asilo e aceitei convite para exercer uma cátedra na universidade."

"Por que voltou?"

"Tendo o STF anulado as condenações militares que pesavam sobre mim, voltei para defender-me em liberdade das acusações de quaisquer outros processos que me tenham aberto."

Ficou nisso. Mas o coronel adiantou que me classificaria como "indiciado" e não como testemunha, tal como fez com os demais, porque, ao contrário de todos eles, eu me neguei a atender sua ordem de prisão. A conversa foi respeitosa e cordial, descambando para certos temas, tais como Castelo Branco, a função executiva do Exército, Rondon, JK e a indústria automobilística. Pedi, no final, um telefone de que me deixassem falar com Berta, minha mulher. Ele disse que não havia inconveniente, mas não deu ordem, até agora.

Tarde: almoçamos, nenhuma novidade, até que me chamaram uma primeira vez para falar ao telefone. Chamei, mas ninguém atendeu lá em casa.

Na segunda vez, era para subir ao gabinete do coronel Moura. Lá encontrei meu advogado, Mirza, sentado, muito espigado. Pôs-se logo à vontade ao ver-me. Pouco falamos. Em presença do coronel e do subcoronel que escutava da janela, Mirza disse aos oficiais que, em face da nova situação, me aconselhava escapar, fugir, porque minha prisão decorria de atos de uma deliberação pessoal, não referendada por lei. Ele até me advertira da iminência de minha prisão.

Reiteramos ambos, diante do coronel, minha disposição de depor, mas de fazê-lo dentro da mais estrita legalidade. Aquilo a que nos negávamos era aceitar uma prisão retrospectiva, só para interrogatório. Mirza levantou-se para sair, depois de obter a promessa de que Berta poderia me visitar na segunda-feira. Nos abraçamos e eu o tranquilizei, dizendo que o coronel e eu éramos cidadãos que, embora discordando em muitas coisas, podíamos manter o respeito recíproco. O homem não teve como não aquiescer.

A conversa prosseguiu então. Em certo momento, quando falava dos meus "erros", ele entendeu mal e tive que reiterar: "Errei e erramos, porque tentávamos acertar. Subscrevo por isso os meus erros e assumo a responsabilidade por eles. São erros que eu cometeria outra vez, se não os mesmos, porque amadureci com a experiência, outros, oriundos de minha disposição permanente de alterar a ordem das coisas para realizar as potencialidades do Brasil".

A conversa espichou até que o coronel, depois de algumas apreciações sobre o suposto despreparo de Jango para o governo, fez o elogio a Castelo. Rebati logo, dizendo: "Não concordo! A meu juízo, se vê que Castelo é quem estava despreparado. Ele tem um poder maior do que tivemos e não o utiliza, porque não sabe o que fazer. Não tem um projeto".

O coronel manifestou sua perplexidade diante do absurdo de que eu, que teria exercido o poder sem resolver os problemas do país e criado uma situação caótica que tornara inevitável a revolução, pretendesse pôr a culpa em Castelo Branco. Eu declarei que não se tratava disso e perguntei se ele subscreveria o AI-5, editado ontem. Diante de sua resposta positiva, disse: "Enormes são suas responsabilidades. Os senhores chamam a si poderes imensos, inclusive o poder de editar leis. Se usarem, agora, esse poder com os chamados revolucionários, que o utilizaram até agora, será uma farsa clamorosa. A História não perdoará".

Segui falando sobre as potencialidades do Brasil e a obrigação de concretizá-las, enfrentando os vetos internos e externos que se opõem a nosso desenvolvimento autônomo. Nessa altura, entrou o subcomandante na conversa, quando eu dizia ao coronel: "Trabalhei com muitos governos, com todos os presidentes, de Vargas até Goulart. Não é impossível, coronel, que um dia trabalhemos juntos, se for para enfrentar aqueles vetos".

O tal sub disse então, sibilinamente: "E já estão colaborando".

Era a hora de encará-lo. Levantei-me, falamos ainda uns minutos de pé e, à minha saída, o coronel, mais uma vez, apicaçado pelo meu desafio de utilizar os poderes do AI-5, não apenas para perseguir e reprimir ou fazer remendos, disse: "Isso é o que vamos fazer agora".

Um soldado me trouxe à cela, aonde um pouco depois chegava um café do cassino dos oficiais. Bom.

15 de dezembro

Desde ontem à tarde, a novidade foi a chegada, à noitinha, de um novo preso, um ferroviário, delegado sindical da Leopoldina, processado e demitido em 1964, que agora é novamente convocado. Depôs umas quatro horas. O interesse residia, aparentemente, em suas ligações atuais e no esclarecimento sobre armas de mão encontradas quatro anos e meio atrás em sua casa, em Caxias. Voltou do interrogatório depois da meia-noite, falou um pouco e dormimos.

Hoje começamos bem. Um bom café, um pouco de conversa entre os quatro presos sobre generalidades e a chegada de um sargento, mandando que eu juntasse minhas coisas. Arrumei a trouxa e o acompanhei, imaginando que me levasse para outro quartel ou para alguma prisão. Nada disso, trouxeram-me para uma cela especial, limpa e clara, no "cassino" dos soldados e cabos, junto a uma sala onde eles jogam bilhar e pingue-pongue. O melhor é um banheiro limpo, que usarei sem nojo.

O coronel acaba de me visitar aqui. Explicou-me que eu estivera na sala de presos comuns por dificuldades não sei de que ordem, mas sem nenhuma intenção de humilhar-me. Ainda que tivesse, seria o caso de dizer. Conversou um pouco, explicando-me que a diferença básica entre militares e políticos é uma questão de estilo. Por exemplo, não era por sobranceria e orgulho que o marechal CB subia heroicamente a rampa do Palácio do Planalto, postando-se lá por quinze minutos para receber as homenagens da tropa devidas ao presidente. Seria hábito bem militar entrar em seu quartel pela Porta de Armas e não pelos fundos, como se fazia antigamente no Planalto. Esclareceu, então: "Exceto quando vamos dar o golpe".

O raciocínio razoável provavelmente explica mesmo uma das facetas que distinguem e separam milicos de paisanos. Tantas são, porém, as facetas desses cristais conflitantes que não convém se aprofundar nelas.

Despediu-se, assegurando que me desejava uma boa estada e, sobretudo, breve. Avisou que segunda-feira continuaríamos o interrogatório. Agora, com a presença do procurador Manes. Não me resta senão esperar para ver. Amanhã, talvez, veja Berta, que me dará notícias da extensão do golpe. A quem e a quantos prenderam. Que planejam os militares com tamanho poder nas mãos? Não há proporção entre a profundidade do golpe dentro do golpe que eles deram e suas motivações declaradas. Preciso de melhor informação.

Que fazer? Que perspectivas tenho? Não sei nada e não posso influir na decisão que eles irão tomar. Nesta posição passiva, só posso planejar minhas atividades dentro de limites exíguos. Vejamos.

Primeiro. Ficarei no Brasil, volto a afirmar: não posso ajudar mais aceitando o convite para ir para a América, ou para qualquer outro lugar. O que cumpre, entretanto, é lhes impor minha presença. Esse é o preço maior que lhes posso cobrar: a duvidosa censura da opinião pública à prisão de um intelectual.

Segundo. Devo enfrentar o inquérito mantendo-me no que sou, sem nada que pareça bravata. Mas dando de mim a imagem que eu próprio tenho de mim: um brasileiro deliberado a lutar contra tudo o que se oponha ao desenvolvimento autônomo e sustentado do Brasil. Um brasileiro convicto de que pesa um veto sobre o nosso desenvolvimento: 1) os interesses do patronato mais retrógrado, sobretudo dos 32 mil grandes fazendeiros; 2) a incapacidade e a venalidade do patriciado político nativo que dirigiu o país até agora e, tendo sido incapaz de conquistar o desenvolvimento, se tornou também incapaz de renovar sua própria ideologia liberal; 3) a tacanhez dos políticos militares, que são manobrados por interesses que desconhecem, servindo como custódios de uma ordem que eles próprios desaprovam, mas se comprometendo e afundando-se cada vez mais no papel de mão repressora; 4) os interesses estrangeiros, sobretudo os norte-americanos, que têm, hoje, no Brasil, seu alterno, porque a condição essencial à preservação de seu âmbito mínimo admissível de hegemonia é manter-se como potência continental — é manter o Brasil subjugado à sua órbita de poder e aberto às suas empresas.

Não vale a pena estar escrevendo mais sobre esses assuntos que tantas vezes analisei. De prático, só fica a disposição de enfrentar o inquérito, assumindo as responsabilidades que me cabem pelo que eles chamam de caráter subversivo do governo passado, no que tange às reformas. No correr do inquérito, responderei a perguntas das autoridades que me julgarão e ficarei sabendo se o coronel pode encerrar o inquérito me libertando no período de julgamento ou, o que é mais provável, se o encerrará me mandando para outra prisão.

A hipótese mais provável é um longo tempo de prisão. Se for assim, tratarei de aproveitar. A única forma possível é produzir mais livros, que se publicarão ou não. Para tornar viável a publicação, seria aconselhável trabalhar num livro sobre os índios, que qualquer editor poderia lançar. Prosseguir no meu primeiro tema, com Os *Kadiwéu* — que seria uma simples reedição —, enfrentando depois o *Povo de Maíra*, um estudo da mitologia dos povos Tupi.

Mas que tal escrever, para divertir-me, uma novela neoindianista? Vou esquematizar alguma coisa nos moldes da que compus mentalmente naquelas férias de Minas, no Uruguai, quando queria tirar da cabeça a obsessão com *O processo civilizatório*, que me estava deixando louco. O mesmo tema poderá, outra vez, ocupar-me inteiro e, agora, quem sabe poderá ser escrito. Se não vier a ser publicado — o que é provável, dadas as minhas insuficiências para o ofício das letras —, me manterá enchendo os tempos desta prisão e evitando que eu viva ao ritmo e ao pesadelo dos interrogatórios.

16, segunda

Nenhuma novidade, senão o pesadelo das refeições, que vão piorando a cada dia, e a espera. Às catorze horas fui chamado. Vesti-me, imaginando que fosse um procurador para o depoimento. Nada. Era o coronel, que estava com um irmão médico na sala, e queria conversar. Os interlocutores eram "o Exército" *versus* "o revolucionário civil" — vale dizer, os militares rebelados contra a desordem janguista, e eu, o ex-poderoso responsável por aqueles desmandos. Não vesti meu papel nem aceitei o deles. A decepção de ter uma conversa em lugar de um depoimento que aproximaria mais o fim dessa etapa irritou-me.

Falei com um misto de cordialidade e dureza, para reclamar que não havia revolução alguma, tão só o grupo que está no governo armado de todos os poderes e incapaz de usá-los. Os problemas são graves e desafiantes, tais como controlar a invasão norte-americana e pôr um dreno na exploração estrangeira. O médico, que dirige um laboratório de produtos farmacêuticos, e também não gosta de gringos, esticou o assunto, ponderando que não admitia, porém, sair de uma tutela para cair em outra, como a russa. Acabei dizendo que a minha posição é socialista verde-amarela. Vale dizer, dar uma banana ecumênica, fundada na convicção de que estamos sós e afirmar que nossa independência só se pode alcançar com autonomia. Sabendo-se, porém, quem são os nossos dominadores e exploradores presentes e reais.

Fui interrompido outra vez, agora para ser fichado — datiloscopia por um profissional e fotografia por um tenente muito contentezinho com o papel de polícia. Mas tive um proveito:

saber que fui preso numa chamada "operação gaiola", no curso da qual se prendeu muita gente. "Todos os que estavam fichados agora serão processados nas várias unidades militares. Não é seu caso, porque o senhor já tinha processo aqui."

Tenho, como se vê, muitos companheiros de gaiola. Quantos? Por ordem de quem? Muitíssimos estarão certamente presos. Toda gente considerada subversiva pelos milicos deve estar na cadeia. Ontem, o último preso a chegar nos disse que JK havia sido preso também. Preso, aliás, no Teatro Municipal, o que é uma boa notícia. Quanto maior for o número de presos, tanto mais rapidamente se relaxarão as prisões. Não a minha, certamente, dada a "periculosidade" de que o general Ramiro Gonçalves, ministro do STM, falou no STF e que precisará comprovar agora.

Berta ainda não veio, ou não a deixaram entrar, o que é mais provável. É cedo ainda, rapaz, e pelo jeito o coronel quererá mostrar que, apesar de minha rebeldia em não atender a suas ordens de prisão, mantém sua orientação liberal. Será? Tomara!

17, terça

Berta veio ontem e me deu uma visão mais clara do que ocorre lá fora. Devem ser milhares os presos, inclusive intelectuais e alguns políticos mais proeminentes. Isso significa que o ato não foi só editado, mas também cumprido em toda a extensão. Não se trata de um poder posto em mãos do governo, mas de um regime novo implantado no país. A meu juízo, é a maior burrada que poderiam fazer. Violentando-se ainda mais, agravam a animosidade que já despertavam, escandalizam o mundo... e para quê? Para nada!

Falei hoje com o coronel e com o procurador Manes. O primeiro, sempre cordial, já conseguiu mudar a imagem que eu tinha dele. Não é um carrasco repressor, mas um militar de carreira, certo de que com autoridade e firmeza podem-se resolver todos os problemas de um governo. Apoia, naturalmente, as ações em curso e espera delas resultados prodigiosos. Não se apercebe que seu contentamento decorre apenas do sentimento de orgulho que uma afirmação brutal provoca diante de tantas contestações.

O procurador é uma coisinha sórdida, humilhado pelo Mirza, revoltado com meu estilo de defesa e, sobretudo, serviçal e intrigante. A certa altura, me disse que não praticaria jamais uma felonia por dinheiro. Talvez não, mas a praticaria só para servir um regime com que se identifica e que deseja ver fortificado a qualquer custo.

A conversa foi penosa. De concreto só apurei que decretaram minha prisão preventiva e dos demais implicados no processo, quer dizer, Edmundo e Teixeira, mas não a do dedo-duro que nos envolveu no seu enredo insano. Como não há mais *habeas corpus*, isso significa que ficarei trancado até o julgamento e depois dele. Disse isso ao Manes, sentindo que ele ia montar o processo para condenar-me, o que representaria, na circunstância, uma fatalidade. Ele reagiu e trocamos frases arestosas, em que eu falava do amor à condenação e ele ponderava que não se pode julgar. Aquiesceu implicitamente que assim era. Redargui, então, que o melhor para o governo seria encontrar uma saída agora. Caso contrário, teria de pagar o ônus de me manter preso por muitos anos.

Ele retorquiu, frio, que era uma mania brasileira essa de achar que a prisão e atos de autoridades enfraquecem o governo... Argumentou com a Rússia e com a Bulgária. Voltei à carga dizendo que, como dependia da acusação do promotor — e sabia que essa seria uma montagem de sandices de um louco na forma de acusação fundamentada — e do julgamento de um tribunal pressionado pela conjuntura política, estava seguro de minha condenação.

Perguntou então que saída teria. Respondi a seu argumento de que a coisa não era assim tão inexorável. Acentuei as hipóteses que me poderiam ser favoráveis. Primeiro, que ele não formalizasse a acusação; segundo, que se criasse um interstício entre a conclusão do processo e o julgamento, no qual eu fosse posto em liberdade, para sair do país. Ele fez ver, a certa altura, que eu procurava uma conciliação. Argumentei que ele não era procurador do governo, mas da República e, se tinha algum compromisso com a Justiça, o que deveria fazer era me dar uma chance de sair de um processo absurdo, cujo resultado ele, em sã consciência, bem sabia que seria a condenação. Aquiesceu aí, em que cabe ao procurador conciliar as partes, não sem antes fazer outra série de ataques à competência do Mirza.

Concordamos que o problema não era jurídico, mas político. Eu disse então que voltara ao Brasil com base na decisão do STF, que anulara as condenações militares que pesavam sobre mim, na convicção de que aqui poderia defender-me em liberdade. Não sendo mais essas as circunstâncias, porque se criara uma nova Justiça autárquica para problemas de segurança, minhas alternativas seriam a prisão, por vários anos talvez, dependendo da continuidade do regime, ou sair do país, aceitando um dos convites que me foram feitos. Ele voltou a repetir que esse era um problema político que teria, naturalmente, que ser decidido por autoridades mais altas. Como ele aceitou, assim, implicitamente, a tarefa de negociar, eu argumentei que só tinha a dar como recompensa minha saída, pois julgava que manter-me preso custava mais ao governo do que me deixar sair.

O coronel entrou então na conversa, dizendo que eu queria sair para continuar conspirando, como fazia no Uruguai. Respondi que era assim, mas minha conspiração era de intelectual que atua através de seus livros e estes eles não podiam impedir. Nem mesmo me mantendo preso, porque a própria prisão daria maior repercussão a meus livros, que já se encontravam nas mãos de editoras dos Estados Unidos, da França, da Argentina, da Itália e da Espanha. O procurador quis dessa vez envolver-me em frases globais que me definiam como marxista e comunista. Disse que eu era herdeiro de Marx, que procurava sê-lo enquanto cientista social, porque Marx fora fundador das ciências sociais. Mas assim como os físicos não são einsteinistas pelo fato de ser herdeiros de Einstein, eu também não era marxista. Evidentemente o argumento excedia a capacidade de compreensão de ambos.

Caí então no papel de esclarecer que, sendo minha função a de ideólogo, e exigindo de mim mesmo uma conduta de patriota, não deixarei jamais de atuar, enquanto puder, sobre a juventude, sobre o clero e sobre os próprios militares, no sentido de ajudá-los a compreender a situação em que atuavam e exercer um papel patriótico de luta pelo desenvolvimento autônomo do Brasil.

Ambos declararam, então, que muitas pessoas — o general Ramiro saíra da sala imediatamente antes de minha entrada — pensavam que eu seria o verdadeiro culpado das dificuldades que o governo enfrentava e que não me perdoavam o que fiz na Universidade de Brasília. Foi mais uma hora de conversa sobre a universidade. Naturalmente concordei e ressaltei que, no planejamento e criação da universidade, nela inscrevi meu pensamento, além de ter sido seu primeiro reitor, e isso constituía o grande orgulho de minha vida. Que, naquele caso, a burrada fora deles, incapazes de compreender o projeto e de assegurar aos professores que eu reunira em Brasília as condições indispensáveis para ali trabalharem. Ressaltei que um dos requisitos para o desenvolvimento nacional autônomo era alcançar a capacidade de fazer, em algum tempo, a bomba atômica — matéria sobre a qual eles deviam ter alguma informação — e que isso só a UnB poderia ter dado. Assim, mesmo no plano militar, fizeram burrada, além de se incompatibilizarem com a intelectualidade do mundo inteiro.

Voltando depois a falar de minha "periculosidade", ressaltei que o terror deles eram os intelectuais capazes de pensar o Brasil com independência. Que eu aceitava ser incluído entre eles, mas que a culpa de um fracasso do governo não era nossa, mas deles, de sua inépcia para formular um projeto próprio. Desafiei-os, assim: "Se vocês com CB à frente do governo nada fizeram, tendo o máximo poder de legislar, até sobre matéria constitucional, e contando com o apoio da classe dominante, dos políticos e de amplos setores da classe média, não será agora, diante da oposição unânime da nação e da sociedade civil, que farão qualquer coisa. É muito improvável".

E frisei: "Os senhores se arrogaram novos poderes, ilimitados, simplesmente para fazer calar a oposição e para permanecer no governo sem dar contas a ninguém. Não são capazes, porém, de fazer nada com o poder que detêm, seja para afirmar a autonomia nacional contra a exploração estrangeira, seja para realizar uma política de reformas que abra ao Brasil perspectivas de elevação do padrão de vida do povo".

Eles ouviam algo estarrecidos. Não compreendiam por que eu os acusava assim. Respondiam que um governo sério só faz obra para o futuro, e o futuro julgaria. Mas prossegui na mesma linha, dando de mim a imagem real de rebelde e deixando claro que meu compromisso é a luta contra tudo e contra todos que se opõem ao pleno desenvolvimento do Brasil. Reafirmei que sou um socialista, confiante em que a juventude e as novas forças renovadoras imporão um dia um projeto verde-amarelo de desenvolvimento autônomo como única alternativa aceitável a esse regime de congelamento do atraso e de repressão que eles inventaram.

Essa conduta verbal agressiva constitui minha única defesa possível. Só ela pode ser uma afirmação diante deles: acusá-los de agentes do atraso e de interesses estrangeiros. Apresentar-me como o intelectual que sou, inconformado com o atraso nacional. Mas tão só como um intelectual patriota, desarmado e desligado de quaisquer grupos. Aonde me levará isso, não sei. Provavelmente a permanecer na cadeia.

No fim da conversa, com o propósito de aquiescer, contei a reação de alguns velhos amigos de Montes Claros diante de minha chegada. Sua surpresa era enorme, porque acreditavam que os desterrados não voltam mais. O procurador entrou então a dizer que não há retorno para o degredo, exceto para Fernando de Noronha. Para manter o tom ameno que queria ressalvar, pedi então que me confinassem no Parque do Xingu. Lá poderia voltar às minhas pesquisas etnológicas ou talvez me incumbir de pacificar os Atroaí. Assim, talvez fosse morto sem necessidade de pena de morte, mas prestando um serviço ao país. O procurador — um tipinho inverossímil — levou a coisa a sério e anotou que eu gostaria de ir para o Xingu. Depois disse que só tomará o meu depoimento depois de amanhã.

Balanço: propus que me deixassem sair do país ou aceitassem como alternativa um julgamento em que serei fatalmente condenado ao desterro interno no Xingu. Mas só alcancei a certeza da condenação inexorável e a convicção de que os próximos meses, tratando com esse procurador, não serão divertidos para mim nem para ele.

18, quarta

Hoje Berta deve voltar à tarde. Não terei interrogatório, porque, segundo disse o procurador, ele só pretende rever-me amanhã.

Não estou disposto, porém, a manter conversa fiada como a de ontem, que não é tão gratuita.

Minha rotina aqui se vai estabilizando. Acordo às seis com o bilhar dos soldados no dormitório ao lado, aguardo o café, que vem lá pelas sete horas, saio então para o banho de sol e, de volta, vejo varrerem o quarto. Aliás, ainda não o descrevi: é um salão de sete por cinco metros, com uma janela basculante de quatro metros, por onde entra calor e sol pela manhã, e estalos de explosões de motores de cavalaria mecanizada, que consertam diante da janela. Do lado oposto fica uma porta trancada a cadeado. As duas outras paredes são cortadas em cima e recheadas com cerâmica vazada. Por aí vem o bafo humano do lado de dentro e a zoada do pessoal falando, cantando, gritando, jogando pingue-pongue e sinuca.

Pela primeira vez na vida, o barulho de gente não me perturba. Leio e escrevo sem preocupar-me, porque a zoada das conversas quebra a sensação de confinamento da sala, fechada a chave. O pessoal que anda por aqui habitualmente é formado de soldados, cabos e sargentos. Estes últimos têm dormitório e banheiro à parte, melhor que o nosso. Todos são corteses comigo, pedem licença para trancar a porta, sorrindo quase cúmplices, para demonstrar que sentem ver um homem trancafiado. Não é assim, naturalmente, a uma hora qualquer. Quando abrem para entregar as refeições às treze horas ou às dezenove horas, ou para trazer água que eu peça ou, ainda, para deixar eu sair ou entrar, sempre olham a caixa com os livros e uns papéis cheios de rabiscos. Ontem o procurador perguntou se eu queria sair daqui, presumindo, suponho, que eu tenha a reclamar por ter como custódios aqueles que tanto se encarniçam em me prender e que poderiam, agora, exercer represália para compensar as frustrações que eu lhes provoquei. Respondi que não, pura e simplesmente.

Retomei ontem a novela com que me divertirei por algum tempo. Escrevi seis pequenos capítulos. Está ficando gozada, mas minha inabilidade literária só poderia ser superada com a longa prática do ofício de escrever enredos. Por agora me diverte muito. Talvez porque me permita escapar daqui para os sertões onde vivi tantos anos com índios e caboclos que não existem mais. Pelo menos aqueles meus, senão dentro de mim, como matéria de memória. O enredo novelístico me permite juntar episódios, reflexões, observações — as mais diversas e disparatadas. Talvez também lhes empreste uma realidade mais real do que a dos relatórios científicos e dos textos temáticos. Vamos em frente, porque essa é uma fuga boa e, ademais, que outra coisa poderia escrever eu, aqui, senão esses registros e a novela?

Tarde

Hoje não fui chamado para depor nem para conversar. Será amanhã ou depois ou em qualquer dos trinta dias de prisão preventiva que me deram. Dadas as circunstâncias, esta prisão é apenas um preâmbulo da seguinte, provisória, para responder ao processo como provável culpado — putativo! — e da final, para cumprir a pena. É uma merda. Suporto, mas é chata demais. Enfio-me no trabalho tal como fazia no exílio. Hoje trabalhei umas dez horas seguidas na novela, esquematizando e escrevendo. Está tomando forma. E creio que não está má.

Estou cansado de sentar. Deitar-me ainda não posso, porque são apenas oito horas. Tenho os olhos cansados dos óculos de leitura. Mas só resta ler e aguentar mais chá de cadeira. O importante está no que falam de uma televisão do outro lado da parede. Mas mesmo colando o ouvido nela não ouço nada. Só consegui pegar pela música da frase que estavam dando a previsão do tempo. Qual será? E que importância tem, se aqui estou à prova da chuva e do frio? Só o calor me atinge nesta sala, mas serve para mostrar que o clima do Uruguai não é a merda que eu pensava e que os trópicos são uma beleza, mas têm seu preço em suor.

Santa Cruz

Um jipe me apanhou na porta da prisão e saiu comigo pela Quinta da Boa Vista, que revi, sempre bela; dali para a área portuária e afinal para a ponte Rio-Niterói, que eu ainda não tinha atravessado. Forte e feia. Só tem de bom ver o mar marulhando dos dois lados por mais de dez quilômetros. O jipe me levou para um batalhão, onde fui posto em outro jipe para seguir viagem. Assinalo que os sargentos e os soldados que me levavam não disseram palavra em todo o percurso. Não sabia para onde me levavam, mas gostava de ir na estrada beira-mar vendo o colar de praias que se sucediam até chegar à fortaleza de Santa Cruz, admirável obra de cantaria cortada em enormes monoblocos de granito. Foi posta do outro lado da baía de Guanabara, em frente ao forte de Copacabana. As duas fecham o mar. Para isso foram feitas, para guardar a boca das minas de ouro e para livrar o Rio de Janeiro dos ataques de corsários, organizados como sociedades de ações que tomavam a cidade, vendiam as casas a seus moradores, ameaçando queimá-las se não pagassem bem, arrebanhando toda mercadoria do comércio e o mais que pudessem apanhar, inclusive escravos. O espólio era dividido em Paris com lucros proporcionais para cada acionista. Assim enricaram algumas viúvas, que haviam posto no negócio suas parcas economias.

A fortaleza foi feita com a melhor técnica portuguesa. Está armada para deixar nove aberturas, onde puseram canhões apontando para a entrada da baía. Os artilheiros tinham assim nove chances de acertar um navio.

Agora é uma vetusta antiguidade, das várias que a Marinha tem, desusadas, ao longo da costa brasileira e até a milhares de quilômetros de distância, ao longo de rios que fazem fronteiras bem guardadas com as áreas hispânicas. É a bendita obsessão dos portugueses, que, tendo vivido mil anos esperando uma invasão de Castilha, trouxeram esse pavor para cá; o que, graças ao *uti possidetis*, nos garantiu a imensidade do território que temos.

Na fortaleza me deram o segundo andar de uma casinha confortável e até bonita que eles gabavam muito, dizendo que lá estiveram presos Lott e JK. "Eu quero é ser solto", dizia eu, irritado.

Na sala de baixo, davam aulas para os soldados falando mal do Jango e de mim. Preso durante todo o dia, saía para as refeições no restaurante dos oficiais e para o banho de sol que me permitia passear ao longo da encosta marítima, vendo Copacabana do outro lado, e conversar clandestinamente com os outros presos. Clandestinamente porque, ao contrário deles, que passavam o tempo conversando, eu tinha ordem de incomunicabilidade. Uma vez por semana, Berta ia me ver trazendo livros. Passava antes por um sargento idiota que proibia levar-me *Revolta na Lua*, mas permitia que eu lesse todos os três volumes da biografia de Trotsky.

Foi o período mais infecundo da minha vida. Não escrevi nada, só ganhei minha "Fazenda do ar", a que eu chegava através de um radinho de pilha em que ouvia os programas de música clássica da rádio do MEC. Maravilha. Minha rotina ali foi interrompida quando encheram a casa ao lado de estudantes subversivos. Ao atravessar a praça para o restaurante, eu parava sistematicamente na ida e na volta para saudar os rapazes e falar com eles.

Fui proibido de fazê-lo e, não tendo cumprido a ordem, o oficial do SNI, que controlava a prisão, me tirou o banho de sol, o que me isolava o dia inteiro dentro da casa. Depois voltou atrás, me permitindo o banho de sol somente num caminho que ele marcou, de doze metros, em cima da amurada. De cada lado ficava um cabo me vigiando. Eu andava os doze metros, dava um passo mais para o cabo gritar. Voltava e, do outro lado, fazia a mesma coisa. Tinha assim o banho de sol enriquecido pelos berros dos cabos, que me mantinham o moral. Nessa altura, o tal oficial, que se chamava Loan, creio eu, me venceu. Quando eu saía para o banho de sol, ele me interceptou dizendo: "Se o senhor continuar a falar com os presos, eu tiro o banho de sol deles".

Foi uma derrota penosa, porque eu passava calado e cabisbaixo debaixo das janelas dos meninos sem saudá-los, pensando que eles tinham sido e continuavam sendo torturados e eu não. Mas não podia tirar o banho de sol deles, que é o único momento de alegria na prisão.

Havia vários outros presos ali na fortaleza. Alguns oficiais encarcerados por condenação em crimes comuns, que levavam uma boa vida com mulher e filhos. Lá no pátio de cima estava também meu companheiro Bayard Boiateu, que cumpria pena por suas culpas em Caparaó. Com eles também valia a ordem de incomunicabilidade interna. Não podíamos falar, mas falávamos sempre que possível. Eu, com receio de prejudicar o meu colega, que podia ter a pena aumentada por indisciplina, evitava conversas.

O pior daquela prisão foi um ataque que me assaltou uma manhã. Acordei atordoado, quis levantar e andar e levei três fortes tombos. O coração disparado. Eu me pus na cama, cheio de dó de mim, certo de que estava tendo um enfarte. Ia morrer ali na fortaleza, entre inimigos. Nisso chegou o suboficial que devia me levar para o restaurante. Não me encontrando na entrada como sempre, subiu. Eu choraminguei pedindo médico, dizendo que tivera um enfarte. O médico chegou horas depois, me examinou e disse: "Qual o quê! Não há nenhum enfarte, isto é labirintite!".

Quase caí de mim de tanta vergonha pelo medão que tive de morrer.

ILHA DAS COBRAS

Certo dia, sem explicação alguma, me mandaram fazer a mala. Fiquei supondo que ia ser libertado. Qual! Estavam me mandando para a Marinha, que tinha processos mais completos contra mim e queria me julgar. Lá fui eu para a ilha das Cobras, o quartel-general dos fuzileiros navais, onde Tiradentes esteve preso até ser enforcado. Nunca me deixaram ver a cela em que o coleguinha sofreu. Tive mais sorte com o velho portão. Vi por acaso que o estavam demolindo e descobri que a intenção deles era jogar fora o imenso portãozão de ferro batido. Telefonei para Lúcio Costa e contei tudo para ele, pedindo providências. Lúcio, espantado, perguntou-me: "Mas, Darcy, você está preso aí na ilha das Cobras?".

A Marinha é em tudo diferente. Muito marinheiro, muito toque de clarim, muita limpeza, comida muito boa na chamada "sala de armas", que é um bom refeitório, onde eu comia sentado com os oficiais. Ruim lá é a arquitetura. Os quartéis são caixõezões feiíssimos. Por que será que a Igreja e a Marinha perderam o nervo estético? Durante toda a colônia, foram eles que fizeram a melhor arquitetura do Brasil nos seus templos e fortalezas. Agora só constroem igrejas e quartéis cafoníssimos.

Ao chegar, descendo do jipe, um marinheiro agarrou minha mala e seguiu para um prédio comigo atrás, por três lances de escada. Lá em cima, no corredor, diante de uma porta, estava um oficial superior, creio que contra-almirante, me esperando. Sem me saudar disse:

"Decline seu nome."

"O senhor sabe."

"Decline seu nome!"

"Darcy Ribeiro."

"O senhor tem a ordem do mérito naval em grau de grão-cavaleiro, o que lhe dá direito a prisão de almirante."

Contestei:

"Não tenho, não. Castelo anulou todas as minhas comendas."

"Essa comenda é patente. Proposta pelo almirantado, é concedida por decreto do presidente da República. Não pode ser anulada", retrucou.

Em seguida, abriu a porta e perguntou se o camarote tinha dezoito metros.

"Deve ter mais, com essas seis janelas!"

Ele abriu a porta. Entrei e fiquei lá abrindo a mala, arrumando as coisas e debruçado na janela olhando as oficinas navais lá embaixo, a ilha das Flores mais longe e o mar-oceano.

Seguiram-se dias, meses de convívio meio evitativo, mas inevitável, com os oficiais no restaurante e no salão, onde me deixavam ver numa televisão o *Repórter Esso*. Ali sucederam duas coisas de espantar. Primeiro, a leitura da lista de novas cassações, na qual ouvi o nome de meu irmão, Mário. Danado, levantei-me, gritando: "Filhos da puta! Vocês são uns filhos da puta!".

Eles me levaram para o camarote e no dia seguinte o subcomandante me chamou para o que devia ser um pito. Entretanto, com a cordialidade da Marinha, só me disse: "Compreendemos, professor. Trata-se de seu irmão, mas evite exaltações públicas".

O segundo episódio, muito melhor, é que depois do *Repórter Esso* vinha um programa da Gal Costa. Fiquei literalmente encantado. Tal como fez Carmen Miranda no passado, Gal reinventou a mulher com imensas plumas na cabeça, vestes leves de paetês, gestos novos e cantando coisas impensáveis sobre disco voador e outras doiduras. Gal passou a viver comigo, dormíamos juntos a noite inteira. Amorosíssimos. Até consegui que dissessem a ela que, ao sair da prisão, cairia nos seus braços.

Minha imagem na cabeça dos milicos foi se transfigurando lentamente. Isso se deu em três etapas. Espantaram-se demais que eu, um agente de Moscou, tivesse vivido anos no meio dos índios. Confirmando que dedicara dez anos da minha vida a seu estudo, vivendo a maior parte do tempo entre eles no Pantanal, no Brasil Central e na Amazônia, mexi com o juízo deles. Não podiam compatibilizar a imagem de agente inimigo com a de amigo dos pais da pátria.

O segundo espanto que causei foi saberem que fui amigo e discípulo de Rondon. Ora, ele é o único herói inconteste das Forças Armadas. Também era inimaginável que ele se desse com o homem de Moscou, comunista. Fiz trazer o *Correio da Manhã* e mostrei que a oração fúnebre de Rondon foi dita por mim no cemitério São João Batista. Contei que Rondon morrera de mãos nas minhas mãos, dizendo frases do catecismo positivista. Inclusive: "Amor, ordem e progresso".

O decisivo, porém, foi dizer um dia, por acaso, que fizera uma marcha de setecentos quilômetros a pé, pela mata amazônica. Eles mapearam minha marcha, me fizeram repetir episódios da façanha a cada oficial que chegasse. Para um militar, uma marcha assim, miliquilométrica, é coisa muito séria, quase inimaginável.

O certo é que esses três feitos mudaram a atitude da oficialidade para comigo. Em lugar da postura educada e fria diante do que se afigura como inimigo, eu era cada vez mais uma pessoa concreta de que sabiam coisas que se contavam lá fora, difícil de se afigurar como inimigo. Custei muito a entender que para um militar as pessoas são aliadas ou inimigas. O inimigo não é visto como detestável e abjeto, mas como antagonista. Eu era visto assim, com a naturalidade cabível na cabeça deles. Minha figura passou a ser ambígua. Sobrevoando por cima dos nossos lados, pousou depois, sem que quisessem, ao lado deles, como o amigo dos índios, o discípulo de Rondon, o marchador quilométrico.

Além da visita semanal de minha mulher, permitiram que eu recebesse outras pessoas. Entre elas minha querida prima Célia, irmã de um oficial da Marinha, que terá sido prejudicado por isso. Minha amiga Lígia, linda, linda, que nunca me deu bola. Regina, amiga também, que havia trabalhado comigo. Solange, uma subversiva feroz, terrorista que teve a louca ousadia de ir me ver. Creio que ela vivia numa clandestinidade tão fechada que não via a família fazia meses. A solidão era tanta que foi ver o pai mais acessível: eu.

Ocorre então um episódio ruim. Estava eu no camarote do comandante Figueiredo, um oficial inteligente, boa pessoa, com quem eu tinha um convívio muito amistoso, quando se deu o inesperado. Lá estava eu, bem sentado com os pés na mesa, tomando uísque, enquanto Figueiredo trocava a farda militar pela roupa civil com que todos os oficiais andam pela rua, depois de implantada a ditadura. Lá estávamos convivendo, quando entra no camarote um oficialzinho mal-encarado, que ao me ver fez a maior cara de espanto. Saí imediatamente.

No outro dia soube do que sucedera. Aquele oficial comandava, na ilha das Flores, uma escola de treinamento de torturadores. Vendo ali o que para ele era o mandante de seus torturados, danou-se. Disse que ia reclamar ao almirantado que a ele — oficial com melhor folha de serviços — deram aquela missão, enquanto Figueiredo confraternizava com o inimigo. A coisa surtiu efeito e talvez tenha sido decisiva para que a carreira do meu amigo fosse truncada. Não chegou a almirante.

É de imaginar o ódio do oficialzinho odiento. Torturar já é um absurdo inadmissível, mas concebível para alguns como meio de descobrir um segredo militar importante. Imagine-se, agora, alguém que comande uma escola de tortura pedagógica, com fins didáticos, para que os seus oficiais verifiquem experimentalmente, no corpo dos presos, os efeitos comparativos do pau de arara em homens e mulheres. Se arrancar um dente dói mais que arrancar uma unha do pé. Qual o efeito de deixar uma pessoa de pé sobre uma lata cortada penetrando na sua carne, rasgando.

Merece registro aqui um episódio protagonizado pelo banqueiro Magalhães Pinto, então ministro das Relações Exteriores. Meu irmão foi procurá-lo, levando dezenas de telegramas de eminentes professores e reitores de universidades, pedindo minha libertação e me oferecendo emprego. Magalhães, mantendo seu riso cínico sempre pregado na cara, irritou-se com Mário: "Tenho aqui muitos mais telegramas desses, Mário. Diga ao Darcy para pôr fim à perseguição que me faz por toda parte, através dos comunistas e dos católicos aliados deles. Aonde vou, deparo sempre nos aeroportos com faixas: 'Liberdade para Darcy Ribeiro'. Não viajo sozinho, Mário. Viajo com oficiais generais que tudo veem, tudo anotam. Diga a Darcy para parar com isso".

O filho da puta pedia a minha proteção em lugar de ajudar-me. Mineiro quando dá pra ruim, não serve nem para lixo de bosta. Isso era Magalhães Pinto!

Outra lembrança, essa boa, é de meu confrade Abgar Renault. Cansado da insistência de Berta, que hospedara muitas vezes em Brasília, e que lhe pedia agora que conseguisse do Costa e Silva a autorização para me darem um passaporte para deixar o Brasil quando saísse da cadeia, Abgar pediu que eu escrevesse uma carta ao ditador do dia. Berta e ele tinham certeza de que eu jamais escreveria tal carta.

"Escrevo, sim, meu bem, esse é meu ofício." Compus minha carta, dirigida a Costa e Silva, dizendo que tinha uma oferta de emprego na Universidade Columbia, em Nova York, que precisava assumir para sustentar minha família. Para tanto, precisava de um passaporte, cuja emissão só ele, presidente, poderia autorizar. Concluí a carta com a velha saudação positivista: "Saudações republicanas!".

Abgar achou tão absurdo que não queria levar a carta, mas levou, e Costa e Silva autorizou o passaporte.

JULGAMENTO

O painel que se desenhara de minhas relações com oficiais da Marinha me dava a convicção de que, julgado por eles, tinha boas chances de ser absolvido. Meu advogado não concordava, dizendo que meu julgamento era importante demais para ficar no nível de decisão de alguns oficiais. Em consequência, eram seus comandantes de mais alto gabarito que decidiriam meu destino.

Insisti, dizendo a Mirza que todo dia fazia exercícios espirituais de uma a duas horas, planejando a minha fuga. Era meu tempo de liberdade e meus planos eram para valer. Estava se esgotando minha paciência com a prisão. Se fosse julgado e condenado, fugiria. Se não fosse julgado, fugiria também. Fui ao julgamento conduzido num jipe por oficiais do Cenimar [Centro de Informações da Marinha], que eu quis saudar, cordial. O que estava mais perto me disse: "Eu queria mesmo era levar o senhor para o paredão de fuzilamento".

Afinal, fui entregue ao juiz. Lá, sentado como réu, cercado de amigos queridos, vi atento a teatralidade do ato. Quatro oficiais hirtos, ouvindo o promotor muito safado me acusar e depois meu advogado, Wilson Mirza, me defender.

A seguir, os oficiais recolheram-se a uma sala com o juiz. Muito bom caboclo, que tinha sido domesticado por padres alemães numa missão do alto Tapajós. Lá aprendeu alemão e latim para ser padre. Desviou-se, acabando juiz da Marinha, porque seu destino era me ajudar. Ele escreveu para os oficiais o julgamento de que precisavam, uma página e meia me descrevendo como homem da mais alta periculosidade que fora a eminência parda comunista do governo João Goulart. Mas concluiu com a seguinte frase: "Neste processo não há evidência de culpa. Absolvido!".

Naquela mesma tarde, saí para a liberdade. Não era mais do que me esconder na casa do advogado. Lá soubemos, no dia seguinte, que o Exército ordenara minha prisão. Tratei de ir logo à embaixada norte-americana. Não fui recebido pelo embaixador, como esperava. Foi o cônsul que me atendeu. Aprendi, então, que o cônsul é o tabelião e o policial da embaixada. Ele é que decide, autônomo, sobre *visas* quentes. Fui a ele confiante. Afinal, meus amigos tinham estado com o embaixador e com o adido cultural e sabido lá, de ambos, que minha entrada nos Estados Unidos não seria problema, uma vez que eu tinha um convite de professor visitante para a Universidade Columbia.

Entrei na sala do cônsul, sentei-me diante dele e disse:

"Venho pelo visto, porque vou para os Estados Unidos como professor visitante da Columbia."

"Temos que conversar."

"Estou aqui para isso. Qual é a questão?"

"O senhor pretende fixar-se nos Estados Unidos como residente?"

"Não."

"O senhor tem outros contatos além da Universidade Columbia que lhe permitam estender sua estada lá até fixar-se como morador?"

"Não. Deus me livre. Saio daqui porque sou compelido a isso. Quero é voltar. Tive anos demais de exílio para que deseje estender meu afastamento do Brasil."

Foram dias de guerra verbal, em que a boçalidade dele se elevava e a minha reação também. Vi, ao fim, que dele nunca conseguiria nada.

"Não estou convencido. Não o vejo como mero professor visitante."

"Claro. Sou um eminente antropólogo. Fui honrado com um convite para lecionar na Columbia, coisa que nunca sucederia ao senhor. Saiba que tenho um livro editado por um órgão do seu departamento, que é a Smithsonian Institution: é O *processo civilizatório*. Coisa que também jamais lhe sucederá."

"Duvido muito. O senhor é comunista?"

"Não sou nem serei."

Como não perguntou se fui, não disse nada.

"Também não estou convencido. O senhor esteve em Cuba em 1964?"

"Esta é matéria passada em julgado. Um coronel doido acusou--me de ter ido a Cuba buscar dinheiro para a guerrilha. Fui julgado por um tribunal de oficiais da Marinha, que me absolveu."

"Tenho aqui uma fotografia sua em viagem para lá. Aliás, seu arquivo é um dos maiores que temos."

"Guarde bem. Vai ser útil para meus biógrafos."

Soube então, por acaso, que meu amigo José Agustin Silva Michelena, eminente sociólogo venezuelano, estava no Rio. Chamei-o à casa do Mirza e consegui através dele um visto consular para entrar em Caracas. Iria trabalhar como professor visitante na Universidade Central da Venezuela. Na mesma noite, fui para o aeroporto com Berta e Zé de Catão, que ficou na fila por mim até o último momento. Aí entrei na fila e no avião. Voei para Caracas. Era meu segundo exílio.

8. SEGUNDO EXÍLIO

Caracas

Desembarquei no aeroporto de Maiquetía. Atravessei a estrada com seus dois imensos túneis e fui dar em Caracas. Cidade alta, tropical, circundada de montanhas com um céu azul cheio de pombas mil. Bonita. Vivi ali um ano de bom trabalho fecundo e de muito amor, mas também de muita chateação.

Na mesma semana, fui falar com o reitor da Universidade Central da Venezuela (UCV), que mandou me contratar como professor de antropologia. A isso se acrescentaram depois programas de pós-graduação no Cendes [Centro de Estudios del Desarrollo] e, sobretudo, a direção de um seminário de renovação da UCV. Dele resultou um diagnóstico acurado da universidade e um plano de renovação estrutural a ser implantado em dez anos. Essas duas proposições foram publicadas pela universidade, num volume precioso de que saíram outras edições, consentidas e clandestinas, porque a procura era grande. Trabalhei também com a Universidade de Mérida, plantada numa encosta dos Andes, em frente a escarpas vertiginosas. Muitos de meus livros foram editados pela UCV e adotados nos cursos de ciências humanas.

Fiz bons amigos na Venezuela. Os principais foram José Agustin Silva Michelena, que me tirou do Brasil, e seus dois irmãos, Hector e Ludovico. Outros amigos queridos foram Chacón, antropólogo negro, também poeta, casado então com uma escultora italiana bravíssima; o matemático Carlos Domingos, que me aproximou da informática de Oscar Varsavsky; Armando Córdoba, economista com uma visão própria e sábia do caráter do subdesenvolvimento latino-americano e, sobretudo, meu mulato ideológico Heinz Sontag e suas mulheres, que tem fé na sociologia, mas gosta da antropologia. Traduziu para o alemão meu *O processo civilizatório*.

Em Caracas, eu me sentia como se tivesse nascido ali. O povo venezuelano é tão parecido com o brasileiro que, se trocássemos mil pessoas da praça Mauá por mil da do Silêncio, em Caracas, ninguém notaria. São iguaizinhos a nós, só mais ricos, mais bem-vestidos, mais alimentados e mais bêbados, além de temíveis, pois são muito brigões.

Andei pelo país todo dando conferências e principalmente olhando, conversando, comendo *arepas* de mandioca, que são para eles o que pão de queijo é para nós, mineiros. Venezuelano come demais. Toda manhã toma seu desjejum, que vai do feijão-preto, bem apimentado, ao filé a cavalo e muitas *arepas*, além de bananas excelentes.

Namorei algumas venezuelanas, até topar com um amor que quase acabou comigo de tanta paixão, Mariana, com seus 22 anos, linda de matar, a cujo casamento eu assistira com um rapagão formoso. Filha de Tereza, ex-comunista, mas radicalmente esquerdista, que hoje é deputada, grande política e promotora cultural, competente como nunca vi outra. Obrigou o governo venezuelano a edificar o maior centro cultural da América Latina. Majestoso.

O pai de Mariana, Miguel Otero, meu ex-futuro sogro, era um romancista tão lido na Rússia como Jorge Amado. Gozador, sabia levar a vida. Tinha na Itália um castelo rural com quarenta quartos, que produzia seu vinho e seu azeite. Muito amigo de Neruda, com quem gostava de brincar e de brigar. O poeta ficava meses hospedado na casa de Miguel, comendo três refeições por dia porque, além das duas habituais, acordava para comer uma ceia completa às duas da noite, aproveitando os talentos dos cozinheiros espanhóis da casa.

A melhor briga de Miguel e Neruda que eu vi foi impagável. Neruda, feito embaixador do Chile em Paris, insistia pedindo a Miguel que comprasse um apartamento para ele na Île Saint-Louis, atrás da Notre-Dame. Miguel achou outro apartamento, maior, que custava 400 mil dólares menos, na avenida lateral, de onde se via a île. Neruda alegava que Miguel estava degradando as coisas. Não prestava nem para gastar seu próprio dinheiro. Perdia a oportunidade de deixar que ele armasse em Paris uma morada extraordinária, cheia de objetos belos, que só ele sabia escolher.

Quando Neruda ia receber o Prêmio Nobel, chamou Miguel a Paris, espantadíssimo, para dizer que havia recebido duas cartas de ameaça mortal. Algum doido estava ameaçando matá-lo, rasgando sua grande barriga para derramar tripas diante do rei da Suécia. Miguel achou que o caso merecia atenção, mas acalmou Pablo, argumentando que a segurança do palácio seria formidável e que ele trataria de comunicar a ameaça através do embaixador da Venezuela, para que não houvesse o menor perigo. Miguel estava lá quando Pablo recebeu a terceira carta de ameaça e quase morreu de medo. Miguel sempre consolando-o, até que Neruda decidiu que não iria receber o prêmio. Só então Miguel lhe disse: "Bobagem, Pablito, sou eu que escrevo essas cartas".

Convivi com Pablo Neruda no Chile. O que mais recordo é uma noite de Ano-Novo que passei em sua casa de Valparaíso, com Mariana. Pablo por toda a noite me serviu mal. Estava atrás de um balcão, vestido com uma libré inglesa vermelha, debaixo de um pato de louça, que de vez em quando dizia "quá-quá-quá" para assustar a gente. Ele sempre me dava uísque com azeite ou vinho com uísque. Era ciúme. Não de Mariana propriamente, mas da intimidade com a família Otero, que ele não admitia.

O melhor da noite foi ver de uma varanda alta o porto de Valparaíso todo negro, debaixo de um frio intenso. E depois, à meia-noite, de repente, ver a armada chilena, que ali estava, iluminar-se. É um espetáculo inesquecível.

Meu grande amor dos 50 anos foi Mariana. A conheci e me aproximei dela para assistir no seu apartamento às partidas da Copa de 1970. Não podia vê-las lá em casa, porque Berta, patriota rubra, torcia contra o Brasil para não favorecer a ditadura com a vitória no futebol. Eu não ia nessa conversa, queria a Copa para os brasileiros.

Assistindo às partidas juntinhos, de mãos dadas, emocionados, cercados de amigos, Mariana e eu começamos a ver as belezas de Macondo, a casa dos Otero. Em cima, ao lado da piscina, era o apartamento de Mariana. Imediatamente embaixo ficava o da mãe, salas e comodidades. Mais embaixo, salões. Um dia, desci com Mariana escada abaixo, pusemos Tereza para fora de seu quarto e lá nos acamamos, nos acasalamos, nos amamos. Beleza pura.

Quando Berta soube desse amor, anos depois, morávamos no Chile. Soube por uma indiscrição maligna de uma secretária, que entregou a ela minha correspondência com Mariana. Se danou: "Não tenho ciúme dela. Tenho é inveja de você. Como é que um velho quereca, broxa, conquista aquela menina?".

Por três anos andei com Mariana pelo mundo afora. Aonde ia a trabalho, ela ia a meu encontro com sua dama de companhia, uma mocinha bonita. Foi ela quem comprou para nós lençóis de seda pretos e creme. Entre eles Mariana resplandecia.

Episódios gozados ocorreram conosco naqueles anos. Assim foi na viagem que fizemos à ilha paradisíaca de Barbados. Fui lá participar de uma conferência do Conselho Mundial de Igrejas com antropólogos, indigenistas, missionários e índios. Queríamos estabelecer uma política de defesa dos índios que definisse seus problemas e apontasse caminhos melhores. Enquanto eu estava debatendo com meus colegas, Mariana e sua companheira ficavam no hotel de turistas. O dia inteiro na beira da piscina. O gerente oferecia a elas, então, seu serviço especial para americanas e inglesas. Era um desfile de negros bonitões, para escolher com qual deles queria foder.

O ruim da minha estada na Venezuela foi a perseguição do adido militar do Brasil, que farreava com o secretário do ministro da Justiça. Soube da sua existência já ao chegar, porque tive a ingenuidade de entregar meu passaporte na embaixada para registrarem minha presença, e o mesmo funcionário que o recebeu foi, discretamente, à noite, devolvê-lo a mim no hotel. Tomara a iniciativa porque o passaporte seria certamente apreendido. Vi logo que era gentileza do embaixador. Um funcionário não correria tais riscos.

Confirmei minhas suspeitas ao ver que o Ministério da Justiça não me dava visto permanente, apesar de ser professor da UCV contratado por um ano. No primeiro vencimento do meu visto de turista, tive que ir a Curaçao para renová-lo. Gostei. É uma ilhota bela, de arquitetura batavo-tropical, com uma das mais antigas e preciosas sinagogas do continente e um povo negro, fornido. Belas mulheres.

Era difícil entendê-los falando, mas, tentando ler o jornal, eu entendia quase tudo. Eles falam o *papiamento*, um dialeto do português com inclusões holandesas e africanas. Supus logo, ainda penso, que aquela negrada é oriunda dos lotes de escravos brasileiros comprados por judeus holandeses. Provavelmente também do leilão de escravos que se deu quando da derrota de Zumbi dos Palmares. Essa hipótese explica a língua que falam, sua adaptação de estilo brasileiro aos trópicos e sua concentração em uma ilha de canaviais imensos, que a Holanda estava trasladando do Brasil para o Caribe. Acabaram por fazer de lá o maior centro de produção de açúcar, desbancando o Nordeste brasileiro.

No segundo vencimento do visto, três meses depois, não gostei nada de voltar a Curaçao. Era implicância demais. Mas fui. Quando chegou a terceira vez me danei. Declarei à imprensa que não renovaria meu visto, porque isso era um desrespeito a mim e à universidade. Interveio então a admirável Sofia Imber, que tinha um programa de televisão às sete horas da manhã, visto por todos os venezuelanos ricos enquanto comiam seu desjejum. Ela abriu o verbo. Disse ao presidente que ele estava expulsando da Venezuela um dos maiores intelectuais da América Latina, professor contratado da UCV, em razão de pressões da ditadura brasileira. Surtiu efeito. Caldeira mandou no mesmo dia me darem um visto permanente. Fiquei, prosseguindo meu trabalho, amando meu amor por Mariana, que tinha mandado o marido embora para estar mais tempo comigo.

Vivíamos apegadíssimos, mas algumas coisas nos separaram, principalmente seu fastio de passar dias sem comer nada, só bebendo: "Está jejuando, bem?".

Também comia feito doida quando batia a fome. Gostava muito era de fumar maconha comigo, comendo queijo manchego ou chocolate suíço. Sem seu amor eu me perderia, tinha certeza. Um dia tudo terminou. Prosseguiu só uma ternura imensa, que me levou a visitá-la várias vezes em sua casa de Paris só para vê-la. Um dia levei lá meu amigo Cibilis, que nos convidou para jantar ali ao lado, no La Coupole, no restaurante em que Lênin comia. Pagou uma conta de duzentos dólares, quase tudo em vinhos que Mariana escolheu. Coitado. Mariana me visitou algumas vezes no Rio. Numa dessas ocasiões, um amigo me perguntou se podia namorá-la. Consenti. Dias depois ele me apareceu apavorado, dizendo que tinha um apaixonado dela os acompanhando todo tempo. Eu esclareci: "É o guarda-costas".

Até hoje nos telefonamos todo mês.

Segui vivendo muito bem em Caracas, cercado de amigos e com um trabalho estimulante. Berta tranquila a meu lado. Não via nada. Estoura então a vitória de Salvador Allende nas eleições presidenciais do Chile. Nada me seguraria mais em Caracas.

Chile

Conheci Allende como o senador socialista chileno que foi visitar Jango logo que nos exilamos no Uruguai. Convivi com ele uma semana em Montevidéu, encantado com sua simpatia, seu pensamento claro, seu socialismo libertário, seu sentimento de latino-americanidade. Nessas conversas, Allende me deu sua visão da nossa queda e da importância dela. Vi em suas palavras, mais do que alcançara antes, a compreensão da extraordinária importância do governo de João Goulart. Estávamos travando uma batalha mundial. Só nós, pequenos Davis, contra o Golias. Allende me disse, textualmente: "A queda de Goulart foi para nós como uma montanha que mergulhasse no mar. Nele teríamos o aliado para a libertação da América Latina. Sem ele, tudo seria muito mais difícil".

Eleito presidente, arranjei modos de cavar um contrato com o Instituto de Estudos Internacionais do Chile e mandei-me para Santiago. Encontrei Allende recém-instalado na Presidência e me pus logo a seu serviço, ao lado de um outro assessor, o espanhol Joan Garcés. Tínhamos acesso a todas as reuniões ministeriais e redigíamos documentos. Era um alegre trabalho que fazíamos ao lado de Allende, aprendendo. Garcés era um *politicien* de Paris, com formação marxista inteligente.

Meu emprego oficial era de pesquisador do instituto de Cláudio Velles, ex-esquerdista, casado com uma burguesa reacionária, detestado por toda a esquerda. Suportei a convivência no IEI porque meu trabalho verdadeiro era com o presidente Allende, de quem me tornava cada vez mais amigo.

Certa vez, após o grande comício no principal estádio de Santiago, Allende foi para sua residência presidencial, na rua Thomas Morus, acompanhado de seus *edecanes*, oficiais-generais das três Forças Armadas, que deviam tê-lo sempre à vista quando fora da residência. Lá, acercando-se de mim, o presidente perguntou aos oficiais se eles gostaram mesmo de seu discurso. Confirmaram. Então, Allende disse: "Foi esse brasileiro que o escreveu".

Esse foi um feito único. Sabidamente, quem exerce o poder conta com intelectuais que compõem textos e falas. Ocorre, porém, que todos procuram esconder isso. Allende, ao contrário, o proclamava. O fazia exatamente porque eu apenas ajudara a escrever a peça oratória com base em ideias discutidas previamente com ele em toda a profundidade.

O tema principal do discurso foi a responsabilidade que pesava sobre o Chile de inaugurar a via do socialismo em liberdade. Historicamente, era uma situação semelhante à que viveu Lênin, na Rússia, à frente de uma revolução comunista que deveria ter ocorrido nos Estados Unidos, na Alemanha ou na Inglaterra, com seus enormes proletariados e seus poderosos sindicatos. Lênin teve que fazê-lo a partir do atraso. Em lugar do socialismo previsto por Marx, que superaria o capitalismo mais avançado, Lênin e Stalin tiveram que fazer do socialismo um esforço de promover o desenvolvimento industrial autônomo que o capitalismo não alcançara na Rússia. Um descaminho que fez da Rússia uma poderosa economia e uma grande potência, mas desencadeou o despotismo interno e a opressão de seu contexto externo. Acabou afundando pela inépcia espantosa de Gorbachev.

O caso do Chile era semelhante. O socialismo em liberdade, que se podia esperar da união de partidos socialistas e comunistas na Itália e na França, onde eram majoritários, acontecia no Chile atrasado, subdesenvolvido. Tanto o socialismo soviético como o chileno derrotam as classes dominantes, pela revolução na Rússia e pela eleição democrática no Chile. Mas era fazer das tripas coração construir o socialismo em condições tão adversas.

Nas conversas com Allende, propunha que não se pedisse ao Congresso a nacionalização das minas de cobre, que era a aspiração maior dos chilenos. Propunha que, antes disso, se criasse uma legalidade democrática da transição ao socialismo. Seus assessores chilenos foram contrários a essa ideia. O resultado não foi bom. A direita votou com a esquerda pela nacionalização, fortalecendo-se. Eu propunha também que pusesse em causa o instituto da propriedade, seus conteúdos sociais e nacionais. Venceu a tese de Buscovit, que achava indispensável nacionalizar o cobre e dispensável mexer na institucionalidade, porque o Chile já contava com leis tão avançadas que permitiriam o trânsito pacífico ao socialismo.

O Chile tinha Cuba como único aliado externo confiável. Esse mesmo muito incômodo, porque criava animosidades acirradas, como a longa presença de Fidel no país, alentando as esquerdas radicais. Duas estratégias se puseram à frente de Allende. Cubanizar o processo chileno, radicalizando ainda mais sua política, ou conter-se no caminho do socialismo em liberdade, que lhe tinha permitido até ganhar eleições depois de assumir o governo, coisa nunca vista no Chile.

A classe dominante chilena e seus corpos políticos, apoiados pela ditadura brasileira e pelo governo norte-americano, não só conspiravam, mas atuavam concretamente, criando situações críticas. Apesar disso, Allende continuou tendo forte apoio popular por três anos. Mas a subversão ia ganhando força. Chegou afinal a um estágio em que era preciso alargar as bases políticas do governo. Buscovit dizia: "A economia deu tudo o que podia dar. Cabe agora à ação política abrir caminhos".

As esquerdas radicais entraram a conspirar, querendo elas próprias dar o golpe para cubanizar o processo chileno.

Nesse quadro, eu fui procurado em Santiago por um dos mais altos intelectuais políticos da América Latina, o peruano Carlos Delgado. Ele me trazia um convite do presidente Velasco Alvarado para "ajudar a pensar a revolução peruana". Nada podia ser mais tentador para mim que observar e conviver com militares que haviam trocado de pele e realizavam uma profunda revolução social no Peru. Tinham feito a reforma agrária mais profunda de que se tem notícia, garantindo a posse das terras, depois de séculos de esbulho, às populações incaicas da montanha peruana. Haviam tomado e reorganizado a imprensa, destinando cada jornal, rádio e televisão a uma corrente corporativa, como os camponeses, os operários fabris etc. Estavam reordenando a propriedade para garantir a participação dos trabalhadores nos lucros das empresas, enquanto acionistas delas e muita coisa mais.

Aceitei logo transferir-me para o Peru, para ajudar no que passei a chamar, por brincadeira, de "socialismo cibernético". Eu conhecia bem o Peru porque fizera lá um ambicioso estudo de integração da rede universitária nacional num só sistema, publicado em livro. Minha tarefa agora era criar, sob o patrocínio das Nações Unidas, debaixo da direção da Organização Internacional do Trabalho, um instituto de estudos científicos das formas de participação social na propriedade e na gestão das empresas.

Sair do Chile me dava pena. Allende me pedia que ficasse, mas concordava comigo em que não se abria ao Brasil nenhuma perspectiva de alcançar o socialismo por via eleitoral. Era pensável, entretanto, um nasserismo, em que os militares deixassem de ser o braço armado de classes dominantes retrógradas para passar ao papel de renovadores de sua sociedade.

Já estava de partida para o Peru, quando Allende me localizou na casa de Aloísio Pimenta e me chamou para jantar outra vez com ele e sua equipe ministerial. Ao fim do jantar, na conversa que se animou entre todos, Allende me perguntou se a situação seria melhor se, em vez de ter adotado a linha de Buscovit, ele tivesse adotado a minha.

Gelei. O que responder? Disse então que haviam se passado anos e agora, concretamente, se podiam ver os efeitos da política de Buscovit. Mas não se conheciam os efeitos de minhas propostas, que só surgiriam se elas tivessem sido postas à prova concretamente dentro da História para revelar suas potencialidades e suas deficiências. Concordamos todos que a economia tinha dado o que podia à Revolução Chilena. Cabia agora à política entrar em cena para equilibrar o quadro. Ocorre, porém, que só os comunistas concordavam em dar um passo atrás na política. Toda a esquerda radical só queria um passo à frente.

Isso ocorreu três meses antes do golpe militar que derrubou Allende. Conversando sobre essa possibilidade, o presidente me disse que, na eventualidade de um levante, ele chamaria o povo às ruas e o manteria ali pelo menos por 24 horas. Depois disso, me disse: "Só os comunistas continuarão na rua".

Simultaneamente à mobilização popular, Allende disse que necessitaria do apoio de alguma força do Exército e da força total dos carabineiros, um corpo policial bem armado e eficiente. O golpe militar foi dado precisamente aí, com o assalto das Forças Armadas aos carabineiros e sua anulação, ao mesmo tempo que atacaram os palácios e encurralaram Allende em La Moneda.

Nessa conversa última, Allende reiterou para mim sua afirmação de que a ele não derrubariam no berro, como fizeram com Jango, e concluiu: "Só sairei de La Moneda coberto de balas".

Assim foi, e eu teria morrido com Allende se estivesse em Santiago.

PERU

FUI PARA O PERU VIA GENEBRA, PORQUE TIVE QUE VISITAR ANTES A sede da Organização Internacional do Trabalho para detalhar o Centro de Estudos da Participação Popular (Centro) que íamos implantar em Lima. Por recomendação da OIT fiz duas longas viagens preparatórias. Fui à Iugoslávia para estudar as formas novas de propriedade social da indústria que estavam sendo implantadas ali. Passei depois pela Espanha, para conhecer o cooperativismo dos bascos. Belas viagens de estudo, agradáveis e proveitosas. Aprendi muito.

Com base em minha experiência prévia naquelas observações de campo e com a ajuda de Oscar Varsavsky, o matemático argentino que inventou a simulação computacional, programamos o Centro. O plano básico era pôr todo o povo peruano dentro de um computador, com base nos dados estatísticos com que se contava e nas avaliações qualitativas que fizéssemos. Lá estaria a população inteira, com sua distribuição por sexo, idade, níveis educacionais, de consumo, de saúde, bem como sua distribuição espacial e temporal. Quer dizer, como a população evoluíra nos últimos vinte anos.

Teríamos assim um Peru conceitual, virtual, que nos permitiria fazer quaisquer projeções sobre a imagem futura de sua população e, principalmente, um exercício que nunca se fizera antes. Era compor um Peru desejável, para que ele tivesse, no ano 2000, os índices sociais da Argentina de 1950, por exemplo. Uma vez construído o símile, passaríamos a projetar as linhas de ação que no prazo intermédio permitissem à sociedade peruana chegar até lá. Seria o "socialismo cibernético", de desejabilidade incontestável. Não se fundava em nenhuma ideologia, mas num jogo de números dentro do computador.

Fiz em três anos tudo o que alcancei fazer para atingir nossa meta. Ingênuo que sou, me perguntava todo o tempo por que os peruanos não me davam os dados censitários indispensáveis ao projeto nem acesso aos computadores do Ministério do Planejamento. Só muito depois descobri que, para eles, era demais aceitar de um estrangeiro uma fórmula para sua revolução.

Apesar desses embaraços, trabalhamos muito no Centro. Principalmente assessorando o cooperativismo peruano, que assim se instalava nas grandes fazendas nacionalizadas, como as de produção de açúcar, e aglomerando as propriedades rurais médias para modernizá-las e fazê-las mais produtivas. Colaboramos também nos projetos de regulamentação da propriedade social e da participação dos trabalhadores no núcleo das empresas urbanas. Contávamos para isso com uma equipe competente, com uma biblioteca e com um serviço editorial, providos pela OIT.

Percebi outra posição antagônica falando com o general Leônidas, autoridade superior do Sinamos [Sistema Nacional de Mobilização Social], órgão de condução ideológica da revolução peruana. Eu dizia a ele tão somente que o verdadeiro povo peruano era o povo incaico do altiplano, com sua língua e costumes próprios, que tinha sobrevivido a quinhentos anos de opressão e não seria erradicado nunca. Dizia ainda que Lima era uma praça de ocupação espanhola que continuava exercendo o triste papel de opressão europeizada sobre os remanescentes da civilização incaica. Era demais para ele. Calou-se e levantou-se, interrompendo o diálogo.

Soube depois por seu auxiliar mais qualificado, meu grande amigo Carlos Delgado, juntamente com Pancho Guerra e Carlos Franco, que eu forçava portas trancadas. Efetivamente, para mim a revolução peruana se justificava principalmente como o primeiro gesto de restauração do incário, a grande civilização sul-americana, o que é pouco assimilável para a maioria da intelectualidade peruana. Os cientistas sociais acham que seu caminho é uma modernização que force os índios a deixar da mania de ser índios para compor, com os peruanos europeizados, uma espécie de Uruguai do altiplano. Os próprios linguistas acham que não há uma língua quéchua, mas vários dialetos inassimiláveis uns aos outros. Eu argumentava que em toda parte um dialeto se sobrepusera aos outros para ser a língua nacional. Foi difícil até conseguir que publicassem um dicionário geral do quéchua. Tinham também a maior má vontade contra o Instituto Linguístico de Verão, que deixavam trabalhar estudando as línguas dos povos silvícolas, mas criavam obstáculos para ajudar os índios do altiplano a ler e escrever em quéchua moderno.

Nesse ambiente de apreensões saí de férias. Berta, já separada de mim, lembrou-se de que também ela tinha direito a férias na Europa pagas pela OIT, porque são garantidas a toda a família dos contratados. Já em Portugal vi que o que pretendia era nossa reconciliação. Nos hospedamos no hotel de que mais gosto em Lisboa, o York House, que simula, na rua das Janelas Verdes, em Coimbra, uma pousada britânica. Até fechava as cortinas às cinco da tarde, criando ambiente para o chá ou o uísque.

Viajei dali para Coimbra com Márcio Moreira Alves, para fazer uma conferência na universidade. Ao fim de quatro horas de falação sobre a Universidade de Brasília e de respostas a numerosas perguntas, fomos a um jantar lusitano, coroado com o Porto do meu ano de nascimento.

Peguei depois o trem para a cidade de Porto, onde ia dar outra conferência na universidade. De madrugada acordei mal, fui ao banheiro e tive uma copiosa hemoptise. Alarmei-me. Chamei o reitor, que me hospitalizou imediatamente. De manhã, tiraram radiografias. Vi de tarde, na cara trêmula do reitor, que era câncer. Ele negou, mas marcou uma consulta para mim com o principal cancerologista de Lisboa. Dois dias depois estava, às sete horas da manhã, no consultório dele, onde fui anestesiado para que tirasse o material para a biópsia. Lá permaneci algumas horas, ao fim das quais o doutor me disse: "Não é câncer. Trata-se de uma tuberculose antiga que voltou".

Duvidei. No dia seguinte, Márcio me levou para Paris. Lá, com o apoio de Luiz Hildebrando, do Instituto Pasteur, e do Partido Comunista, consegui internar-me no principal hospital de câncer pulmonar da Europa: Créteil. O exame que fizeram ao vivo, arrancando *morceaux* de meus brônquios até encher uma meia taça, me doeu muito. Era câncer mesmo, me disseram numa sexta-feira, marcando a operação para segunda, mas me dando dois dias para brincar. Foi um diálogo feroz, mas disso falarei no próximo capítulo.

CÂNCER*

Eu não me entrego, não...

VIVI COM FORÇA E GOZO MINHA EXISTÊNCIA DE MENINO, de rapaz e de homem-feito, das quais já falei demasiado. Agora — menos tranquilo do que quisera —, ao somar os anos do primeiro cinquentenário, ao término deles, me assalta a ideia de minha morte como uma possibilidade palpável. Disso quero falar.

Esclareço logo que não estou à espera da morte. Quero dizer que não conto com ela nos meses que se contam com os dedos da mão, mas me pergunto se ela não virá, acaso, nos anos dessa mesma conta. O certo é que perdi a inocência com que vivia, com quem devera sempre viver. Aprendi que sou frágil, vulnerável, mortal. E essa experiência somada a outros ensinamentos simultâneos ameaça fazer de mim uma pessoa diferente do que sempre fui e do que quis ser.

Verifico, por exemplo, como é duvidoso que no tempo que me resta por desdobrar exista tempo para que eu faça — no que quer que seja — mais do que fiz no passado. Isso significa que envelheci mais nesses últimos dois meses que nas últimas duas décadas. De fato envelheci de repente, ao constatar em espanto que o importante da vida, da minha vida, é o ido e vivido e não o que está por vir. O velho e amplo leque dos possíveis modos de mim, que se vinha estreitando desde o princípio, agora quase fechou. Sou o que os anos fizeram de mim, em mim e nos olhos dos outros.

Dessa fantasia não posso mais libertar-me. No passado me desfiz e me refiz muitas vezes, tomando novos caminhos e vivendo novas sinas. Assim, o quê? De revolucionário militante — que foi meu primeiro ofício como jovem comunista — saltei

* Anotações minhas dois meses depois da operação, datadas de 15 de fevereiro de 1975.

à carreira de antropólogo e vivi quase dez anos nas aldeias indígenas, dormindo em redes e me exercendo como instrumento de pesquisa.

Depois, me fiz sociólogo da educação, educador, planejador de universidades. O fiz com tal ímpeto e jeito que cheguei a reitor, a ministro e a administrador do governo. Mais tarde, compelido ao exílio, me fiz antropólogo teórico e ideólogo, buscando fundir em mim minhas consciências díspares de cientista de tempos passados com a do político fracassado dos anos mais recentes. Hoje já não me é dado repetir nenhum desses saltos. O tempo que me resta é o de exercer-me ao que me reduzi: aquele que volta, apenas consentido e sob a ameaça de ser mandado para fora outra vez, da pátria e da vida.

Quanto valerá em alegria e gozo esse tempo sovina que me resta? Suspeito muito que essa vida acrescível que carrega consigo uma morte sabida não terá jamais o gosto daquela vida insciente de si mesma que eu vivia, irresponsável, ousada e generosa. Só se pode viver perplexo toda existência que se sabe mortal. Perplexo e assustado. Seja pela estupidez de se descobrir finito, o que devera ser sabido desde sempre; seja pela idiotice de ignorar que o extraordinário, o fenomenal, é viver e não morrer, porque a morte é o modo natural das coisas vivas.

Frente à morte, as pessoas assumem uma de duas atitudes que se oferecem. Ou bem louvam a morte, fantasiando para além dela uma vida verdadeira, ou bem se agarram à vida poupando, usurários, as moedas poucas da fortuna minguante. Em minha consciência da morte não acendo velas místicas nem alento desvarios de gozos tardios. Entristece e põe fogo nas caldeiras da lucidez.

Mas não exageremos. Eu, de fato, não tenho, por agora ao menos, nada da experiência que apenas posso supor daqueles que saem vivos da mesma doença mortal. Meu caso, ou a compreensão nos outros que dele me importa, é como uma fé de que seja benigno o câncer, extirpável por ablação cirúrgica. Temível será a vivência da certeza de uma doença mortal que cresce dentro da gente sem salvação possível. Esse desejo de viver há de inspirar ilusões de curas milagrosas para salvar um resto de vida, qualquer que seja.

Tenho meus achaques de tristeza, e a lucidez me vem em horas como esta. Eu, que me encontro sozinho comigo mesmo moendo a ideia da morte nos meus engenhos mais íntimos — minha reação à ideia de viver debaixo do risco da morte —, sempre enfrentei as ameaças. A de chamar minhas forças todas para investir contra o que me afronta. O medo sempre me veio depois de travada a luta. Era o tremor tardio, o pavor hipotético de ver outra onça saltar sobre mim daquelas pirambeiras. Não estaria ocorrendo o mesmo agora? Enfrentei a ameaça da morte com aquele destemor desvairado que decerto escondia horrores secretos, pavores inconfessáveis. Agora, aqui, questionando na ideia o vivido concretamente nas relações com os outros, é que me pergunto pelas fontes da segurança com que me regi e conduzi aos mais.

É certo, porém, que essa minha última vivência não tem comparação com outras quaisquer. A ameaça com que me defronto não é já como a de uma onça lá fora de mim, com suas presas e garras, mas também com seu couro luzidio, oferecendo-se vulnerável às balas. O que me põe em risco mortal é, agora, a ameaça interior de uma morte autogerada, que cresceu dentro de mim com a força que me rouba. Por longo tempo ignorada, essa morte era um simples grão, menor talvez que uma semente, mas também capaz de crescer prodigiosamente, multiplicar-se no meu peito, abanado docemente pelos ventos do meu fôlego, nutrido fartamente com o sumo de mim, que intumescia rubro e fresco todo o meu pulmão.

Um dia, era já bastante grande para se fazer notar, incomodando. Assim é que se fez reconhecer por um amável doutor Cortez, lá em Lima, como uma bronquite tabáquica que não cederia se eu não deixasse de fumar. Reagi, entre sério e gozador, mas me recordei na hora do diagnóstico de meu velho amigo Lipschutz, que me chamava de irmão, porque éramos ambos da contada dezena de doutores *honoris causa* que a Universidade do Uruguai dera em 150 anos. Um dia me pediu licença para dizer uma coisa íntima, ele era delicadíssimo. Contou então que colecionara todos os restos de cigarro que eu fumava nas horas que passava com ele, todos os sábados. Revira as estatísticas e verificara que, fumando tanto como eu fumava, eu caía já na possibilidade de vir a ter um câncer.

Respondi: "Bobagem, Alejandro, sua missão de fisiólogo é combater o câncer, que é ruim. Não o fumo, que é tão bom".

Mas a bronquite do doutor Cortez me incomodava demais. Deitado só, ou acompanhado, me perturbava aquele feio chiado de gato que a certas horas entravava os ares do meu peito. Descendo a escada do consultório, meio irresponsável, decidi deixar de fumar. Efetivamente deixei. Nos terríveis meses seguintes em que meu corpo faminto exigia fumo eu, vacilantemente, negava. Dediquei-me ao elogio do tabaco, dando pacotes de bom cigarro anglo-egípcio aos meus amigos e dizendo:

"É o único alimento espiritual que existe, vai diretamente ao pulmão e ao sangue, sem produzir merda nem inchar a barriga."

"Nosso é o fracasso de não haver descoberto cigarros bons como o de fumo, inventados pelos índios. Cigarros com virtudes alimentícias, estimulantes. Criariam uma humanidade sem barriga e de amplos peitos, muito mais bonita."

Argumentava mas não fumava eu mesmo. Ocupando-me tanto de não fazê-lo que não via evidência de que minha suposta bronquite continuava roncando. O passo seguinte da revelação se deu em Portugal, interrompendo a festa de alegria do meu encontro com nossas velhas raízes lusitanas, desde sempre ignoradas.

Deixe-me falar um pouco disso, que é assunto melhor do que o câncer. Nunca quisera ir a Portugal nas muitas vezes que fui à Europa. Mesmo quando visitava a Espanha, ali tão perto de Lisboa, não fui lá. Afinal, não me importava que a Espanha fosse franquista, mas Portugal salazarista me enojava. Agora, a revolução dos capitães e dos cravos me doava Portugal. Primeiro Lisboa, tão maduramente urbana. Depois, o Porto e todo o Norte com saudades do meu rei Afonso Henriques que, para nos fundar, lutou com a própria mãe, Tareja, que andava trepando com um rei espanhol. Curti demais ver as áreas dos vinhos verdes e, sobretudo, o Douro dos vinhos do Porto. Também, no extremo oposto, a alegria do Algarve.

Cheguei até o Ouro Preto português: Évora, tão maior, mais velha e bela. Lá me apaixonei pela imagem suntuosa de Nossa Senhora do Ó, que tem uma capelinha em Minas, mas não a imagem. Passei uma hora flertando com ela, olhando sua barriguinha estufada. Ela está prenha de Deus e tem sua mão levantada em saudação comunista.

Portugal também me deserdou mostrando uma praça fronteira à rua das Janelas Verdes, que é o original de uma praça copiada dela em São Luís do Maranhão e que eu tinha por coisa muito nossa. Vi também muita escultura barroca, mostrando os arquétipos do Aleijadinho. Só me consolei quando descobri em Braga uma série estatuária que não se compara com aquela que o Aleijadinho fez em Congonhas. Namorava a ideia de ficar em Portugal vivendo numa aldeia ou reformando universidades, que era o meu ofício. Talvez mesmo a de Coimbra. Sonhos.

Veio depois o susto, caiu-me o céu na cabeça. Depois de uma conferência em Coimbra, aguentei uma ventania frigidíssima na estação de trens. O susto inteiro me veio com uma hemoptise abundante, que tive à noite no Porto. Pela manhã, o reitor da universidade me levou para um hospital. Comecei ali minha peregrinação pelos reinos do câncer. Nunca tinha sido internado e pouco sabia de hospitais. O do Porto era espantoso, grande, povoado de uma humanidade alquebrada e dócil, visivelmente sofredora. O jovem clínico que me atendeu começou pretendendo que era cansaço a debilidade que eu sentia e a hemoptise seria psicossomática.

Outra foi a atitude quando, reveladas as radiografias, viera me dizer que eu tinha o que chamavam infiltrações no pulmão. Fizeram outras radiografias — às dezenas, em disparos sucessivos de metralhadoras — ou em tomadas simples de *close up*, frente, costas, lado direito e lado esquerdo. O reitor estampava na cara um pavor pânico, negando o que foi se tornando evidente para mim: câncer. Fiquei dois dias mais escarrando em tubos e sendo sugado nas veias. Afinal vieram os chefes da clínica e da cirurgia para me falar da doença. Fizeram muitas perguntas, e um professor que vivera no Brasil, assustadíssimo, disse que já passara por isso, uma tuberculose senil de que custara a livrar-se. Um deles, Estevão Pinto, com sua cara sagaz, me alertou a dar um passo mais na percepção de que alguma coisa muito grave me ocorria. Contou-me do zelo extremo que punha no seu diagnóstico de tuberculose, que ele dera com reticências, advertindo cuidadosamente que, no meu caso, ele voltaria *incontinenti* para o meu país (Que país é o meu, doutor? Exílio peruano, talvez.) e o conselho de que me fizesse ver por um especialista de Lisboa, o melhor de Portugal, para que me fizesse uma broncoscopia.

Lá fui eu de trem para Lisboa no comboio da tarde, tomando uma garrafinha de vinho do Porto. Puxei conversa com uma jovem e linda estudante de medicina. Era comunista e me falou horas, entusiasmada, de suas tão recentes como empolgantes vivências de militante política. Alentei tanto a menina a falar porque estava cheio de nostalgia por tudo o que ela me recordava de mim mesmo e do Brasil, do mundo de 1945, em que eu e os de minha geração vivemos o entusiasmo político que os portugueses estavam vivendo agora, cheios de generosidade e de esperança.

A notícia da enfermidade chegou antes de mim a Lisboa, e os poucos amigos que eu tinha ali me cercaram, solícitos. Um português idiota me telefonou para dizer quanto lhe doíam as crateras que eu tinha no peito. A boçalidade com que eu contestei foi a primeira revelação para mim mesmo do medo que eu vivia de não ter apenas uma tuberculosezinha tratável com hidrasida.

No dia seguinte, uma sexta-feira, fui à clínica do tal médico competente. Ele me deu anestesia completa e fez a broncoscopia. Voltei sozinho ao hotel para esperar o resultado da biópsia, que me seria dado na segunda. Continuei no meu ritmo de almoços e jantares de muito boa comida, regados de vinhos generosos, seguidos de mais bebidas.

Veio afinal o diagnóstico, da forma mais tranquilizadora. Ouvido primeiro pelo telefone, depois lido no consultório. Era toda uma contestação peremptória de um diagnóstico indizível de câncer. Não era câncer, seria uma tuberculose, ainda que não se encontrasse bacilo de Koch no meu escarro. Com o diagnóstico veio a receita e um pacote de remédios. Eram variantes da hidrasida em quantidades bem dosadas, que ele me dava temendo que na choldra americana para onde eu ia não tivessem o remédio.

A negação de meu temor foi menos gozosa do que decepcionante. Tanto que eu nem quis ver o médico. Saí depois de receber o diagnóstico escrito da mão da enfermeira. Decidi logo ir a Paris para ali tirar a limpo essa tuberculose sem bacilo, tão contrastante com os olhares de pânico que surpreendi no reitor e nos outros. Começava a me familiarizar com o terror que uma simples suspeita de câncer provoca em todos. Ninguém fala dele nem quer ouvir falar, como se a negação da suspeita exorcizasse demônios cancerígenos. Esse confronto de silêncio e de medo só cresceria daí em diante nos médicos e enfermeiros, espantados de que eu chamasse pelo nome o câncer que teria escondido dentro de mim.

Fui para Paris, a bela cidade que sempre me foi tão grata e se oferecia, agora, debaixo das brumas de dezembro, cinzenta por fora como eu estava lá dentro. Fiquei na casa de Márcio, falando pouco de minha preocupação, que nem com Berta discutia claramente. Mas me distraí muito brincando com a guria da casa, de dez anos, Leonor. Ela não cansava de espantar-se com o meu trato ao querer montar a cavalo nela e não aceitar o contrário, além de chamá-la vovozinha e querer que ela me tratasse como seu neto. Gostava muito de cantar comigo: "Merda, bunda, bosta/ Só quem come gosta!".

Falávamos horas de nosso tema predileto: que ela e todos nós somos pobres dispositivos de conversão de matéria. Só comemos coisas boas, como chocolate, para transformar tudo em merda. Calculamos o monte de merdas que ela já teria cagado em sua curta vida e também o que cagaria quando alcançasse a idade da avó dela.

Mas tinha que cumprir meu objetivo e, afinal, fui ter no hospital especializado, Créteil. Ali conheci, primeiro, um simpático doutor que se encantava com a hipótese de que eu, como ocorrera com ele, vivesse a experiência de reviver uma antiga tuberculose. Lá estive internado vários dias e fui visto por uma dezena de médicos, quase todos estudantes de pós-graduação. Eles me examinavam incansavelmente sob a orientação meio circunspecta, meio gaiata de uma jovem médica muitíssimo boa, cujas enfermeiras se divertiam com a minha dificuldade de expressar-me em francês. E também com meu vexame quando, duas vezes ao dia e duas à noite, vinham me enfiar um termômetro no cu.

Fui perscrutado tanto pelas rajadas de raios X quanto por múltiplos exames de laboratório e, finalmente, por uma broncoscopia de açougueiro. Ao contrário do sábio português, essa foi feita com anestesia local apenas. A sensação que tive foi de que me metiam um trator pela goela adentro. Afinal, dias depois, vi o resultado, comunicado em uma sala onde estavam mais de vinte médicos, cada um dos quais me havia examinado, repercutido e cheirado de todas as formas.

Isso foi na manhã mais fria que vi na França, de uma chuvarada dezembrina espessa e fria. Eu estava no hospital com Luiz Hildebrando, que veio ajudar-me depois de horas debaixo da chuva. A cena da revelação foi nada mais do que histriônica, e me dei a clara noção de como os médicos são ainda mais ritualísticos do que os advogados. Entrei na sala com o ânimo de que ali se decidiria o meu destino. Vinha me dizendo nos dias anteriores, e mais intensamente ainda nas horas da longa espera, que era improvável um erro de broncoscopia — da broncoscopia portuguesa, tão clara na afirmação de que eu não tinha câncer. Eu sentia e sabia e sofria isso. Afinal, ali, me seria dita a verdade inteira. Verdade tão emocionalmente esperada que só teria sentido se confirmasse minha suspeita de que era um câncer. Negar me daria o mesmo sentimento de frustração que experimentei em Portugal.

O médico-chefe me mandou sentar na mesa de exames frente aos jovens médicos, de costas para umas vinte radiografias que eles estiveram examinando. Pediu gentilissimamente que eu tirasse o casaco e a camisa e me auscultou. Mandou que eu dissesse 33 em francês, que é muito mais vibrante, e comentou, afinal, depois de levantar a minha pálpebra: "O senhor me parece pálido".

Respondi que seria, talvez, por ser mulato, e ri amarelo. Ele levantou-se com ar de quem não aprecia piadas fora de hora e foi sentar-se frente aos médicos. De lá me disse pausadamente que haviam feito todos os exames recomendáveis no caso, chegando à conclusão de que cabia uma pulmonotomia direita total. Pedi confirmação, com receio do meu fraco entendimento do francês, e ouvi dele o estribilho: "Ablação total do pulmão direito".

Pedi claramente ao médico o diagnóstico do que o levava àquela constatação. Ele começou dizendo que eu tinha um tumor brônquico, mas frente à minha exigência de que desse o resultado da biópsia realizada com o material da broncoscopia, trocou olhares com Luiz Hildebrando, que disse a ele: "O senhor pode dizer a ele todo o resultado".

Veio então a revelação, se é que me lembro exatamente: "Carcinoma isomórfico tanostálico".

Eu traduzi o grego afrancesado do médico em voz alta para conferir com Luís: "É câncer fechado e mortal". "É."

Quis então fazer um negócio, uma trapaça, se possível. Propus ao médico que em lugar da operação me desse medicamentos que garantissem cinco meses de vida lúcida. Não precisava de mais. Ponderei que isso me parecia melhor que a aventura de uma operação que poderia ser a primeira de uma série, no curso da qual eu perderia o comando de mim. Ele retorquiu que não havia como fugir da operação, que o tumor dentro de mim estava vivo, era uma bomba e a qualquer momento podia comprometer outros órgãos, tornando-se mais grave. No diálogo que se seguiu, o médico me deu suas estatísticas, não em números, mas em ponderações verbais. O meu caso era mais favorável que outros. Na maioria dos casos, 60% (?), se obtinha êxito total. Perguntei se esse êxito tinha a forma de dois anos de sobrevivência.

"Não, nesse caso o senhor não morrerá desse câncer, que terá sido totalmente extirpado", respondeu.

Explicou depois que para outros casos, menos felizes, contribuía fundamentalmente o estágio de desenvolvimento do tumor, o estado físico do enfermo e a concomitância de outros fatores. Disse, afinal, que no meu caso eles enfrentavam a operação com tranquilidade. O obstáculo seria removido, desde que me reinternasse logo para que a cirurgia fosse realizada com toda a urgência. Para isso já teriam a equipe cirúrgica preparada e a operação podia realizar-se nos dias seguintes, se eu ficasse no hospital para isso.

Não quis ficar. Adiantei que talvez decidisse fazer a operação no meu país e pedi que preparassem um relatório do resultado dos meus exames para que eu pudesse levar comigo. Seguiu-se um debate entre o médico-chefe e Luiz Hildebrando. Ele advertira que não se devia dizer a um intelectual que tinha câncer. "Intelectual não resiste a isso. Este homem vai se suicidar."

Assim, foi feita a minha vontade. Saí do hospital. A grande surpresa na saída é que a gerente de lá não quis saber de dinheiro, cheque ou cartão de crédito. Naquele hospital nunca ninguém tinha pagado uma conta. Eu devia dar a ela o nome de minha seguradora, que eles cobrariam a ela. Como eu disse que não tinha, ela informou que bastava dizer onde eu trabalhava que com isso ela se arranjaria. Afinal, me lembrei de que minha empresa era a Organização Internacional do Trabalho. Bastou isso para minha conta de uma semana de internação e de todos os exames que fiz ficar quitada.

Saí com Luís buscando um táxi, debaixo da chuva. Depois de chegar a Paris ríamos, nos esquivando da chuva, para não falar do indizível, até nos familiarizarmos com ele. Decidimos primeiro comer e beber bem, num restaurante que Luís conhecia. Chamamos Berta para comer conosco. Minha sede era maior que a fome, mas ainda assim comi com gosto. Ali dissemos a Berta, sem entrar em detalhes, que o que eu tinha era câncer. Pedia que ela fosse para o Brasil com toda a urgência preparar minha viagem para lá. Eu teria que ir para Santiago para, de lá, pedir autorização para minha entrada, a fim de operar-me de um tumor benigno no brônquio. Viajamos dois dias depois, ela levando todos os exames para o Rio, eu direto para Lima. Viajei tranquilo, aproveitando as longas horas de solidão para pensar-me a mim mesmo, como destino. O que fora, o que fizera, o que seria e faria. Comi e bebi a refeição da noite e dormi com gosto quase até Caracas. Entrei no novo dia descendo pela costa do Pacífico.

Cheguei numa sexta-feira à tarde, ainda a tempo de telefonar para o Centro e a uns poucos amigos que logo vieram ter comigo. Querendo mostrar-me espontâneo e animoso, eu os assustei, porque essas atitudes não eram conciliáveis com a inconveniência de dizer logo de saída que um câncer me comia o pulmão direito e já o condenara. Vi logo que esse não era assunto dizível ou discutível.

Alterei desde então meu discurso, passando a falar de tumor no pulmão. Meu susto era tão pouco, comparado com o deles, que pude receber e acolher meu amor limenho e tratá-la com o quente calor de sempre, achando em mim a vontade e a força de falar da doença antes e depois do amor. Ela, impávida, me amou e me ouviu. Se tinha choro que chorar — e soube depois que tinha e muito —, chorou longe de mim. Esse encontro de amor, no meio do turbilhão, foi o instante de paz que vivi naquele tempo de guerra.

Vivera algumas outras horas tranquilas na véspera da enfermidade, sozinho, em Genebra, por uma semana. Lá uma outra amiga, queridíssima, me cuidou. Junto, agora, essas duas ilhas de paz como uma recordação da vida no tempo longínquo em que me vivi. Quando, no futuro, alguém volver, me olhará como um homem comum, sem cuidado de querer tratar-me como doente em risco de morte ou um salvado de incêndio? Vivo bem, mas estropiado. O melhor dessas imagens desgarradoras de mim que li nos outros me foi dada depois da operação, na praia, onde estive com meus sobrinhos, crianças ainda. Um deles, vendo a enorme cicatriz da operação, gritou: "Vejam a marca do tubarão!".

Lembrei-me de um homenzinho que conheci há cinquenta anos no Pantanal, se arrastando sobre couros amarrados nos quadris e que os vaqueiros chamavam de "restos de onça". Fora um caçador profissional, corajoso, que, com um tiro mal dado numa onça, subiu num galho e ela comeu sua bunda. Eu me reconheci como resto de tubarão.

Mas eu falava de Lima, dos colegas do Centro, que chegaram para me ver com as suas caras de espanto: "Câncer!".

Me encaravam como se olhassem um moribundo. Minha saída foi exagerar segurança, rindo da doença e dizendo boçalidades. Nesse papel de irresponsável os consolava. Pensariam talvez: "O coitado nem sabe em que funduras caiu".

Uns poucos viram a tensão debaixo da gauchada. Adivinharam o que me custava afivelar no rosto aquela cara de coragem. Na verdade, eu não sofria muito com a doença propriamente, dor quase nenhuma. Maior incômodo seria o medo da operação, que eu não sentia, ou a angústia metafísica frente ao risco de morte, que me era perfeitamente suportável. Ruim mesmo era a batalha difícil para voltar ao Brasil, não para ficar, como quisera, mas tão somente para ser operado junto de minha gente.

Expus o problema claramente ao embaixador do Brasil: não pedia autorização para retornar a meu país, comunicava que desembarcaria no dia tal, hora tal, no aeroporto do Galeão, onde uma ambulância me esperaria para levar-me ao hospital em que seria esperado. Ele reagiu com uma frieza gélida. Seria tão fácil para um diplomata ser gentil, mas aquele cara encarnava era o inimigo. Queria a minha desgraça. Disse só que me comunicaria a instrução que recebesse do governo. Eu deveria esperar em Lima até que houvesse decisão governamental. Depois quis aconselhar o adiamento da viagem para que houvesse tempo para suas consultas a Brasília. Eu me neguei a adiar, argumentando que o tempo urgia para mim. Nisso, ele me disse da forma mais peremptória e boçal que me transmitia ordens do Golbery: "O senhor está proibido de entrar no Brasil!", gritou como uma ordem.

Disse que me proibia de viajar para o Rio. Eu disse a ele que não podia me proibir de viajar para o Brasil quando tinha já passagem e lugar marcado para partir às duas da manhã daquele dia. O que o governo podia fazer era mandar me prender ao chegar. E esse risco eu corria por minha conta. O resultado foi que horas depois o gerente da Varig me comunicou que fora proibido meu acesso ao avião, por ordem de autoridade superior. Eu me danei, pus diplomacia no jogo, dizendo que eu era um funcionário internacional, tentando obrigar a companhia a me levar. Foi impossível.

Naquela altura, puseram-se em marcha meus amigos. Sobretudo Sylvio e Eduardo, para me conseguir uma alternativa. Em horas obtiveram um visto e um *laissez-passer* da embaixada norte-americana e reservas no hospital mais especializado em câncer. Eu saíra de um excelente hospital francês pelo desejo de ser operado em português e no Brasil. Via com horror aquela perspectiva de ir para Baltimore ou seja lá onde fosse. Eduardo argumentava que a operação nos Estados Unidos seria até mais segura, pelo nível superior de infraestrutura médica. Eu espumava.

Conversei com Berta e combinei que ela viajaria do Rio a Lima na tarde seguinte, para seguirmos à noite para Nova York. À tarde o embaixador me comunicou que fora autorizado meu ingresso no Brasil para ser operado. A condição era de que só recebesse parentes e não desse nenhum tipo de declaração. Viajei. No aeroporto, um automóvel do chefe da polícia política me esperava ao pé da escada, plantado no meio do campo. Vinham a meu encontro o policial, Berta e Mirza, que me explicaram rapidamente a situação. Partimos para o Hospital da Beneficência Portuguesa, onde seria preparado para o internamento pelo médico operador, doutor Jesse Teixeira, na manhã seguinte. Na ida, pedi à polícia que passassem antes por Copacabana, porque eu queria ver o calçadão e a nova praia. Olhei e vi encantadíssimo.

Na Beneficência encontrei Mário, meu irmão, e Vera, minha querida amiga, que passava por irmã. No dia seguinte, comecei a rotina dos exames médicos, das provas de laboratório e das séries de raios X. Confirmou-se o diagnóstico francês, sem a necessidade de nova broncoscopia, e foi marcada a operação para segunda, 26 de dezembro. Então, já confiava no ar profissional e eficiente do cirurgião e começava a sentir nele um novo amigo que eu apreciaria cada vez mais. "Esse é um câncer menino, sem forças ainda para se reproduzir."

Só nos desentendemos diante de uma crônica de Carlos Drummond, manifestando alegria de me ver a salvo do facão cirúrgico. Devia dizer a salvo do dragão do câncer.

Mas nos compreendemos mesmo quando lhe disse com dureza, na sala de radiografias, enquanto revelava uma série delas, o que esperava dele. Não me lembro das palavras exatas, mas sei que lhe disse primeiro: "Desejo esta e somente esta operação".

O meu maior temor era sair daquela cirurgia tão combalido que pudesse cair na situação dos doentes que vi sendo operados sucessivas vezes, até se converterem numa massa de carne só consciente da dor, graças aos recursos da medicina.

Não queria nenhum milagre médico, disse a Jesse: "Deixe-me morrer, simplesmente". Acrescentei depois que, a meu juízo, o que se chama de responsabilidade médica por salvar a vida enquanto isso seja possível é um caso grave de covardia moral — a de não interromper vidas que não são mais que carne pulsando.

Jesse sustentou o diálogo, dizendo-me que só realizava operações quando estava suficientemente seguro das possibilidades de êxito e que agira sempre assim. Também me tranquilizou com a segurança de sua própria tranquilidade: "Creia-me, o seu caso é dos melhores. Vamos ter êxito!".

O mais perturbador desse período foi a nota oficial do governo, comunicando meu ingresso no país em razão de uma enfermidade grave, para ser submetido a uma cirurgia. O segredo do meu câncer, tão guardado até de mim, saía em letra de fôrma em toda a imprensa brasileira e foi repetido no estrangeiro, fazendo sofrer muita gente querida. Meu esforço para tranquilizar os que estavam junto de mim, tive que estendê-lo em cartas a amigos de toda parte: "Câncer para montes-clarense é verruga e se cura com benzeção. O meu é dos bons, uma bolinha maligna fechada em si que, uma vez extirpada junto com o pulmão, dispensável, me deixará inteiramente bom".

Imaginem o efeito desses bilhetes escritos na cama do hospital, antes e depois da operação, destinados a dizer que eu estava vivo e menos feliz, mas bom. Dizia a uns que eu não pretendia morrer antes da data que fixaram, 1983, se é que antes não me viesse a ideia de postergar ou desmentir. A outros, que esperava força para lavar os olhos olhando as bundas das mulatas das praias cariocas. A todos, que continuassem contando comigo para o convívio do trabalho pelos anos afora, porque câncer é doença amável que, não matando, vai-se embora. Só perderia o pulmão, que me sobrava.

Não me arrependo de haver voltado ao Brasil para a operação. Tanto por Jesse, que exerce uma medicina do melhor padrão internacional, como, e sobretudo, pelo ambiente brasileiro, que eu revivia depois de anos de exílio. Que é que paga, por exemplo, o gosto de dizer a uma enfermeira mulata e linda que me vinha dar uma injeção nas nádegas que eu só lhe mostraria minha bunda se ela me mostrasse a dela? Onde, na França ou nos Estados Unidos, isso seria respondido com um sorriso de moça sapeca?

Devo admitir, algumas punções me aguilhoam. Quero falar de uma delas que, sem ser a pior, me incomoda todo o tempo. É a presença ostensiva da polícia no corredor de acesso a meu quarto de hospital e na porta do quarto que ocupo nas casas em que me hospedo. Eles dizem, e me convém aceitar a ficção, que apenas me dão a proteção que prestam a personalidades oficiais, como os embaixadores, para prevenir atentados, sequestros ou o que quer que seja. Não é bem assim, anotam os nomes de quantos me visitam, o que espalha uma onda de receios a que só são imunes meus amigos mais amigos. Ninguém, num regime desses, quer confusões com a polícia política. Às vezes criam casos, como um policial que quis impedir a entrada de um dos médicos da equipe de Jesse ou a visita de Gustavo Capanema, de Lúcio Costa e de Oscar Niemeyer.

Mais ridícula ainda, se não fosse tragicômica, foi a dúvida que assaltou o governo de que eu estivesse enganando. Apesar de saberem e talvez de terem visto, porque vieram para o Brasil os resultados dos exames que fiz na França, eles mandaram repetir as tomografias. E o que é mais curioso é que puseram as despesas na minha conta. Chega a ser espantoso o fato de que plantaram um homem deles dentro da sala de cirurgia para testemunhar que minha operação era real. Aquele médico-polícia colocado ali, com conivência do hospital, com sua roupa e sua máscara e o mais que exigiam de assepsia, é o símbolo dessa mistura de despotismo e medo que se vive no Brasil.

Vivo assim debaixo do sentimento de que estou sob prisão, como quando voltei ao Brasil nos idos de 1968-69. Por nove meses fui preso em cárcere do Exército e da Marinha. Então, como agora, a prisão é atenuada por um tratamento de exceção, sobretudo se comparado com a brutalidade habitual da polícia e das Forças Armadas com os que classificam como subversivos. Ou disfarçada, como ocorre agora, com procedimentos enganadores. Mas é sempre prisão, com privação ou limitação à liberdade de movimentar-me, e de ver quem eu queira ver.

Essas limitações ficaram evidentes quando pretendi passar duas semanas em minha cidade, no interior de Minas. Vi, surpreso, que me negavam a autorização para viajar. Aqui, por exemplo, na casa de meu velho companheiro Mello Bastos, onde estou hospedado — esperando que meu apartamento seja devolvido —, eles mantêm dia e noite um policial na portaria, identificando e registrando os nomes de quantos entram para me ver. O pior é quando saio para ir a um restaurante ou à praia, ou para visitar um amigo. O polícia de turno me acompanha, me põe dentro do carro, sentando-se ao meu lado e, se eu me descuidar, até metendo-se na conversa. São cordialíssimos e até humildes, mas eficientíssimos em sua função de me manter debaixo da tensão de que estou preso, vigiado e posto sob suspeita.

Entretanto, eu nunca necessitei tanto como agora desse calor terno da amizade de meus velhos amigos mais queridos. Não vê-los, ou vê-los sob vigilância constrangedora, é dor que me incomoda. Gostaria a cada dia de rever os velhos amigos e amigas, de conferir com eles nossas visões e compreensões, de rir com eles, de comparar nossas perplexidades e dúvidas, todas desencontradas. Talvez ao largo dos cinco, dos dez, ou até dos quinze anos em que não nos vimos, a amizade, neles, tenha arrefecido. Em mim continua como no dia em que nos vimos pela última vez. Quando um deles aparece não comparamos nada de nossas vidas, simplesmente olhamos um para o outro e contamos casos gozados que nada têm a ver conosco.

Debaixo desses reencontros, menos do que eu suspeitava, soava a clave surda da presença visível ou adivinhada do polícia e o que ela representa — a advertência de que estão aqui num tempo emprestado pelos donos do poder. Empréstimo ruim, de mau pagador, porque a esperança e os desejos deles eram que eu viesse para me operar e morrer. Não dá para menos, eu não morri, nem pretendo morrer, o que os decepciona a tal ponto que podem a qualquer hora dizer que o tempo se esgotou e é hora de regressar ao desterro. Ocorrerá? Quando? Sei lá! Tudo pode suceder neste país avassalado por um poder que se sabe ilegitimável pela vontade popular. Essa fraqueza política, disfarçada de força na forma de repressão e violência, não pode consentir que gente como eu permaneça aqui. Por quê? Gostaria muito de pensar que eu represento alguma força que eles temem. Mas não convém iludir-me, não sou representante de força nenhuma articulável contra um poderio despótico como este. Seu temor é um simples equívoco de guardiães tão zelosos que não se permitem arriscar nada.

Nem o risco mínimo de deixar ficar e morrer aqui um intelectual insubmisso.

O câncer que me roía os peitos foi ao lixo com o pulmão. Mas não se foi sem antes dizer na biópsia que não deixara metástase alguma reconhecível em gânglio algum.

O medo da morte, que me invadia, desvaneceu-se. Não totalmente, é certo, porque o médico está aí a me advertir que só o tempo dirá ao certo o tamanho do êxito cirúrgico.

"Quanto tempo, Jesse?"

"Cinco anos, nada menos!"

"Ora bolas, cinco anos eu os vivo para confiar que viverei. Sim. Desde que valha a pena esta vida de depois do susto. Valerá?"

A questão, na verdade, é bem mais complicada do que indica a segurança esperançosa dessas observações. As estatísticas mostram que 95% dos casos de câncer do pulmão não diagnosticados precocemente e operados, como o meu, são fatais. O pobre-diabo morre nos cinco anos seguintes. Lendo a estatística ao reverso se vê que tão só 5%, ou um por vinte dos atingidos, conseguem sobreviver. Sobrevivo levando comigo, no espírito e no peito, a marca dessa experiência de conviver com a morte como uma possibilidade concreta, real. Ela surge e me fala com a voz do destino que bate à porta dizendo: "Pare!".

Como seguir andando depois de uma advertência tão feroz? Uma foi formar o hábito de viver insciente de mim, gozoso, frente à ameaça de ser despido de mim. Vejo objetivamente à minha frente, frio, morto, o corpo que eu terei habitado. Não serei eu. Eu não serei, em parte alguma, não serei eu, principalmente no trânsito, fulminante, de gente a coisa. Terá se apagado tudo o que me perpetuava ao sentir e exprimir. Nada que fica de nós depois da morte verdadeira levará lembranças várias que esvoaçam sentimentais por dias ou minutos; por meses umas poucas, quem sabe por uma medida de anos em alguém.

A forma corrente que esse sentimento revela é no temor de ver e sopesar sintomas novos. Há semanas me pergunto, fazendo-me auscultar pelo médico, se esse ronco que me sai do brônquio que restou, uma zoeira e uma tosse irritantes, não estão dizendo que não escapei da ameaça fugindo dela. Mas dói também, como me doerá amanhã, ter de conviver com o sentimento da morte no corpo e na alma, como vida de espera.

Jesse, no último exame, alargou-se em comentários sobre o êxito de minha operação. Disse de passagem que opera tão somente 10% dos doentes de câncer de pulmão que examina. Os outros manda diretamente para os especialistas em quimioterapia ou em aplicação de cobalto. Dos que opera, uma porcentagem grande tem que mandar para radioatividade. Como despertando de uma surpresa e alegria, ele me comunicou que eu não precisaria de cobalto, porque o exame anatomopatológico fora o melhor possível.

Tudo isso significa que vivo — sobrevivo —, por enquanto montado naqueles precários 5%. É bem pouco, como se vê. Tão pouco me inquieta tanto, não por dar o sentimento de que sou uma espécie de fenômeno, como pela suspeita que se instala, no fundo de mim, de que a qualquer hora aparecerá algum sintoma como uma ameaça de morte. Será a hora da verdade. De fato, eu a vivo cada dia nessa busca sem paz de sinais da volta do matador. Primeiro, era a magreza e o cansaço que me impressionavam, até que comecei de novo a engordar. Comecei? Depois, isto é, agora, a tosse me volta, tosse daquela espécie particular que me veio após a operação e consistia no maior suplício da convalescença. Agora não é tão grave, nem muito menos, mas sempre me obriga a um grande esforço para produzir a coluna de ar que expectoro na lata de catarro entalada à volta do brônquio. Amanhã, o que será? Quando vier, se vier, como reagirei? Terei força para investir outra vez? Para lutar contra a ameaça buscando mais operações cirúrgicas que, tirando outros órgãos, me adie a morte? Que sei eu de mim nesses limites que não acabam?

Dor*

Hoje, afinal, me chegou a certeza. A certeza de minha morte certa. O câncer que eu quis atalhar arrancando o pulmão do

---

* Creio que escrevi este texto em 1975, em Lima, por ocasião dos acessos que vêm, inevitavelmente, aos que tem câncer, operam e se salvam. Estão sempre pensando, diante de qualquer incômodo físico, que é o câncer de volta.

peito já alcançou o outro e também a laringe, ou o sei lá o que do fundo da goela.

Sei do pulmão, de experiência vivida, porque sinto o câncer roncando nos foles e nos brônquios que me exaustam. Sei da laringe ou faringe, porque sinto lá minha voz esganiçar-se, arranhando cordas inchadas. Dos brônquios e da goela recebo advertências em forma de uma tosse cavernosa, parecida com a do outro câncer.

Todas essas certezas físicas, palpáveis, vou conferir com o médico para dele saber com quanto tempo posso contar se não me trato nem opero. Tratamento cabível seria a irradiação de cobalto que, para cauterizar o câncer, me queimaria o peito todo e a garganta, deixando um sabor miserável na vida que ainda me reste. Outro seria mergulhar em novas operações, que também não desejo. Que meu corpo se estiole da própria doença, mas não seja escalavrado em sala de cirurgia. Tratamentos quimioterápicos são balelas.

O importante é que tenha de outro médico uma ajuda para viver a vida que me resta, convivendo da melhor forma possível com esse câncer explodido que se espalha. O fundamental é enfrentar todo o inevitável e deixar a morte vir com meu enterro seguro e intenso. Quero dizer que não desejo milagres médicos, desses que prolongam terrivelmente um resto de vida que não vale a pena e a dor de ser vivida.

Hermes me disse uma vez que é merecida toda desgraça de que não se tira proveito. Que proveito eu posso tirar da minha? Ou isto não é bem uma desgraça? Pode ser que não, dependendo de como eu me porte e comporte. Ou será, certamente, se caio na autocomiseração de quem se deplora e implora dos outros amor de piedade. Será também se exagero no sentido oposto de um fatalismo cego, que acabe por amar a desgraça. Qual será o meio-termo?

Não sei. Sei apenas que a vida vale a pena se não dói muito e se não se exigem sacrifícios demais da vida dos outros. A morte é que não é desejável em nenhuma circunstância. Senão talvez a de última porta de escape da dor insuportável ou da incapacidade física que recai na total dependência com respeito aos outros. Ainda assim a morte continua sendo a mera negação da vida, o vazio que não merece por si mesmo nenhuma consideração.

Esta é minha postura, a que tenho à frente, no fim do túnel em que estou entrando agora. Caminharei por ele passo a passo, sabendo que marcho para a porta indesejada. Que ela ao mesmo passo se afaste de mim, esticando o túnel. Mas não existimos apenas eu e a porta, há também a cachorrada do câncer açulada sobre mim, dilacerando minhas carnes. Nessa marcha, a cada passo serei menos eu. Primeiro por subtrações ínfimas como as dos dias de agora, dessa boca do túnel. Depois por nacos maiores, que somados uns aos outros me irão desfazendo.

Quando nessa marcha chegará a hora de pôr um termo? Regras não devem existir, mas é preciso inventar alguma. Ao menos para fazer frente ao perigo de cair numa inconsciência torpe de carnezinha tremente e dolorida, que só quer viver como aqueles pedaços de coração de galinha pulsando nos laboratórios. O perigo está, portanto, em esperar, passivo, que a vida se desfaça em morte pelo apodrecimento das carnes. Ou confiar que o próprio câncer, no seu crescimento à custa de minha carne, se faça tão guloso que afete um centro vital, precipitando o desfecho.

É arriscado esperar, tão arriscado que cumpre forjar um projeto próprio à alternativa "ao natural" para ir ao encontro da porta? Eu quisera, entretanto, um projeto tão discreto que fosse discernível, ou apenas perceptível pelos demais. Quisera também que fosse total, desaparecendo comigo todo inteiro, como se me desfizesse em poeira cósmica. Não gosto de deixar atrás — ou adiante, quem sabe? — um cadáver do que fui eu atravancando o mundo dos outros, o dos viventes, exigindo providências para não empestear tudo. Temo que isso não alcançarei. É pedir demais. Algum incômodo, como o do cadáver de Nava, ou de alguma outra qualidade, como a do defunto de Vinicius, a meu pesar, hei de causar.

Desculpem, mas... merda!

9. TERCEIRO EXÍLIO

MEU TERCEIRO EXÍLIO FOI O DO RETORNO AO PERU, DEPOIS DE OPERADO e salvo do câncer pulmonar. Tudo estava mudado. O presidente Velasco Alvarado, enfermo, irrecuperável de um aneurisma, já não governava. O grupo do Sinamos perdera poder e prestígio. Saíra do governo o próprio general Leônidas, eminência da revolução peruana, e com ele seus assessores mais capazes — Carlos Delgado, Francisco Guerra, Carlos Franco e inclusive o meu diretor nacional, Olinto Ugarte. O meu Centro de Estudos da Participação Social estava com um novo diretor nacional, um sociólogo negro complexado, que seria até simpático se não tivesse sido posto ali para liquidá-lo. O governo peruano havia dado instruções às organizações internacionais, especificamente à OIT, de que não pretendia manter funcionando o meu centro. Só me cabia facilitar a tarefa, encerrando os contratos com o pessoal internacional e fechando a casa que criara sem que ela cumprisse minimamente seus fins. Uma tristeza.

A revirada no Peru é ainda cercada de mistério. Tratava-se não de um golpe, mas de uma contrarrevolução — uma liquidação fria do que o general Velasco Alvarado fizera de revolucionário. A hipótese que levantei e em que ainda acredito é a de que o Peru mudava de posição às vésperas do centenário da guerra com o Chile, em que perdera grande parte do seu território. Militares profissionais, não políticos, denunciavam o governo como propenso a isolar-se. Só podia ter como aliados Cuba e a URSS. Indesejáveis ambos, enquanto o novo Chile de Pinochet contava com todo o apoio militar que desejasse. Acabava, assim, a revolução social dos milicos nasseristas e um novo comando militar reatava o Peru ao atraso, por razões milicas.

Para mim representou o total desastre de um dos projetos mais ambiciosos que elaborei, minha revolução cibernética não ideológica, filha dos computadores e da matemática, da simulação numérica. Se mesmo com Velasco Alvarado ela não pudera ser articulada para se pôr em ação, não havia nenhuma possibilidade de que florescesse nas novas condições. Eu, que já era um estrangeiro inventor de modas metido a ideólogo da revolução peruana, passei a ser *persona non grata*.

Expulso do Brasil pela ditadura militar, mal podia ficar no pouso único que tinha no mundo, que era o peruano. A pressão militar para minha saída do Brasil acabou ficando irresistível após seis meses de convalescença. Argumentavam que, para manter minha segurança com os quatro policiais que me guardavam, gastavam o preço da segurança de um embaixador estrangeiro. Isso não podia mais ser admitido. Acabaram convencendo meu advogado, que me aconselhou a sair, dizendo que o temor da segurança do governo era que eu fosse vítima dos terroristas do próprio governo, que não admitiam minha presença no Brasil. Que fazer? Saí novamente para o desterro. Melhor, agora, porque levava no bolso um passaporte brasileiro atualizado e porque negociei o direito de voltar a cada três meses para revisões médicas.

Balançando na corda bamba entre o Brasil, que largava uma ponta dela, e o Peru, que queria soltar a outra, assumi a tarefa de liquidação do centro que criara. Doeu muito, como se fora um suicídio, mas era um assassinato, de que a vítima era eu. Enquanto durou meu contrato, trabalhei mais fora do Peru do que lá mesmo. Fui diversas vezes ao México, ajudando a pensar uma faculdade de educação e de comunicação dentro da Unam e uma universidade do Terceiro Mundo, encomendada pelo presidente Echeverría. Estive também várias vezes na Costa Rica, onde projetei a Universidade Nacional, que lá está como filha minha, longínqua e querida.

Visitei outras vezes a Argélia, em que Oscar Niemeyer trabalhava na arquitetura das novas universidades, onde queriam minha ajuda. Elaborei um Plano Geral de Reestruturação da Universidade de Argel, de modelo propositadamente não francês. Tive ali uma das discussões mais difíceis da minha vida, contra-argumentando com Benaya, ministro da Ciência e do Ensino Superior e homem-chave da segurança da revolução argelina. Eu dizia que a universidade tinha, necessariamente, que criar um departamento de árabe clássico — língua e literatura — e outro de letras árabes modernas, em que se trabalhasse o árabe que se fala hoje na Argélia e em outros países. Isso representaria uma revolução equivalente à expulsão do latim no mundo acadêmico europeu, com o que se perdia um extraordinário instrumento de comunicação erudita, mas se dava fala e letras às línguas faladas, o alemão, o inglês, o francês, o italiano. Insistia que essa revolução cultural teria que ser feita no mundo árabe, admitindo que o árabe clássico era uma língua morta, para ser cultivada em meios acadêmicos, mas as ciências e as carreiras profissionais teriam que ser ensinadas no árabe que se falava, o qual ganharia, assim, entidade cultural, deixando de ser uma fala para ser uma língua.

Benaya dizia que não. O árabe para ele era um só e tinha que ser ensinado em sua alta forma clássica. Insisti, chegando a dizer que o próprio presidente da República não falava o árabe clássico, nem o ministro da Educação o dominava, porque vi pessoas os elogiarem pela elegância com que leram discursos em árabe clássico. Todos na Argélia falavam francês. A língua do colonizador continuava presente e imperial e assim continuaria enquanto o árabe vulgar que se falava não ganhasse categoria de língua culta. Benaya me venceu ao final de dias de debate com um só argumento: "Os judeus de Israel falam hebraico".

Bons tempos aqueles, em que eu rolava mundo reformando e criando universidades e travando debates como os da Argélia. Dificílimos para mim, porque tinha que falar através de um intérprete. Felizmente, esse era Heron de Alencar, um dos homens mais competentes deste mundo naqueles tempos.

Vivi no Peru um amor ardente: Lisa. Mulher madura, bela, inteligente. Escultora criativa como poucos. Por anos nos encontramos, dia sim, dia não, às vezes dia a dia, para o amor e a música. Até alugamos uma coisa bem limenha para nós. Não era casa nem apartamento, era um cômodo servido de um pequeno banheiro e uma cozinha minúscula, sem janelas, que se alcançava ao fim de um corredor. A luz e o ar vinham de uma claraboia no teto. Forramos aquilo com tapetes e edredons superpostos e lá pusemos um bom toca-discos. Minha amada era toda musical.

Vi Lisa pedir a cada pedra sua forma. Não só pedir na angústia criadora, mas arrancar. Trabalhava dias e noites na certeza de que lá, no coração da pedra, estava a forma sonhada. Não são formas simples tão somente, são formas articuladas como coisas vivas que existirão, graças às suas mãos, em formas para sempre cativas da pedra, mas soltas, móveis.

Eu passava tardes e manhãs ali, olhando em espanto. Não podia saber o que Lisa queria, arrancando da pedra tanta pedra para que a verdade de cada pedra se revelasse. Cansada, Lisa queria me sorrir, mas chorava exausta, para continuar quebrando, buscando sua escultura de sonho. Assim nasceu, eu vi, de suas mãos, feito de pedra, o *Anel de Andrômeda*, que para Lisa sempre existiu, ela sabia. O desafio era liberar o anel de tanta pedra inútil. Eu vi também nascer o *Círculo prodigioso*, perfeito, mais perfeito pelo badalo que trazia preso e por existir ali tão apegado e tão diferente, mais anelava o anel.

Ali também surgiu a forma, aquela, do que se tem de mais íntimo. Foram duas, aliás. Um membro em repouso, esplêndido. Outro, um talo teso de mármore branco, com um retângulo perfeito nele inserido. Era a alma erecta do primeiro homem que se levantou em seus pés. É espírito feito coisa, exorciza se é tocado, pareceria até trêmulo e carnal se não fosse mármore. Esse era o milagre de Lisa, dar vida à pedra, a fazer vibrar, talvez sofrer, quem sabe.

Lisa tirava da pedra o recôndito, o inconfessável que ela guardava escondido no fundo de si. Enorme era meu espanto de ver saindo da pedra bruta a coisa esplêndida. Sobretudo, o milagre de fazer incomparavelmente belas formas que em si nem são tão perfeitas. Lisa, minha Lisa, com sua geometria dos convexos e dos côncavos, conformava e eternizava a coisa viva.

Os Andes imensos são pedras colossais quase sempre contidas em si, às vezes soltas. Sempre que as olho me lembram Lisa. Seu poder prodigioso de ver em cada pedra a forma que ela esconde. Lisa e seus pedreiros moveriam cada um daqueles blocos imensos e o conduziriam, servil, ao ateliê. Lá, com a arte dela e a velha sabedoria incaica de trabalhar o granito, cada bloco diria a sua verdade, o amor forte e a ternura delicada que lá estão gelados à espera de suas mãos.

Quero proclamar bem alto: "Eu vi!". Eu vi Lisa tirar da rocha andina negra, silenciosa e quieta desde sempre, toda a beleza que ela escondia, mas a seus olhos e ao tato de suas poderosas mãos era visível.

Queria falar mais dela, de suas qualidades e de seus talentos, mas me contenho. Só digo que seus seios pareciam pequenos figos gregos e seu enorme grelo era, ou parecia, o centro do planeta Terra. Um dia o amor passou. É triste, mas isso sempre me ocorre. Rompi com ela dizendo, e era uma meia-verdade, que estava agarrado numa antropóloga norte-americana que encontrei na Amazônia peruana.

Para meu supremo espanto, veio visitar-me em seguida o marido dela. Grande e querido amigo meu, civilizadíssimo. Limpando o suor do rosto, entrou no assunto: "Não faça isso, não. Um amor tão belo como o de vocês não se acaba assim. Lisa está desolada".

Gente civilizada é outra coisa!

Ainda estava no Peru quando apareceu lá meu amigo Glauber Rocha, que sempre me visitava nos meus exílios. Conversamos longamente sobre tudo, mas principalmente sobre um filme que ele queria fazer focalizando Jango e outro sobre o regime peruano. Obrigou-me a falar detalhadamente de tudo. O efeito foi desastroso. Voltando ao Brasil, Glauber disse: "Os gênios da raça são Golbery e Darcy".

Para espanto das esquerdas, ele estava tentando peruanizar a ditadura brasileira.

Recordo-me agora de outro feito de Glauber, quando ele marcou um encontro comigo em Montevidéu, em 1972. Disse a ele uma noite que ia encontrar com o general Seregni, candidato à Presidência da República, na casa do reitor da universidade, com um grupo de políticos uruguaios. Íamos conversar sobre a América Latina. Glauber agarrou-se a mim, insistindo que queria ir também: "Nunca vi uma coisa assim".

Louco que sou, o levei. No meio da reunião Glauber, que estava sentado em uma poltrona uns metros afastado, tirou um baseado do bolso e pitou tranquilamente. O cheiro da maconha invadiu a sala e eu me perguntava se aqueles senhores sabiam o que era. Ninguém disse nada e Glauber pitou seu cigarrinho até o fim e apagou a bagana num vaso de flores.

Muitas outras lembranças tenho do meu querido Glauber, em diversas cidades. A mais comovente foi em seu apartamento, em Ipanema, no Rio. Fui chamado por sua mulher, dizendo que ele passava mal. Encontrei Glauber pelado, chorando convulsivamente. Ele me abraçou dizendo que ninguém tinha fé nele, que estava sozinho naquela cidade. Eu lhe disse que ele era muito querido e respeitado, que eu poria ali, imediatamente, qualquer intelectual que ele quisesse ver. Aí Glauber passou a chorar mais fortemente ainda, dizendo aos arrancos: "As crianças, Darcy. Tanta criança".

A imagem que me vinha era daquele santo que carregara no ombro Jesus menino para atravessar um rio e Ele pesava mais que o mundo. Glauber pôde expressar tão fortemente nós, brasileiros, em seus filmes inigualáveis, porque ele encarnava todo o povo brasileiro em seus séculos de sofrimento e dor. Eu estava no Rio quando Glauber foi morrer lá. Fiz sua oração fúnebre no cemitério São João Batista, rodeado dos melhores intelectuais e artistas que temos. Só disse: "[...] Ele era o melhor de nós".

Era verdade. Se perdêssemos todos os presentes ali, perderíamos menos que com a perda de Glauber. Fomos almoçar na casa de Maria Clara champanhe com siri-mole, recordando Glauber.

Então, eu já estava morando no Rio, minha cidade eletiva, amando meus amores.

10. RETORNO

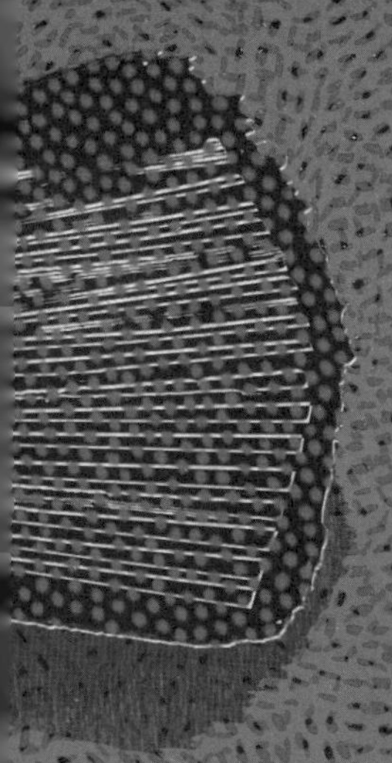

VOLTA

TENHO CERTEZA DE QUE DEUS ESTAVA DE MUITO BOM HUMOR QUANDO fez o Rio de Janeiro. Suspeito, mesmo, que estivesse de pileque. Só assim explico o esbanjamento de beleza que ele pôs no Rio. Pegou uma montanha alta, granítica, e fez correr ao longo do mar, entrando, às vezes, mar adentro, e até saltando em ilhas. Tudo coberto por uma vegetação tropical esplêndida. Abriu espaços entre as montanhas, formando belas várzeas verdes. E sorriu contente com sua obra.

A beleza é tanta que Vespúcio, quando chegou aqui, lá para 1502, se espantou demais. Até escreveu ao santo padre, sugerindo que a terra encontrada talvez fosse o paraíso perdido. O papa gostou tanto da carta que reuniu uma junta de sábios teólogos para dizer se era crível que o paraíso perdido dos filhos de Adão e Eva tinha sido encontrado. Vespúcio fala, eloquentíssimo, das belezas que viu: tanta árvore colorida; tanta planta florida; tantos e tão variados passarinhos cantando. E, no meio de tudo isso, o povo mais bonito que jamais se viu, vestido só da inocência de sua nudez, das pinturas que rabiscava no corpo e de seus adornos de plumas. Um desses adornos fazia de cada índio um rei: era o manto vermelho, largo e longo de arrastar pelo chão, todo feito de plumas de *Ibis rubra*, uma gaivota que sobrevoava a costa em bandos infindáveis. Havia, também, os cocares heráldicos e rosas de plumas em rosácea que penduravam nos ombros.

Essa gente cultivava comidas finas, que nunca se viram, milho, mandioca, amendoim, feijão, cacau e muito mais. Caçava muito e pescava demais. Seu maior gozo, porém, era ficar na praia, vendo as baleias nadando sobre as águas, soprando grandes esguichos de vapor. Ao redor delas, golfinhos às centenas dançavam alegres.

Nos anos e séculos que se passaram desde então, os brasileiros fizeram esforços inimagináveis para acabar com os verdes da mata, para matar a passarinhada, para enfear as terras com suas casas enormíssimas e feiíssimas. Ainda assim, o Rio resplandece como a cidade maravilhosa que encanta qualquer um, como encantou o velho Américo.

Foi com esses olhos meus, bons de ver as belezas do Rio, morto de saudade, que eu voltei à minha cidade para espantar-me outra vez com o seu esplendor. Depois de anos de exílio, minhas chegadas ao Rio foram as grandes alegrias de minha vida. A maior de todas foi, afinal, aquela em que vim para ficar, para aqui me plantar e para aqui viver o resto de meus dias.

Voltando ao Brasil em 1976 para aqui me fixar definitivamente, depois de tantos anos de exílio, vi logo que o país se dividira, mais cruamente ainda, em diferentes ordens de gente. A primeira diferença que me saltou à vista foi a que separa os que já comeram, sobretudo os que comem há gerações, dos que ainda não comeram. Nos bem nutridos são visíveis a beleza, a esbeltez, que admirei extasiado na praia de Ipanema. Os que não comeram, ao contrário, vi exibindo sua fraqueza e feiura em quantidades maiores do que meu coração suporta por toda a Baixada. Meu povo lá de Montes Claros, já meio feio, ficou mais feio ainda. Até as meninas da feira perderam a graça natural da juventude. É o povão que não comeu, quase nunca comeu, mas que nos anos da ditadura comeu menos ainda.

No Rio observei, porém, que os famintos não são os mais tristes. Isso é evidente pela alegria desenfreada que o carioca pobre exibe, sobretudo nas suas grandes festas, como o Carnaval. Alegria provavelmente compensatória da própria fome e da vida azarosa que levam. Os ricos, ao contrário, carregam um ar culposo e umas caras de fastio, de gente enfarada de comer e envergonhada de si mesma. Suas jovens mulheres não, estas são cada vez mais belas.

Outra diferença que salta à vista é a que contrasta e opõe, de um lado, os que estão contentes com o Brasil tal qual é e, do lado oposto, os indignados e os inconformados. Os primeiros, vivendo à tripa forra, estão sempre prontos a dizer que o Brasil está em desenvolvimento. Afirmam peremptórios que, prosseguindo nos trilhos em que estamos assentados, qualquer dia, dentro de alguns anos, não se sabe quantos, mas certamente, o Brasil afinal dará certo. Nosso mal seria a juvenilidade. "Somos um povo jovem", afirmam de boca cheia. A verdade, todos sabemos, é justamente o contrário. O Brasil é cento e tantos anos mais velho do que os Estados Unidos e o que experimenta é uma modernização reflexa, superficial que, se enriquece prodigiosamente os ricos, empobrece cada vez mais o grosso da população.

Duas são as características principais desses brasileiros contentes. Primeiro, sua segurança de que o ruim do Brasil é o povo. Nele estaria o defeito essencial responsável por nosso desempenho medíocre dentro da História. Outra característica, ainda mais nítida, é sua conformidade com a ordem vigente. Não chegam a elogiar a ditadura, mas assumem a postura de quem a entende como um mal necessário. Seus intelectuais até a explicam copiosamente como fruto e produto natural e inevitável de nosso passado, que não é culpa de ninguém. A situação tem piorado ultimamente, admitem, descobrindo de repente os números censitários. Estes nos deixam muito mal, como o país de pior distribuição de renda e maior produção de analfabetos. Mas, para eles, isso se deve principalmente à irresponsabilidade das esquerdas, sobretudo dos governos populistas, acrescentam.

A imensa massa dos marginalizados forma o corpo dos conformados que, vendo o mundo como uma fatalidade, resultante da ação de deuses e de demônios arbitrários, não entendem nem explicam nada. Tratam é de exorcizar-se nos cultos, para sobreviver e talvez até ganhar no bicho.

Não nos equivoquemos, porém, com essa massa de gente pobre e iletrada, afundada na pobreza, cujo saber escasso só se transmite via oral. Ela é a camada mais criativa do Brasil no plano cultural. Quem duvidar disso que preste atenção ao Carnaval e veja o vulcão de musicalidade e fantasia que ele desencadeia cada ano. Ou vá uma vez assistir, no dia 1º do ano, o Festival de Iemanjá, para apreciar ali uma deusa inventada pelo criouléu carioca, em que se sintetiza a sereia dos marujos, as divindades negras da água e a mãe de Deus, na forma de uma deusa afro-grega que faz o amor e propicia a seu povo mais amor.

Tendo no rádio e na televisão seus meios de informação, são doutrinados e envenenados permanentemente, correndo sempre o risco de se alienar ainda mais, tornando-se joguetes na mão dos que controlam esses instrumentos. Isso foi efetivamente o que sucedeu na eleição presidencial de 1989, quando o povaréu votou no candidato que os meios de comunicação construíram, detalhe por detalhe, fazendo crer que se tratava de um jovem e heroico salvador, estilo príncipe de telenovela. Assim surrupiaram, mais uma vez, o poder, pelo controle do Estado, que sempre regeram.

Mais penosa ainda é a postura das classes médias, que aderem francamente ao discurso das classes dominantes, sem resquício algum de consciência própria. No povão, apesar de sua vulnerabilidade, corre um rio profundo, uma consciência histórica que o faz recordar e reverenciar governos populares que se preocupavam com seu destino e que por isso foram derrubados, mas são ignorados e detestados pelas classes médias, que os classificam de populistas.

O que mais me espantou nos dias de meu regresso e imersão no meio de minha gente foi a postura de meus companheiros inconformados e iracundos. Todos estavam perplexos. Muitos dos mais combativos deles, decepcionados com o fracasso da luta guerrilheira, desiludidos da revolução fácil, desbundaram. Outros buscaram novos caminhos de ação, quando não se resguardaram debaixo das asas do partido da oposição consentida, esperando ali tempos mais promissores.

Os reformistas, como eu, ou de orientação social-democrática, entre os quais logo me filiei, tomaram dois caminhos paralelos. Uns, tentando retomar a linha histórica mais fecunda que o Brasil viveu, a do trabalhismo, se estruturaram liderados por Leonel Brizola, no PDT. Outros, oriundos das lutas sindicais, se organizaram no PT, muito proximamente associados às comunidades eclesiais de base, da Igreja progressista.

O sistema ditatorial então vigente, ainda seguro de si, começava a afrouxar espontaneamente as rédeas, abrindo espaço para alguma democratização. Menos movido pela oposição — aqui também não se derrubou nenhuma Bastilha — do que talvez pelo descontentamento que grassava nas tropas, cuja oficialidade já não podia suportar a vergonha em que vivia de não poder sair fardada na rua, pelo ódio que lia na cara de todo mundo.

Acresce que o sistema podia confiar também, naturalmente, na imensa máquina de comunicação que ajudou a montar — a imprensa, o rádio e a televisão —, sabendo que, por seu caráter cruamente mercantil, ela era capaz e estava vocacionada não só para vender refrigerantes mas também para vender ideias e entorpecimentos. Não menor era sua confiança, que provinha de sua capacidade de subornar e de corromper através do clientelismo, do empreguismo e de toda sorte de favores com que a ditadura se habituou a cevar todas as suas cúpulas. As eleições, comandadas pelo poder econômico, asseguravam a reprodução continuada dos órgãos de poder implantados pela ditadura.

Lembro-me bem do espanto que provoquei quando disse, ao chegar, que o governo de Jango não caiu por seus defeitos, mas foi derrubado por suas qualidades. Todos pareciam se haver esquecido de que o próprio governo norte-americano se mobilizara mandando tropas, munições, mantimentos e combustíveis para Vitória, com ordem de invadir o Brasil, para entregá-lo ao governo alçado de Minas Gerais, em Belo Horizonte. Vale dizer, a direita tinha aceitado o risco de uma guerra do Vietnã no Brasil, e os Estados Unidos ousaram preparar a própria invasão, tal a oposição que faziam ao governo Goulart, pela ameaça que ele representava de uma reforma agrária aterrorizante para a reação interna e de um controle dos capitais estrangeiros, inadmissível para os norte-americanos e para outras centrais do capitalismo internacional.

Foi também de espanto a reação que provoquei recordando que Jango esteve à cabeça do governo mais popular que existiu no Brasil e que podia perfeitamente ter resistido, se aceitasse a guerra fratricida. Ninguém percebia que Jango, com seu reformismo, foi o governo mais avançado que tivemos, aquele que lutou mais fundamente para implantar as bases de um Brasil novo, capaz de gerar uma prosperidade extensível a todo o povo. Embora reformista, ele foi percebido, sentido e temido como revolucionário, provocando uma contrarrevolução preventiva para impedir a execução das reformas de base que estavam sendo levadas a cabo. A esquerdinha, em sua eterna ingenuidade, só admite uma revolução pronta e perfeita como nunca sucedeu em parte alguma, dizem eles próprios. Enquanto não se alcança essa tola utopia, se opõem com horror a todo reformismo, preferindo entregar-se à direita como exóticos mas fiéis serviçais da ordem.

Durante mais de duas décadas, uma barreira de silêncio pesou sobre esses fatos, a ponto de interromper a sucessão histórica natural que teria dado continuidade à postura política predominante em 1964. Barreira não só de silêncio, mas também de calúnia e desinformação, uma vez que todos os grandes jornais e toda a imprensa falada e televisiva se mancomunaram para negar a história real e colocar em lugar dela uma ficção enobrecedora da ação golpista dos militares, que se deixaram subornar pelos norte-americanos para dar o golpe anticonstitucional que interessava aos latifundiários e às empresas internacionais.

Tiveram êxito, sem dúvida alguma. Tanto assim que se criou no Brasil uma geração intelectual de mulas sem cabeça que, desconhecendo o passado, flutua fora da História. Os mais espertinhos inventaram as teorias mais inverossímeis para explicar nossa realidade e legitimar sua postura. A principal delas é a teoria do populismo, que descreve os governos que mais lutaram pelos interesses do povo e do país como irremediavelmente ruins porque, sendo demagógicos e antirrevolucionários, operariam como sustentadores da ordem vigente. Os teóricos do populismo não veem a realidade da História. Ao contrário, descrevem o governo de Getúlio Vargas como totalmente detestável, porque fascista, e o de Jango como repulsivo, porque populista.

Trata-se, evidentemente, de uma falsificação. Mas ela foi tão repetida através dos anos, com tais ares de unanimidade, que ganhou foros de verdade incontestável, porque incontestada. O máximo que se pode alegar em favor dos que a repetem é sua insciência, mas em muitos casos se trata mesmo dessa coisa irremediavelmente classe-medista que é a hipocrisia política. No passado, um falso liberalismo posava de progressista, escondendo que sempre esteve de acordo com a legislação vigente, que legaliza o latifúndio e privilegia o capital estrangeiro, opondo-se sistematicamente a qualquer reforma e promovendo golpes militares sempre que se sentia ameaçado.

Costa e Silva fez inscrever na Constituição da ditadura nada menos que a Declaração dos Direitos do Homem da ONU, exatamente nos anos em que mais se torturou e se matou no Brasil. Agora, são os porta-vozes da teoria do populismo que, simulando esquerdismos, desmerecem qualquer tentativa concreta de promover reformas estruturais, do mesmo modo que se opõem a todas as revoluções reais que ocorreram no mundo. De fato, eles só estão a favor é da ordem vigente, o que, sendo inconfessável, os obriga a tais malabarismos. Atuam e falam como se exigissem que Getúlio fosse um Lênin, ou que Jango fosse um Mao, e Brizola algum Fidel, numa politicologia de samba do crioulo doido.

O certo é que, cultivando um velho ódio herdado do udenismo contra todo líder respeitado pelo povo, se juntam à reação, que também os odeia. Nessa insanidade, chegam a ver e querer que se vejam governos populares derrubados pela reação em contrarrevoluções preventivas em 1954 e em 1964 como meros populismos.

A expressão poderia até ser útil se designasse governos essencialmente demagógicos, que aliciam o voto popular tudo prometendo em seus discursos, tão só para uma vez no poder fazer a política da velha classe. Mas é tão só um absurdo teórico quando aplicada aos movimentos populares reformistas e a seus líderes, responsáveis pelas grandes tentativas registradas em nossa história de reformar as bases institucionais em que se assenta o poderio das classes dominantes. Absurdo, aliás, muito útil como instrumento ideológico do sistema. Sobretudo quando atingem as raias da bobice nos textos em que afirmam que nada se fez pelo povo no Brasil desde a Abolição da escravatura. Sem querer, assumem uma mistura de socialismo de sacristia, uma espécie de neoudenismo, cujo empenho é criar uma esquerda de que a direita goste: liberal, entreguista, antiestatal e antipopular.

Esses filosofantes da reação não têm, por si mesmos, nenhuma importância. Seus representantes merecem referência aqui tão só pela influência que alguns deles chegaram a ter sobre o Partido Trabalhista, ameaçando contaminar alguns de seus quadros combativos com sua postura de mulas sem cabeça, que não têm nenhum apreço pelas décadas de lutas sociais do povo brasileiro nem pelas importantes conquistas alcançadas nesse período.

Colocadas nessa terra de ninguém, tendo uns mulas sem cabeça como pastores, essas novas lideranças correm o risco de se desbrasileirar para se fazer herdeiras bastardas da ideologia sindical ianque, esquecidas de que as instituições sociais não se transplantam e de que nossa tradição nesse terreno, como em muitos outros, é totalmente diferente e só pode ser mudada a partir de seus próprios conteúdos. Refiro-me especificamente à luta travada por eles contra o imposto sindical, que é a maior conquista social brasileira, e contra a unidade sindical, que dá forças às lutas operárias.

Tudo isso seria de somenos se os mulas sem cabeça não ameaçassem constituir o principal impedimento à confluência dos dois movimentos sociais mais importantes do Brasil moderno, que são o PT e o PDT. Um deles representando as aristocracias operárias sindicalizadas das grandes empresas, que compõem uma das principais forças potencialmente transformadoras da história brasileira. O outro, a do trabalhismo getulista e janguista, que ascendeu agora ao socialismo democrático para retomar as lutas históricas, nas quais os seus quadros sofreram mais perseguições, prisões e cassações do que qualquer outro corpo de protagonistas do quadro político brasileiro.

Essa confluência é indispensável porque através dela é que se irá construindo a nova esquerda, armada, afinal, da consciência crítica de que o Brasil necessita vitalmente. Primeiro, para se capacitar a ver-se a si mesmo como problema, diagnosticando as causas do atraso, responsáveis pela miséria. Mas sobretudo para, a partir dessa análise realista, encontrar as brechas da História que nos permitirão concretizar a revolução brasileira como empreendimento concreto, nosso, que se faça aqui, sobre nosso chão, abrindo perspectivas de transformação capazes de beneficiar, aqui e agora, o grosso da população brasileira, até hoje marginalizada.

Tão contrastante é essa massa imensa, afundada na pobreza, com as minorias privilegiadas que formam uma espécie de país rico dentro do paisão faminto, que cabe perguntar quem é marginal no Brasil. Se marginais são os 60% de brasileiros paupérrimos ou se marginais são os que compõem a parcelinha de 1% dos super-ricos, legítimos representantes atuais da velha classe, desde sempre infiel ao Brasil e ao seu povo. Esses "marginais" é que mais uma vez nos venceram ontem, conspirando e torturando, e nos vencem agora, subornando, mistificando.

Espanto

A DITADURA MILITAR, NOS SEUS VINTE ANOS DE DESPOTISMO, TUDO degradou. O que era bom estragou. O que já era ruim piorou. Na economia, de milagre em milagre, empobreceu impiedosamente o povo já miserável, e enriqueceu nababescamente os capitalistas parasitários da especulação e seus associados das empresas estrangeiras.

No plano político, a ditadura desmoralizou tanto os partidos como seus próceres, a maioria deles já imprestável. Acabou até mesmo com os partidos que a apoiavam para criar novos partidos, ainda mais submissos. Todo político com o mínimo de dentes para morder e postura eficazmente combativa foi cassado. Só ficaram no cenário os desdentados, tanto no partido oficial, governista, como na oposição consentida, lambendo o poder com as gengivas.

No plano cultural, a ação da ditadura foi um descalabro. Os brasileiros mais lúcidos foram exilados ou, ficando aqui, se viram confinados e impedidos de exercer qualquer influência. Deixaram assim de multiplicar-se em novas gerações de pensadores, de cientistas e artistas criativos, competentes e fiéis a seu povo.

As antigas universidades federais se viram degradadas, entregues aos piores quadros de seu corpo docente, cujo reacionarismo excedeu mesmo o dos protagonistas militares da ditadura, como ocorreu na Universidade de São Paulo. A Universidade de Brasília, esperança maior da intelectualidade brasileira, foi avassalada. Quase todos os professores altamente competentes que levei para lá se viram compelidos a demitir-se e a sair em diáspora para não se ver condenados à convivência com a opressão e o opróbrio. A prata da casa chamada para substituí-los fez a universidade descer a níveis de macega goiana.

Simultaneamente a esse assalto às universidades públicas, foram abertas as porteiras para quem quisesse fazer do ensino superior uma traficância, montando sua escola. Criou-se desse modo um proletariado magisterial e estudantil e um ensino superior de descalabro, do que o melhor que se pode dizer é que, na quase totalidade dos casos, os professores fazem de conta que ensinam e os alunos fazem de conta que aprendem. Essa triste simulação de vida acadêmica, que envolve a imensa maioria do alunato e do professorado brasileiro, é extremamente perigosa dentro de um mundo em que a linguagem da civilização é a ciência, cujo domínio é indispensável para que um povo exista para si mesmo e realize suas potencialidades.

A imprensa se concentrou em poucos jornais figadalmente fiéis à ditadura e ao patronato, em que o espírito de empresa arrasou com o sentido de missão do jornalismo clássico. O rádio e a televisão expandiram-se prodigiosamente, fazendo da totalidade do povo brasileiro o seu imenso público não para servi-lo, interpretando seus interesses e expressando seu espírito, mas para explorá-lo como mercado.

Nessas circunstâncias, os novos instrumentos de comunicação de massa, tecnicamente de uma modernidade e eficácia admiráveis, se converteram em instrumentos de alienação cultural, nos quais só se considera bom o que é bom para vender mercadorias, sem o menor resquício de dignidade moral ou de responsabilidade social.

A situação chega a ser tão escandalosa que eu disse uma vez que o senhor Roberto Marinho é conivente com cada crime de estupro, dos que ocorrem no Brasil em número crescente, tal é a incitação ao erotismo de sua cadeia de televisão. Mais grave ainda, sobretudo para a juventude, é sua irresponsável incitação à violência e à criminalidade.

Pior que tudo é a irresponsabilidade ética e política de seu proprietário, que declara com toda a desfaçatez que acha legítimo tratar a concessão pública de canais de televisão não só como um negócio lucrativo, mas como um instrumento político de conformação da opinião pública. Assim foi, assim é. Ontem, para dar todo o apoio à ditadura, sem questioná-la jamais. Hoje, para apoiar as candidaturas de sua preferência, exatamente aquelas que mais se afastam de qualquer sentido e responsabilidade social frente à população e de qualquer sentimento de nacionalidade.

Minas

Quando voltei do exílio dei uma vasta volta por Minas. Queria ver minha terra, minha gente. Abraçá-los, comovido. Primeiro fui a Montes Claros ver mamãe, minha família, acompanhado de jornalistas que iam em avião próprio, porque eu não os queria comigo. Eu era notícia, então, como exilado voltando para casa.

Em Moc ocorreram mil episódios gratificantes, almoços, serestas. O melhor foi conviver com mamãe. Ver com ela, mão na mão, as novelas de televisão. Era quando mais intimamente convivíamos. A uma velha ninguém conta nada. As netas chegam alvoroçadas, dando fortes abraços e beijos estalados e lá se vão viver suas vidas sem ouvir nada, sem contar nada.

Aprendi então que a novela, um gênero inteiramente diferente do cinema e do teatro, é, de fato, uma forma de convivência. Mamãe sabia tudo das novelas. Conhecia intimamente cada personagem, acompanhando diariamente suas vidas românticas e dramáticas, inclusive seus amores, de que ela me dava notícias detalhadas. Tinha inegavelmente muito mais intimidade com eles do que com seus netos e toda a gente de entorno.

Outro episódio recordável de meu retorno foi a visita que fizemos, mamãe e eu, a um fazendeiro nosso vizinho e amigo de família, seu Lopinho. Ao chegarmos, a mulher dele gritou para dentro no timbre mais alto, para vencer sua surdez, que era eu, o Darcy da Fininha, que estava voltando. Ele contestou lá de dentro: "Não é, não. Ninguém volta do desterro".

Vivi ou revivi minha Montes Claros no que resta dela, afundada que está num povão enorme que a invadiu. Mais gosto tive foi de dormir e acordar na chácara do meu irmão, que antigamente era longínqua e que agora está no meio da cidade, lembrando ali meu velho padrinho, o tio Filomeno, fumando seu cigarro de palha e balançando-se na cadeira preguiçosa. Fartei-me de chupar mangas antigas, tantas que eu apenas provava cada uma e jogava fora para experimentar o gosto de outra. Revi meu amigo Mauricinho, que envelheceu bem, com cara de homem sério, mas pícaro. Seu amor é, hoje, uma seresta, a melhor da cidade. Comi um belo almoço à moda antiga na casa de antigos amigos. A comida era maravilha. Tudo bom demais para quem volta em busca de si mesmo.

Andei depois devagar, revendo bem a Minas antiga, Ouro Preto, Mariana, Congonhas. Lavava meus olhos em suas belas igrejas, seus casarões entelhados, suas ruas empedradas em pés de moleque. Uma noite em Ouro Preto fiz a ronda pelos bares, vendo a gente ouro-pretana e a estudantada vinda de toda parte beber pinga no balcão e cerveja na mesa. Chegando ao segundo bar, notei que alguém me seguia. Inquietei-me. Era polícia de novo a perseguir-me? O suposto policial aproximou-se de mim e disse discretamente: "Eu sei, o senhor é ele!".

Consenti que sim, eu era ele. Tomamos uma cerveja de mesa, conversando sobre a chegada a Mariana do primeiro bispo de Minas. O Vaticano, achando que o Brasil é do tamanho da Itália, mandou o bispo de São Luís do Maranhão descer para Mariana, no centro de Minas Gerais. Ele obedeceu. Foi a pé numa tropinha de mulas, por terra, em terras que ninguém antes tinha pisado. Levou anos caminhando. Já no meio da viagem, fiéis marianenses o acharam e passaram a visitá-lo e a ajudar. Foi recebido com uma festa esplêndida, que está até bem relatada em latim.

Em outra viagem fui rever Diamantina, a Diamantina dos diamantes e do casario antigo. Lá passei dias falando do tcheco que seduziu uma professora para gerar Juscelino, essa beleza de gente. Estiquei viagem para Pirapora. Queria comer surubim fresco e procurar uma mulata que tinha namorado vinte anos antes e de quem fugi depois de um malfeito, com medo do noivo.

Estou sempre voltando a Minas para curtir minha fúria pátrio-mineira, procurando em vão descendentes de Filipe, de Tiradentes e do Aleijadinho. Falso Aleijadinho, digo eu. Nenhum morfético sem dedos, arrastando-se num pedaço de couro, faria as maravilhas que ele fez até o fim de seus longos anos de vida. Isso é notícia falsa de uma nora que nunca o viu e falou dele quarenta anos depois de sua morte.

Emprego

Regressava de doze anos de ausência, se conto como ausência os tempos de prisão e de convalescença do câncer, em que de fato estive exilado. Minha volta causava transtornos insuspeitados. Estando fora, o lugar e posição que ocupava no SPI como antropólogo ficou vazio e fora preenchido por novas sumidades que, naturalmente, se sentiam e se sabiam fazer muito melhores que eu. Tudo bem até aí. Só foi ruim o sentimento que me dava de que para alguns melhor fora eu ter ficado lá fora. Talvez até para mim mesmo, porque fora era bem recebido e louvado, e aqui me sentia excluído.

Leite Lopes tinha suas razões quando disse que a ditadura nos anistiou, mas nossos colegas não. Na verdade, nossos postos estavam ocupados e aparentemente ninguém precisava de nós. O grave é que, com o passar dos meses, caí em angústia de desemprego. Sempre vivi de meu salário mensal e era muito ruim descontar todo mês um cheque dos parcos dinheiros que juntei no exílio. Todas as minhas esperanças de trabalho se frustravam. Minha esperança maior era um contrato de pesquisa para concluir minha série de estudos de antropologia da civilização, mas a única oferta que tive envolvia o financiamento da "Ford Foundation". Isso seria muito constrangedor para alguém visto como ideólogo da América Latina.

Afinal consegui um pouso, que era o encargo de planejar um Museu do Homem para a Universidade Federal de Minas Gerais. Concebi, em poucos meses, o museu, que seria uma exposição da linha da evolução humana que desdobro em O *processo civilizatório*. Consegui mais e melhor: todo um projeto belíssimo de Oscar Niemeyer para o meu museu, o que permitiu publicar ambos os projetos num belo livro.

A ideia básica do Museu do Homem era uma circunferência, na forma de um largo corredor de trezentos metros, ao longo dos quais o visitante veria o desdobrar da humanização e o suceder das civilizações. O lado esquerdo, que dava para uma larga praça central, era fechado. No lado direito se abriam sucessivas salas escuras, em que se veriam projetados, como se fossem de tamanho natural, os temas que se expunham: o alvorecer do homem; as primeiras formas de cultura; as sociedades tribais, exemplificadas com a etnologia indígena brasileira; as chefaturas pastoris; os primeiros estados rurais e artesanais, com as primeiras cidades; as civilizações hidráulicas, exemplificadas principalmente com os astecas e os incas; os impérios mercantis escravistas, focalizando principalmente Grécia e Roma; os impérios despóticos salvacionistas, mostrando o mundo árabe e o ibérico; o capitalismo e o colonialismo e as sociedades futuras.

Tudo isso mostrado visualmente da forma mais bela e expressiva, que permitisse ver os esplendores da Índia ou do Egito, da Grécia ou da civilização árabe. Como se tudo tivesse existido com um objetivo fixo que era criar a civilização brasileira. Esta se exibia como a grande aventura luso-brasileira de criar uma civilização tropical e mestiça. O projeto não se concretizou, lamentavelmente. Mas está tão pensado e exposto nos meus textos e nos desenhos de Oscar que tenho fundadas esperanças de que venha um dia a florescer.

Nisso estava quando veio a Lei da Anistia, em 1979, que me abriu novas perspectivas. Apresentei-me à Funai, que era meu emprego mais antigo, onde trabalhara por mais anos, expressando meu desejo de reintegrar-me ao trabalho. Recebi um não. Declararam que não era conveniente para o serviço público que eu voltasse a trabalhar com meus índios e me deram uma aposentadoria *ex officio* de uma quarta parte do salário que recebem os jovens antropólogos daquele órgão.

Tive mais sorte com meu posto de professor de antropologia da Universidade Federal do Rio de Janeiro, graças ao espírito amplo e democrático do ministro Eduardo Portela. Para não me constranger com um pedido de reintegração, ele mandou-me um telegrama em que me comunicava que, sabendo do meu desejo de voltar ao convívio de meus colegas professores da universidade, determinara minha reintegração como professor de antropologia do Instituto de Filosofia e Ciências Sociais. Para isso, Portela teve que enfrentar toda a boçalidade do SNI, que exigia dele não reincorporar nenhum exilado à universidade. É bom existir gente como meu ministro Eduardo Portela. Seu gesto me reconciliou com o mundo acadêmico brasileiro.

Passei imediatamente a dar aulas no IFCS, onde muita coisa me surpreendeu. Praticamente ninguém sabia nada de mim, senão como um político errado e como um subversivo. Nenhum aluno tinha lido nada meu. Até meus colegas, jovens antropólogos, achavam que eu era descartável. Percebi isso mais cruamente quando verifiquei que alunos que faziam mestrado em filosofia sobre Heidegger e outros sábios nunca tinham ouvido falar de Álvaro Vieira Pinto, o único filósofo ativo que nossa casa havia produzido. O veto ditatorial a todos nós exilados funcionou. Foi interiorizado pela maioria dos professores. São coisas de ecologia, inevitáveis. Uma raça nova, diante do vazio, se expande formidavelmente.

11. REPTOS

Política

A Lei da Anistia trouxe de volta milhares de brasileiros. Inclusive meu amigo Leonel Brizola, que retornou em setembro de 1979. Fui recebê-lo em São Borja, porque ele quis regressar por lá, terra de Getúlio, de Jango e de sua mulher Neuza, irmã de Jango. Foi bonito vê-lo chegar, alegre, eufórico, abraçando toda gente e olhando, comovido, um grande corpo de cavaleiros que vieram em marcha saudá-lo, portando altíssimas lanças embandeiradas. Eu também me comovi.

O Brizola que regressava ao Brasil era outro homem. A ditadura brasileira forçou o governo uruguaio a interná-lo numa praia inóspita, onde era vigiado para impedir que continuasse influenciando na política do Rio Grande do Sul. A reação de Brizola foi totalmente inesperada. Ele pediu apoio ao presidente Carter, dos Estados Unidos, que liderava um movimento mundial pelos direitos humanos. Assim é que Brizola lá chegou como um dissidente, amparado pelo presidente Carter. A partir desse novo pouso, Brizola voltou a crescer. Agora, como um dos principais líderes socialistas latino-americanos. Foi nessa condição que se trasladou para Lisboa, aproximou-se da Internacional Socialista através do patrocínio de Mário Soares, sendo recebido na qualidade de eminente estadista por diversos governantes europeus, tais como Mitterrand, Olof Palme e Willy Brandt.

Seu prestígio na Europa era tão grande que, um ano depois, sentado a seu lado num congresso da Internacional Socialista, em Madri, vi Brizola ser saudado como um futuro chefe de Estado. Constatei ali, uma vez mais, o imenso poderio do carisma de Brizola, que vira exercer-se tantas vezes no Brasil. Carisma é a qualidade daquele líder distinguível entre todos, como se tivesse uma estrela na testa. Os gregos antigos o definiam como aquele que, ao entrar no templo, enche o templo.

Nos anos seguintes de convívio intenso, aprendi a ver e a admirar Brizola pela sua personalidade extraordinária, lúcida e temerária. Ele já era visto pela elite brasileira como seu principal adversário nos idos de 1964; agora o viam com maior pavor, diante da possibilidade de chegar à Presidência da República para lá realizar as grandes reformas sociais, desde sempre postergadas. Brizola é caso único de político que foi eleito governador em dois estados difíceis, o Rio Grande do Sul e o Rio de Janeiro, e que escolheu ser reeleito no Rio de Janeiro. Ele é, a meu juízo, a cabeça mais madura de estadista irredento que temos.

Reintegrados no quadro político graças à anistia, nosso primeiro objetivo foi reconquistar a velha legenda do Partido Trabalhista Brasileiro, legenda historicamente nossa, e que só nós podíamos conduzir com dignidade. Ainda no exílio, Brizola promoveu duas reuniões em Lisboa, a que compareceram tanto exilados como gente vinda do Brasil, com o objetivo de definir o programa do futuro PTB. Escrevi os estatutos do novo PTB e entramos em luta judicial em Brasília contra uma aventureira, Ivete Vargas, que, associada ao general Golbery, disputava a mesma legenda. Ela ganhou. Brizola sofreu tamanha decepção que o vi ficar hirto e chorar quando a notícia nos foi levada, na sala em que, com uma centena de companheiros, esperávamos a resolução da Justiça.

Pouco depois, Doutel de Andrade me procurava para escrever um novo estatuto. Agora para o Partido Democrático Trabalhista, que seria nossa trincheira. Com essa legenda voltamos à vida política. Fui vice-governador do Rio com Brizola, em seu primeiro mandato, em 1982. Nesse período me incumbi da Secretaria de Cultura e iniciei o lançamento do Programa Especial de Educação mais amplo e ambicioso que o Brasil já viu. Posteriormente fui seu candidato a governador do Rio e perdi a eleição em razão do Plano Cruzado, que permitiu a Sarney ganhar as eleições em quase todos os estados. Só Brizola denunciou o Plano. O fez sabendo que punha minha eleição em risco. Mas a um homem de sua envergadura é impossível fazer tramoia, enganando o povo sobre o que considerava um programa mentiroso da Presidência da República. E assim era.

Brizola foi reeleito governador em 1990, e eu fui para o Senado. Nesse período, coordenei a secretaria extraordinária que concluiu os programas de edificação e de formação do magistério para os CIEPs e os ginásios públicos. Em 1994, Brizola candidatou-se à Presidência e fui seu candidato a vice-presidente. Como é sabido, perdemos a eleição.

Fazimentos

Para não ficar no ócio habitual dos vices, Brizola me fez secretário da Cultura, e eu me esbaldei. Contando com seu generoso apoio, fiz horrores. O primeiro foi o Sambódromo, que deu casa à maior festa do mundo, que é o Carnaval carioca, num edifício de quase um quilômetro de comprimento por quase cem metros de largura.

Edificar o Sambódromo foi um tremendo desafio, porque tínhamos apenas quatro meses de prazo e seria terrível entrar na semana de Carnaval sem uma passarela de desfiles. Compreendi logo que teria que assumir a direção total, não deixando que ninguém desse palpite, a não ser Oscar e Sussekind. Como a área da construção estava recheada de toda sorte de instalações, como a elétrica de alta-tensão, a de água, a de esgotos, a de gás, cujas plantas eram muito imprecisas, decidi não olhar nada, mas autorizar as empreiteiras a cavacar livremente e, onde encontrasse uma instalação, cuidar dela. Para isso chamei o secretário de Obras da prefeitura e disse que o colocava na comissão de edificação do Sambódromo, atribuindo-lhe autoridade total. Isso significava que não consultaríamos nenhum dos departamentos especializados da secretaria dele, porque eles fariam atrasar a obra e porque eram propensos a suborno. O homem não queria passar por cima de seus próprios engenheiros, mas essa foi a condição que impus para que sua secretaria participasse das obras. Concordou.

O que quase ninguém sabe é que o Sambódromo não existe. O que existe é um Escolódromo para milhares de crianças em escolas de tempo integral, que empresta sua sede às escolas de samba, na semana do Carnaval. Esse milagre foi possível porque Oscar meteu duzentas salas de aula debaixo das arquibancadas.

Meu Sambódromo tem outras peculiaridades, como um admirável pórtico, que não é porta, mas monumento, e que passou a ser um dos símbolos da cidade do Rio de Janeiro. Fica no fim da avenida dos Desfiles, onde se abre a praça da Apoteose, que um dia Brizola, por equívoco, chamou, diante da televisão, de praça do Orgasmo. Ali se realizam, frequentemente, shows e espetáculos teatrais para um público de 100 mil pessoas. Foi de cima daquele arco que assisti à inauguração do Sambódromo e vi a Mangueira ganhar o Carnaval chegando até a praça da Apoteose, ali realizando uma belíssima coreografia e voltando em seus passos para a área de concentração e montagem dos desfiles. O Sambódromo me tem dado alegrias incomparáveis de ver ali desfilarem as grandes escolas. Quando não posso estar presente, não me desgarro da televisão. Gosto muito de constatar que em sua casa, ano a ano, o Carnaval melhora. Vejo também que os sambódromos se multiplicaram pelas capitais brasileiras, só que idiotas não os construíram como escolódromos.

Ali por perto do Sambódromo, na avenida Presidente Vargas, fiz outras façanhas. Lá edifiquei a Biblioteca Pública Estadual, no edifício funcional Libelo, que se deve a Glauco Campello. Havia ocorrido um pequeno incêndio na antiga biblioteca, muito pequena. Aproveitei a oportunidade para declará-la inviável e construir a nova. Para viabilizá-la, edifiquei-a com a função de coordenar a compra e manutenção das coleções de livros das centenas de bibliotecas dos CIEPs. Assim, pude aplicar o custo de cinco CIEPs em sua construção.

Fiz também, ali perto do Sambódromo, o monumento a Zumbi dos Palmares, cumprindo determinação legal. Só que, em vez de fazer o concurso público que a lei mandava, escolhi a melhor cabeça em bronze do Benim, que tinha visto no Museu Britânico, e a fiz ampliar de quarenta centímetros para quatro metros. Dei, assim, cara ao herói Zumbi, e aos negros do Rio de Janeiro um *alter ego*. As esculturas do Benim são para a raça negra o que as de Fídias são para os brancos helênicos. Imagens ideais de beleza incomparável, que não se encontram andando por aí, senão rarissimamente.

Lá está também, no começo da avenida, a Casa França-Brasil, que montei aproveitando a extraordinária arquitetura que Grandjean de Montigny deu para a alfândega do Rio. Desde então tem funcionado belamente como um enlace de nossos dois países. Para os franceses trará alguma tristeza, com a constatação de que o Brasil podia até ser francês, tamanha foi sua presença nos nossos primeiros dias, se não se deixassem expulsar pelos lusitanos.

Meu fazimento principal, porém, aquele que fez Brizola me chamar de seu melhor executivo, foi o dos Centros Integrados de Ensino Público

(CIEPs), que se desdobraram em ginásios públicos (GPs), e se coroaram com a Universidade Estadual do Norte Fluminense [UENF].

Os CIEPs, mais de quinhentos construídos, são escolões de tempo integral, cada um deles para mil alunos. Cristalizam, pela primeira vez no Brasil, como rede pública, o que é o ensino público de todo o mundo civilizado, que não conhece a escola de turnos, mas só escolas de tempo integral para alunos e professores. Eles preenchem as condições necessárias indispensáveis para que as crianças oriundas de famílias pobres, que não tiveram escolaridade prévia, progridam nos estudos e completem o curso fundamental. Assegurar isso a todas as crianças é o único modo de integrar o Brasil na civilização letrada, dissolvendo as imensas massas marginalizadas de brasileiros analfabetos. Uma pessoa só chega a alfabetizar-se quando alcança e completa a quarta série primária, que é quando aprende a escrever uma carta e a fazer uma conta. Sabendo-se que nada há de mais profissionalizante que ler, escrever e contar, a maior tarefa que se põe aos brasileiros é superar o atraso em que estamos, de um sistema escolar que na maioria dos estados não consegue dar um curso fundamental nem à metade de suas crianças.

Os CIEPs são tarefa relativamente simples como edificação, que Oscar Niemeyer resolveu, magistralmente, projetando escolas de construção industrial, que custam 30% menos que as construções comuns, de tijolo e telha, e podem ser edificadas em seis meses. A tarefa mais difícil da implantação dos CIEPs foi a preparação de milhares de professoras em cursos intensivos de teoria pedagógica e de treinamento em serviço, para se capacitarem a exercer o magistério em escolas de dia completo.

Os CIEPs atendem aos três requisitos básicos de uma educação popular civilizatória, que o Brasil tem que dominar como condição de existência eficaz no mundo contemporâneo. Primeiro, espaços necessários para que alunos e professores possam viver a maior parte dos seus dias, obtendo ali toda ajuda para crescer sadios e vigorosos. Segundo, o tempo indispensável de atenção às crianças, para que elas tenham suas aulas e suas horas de estudos dirigidos atendidas por professoras especializadas, bem como tempo para folgar, realizar esportes e recrear-se. Terceiro, um magistério novo, motivado para a educação popular, que não atribua às crianças pobres a culpa de seu fracasso escolar, mas reconheça que esse fracasso se deve fundamentalmente à precariedade das escolas.

Nossos CIEPs foram implantados quase sempre em dois edifícios gêmeos. Um para atender aos alunos de primeira à quinta série, outro para os alunos de sexta à oitava. Essa separação permitia fazer frente às especificidades do ensino inicial, devotado às crianças de sete a doze anos, e às exigências do ensino de jovens e adolescentes, que têm outras necessidades.

Cinquenta dos edifícios tipo CIEPs foram destinados a ginásios públicos, que atendem aos jovens que completaram a oitava série. Eles também têm possibilidade de estudar em tempo integral, mas podem permanecer só meio período nas escolas, se têm obrigações de trabalho. Os CIEPs e os GPs dão assistência global — educativa, alimentar, médico-odontológica — a seu alunato.

Creio que o maior golpe que sofri na vida foi ver esse programa ser abandonado em plena realização, por puro sectarismo político do governo que nos sucedeu. Tiraram do regime de tempo integral 360 mil crianças — quase todas de áreas pobres, porque foi nelas que concentramos a implantação dos CIEPs — para devolvê-las à rua, ao lixo e à delinquência. Crime paralelo, mais doído ainda, foi pôr fora dos CIEPs 5.600 menores que, por ordem judicial, porque se iniciavam na delinquência, ou para salvá-los do desamparo, foram acolhidos em nossas escolas. Eram cuidados por duas famílias de "pais sociais", cada qual num apartamento especial, onde atendiam doze crianças. A razão declarada da suspensão desse programa educativo e assistencial foi a de que não havia no serviço público a categoria de "pais sociais". Esse argumento burocrático jogou na perdição milhares de destinos humanos, com total desprezo por eles.

Nosso programa educacional coroou-se com o que eu chamei de minha Universidade do Terceiro Milênio, edificada e implantada na cidade de Campos, num conjunto universitário projetado por Oscar Niemeyer e que constitui um dos melhores exemplos de cidade universitária do Brasil. A UENF, como a UnB, já nasceu madura, dando curso de graduação e de pós-graduação, porque surgiu da conjunção de uma centena de pesquisadores altamente qualificados com grandes laboratórios por eles mesmos projetados.

Também a UENF sofre do descaso governamental e da crise financeira que afeta, em nossos dias, todo o país. Brizola havia transferido à UENF uma verba de 60 milhões de dólares, correspondentes a dívidas da Petrobrás para com o Estado, que seriam pagos em vinte meses. Essa verba daria para completar toda a construção do *campus* e o equipamento de todos os laboratórios, fazendo dela o que queria ser — uma grande universidade, capaz de dominar todo o saber e toda a tecnologia mais avançada para habilitar o Brasil a realizar suas potencialidades no próximo século. Uma décima parte disso, ou 6 milhões de dólares, seriam suficientes para completar o *campus*, construindo o grande conjunto integrativo que compreendia a biblioteca, o centro de convivência de alunos e professores e a sede da reitoria e da fundação. Daria até para estabelecer as bases do nosso estádio olímpico, que se abriria nos fins de semana para toda a juventude de Campos. Nem isso nos foi dado. Mesmo estando hospitalizado numa UTI, a situação me preocupava tanto que pedi a vinda do Brizola, que efetivamente foi ver-me. Lá relatei a ele a resistência e a má vontade do governador substituto e do secretário de Fazenda, pedindo sua ação. Brizola os procurou, exigindo que aquela parcela mínima nos fosse dada. Não deram. Seu apreço pela UENF, que coroaria a imensa obra educacional de Brizola no estado, era curto demais para que nos pagassem aquela parcela da verba já concedida.

A UENF é vítima também de um erro meu. Querendo dar maior independência e vigor às autoridades acadêmicas da universidade, liberei o reitor das tarefas burocráticas, criando uma fundação que cuidasse delas. Desgraçadamente, ocorreu lá a sempre temida ditadura dos órgãos-meio sobre os órgãos-fim. A pessoa que deixei encarregada da fundação, valendo-se da mudança de governo, impôs-se ditatorialmente sobre a universidade, dobrando ilegalmente seu mandato e fazendo-se pagar salário maior que o do reitor. São porém males passageiros, que uma universidade feita para viver nas décadas e nos séculos deles se lavará com um banho de lixívia.

Desafios

Tão animados estávamos que, em 1986, me candidatei a governador, certo de que venceria. Sobreveio, porém, o célebre Plano Cruzado de José Sarney que, atraindo todo o eleitorado para uma economia sem inflação, ganhou todas as eleições dos estados. Só uma semana depois o governo confessou que tudo era uma mentira. Mas então já havíamos perdido a eleição.

Fiquei outra vez solto, procurando onde assentar-me. Tive então insistentes convites do governo de Minas Gerais para assumir a Secretaria de Educação daquele estado. Bem sabia que Newton Cardoso me queria como a azeitona da sua empada, mas eu precisava de uma empada para a minha azeitona. Assim é que recusei a Secretaria de Educação, mas fiz criar uma Secretaria de Desenvolvimento Social, cuja tarefa básica seria a implantação de cem CIEPs, financiados pelo estado e por órgãos internacionais. Atendendo às conveniências do governador, não iríamos construir edifícios iguais aos CIEPs de Oscar Niemeyer. Projetamos um novo modelo de escola de tempo integral, arquitetado por João Filgueiras Lima — Lelé —, na tecnologia da argamassa armada, que permitiria construções ainda mais econômicas e rápidas, além de muito belas.

Estava com esse programa em andamento quando verifiquei que o governador desistira dele, sem ter a honestidade de dizer-me isso. Aproveitei um programa longo de televisão que me foi oferecido para denunciar de público que saía de Minas porque ali regia um governo de moleques irresponsáveis. A culpa era principalmente do presidente Sarney, que vetara a construção em Minas de escolas brizolistas e negou-se a dar apoio ao financiamento externo que já tinha sido conseguido para custear nosso programa.

Outra vez de mãos vazias, preparava-me para regressar ao Rio quando me foram oferecidos dois trabalhos. Procurou-me em Belo Horizonte um intelectual francês, Maleurie, acompanhado de um grupo que incluía franceses, ingleses e até um esquimó, para trazer-me uma proposta. Convidavam-me para integrar o Conselho Educacional dos

Esquimó da Islândia, com obrigações de ir lá apenas uma vez por ano, mas reunir-me umas três vezes em Paris e outras cidades. Queriam meus conselhos para criar um sistema educacional adequado, e me escolhiam porque era um dos poucos casos de antropólogo de renome que é também um educador.

Querendo saber detalhes, vi que uma das preocupações daquele conselho era pôr termo a alguns maus hábitos civilizatórios recentes dos esquimós. Riquíssimos do dinheiro que receberam dos Estados Unidos para lá implantar uma fortaleza nuclear, gastavam a rodo. Um desses hábitos era terem em todas as suas casas televisões, vídeos e gravadores, que a seus olhos substituíam com vantagens a alfabetização. Negavam-se a ir a escolas. Gostavam mesmo era de ver filmes pornográficos. Tinham todos que se produziam no mundo e queriam mais. Maleurie achava isso detestável. Eu não. Que é de melhor da civilização para os esquimós do que a tecnologia erótica? Não aceitei o emprego, aliás bem remunerado.

A segunda proposta me veio num telefonema do governador Orestes Quércia, de São Paulo. Por recomendação de Oscar Niemeyer, ele pedia minha colaboração para projetar e implantar o Memorial da América Latina. Fui ter com Oscar. Ele, em três dias, já havia projetado as linhas básicas do memorial, que viria a ser sua obra mais madura. Esplêndida. Engajei-me no projeto e passei a viver entre o Rio e São Paulo, para ver e ajudar a nascer o memorial. Viajei também, servindo a esse projeto, ao México, à Guatemala e ao Peru, onde comprei as maiores e mais belas coleções de artefatos que jamais saíram daqueles países. Eles são exibidos hoje no Centro da Criatividade Popular, que constitui um dos museus mais visitados de São Paulo, que tem tantos museus fantásticos. Isso porque a beleza da criatividade dos povos americanos, oriundos de altas civilizações, é não só belíssima, mas imediatamente comunicável. Em outras viagens, pelos mesmos lugares e também Argentina, fui para compor uma biblioteca representativa do que se pode ler de melhor sobre sua história e sua cultura. Fiz gravar também, para o memorial, amostra representativa de suas músicas eruditas e populares. Tudo isso lá está para ser visto.

Mas o memorial era muito mais ambicioso. Nós o concebemos como uma universidade sem alunos e sem professores, porque seus mestres seriam os acadêmicos mais competentes de toda a América, que lá se sucederiam dando cursos sobre suas obras, em seminários mensais de balanço crítico do estado de desenvolvimento de cada canto do saber. Há muita coisa mais à espera de concretização.

O melhor, porém, foi um invento paulista de que não participei. A edificação, dentro do memorial, da sede do Parlamento Latino-Americano. Em lugar de suas reuniões se sucederem nos vários países, se fazem ali em datas fixas. O parlamento ainda é composto por deputados eleitos proporcionalmente nos diversos parlamentos dos países da região. É de supor, porém, que acabará sendo composto por eleição direta, com poder de legislar sobre alfândega e relações do comércio internacional. Então, amadurecerá, tal como amadureceu em quarenta anos a sede do Parlamento Europeu, que está engendrando a União Europeia como nação. Coisa impensável há dez anos, quando não se supunha que alemães, ingleses, franceses e italianos pudessem compor uma nação unida.

O Parlamento Latino-Americano terá a mesma função, de estruturar a futura nação latino-americana sonhada por Bolívar. Nossa identidade cultural, linguística e até étnica é muito mais profunda, o que fará de São Paulo e do seu memorial, amanhã, a capital da nação latino-americana.

A Fundar e o Beijódromo

Tanta gente tem fundação, por que eu não? Pensando assim decidi criar a minha Fundação Darcy Ribeiro. Foi muito bem recebida, felizmente. Minha filha, a UnB, decidiu acolhê-la em seu *campus* e até construir sua sede e mantê-la. Em compensação, recebem minha biblioteca de 30 mil livros, o arquivo documental Berta/Darcy, meus quadros e objetos de arte.

Ainda melhor que isso é o prédio que Lelé projetou para mim. Será um disco voador enorme, pousado no pedaço mais bonito do *campus*. A Sala de Leitura, com 250 metros de diâmetro, será prodigiosa. Sem janelas, porque toda translúcida, graças à cobertura que deixa passar a luz. No andar térreo, ficam vários serviços, inclusive o arquivo Berta/Darcy, um centro de documentação visual sobre os índios do Brasil e um serviço de reprodução em CD-ROM das dissertações de mestrado e das teses de doutorado sobre educação.

A novidade maior é que, com medo de minha Fundar parecer vetusta demais, consegui do Lelé fazer dela um Beijódromo, que corresponderá, em Brasília, ao Sambódromo que criei no Rio. Trata-se de um amplo palco ao ar livre para serestas e leitura de teatro e poesia, defronte de uma arquibancada para duzentos olharem a lua cheia e se acariciarem. Eu, lá de longe, estarei vendo, feliz.

Central de Teleducação e Multimídia

Como não podia deixar a minha Fundar espreguiçando enquanto se constrói sua sede, tratei de inventar novos programas educacionais para ela. Primeiro, a CMT — Central de Teleducação e Multimídia —, que já tem prédio próprio, doado pelo governador do Distrito Federal, para acolher um complexo sistema educacional destinado a dar cursos supletivos de primeiro e segundo graus, a criar um Curso Normal Superior para Formação e Aperfeiçoamento do Magistério e um vasto programa de informática, além de cursos especialmente orientados para trabalhadores, tais como direito do trabalhador, sindicalismo, cooperativismo, segurança do trabalho e cidadania.

O mais bonito da minha central é que ela funciona em tempo real. Qualquer dos seus cursos começa para o aluno quando ele chega, porque não há períodos letivos e cada um progride segundo pode, mobilizando sua própria energia. A multimídia também ajuda porque, quando o aluno chega, diz a ele qual foi a última lição que fez, a repete e passa para a seguinte. Mais sensacional ainda é que isso funciona como um buraco negro, ou seja, todos os meus cursos estarão abertos para ser chupados por quem quiser. Com um telefone de qualquer lugar do Brasil, pagando taxa local, se pode acionar a internet para pedir um curso sobre Picasso ou sobre astronomia, sobre educação sexual, informática ou sobre o que se queira.

Conta com sessenta computadores de uso dos alunos e dois grandes computadores centrais. Nesse ninho é que botarei o ovo da minha futura Universidade Aberta do Brasil. Se eu não fosse eu, ninguém acreditaria que isso é possível. Mas quem fez o Sambódromo em quatro meses pode fazer qualquer coisa mais. Vaidade? Sem dúvida alguma. Sou vaidoso de mim. Convivo comigo há setenta e tantos anos e continuo gostando. Os modestos têm suas razões.

Meu protótipo, que espero pôr em funcionamento até o fim do ano — creiam-me! —, será multiplicável. Qualquer prefeito ou potentado de qualquer metrópole, se é homem de visão, pode me pedir ajuda gratuita para montar lá no seu município uma central igualzinha à minha. Com capacidade de atender a uns 5 mil alunos presenciais e a quantos se queiram alcançar com a difusão televisiva — o que vou conseguir —, mais a produção do material didático de boa qualidade para os meninos e os madurões estudarem. Não se aprende por televisão. Só se aprende estudando em livros, textos escritos. Os computadores são os professores do futuro. Mas cuidado! Não fazem nada se não tiverem um bom professor ao lado, emprenhando-os de ideias.

Universidade Aberta do Brasil

Minha universidade do ar é perfeita como um hospital sem doentes e sem médicos. Toda televisiva e textual. Inspira-se na Open University, de Londres, e nas congêneres de Madri e de Caracas.

Criá-la é a perspectiva aberta pela Lei de Diretrizes e Bases da educação nacional que fiz aprovar no Congresso e que foi batizada de Lei Darcy Ribeiro. Nela restringe-se a frequência obrigatória, possibilitando o ensino à distância para os níveis primário, médio e superior. Isso representa um enorme perigo e uma ampla perspectiva de melhoria do ensino. Perigo porque se o ensino à distância se converter em máquina de fazer dinheiro, como ocorre com a maioria das escolas privadas, será um desastre. Promessa porque possibilitará ao Brasil recuperar os trinta anos de atraso que tem nessa matéria, criando programas responsáveis de ensino à distância nos três graus.

A Universidade Aberta ministrará os vinte cursos superiores correntes mais procurados mediante aulas dadas pela televisão e sobretudo textos de estudos vendidos a preço de custo. Para tanto, escolhi um corpo de decanos, cada qual responsável por uma carreira, que fixará e justificará o respectivo currículo e selecionará os professores, escolhidos em todo o Brasil entre os melhores em cada campo.

O acesso à universidade se dará por um curso introdutório de um semestre, em que os alunos serão ajudados a aprender aquele mínimo de língua portuguesa, de aritmética e de informática, para que não se admitam na universidade analfabetos e ignorantes. Com o cuidado, porém, de exigir o máximo de domínio da língua vernácula, mas não permitir a ditadura da matemática, que joga qualquer talento fora porque não sabe seno e cosseno.

Nossos cursos de cada carreira consistirão em programas de 24 aulas de vinte minutos pela televisão, sustentadas por textos de pelo menos cem páginas, que o aluno deverá dominar completamente. Esses textos lhe serão remetidos por reembolso postal. Combinados à televisão e ao correio, poderemos atingir todo o Brasil com uma ampla oferta de cursos da mais alta qualidade a partir do segundo semestre de 1997.

O controle administrativo da universidade caberá a um conselho diretor integrado por vários ministros de Estado e pelos reitores de quatro grandes universidades a nós associadas. Todos os exames serão feitos em universidades credenciadas pelo Ministério da Educação, as quais emitirão os respectivos diplomas.

Estou tão cheio de entusiasmo como estive quando criei a Universidade de Brasília, que é um dos meus orgulhos maiores. Agora, na curva dos setenta, agredido por um câncer, tiro sumo de mim para entregar, concretizado, mais esse sonho.

12. SENADO

A Casa

Gosto muito de ser senador. Quem não? Dizem até que é melhor que o céu, porque não se precisa morrer para ir para lá. O Senado é um grande clube de convivência deferente e cordial. Um senador de 20 mil votos vale o mesmo que um de 5 milhões. Quem vê o Senado imagina que todos os senadores sejam iguais. Bobagem. Cada senador vale pelo peso de seu partido no Parlamento — e esse varia de um a dez — e pelo poderio que exerce sobre os órgãos públicos de sua região, sobre o governo nacional e inclusive sobre as grandes empresas privadas.

Os senadores são selecionados, geralmente, na casta de elite de seu estado e portam todo o prestígio dela, que se multiplica quando ele é feito senador. É arriscado tomar iniciativas que afetem qualquer região sem ouvir os senadores que a representam, sobretudo os oriundos daquela casta e eleitos pelos grandes partidos. Desse modo, o Senado, além de seu papel fundamental de casa legislativa, com os mesmos poderes da Câmara dos Deputados para tomar iniciativa de novas leis, e também de seu papel de representante das unidades da federação, é uma corporação extremamente poderosa como participante ativa da estrutura de poder do país. Isso diz respeito, naturalmente, aos corpos de senadores dos grandes partidos, que negociam entre si a condução da Casa e a produção das leis, como tem que ser, efetivamente. Mas o fazem com muita elegância, dando voz e até algum poder a todos os senadores que ali encarnam pequenos partidos.

O Senado sofreu uma terrível transfusão de sangue quando a ditadura militar teve receio de perder o controle sobre o Parlamento. A solução foi passar a representação de cada estado no Senado de dois para três senadores, o que elevou substancialmente seu número de membros, que foi para 81. Não tanto, felizmente, quanto a Câmara dos Deputados, onde se acotovelam mais de quinhentos legisladores, e é quase impossível fazer um discurso. No Senado a corda é bamba, todos podem falar quanto queiram. Ocorre, naturalmente, que na nossa Casa, como nos outros parlamentos do mundo, só ouve quem quer ouvir, e tornou-se praxe discutir para cadeiras vazias, porque o importante mesmo é a publicação da fala nos jornais de seu estado e a repercussão que ela alcança na mídia. O Senado faz quanto possível para minorar essa situação, publicando um boletim muito bem-feito, em que se ressalta, com fotografia e texto, cada intervenção senatorial. Está montando também todo um sistema de telecomunicação que permitirá aos brasileiros todos nos ouvir em suas casas.

Os senadores podem realizar bem seu trabalho porque contam com amplo serviço de apoio. Primeiro, sua própria assessoria, por eles escolhida, contratada para ser demitida quando termina seu mandato. Sua função é dar apoio aos senadores em suas atividades político-partidárias e na própria atuação parlamentar. Importantíssimo também é o vasto corpo administrativo do Senado, grande parte do qual admitido por concurso e promovido por mérito, do que resulta contar-se com datilógrafos que datilografam, tradutores que traduzem, assessores especializados que assessoram competentemente.

Conta ainda o Senado, para atender aos senadores, com extraordinário serviço de informática — o Prodasen —, sem o qual as atividades de um Parlamento moderno seriam impraticáveis. Conta também com uma excelente biblioteca, habilitada para realizar pesquisas temáticas. Conta sobretudo com um vastíssimo parque gráfico, que, além de sua rotina de publicar o diário, atende muito bem aos serviços extraordinários altamente complexos da elaboração orçamentária e outros. Graças a esse serviço, os senadores podem publicar também textos próprios. É dentro dessa regalia que consigo publicar minha revista *Carta*, que já editou dezesseis números, destinada a dar aos parlamentares e a um público muito mais amplo informação bem-fundamentada sobre as correntes de ideias que circulam no mundo e sobre temas específicos de interesse nacional.*

---

* Nos números 1 e 3 (1991) e 1 (1994) dessa revista podem ser encontrados os discursos proferidos por Darcy Ribeiro no Senado. Nos originais destas *Confissões*, eles compunham a terceira parte deste capítulo, após "A Casa" e "Projetos", mas, por já terem sido publicados e estarem disponíveis para o público, foram eliminados desta edição. (N. E., 1ª edição.)

Projetos

Tive a satisfação de ver alguns projetos meus aprovados no Senado. Principalmente a Lei de Diretrizes e Bases da educação nacional, que me custou mais de dois anos de trabalho árduo e contínuo. Tratava-se de recusar o anteprojeto aprovado pela Câmara dos Deputados, enxundioso de tão grande — duzentos e tantos artigos —, que era mais a expressão de pensamentos desejosos do que um corpo de normas para estruturar o sistema nacional de educação, além de fazer impensáveis concessões corporativistas. Nosso substitutivo era enxuto — 91 artigos — e direto. Tratava sucintamente de cada assunto, fixando normas operativas. Agora, aprovado, abre perspectivas reais de revisão, ampliação e aperfeiçoamento de nossas redes de ensino de primeiro e segundo graus. Em cada um desses níveis, estabelece liberdade de experimentação e de ação, atribuindo poderes tanto aos sistemas estaduais de ensino quanto ao professorado.

Na discussão final do projeto, fomos surpreendidos por uma reunião extemporânea de líderes, que impôs ao substitutivo duas emendas desastrosas. Uma do senador Antônio Carlos Magalhães, que inseria no inciso II do artigo 51 a norma tresloucada de que os cursos de pós-graduação válidos internacionalmente, que são o mestrado e o doutorado, passem a valer o mesmo que meros cursos de especialização. O senador Gilvam Borges fez o mesmo no parágrafo 2º do artigo 89. Atribui culpas à Capes pelo fracasso de qualquer pessoa nos cursos de pós-graduação.

Essas duas emendas, se tivessem sido aprovadas, afetariam mortalmente aquilo que a educação brasileira tem de melhor, que são seus cursos de pós-graduação, responsáveis pela formação de cientistas, de eruditos e de professores de ensino superior. Teria também o efeito humilhante de separar o mundo acadêmico brasileiro da compreensão internacional do que seja a pós-graduação, que em toda parte se faz pela escala do mestrado e do doutorado. Todo esse desarranjo não se faz inocentemente. Pretende é permitir aos donos de escolas superiores privadas manter um magistério desqualificado, o que prejudicaria insanavelmente a formação dos alunos que passam por elas.

Outro projeto meu aprovado no Senado, mas atolado na Câmara, visa a salvar muitos milhares de crianças do vício mortal de cheirar cola de sapateiro, o que não só destrói seus pulmões, mas as debilita e as lança a drogas mais pesadas. Quase sempre que se veem meninos e meninas de rua agrupados, eles estão cheirando cola. Meu projeto manda que os fabricantes, em lugar de produzir uma cola de odor inebriante que uma vez cheirada se quer cheirar mais, coloquem na cola alguma substância repelente, para tornar indesejável cheirá-la. Alegaram contra o projeto que a cola tornaria os sapatos fétidos, o que não é verdade. Trata-se de substâncias voláteis que, uma vez aplicadas, deixam de cheirar. O que está em causa, realmente, é optar entre permitir que algumas multinacionais continuem lucrando com o assassinato de crianças pelas colas que produzem ou forçá-las a fazer seus químicos produzirem uma cola que não seja mortífera.

Um terceiro projeto meu, também aprovado no Senado depois de muita luta, mas por igual paralisado na Câmara e afinal desestimulado, tinha o objetivo de acabar com a pior selvageria brasileira, que é a dos motoristas de veículos. Eles matam mais do que qualquer doença, já que se somam mais de 50 mil as vítimas anuais do trânsito. Pior ainda é que ferem, aleijam e tornam ineptas para a vida comum de trabalho 300 mil pessoas por ano, sobretudo crianças e velhos, que formam o maior número de atendimentos dos prontos-socorros e dos hospitais ortopédicos e similares.

Tive atenção despertada para isso porque depois de viver anos nas grandes cidades do mundo, nunca tendo tido que correr com medo de ser atropelado, vi aqui, ao chegar, que a intenção dos motoristas parecia ser a de atingir-me porque, mesmo me vendo à frente deles, não desaceleravam seus veículos. Em nenhum lugar do mundo se mata e se estropia tanta gente no trânsito. Mesmo porque fazê-lo significa prisão e altíssimo prejuízo, já que o matador, o estropiador, passa a ter responsabilidade de manutenção da família de sua vítima. Aqui impera a impunidade.

Propus contra essa prática assassina, tornada habitual, que a lei declarasse as ruas e vias públicas pertencentes aos pedestres, apenas consentindo que fossem usadas por veículos automotores, desde que estes não fizessem vítimas. Caso contrário, o matador perderia o direito de conduzir e perderia também seu veículo, tal como o assassino perde seu revólver, apreendido pela polícia. Meu projeto passou no Senado, mas emperrou na Câmara, onde se declarou que ele era desnecessário, porque o novo Código de Trânsito resolveria o problema. Não é verdade. Inclusive porque mesmo as medidas punitivas aprovadas na Câmara dos Deputados foram podadas no Senado.

Um projeto meu, pelo qual tenho a maior estima, atolou no próprio Senado. Não consegui, em meses de espera, que ele fosse sequer discutido na Comissão de Constituição, Justiça e Cidadania. Ele é, entretanto, a meu juízo, a matéria constitucional mais importante que se pôs em discussão no Parlamento sobre a gravíssima questão da reforma agrária. O motor de ação do Movimento dos Sem-Terra é o princípio constitucional de que se tem que pagar por terras incultas de imensas extensões o que os latifundiários acham que ela vale, num jogo com títulos da dívida pública que faz do programa de reforma agrária uma indecente negociata.

Na verdade das coisas, essas terras incultas que formam mais de metade do território nacional estão em situação de evidente ilegalidade. Primeiro porque foram concedidas a partir do domínio público, para que fossem usadas cumprindo a função social de dar milhões de empregos e produzir gêneros para uso nacional e para exportação. O não uso dessas terras é o supremo abuso, que só por si justificaria seu retorno ao domínio público. Acresce que desde a Constituição de 1946 se exige, para concessão de terras em propriedades de mais de 10 mil hectares, autorização prévia do Senado. Na última Constituição, essa extensão foi reduzida para 2.500 hectares. Nunca essas autorizações foram concedidas. Por conseguinte, as terras que o governo está desapropriando já são de domínio público por carência legal insanável. Somente são pagas por preços extorsivos em razão do poder político dos latifundiários.

Repito há vários anos que o Brasil necessita inscrever na Constituição o princípio de que a ninguém é lícito manter o domínio de terras incultas só por ser proprietário. Esse princípio se desdobraria num conceito legal de uso lícito, que poderia ser, por exemplo, uma área quatro vezes maior do que a cultivada em uma propriedade. Além dessa extensa área lícita, se contaria com as reservas legais para manutenção de florestas e para proteção das aguadas. O excedente de toda essa soma seria devolvido ao poder público para constituir um fundo de colonização.

Só através de uma legislação assim se atenderiam a duas necessidades imperiosas: dar assento na terra a milhões de famílias que só nela poderiam ter garantias de trabalho, nesse regime econômico de crescente desemprego da população; simultaneamente, garantir a intocabilidade das propriedades produtivas, que cumprem uma função indispensável na economia nacional, seja no atendimento ao mercado interno, seja na produção de divisas à nossa economia. Sem esse cuidado, as fazendas produtivas acabarão sendo invadidas na avalanche em que tende a converter-se o Movimento dos Sem-Terra. Além dessas catástrofes, o retardamento da reforma agrária acabará por convulsionar o país, criando uma situação insuportável nas cidades e nos campos. Prevendo essa hecatombe, propusemos também a criação de uma Justiça agrária autônoma, capacitada a fazer face a esse setor que vai se tornando cada vez mais conflitivo.

Ultimamente combinei com o presidente da Casa, senador José Sarney, a apresentação de algumas emendas constitucionais, que ele teria mais facilidade de pôr em discussão, obtendo rapidamente as 27 assinaturas exigidas. Uma dessas emendas tira a adjetivação do nome do nosso país, fazendo-o chamar-se tão somente Brasil. Somos suficientemente populosos, temos suficiente base física continental e gozamos de renome de repercussão internacional. Isso torna ridículo chamar nossa pátria, ontem, de Estados Unidos do Brasil e, hoje, de República Federativa do Brasil.

Outra emenda proposta visa ao próprio Senado, que, por influência dos deputados, passou a chamar-se Senado Federal. Essa adjetivação é cabível para a Câmara dos Deputados, porque existem assembleias legislativas estaduais. No nosso caso, é um absurdo abandonar a velha e nobre designação romana de Senado da República.

A terceira emenda proposta quer transformar a legenda da bandeira nacional, que se expressa rispidamente como "Ordem e progresso". A expressão vem de Augusto Comte, que nunca disse coisa tão rude. Falava de "Amor, ordem e progresso", frase que eu proponho ser inscrita em nossa bandeira.

13. ANTROPOLOGIA DA CIVILIZAÇÃO

A TAREFA MAIS AMBICIOSA E MAIS OUSADA QUE ENFRENTEI NA VIDA foi compor meus estudos de antropologia da civilização. Quando os acometi, imaginava que iria escrever cem páginas, no máximo, de introdução a meu livro *Os brasileiros*. Este ocupara meus dois primeiros anos de exílio, um tempo muito longo quando se trata de exílio, com os vazios enormes de quem pode se dar todo a empresas intelectuais. Ou quase todo, porque eu era também um professor ativo e, nos primeiros meses, me ocupava um pouco de ajudar a pensar na retomada do poder. Mas aqueles dias e meses foram dados essencialmente a escrever um livro que fosse o retrato de corpo inteiro do Brasil, num tempo de quinhentos anos e no espaço imenso que ele foi ocupando, com diferentes modos regionais de ser brasileiro.

O resultado, porém, foi medíocre, como vi depois de deixar meu relambório de quatrocentas páginas descansar por dois meses. Vi, então, que tudo o que dizia ali já fora dito e não valia a pena repeti-lo. Compreendi que o Brasil era simplesmente inexplicável, porque não havia uma teoria capaz dessa façanha. O que se fazia, habitualmente, era tomar textos historiográficos europeus, dando-lhes ambições teóricas para explicar nosso passado. Isso podia servir para a Norte América ou a Austrália, cujo passado pode ser visto como escravismo greco-romano, como feudalismo medieval ou como capitalismo nascente na Inglaterra ou na Holanda. A nós, evidentemente, não nos satisfazia, como não explicava, também, a velha civilização chinesa ou a indiana, e também a civilização árabe, que por mil anos fulgurou como a real herdeira da civilização grega e de outras.

Também não explicava a Ibéria, que não podia ser compendiada seja como feudal, seja como capitalista. Os povos latino-americanos, feitos da fusão de genes e de saberes índios e negros, com sua pitada de brancura, também permaneciam incompreensíveis. O principal desafio que se colocava então a uma antropologia teórica empenhada em explicar o fenômeno humano era elaborar uma teoria da História que tornasse explicáveis os povos extraeuropeus, como nós mesmos.

Desafio que devíamos enfrentar com pouca ajuda. Seja porque a antropologia se convertera numa barbarologia com medo de enfrentar temas mais amplos que as monografias ou as comparações temáticas, seja porque uma crise lavrava no marxismo. Um texto de Marx maduro escondido desde sempre e só publicado em 1940 na Rússia, e depois de 1960 no Ocidente, os *Grundrisse*, apresentava uma teoria explicativa não só oposta à da *Origem da família...*, mas muito melhor. O texto de Engels foi composto como uma leitura do estudo de Lewis Morgan sobre a evolução das sociedades, grande façanha da antropologia. Marx conhecera e aprovara o texto de Engels, engavetando os seus. Agora, empurrava sua laje tumular para nos dizer o que pensava. Já de saída, via duas rupturas com as sociedades arcaicas em que Engels só via uma, o escravismo greco-romano. Marx mostrava que aquela ruptura podia se dar por duas vias: "a formação asiática" dos antigos egípcios e das civilizações hidráulicas do Oriente, que construíam sociedades em que a propriedade da terra era atribuída ao faraó ou seu equivalente, mas sua gestão era dada a burocratas, que as entregava aos camponeses para produção programada. A outra via de ruptura para Marx era a escravista grega, fundada na escravidão pessoal e na propriedade individual da terra, com potencial muito mais pobre de organização social, mas com a possibilidade de estender-se por imensas áreas com agricultura de sequio.

Foi nessas funduras em que eu mergulhei para construir O *processo civilizatório*. Depois de imenso esforço, com muita ajuda de Betty Meggers e seus colegas do Smithsonian, estabeleci meu esquema explicativo da evolução humana, fixando os tipos de sociedades que se sucederam, cada um dos quais com representantes até nossos dias. Minha teoria evolutiva se funda na evolução tecnológica, por ser essa a única de caráter progressivo capaz de prover critérios objetivos de diferenciação das etapas evolutivas. O próprio Marx anteviu sua extraordinária importância e exigiu que se compusesse no plano social o equivalente da obra de Darwin em sua teoria da evolução dos organismos vivos, afirmando que esse seja o maior passo para a compreensão da história:

> [...] A tecnologia nos revela a atitude do homem diante da natureza, o processo direto de produção de sua vida e, portanto,

> as condições de sua vida social e das ideias e representações espirituais que delas derivam [...].
>
> [...] A história da "indústria" e a realidade "objetiva" a que a indústria chegou são o livro aberto das "funções essenciais do homem, a psicologia humana" apresentada de modo sensível [...].

Foi com essa inspiração que compus minha sequência de "revoluções tecnológicas", responsáveis pelo desencadeamento de "processos civilizatórios" que, conforme demonstrei, explicam melhor a efetividade da evolução humana e delineiam sua sucessão através de 10 mil anos. Em minha sequência, falo de oito revoluções tecnológicas e as exemplifico com duas centenas de sociedades que, em certo momento, as encarnaram como povos tribais, etnias nacionais, civilizações regionais e civilizações mundiais. Tais são: a revolução agrícola, da lavoura, do pastoreio, da cerâmica (Tupinambá e Maori); a revolução urbana, dos veículos de roda, da tração animal, do cobre, do bronze, dos veleiros (Tebas e Atenas); a revolução do regadio, das comportas e canais, da adubação, do azulejo, da porcelana, dos instrumentos mecânicos, da arquitetura monumental, da escultura, da matemática, da astronomia e dos calendários (egípcia, babilônica, asteca e maia); a revolução metalúrgica, do ferro forjado, da moeda cunhada, da mó rotativa, das armas de ferro, do alfabeto, da notação decimal (assíria e helênica); a revolução pastoril, da cavalaria, dos freios, estribos e ferraduras, dos arneses, dos alambiques e atafonas (islâmica e mongólica); a revolução mercantil, do veleiro oceânico, da bússola, do leme fixo, dos mapas, do ferro fundido, dos canhões, do papel de imprensa, dos tornos e talandros (Espanha e Portugal); a revolução industrial, do aço, dos motores a carvão, da borracha, do ácido sulfúrico, da soda, das turbinas e dínamos, das locomotivas e navios, dos automóveis, aviões e submarinos, da radiodifusão, da foto, do cinema e do cimento armado (Inglaterra e Japão); a revolução nuclear, da eletrônica, dos transistores, do radar, do reator nuclear, da bomba atômica, dos plásticos, dos computadores, dos sintéticos, dos antibióticos, dos hormônios e das pílulas (EUA e URSS).

Compus, assim, um imenso quadro classificatório e explicativo, importantíssimo para uma visão global da História, mas demasiadamente genérico para explicar situações históricas completas. Assim é que a revolução mercantil, desencadeada a partir de 1500, refaz a Ibéria na forma de impérios mercantis salvacionistas, que lançam seu domínio sobre todo o mundo esterilizando milhares de sistemas locais de adaptação ecológica para englobar mais da metade do gênero humano em colonialismos que não existiam para si, mas para o mercado mundial. Foi assim que nascemos. Mas o parto, com seu sangue e suas dores, não explicam o ser.

Finda essa tarefa de alto alcance histórico, tive de meter-me em outra, de alcance médio que, cobrindo quinhentos anos apenas, tornasse explicativos os povos americanos e as causas do seu desenvolvimento desigual. Tal é meu livro As *Américas e a civilização*, em que proponho uma tipologia de quatro configurações histórico-culturais dos povos americanos. Tais são:

- os povos-testemunho, integrados pelos representantes modernos de antigas civilizações como a chinesa, a muçulmana, ou a asteca e a incaica, com as quais a Europa se chocou em sua expansão. Exemplificam essa categorias, nas Américas, o México e o altiplano andino, como povos que conduzem em si duas heranças civilizatórias: a asteca e a maia ou a incaica, por um lado e, sobre ela, a hispânica, que deu sua feição moderna, mas não pôde deglutir suas vetustas heranças;
- os povos novos, oriundos da conjunção, deculturação e caldeamento de matrizes étnicas muito díspares como a indígena, a africana e a europeia. São exemplificados pelo Brasil, pelo Paraguai, pela Venezuela e pela Colômbia, pelos chilenos e pelos antilhanos, povos sem um passado vetusto a cultuar, abertos para o futuro que estão construindo;
- os povos transplantados, resultantes de movimentos migratórios que trasladaram para o ultramar grandes contingentes europeus, os quais conservaram suas características étnicas originais ou só as alteraram superficialmente. É o caso dos Estados Unidos e do Canadá, que estenderam para as imensas extensões americanas as sociedades europeias de que foram tirados, cujas potencialidades aqui desabrocharam com maior liberdade e maior riqueza;

- os povos emergentes, correspondentes às nações que surgem agora na África e na Ásia, no curso de movimentos de descolonização, ascendendo de um nível tribal ou da condição de meras feitorias coloniais à de sociedades nacionais aspirantes à autonomia. Nas Américas, não se trata de tribalidades emergentes, mas de conteúdos arcaicos de sociedades como a da Guatemala ou do altiplano andino, em que populações de milhões de pessoas aspiram a restaurar suas caras originais maias e incaicas como sociedades autônomas no mundo do futuro.

Essas configurações histórico-culturais nos dão uma visão mais objetiva da América Latina em suas similitudes e diferenças. Explicam também, melhor que outros esquemas, o contraste de desenvolvimento entre os vários povos americanos. Situação especial é a da Argentina e do Uruguai que, tendo sido conformados como povos novos, que conquistaram seus territórios e os levaram até a independência, foram depois avassalados por imensa onda gringa, que os transfigurou, fazendo-os mais parecidos com os povos transplantados que com sua matriz original de povos novos.

Ao contrário do que eu supunha, esses dois livros, apesar de muito explicativos, não proviam a base teórica indispensável para a compreensão do Brasil. Tive que meter-me noutra empresa de análise conjuntural do cotidiano da América Latina e do Brasil, que permitisse formular teorias que obviamente faltavam. Desse esforço resultou *O dilema da América Latina*, em que focalizo, por um lado, a contraposição antagônica entre a anglo-América e as Américas ibéricas, irredutível até agora e só tendente a agravar-se. Esse tema me desafiava especialmente, porque é o que pode dar melhores explicações do que sucedeu no Brasil nas últimas décadas. Inclusive em acontecimentos nos quais eu fui protagonista, como o golpe militar de 1964. Disso falei já no capítulo "Governo" deste livro.

O tema fundamental de *O dilema...* é a formulação de quatro esquemas conceituais explicativos de nossa realidade. Também nesse caso, as teorias oriundas de outros contextos, sejam as eurocêntricas, sejam as da sociologia norte-americana, não dão conta da nossa realidade. Proponho assim um novo diagrama da estratificação social, em que contraponho quatro estratos sociais justapostos. O superior, das classes dominantes, formado por dois corpos: o patronato das oligarquias agrárias e do empresariado moderno e o patriciado das burocracias político-militares e das eminências, lideranças e celebridades. Sobre essas duas castas dominantes sobrenada, dominador, o estamento gerencial das empresas estrangeiras que, como o núcleo de poderio predominante, é a verdadeira classe dominante no Brasil.

Abaixo das classes dominantes ficam os setores intermédios, tanto dos autônomos, de profissionais liberais e pequenos empresários como os dependentes, de funcionários e empregados. Abaixo vêm as classes subalternas, formadas, de um lado, pelo campesinato e assalariados rurais, parceiros e posseiros e, de outro lado, pelo operariado fabril e dos serviços. Na base dessa estratificação social ficam as classes oprimidas, ou seja, aquelas que, não podendo realizar suas aspirações mínimas dentro da estrutura social vigente, são chamadas a rompê-la revolucionariamente. Tais são os boias-frias, as empregadas domésticas, os biscateiros e delinquentes, as prostitutas e os mendigos.

Essa estratificação pode ser configurada como um triângulo, cuja ampla base é constituída pelos marginais; cujo corpo é formado por operários, camponeses, autônomos e empregados e cuja classe dominante é um fuste em agulha, insignificante no conjunto mas preponderante sobre a sociedade inteira.

Outro esquema conceitual por mim proposto é o que procura caracterizar as estruturas de poder ou as agrupações propriamente políticas. Tais são, por um lado, os corpos de governo municipal, estadual e federal, que ocupam profissionalmente mais de 1 milhão de pessoas em funções legislativas, executivas e judiciárias. Por outro lado, as associações partidárias, de disputa dos cargos de poder e de gestão da vida pública. Completam essas estruturas os patronatos nacionais e estrangeiros que, pelo exercício do poder econômico, conduzem os órgãos de poder e os fazem servir à manutenção do *status quo* e ao atendimento de seus interesses.

O terceiro esquema conceitual que delineio é uma variação das forças potencialmente revolucionárias e de sua capacidade de insurgência. Matéria extremamente volátil, mas passiva de ser analisada acima do mero noticiário jornalístico. Isso é o que me proponho fazer com preocupação explicativa que alcance o maior rigor científico possível, mas também com uma postura valorativa de quem quer compreender para atuar de forma mais lúcida e eficaz.

Meu quarto esquema conceitual focaliza a cultura e a alienação cultural, analisando o caráter autêntico ou espúrio de nossas manifestações culturais, sua criatividade e seu potencial de compreensão da realidade social como problema e de busca de saídas para o atraso autoperpetuante em que caímos. Esse esquema já é apresentado no livro *Os brasileiros*, que constitui em essência uma aplicação à realidade brasileira dos esquemas conceituais previamente elaborados. Nesse conjunto de estudos da antropologia da civilização incluí também meu livro *Os índios e a civilização*, do qual já tratei anteriormente, quando discuti a alternativa que proponho aos estudos de aculturação, através do esquema conceitual da transfiguração étnica.

Todos esses cinco estudos permitiram, afinal, que eu retomasse aquele meu livro original que os desencadeou. Falo de meu *O povo brasileiro*, que ao longo de trinta anos escrevi e reescrevi diversas vezes até alcançar, afinal, a forma que tem. Ele é o que queria ser originalmente: um retrato de corpo inteiro da aventura do fazimento do Brasil no tempo e no espaço, até nos configurar tal qual somos — a maior das nações neolatinas em população e a mais servida de meios territoriais, materiais e culturais de expressão, que vive o esforço de construir sua edificação como uma nova civilização tropical e mestiça. Uma nova Roma, digo eu, para espantar os tíbios, que não têm olhos para nossa grandeza e para o fato de que somos o fruto terminal, maduro, daqueles soldados romanos que há 2 mil anos saíram do Lácio para fazer o mundo, que edificaram as nações latinas e neolatinas e, entre elas, a maior, que é a nação latino-americana, de que o Brasil é o corpo principal. Havemos de amanhecer.

Meus estudos de antropologia da civilização, que formam um conjunto de mais de 2 mil páginas, têm hoje mais de noventa edições em seis línguas e constituem a tentativa mais copiosa de tornar os povos americanos explicáveis e inteligíveis.

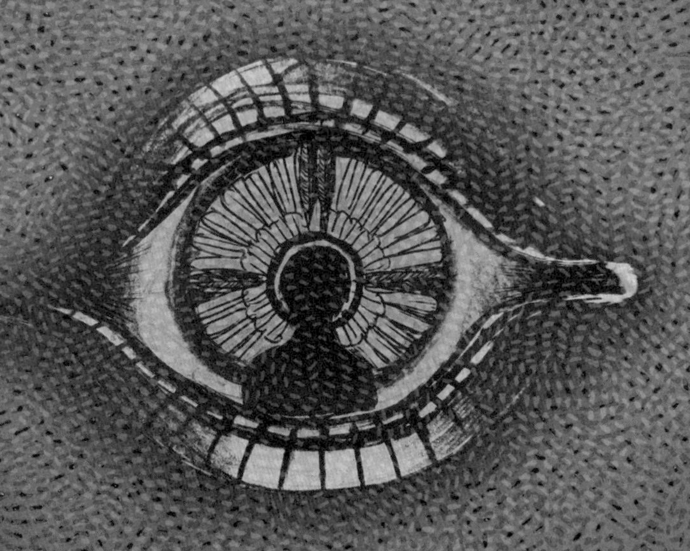

14. ROMANCES

DESDE CEDO ME APEGUEI À LITERATURA. ATÉ FIZ DELA UMA DE MINHAS janelas de comunicação com o mundo, com a vida. Fui, minha vida inteira, sou, insaciável leitor de poesia e de romance. Acho até que meu espírito está mais construído do que li nesses gêneros do que de minhas outras leituras.

Minha primeira tentativa de escrever um romance, precocíssima, se deu aos vinte anos, quando compus *Lapa grande*, um texto de cerca de 250 páginas. Horroroso! Felizmente nunca foi publicado, nem se publicará. Seria desmoralizante. Ele só serve para retratar a mente de um jovem de vinte anos, querendo dizer ao mundo como é que o mundo é, sem ter visto ele mesmo quase nada. O personagem central é um jovem cego apaixonado por uma prima. Vive numa casa de fazenda que fica muito perto de uma imensa lapa. O tema é o retorno da visão, que ele sente como uma dor da luz incidindo em seus olhos. Para aliviar-se, entra até o fundo da lapa grande para, naquela escuridão, não precisar apertar os olhos, angustiado. A história termina com ele dentro de seu quarto, de janelas fechadas, em que só entra uma luz vermelha, filtrada pelo telhado. Nisso surge a mãe, que o jovem cego se levanta para saudar e tocar, com as papilas de seus dedos. Tem, então, um lampejo de visão que o horroriza, pela feiura da mãe. Confiava tanto no meu romance que até o mandei a um concurso, que não ganhei. Mas aprendi a não tentar mais literatura. Creio que isso se deu porque, no curso da vida, os temas etnológicos que versei tinham tanta seiva humana que estancaram minha necessidade de exprimir-me literariamente.

Só no exílio, pouco a pouco, retomei esse velho filão. Primeiro, no Uruguai, onde escrevi a primeira versão, um esboço ainda, do que seria meu romance *Maíra*. Serviu-me para sair do esgotamento em que caíra no esforço de escrever *O processo civilizatório*. Entrando em *surmenage*, a única que tive na vida, interrompi por ordem médica o trabalho e fui tirar umas férias na casa de uma italiana que me dava bons vinhos, enquanto eu me aquecia na lareira. Escrever aquelas páginas de meu romance, deixando de lado o livro teórico, me tirou da estafa e permitiu que eu retornasse a ele, com a possibilidade de completá-lo, poucos meses depois. Aprendi, então, que descanso é fazendo outra coisa.

O esquema de *Maíra*, em suas linhas gerais, já o definia como um romance da dor e do gozo de ser índio. Retomando, ali, minhas memórias, consegui encarnar, dar vida, ao drama de Avá, uma espécie de índio-santo sofredor, na sua luta impossível para mudar de couro, deixando de ser sacerdote cristão para voltar à sua indianidade original.

Retomei depois meu romance, de que havia perdido as anotações, tal como ele existia registrado na memória, durante minha prisão num quartel do Exército, em 1969. Então o escrevi mais largamente, fixando a estrutura geral do livro. Mas também o abandonei assim que me veio a liberdade.

Só fui completá-lo em 1974-75, para sair da tensão em que me afundei depois da operação de câncer. Suponho até que foi aquela experiência de ver a morte cara a cara, minha morte, como uma possibilidade real e concreta, que desatou as peias e me deu a coragem de expressar-me carnalmente como se requer de um romancista. O livro teve êxito, já conta com 48 [edições] em oito línguas. Comemorou em 1996 seus vinte anos com uma edição esplendidamente ilustrada e, sobretudo, com a larga fortuna crítica com que alguns dos melhores teóricos da literatura brasileira o saudaram. Estou contente porque, afinal, assinei contrato para que *Maíra* vire um filme. Quero ver meus personagens encarnados em bons artistas e, mais ainda, os deuses Maíra e Micura mostrando ao grande público o fundo do pensamento indígena e sua cosmogonia, totalmente oposta à cristã, em que o gozo não é pecado, mas uma dádiva dos deuses.

Depois escrevi *O mulo*, começado além dos Andes e terminado em Copacabana e em Paris. É ou quer ser o retrato romanesco de nossa classe dominante rústica, em toda sua bruteza de gastadores de gente no trabalho, em sua fome insaciável de terras latifundiárias e em seu desejo de poder. Imaginava, o título já o diz — o mulo —, que dele resultaria um personagem detestável, e eu queria muito que o leitor o odiasse. Mas o tiro me saiu pela culatra. Seu Filó, o personagem principal, é apenas comovente. Isso o romance tem de forte. Saindo vomitado, às golfadas, do inconsciente, nunca é maniqueísta. Retrata um velho senhor em sua fazenda, esperando a morte, e escrevendo uma confissão para um padre que não quer conhecer, para ser perdoado de seus muitos pecados. Como as confissões são inevitavelmente intimistas, seu Filó goza rever em memória seus maiores pecados — amores, assassinatos, outros.

Ao contrário do chamado romance social, que exalta humildes mas heroicos lutadores populares, em *O mulo* eu retrato o nosso povo roceiro, sobretudo os mais sofridos deles, que são os negros, tal como os vi, sempre mais resignados que revoltados. Além da espoliação de sua força de trabalho e de toda sorte de opressões a que são submetidos, nossos caipiras sofrem um roubo maior, que é o de sua consciência. O patronato rural se mete em suas mentes para fazê-los ver a si mesmos como a coisa mais reles que há.

Guardo em mim recordações indeléveis das brutalidades que presenciei em fazendas de minha gente mineira e por todos esses brasis contra vaqueiros e lavradores que não esboçavam a menor reação. Para eles a doença de um touro é infinitamente mais relevante que qualquer peste que achaque sua mulher e seus filhos. Essa alienação induzida de nossa gente, levada a crer que a ordem social é sagrada e corresponde à vontade de Deus, é que eu tomei como tema, mostrando negros e caboclos de uma humildade dolorosa diante de patrões que os brutalizavam das formas mais perversas. Tanto me esmerei na figuração desses contrastes que um pequeno bandido político em luta eleitoral contra mim fez publicar alguns daqueles meus textos de denúncia como se expressassem minha postura frente aos negros.

O mulo foi para mim mais uma ocasião dessas em que não perco de testemunhar o quanto somos um país enfermo de desigualdade. Se as relações inter-raciais são mais fluentes entre nós que em outras partes — apesar do peso do preconceito que reina aqui —, as relações sociais no Brasil são infranqueáveis. A distância que separa os ricos dos pobres é abismal.

O negro, somando sua cor discriminada à pobreza em que está imerso, sofre duplamente a carga dos preconceitos. Essa é a herança hedionda da escravidão, que fomos o último país a proscrever. Foi ela que criou entre nós uma mentalidade que permanece viva e ativa nas nossas classes dominantes rústicas, que continuam a fazer do Brasil um engenho de gastar gente.

Minha terceira novela, *Utopia selvagem*, é uma espécie de fábula brincalhona, em que, parodiando textos clássicos e caricaturando posturas ideológicas, retrato o Brasil e a América Latina. O livro foi tomado apenas como piada em suas várias edições no Brasil. Ninguém aqui se deu conta de que tinha algo mais do que tiradas e gozações. Assim foi até que me vi desmascarado com uma tese de mestrado, apresentada na PUC do Rio por João Domingos Maia e, depois, nas edições eruditas que saíram na Alemanha, na Itália e na França, com dezenas de notas de pé de página, mostrando todo o substrato acadêmico de minha novela.

Seu tema é um sargento negro que cai na terceira margem, onde é agarrado por umas amazonas. A princípio gosta muito de ter uma mulher por dia na sua rede, achando que os homens delas estariam fora em alguma guerra. Depois, não vendo ali nem meninos, desconfia que as danadas matam e comem todos os machos em que ponham a mão. Passa a viver apavorado. Um dia, consegue saltar para uma quarta margem, onde é adotado por uma tribo de homens e mulheres normais e comuns, que tem até bichas, uma das quais se afeiçoa ao preto. O melhor da minha *Utopia* é um capítulo orwelliano, que desenha o mundo do futuro regido pelas multinacionais. Impagável. Gosto também do último capítulo, escrito para ser filmado pelo Glauber, sobre a alucinação coletiva de um povo indígena pela força da ayahuasca, que se chama também santo-daime. Nas últimas páginas, a aldeia é uma ilha que sobrevoa o mundo e trava uma guerra contra o Exército, a Marinha e a Aeronáutica, que atiram com seus canhões sobre ela. A aldeia inteira revida cagando na mão e jogando bosta nos milicos.

Em *Maíra* mostro o índio real, de carne e osso e nervos e mente, enredado na sua cultura, como nós na nossa, mas capaz de todos os pensamentos e sentimentos. Na *Utopia* trato é com índios de papel, tal como Macunaíma. Índios emblemáticos, que servem para discutir temas e teses muito civilizadas, tal como a cristandade e a conversão, o machismo e o feminismo, a vida e a morte, o saber e a erudição, a pátria e o militarismo, o socialismo e a liberdade.

Além de convocar para minhas tertúlias clássicos como Morus, Shakespeare, Montaigne, Rousseau, Swift, Tocqueville, Hegel, Marx e muitíssima gente boa, ponho na berlinda a prata da casa. Seja encarnando nossos heróis fundadores, como Vespúcio, Staden, Carvajal e Orellana, o bispo Sardinha e Bolívar; seja dando palavra a Anchieta, Gândavo, e a Joaquim, Mário e Oswald de Andrade, bem como a Glauber, que não podia faltar nessa fuzarca.

O último romance que escrevi — *Migo* — é uma espécie de retrato psicológico do intelectual na sua forma de romancista provinciano e um mergulho na mineiridade. É, na verdade, um romance confessional, em que me mostro e me escondo, sem fanatismos autobiográficos. Mais revelador, porém, acho eu, do que sou e do que penso, do que seria possível na primeira pessoa. É um texto muito trabalhado, mais que os outros. Não, talvez, pela tarimba que alcancei como romancista, mas sim por ter como fulcro a própria escritura. Seu destino, temo eu, será o dos outros romances meus: ter êxito onde não devia. Efetivamente, começa a ser traduzido mundo afora. Não alcanço nunca aquilo que constitui o meu desejo mais fundo e verdadeiro — é ser um Jorge Amado, produzir livros que tenham centenas de milhares de leitores. O que alcanço é uma literatura para leitores sofisticados, por isso mesmo prontamente traduzida e frequentemente reeditada, mas com tiragens discretas demais para meu gosto.

Nesses quatro romances o que faço, de fato, é voltar a banhar-me nas águas em que me banhei. Em *Maíra* retomo minhas vivências de jovem etnólogo, nos muitos anos de grato convívio que tive com índios, pelos matos do Brasil. Em *O mulo* recordo minha gente sertaneja, meus tios e avós, fazendeirões rudes, gastadores de gente. *Utopia selvagem* é o livro de minhas leituras e de minhas preocupações espirituais maiores, que ali, brincando, brincando, consigo expressar de forma talvez mais clara que em outras obras. *Migo* é minha autobiografia inventada, uma vida que eu até poderia ter vivido se tivesse publicado *Lapa grande* e ficado em Minas.

A experiência de romancista é das mais fortes de minha vida. Criar personagens e fazê-los viver seus destinos, amando seus amores, sofrendo suas dores, é pelo menos comovente. Melhor ainda é o sentimento de que se vai penetrar na intimidade do leitor, invadir sua alma, irisar seu corpo, porque se ele não se abre para o romance também não goza, fazendo-o sentir, por verdades carnais, minhas fantasias.

Essas qualidades supremas de reconstituição da vida, de comunicação sentida de ideias, de emoções, no romance, se alcançam com uma verdade mais funda e real que nos textos científicos. Se alcança, por igual, um reconhecimento que os ensaios, por exitosos que sejam, não nos dão. Nenhum leitor de meus livros antropológicos me perguntou nunca o que os leitores dos meus romances perguntam. Vai haver uma guerra do fim do mundo? Existe outra vida para além da morte? Os índios como selvagens têm competência para amar realmente? A essas e muitas questões mais eu tive que responder em muitos países. Creio, por isso, que no romance se alcança, com leitores e leitoras, um grau de comunicação bem próximo do que só se experimenta no amor.

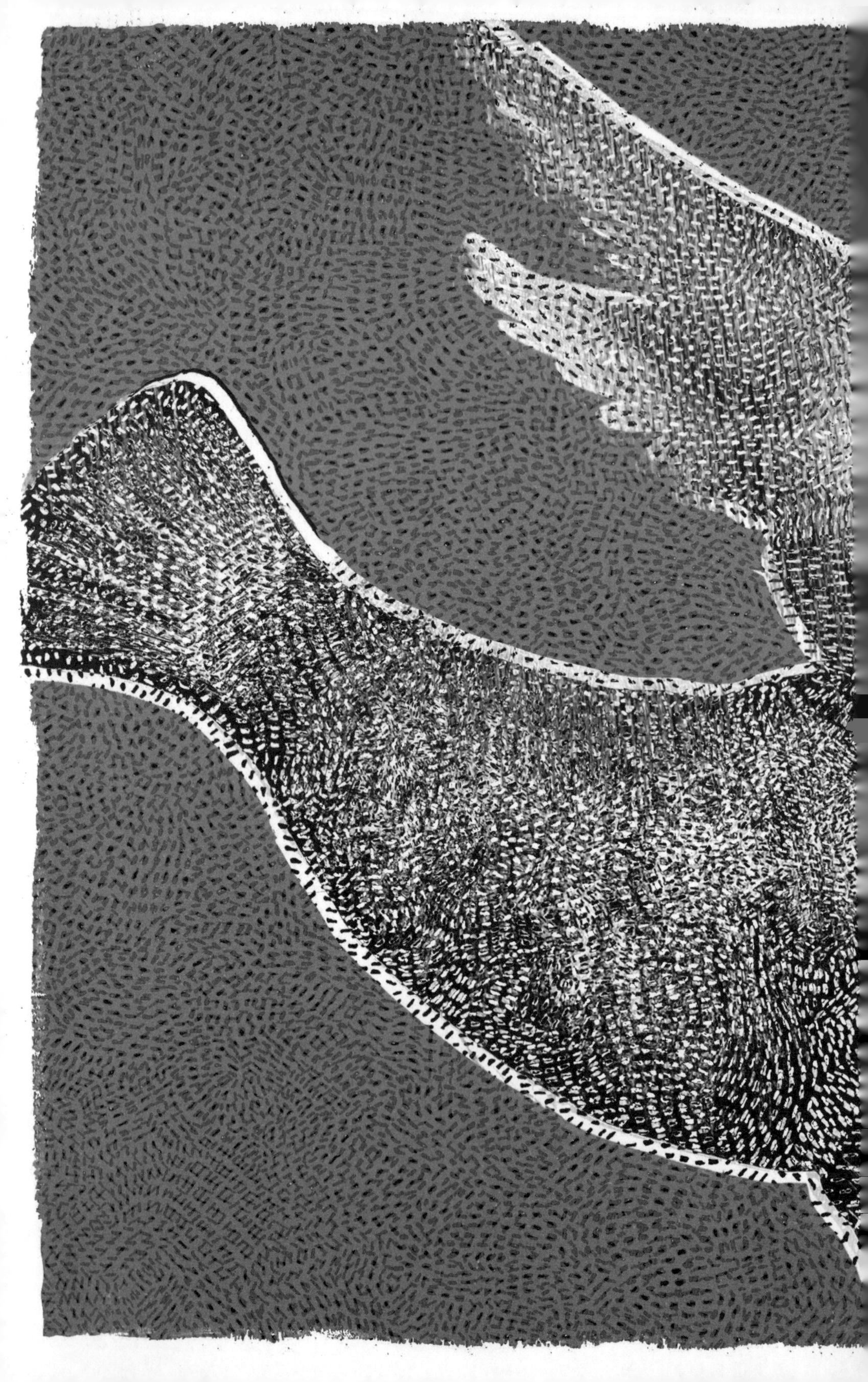

15. GOZOS E PROVAÇÕES

Vida

Não vivo no ar, suspenso feito passarinho. Também não vivo assentado na terra como um rinoceronte. Nem vivo boiando n'água como um peixe. Vivo, sei que vivo, é no universo infinito que pra lá de mim, pra cá de mim, ao meu redor, sempre existiu e existirá. Igual a si mesmo.

É certo que ele muda a seu próprio ritmo. Um dia fez o Sol, que fez a Terra e suas miudezas. Inclusive eu. Um dia nos desfará, inapelavelmente. Que me importa? Importa é que tive e tenho um tempo de me ser, gozoso quando possível, de qualquer jeito, se for meu destino. Neste mundo inútil de tão exageradamente grande, eu e você somos as coisas mais miudinhas e as mais arrogantes. Ora, direis...

Escrever confissão é se explicar, justificar. Na escala cósmica é pura besteira. Vadiagem. Na escala humana é vaidade. Mas existo, confesso, e quero que me vejam. Estas *Confissões* são como quem dá um grito parado: "Olhe, povo. Estou aqui. Já estou indo. Vou-me'mbora".

Enfrentei a vida com coragem, inocência e gozo. Sabendo sempre que o inevitável é o melhor, encarei os infortúnios como pontes para o desconhecido, certamente melhor. Não foi fácil achar que a prisão inevitável das grades era o melhor; ou achar que o câncer também era o melhor...

Ajudou muito a noção outra de que me viro, de tudo me safo. Ajudou também a compreensão de que aquilo que não tem solução, solucionado está. Ajudou, inclusive, minha ousadia aventureira de lançar-me sempre em busca de novos caminhos, sem perder tempo e energia com lamentações.

Tudo isso está no capítulo da minha coragem insciente, da minha inocência de bicho que enfrenta a vida vivendo. Dizem que se encontram animais selvagens de bucho todo podre, devendo doer demais. Mas eles não sabem disso. Tratam é de viver, é de fugir da morte.

O natural para mim é viver tirando da vida o que ela pode dar e fazendo o possível para melhorar o mundo. Os gozos de amar e de comer, principalmente o primeiro, foram e são fontes de minha felicidade.

Mas gosto mais é de ler, de aprender, de escrever, de pensar, de sonhar. Nisso ocupei mais de metade de minha vida, que seria mais equilibrada se eu me desse mais ao convívio humano, às amizades, do que me dou.

Tenho ciúme do meu tempo. Leio o mínimo possível de jornais, apenas procuro informar-me. Vejo pouca televisão ou cinema e mesmo a música, que me é tão prazerosa, ouço pouco. Sou uma lâmpada acesa, me iluminando, penetrando com sua luz o mundo que me cerca. Gosto demais de gente, de olhá-las viver tão naturais e desatentas para si mesmas. Uma mulher que amei muito demais às vezes ficava calada longo tempo, achando que não pensava em nada. Ela tinha um talento extraordinário para descansar por dias, mesmo que não tivesse feito nenhum esforço que exigisse descanso. Seu pendor real era para o ócio, ao contrário de mim, que não sou de ócio nem de negócio. Sempre tive inveja dela.

Fui feito para pensar, tanto esvoaçando sobre diferentes temas, como tanta gente faz, como pensando de verruma sobre o mesmo tema, incansavelmente, furando a pele da realidade para alcançá-lo e compreendê-lo. Esse ofício de pensar concentradamente eu exerço às vezes à noite. Não tenho insônias, mas tenho toda noite uma ou duas horas de vigília. São ilhas em que me vivo de volta, repensando o vivido, ruminando o passado. É nessas horas que me alço em voos, acordado, planejando. Escrevo assim, mentalmente, páginas e páginas que dito à minha secretária no dia seguinte como se estivesse pensando ali, aquela hora.

Comi a vida sôfrego. Ainda como, ávido, sem nenhum fastio ou tédio. Quero é mais. Para isso fui feito. Para comer a vida. Para agir, para pensar, para escrever. Isso sou eu. Máquina de pensar, de fazer, faminto de fazimentos. Cheio de fé nos homens, nas gentes. Sobretudo nas mulheres, fontes de meus sentimentos mais fundos, de meus gozos mais sentidos. Oh, minhas sacrossantas mulheres!

Quem sou eu? Dentro da minha fronteira, que é o pelame que me envolve, ou para além dele, quem sou eu? Sou aquele que veio ao mundo a serviço, com a missão de gozar a vida que me é dada e de melhorar a vida dos homens todos. Um missionário, um pensador, um pregador. Isso sou. Ou isso fui até hoje. Isso ainda sou, nesta hora terminal. O apetite para pensar e fazer continua voraz. Nesses setenta e mais anos estou aceso, fazendo minha quarta universidade, a mais importante delas.

Saindo da vida, me sentirei roubado. Quisera ficar. Durar. Com minhas aptidões acesas: pensando, amando, estudando, escrevendo. Deixarei aí um punhado de livros, milhares de páginas de valor variado. Algum livro meu será válido? Qual? Meu romance *Maíra* pede espaço para durar. Meus *Diários índios* me dão o sentimento de que poderão sobreviver a mim por muito tempo. Por quanto tempo? Um século? Ainda mais?

Contrariamente a meu perfil de intelectual e ideólogo, sou homem de ação. Tenho até renome como executivo eficiente. Gosto de mandar e dirigir e sou capaz de comandar empreendimentos grandes que envolvem muitas pessoas, fazendo-as trabalhar eficazmente. Temo muito ser recordado no futuro mais por meus empreendimentos que por minhas ideias, o que será uma injustiça. Quisera mesmo é mudar o jeito de pensar das pessoas, cavalgar milhões delas e dirigi-las a seu gosto e seu pesar, para a felicidade e a glória.

Louvações

Muita gente diz que sou insuportavelmente orgulhoso, até vaidoso. É verdade. E daí? Estou cheio de razões do que fiz em minha vida inteira para orgulhar-me de mim. Sempre repito que os modestos têm razão, cada qual sabe de si.

Suspeito, porém, que minha autoconfiança tenha sua gota de imperfeição. Por que preciso tanto que as pessoas que me rodeiam ou que me veem de longe me louvem sem cansar? Confesso que necessito e gosto demais de elogios. Sobretudo dos redondos, retumbantes como o de Marcito dizendo: "... que a coisa mais parecida com gênio que existe no Brasil é o Darcy".

Ou Adolpho Bloch, que depois de ouvir um programa meu de televisão, disse: "Darcy, eu só queria ser mulher para te dar!".

Carlos Drummond, meu poeta mais querido, escreveu: "Darcy é um monstro de entusiasmo que nenhum golpe feroz arrefece, é um ser de esperança e combate. Sete Quedas acabou, mas Darcy é o cara mais Sete Quedas que eu conheço. E este aí engenharia econômica nenhuma ou poder autocrático nenhum podem com ele. Darcy, caudal de vida".

Cristovam Buarque, governador eleito de Brasília, no ato em que recebi o título de doutor *honoris causa* da Universidade de Brasília, disse: "Quando eu era pequeno me perguntavam o que eu queria ser. Eu dizia muitas coisas. Hoje, se qualquer um de vocês perguntar: quando crescer você quer ser o quê? Eu diria: quando eu crescer, quero ser Darcy Ribeiro".

Bons também são os elogios de intelectuais que eu admiro muito. Como Herbert Baldus, meu mestre, dizendo que eu tenho dois talentos muito raros, mais raros ainda quando vêm combinados. O pendor para a pesquisa de observação direta e a capacidade de teorizar. Anísio concede: "Darcy é a inteligência do Terceiro Mundo mais autônoma de que tenho conhecimento".

Oscar Niemeyer afirma que: "Darcy é um dos homens mais inteligentes que conheci, um ser de esperança, um iluminado".

García Márquez não fica atrás: "Darcy Ribeiro é um dos homens mais brilhantes da América. Tenho uma infinita admiração por ele".

Alceu Amoroso Lima escreve: "Darcy é o primeiro de nossos cientistas sociais que consegue ser, igualmente, um de nossos maiores romancistas. E mesmo poeta".

Mario Carelli, avaliando duas décadas da literatura brasileira (1964-84), escreveu: "O *mulo* é o único romance que eu chamaria de obra-prima".

Alfredo Bosi, comemorando os vinte anos de *Maíra*, escreveu: "Emigrar e imigrar da antropologia para o romance, da ciência para a ficção, sem perder o pé em nenhuma das duas pátrias — esse tento raro estava destinado ao mais lúcido e ao mesmo tempo mais apaixonado dos cientistas sociais da América Latina, Darcy Ribeiro".

Moacir Werneck de Castro foi o primeiro a reconhecer o valor de *Maíra* e a denunciar a estranha indiferença com que foi recebido pela crítica e pela imprensa. Assinala: "O vigor, o nível, a originalidade de uma obra que, provavelmente, marcará a segunda metade do século XX na literatura brasileira assim como *Macunaíma*, de Mário de Andrade, marcou a primeira metade".

João Maia Neto saudou o romance *Maíra* com a expressão tupi que significa espantoso, formidável: "*Maité! Maité!*".

Antônio Houaiss fala mais alto, dizendo que a trajetória de Darcy é literalmente miraculosa ou celeste. Minha colega Carmen Junqueira confessa que "*Maíra* é a grande interpretação do mundo indígena brasileiro que minha geração e a de Darcy Ribeiro conheceram. Existirá melhor antropologia?". Minha querida amiga Maria Luiza Ramos, numa análise aguda, mostra que o tema de *Maíra* é a morte. Para começar a morte de Deus, um duplo Deus-gêmeo, que morre porque o mundo não tem remédio.

Um colega meu, do contra, dizia que meus estudos de arte plumária e os de Florestan Fernandes sobre a guerra tupinambá provavam que éramos tratores de esteira usados para colher alfaces. O melhor elogio que saboreei, tanto melhor porque parte do intelectual a que mais admiro e respeito, foi o de Antonio Candido, dizendo que "Darcy é uma das grandes inteligências do Brasil de todos os tempos".

Gosto também dos elogios menores, de mulher dizendo que sou bonito e gostosão. De homens me ouvindo com admiração. Gosto até das adulações. Um bom puxa-saco é coisa apreciável. Falei antes de minhas grandes alegrias. Poderia desdobrar em páginas as menores. Por exemplo, um almoço que mais de sessenta mulheres comeram comigo no dia do meu aniversário. Amigas de décadas atrás e amigas de agora, todas esplêndidas, produzidas, maquiadas, perfumadas para mim. Só para mim.

Ética

Em meu romance *Maíra*, admito que minha grande inveja nesta vida foram Che e Allende, queridos amigos mortos em glória. Eu gostaria de uma morte assim: fuzilado, enforcado, para montar tão fortemente na cacunda do povo que jamais seria esquecido. Uma glória assim vale mais que décadas de sobrevida modesta. Até as glórias menores, do renome como romancista ou intelectual voz de seu povo também me encantam.

Entre os focos que atraem os homens, poucos me incandesceram. O poder também me atraiu sempre soberanamente. Nada há de maior e mais importante como a possibilidade que ele abre de reverter a História. O saber é lâmpada acesa que me atrai numa vontade sem trégua de tudo compreender. A santidade não me interessa, não tenho carne para martírios pios ou para unções místicas. A riqueza também jamais me atraiu. Estive perto, a tive quase ao alcance da mão, se quisesse. Jamais me interessou.

Mas o que é que eu sei de mim? A imagem que está impressa na mente dos outros será provavelmente muito mais autêntica que a minha ideia de mim. Raspar o fundo de mim, procurando motivações pelas quais vivi, é o que faço nestas *Confissões*. Com pouco êxito.

Acho que sempre tive consciência clara de mim. Clara e contente, até alegre. Não me arrependo de nada que fiz. Arrependo-me, isto sim, de alguns malfeitos que não fiz. Tenho um sentido agudo do Brasil como desafio posto a todos, mas principalmente a mim. Como promessa de uma nova civilização ecumênica e feliz. Vejo-me como o servidor público, o estadista que nasceu para forçar o Brasil a dar certo.

Não sou bom no sentido cristão, de bondade caridosa. Essa de contentar-se em dar uma escolinha boa ou uma sopa para os famintos. Odeio essa postura dadivosa, que só serve para consolar os culpados da ignorância e da pobreza generalizadas. Quero é fartura para todos comerem, para crescerem sadios e manterem seus corpos. Quero é boas escolas, para a criançada toda, custe o que custar, porque não há nada mais caro que o suceder de gerações marginalizadas pela ignorância. Quero é lotear essa metade do Brasil possuída pelos fazendeirões que nunca plantaram, nem pretendem plantar, para entregá-la em milhões de fazendinhas familiares à gente que se estiola desempregada e decaída na pobreza e na criminalidade.

Encanta-me sonhar com o que seria a Amazônia, com a mata devolvida aos caboclos, que são o povo da floresta, para ali se assentarem tão sabiamente como os franceses se assentam na França para produzir queijo de cabra e vinho. O bom da cultura francesa, o invejável, é isso. Os nordestinos também poderiam, com sua adaptação ecológica admirável, construir em suas terras um admirável mundo novo de diversidade cultural.

A ética é o motor que me move na ação política. Só por uma profunda lealdade ao bem que se possa fazer e a mais total repulsa a toda perversão e corrupção, se pode caminhar na arena política sem se sujar. Essa postura faz com que se criem a meu redor, e se multipliquem, os anticorpos contra o que chamam moralismo e principismo. Mas eles são bons escudos. Insubstituíveis.

A única alternativa que se oferece a uma postura ética é a indiferença, que chega a ser criminosa num país de diferenças sociais gritantes como o nosso. É possível propor muitos projetos de reordenamento social diferentes e até opostos ao meu. Esse foi o caminho dos comunistas, aferrados ao padrão soviético de revolução. Foi, também, o caminho das esquerdas irredentas, que sonhavam com uma revolução fácil pela via guerrilheira. Nenhuma delas chegou a formular-se responsavelmente como programa de poder. Serviram mais para incentivar a preguiça na ação dos que apoiavam o governo reformista de Jango, qualificado como populista.

Sua influência exerceu-se principalmente nas classes médias intelectualizadas. O povão mesmo apoiava o programa de reformas. Sua consciência, feita pela relação direta com a realidade dura em que sobrevivem, pede uma revolução viável, um reformismo que abra as portas a futuras utopias. Meu trabalho, no plano ideológico e na ação política, consistiu essencialmente em reforçar essa tendência ou a fé popular na viabilidade do nosso programa de reformas.

Fomos derrotados, ao fim, pela conjunção da direita brasileira com a direita internacional, dentro da estratégia mundial da Guerra Fria. Não foram erros do governo nem das esquerdas que desencadearam o golpe.

Ele foi urdido e implantado num planejamento cuidadoso, realizado em Washington e imposto ao Brasil como uma intervenção estrangeira. Não há explicação nenhuma aceitável para a perda do governo. Essa é a suprema culpa de todos nós que participamos de um governo popular, predisposto como nenhum outro na história brasileira a reformar nossa institucionalidade, e o deixamos escapar.

Eu acreditava até o último momento que ainda poderíamos ganhar um mês para acionar, a 1º de maio, um movimento grevista operário e camponês que unificasse o povo e forçasse o Congresso a aprovar o projeto de reforma agrária que havíamos apresentado a 15 de março. E sua resultante, que seria um governo reestruturado para implantar essa reforma e o controle do capital estrangeiro, já estatuído em lei. O golpe se antecipou, como é sabido. Ainda no seu curso, eu acreditava poder enfrentá-lo, tais eram as forças de apoio com que contava o governo. A condição, porém, era enfrentar a luta armada com a defesa armada, aceitando o desafio da guerra civil que a direita propôs. Essa forma de luta visivelmente não correspondia à personalidade política do presidente João Goulart, que se horrorizava com a ideia de lançar o Brasil numa guerra fratricida.

O povo viu, perplexo, o poder se reverter contra ele. Procurou, em vão, condutores políticos, líderes e estadistas que pudessem orientá-lo, mas estava de mãos atadas para o sacrifício. Minha dor maior neste registro é saber que, uma vez mais, as portas da História se abriram para refazer a nação brasileira e imediatamente se fecharam aos que podiam reconstruí-la. Aí estão, porém, nossas bandeiras, nossas causas, nossas barbas, à espera de lideranças políticas mais capazes de levar o povo brasileiro à vitória contra os ataques daqueles que sempre o mantiveram e o mantêm escravo e oprimido.

Sempre fui um ser ético, com a pretensão de conduzir-me e julgar aos outros segundo valores do bem e do mal, do justo e do injusto. Essa visão é tão ampla que vejo tudo e a humanidade toda como o universo em que opero como o majestoso juiz. Estou sempre pronto a emitir razões explicativas e justificativas. Isso vem, provavelmente, de meu fundo comunista, que me fez responsável pelo destino humano. Sou regido por um pendor libertário tão veemente que, se me deixo solto, sou capaz de me pôr a salvar o mundo, quer ele queira, quer não queira.

Em matéria de ética sexual, primeiro fui muito intolerante. Agora sou menos inocente. Admito que muitas formas de conduta sexual são potencialidades humanas que não podem ser proibidas de expressar-se. A primeira lésbica que vi me assustou muito, tanto como se ela tivesse um corpo de coelha. Depois me habituei com elas. Aí aprendi que essa postura é coisa velha entre nós, vetusta. O livro mais antigo que se escreveu sobre o Brasil, de P. M. Gândavo, dá notícia de que havia naquele Brasil nascente uma ordem de mulheres que guardava castidade quanto aos homens, mas ia à guerra, tomava mulheres e se fazia tratar como maridos.

Os gays são meus velhos conhecidos. Ainda menino, soube de uns velhos que pagavam guris para pôr neles. Depois conheci um casal muito digno de homem e homem, alfaiates famosos e respeitados por toda a cidade. Mais tarde, tive excelentes amigos gays que trabalharam comigo por anos. Alguns tão enrustidos que não tinham coragem de se assumir, embora revelassem seus pendores por todos os poros. Hoje, vejo lésbicas e gays como seres dotados de talentos raros e penso que cada qual deve desfrutá-los com coragem. O certo é que me seria impossível fazer o que eles fazem, até me mataria se quisessem obrigar-me.

A memória de mim vai se esvanecendo cada vez mais. Juntei o melhor dela nestas *Confissões* e num cofre inseguro: o coração das mulheres. Outro dia voltei a repassar na memória muitas delas. Foram umas tantas, muito menos do que devera e era meu direito. Sei que algumas se lembrarão de mim. Por quanto tempo?

Meu sentimento de mim é, hoje, principalmente, a sensação de que se fechou meu leque de opções. Primeiro as vozes clamantes de coisas que poderia fazer. Tantas. Depois, e cada vez mais de menos, até fechar-se agora todo o meu leque, sabendo que não farei mais nada. Minha enfermidade progride em incômodos e dores, ainda suportáveis. Basta aumentar a dose do anestésico. Há um ano achava que meu horizonte de vida era de seis meses. A injeção de estrôncio e a radioterapia me deram a ilusão de que era de três anos e meio. Por que o meio?, me pergunto.

Quanto viverei? Sinto, temo, que qualquer dia posso quebrar um osso — a bunda, as coxas, o crânio. Será a hora derradeira, a hora de me apagar, de me acabar. Mas enquanto os males não vêm, como cachorros ferozes para me morder, morderei eu, alegre de viver a vida, qualquer que seja.

Não tenho temor à morte. O que me dói é a dor de perder a vida, misturada com saudade dos gozos que ela me deu. Me vejo menino, crescendo sob o espírito de mamãe, o seu santo orgulho de minhas pequenas façanhas. Me vejo jovem, descobrindo, aprendendo o que é o saber, encantado com o que ele podia oferecer. Me vejo vivendo com os índios do Pantanal e da Amazônia, aprendendo com eles a ser gente humana, verdadeira. Me vejo vivendo as lutas e tensões para criar a Universidade de Brasília. Me vejo governando com o coração cheio de certezas de que o mundo é perfectível e de que se pode melhorar a vida para todos. Me vejo exilado, perdido de mim, me buscando, criando um novo ser que seria eu. Me vejo escrevendo romance para fugir do exílio, revelando em meus heterônimos o Darcy que poderia ter sido e nunca fui. Me vejo de retorno, metido em grandes fazimentos, retomando o gosto pela política para fazer aqui e agora o que é factível para a vida ser mais farta e mais alegre. Me vejo envolvido por minhas mulheres, vivendo novos amores, aprendendo que amar é compreender e confluir.

Alarme

Portugal é um avô velhinho, andando trôpego, sustentado numa bengala. Precisamos aposentá-lo, porque ele já fez o que devia. O Rossio me faz pensar que qualquer tio meu possa sair de uma porta e me saudar. Tudo é gente minha. Salvam-se os grandes restaurantes, onde se come fantasticamente. Andei Portugal dentro de carro, com uma namorada, Irene. Visitamos todas as cidades do Norte até Santiago de Compostela, já na Espanha, onde nos hospedamos no mais velho, mais luxuoso e mais lindo hotel do mundo. Voltando, paramos dias no Porto, andando à beira-rio para ver as casas subindo pela encosta. Esqueci-me de comprar uma escova de dentes de pelo natural, que hoje só se produz em Portugal, e fiquei condenado a usar essas escovas de plástico. Horríveis. Conversei com professores da universidade, procurando notícias de Urraca, a rainha que podia ter fundado Portugal, antes do ano 1000, mas começou a transar com o rei de León. O filho teve que guerreá-la para criar Portugal. É meu avô heráldico.

Paramos também nas hospedarias de velhos conventos em Coimbra, onde se formaram as elites intelectuais do império português e que ainda cheiram a José Bonifácio. Voltamos por Setúbal. Lá olhei por horas, de uma amurada, a ilha de Troia. Me perguntava se era ali mesmo a Troia antiga. Claro que fomos antes a Sintra rever o palácio do reizinho louco, dom Sebastião, que foi com seus companheiros de farra fazer uma cruzada de brincadeira e nela morreu, morrendo com ele todos os herdeiros possíveis da Coroa portuguesa. Em consequência, Portugal e Brasil passaram oitenta anos sob o domínio da Espanha. Ainda hoje meus caboclos do Nordeste e de todo o Brasil arcaico fazem sacrifícios para desencantar nosso jovem rei morto. Em Lisboa, fico sempre numa das duas casas do Hotel das Janelas Verdes, na rua do mesmo nome, olhando e cantando Luiza, que sempre me sorri, mas nunca me deu. Bandida.

Saudades de Portugal e do meu amigo Mário Soares.

Essa viagem à pátria velha foi muito ruim demais. Lá, nas últimas semanas, uma dor na bunda passou a doer também nas coxas e ficou quase insuportável. Passei dias no quarto de hotel, ouvindo Irene ler para mim O *mulo*. Afinal, fiz o que devia fazer – voltei. No Rio, me entreguei aos médicos e soube logo depois que estava com câncer de próstata. Não dei bola. A próstata é um erro de Deus, que decidiu colocar no mesmo encanamento de esgoto a porra e a urina, coisa que nenhum engenheiro faria. Tinha mesmo que dar galho. Era só extirpar a dita para me livrar do câncer. O único inconveniente era que passaria a ejacular para dentro da bexiga, coisa que esconderia das mulheres.

Qual o quê! Meu câncer prostático já se difundira pelo corpo todo, em metástases que estavam me roendo a medula óssea. De fato, tinha toda a minha caveira carunchada, e os médicos acharam que não adiantava mais operar a próstata. O que cabia era o tratamento químico e hormonal. Fui a eles, achando que o químico não seria danoso. Foi. Tinha medo é do hormonal, injetado em tais quantidades que podia me fazer crescer os peitos e me dar ares femininos. Não foi assim.

Enfrentei tudo isso tão airosamente que continuei meu trabalho no Senado e ajudando o governador Brizola no Rio. Fui até a uma feira em Frankfurt no mês de outubro, em que me cansava muito ao andar as distâncias inevitáveis de percorrer a pé. O ruim mesmo foi na ida para Paris. Já no vagão em que me sentei, cheio de desejos de ver o outono europeu pela janela, me senti miseravelmente mal, com um enjoo infernal. Encolhi-me todo. Tanto que uma senhora francesa que estava a meu lado fez gestos de socorrer-me. Eu queria era estar só com meu enjoo. Chegando a Paris, a tal senhora desceu minha mala e me ajudou a baixar do trem. Não podendo andar, abracei-me num poste e lá fiquei, até que passaram por mim meu querido Zuenir Ventura e um grupo de brasileiros. Me socorreram e me levaram ao hotel, mas o pobre teve que ficar a noite toda me cuidando, arranjando médicos e me olhando. O tal médico diagnosticou uma crise de labirintite aguda. Na manhã seguinte, pedi ao carro da embaixada para ir ao aeroporto e voltar ao Brasil. Viagem ruim. A pior que fiz.

O tratamento químico me abateu tanto que acabou gerando, meses depois, uma pneumonia feroz. Sempre pensei que tinha vantagem de não morrer de pneumonia dupla, mas não pensava que a simples podia me matar. Acabei internado no Hospital Samaritano para tratar de uma pneumonia gravíssima. Na manhã seguinte, ao levantar da cama de meu quarto para ser conduzido à UTI, vi sobre a cama toda uma peruca armada sobre os lençóis. Era minha cabeleira, que ficava ali. Verifiquei passando a mão na cabeça, careca como um ovo. Era boa de ver minha ex-cabeleira posta no travesseiro. Se viam primeiro as raízes brancas dos cabelos, como um cocar, do qual saíam todos os fios da minha cabeleira.

Fiquei mais de vinte dias plantado na UTI, todo entubado a partir dos meus buracos naturais — nariz, boca, pinto, cu — e de outros dois que abriram — um na goela, outro no púbis, além de veias expostas dos dois braços para mexerem no meu sangue. Pior que meu sentimento de mim mesmo era ver o povo da UTI. Velhos e jovens, homens e mulheres, todos caquéticos, esperando a morte. Havia um silêncio espantoso, impossível, porque deviam gemer muito. A presença constante e carinhosa, naqueles tempos sem dia e sem noite, era a de Theresa, que me olhava e me cuidava. Tinha na cara a certeza da minha morte. Essa também era a certeza de Mário e de Tatiana. Só eu acreditava que não ia morrer.

Quando melhorei um pouco, mas muito menos que os médicos queriam para livrar-me da UTI, começou minha guerra contra o querido doutor Jorge. Eu punha a mão na tapagem que tinha no pescoço para tentar gritar que queria ir embora dali. Que ali morreria, com certeza. Todo dia ameaçava matar-me. Ameaçava tão veementemente, agarrando os encanamentos e tentando arrancá-los, que amarraram minhas mãos.

Tempos ruins. Os piores que vivi ou desvivi, naquela antecâmara da morte, nos fins do ano de 1994. Num texto que escrevi logo depois, transcrito a seguir, conto a minha visão louca daqueles loucos dias.

UTI

VOU REGISTRAR AQUI ALGUNS RECORDOS DO HOSPITAL, PRINCIPALMENTE da UTI, que me vêm recorrentes à memória. Não são notícias, são alucinações que tive lá, angustiadas, mas que retratam o estado de espírito em que eu andava naqueles dias.

Meu irmão Mário, eu o vejo como um irmão confuso. Gostava de vê-lo ali sentado me olhando, triste, preocupado. Certo de que eu iria morrer, irrecorrivelmente. Nos pesadelos ele parecia outro, estava do lado dos médicos, que queriam me matar. Toda noite comia com eles no apartamento do dono do hospital. Nos banquetes que eu não via, mas adivinhava com a boca cheia d'água, numa fome desalmada. Mário só me falava para dizer que tudo ia bem e que os médicos eram ótimos, tinham alta tecnologia para tudo. Ele era o contrário de Theresa, que me dava a ideia nítida de que estava do meu lado contra todos os filhos da puta: médicos, enfermeiros e os mais.

Tinha pesadelos repetitivos, tão angustiantes que me apavoravam, principalmente com uma dona do hospital. Uma bandida amiga de Leonel Kaz, que ela desprezava como uma peça do dono do hospital. Peça comprada e paga. Leonel a temia mortalmente. A bandida queria me jogar e me jogou num poço fundo, redondo, que tinha uma boca fechada com uma tampa de metal. Metido lá dentro, quando ela fechava a tampa eu não podia respirar, sentia que ia morrer afogado, quando a dona me tirava para outras safadezas. Uma delas era enfiar na minha boca grande quantidade de cocaína, sujar de cocaína minha roupa e me arrastar para a estrada. Ela queria simular que eu havia morrido por overdose. Tudo isso me obrigava a brigar incansavelmente.

O pior de tudo eram as minhas relações com o dono do hospital. Um bandido que nunca me deixava ver a sua cara e que eu suspeitava ser algum conhecido meu. A UTI dos pesadelos era uma sala oval, em cujo teto, também oval, havia um rebaixamento igualmente oval. O dono, do lado de cima, desenhava e escrevia lá naquele rebaixamento. Eu respondia riscando do lado de baixo. Geralmente dizendo que sabia bem quem era, e que, saindo, ia comer a mãe dele. O puto me ameaçava tomar

Theresa de mim e convertê-la numa daquelas enfermeiras horríveis do hospital. Essa tortura nunca parava, repetia-se, renovada a cada noite.

Lembro-me agora de outra malvadeza da gorda, que tenho certeza de que conheço, era a principal executiva do poderoso. Tinha a seu dispor uma farmácia cheia de venenos. Além daquela tentativa de me enfiar overdose de cocaína na boca, ela estava sempre dizendo que tinha posto veneno ou incrementos na água que eu chupava através de tubos.

Outra angústia sonhada, terrível, era com Theresa. Numa delas Theresa havia matado Jairo e os filhos, ficara louca, furiosa, arrancando os próprios cabelos até ficar careca, ali na minha frente, tão careca como eu. Noutra sequência, Theresa e Tatiana haviam arranjado uma Kombi enorme e velha para me tirar do hospital. Chegaram a me pôr na Kombi, onde estava o pai de Theresa, um velho inútil que não sabia dirigir. As duas bandidas estavam ali ao lado, na porta de um bar, me acenando as mãos e rindo feito doidas. Bêbadas. Numa outra sequência, Theresa é que tinha morrido. Eu fiquei desesperado, abraçando um Jairo enormíssimo e magríssimo, todo vestido de preto que, com suas mãos de aranha, abraçava a mim e aos dois filhos, também vestidos de preto. Era uma tristeza só.

O tal hospital ficava para mim numa península da Espanha, cheia de praia e de turistas muito peladas que eu devia ver, mas não conseguia me arrastar para lá. Sonhei longamente com uma sobrinha minha, filha de Norminha, que era freira, vivia em Cuba e se havia apaixonado por um cubano muito sem-vergonha. Eu pedi ajuda à minha sobrinha, mas ela não podia fazer nada, pois só atendia ao cubano, com medo de estar grávida dele.

Cuba teve muita presença nos meus pesadelos, principalmente uma cubana alta e forte que era campeã de corrida e de saltos, ganhava até dos cavalos melhores do mundo. Ela se acercava de mim, prometendo levar-me nos seus braços para fora do hospital quando eu pusesse lá um caminhão para levar-me a mim e outras coisas.

Um cubano, simpaticíssimo também, era tão generoso que queria levar ao hospital a mulher dele para mim. Falava longamente das virtudes da mulher, que, sendo bailarina, fodia formidavelmente. A qualidade maior dele é que, quando estava me cuidando no hospital, tirava um aparelhinho de apertar os dedos para ver a pressão sanguínea e não sei o que mais, com que eu implicava muito.

Um dia os cubanos conseguiram levar uma multidão para a frente do hospital gritando: "Queremos Darcy! Liberdade para Darcy!". Aí veio a polícia espanhola montada em belos cavalos, armada com espadas longuíssimas, com que chuchava os manifestantes. Uma alucinação mais era a de um elevador que a campeã cubana conseguira abrir ali na UTI e que iria me salvar se eu dissesse para onde queria ir.

Ruins demais eram os banquetes fantásticos que serviam no andar superior. Eu ouvia o tilintar dos pratos e cristais e sentia o cheiro formidável das iguarias, mas morria de raiva porque jantavam lá com os bandidos Cláudia e Mário. Apenas passavam para me dar um tchau e subiam para a comilança.

Consegui, me comunicando através do tal oval do teto, que o mandachuva do hospital preparasse para mim, mais uma vez, bandejas de comidas formidáveis. Os cubanos desciam, apenas me deixavam ver a bandeja fantástica e sumiam com ela. Comiam tudinho. Leonel é que me explicou o que ocorria. Eles vinham do país da fome e se comportavam como os piratas, que dividem um saqueio. Ninguém tirava nada de ninguém, cada um avançava para agarrar o que podia. "É a ética do saqueio", dizia Leonel. "Famintos, comem tudo que aparece como sendo de todos para se dar esse supergozo." O objetivo dos cubanos não era salvar nenhuma donzela que trepasse com o tio dela, mas se exercerem como gente, comendo.

Fred, meu sobrinho médico, apareceu lá uma vez mas estava, ele também, do lado dos médicos, dizendo que eles faziam maravilhas científicas no tratamento a que eu era submetido. A corredora e saltadora cubana pediu água a ele e ficou esperando. O ingrato nem se moveu, porque estava assistindo a uma operação cirúrgica.

A ideia que tenho da UTI é do terror que me inspirava como casa da morte. Quem está ali, lá está para morrer. A meu lado, isso não era imaginação, dezenas de moribundos morriam sem parar. Todos enfermíssimos de doenças incuráveis, homens e mulheres, pelados. Deviam ser fétidos, mas isso eu não sentia, porque estava dopado. No quarteirão de uns seis leitos, entre os quais estava eu, mudavam sempre de doentes, quer dizer, os mortos saíam e entravam outros para morrer.

Sobre todos nós reinava um grande computador pisca-pisca, escolhendo, matador, quem ia morrer.

Consegui através de Theresa sentar numa cadeira de rodas e ir para uma UTIzinha só minha, servido por uma enfermeira mulata, magra, que gostava demais de me dar banho com esponja e água morna. Creio que ela era a mulher do cubano corno, amigo, tão amigo que até desligava um aparelho ou outro para me consolar. Espantoso é que eu não guarde na memória o episódio principal de que devia me lembrar, emocionado. Foi o dia em que o doutor Jorge chamou Theresa para me ver sair da dopagem e recuperar a consciência. Queria que eu visse primeiro alguém de quem gostasse muito. Tinha medo de mostrar a sua cara e ser xingado, coisa que eu sempre fazia. Pôs Theresa à minha frente. Quando a vi e reconheci, caí no choro mais copioso. Não podia falar porque tinha a goela furada, mas murmurava: "Thê", o ronco que ela interpretava assim. A diaba se aguentou, não chorou para não aumentar minha emoção.

Nos últimos dias da UTI, quando estava já mais lúcido e também mais certo de minha morte, chamei Tatiana para uma tarefa especial. Consegui dizer a ela, suplicante, que, morto, meu corpo seria levado para a ABL, mas eu queria que durante toda a noite de velório se tocasse a *Oferenda musical*, de Bach, pelo menos o *Movimento* 7. O lindo é que Tati conseguiu a partitura e pôs os músicos a ensaiar para a minha noite de glória. Quisera, também, disse a ela e à Thê, que ao menos três de minhas mulheres se suicidassem durante o velório. Elas fracassaram.

Theresa me recordou hoje de várias coisas que eu não podia me lembrar, coisas vividas no hospital, principalmente minha revolta insana contra o médico que me mantinha na UTI. Eu o via sempre com a cara da morte. Lembro minhas brigas com ele, com Tatiana e com Theresa para me tirar dali. Outro recordo meu é o da noite em que me agitei tanto que chamaram o doutor Jorge e ele nada podia fazer porque tranquilizante e dopante já me haviam dado em doses cavalares e eles não me afetavam mais. Chamaram Theresa à uma da madrugada, ela veio. A vi à minha frente. Expressou de todos os modos, mais com gestos que com palavras, que não podia fazer nada. Então eu pedi, chorando, que desligassem os aparelhos. Não suportava viver furado e chupado por todos os lados. Depois desta noite louca é que o doutor Jorge começou a ter medo de que eu arranjasse modo de me suicidar. Resolveu então montar uma UTI privada para mim. Custou uma nota, mas Theresa mandou pagar. O mais difícil, disse ela, foi conseguir os enfermeiros especializados da UTI para me cuidarem nas suas horas vagas.

Acalmei-me pouco, porque aí queria era sair do hospital. Os médicos tinham medo de mim porque os destratava demais. Chegou o fim do ano e eu soube que alguns doentes tinham passado o Natal em casa. Me danei. Quis logo eu também o privilégio. O doutor Jorge não deixou. Era impossível montar a enorme aparelhagem que me era indispensável na minha casa.

Minha saída foi dizer a ele a sério que conseguira mandar vir minha mãe para passar comigo o 1º do ano. Se ele não deixasse, me mataria. Assustei-o demais quando disse que o venceria porque podia fazer o que ele jamais faria: suicidar-se. Depois disso até sonhei, na noite seguida, com esse diálogo infernal: "Se eu não sair, salto esta janela ou arranco estes tubos todos".

Eu estava amarrado na cama, todo entubado, seria impossível suicidar-me, mas o doutor Jorge desistiu e reteve-me com medo de que eu arranjasse modos de me matar. Consegui, então, o que queria. Ele autorizou minha saída por um dia para meu apartamento de Copacabana, a fim de ver mamãe e rezar para Iemanjá. Saí no carrinho de rodas do hospital e dele entrei para o carro que me esperava, com Paulinho, meu sobrinho, que se comprometeu a trazer-me de volta, no dia seguinte.

Quando me vi no carro lá fora e percebi que só tinha Paulinho ao meu lado e que Jairo e Theresa vinham atrás, me danei. Fiz Paulinho, que queria ir para o apartamento em Copacabana, sair do carro, chamei os dois e ordenei: "Vamos é para Maricá". No caminho, já perto da minha praia, no último posto de gasolina, eu mandei parar. Pedi ao Jairo para me trazer um copaço de caldo de cana com limão, coisa que eu sempre fazia. Aquilo caiu em mim, que não engolia nada havia tempos, como uma maravilha. Dolorosa na boca, na goela e no estômago, mas boníssima.

Na entrada da estrada para Bambuí me deu uma gana frenética de mijar. Theresa arranjou por ali um litro usado de Coca-Cola, partiu e eu nele mijei todo o caldo de cana. Doía, porque naquela manhã tinham tirado o tubo, mas foi bom. Ao chegar à minha casa de praia me deitaram na rede do varandão e logo depois me saiu um enorme chorrilho fétido, de fazer medo. Jairo me levou para a banheira de massagem e lá me limpou com a mangueira d'água, depois pôs água fria e quente e me consolou um tempão.

Tenho certeza de que a fuga da UTI, o canecão de caldo de cana com limão e o que Theresa me deu para comer lá na rede me salvaram a vida. Sem isso, seria morte certa.

Fugido da UTI, me fixei na casa da praia de Maricá. É uma casinha linda, feita por Oscar, de frente para o mar-oceano, olhando para Angola, do outro lado. Tem na frente uma piscina linda e ótima e a varanda sai da casa e se estende ao redor da piscina com pilares de armar rede.

Ali vivi a maior obsessão intelectual da minha vida — escrever *O povo brasileiro*, coroando meus estudos de antropologia da civilização. Não queria morrer sem completar esse sexto volume, em que trabalhei durante trinta anos. Consegui fazê-lo usando as últimas versões que tinha escrito e entregando ao editor como o que eu queria que fosse: um espelho para os brasileiros se verem a si mesmos. Aventurosa e desventurada aventura dos quinhentos anos de nosso fazimento. Com plena consciência do que custou a milhões de negros e índios, e também de brancos, a construção de um povo novo, tropical e mestiço. Com plena consciência e orgulho da nossa grandeza e com o coração cheio de esperanças do que havemos de ser como uma nova civilização, feliz, generosa e lúcida.

Voltei às minhas atividades no Senado e ao convívio de tantíssima gente que passou a querer ver-me. Ao prestígio que eu pudera ter antes pelo que havia feito se somavam dois prestígios novos em flor: eu havia fugido da UTI e conseguira vencer o câncer. Mas tive uma recaída, já em Brasília, e tive que internar-me novamente, dessa vez no Hospital Sarah Kubitschek, que me arrancou de uma nova pneumonia. Apesar desses percalços, consegui escrever um livro novo, que eu sempre quis fazer, meus *Diários índios*, e afundar-me na tarefa em que estou, de dar forma a estas *Confissões*.

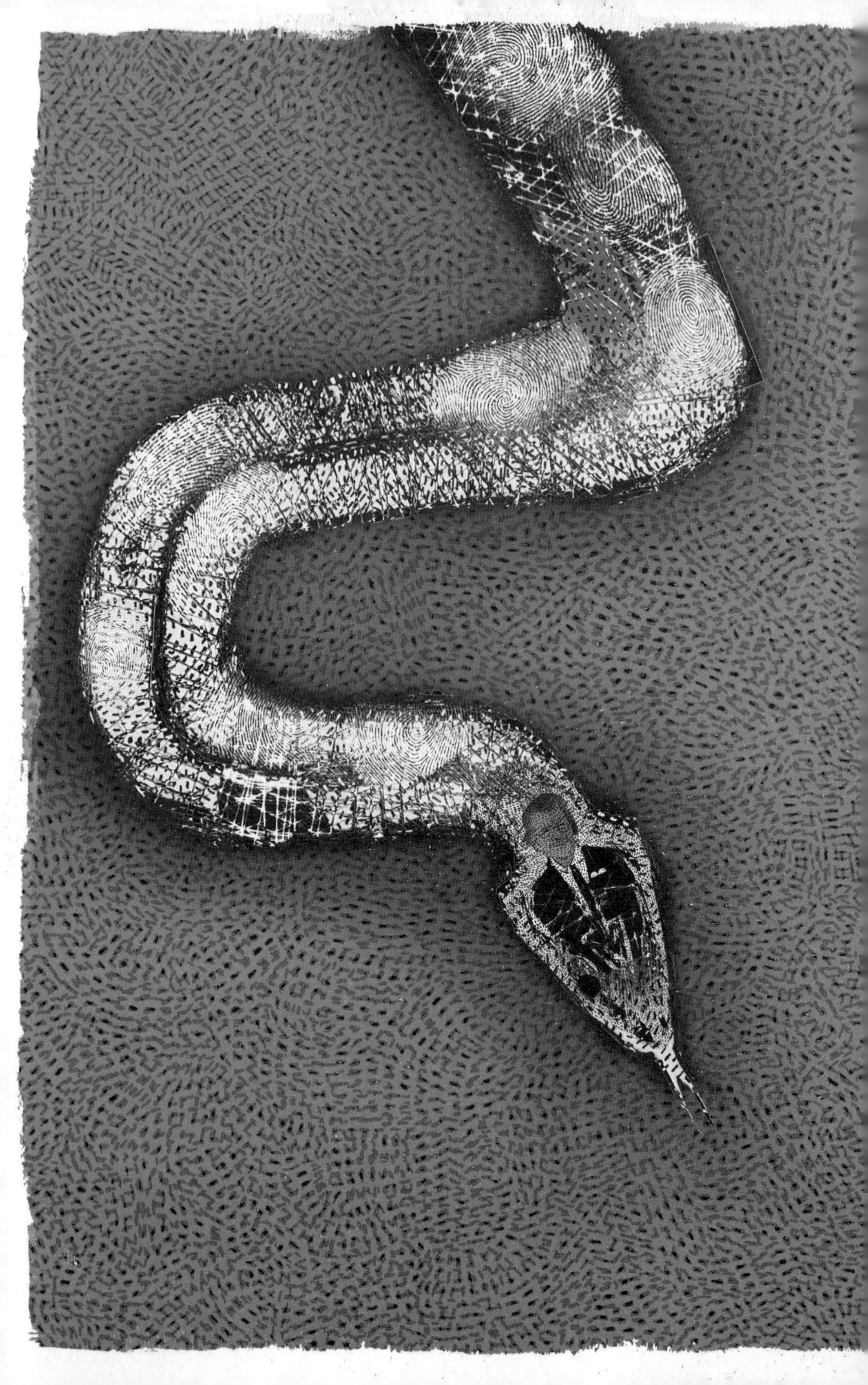

16. LOUVAÇÕES E DENGOS

Alegrias

Esta vida me deu muitas alegrias, graças. Aliás, fui feito para as alegrias. Minhas carnes não têm nenhum pendor para as penitências, os sofrimentos e os martírios. Querem gozos. Eu mesmo não tenho talento para sofrer. Gosto mesmo é dos carinhos, dos elogios, das homenagens, até das adulações. Confessando, embora, que tive e tenho carinhos muitos nesta vida que se finda, digo aqui que sou insaciável. Quero mais.

Grande alegria foi a que me deu a Sorbonne com o título de doutor *honoris causa*. Ele me foi conferido no Salão de Les Grands Escaliers, debaixo de um lustre imenso. Eu borbulhava de contente. Olhava lá embaixo Mário, meu irmão, e Jacy, minha irmã. Minha querida Cláudia, inda menina, com sua mãe, Teresa. Brizola, Fernando Henrique Cardoso e muita, muita gente mais enchendo o salão. Não foi fácil compor o discurso. Por dois meses o tive na cabeça, mudando sempre, descontente. O importante era que minha fala não fosse um elogio à mãe das universidades como inspiração do que criei de maior – a Universidade de Brasília. A UnB é gestação autônoma da comunidade científica brasileira, que eu regi no processo de repensar a universidade até as raízes para refazê-la. Custei muito a achar os temas e os tons.

Fiz da minha fala um agradecimento à Sorbonne, que com o grande título me consolava de todos os meus fracassos, de minhas tantas décadas de lutas por causas que me comoveram e ainda me comovem e em que eu não alcancei êxito.

Fracassei na salvação dos índios, que foi e é minha causa mais sentida. Eles aí estão, depois de quinhentos anos, sempre excluídos e escorraçados, perseguidos.

Fracassei na realização da reforma agrária, que desse a cada um dos milhões de brasileiros encurralados nas favelas um pedacinho de terra de toda a imensidade de terras do Brasil para se assentar com sua família e plantar o que comer e viver em dignidade.

Fracassei na alfabetização de todas as crianças do Brasil, que tentei de todo coração. Metade delas não consegue concluir o curso primário e se vê jogada na marginalidade.

Fracassei na criação de uma universidade que, em lugar de fruto do desenvolvimento anterior, fosse semente do desenvolvimento nacional autônomo. Minha criação, a Universidade de Brasília, assaltada e avassalada pela ditadura, deixou de cumprir essa função como modelo de um novo padrão de universidade.

Disse algumas coisas mais. O fundamental, porém, foram essas afirmações vaidosas, porque assumo como meus os fracassos do Brasil, mas sofridas. O bom foi que o disse em português, entregando cópias em francês para os ignorantes que me ouviam.

Alegria não menos borbulhante foi a da outorga do mesmo título por uma das mais vetustas e respeitadas universidades europeias, que é a de Copenhague. A cerimônia se deu no Salão de Atos, que é todo um grande edifício. Lá me sentei no meio de quatrocentos doutores da Casa. Esperei uns minutos meio aflito, porque não acontecia nada e o silêncio era enorme. Então, abruptamente, gritaram os clarins numa tocata de Bach, enchendo o salão de sons. Era o anúncio da chegada do rei e do reitor. Emocionei-me demais. Tinha o coração na boca.

Meu tema em Copenhague fui eu mesmo, assunto sobre o qual verso com gosto. Eu me perguntava quem sou eu. Começo dizendo que sou como as cobras. Não por ser serpentário ou venenoso, mas porque elas mudam de pele. Muitas vezes na vida mudei de peles.

A primeira, que vale ser recordada, é a do menino filho da professora primária que roubou um quilo de azul e azulou a água da cidade.

Outra pele minha, saudosa, é a de etnólogo, vida com os índios do Pantanal e da Amazônia, aprendendo a ver o mundo com seus olhos.

Uma terceira pele que encarnei e encarno ainda é a de educador. Essa tem sido de fato minha ocupação principal. Fiz centenas de grandes escolas de nível fundamental e médio. Fiz três universidades e estou fazendo uma quarta.

Pele que ostentei e ostento é a de político. Sempre fui, em toda minha vida adulta, um cidadão consciente, capaz de emocionar-se pelos problemas humanos, sobretudo os sofrimentos, onde quer que eles se deem, na Terra inteira. Minha luta como político é contra a desigualdade social em meu país, a enfermidade principal dos ricos brasileiros, que é sua indiferença diante do sofrimento do povo. Tenho tão nítido o Brasil que pode ser, e há de ser, que me dói demais o Brasil que é.

Discorri discretamente sobre minhas obras e fazimentos, sempre exibindo as peles que vesti na vida, orgulhoso delas. A verdade é que guardo, no fundo do peito, a esperança de ter ainda tempo para fazer, no futuro, mais do que fiz no passado.

O primeiro título doutoral que recebi na América hispânica foi o da Universidade da República Oriental do Uruguai. Ele me foi concedido na véspera da minha partida, depois de quatro anos de vida fecunda naquela universidade e na cidade de Montevidéu, que se revelou para mim um centro cultural muito mais alto do que eu imaginava. Lá escrevi a parte maior das minhas teorias antropológicas. Lá também esbocei meus primeiros dois romances. Nunca tive anos tão tranquilos e tão fecundos. No discurso, eu agradeci aos uruguaios o amparo e a ajuda que me haviam dado.

O outro título me foi concedido pela minha querida Universidade Central da Venezuela, que me foi outorgado num auditório cheio de gente que explodia em aplausos ao que eu dizia.

Glória maior da minha vida foi ser recebido na minha casa, a Universidade de Brasília, para batizar a bela área que eu consegui para ela com o nome de Campus Universitário Darcy Ribeiro e para receber o título de doutor *honoris causa*. Lá me saudou o governador do Distrito Federal, Cristovam Buarque, ex-reitor, dizendo que seu maior desejo era ser Darcy Ribeiro quando crescesse. Demagogia bela mas comovente para meu coração, tão ferido dos anos de desgosto com o que sucedera na UnB pela boçalidade da ditadura. O reitor João Cláudio Todorov também me disse palavras bonitas.

Eu me emocionei demais, como é de imaginar, até chorei. Falei da primeira vez em que visitei os terrenos da universidade:

> A lembrança que me veio, instantaneamente, ao saber do batismo do *campus*, foi a da noite vivida aqui há trinta anos, logo depois que a faixa de terras entre a Asa Norte e o lago foi concedida à universidade nascente. Vim com uma amiga, percorremos o *campus*, que era uma macega, andando em cada trilha que se abria à nossa frente. Primeiro vimos daqui, com

> pasmo carioca nos olhos, o esplendor do pôr do sol de Brasília, de que fruímos longamente. Depois, deitados por aqui, vimos o céu se acender, cintilando estrelado. Aqui ficamos, olhos no céu, olhando o universo mover-se. Eu, se fosse ciente, deveria ter, naquela hora, o sentimento profundo, que minha insciência não via, de que conquistara um bom pedaço do planeta Terra para nele edificar a casa do espírito enquanto saber, cultura, ciências: a Universidade de Brasília, nossa UnB.

Recordei a seguir, sentidamente, os tantíssimos professores que levei para Brasília e que, indignados com o que os agentes da ditadura faziam, degradando a universidade, demitiram-se. Foi a maior diáspora de sábios de que tenho notícia, só comparável à da Espanha. Aqueles 240 instrutores e professores que haviam recebido casa mobiliada e condições de vida e de trabalho nos laboratórios e nas salas de aula da universidade nascente negaram-se a compactuar com a indignidade e saíram mundo afora procurando trabalho. Foi o dia mais sentido de minha vida.

Grande alegria foi também receber de Fidel Castro, no seu palácio em Havana, a medalha Haydée Santamaria, concedida a vinte intelectuais amigos de Cuba. Saí dali para fazer meu discurso na Casa das Américas, que tinha o auditório cheio de intelectuais cubanos e estrangeiros. Comecei mostrando um monte de livros meus publicados em vários países da América Latina e comentei:

> Minha obra está publicada por todo o continente. Mas nunca fui publicado, senão em artigos, aqui em Cuba, porque uma mão censora me exclui do jorro editorial desta casa, que é dos maiores das Américas. Por quê? Não resta dúvida de que sou amigo de Cuba. A dúvida que restasse se teria diluído com a comenda que recebi hoje. O certo é que a juventude cubana é impedida de ler minha obra. Que é que se dará a ela para ler, se nem amigos como Leopoldo Zea e eu somos tolerados? É crível que floresça aqui uma juventude latino-americana lúcida e intelectualmente armada se ela só lê catecismos soviéticos?

O pito teve efeito. Meu discurso foi repetido na universidade e no partido, e logo depois publicaram duas obras minhas: *O processo civilizatório* e As *Américas e a civilização.*

Alegria borbulhante me deu minha eleição para a Academia Brasileira de Letras. Tanto maior porque eu sempre falei mal dela, dizendo que a verdadeira academia estava fora, em pessoas como Gilberto Freyre, Caio Prado Júnior, Sérgio Buarque de Holanda, Josué de Castro, San Tiago Dantas, e obviamente Carlos Drummond. Será porque não quiseram, mas o evidente é sua ausência.

O certo, porém, é que acabei claudicando. Certo dia, acordei desejando concorrer à cadeira onze, ocupada até havia pouco pelo médico Deolindo Couto. Comuniquei oficialmente a Austregésilo de Athayde meu desejo de merecer a glória acadêmica e me pus em campo, mandando meus livros aos acadêmicos e visitando os que me quiseram receber. Estava convencido de que seria eleito, apesar de tão inverossímil, dado meu perfil divergente da figura imaginada do acadêmico. Convencido que sou, esperei o resultado da eleição no restaurante Assirius, onde receberia os acadêmicos e também meus amigos. Ganhei.

Minha fala acadêmica teve por tema o papel dos intelectuais brasileiros como expressões mais ou menos lúcidas do saber erudito de nosso povo, a parcela de gentes de que o Brasil dispõe para entender como viemos a ser o que somos e para iluminar nossos caminhos futuros.

> O Brasil não surge do desígnio de seus colonizadores, que só queriam aqui uma feitoria. Contrariando suas expectativas, nos erguemos, imprudentes, como o novo povo, distintos de quantos haja. Somos é um rebento mutante, ultramarino, da civilização ocidental europeia em sua versão lusitana. Somos os netos dos soldados romanos que latinizaram a Ibéria nascidos cinquenta gerações depois, transfigurados em 2 mil anos de aventuras e desventuras. Somos uma nova Roma, melhor, porque racialmente lavada em sangue índio e sangue negro. Culturalmente plasmada pela fusão do saber e das emoções de nossas três matrizes. Iluminada pela experiência milenar dos índios para a vida nos trópicos. Espiritualizada pelo senso musical e pela religiosidade do negro. Desse caldeamento carnal e espiritual surgimos nós, os brasileiros.
>
> Somos, apesar de toda essa romanidade, um povo novo. Vale dizer, um gênero singular de gente marcada por nossas matrizes, mas diferente de todas, sem caminho de retorno a qualquer delas. Essa singularidade nos condena a nos inventarmos a nós

mesmos, uma vez que já não somos indígenas nem transplantes ultramarinos de Portugal ou da África.

Somos os portadores da destinação que, forçados pela História, nossos pais se deram, a seu gosto ou a seu pesar, de plasmar esse novo gênero humano, o brasileiro. Com vocação mais humana, porque feito de mais humanidades e porque engendrado de forma mais sofrida. Um povo em que ninguém está enfastiado, nem tedioso. O que todos aspiram é à fartura e à alegria.

Somos os herdeiros de uma imensa, imensamente bela, imensamente rica província da Terra que, lamentavelmente, mais temos malgastado que fecundado. Tamanho foi o desgaste que, hoje, tarefa maior é salvar toda beleza prodigiosa da natureza que conseguiu sobreviver à nossa ação predatória. É fixar as diretrizes para uma convivência melhor com as terras, as matas, os campos, as águas e toda a diversidade quase infinita de formas de vida que nela ainda vicejam.

Duas homenagens recentes me alegraram muito. A Organização dos Estados Americanos, que concede periodicamente o Prêmio Andrés Bello a eminentes educadores das Américas, o concedeu a mim. Não podendo ir a Washington recebê-lo, o ministro da Educação fez a gentileza de recebê-lo e realizar aqui uma bela cerimônia em que me foi entregue. A outra alegria a que me referi foi a comenda Anísio Teixeira, que é concedida a cada cinco anos pela Capes a cientistas e educadores. Além de seu significado como reconhecimento dos meus esforços na área da educação, minha alegria foi maior porque outra vez me vinculava ao nome do meu mestre, Anísio Teixeira.

MULHERES

AS MULHERES SEMPRE ME INTERESSARAM SOBERANAMENTE. DESDE que me lembro de mim, criança ainda, me vejo embolado nelas. Carente, pedindo carinho. Encantado, querendo encantar. Quis ter muitíssimas, se conto as duas ou três que sempre tive em mente como senhoras dos meus desejos. Alcancei as graças de pouquíssimas. Uma pena.

Foram elas, são elas, o sal de minha carne, o gosto e gozo de meu viver. Marinheiro neste mundo, amor é o vento que sopra minhas velas nas travessias. Amando, navego por mares calmos e bravios, me sentindo ser e viver. Não posso é viver sem amor, desamado, na pasmaceira das calmarias; parado, bradando de ver o mar da vida marulhar à toa.

Um olhar trocado, instantâneo, me acende todo em expectativas. Antigamente, jovem, tímido demais, ficava nisso, esperando outra piscadela, com medo de que me fugisse, nem olhares me desse mais. Maduro, fiquei meio ousado, impaciente. Ao primeiro sinal de assentimento provável me precipito. Assusto, assim, muitas vezes, amores levemente prometidos; nem isso, apenas insinuados, que perco porque os quero ter ali e agora, pressuroso.

Aos olhos das moças de hoje, minhas netas, sou um velho. Sou mesmo e isso me dói muito demais. Quisera o impossível de ser confundido com a rapaziada de agora, felizarda. A sedução intelectual às vezes remedeia um pouco. Raramente. Quando ocorre um desses encantamentos, são elas que avançam. Um beijo facial inocente, que passa raspante, lambido, pela boca, dá sinal de que ela, talvez, esteja a fim. Se acontece, nos precipitamos no canal vertiginoso. Para amar é que eu quisera viver mais e mais. Viver jovem, tesudo, seduzido, seduzindo. Quem me dera.

O amor é a mais funda, mais sentida e mais gozosa e mais sofrida das vivências humanas, e suspeito muito que o seja também para todo ser vivente. Cada pessoa devia amar todos os amores de que fosse capaz. Sucessivamente, em amores apaixonados, cada um deles vivido e fruído como se fosse eterno. Podem-se amar até simultaneamente amores apaixonados. Mas é um perigo. Faça isso não, arrebenta o coração.

Haverá quem diga, imprudente, que não falo de amor, mas de carnalidade. É certo. Amor, uma doida já disse: é carne feita espírito. Todo amor, amor mesmo de homem a mulher e vice-versa, de homem a homem, de mulher a mulher, tem sua base carnal ou é um mero encantamento. Há uns pobres amores chamados paternais, filiais, fraternais, amigais — embora se diga que são contaminados, eles também, de carnalidade, mas este é outro departamento.

Amor sem desejo e confluência é fervor, bem querer, ou o que se queira. Mas amor não é. Somos seres irremediavelmente solitários. Ao nascer, rompemos, sangrando nossa mãe, o vínculo carnal com ela, que se recupera em nostalgia, mamando, sonhando. A única comunicação possível, desde então, é a carnal, do amor. Nele é que, comungando nossos corpos engolfados um no outro, rompemos por instantes a solidão para, sendo dois, nos fazermos um naquele sagrado instante.

O só desejo de confluir, ainda que irrealizado, porque inalcançável, é ainda amor. A ausência de desejo é, já, desamor. Às vezes, há um ser muito querido, mas que é tão só um amor amado. Há, concordo, carnalidade sem amor. São prevaricações. Gratificantes por vezes, até demais. Tanto que alguma gente, homens sobretudo, se vicia nelas, só querendo fornicar e variar. São bichos-gente, incapazes de amar.

Na sucessão das estações da vida, o tempo, fera, nos vai comendo. Primeiro, os anos infantis da idade dos dentes de leite, mal capazes de morder, quando todo amor é vão e temporão. Depois, os juvenis, tão aflitos, excitantes, tímidos, frente a um mundo suculento, frutuoso, oferecido ao desejo, e a gente sem coragem de colher o seu, deixando passar, enquanto o tempo nos esgota aquela idade. Mais tarde, apenas maduro, maduro já ou madurão, nos chega pleno em atracações de meses, de anos, todas eternas enquanto duram, disse ele. Depois? Ora depois, depois vem a era de quem era, triste era.

Eu, pobre de mim, estive sempre tão ocupado em planos e fazimentos, com a vida me jogando daqui pr'ali, desatento de mim mesmo, que até do amor vivi, se não abstente, quase sempre meio ausente. E o tempo a me acabar, inclemente. Agora, me espanto de ver aquele menino antigo, aquele rapaz tímido, aquele homem-feito, posto na idade provecta, respeitável. Só agora, tão tardiamente, sinto a dor dos buracos de mim em que vivi ausente, desamado, enquanto o tempo me comia os idos. Inapelavelmente.

Há o amor desta idade? Querem que haja, platônico, decerto. Quer dizer: sem dentes, impotente. Conheci muita gente que me falou dela antes que eu a alcançasse. Todos, como eu agora, estavam acesos, querendo amar, sofrendo não poder, mas querendo, insaciáveis. O amor é o assunto preferido de velhos que têm juízo e coragem. Muito mais que os jovens, eles falam, incansavelmente, de amores imaginados, havidos ou esperados. Trêmulos já dos anos que lhes pesam, continuam balbuciando, querendo amar. Que força terrível a desse motor da vida que vibra em todo ser, forçando-o a transar, multiplicar. Isso é a vida, esse clamor do desejo, essa confluência sem fim, esse gozo, ou a ruminação longuíssima da memória deles.

Falei uma outra vez sinceramente, pela boca de Gê, no romance *Migo*. Amores dele, decerto. Veja lá:

> Umas mulheres, das mais mulheres deste mundo tão bem provido delas, atravessaram meu caminho e eu, graças a Deus, o delas. Todas se imprimiram em mim: prazer e dor. Cada qual a seu modo foi meu eterno amor naquela sua, nossa hora. Algumas ficaram em mim. Eu as terei sempre. Quais?
>
> Minhas mulheres indeléveis não são aquelas com quem breve transei. Nem as tantas que amei pouco ou demais. É por vezes alguma com quem apenas cruzei de passo, só vi longínqua, por instantes; mas senti, reconheci, que podia ter sido minha amada mais amada. Serão principalmente aquelas mulheres que tive ou inventei e tanto amei, em carne ou fantasia.
>
> Umas quantas dessas amadas reais e imaginadas me habitam. Sempre habitarão. A jovem alemã dos meus trint'anos que andou lado a lado comigo, uma rua inteira, numa cidade estrangeira. Ela falando, eu calado. A moça mineira do carro-restaurante numa viagem ao Rio. Ela de vestido abotoado de alto a baixo que eu, beijando leve, desabotoava, tocando leve, e ela abotoava. A do alpendre, tão risonha que toda tarde me esperava e eu passava, passava, e não tocava. Tímido demais.
>
> Como esquecer — por quê? — as noivas alvoroçadas, me dando premissas? A do desastre de avião quase mortal, que nos deixou com um medo de cal, abraçados, no quarto de hotel. Eu, trêmulo, querendo. Ela ardente, se guardando e se dando, continente. A outra, já casada, recém-casada, em sua

lua de mel, na cidade serrana, enlaçando os dedos de seus pés nos dedos de meus pés, debaixo da mesa. Com o marido em flor, ali ao lado, e minha noiva, também ali ao lado. A quitenha, inda menina e tão macia, deixando os braços do barbudo dela pra se enrolar nos meus e rolar. Nunca tinha visto ninguém tão cheirosa.

Ó doces e acres amadas minhas de amor recôndito e passageiro, que no seu instante nosso me iluminaram, e sempre me retornaram. A hospedeira severa, que coando café me dava, fazendo de conta que não dava. A moleca maranhense, rendeira, feita de rapadura escura, empapando o pixaim de brilhantina, para me mostrar que dava. A mulher do sargento, que eu amava ao anoitecer debaixo do umbuzeiro, apavorado. A nisei, tão doce e tão atada que só me dava se sentindo estuprada.

As duas moças daquela viagem antiga. A genebrina esguia e doce, morrendo de saudade do Rio, que eu tão mal amei e abandonei. A moça de Araraquara, que quase me matou, rapaz, no metrô de Paris. A menina carioca, que me deu sua flor na hora da aula e mostrou depois, orgulhosa, a rosa rubra no lençol. As minhas paulistas mal-amadas: a despelada e a dos joelhos belos, ambas de mãos quentes, sexo ardente. Aquela virgem bretã, tão bem lembrada, que na hora do amor sangrou demais, se apavorou, me apavorou. A moça virando rapaz, que chorava e queria e não queria e chorava. A roceira uruguaia, cheirando a feno, que me acolheu carinhosa e tanto mereceu. A fotógrafa orgulhosa de seu grelo estufado. Minha colega portenha de púbis alto, bocetinha bicuda, estreitíssima. Minha amada *pied-noir*, amorosa, sutil e sábia, com suas toalhas embebidas de vapor, que me animava a ritornelos. A suíça bela, longa, bela, fumando comigo na cama e falando ao telefone com o marido, amando e comendo bombons.

Mais que tudo contam minhas amadas tantas, tão poucas, que eu amei muito demais. Amei de paixão assumida, soltas as rédeas, na cavalgada, subindo a céus celestiais e baixando a infernos infernais. Essas minhas amadas mais amadas aí estão, sempre estarão, esvoaçando sobre as ondas de minha memória, prontas a retornar. Ontem tão carnais, são hoje parte espiritual de mim.

Ó minhas donas que amei, que comovi e que me comoveram tanto. Quais? Quantas? Sei lá. Muitas. Muito poucas. Na verdade, só uma. Uma só. Amamos eternamente é o amor de cada hora, em suas encarnações inumeráveis. De quem vou me lembrar, aqui, agora? Sei não.

Aquela grã-senhora, dona de minha inocência, que veio, me ganhou e se guardou secreta, a meu lado, recôndita, por séculos.

A moça doce, de convivência longa, confluência breve, com sua verruga no beiço, a cabeleira espessa de noite escura, boca de hortelã. Quebramos o catre no primeiro encontro.

A morena esguia, cheirando a rosa, boca em relevo, pele de seda sobre óleo, tesuda como ninguém. Tanto me amou e me traiu. Eu tanto amei e traí, tanto, tanto, tanto. Um dia quebrei a cara dela. Ainda me dói.

A paulistinha minha, bela, fresca, dengosa, fútil como ela só, descobrindo comigo, encantada, como era bom ser tão gostosa. Seu tubinho de amar, na santa hora, meio que saía pra fora.

A sulina barroca de meus encantos, doirada, testa de anjo, abaulada, com sua cicatriz, tanto me amou e que eu amei total, aqui está, a vejo, suprema doçura e graça. Juntos, redescobrimos o amor sobre colchões e o desejo sobre pedras à beira-mar.

Ó minha amada de alegria prateada, risinho infantil em cascata, feita para brincar, sorrir e amar. Sôfrega e assustada, com as pernas muito abertas, a boca muito trêmula, ofegante.

A hispana bela, peluda, odiando ser tão cabeluda, capaz de tirar todo sumo do amor, sempre surpresa de suas prendas. Um dia saí dela, glorioso, como uma sangrenta adaga.

A sábia tigra sardenha, fêmea sempre no cio, morrendo de medo de prenhar e gostando tanto de amar como de pensar: responsável pelos destinos do mundo.

A clara musa bela, loura, louca, olhos de sóis no céu azul. Larga marido, casa e tudo, para sair pelo mundo comigo, itinerante. Eu atrás dela. Ela atrás de mim. Nos amando e nos detestando. Em quantas cidades e ilhas nos amamos?

A minha bela amada alada, artista da carne, da pedra e da musicalidade. Enormíssima. Bela, bela, criando formas com as mãos e amor com seu imenso corpo inteiro. Tudo nela era grande, abismal, femeal, principalmente os mamilos e o grelo, grandes, duros e rubros.

Ai, amadas minhas, redescobertas, em saudades recuperadas, lembradas. A dama dramática passeando comigo, de noite, na praia carioca de camisa de meia sobre a calcinha. Vivida, amava como criança, se vendo amar extasiada.

Como esquecer — por quê? — aquele meu amor pecaminoso da minha menina de seu amado desenganada? E a moça bela, quase pusela, solar, luminosa e dengosa, com mil sinos na voz, que só me queria para marido? Sempre amanhecendo com medo de ser dia, toda ternura, tesão, receio.

Estava eu a viver esses meus eternos amores fulminantes, quando chegou, afinal, o amor de ficar. Era ela, a bela. O próprio amor encarnado. A Esperada, que numa noite de milagre desencantou e me veio. Cabeleira escorrendo na cara, olhos de céu lavado, beleza infinda. Linda ela me habita, me faz, me refaz. Graça plena, suprema graça.

Na verdade, eu já te esperava desde o princípio.

Amores

Naqueles agitados anos de retorno não me faltaram amores apaixonados. Amadas falando brasileiro, cheirando a frutas da terra. Primeiro, ainda convalescente, vigiado por policiais que se revezavam a cada seis horas, encontrava alma e fôlego para combinar com eles ou enganá-los e ir ao encontro de minhas namoradinhas. Sendo impossível recebê-las no meu apartamento, onde vivia com Berta, tinha que procurar algum motel. Problema difícil, porque, não tendo carro, ir e vir do motel usando táxis é uma atrapalhada.

Assim foi nos meses que me deixaram ficar em casa. Depois, foi meu terceiro exílio. Lembrarei sempre de duas dessas minhas amadas meninas. Uma delas tinha seu apartamento, o que facilitava, mas era complexa demais. Eu achava que ela me amava, ela também dizia que eu era seu amor, que me amava muito. Mas não me queria. Desistimos das transas depois de experimentar todas as possíveis. Ela não queria homem nenhum. Acabou descobrindo que seu corpo esplêndido de mulher escondia um homem. Dilacerou tudo para se refazer tal qual queria ser, um macho. Continuamos por anos — e acabamos? — nosso amor platônico. Sou o único homem que ela se consente amar, mas num amor só apolíneo. Sofri esse amor desafiante como um dos mais fundos sentimentos de minha vida. Ainda o sofro. Ainda gosto.

Minha outra amada, muito amada, daqueles dias, amava em mim, convalescente, ali posto diante dela, um ideal freudiano de masculinidade. Era casada com um rapaz mais jovem que ela e gostava dele. Nunca me importaram essas razões e desrazões. Eu só queria a ela e a seu amor trêmulo, inocente, arrebatado. Vestia-se e desnudava-se como quem era, a menina carioca, queimadíssima de sol, que cresceu na areia da praia de Copacabana. Nunca quis me ler, temia que crestasse nosso amor. Achava todo intelectual um chato. Ela me quis, penso agora, como aquele bravo homem que fugiu sorrindo da morte para seus braços.

Não são muito de recordar esses meus amores da convalescença. Mas o fato é que penso neles, gosto deles, quero dizer, delas. Quando retornei ao Brasil, o amor de minha carioquinha tinha acabado. Ela negaceou, contou que estava num novo amor, transverso. Depois quis voltar, mas já não havia espaço. Então eu já estava replantado no Brasil, para aqui viver e aqui morrer, me exercendo como sou. Inclusive na minha imensa vontade de amar.

Fá me surgiu de repente, inesperada. Jovenzinha, bela, graciosa. Lindíssima. Além disso, muito intelectual e estudiosa, o que era chato. Caímos num agarramento a dois, apaixonado e ciumento. Nosso chamego durou mais de ano. Ela, doida, queria era casar comigo na igrejinha da Glória de véu e grinalda. Fá me deu o riso claro, a alegria, a ternura de que eu precisava muito no meu apartamentinho da avenida Atlântica.

Mas era demais sua obsessão de casar-se. Tamanha que comprei, no México, para nós, todo um enxoval de noiva. Fá adorou. Vestia-se toda, penteava-se, maquiava-se para nos casarmos na cama. Era lindo. Ela toda noiva, me amava febril, acariciando, falando, sem quebrar o desejo, mas estendendo nosso amor. Às vezes se enfurecia de tesão total. Nunca vi mulher mais tesuda que Fá. Nosso encaixe era perfeito. Saudade de Fá.

Quando rompemos, eu escrevi a Fá uma carta de amor que procurei agora e achei cópia manuscrita, perfeita. Aí vai ela total:

> Fá,
>
> Vamos caminhar juntos, meu amor. Não mais lado a lado, como até ontem. Mas cada qual para seu lado.
>
> Por quê? Pergunto aqui a mim, por quê? Por que perdi você? Em você a luz, a flor, o riso claro, o calor de minha vida. Por quê? Não quisera perdê-la nunca, jamais. Não a você, Fá, que eu chamei tantas vezes Solzinho, meu amor. Por que não querer, a qualquer preço, meu Solzinho me esquentando no inverno meu que vem aí?
>
> Não quero, não! Não quero, por você. Mas sobretudo não quero por mim! Na verdade, por nós dois. Não quero por covardia, talvez por medo. Medo atroz, feroz, que me paralisa e anula.
>
> Pense bem, meu bem. Pense para não amar, porque o amor não precisa de razões. Pense, porém, para me compreender. Veja minhas tristes razões alucinadas, mas clamantes: Tenho 55 anos. Você, 22! Morô? Sou estéril, você quer tanto parir. Viu?

Vou broxar quando você estará mais tesuda que nunca. Valeu? Sou orgulhoso e ciumento demais para compartilhar! Chore!

Se eu pudesse sonhar, quisera ser mais jovem, não que você fosse mais velha. Também quisera ser fecundo para, como Carlitos, emprenhar você cinco vezes nos próximos cinco anos. Quisera até um amor espiritual, sem transas carnais. Transas que nos atracam, que me fazem mais homem do que sou e você muito melhor, a melhor fêmea, mais femeal que eu achei neste mundo. Ainda seria de desejar que eu não tivesse medo de ficar manso e cordato, por amor de minha Fá, mas não chego a desejá-lo. É demais.

Fá, eu te amo muito. Te amo tudo? Sei lá. Te amo mais do que amei ninguém até hoje. Te amo mais do que amarei alguém amanhã. Nem espero novo amor.

Você se lembra como, no começo, eu queria calibrar nosso amor? Amo você 2,7; amo você 3,4. Depois, invertendo, amo você 4,3. É mais amor que 7,2. Ou chicaneando: estou medindo em quilates, meu bem.

Tudo passou, fiquei afinal com a verdade do meu amor todo. Todo mas insuficiente. Por que você quis pôr os pontos nos is, Fá? Por que não continuamos tão somente nos amando sem falas e razões? Você mesma me dizia que jamais amou alguém assim. Que mais amou a mim em todos os planos e níveis. Verdade? Você repetiu isso muitas vezes, até implorando, se lembra? Eu também. Quantas vezes.

Por que parar? Por que pedir que eu decidisse de imediato tomar você frente ao mundo como minha mulher ou esposa ou sei lá o quê? Só sei, de experiência vivida, que uma esposa é menos, muito menos do que uma amada. Minha louca amada.

Meu amor, eu sou hoje o abandonado que sairá outra vez em busca do amor impossível. Amanhã, serei aquele que olha para trás, recordando você para sentir que o mundo com amor ficou lá — aqui, agora — e que não vale a pena procurar mais amores.

Sinto que tudo de bom que poderia ter com você a meu lado, de repente, já sucedeu. Foi o milagre do Sol nascendo entre quatro paredes, da ternura total do homem e do amante, sentida e experimentada. Vivermos dos recordos desse milagre seria nosso fracasso. Só haveria ele, sem esperança. Mas tento exercer-me tal qual sou. É minha sina. Não tenha pena de você, Fá. Tenha piedade, muita, da Fá sofrida que viveria comigo me sofrendo – por caráter mais que por amor –, a seu amor então sexagenário.

Perdoe.

Nessa altura, surgiu Crau, meu amor de ficar. Com ela casei-me e vivi vida de casado mais de dez anos. Dando o amor fiel e constante que ela queria. Era filha de uma velha amiga. Um dia, me surpreendeu com sinais de que me topava.

Crau foi a mulher a quem eu mais amei. Um amor que começou cheio de culpas porque eu a conhecera menininha. Mais apropriado teria sido que eu me casasse com sua mãe, minha grande amiga. Mas o amor não é confiável. Espoca onde bem quer, indiferente a razões.

Quem se danou muito com nossa união foi o velho Nicolau, pai de Crau, mais jovem que eu, quando teve a notícia em Paris. Crau o acalmou, dizendo que esperasse me conhecer, para ver se eu era o comunista caquético que ele imaginava. Nicolau veio, marcamos um jantar para as sete da noite. Minutos antes, ele telefonou para Crau perguntando: "Este seu ancião pode sair no sereno?".

Acabamos como bons amigos.

Crau amadureceu comigo, bela. Lindíssima. Seus olhos claros, lavados. Seu cabelo escorrido, parisino. Sua boca de lábios debruados. Toda ela inteira era o esplendor. Ainda é. Assim me vem quando me lembro dela, curtindo saudade. Mais ainda quando a vejo a meu lado.

Tinha – ou lhe faltavam – 33 anos menos que eu. Queria que me desse seu amor de ponte entre a juventude dela e minha velhice. Queríamos era o amor total. Tudo começou um dia em Petrópolis, com um beijo de despedida que me escorregou para a boca e ela lá deixou, gozosa. No outro dia, subindo uma escada, eu segurava o braço de Crau como se ela, e não eu, precisasse de amparo. O fazia tocando, com as costas de minha mão, o volume de seus seios. Comovido.

Nos vimos uma vez mais, no sepultamento de Darwin. Eu andei todo o tempo atrás dela, vendo suas pernas bem torneadas, o tornozelo fino. Uma escultura. Seguiram-se muitos instantes eletrizantes de nosso amor desencontrado, telefonemas sem sentido, meus e dela. Encontros aparentemente ocasionais que nós urdíamos para nos ver, mesmo que fosse no meio do povo. Afinal, uma noite, surpreendentemente, ela veio a mim, a meu apartamento. A recebi na porta, assombrado de ver sua beleza. Amamos ali e não nos largamos mais. Crau me deu dez anos de felicidade. Não éramos marido e mulher, éramos namorados, amantes falando sem trégua, nos abraçando, beijando, amando.

Crau estava a meu lado quando escrevi três de meus quatro romances. Teve até o zelo de acompanhar-me a Paris, onde fiquei quase dois meses, para compaginar, dando forma final, a *O mulo*. Ela, ali, a meu lado, só saía para comprar o pão, o queijo, o vinho e alguma comida. Mas encontrava modo de estar ao alcance de minha voz, sem fazer sentir sua presença, para que eu me afundasse inteiro na trama do romance. O mesmo aconteceu com *Migo*, que escrevi em Minas, meu romance da mineiridade, que Crau conheceu, capítulo por capítulo, assim que me saíam do forno.

Tudo nos dizia que era um amor de ficar. Não foi assim. Ou só foi o tanto que um amor pode durar. Ao fim daqueles anos, nos tornamos esposos, como acontece a toda gente. Nos queríamos, é certo, mas com um amor forte e fraternal. Incestuoso.

Tivemos o bom juízo de perceber que o amor se rotinizara. Ruim, principalmente para ela, tão menina, merecedora de outro grande amor. Arranjamos a desculpa de que Crau precisava fazer um curso de especialização em Paris. Lá se foi ela. Eu a visitei três vezes. Na última, tendo já certeza de nosso esgotamento, falei claro: "Quero ser seu melhor amigo, querida".

E foi isso que sucedeu. Tenho em Crau a pessoa em que mais confio. A que mais quero, com uma ternura de irmão que sucedeu a nossa paixão lírica e carnal. Bela, bela. Lá se vão seis anos desde nossa separação.

> Crau
>
> Você foi, Crau, o grande amor de minha vida. Ainda é a minha amada, porque não me penso sem pensar em você. Não é que suponha retornos, até desejaria. Guardo em mim: Você menina, em Petrópolis, me beijando na boca. Você moça, que luz seu profundo amor, surpreendente e bela, dizendo que me queria e estava a fim. Você em Paris, já apartada de

mim, querendo experimentar as asas. Nossa despedida aquela noite final.

Mas nunca nos desgarramos, não de maneira indelével. Para sempre dois e um. Cuide de você, Claudinha.

Algumas mulheres, desde então, me deram seu amor. As lembranças delas ainda me habitam. Lu, a paulistinha de joelhos belos, que conversava antropologia comigo na cama, é boa demais de recordar. Gosto também de curtir a lembrança de uma preta belíssima, talvez até a mulher mais bonita do mundo. Alta expressão da raça negra. Seu riso, sorriso, é dos mais doces e alegres que recebi. Veio-me, depois, Vã, a ítala, política desde menininha, que ama com o saber de uma romana. Lembrança inesquecível. Gosto demais de ter a Vã comigo, para olhar, para ouvir, para amar.

Houve outros amores no entretempo. Entre eles, Desidéria, de amor quente, mas muito interrompido. Cada ida dela para suas ilhas me deixava viúvo. Cada retorno era um renovo do amor. Desidéria, mulher ambulante, andarilha, não pode ficar parada. Só se sente bem voando de avião não sabe para onde ou dirigindo carro, correndo. Sempre falando sem parar. Mas cuidado, não se engane. O que Desidéria faz inigualavelmente é amar. Ama de corpo inteiro e sempre põe a alma também nos seus amores. É um perigo para qualquer homem.

Não sabia beijar. Eu ensinei, obrigando a afrouxar bem as mandíbulas e a dizer “bu, bu, bu”, passando os dedos no lábio inferior para umedecer a boca. Aprendeu, também, comigo, a comer boca, que é a suprema forma de beijar.

Viajamos longamente, vendo todas as belezas desse Rio de Janeiro e da velha Minas. Fomos e voltamos de Parati, encantados. Até navegamos lá, eu deitado numa rede de caçar tubarões, ela se exibindo. Lindona. Outra virtude de Desidéria é ler. Gosta demais de ler em voz alta e eu gosto demais de ouvir textos meus lidos por mulher bonita.

Nossa viagem-maravilha foi a Portugal. Corremos o paisinho inteiro, de pousada a pousada, comendo comidas boas. A pobre dirigia horas e horas, como se tivesse absoluta urgência de chegar. Depois, sentada no quarto, me lia horas e horas.

Um dia, danou-se comigo por alguma bandalheira que terei feito. Não sei qual nem quero saber. O ruim do amor é essa inconstância.

O amor passa e deixa a gente vazio. Mas isso também é o bom do amor. O melhor, porque abre vagas para outro amor. Desidéria abriu muitas vagas em mim sumindo e as fechou ela mesma, voltando.

Acho que esse amor incerto, mais pensado na saudade curtida do que vivido, me acendeu o nervo poético. Sempre escrevi poesias, escrevia e rasgava. Ultimamente dei de escrever e guardar. Cheguei a pensar num livro, *Eros e Tanatos*. Oscar, meu irmão, vendo-o, aconselhou: “Escolha uns dez ou doze e jogue o resto fora”.

É o que farei, mas transcrevo aqui duas de minhas poesias inspiradas em Desidéria.

DESIDÉRIA

Desde que encontrei Desidéria, não tenho mais sossego.
É verdade que ela me falta por longos,
Longuíssimos tempos de espera.
Quando vem, me assombra.
Ou serei eu que assombro Desidéria?

Então nos engolfamos um no outro.
Eu a penetro todo inteiro.
Nela me expando como uma nuvem. Imensa,
Maior que o mundo todo. Miraculosa.
Assim viajo em Desidéria mundos impensados.

Uma vez, fomos ao lugar do Começo do Mundo.
Lá eu vi! Juro que vi!
A Boca Medonha do Sopro dos Ventos.
Vi-a, apavorado, redemoinhar a Terra,
Soprando tormentas, vendavais.

Outra vez, de Desidéria
Vi o Hórrido Lugar do Fim do Mundo.
Lá, o sol mergulha no mar.
É espantoso de ver o fremir das águas revoltas.
Ferventes, elas explodem, jorrando nuvens,
Para chover dilúvios mundo afora.

Uma vez mais Desidéria me levou, alçado.
Me largou, sem ela, na Selva Selvagem.
Desde o alto do céu me dispersou
Sobre aquela miríade de mil árvores.
Como seu ar florestal.

Lá me perdi para sempre de mim e dela,
Sentindo o vento descabelar as frondes.
Oh, Desidéria, não me venha nunca mais, Desidéria.
Ou, se deve vir, que venha logo.
Me leve em seu corpo etéreo ao Lugar Temido.

Sei que de lá ninguém voltou jamais.
Jamais ninguém voltou de lá.
Para contar! Para calar!
Lá estarei eternamente dissolto em Desidéria
Como o sal nas águas do mar.

Sábado de Carnaval — 1991

PAVANA PARA MINHA PUTANA

Plange, língua de falar.
Fale, cante, exulte.
Diga sem rodeios.
Gosto demais de mim e dela,
desavergonhadamente.

É bom demais viver.
Melhor, só é, viver nela.
Engolfado. Cravado. Abismado
Eu de mim, todo nela. Ela ni mim.
Nóis dois um só. Atrelados.

Viver é ver você me vendo.
Aqui comigo, quieta, de atalaia.
Pronta para bailar a dança crua.
Nua saltar, puta devassa.
Depois aplacada, cair lassa.

Comer com minha boca tua boca.
Cheirar com minhas ventas
Teus odores catinguentos.
Olhar com meus olhos de ver.
Vendo você me ver, dengosa.

Ouvir com meus ouvidos moucos
Palavras de tua boca rouca.
Plangendo, cantando, sorvendo
Cingir teu corpo num abraço.
Ter você envolta em meu pelame.

Oh! Amar você com meu santo
Sacrossanto pau de amar.
Gozando meu gozo, teu gozo.
Engalanados nóis dois,
Cantando a alegria de amar.

Ave, Putana sacrílega.
Sacerdotisa divina do pecado.
Virgem inviolada. Puta pura.
Boca sorvedoura de jorros de porra.
Profetiza de prodígios. Salve.

Na curva dos setenta'nos, me surge, graças, este meu amor maior. Amor crepuscular que me ilumina inteiro, me aquece todo, me renova, me ativa, me atiça e me enternece.

Amo, amado, amando.

Minha amada, eu te amo tudo.

Chego a você de mãos vazias, desgastado, embotado. Eu só, sozinho, fazendo tempo. Você, milagre milagroso, me vem, me vê, me toma, me ama.

Estava até enrabichado por outra dona, Desidéria, que eu chamava de Candelária-tapa-avenida, por sua exuberância de mulher e por sua indomável autonomia, quando você me veio. Luciana chegou como uma draga, tudo limpou, tudo arrasou. Fiquei nu, pelado, pedindo seu amor.

Nos vimos pela primeira vez numa recepção na casa daquele deputado gordo. Só vi, só registrei sua presença, sua beleza linda.

Estranhamente, Luciana não se arredava de junto de mim, quase me atropelava. Isso antes de nos falarmos. Aí, me espantei na primeira fala com o assombro dela comigo. Era leitora, tinha lido meus romances todos e tinha me visto com seus olhos de menina.

Na despedida, o beijo durou uns segundos mais, a boca pregada em sua bochecha, sorrimos coniventes, o Mister estava ali ao lado. O segundo encontro foi no aeroporto. Luciana, que foi deixar o marido no avião, me perguntou se queria carona. Queria. Despedi meu chofer e entrei. No bambolê do Sarah, aproveitando a curva rápida, pus a mão na coxa dela e não tirei mais. Quis levá-la para minha casa. Não quis. Paramos em frente ao memorial. Eram nove da noite. Lá ficamos até onze horas. Beijando mais do que falando.

Daí desencadeou-se a paixão, já no meu apartamento. Ela com medo-pânico do porteiro, da empregada. Só sossegava no quarto e aí pipocávamos. Luciana esplendia, chamava a mim minha tesão inteira. A glória de sentir minha verga empinada, mas sobretudo a alegria de ver a fome de amor de Luciana minha.

Contei a ela a fama e a fúria de Maria Chupeta, puta de Montes Claros. Luciana também era chupeta. Melhor. Mil vezes melhor que qualquer mulher que conheci. Inigualável é quando ela, sobre mim, deitada de costas, vergando minha verga, se deita e assim me come lenta, longamente. Eu me sinto mamado, chupado, explodindo até espocar na boca de Luciana. Ai, meu santo Deus dos gozos, foi você que fez Luciana para mim.

Nunca tinha vivido nada assim. O mais próximo foi aquela mestiça de Bragança que me queria dentro dela a noite inteira. Só fazia levíssimos movimentos para me manter teso e aceso e se ofendia de chorar se eu gozasse. Assim, brava, também é Luciana. No universo de sua pele sedosa, nos montes de seus peitos, nas corolas de sua bundinha, nos abismos de seus vales, nos cabelos escorridos, quase louros, em sua boca frouxa, úmida, feita para beijar.

Luciana é, sempre será, meu grande amor carnal. Espiritual também. Ela é minha santa milagrosa. Quando nos cansamos de amar e, depois do amor, de nos adular, ela pega um livro meu que trouxe. Lê ou relê para mim o que estava lendo e mais gostou. A danada quer que eu conte quem é, na verdade, cada mulher dos meus romances. Não pode crer que sejam inventadas. Tem ciúme delas, todas, e toma partido, veemente. Até Emilinha, que eu tratava tão mal, ela acha que eu devia mesmo ter jogado fora. Reclama e não compreende como é que eu não encontrei e não matei Índia. "Ela era na verdade sua mãe", diz ela.

Seu susto maior foi, chegando à minha casa, já sabendo do meu diagnóstico de câncer, me ver tomá-la e levá-la para a cama para renovar a carnalidade do nosso amor. Trinta anos mais jovem que eu, me fala e me adula com seu longínquo sotaque, me ama em ondas, com o corpo inteiro derramando tesão e ternura. Quando sai, às vezes nos detemos na sala para deitar no tapete e nos amar ali. Uma vez, ali, estraçalhamos meus óculos.

Quando a morte se instalou outra vez em meu peito, Luciana passou a se conter, com medo de alguma desgraça. Mas, ainda assim, me dá toda sua volúpia e lascívia. Até quando?

Ó Luciana minha, meu amor crepuscular. Não tinha ciúme do Mister, que não sabe de mim. Agora, morro de vontade de contar a ele tudo de nós, para saber que grande mulher ele tem. Nós dois, eu e ele, somos luas girando em torno de Luciana, nosso Sol luminoso.

Amigos

Falei tanto de meus amores bem amados, com o corpo e com a alma, que se poderia pensar que só sou capaz de amar carnalmente. Não é assim. Tenho amigas queridíssimas que nunca quiseram nada comigo em outro plano. Felizmente. Quando o amor se encerra, é muito difícil transformá-lo numa amizade sólida, o que sempre desejo fazer.

Tive uns poucos devotados amigos homens, como Carlos, meu colega; Betinho, meu companheiro, que me suportaram e conviveram comigo durante anos. Entre eles devia estar um tal Mércio, mas ele pegou preguiça de mim e se mandou. Alberto Venâncio é outro amigo, herdado de Anísio, que já era amicíssimo de seu pai. Venâncio é meu guia nos cipoais da academia e se torna um amigo cada vez mais querido e indispensável. Portela, bom amigo e bom ministro, me abriu a porta da universidade quando saiu a Lei da Anistia. O SNI era furiosamente contra. Cândido Mendes, barão de Alcântara, é o único nobre de carteirinha e anel que me dá bola. Gosto de Cândido, inclusive de sua fala barroca. Começou a ler Vieira ainda menino. Até hoje lê, reza e chora. Os últimos serão os primeiros, dizem. Entre eles está Paulão, um doutor que andava bestando em Brasília e eu pesquei para ser meu segundo na criação da Universidade Aberta do Brasil. Já falei demais de meu compadre João Carvalho, intérprete nos meus estudos dos índios Urubu-Kaapor. É gente de meu coração, queridíssima. Raul de Sá Barbosa é meu amigo desde nossos tempos belo-horizontinos. Quase não nos vemos, porque ele morava no planeta Terra como diplomata. Depois, fixou-se aqui, escondeu-se tão bem em Santa Teresa que ninguém o vê. Mas tenho saudade dele, de nós.

Para lembrar apenas os amigos e amigas que me saiam na ponta da pena e que não são somente recordados, mas queridos, lá vou eu, relacionando uns quantos.

Ira, de quem já falei nestas *Confissões*, foi, nos meus tempos de governo, a mão segura que tinha a meu lado. Minha ex-aluna, tornou-se amiga fraternal. Ainda é. Tatiana, que herdei de sua mãe, Maria da Graça, é hoje amiga queridíssima. Não sabemos viver um sem o outro. Tornou-se até educadora, e das melhores, liderando um grupo de educadoras que, depois de muita resistência, aceitaram seu comando. Reconheceram em Tatiana um senso prático e uma objetividade que permitiam pôr escolas em funcionamento melhor que debates cerebrinos. O diabo é que Tatiana é implicante demais. Compõe suas ideias com base na sua prática e se apega a elas fanaticamente. Rabugenta, se opõe tenazmente a quem queira contestar seu pensamento. Briga tanto e tão escandalosamente que um dia tive que propor pararmos toda discussão quando eu dissesse "quatorze". Funcionou algum tempo lindamente. Dito aquele número, Tatiana se calava. Um dia, danou-se, me gritou "quinze, dezesseis" e eu tive que me dar por vencido.

Com ajuda da Tatiana compus uma das melhores equipes de educadoras que o Brasil teve. Eram umas dez do grupo central, coordenando mais de duzentas, que fizeram o controle da implantação e do funcionamento dos CIEPs e dos ginásios públicos. Sem se apegarem a nenhum pedagogismo, mas com um senso muito agudo das necessidades concretas das crianças de sete a doze anos, que cursavam o primeiro grau, e dos jovens de mais de treze, que compunham o curso de nível médio, pusemos em funcionamento uma experiência educacional que envolvia mais de 20 mil alunos e cerca de 2.500 professores. Aprendiam na prática a construir a escola de dia completo para crianças e jovens oriundos das camadas populares, cujas famílias não tinham escolaridade prévia. Com efeito, mais de 90% de nossos alunos alcançavam alto proveito dos nossos cursos (passando de ano). Provamos, assim, que a criança deserdada socialmente é, também, recuperável para a civilização letrada se estuda em escolas de dia completo, que lhe dão a necessária assistência.

Callado e sua Trotska, que eu amo muito. Eles formam, com Moacir e Nenê, os casais intelectuais com que o coitado do Darcy, sempre sozinho, mais convive. Estão também nesse grupo Eric e Marta, que me dão uma amizade clara e bela. Outro escritor muito meu é João Antônio, paulista que me ajuda a ver e compreender o Rio. Outra amiga é Dina, que está plantando comigo a maior floresta urbana do mundo. Vamos inaugurá-la no ano 2092.

Amiga muito amiga, queridíssima, é Theresa Martha, que de burocrata, chefe de meu gabinete no Senado, se converteu na amiga mais chegada e querida que eu tenho hoje. Inclusive me deu o amor de seu marido, Jairo, e de seus filhos, principalmente Bu, que me fez seu tio mais amado. Assim é que tenho, embora sozinho, em Brasília, uma família inteira, como nunca tive.

Aliás, isso sempre me aconteceu. Devo ter cara de bezerro desmamado. Até as donas de pensão de estudantes, como dona Marucas, de Belo Horizonte, me devotaram grandes amizades e me cuidaram por décadas, mesmo depois que saí da casa delas.

Com minha santa Theresa é diferente. Ela se apegou a mim com uma amizade profunda que, superando todas as relações funcionais, me coloca nas mãos dela, que me cuida, doente ou sadio. Manda em mim como ninguém mandou. Um horror. Faço de conta que detesto esse domínio, mas na verdade vivo é do leite do carinho de Theresa. Nosso apego provoca ciúme violento de velhas amigas — nenhuma delas está disposta a me dar o zelo carinhoso que Theresa me dá, mas têm inveja. Apesar de nossas diferenças abissais de idade, minha relação com Theresa é mais de filho com a mãe que qualquer outra coisa. Ela me passa pitos e faz ameaças, mas me dá uma segurança inestimável nesta solidão em que vivo. Eu sou tão sortudo que achei e adotei uma família já feita, com mulher e marido, um filho de onze e um de catorze anos, gente linda e principalmente risonha. Na família de Theresa quem fecha a cara emburrado leva pito grosso, inclusive eu, meio casmurro, sou obrigado a mostrar os dentes em doces sorrisos. A devoção de Theresa se espraia sobre minha casa, que não é mais minha, é dela. Ela é quem contrata os empregados, faz a feira, contrata enfermeiras, e obriga todo mundo a me servir contente. Nos hospitais, os médicos sabem que não adianta falar com meu irmão médico. Quem manda em minhas doenças é a Theresa.

Sem Theresa, que seria de mim? Por temperamento, eu sou um homem alegre, mas de pouca fala. Brinco um minuto com cada pessoa que se acerca de mim, falo alguma barbaridade e os mando embora. Só sei viver sozinho, comendo palavras escritas e escrevendo mais palavras. Suportar-me é, por isso, tarefa dura. Importa aguentar brutalidades ocasionais, horas e dias de mudez criativa, em que só quero falar comigo mesmo, a troco de uns instantes de ternura. Theresa, doida que é, me suporta, tal qual sou, feliz ou pelo menos risonha de estar a meu lado, ao alcance da minha voz, onde quer que eu esteja. Qual é a razão desse vínculo profundo, que mal pode ser descrito em palavras como amizade, dedicação e muita, muita ternura? Qualquer que seja essa razão, Theresa está profundamente afetada por ela, enferma de mim.

O diabo é que eu também estou enfermo de Theresa, porque aguentá-la, às vezes, é um saco. Sobretudo quando fica brava, passa dias sem querer me ver, ou quando chora caudalosa. Fica detestável.

Vera Brant é minha amiga muito chegada há quarenta anos. Várias vezes me visitou no exílio e nunca se desgarra de mim, nem eu dela. O maior talento de Vera é para amizades devotadas. Foi amicíssima de JK. O foi, também, de Drummond. O seria de Oscar, se ele se deixasse amar. Com inveja deles, escrevi a Verusca uma carta de amor tão carinhosa que toda gente que leu — muitíssima — pensa que ela foi meu grande amor. Não foi, não. Vera nunca me deu.

Liginha, que foi minha aluna, tornou-se amiga, tão amiga, que até me visitou na prisão, coisa perigosíssima. Outra aluna a quem me afeiçoei demais é Stella. Me quer tanto que até assumiu Berta por mim. Estando em Brasília e também doente, não posso cuidar dela como quisera. Quem faz isso é minha querida Stella. Amiga muito amada é Isa e seu Mu, que me ajudam, me alentam e me relacionam com o estranho mundo dos paulistas. Rosa, me lembro agora, também ex-aluna, foi comigo para Brasília e lá, juntos, a quatro mãos, planejamos e criamos a Universidade de Brasília. Cecilinha, de São Paulo, agente arquitetônica de Oscar e que eu herdei dele, foi quem aguentou a barra do planejamento e construção do memorial. Marilu, mineira, a quem eu prometi um amor e amei muito, mas só consegui ser amigo porque houve um forte curto-circuito na linha: surgiu Crau.

Neste rol não pode faltar Naná, amiga e espécie de secretária política que duas vezes correu pelo país inteiro, capital por capital, em campanhas eleitorais do Brizola. E duas vezes mais me acompanhou por todas as cidades do Rio de Janeiro, pedindo votos. Primeiro para governador, depois para senador. Como perdemos três dessas quatro eleições, não sei se Naná não terá alguma culpa nisso. Mas posso afirmar que foi sempre uma grande acompanhante de viagem. Amiga boa é a Canindejub, Evelyn. Médica-educadora, que sabe tudo da adolescência e a necessidade de providenciar aborto para as gurias de menos de doze anos, muitíssimas, das escolas públicas. Ela também cuida de mim e diz que é minha pediatra.

Mas gosto mesmo, de coração inteiro e vibrante, é de meu irmão Oscar Niemeyer, por quem tenho admiração apaixonada. Oscar é meu *alter ego* e é meu orgulho, pela certeza que tenho de que nossa geração será lembrada nas milhares de gerações que nos sucederem graças a sua obra. Ao lado de Oscar está Lelé, queridíssimo amigo, já escalado para ser o melhor arquiteto do mundo. Mas nós, na verdade, somos três: Oscar, Lelé e Sussekind, o engenheiro que calcula as obras do Oscar e que me ajuda a exercer-me como tocador de obras. Gosto muito dele.

Nesta lista de quereres, está uma moça que invadiu minha vida há pouco tempo, mas tomou conta de um bom pedaço dela. É a Gazela. Beth é minha prima carnal, devia ser minha irmã. É a pessoa mais parecida comigo com que topei. Um dia ficará célebre, quando publicar as mil páginas de seus diários de vivências e de pecados no Nordeste e na Amazônia. Eu sou personagem dele.

Muito querida é a Benvinda, Leany pros outros, bem-vindíssima na minha vida senatorial. Sobre ela derramo estas minhas *Confissões*, que ela pacientemente lê, relê, trelê. Competente e sorridente, manda em mim muito disfarçada, com um de seus três sorrisos, diferente de Theresa, que manda sempre muito brava.

Amiga, mais que amiga, irmã, foi e é Jacy, mulher de Mário, mãe de meus sobrinhos que são os filhos que tive. Ela encarnou o papel de filha postiça de minha mãe, a cuidou e ajudou a viver seus últimos anos, atenuando as tristezas da velhice. Para mim, Jacy é o porto seguro para onde posso, quando quiser, recolher-me, voltar para viver nesses meus derradeiros anos sem cuidar do que tenho mais medo que é a caduqueira. Minha funda lástima é dar a caducar, eu bem posso cair nisso, ficar aloucado, dizendo besteiras. O câncer certamente me salvará disto, mas pode me jogar em prostração de que nem Theresa me salve. Então, serei de Jacy, de sua infinita capacidade de querer bem e amar, derramando-se em mim.

Na verdade, tenho muitas amigas e amigos mais. Se incluísse os companheiros de partido, seria uma multidão. Se falasse dos amigos de infância não seriam tantos, porque quase todos já morreram. Só faltamos eu, Mauricinho, Consta e Mário, meu irmão. São também muitíssimos os amigos queridos que fiz nas três universidades que implantei. E um plantel de novos amigos admiráveis está me cercando, agora, na criação da Universidade Aberta do Brasil. Podia continuar nesta relação, citando nomes e nomes, se quisesse lembrar-me de todos, de todas as pessoas que amei e amo. São muitas. Felizmente. Aquele que não citei, por favor me lembre, que eu ponho na segunda edição, se houver.

A Fundação Darcy Ribeiro
agradece a todos aqueles que
de alguma forma colaboraram
com o autor na elaboração
destas *Confissões*.

Vida e obra de Darcy Ribeiro

1922 Nasce na cidade de Montes Claros, estado de Minas Gerais, a 26 de outubro, filho de Reginaldo Ribeiro dos Santos e de Josefina Augusta da Silveira Ribeiro.

1939 Começa a cursar a Faculdade de Medicina de Belo Horizonte. Nesse período, inicia a militância pelo Partido Comunista do Brasil (PCB), do qual se afastaria nos anos seguintes.

1942 Recebe uma bolsa de estudos para estudar na Escola de Sociologia e Política de São Paulo. Deixa o curso de Medicina e segue para a capital paulista.

1946 Licencia-se em Ciências Sociais pela Escola de Sociologia e Política de São Paulo, especializando-se em Etnologia, sob a orientação de Herbert Baldus.

1947 Ingressa no Serviço de Proteção aos Índios, onde conhece e colabora com Cândido Mariano da Silva Rondon, o Marechal Rondon, então presidente do Conselho Nacional de Proteção aos Índios. Realiza estudos etnológicos de campo entre 1947 e 1956, principalmente junto aos índios Kadiwéu do estado de Mato Grosso; Kaapor, da Amazônia; diversas tribos do alto Xingu, no Brasil Central; bem como entre os Karajá, da Ilha do Bananal, em Tocantins, e os Kaingang e Xokleng, dos estados do Paraná e Santa Catarina, respectivamente.

1948 Em maio, casa-se com a romena Berta Gleizer.
Publica o ensaio "Sistema familial Kadiwéu".

1950 Publica *Religião e mitologia Kadiwéu.*

1951 Publica os ensaios "Arte Kadiwéu", "Notícia dos Ofaié-Chavante" e "Atividades científicas da Secção de Estudos do Serviço de Proteção aos Índios".

1953 Assume a direção da Seção de Estudos do Serviço de Proteção aos Índios.

1954 Organiza o Museu do Índio (atual Museu Nacional dos Povos Indígenas), no Rio de Janeiro (Rua Mata Machado, s/nº), que dirige até 1957. Ao lado dos irmãos Orlando e Cláudio Villas-Bôas, elabora o plano de criação do Parque Indígena do Xingu, no Brasil Central. Escreve o capítulo referente à educação e à integração das populações indígenas da Amazônia na sociedade nacional, da Superintendência do Plano de Valorização Econômica da Amazônia (SPVEA).
Publica o ensaio "Os índios Urubus".

1955 Organiza e dirige o primeiro curso de pós-graduação em Antropologia Cultural no Brasil para a formação de pesquisadores (1955/1956). Sob sua orientação, o Museu do Índio produz diversos documentários sobre a vida dos índios Kaapor, Bororo e do Xingu. Assume a cadeira de Etnografia Brasileira e Língua da Faculdade de Filosofia, Ciências e Letras da Universidade do Brasil, no Rio de Janeiro, função que exerce como professor contratado (1955/1956) e como regente da cátedra (1957/1961). Licenciado em 1962, é exonerado em 1964, com a cassação dos seus direitos políticos pela ditadura militar, e retorna à universidade somente em 1980, já com o nome de Universidade Federal do Rio de Janeiro (UFRJ). Por incumbência do Departamento de Ciências Sociais da Unesco, realiza um estudo de campo e de gabinete sobre o processo de integração das populações indígenas no Brasil moderno.
Publica o ensaio "The Museum of the Indian".

1956 Realiza estudos sobre os problemas de integração das populações indígenas no Brasil para a Organização Internacional do Trabalho (OIT).
Publica o ensaio "Convívio e contaminação: defeitos dissociativos da população provocada por epidemias em grupos indígenas".

1957 Nomeado diretor da Divisão de Estudos Sociais do Centro Brasileiro de Pesquisas Educacionais (1957/1959) do Ministério da Educação e Cultura (MEC).
Publica os ensaios "Culturas e línguas indígenas do Brasil" e "Uirá vai ao encontro de Maíra: as experiências de um índio que saiu à procura de Deus" e o livro *Arte plumária dos índios Kaapor* (coautoria de Berta Ribeiro).

1958 Empreende um programa de pesquisas sociológicas, antropológicas e educacionais destinado a estudar catorze comunidades brasileiras

representativas da vida provinciana e urbana nas principais regiões do país. É eleito presidente da Associação Brasileira de Antropologia, exercendo o cargo entre os anos de 1958 e 1960.
Publica os ensaios "Cândido Mariano da Silva Rondon", "O indigenista Rondon" e "O programa de pesquisas em cidades-laboratório".

1959 Participa, com Anísio Teixeira, da campanha de difusão da escola pública frente ao Congresso Nacional, que elaborava a Lei de Diretrizes e Bases da Educação Nacional.
Publica o ensaio "A obra indigenista de Rondon".

1960 É encarregado pelo governo Juscelino Kubitschek de coordenar o planejamento da Universidade de Brasília (UnB). Organiza, para isso, uma equipe de uma centena de cientistas e pensadores.
Publica os ensaios "Anísio Teixeira, pensador e homem de ação", "A universidade e a nação", "A Universidade de Brasília" e "Un concepto de integración social".

1961 É nomeado diretor da Comissão de Estudos de Estruturação da Universidade de Brasília por Jânio Quadros.

1962 Toma posse como o primeiro reitor da Universidade de Brasília, cargo que exerce até 1963. É eleito presidente do Centro Brasileiro de Pesquisas Físicas. Assume como ministro da Educação e Cultura do Gabinete Parlamentarista do primeiro-ministro Hermes Lima.
Publica o ensaio "A política indigenista brasileira".

1963 Exerce a chefia da Casa Civil do presidente João Goulart, até 31 de março de 1964, quando se exila no Uruguai devido ao golpe militar.

1964 Exerce, até setembro de 1968, o cargo de professor de Antropologia em regime de dedicação exclusiva da Faculdade de Humanidades e Ciências da Universidade da República Oriental do Uruguai.

1965 Publica o ensaio "La universidad latinoamericana y el desarrollo social".

1967 Dirige o Seminário sobre Estruturas Universitárias, organizado pela Comissão de Cultura da Universidade da República Oriental do Uruguai.
Publica o livro A *universidade necessária*.

1968 Recebe o título de Doutor *Honoris Causa* pela Universidade da República Oriental do Uruguai. Retorna ao Brasil em setembro por ter sido anulado, pelo Supremo Tribunal Militar, o processo que lhe havia sido imposto pelo tribunal militar. Com o Ato Institucional nº 5 do regime militar brasileiro, é preso em 13 de dezembro.

Publica os ensaios “La universidad latinoamericana” e “Política de desarrollo autónomo de la universidad” e o livro *O processo civilizatório: etapas da evolução sociocultural* (Série Estudos de Antropologia da Civilização).

1969 Julgado por um tribunal militar, é absolvido por unanimidade a 18 de setembro, em sentença confirmada pelo Superior Tribunal Militar. É aconselhado a retirar-se novamente do país. Fixa-se em Caracas, sendo então contratado pela Universidade Central da Venezuela para dirigir um seminário interdisciplinar de Ciências Humanas, destinado a professores universitários e estudantes pós-graduados, e para coordenar um grupo de trabalho dedicado a estudar a renovação da Universidade.

A revista *Current Anthropology* promove um debate internacional sobre seu livro *The Civilizational Process* e seu ensaio “Culture-Historical Configurations of the American People”.

1970 Participa do 39º Congresso Internacional de Americanistas, realizado em Lima, Peru, em agosto, como coordenador do seminário Formação e Processo das Sociedades Americanas, no qual apresenta o trabalho “Configurações Histórico-Culturais dos Povos Americanos”, que publicaria no mesmo ano. Conclui seus estudos dos sistemas universitários, publicados em *La universidad latinoamericana*. A convite da Universidade Nacional da Colômbia, integra, em setembro, um grupo de peritos em problemas universitários que realiza um seminário em Bogotá para debater os aspectos acadêmicos da universidade: políticas, programas, estrutura.

Publica os livros *Propuestas acerca de la renovación* e *Os índios e a civilização: a integração das populações indígenas no Brasil moderno* (Série Estudos de Antropologia da Civilização).

1971 Prepara, a pedido da Divisão de Estudos das Culturas da Unesco, a introdução geral à obra *América Latina em sua arquitetura*. Participa de um congresso sobre o problema indígena, realizado em Barbados, sob os auspícios do Conselho Mundial de Igrejas, e colabora como um dos redatores da Declaração de Barbados sobre etnocídio dos índios. Participa do Colóquio Internacional sobre o Ensino das Ciências Sociais, realizado em Argel, apresentando trabalho em colaboração com Heron de Alencar. Em julho, convidado pelo Atheneo de Caracas, ministra uma

série de seis palestras sobre Teoria da Cultura, resumidas em quatro conferências na Universidade de Los Andes, Mérida, Venezuela.
Publica o livro O *dilema da América Latina: estruturas de poder e forças insurgentes* (Série Estudos de Antropologia da Civilização).

1972 Em janeiro, junto com Oscar Varsavsky, Amílcar Herrera e um grupo de educadores do Conselho Nacional da Universidade Peruana, prepara um plano de reestruturação do sistema universitário peruano. Participa da II Conferência Latino-Americana de Difusão Cultural e Extensão Universitária, promovida em fevereiro no México pela União das Universidades Latino-Americanas (Udual), apresentando o trabalho "¿Qué integración latinoamericana?". Em abril, volta a Lima para reunião do Conselho Nacional da Universidade Peruana (Conup) e escreve, em seguida, o estudo "La universidad peruana". Radica-se em Lima, Peru, onde planeja, organiza e passa a dirigir o Centro de Estudos de Participação Popular, financiado pelo Programa das Nações Unidas para o Desenvolvimento (PNUD), pela Organização Internacional do Trabalho (OIT) e por sua contraparte peruana, o Sistema Nacional de Mobilização Social (Sinamos). Por solicitação do Ministério de Educação e Pesquisa Científica da República da Argélia, elabora o projeto de estruturação da Universidade de Ciências Humanas de Argel, que conta com um projeto arquitetônico de Oscar Niemeyer. Entre junho e julho, assina, em Genebra, um contrato com a OIT para dirigir o projeto PNUD-OIT Per 71.550. Posteriormente, segue para Belgrado, Paris e Madri para visitar e estudar cooperativas e sistemas de participação. Em setembro é contratado como professor visitante do Instituto de Estudos Internacionais da Universidade do Chile e fixa residência em Santiago.
Publica os ensaios "Civilización y criatividad" e "¿Qué integración latino-americana?" e o livro *Os brasileiros: teoria do Brasil.*

1973 Viaja ao Equador para participar de um programa de estudos do Centro Nacional do Planejamento e de seminários nas universidades.
Publica o ensaio "Etnicidade, indigenato e campesinato" e o livro *La universidad nueva, un proyecto.*

1974 Participa, em agosto, do 41º Congresso Internacional de Americanistas, realizado no México, dirigindo um seminário sobre o problema indígena. Em outubro, participa do Ciclo de Conferências nas Universidades do Porto, de Lisboa e de Coimbra, sobre reforma universitária. Em

dezembro, regressa ao Brasil para tratamento médico, pondo fim ao seu exílio político.
Separa-se de Berta Ribeiro.
Publica o ensaio "Rethinking the University" e os livros *Uirá sai à procura de Deus: ensaios de etnologia e indigenismo* e *La universidad peruana.*

1975 Reassume, em junho, a direção do Centro de Estudos de Participação Popular, em Lima.
Em outubro, participa da comissão organizada pelo PNUD para planejar a Universidade do Terceiro Mundo, no México.
Publica o ensaio "Tipologia política latino-americana" e o livro *Configurações histórico-culturais dos povos americanos.*

1976 Participa do Seminário de Integração Étnica do Congresso Internacional de Ciências Humanas na Ásia, África e América, organizado pelo Colégio do México e realizado na Cidade do México, em agosto. Preside um simpósio sobre o problema indígena, realizado em Paris, em setembro, pelo Congresso Internacional de Americanistas.
Em outubro, regressa definitivamente ao Brasil.
Publica o ensaio "Os protagonistas do drama indígena" e o livro *Maíra*, seu primeiro romance.

1977 Participa de conferências no México e em Portugal.

1978 Participa da campanha contra a falsa emancipação dos índios, pretendida pela ditadura militar brasileira.
Casa-se com Claudia Zarvos.
Publica o livro *UnB: invenção e descaminho.*

1979 Recebe, em 13 de maio, na Sorbonne, o título de Doutor *Honoris Causa* pela Universidade de Paris IV. A coleção "Voz Viva de América Latina", da Universidade Nacional Autônoma do México (Unam), lança um disco de Darcy Ribeiro apresentado por Guillermo Bonfil Batalla. No disco, Darcy recita trechos de seu livro *Maíra.*
Publica o livro *Sobre o óbvio: ensaios insólitos.*

1980 Anistiado, retorna ao cargo de professor titular do Instituto de Filosofia e Ciências Sociais da Universidade Federal do Rio de Janeiro.
Participa como membro do júri do 4º Tribunal Russell, que se reuniu em Rotterdam, na Holanda, para julgar os crimes contra as populações

indígenas das Américas. Integra a Comissão de Educadores convocada pela Unesco e que se reuniu em Paris, em novembro de 1980, para definir as linhas de desenvolvimento futuro da educação no mundo. A revista *Civilização Brasileira*, em seu volume 19, publica uma entrevista com Darcy Ribeiro sob o título: "Darcy Ribeiro fala sobre pós-graduação no Brasil". É eleito membro do Conselho Diretor da Faculdade Latino-Americana de Ciências Sociais (FLACSO).

1981 Participa como membro da Diretoria da 1ª Reunião do Instituto Latino-Americano de Estudos Transnacionais (ILET).

Publica o romance O *Mulo*.

1982 Participa do Seminário de Estudos da Amazônia da Universidade da Flórida (fevereiro/março). Visita São Francisco e Filadélfia. É recebido na Universidade de Columbia e participa da reunião da Latin American Studies Association (LASA), em Washington. Participa, em abril, do ciclo de conferências na Universidade de Madri.

É eleito vice-governador do Estado do Rio de Janeiro.

Publica o ensaio "A nação latino-americana" e o romance *Utopia selvagem.*

1983 Participa dos Rencontres Internationales de la Sorbonne: Création et Développement.

Assume as funções de secretário de Estado da Secretaria Extraordinária de Ciência e Cultura e de chanceler da Universidade do Estado do Rio de Janeiro.

1984 Como secretário extraordinário de Ciência e Cultura:

1) Planeja e coordena a construção do Sambódromo.
2) Constrói a Biblioteca Pública Estadual do Rio de Janeiro, organizada como um centro de difusão cultural baseado tanto no livro como nos modernos recursos audiovisuais, destinado a coordenar a organização e funcionamento das bibliotecas dos Centros Integrados de Educação Pública (CIEPs).
3) Organiza o Centro Infantil de Cultura do Rio, como modelo integrado de animação cultural, aberto a centenas de crianças.
4) Reedita a *Revista do Brasil.*

Publica o ensaio "La civilización emergente" e o livro *Nossa escola é uma calamidade.*

1985 Coordena o planejamento da reforma educacional do Rio de Janeiro e põe em funcionamento:

1) uma fábrica de escolas, destinada a construir mil unidades escolares de pequeno e médio porte;
2) a edificação de 300 CIEPs para assegurar a educação, em horário integral, de 300 mil crianças.

Organiza, no antigo prédio da Alfândega, o Museu França-Brasil (atualmente Casa França-Brasil), com a colaboração do Ministro da Cultura da França, Jack Lang.

Publica o livro Aos *trancos e barrancos*.

1986 Darcy licencia-se dos cargos de vice-governador e secretário de Estado para concorrer ao pleito fluminense. Deixa para o Estado do Rio de Janeiro vários legados, como o Monumento a Zumbi dos Palmares; a Casa de Cultura Laura Alvim; o Restauro da Fazenda Colubandê, em São Gonçalo; e quarenta atos de tombamento, incluindo 150 bens imóveis, com destaque para a Casa da Flor, a Fundição Progresso, os bondes de Santa Teresa, quilômetros de praias do litoral fluminense, a praia de Grumari, as dunas de Cabo Frio, diversos coretos públicos, a Pedra do Sal e o sítio de Santo Antônio da Bica, de Antônio Burle Marx. Cria a Casa Comunitária, um novo modelo de atendimento para milhares de crianças pobres.

Edita, com Berta Ribeiro, o livro *Suma etnológica brasileira*, em três volumes.

Reintegra-se ao corpo de pesquisadores do CNPq, para retomar e concluir seus estudos de Antropologia da Civilização.

Publica os livros *América Latina: a pátria grande* e *O livro dos CIEPs*.

1987 Assume o cargo de secretário de Estado da Secretaria de Desenvolvimento Social no Estado de Minas Gerais, para programar uma reforma educacional. A convite da Universidade de Maryland (EUA), participa de um ciclo de debates sobre a realidade brasileira. Elabora a programação cultural do Memorial da América Latina, a convite do então governador de São Paulo, Orestes Quércia.

1988 Profere conferências em Munique, Paris e Roma. Comparece à reunião anual da Tribuna Socialista em Belgrado e visita Sarajevo. Viaja a Cuba, México, Guatemala, Peru, Equador e Argentina para selecionar obras de arte para constituir o futuro acervo do Memorial da América Latina.

Publica o romance *Migo*.

1989 Como parte da campanha de Leonel Brizola à presidência da República do Brasil, coordena, nas capitais do país, a realização do Fórum Nacional de Debates dos Problemas Brasileiros. Participa, em Caracas, do Foro de Reforma do Estado, onde fala das Dez Mentiras sobre a América Latina. É reincorporado ao corpo docente da Universidade de Brasília, por ato ministerial proposto pela universidade. Comparece, como convidado especial, ao ato de posse do presidente Carlos Andrés Pérez, da Venezuela. Participa das jornadas de reflexão sobre a América Latina.

Publica o ensaio "El hombre latinoamericano 500 años después".

1990 Participa de debates internacionais na Alemanha (sobre intercâmbio cultural Norte-Sul), e na França (sobre a Amazônia e a defesa das populações indígenas). Integra o Encontro de Ensaístas Latino-Americanos, realizado em Buenos Aires. É eleito senador pelo Estado do Rio de Janeiro, nas mesmas eleições que reconduziram Leonel Brizola ao Governo do Estado do Rio de Janeiro.

Publica o ensaio "A pacificação dos índios Urubu-Kaapor" e os livros *Testemunho* e *O Brasil como problema*.

1991 Licencia-se de seu mandato no Senado para assumir a Secretaria de Projetos Especiais de Educação do Governo Brizola, com a missão de promover a retomada da implantação dos Centros Integrados de Educação Pública (ao todo, foram inaugurados 501 CIEPs).

1992 É eleito membro da Academia Brasileira de Letras, ocupando a cadeira de nº 11. Elabora e inaugura a Universidade Estadual do Norte Fluminense, em Campos dos Goytacazes.

Publica os ensaios "Tiradentes estadista" e "Universidade do terceiro milênio: plano orientador da Universidade Estadual do Norte Fluminense" e o livro *A fundação do Brasil*, 1500-1700 (em colaboração com Carlos de Araújo Moreira Neto).

1994 Concorre, ao lado de Leonel Brizola, à Presidência da República.

É internado em estado grave no Hospital Samaritano do Rio de Janeiro.

Publica o ensaio "Tiradentes".

1995 Deixa o hospital e segue para sua casa em Maricá, no intuito de concluir a série de estudos de Antropologia da Civilização, o que acaba por conseguir com a obra *O povo brasileiro: a formação e o sentido* *do Brasil*. Publica também o livro *Noções de coisas* (com ilustrações de Ziraldo).

1996 Assina uma coluna semanal no jornal *Folha de S.Paulo*. Retoma sua cadeira no Senado e concentra suas atividades na aprovação da Lei nº 9.394/1996 (Lei de Diretrizes e Bases da Educação Nacional — Lei Darcy Ribeiro). Recebe o título de doutor *honoris causa* da Universidade de Brasília. Recebe o Prêmio Interamericano de Educação Andrés Bello, concedido pela Organização dos Estados Americanos (OEA).

Publica os ensaios "Los indios y el Estado Nacional" e "Ethnicity and Civilization" (este com Mércio Gomes) e o livro *Diários índios: os Urubus-Kaapor*.

1997 Publica os livros *Gentidades*, *Mestiço é que é bom* e *Confissões*.

Falece, em 17 de fevereiro, na cidade de Brasília, no dia em que defenderia o seu Projeto Caboclo no Senado.

ÍNDICE ONOMÁSTICO

B

D

H

I

J

K

L

M

N

O

P

Q

R

S